献给中国原生文明的光荣与梦想

——题记

点评本

大秦帝国

孙皓晖 著

谢有顺 胡传吉 点评

第五部 铁血文明

下卷

河南文艺出版社

目　录

第八章　失才亡魏

一　一旅震四方　王贲方略初显名将之才 …………… 577

二　轻兵袭北楚　机变平韩乱 …………………………… 587

三　坎坎伐檀兮　置之河之干兮 ………………………… 604

四　特异的灭魏方略震动了秦国庙堂 …………………… 615

五　茫茫大水包围了雄峻的大梁 ………………………… 628

六　缓贤忘士者　天亡之国也 …………………………… 642

第九章　分治亡楚

一　咸阳大朝会起了争端 ………………………………… 659

二　父子皆良将　歧见何彷徨 …………………………… 678

三　项燕良将老谋　运筹举步维艰 ……………………… 686

四　安陵事件　唐雎不辱使命 …………………………… 700

五　三日三夜不顿舍　项燕大胜秦军 ……………………… 704

六　痛定思痛　嬴政王车连夜飞驰频阳 ………………… 722

七　亘古奇观　秦楚两军大相持 ………………………… 740

八　淮北大追杀　王翦一战灭楚国 ……………………… 760

九　固楚亡楚皆分治　不亦悲哉 ………………………… 774

第十章　偏安亡齐

一　南海不定　焉有一统华夏哉 ………………………… 786

二　一统棋局　最后一手务求平稳收煞 ………………… 807

三　匪鸡则鸣　苍蝇之声 ………………………………… 815

四　飞骑大纵横　北中国一举廓清 ……………………… 835

五　松耶柏耶　住建共者客耶 …………………………… 852

六　战国之世而能偏安忘战　异数也 …………………… 861

第十一章　文明雷电

一　欲将何等天下交付后人　我等君臣可功可罪 ……… 870

二　椰林河谷荡起了思乡的秦风 ………………………… 887

三　典则朝仪焕然出新　始皇帝大典即位 ……………… 900

四　吕氏众封建说再起　帝国朝野争鸣天下治式 ……… 910

五　力行郡县制　始皇帝诏书震动天下 ………………… 926

六　李斯受命筹划　帝国创制集权架构 ………………… 932

七　方块字者　华夏文明旗帜也 ………………………… 945

第十二章　盘整华夏

一　岁末大宴群臣　始皇帝布政震动朝野 ……………… 964

二　决通川防　疏浚漕渠　天下男女乐其畴矣 …………… 968

三　堑山堙谷　穷燕极粤　帝国大道震古烁今 …………… 976

四　铸销天下兵器　翁仲正当金人之像哉 …………… 984

五　信人奋士　烁烁其华 …………… 994

六　韩楚故地的惊人秘密 …………… 1007

七　国殇悲风　嬴政皇帝为南海军定下秘密方略 ………… 1020

第十三章　铁血板荡

一　阴山草原的黑色风暴 …………… 1032

二　惊蛰大朝　嬴政皇帝向复辟暗潮宣战 …………… 1050

三　光怪陆离的铁血儒案 …………… 1066

四　孔门儒家第一次卷入了复辟暗潮 …………… 1078

五　长公子扶苏与皇帝父亲的政道裂痕 …………… 1093

六　铁血坑杀震慑复辟　两则预言惊动朝野 ………… 1111

第十四章　大帝流火

一　茫茫大雪里嬴政皇帝踽踽独行 …………… 1123

二　不畏生死艰途的亘古大巡狩 …………… 1133

三　隆冬时节的嬴政皇帝与李斯丞相 …………… 1144

四　大巡狩第一屯　嬴政皇帝召见郑国密谈 …………… 1157

五　祭舜又祭禹　帝国新政的大道宣示 …………… 1163

六　长风鼓沧海　连弩射巨鱼 …………… 1176

七　北上九原:突兀改变的大巡狩路线 …………… 1187

八　七月流火　大帝陨落 …………… 1200

第八章 失才亡魏

一 一旅震四方 王贲方略初显名将之才

秦灭六国基本上是连续及交叉行动，从公元前230年灭韩至公元前221年灭齐为止，时间持续十年左右。秦灭六国，王贲立大功。

兵士们尚在构筑营垒，王贲接到了秦王的紧急书令。

五万精锐铁骑从燕国兼程南来，一路四日始终没有咸阳王使的路令，这教王贲很是有些意外。秦军但凡两万人以上出动便是例行重兵，其进军使命、粮草补给、民力征调、驻地日程等都有明白无误的法度照应。往往越是机密用兵，事先确定行兵方略就越是详尽。其间种种具体事宜，几乎随时都会在路途接到相关书令，此所谓路令。王贲此次南下是奉王命回兵，王翦幕府不再对其节制，所需要的只是依照咸阳王命行事。然在蓟城大营，姚贾所持的王书以及姚贾转述的事实，所申明的都是调兵的大略缘由，大军南下的一应具体事宜只字未提。王贲以机密军务之成例行事，上路半日后向姚贾请命行程方略。不料姚贾淡淡一笑道："老夫只管调兵,余皆未奉成命,少将军只能自决了。"因了父亲王翦的原因,军中皆呼王贲为少将军,姚贾自不例外。听姚贾如此一说,王贲这才认真起来,在大军歇马冷炊的半个时辰里立即做出了决断:兼程南下,直抵洛阳东南的伊阙①要塞。姚贾问其故,王贲只说了一句话:"伊阙咽喉,兼顾南北。"

如今堪堪赶到伊阙,幕府还没有搭建起来王命便到,说明秦王对南下大军的行止是十分清楚的。果真如此,一直没有路令便令人有些费解。然王贲顾不得多想,对中军司马匆匆交代了几句军务,飞身上马去了。不远处驾着王车的特使原本正在等待王贲登车同行,今见王贲片刻之间径自飞马而去,连忙启动王车追了上来。王贲坐骑是一匹雄骏的阴山胡马,身高八尺通体火红,号为火云驹,耐力速度都极为出色。随行的一司马两护卫,也都是出类拔萃的骑士良马。一进函谷关,王贲的小马队已经将特使王车远远抛在了后面,入夜三更时分便进入了咸阳。

"下马! 等候特使。"

从禁止庶民车马的特急密道飞驰到王城南门时,王贲才恍然勒马下令等候特使。虽说王贲也可以直接进入王城,然若有特使同行,一切都会方便许多;不等特使,则自己便要在几道门户前报名待命,纵然先入王城,也不知哪里去见秦王。凡此种种细节,对于第一次被秦王单独召见的王贲,都是实实在在的关口。

"少将军么? 赵高奉命等候多时了。"

小马队刚一勒定,一盏风灯便随着一个响亮的内侍声音从城门下飘了过来。王贲心下顿时一热,立即飞身下马大步

无指令,就是要委王贲以大任。占伊阙,即锁韩、魏向西之门。伊阙地理位置非常重要,后亦称"龙门"。无论从军事上解释,还是从堪舆术上解释,皆重要。

---

①　伊阙,山名,在河南洛阳市南,又名龙门。因两山相对如阙门,伊水流经其间,故名。

走了过来。王贲对赵高不熟,但不知多少次地听过这个名字及其相关传闻,对秦王身边这个颇具英雄才具的内侍很是赞赏。今见这个赵高如此谦和热诚,王贲当先一个拱手礼道:"见过赵令!"赵高极是利落地一拱手道:"不敢当。"不待王贲下文,赵高转身吩咐一个少年内侍带王贲的司马护卫去车马院歇息用饭,又转身一拱手领着王贲向东偏殿而来。

"少将军果然快捷!"

方进殿前甬道,一个高大身影快步迎了过来。王贲一听是秦王声音,大步趋前深深一躬高声道:"末将王贲参见我王!"甲钉长剑与斗篷叮当纠缠之间,王贲不期然一头汗水,显得很是局促。嬴政打量了一眼大笑道:"都几月了还一身冬装?小高子,先领少将军沐浴,换我一身轻软衣裳再说。"王贲满脸涨红满脸汗水,连说不用不用。秦王却一摆手道:"任事不急,人先舒畅了再说。"王贲还要说话,已经被赵高不由分说拉着走了。

大约顿饭时光,王贲身着轻软长袍,头上包着一方干爽白布,疾步匆匆地来到了偏殿正厅。秦王与王绾、李斯、姚贾三人,正站在墙下的大地图前指点说话。见王贲脖颈发际还滴着水珠,嬴政一瞪眼道:"你个小高子急甚来,少将军头发都不拭干!"紧跟在王贲身后一溜碎步的赵高红着脸,吭哧着不敢说话。王贲却已经扬手扯去了包头大布,一躬身高声道:"禀报秦王!头包大布太憋闷,敢请摘去说事!"话音未落,秦王四人一齐大笑。嬴政连连挥手道:"去了去了,咋畅快咋来。小高子,酒肉快上。"赵高一答应正要转身,不防已经被王贲一伸手拽住。王贲一拱手道:"禀报秦王,末将在马上已经啃下了三斤干肉。目下只需凉茶,不敢饮酒!"嬴政一挥手道:"好!大桶凉茶上。来,少将军坐了说话。"王贲目光本来已经在地图上巡睃,此刻脚步钉在原地盯着地

赵高出身卑微,生于隐宫,能爬到这么高的地位,必有其过人之处。

碎步。奴才相。

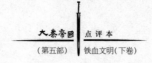
图皱着眉头，良久没有说话。秦王见状，明亮的目光飞快地一掠三位大臣，也站在原地不动了。

"少将军何意？"王绾笑问一句。

"伊阙还是靠北了，该在安陵①截其退路！"王贲突然一指地图。

"如何？"嬴政一脸笑意地环视着三位大臣。

"少将军，老夫有些不明。"姚贾目光连连闪烁。

"末将揣摩。"王贲一手提着头上扯下来的白布，一手嘭嘭点着高大木板上的地图，"旧韩作乱，北连魏国不足为患，若南下奔楚，或东逃奔齐，则后患无穷。是故，我军驻扎伊阙，只能堵截韩乱之民进入嵩山入楚通道，而不能堵截其南面入楚大道。该当驻扎安陵，一军镇四方！"

"四方，何谓？"李斯认真问了一句。

"韩魏楚齐！"王贲的声音震得殿堂嗡嗡响。

"我王选人甚当，老臣恭贺！"王绾慨然一拱手。

"大将出新，臣亦恭贺！"李斯姚贾异口同声。

王贲左看右看，一时不知所措。秦王嬴政不禁笑道："来来来，少将军坐了说话。凉茶来了，只管喝着听着。长史，你对少将军说说来龙去脉。"李斯一点头，走到地图前，指点着说起了去岁今春以来的中原变化。

原来，秦国灭韩后，撤回了内史郡郡守嬴腾的灭韩兵马，驻扎陇西以防戎狄趁火打劫。中原之地，秦国只在旧有的洛阳大营保留了蒙武的五万老军，以为函谷关外诸事总策应。大臣方面，姚贾坐镇新郑，一则襄助颍川郡新郡守治韩，一则主理对魏国齐国斡旋。去岁，秦军破赵后北上易水，逼近燕

王贲，后起之秀。其父此时正"谢病老归"，李信攻楚失败后秦王强起之（《史记·秦始皇本纪》）。

①　安陵，战国末期中原残存的最小诸侯国，史载其只有五十里封地，大约在今河南省漯河市东南地带。

国;燕太子丹刺秦事发,震惊天下,也一举改变了秦国的灭国用兵总方略。在荆轲刺秦后不到两月,姚贾的黑冰台人马刺探到一个惊人的消息:灭韩大战时逃亡的韩国申徒张良潜回新郑,正在秘密联结韩国旧世族,欲图举兵复国,目下,张良已经秘密联结了魏国楚国,两国都许诺全力策应!与此同时,内史郡嬴腾部属也探听到一则异动迹象:被囚禁在韩原梁山的韩王安,近有神秘之客往来,此人正是旧韩申徒张良。

两方事态紧急密报咸阳,秦王嬴政立即召王绾、内史嬴腾、蒙武、李斯、姚贾、尉缭等一班大臣会商。最后,秦国君臣议决的方略对策是:此事方起端倪,不宜公然出兵,只宜以机密事端处置。为此,蒙武大营全力戒备关外,姚贾黑冰台人马秘密缉拿张良,内史郡增加对韩王囚居地的防护,一旦张良被缉拿归案,立即将韩国作乱世族一体问罪,公开斩决,以震慑他国余孽。之所以如此处置,在于秦国君臣有一个共同认可的评判:韩国旧世族复国复辟,其余被灭之国的旧世族也必然同理同心,只要秦国要一统天下,复辟暗潮便必然涌动,如何处置韩国作乱事件,具有垂范天下之效用。唯其如此,处置韩乱不宜仓促轻动,务必有理有据,宁可失其缓,不可失其急。毕竟,韩国没有强兵根基,魏楚也不敢贸然行事,只要秦国冷静处置,未必不能使韩乱胎死腹中。

然则,去岁秦军破燕大半年,韩国乱象却有了明显的恶化。

张良行踪诡秘无定,几次三番逃脱了姚贾黑冰台的追踪。多方探察证实:张良狡兔三窟,藏匿之地一在楚国洧水河谷,一在魏国逢泽山野,一在韩国旧地上党郡的大山;张良居无定所,又得燕赵一班任侠之士相助,事皆密行密议,急切间极难缉拿。与此同时,韩国故地的种种消息流布日广,民众渐渐呈现出躁动之势。入冬之际,被囚的韩王安也破例上

张良,家世显赫,其大父、父"五世相韩",张良初为韩报仇,刺杀秦始皇而不得,后追随沛公,辅之得天下,封留侯。"留侯张良者,其先韩人也。大父开地,相韩昭侯、宣惠王、襄哀王。父平,相釐王、悼惠王。悼惠王二十三年,平卒。卒二十岁,秦灭韩。良年少,未宦事韩。韩破,良家僮三百人,弟死不葬,悉以家财求客刺秦王,为韩报仇,以大父、父五世相韩故。"(《史记·留侯世家》)小说在这里事先交代张良之事,为日后秦灭亡及刘邦出场打下基础。此之谓"千里伏线"。

皆为秦国(秦朝)重臣。

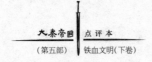
书，请求秦王允准其在年节大祭之期回归新郑，祭祀宗庙，以安遗民之心。

鉴于种种迹象，王绾李斯力主：韩乱之事，不宜再佯作不知，秦王当召见韩王安，明白对其警示，若无效用，则当以强力消弭之。秦王嬴政赞同，下书姚贾职司实施。姚贾精勤能事，立即做出了精心部署。第一步，姚贾自为特使，奉秦王下书赶赴梁山，明白正告韩王安：韩国遗民有图乱之心，韩王当借祭祀宗庙之机安定遗民，莫使旧韩人徒然流血！可是，韩王安硬是不做正面回应，一副不解秦王下书所云的模样，对姚贾哼哼哈哈王顾左右而言他，始终没有任何明白说法。姚贾也不盘诘追问，也不拆穿事实，只冷笑着耐心听罢，又高声宣示了一遍秦王下书与警示说辞，便告辞去了。第二步，秦国派出特使，以最为郑重的邦交礼仪通告魏楚两国：韩王安将在秦军护送下经过魏楚边境进入新郑，秦军请求借道。魏王假一副笑脸，当即答应借道。楚国却正逢楚幽王葬礼，新立楚王芈犹（楚哀王）病恹恹黑着脸，然终究也是答应了。可是，当蒙武率领三万老军步骑浩浩荡荡护送韩王安过境魏楚时，两国君臣竟无一人出面做礼仪性迎送。眼见韩王安一副淡漠模样，姚贾揶揄笑叹一句："魏楚无恩如此，宁不念韩王旧情乎！"韩安尴尬地挤出一丝苦笑，还是一句话没说。第三步，姚贾亲自率领五十名黑冰台剑士，全程陪伴护卫韩安，察其言观其行。后来的事实是：回到新郑一个月余，除了祭祀，韩安从没有踏出旧时王城一步。即或在太庙前遇到了大群前来观瞻韩王的旧韩子民，姚贾特意下令停车，韩安也没有下车，更没有就秦王下书警示之意对臣民说话。今春回到梁山，韩安也没有就归韩祭祀事向秦王上书禀报，更没有对遗民作乱事向秦王做出任何表示。也就是说，秦国的所有举措，都没有得到任何回应，各方都在装聋作哑。综合种种迹象事态，姚贾禀报王绾并会同李斯商议，而后正式上书秦王，提出了"韩乱难以避免，我得尽早谋划对应之策"的最终评判。

"韩世族复辟，大秦不能退让！"嬴政愤怒了。

秦国君臣的秘密小朝会一连三日，调主力大军南下平乱的决策才终于确立下来了。其间争论与顾忌，在于十余万大军南下后会不会导致北方战事乏力，从而不能灭燕国，反而可能诱发赵国死灰复燃？毕竟，赵国死灰复燃之后的威胁要远远大于韩国。反复争议权衡，秦王嬴政最后断然拍案："若十余万大军南下，定然两面误事！五万精锐南下，既不误灭燕，又足以镇抚中原！"第一个赞同这一决断的，是老国尉蒙武。蒙武愤愤然道："洛阳大营还有五万老军！莫非诸位以为老军不是秦军锐士，是白吃锅盔么！"第秦朝速亡,实亡于六国——起事者多为六国旧臣,成事者为六国旧族。秦虽成"大秦",并天下,但速亡,很难说谁胜谁负,就像林妹妹所说的,"但凡家庭之事,不是东风压了西风,就是西风压了东风"(见《红楼梦》第八十二回),家国天下,这家事国事,也是说不清楚的。韩世族秘密行事,图谋于秦,也是秦将速亡的一个征兆。秦能一并天下,拓疆开土,但并天下之后,赋税、役使太重,天下皆苦,民实不得不反,六国旧臣乘机起事,一哄而上,秦朝速亡。

秦并天下,虽是霸心,但于现代意义上的"民族"而言,霸心也堪称责任心、担当心。

二个嚷嚷支持的是内史郡守嬴腾,也是慷慨激昂唾沫飞溅:"陇西还有我三万飞骑!关中还有我十万成军精壮!整个内史郡还有百余万老秦人!都不算么?一个韩国软蛋要甚主力大军,老子两万人马连锅端了他!"举殿轰轰然一阵,倒是都赞同了五万主力南下的方略。最终说到选将,大臣们一致认为,调蒙恬南下最适当,理由是蒙恬精细稳妥,处置此类事最为得宜。可是,秦王嬴政却始终没有点头。默然良久,嬴政拍案道:"九原、云中北大门,没有蒙恬不行。山东举事,毕竟华夏内乱,纵然不能一时消弭,至多重回战国而已。若匈奴大举南下,毁灭的便是整个华夏!目下列国行将覆灭,没有哪一国可以扛得住匈奴洪水!只有秦国,只有秦军,可以为天下扛得住!蒙恬纵然没有灭国之功,也不能离开九原幕府半步!"秦王一席话,大臣们全部沉默了。如此华夏器局,如此天地正气,大臣们与其说被秦王说服,毋宁说被秦王感动了。

"我意,王贲可将兵南下。"嬴政似觉过于凝重,笑着补了一句。

"王贲?"蒙武惊讶了。

"王贲不妥。"老尉缭摇了摇头。

"何以不妥?"李斯反问。

"王贲战法,近似白起,宜强兵硬战,不宜平乱镇抚。"

"老臣以为,王贲尚不如李信、辛胜稳妥。"蒙武插了一句。

"何以见得?"嬴政论事,从来要听其中道理。

"辛胜有统兵阅历。李信有战场谋划。王贲,二者俱缺。"

"还有其余理由么?"

见大臣们一齐摇头,嬴政方缓缓道:"若非燕国荆轲行刺,若非韩国世族复辟,我尚不能想到既往灭国之战。诸位,乐毅破齐六年不能灭齐,根由何在?白起攻赵三年,一战则彻底击垮赵军主力。若非先祖昭王错断错杀，秦国灭赵何待今日？乐毅与白起之差，差在不以兵家法则却以王道法则决战事。乐毅之行，难说没有博取一己盛名之心。白起之道，却准定是实实在在的利于国家。军中皆呼王贲为小白起，根由何在？不在别者，便在王贲战法秉承了兵家本色，没有一战留过后患！至于统兵阅历、战场谋划，哪个将军没有第一次？更有一条，李信、辛胜在军，不窝其才；而王贲在军，其父为将，有窝其将才之可能。王贲南下，既利才又利国，何乐而不为？"

大臣们终于一无异议地赞同了，尽管未必人人信服，至少没有人驳倒秦王申明的道理。当被定为北上特使的姚贾请示行军法度时，秦王笑道："不定。一切大军行止都交王贲自己决断。是骡子是马，拉出来遛遛便知。"如此这般，便有了不发路令的大军南下。

……

"末将无他，唯不负我王厚望！"

听罢李斯一番叙述，王贲黝黑通红的脸膛热汗直流，甩掉白布对着嬴政便是深深一躬。秦王嬴政伸手扶住笑道："少将军若无才具，我厚望又能如何？来！放开说说，你对平定韩乱有何谋划？"说罢，嬴政与三位大臣落座，目光殷殷地盯住了站在大板图前的王贲。

"末将一路思忖，韩乱不能孤立处置。"王贲的大手画出一个大弧，整个地笼罩了板图，方才的一脸局促瞬间消失得干干净净，话语利落至极，"韩乱发作，根在魏楚。诸般因由，君上与诸位大人比末将更清楚。我之谋划，只在平定中原之军旅部署。归总说，末将一军足当三面。然则，末将尚有三件事，敢请我王允准。"

"说！"

王贲开始独当一面。

"其一,请调蒙武老将军所部老军,移驻伊阙,堵截楚韩西南通道。"

"蒙武部本来便在谋划之中,准了。"

"其二,敢请中原邦交与末将军事调遣一体谋划。"

"姚卿以为如何?"嬴政的目光转向了姚贾。

"臣以为可也。"姚贾慨然一拱手,"臣愿全力辅助少将军!"

"好! 文武之道。"

"其三,平乱之后当连续灭魏,敢请君上许我独领灭魏之战!"

"!"骤然之间,嬴政与三位大臣惊愕默然了。

在秦国君臣的连续朝会计议中,何时灭魏尚在未定之数:一切都得看韩乱势头大小,以及能否快捷利落地平定;即或平定了,也还得看魏楚齐三国动向,以及北方燕赵有无后患;毕竟,所余三国都是有强兵传统的大国,都是曾经做过中原霸主的富强之邦,若逼得三方合纵抗秦,局势就严峻了。说到底,秦国只有六十余万大军,天下需驻军的地方太多了,而三国联手,现成兵力至少也在百余万之多。凡此种种,作为灭人之国的大战,都不得不慎之又慎,若在最后的三国之战中一步走错,很可能全局都要翻盘。唯其如此,秦国君臣做出王贲只率五万铁骑南下的决策,其核心目标其实只有一个:平定韩乱,震慑魏楚。至于灭魏灭楚,此时尚没有纳入视野,若有连续灭魏之心,五万人马显然是谁也不会赞同的。

"少将军是说,平定韩乱与灭魏之战可一气呵成?"嬴政惊讶未消。

"正是!"

"依据何在?"

"灭国之战,纵有天下大义,亦当师出有名。"王贲显然

师出有名。既照顾了故事的连续,又理清了秦灭六国的大致思路,一举两得。王贲之见识在于,跳出国与国之间的"私人"恩怨,凡事以天下大局为重,当然,这个"大局"按后世的思路来看,就是"统一"。

成算在胸，浑厚的话音快捷流畅嗡嗡震荡，"灭韩之战，秦为清算韩国疲秦并为郑国复仇！灭赵之战，秦为李牧两败秦军复仇！灭燕之战，为荆轲刺秦！今我平定韩乱，必能获得魏国鼓荡韩乱之种种罪证。此时攻魏，师出有名！错失时机，事倍功半。更为根本者，此时先以霹雳之势灭魏，所余楚齐两大广袤之国方可从容图之，兵力不至于捉襟见肘。此，末将之谋划，君上与诸位大人三思。"

"呵呵，少将军论说大局，不输于战场之能也！"

嬴政叩着书案笑赞一句，却没有明确可否。显然，嬴政是要先听听三位大臣的想法。王绾是总揽全局的丞相，自觉理当先说，一拱手道："老臣以为，灭魏事关重大，不宜仓促议定，至少须待上将军燕代战事之后再说。"王绾素来稳健，除了安定秦国内政，在邦交大争中鲜有大胆出新，秦国君臣对此已经习以为常，故此谁也没有感到意外。王贲似乎也没有觉出多大压力，炯炯目光只看着李斯姚贾两人。一直沉思的李斯尚未开口，姚贾一拱手道："臣以为，少将军谋划可行。其间根本在两处，一则，韩乱能干净利落平定；二则，楚国知难而退。若韩乱平定，楚不出兵，届时魏国孤立中原，未尝不可一鼓而下！"李斯接道："臣反复思忖，少将军谋划可全力图之，至少当有八成胜算。最根本者，楚国幽王新丧，其同母弟芈犹新立，举国政事兵事皆在乱中。芈犹年逾五旬，且声色犬马昏聩平庸，唯赖景氏部族鼎力扶持，若无特异，楚国当无北上中原之心。是故，韩乱平定之后，魏国确实将陷入四面孤立之境，未尝不可图也！"王绾一拍案道："两位所言不当。楚国纵然不出，东面尚有齐国。我只五万铁骑，何能如此弄险！"

"也是一说。"姚贾嘟哝着一笑。

"君上决断！"三人连同王贲，异口同声一句。

"我看四个字：有险，有图。"嬴政站了起来走到大图前，面对王贲指点着地图道，"全部要害，在于震慑楚国。若能使楚国不敢出，则齐国十有八九也不敢出。若楚齐不敢出，则魏国可图。少将军，是否如此？"

"正是！"

"可有对楚谋划？"

"有！"

"噢？"

"搁置韩乱，先行攻楚，一举震慑四方！"

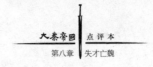

"啊——"

王贲话音落点，嬴政君臣四人竟不约而同地惊叹了一声，又不约而同地相互对视着，目光中交织着疑惑与兴奋。这个动议太出乎原先朝会的决策意图了，等于一举改变了原先朝会的决策根基：不再将韩乱作为孤立事件对待，而是将韩魏楚齐四国作为一个大局来寻求解决之道！嬴政与三位大臣何许人也，几乎立即不约而同地掂量到了其中的差别，除了王贲的兵力能否担当如此重任的疑惑，人人都预感到了此举蕴含的庖丁解牛一般的奥妙。

"好！中原兵事，全权交少将军！"

秦王嬴政的拍案声大得惊人，东偏殿一片笑声。

不论不知深浅。

二 轻兵袭北楚 机变平韩乱

麦收之前！

麦收之前，三万轻装骑兵飓风般卷向了淮北。

所谓轻装骑兵，是王贲对南下铁骑的装备做了一次大减负。秦军素有轻兵传统，重型甲胄与大型兵器很少，战场之上轻身杀敌，腰间擎带上吊着敌人的头颅，手中挺着长矛奔驰如飞吼喝冲锋，便成为列国传闻中的秦军模样，以至在很长时期里，天下将"轻兵"两字作为秦军的敢死之旅。然自商鞅变法之后，秦国以中原劲旅"魏武卒"为楷模，建立了极其重视器械装备的新军，面貌发生了根本性变化，各种甲胄器械都有森严法度，士兵的防御力度与冲锋强度都有了大大提升，真正有了一支无坚不摧的锐士之旅。此所谓强兵利器也。但如此重装甲兵对长途奔袭战所需要的快速灵动而言，却成为一个很大的弱势。就此，王贲对秦王的上书是："淮北乃北楚腹心，平川城邑居多。末将决效草原胡骑战法，以精悍轻骑击之不备。敢请君上，许贲轻兵减负机变行事。"秦王嬴政当即下书："准王贲所请。一应军需，颍川郡全力筹划。"王贲接到下书，立即风风火火地开始了铁骑轻装。

一则，铁甲装改换为皮甲装：外铁皮内牛皮的厚重甲胄，改为单层牛皮甲胄；铁钉密集的牛皮大战靴，改为厚韧的单层野猪皮战靴；战马披装的铁钉皮罩甲，改为轻软的无钉羊皮罩；最重的铜铁鞍辔，则一律改为木制鞍辔。如此一来，秦军骑士的甲胄由原先的五六十斤不等减为十余斤不等，马具由原先的五十余斤减为二十余斤，总共锐减七八十斤不等。二则，随带兵器改变：重型攻防器械与大型机发连弩全部放弃，每个骑士只有一长一短两口精铁剑、一张臂张弩、三十支羽箭。三则，每个骑士配备两匹战马、一袋百斤装的草料。四则，全军没有辎重营，每个骑士携带十斤干锅盔十斤干牛肉一皮囊胡人马奶子。

诸般换装事宜虽则琐细，但王贲也只用了十余天。在换装的时日里，王贲侧重对留守的两万重装铁骑做了巡视部署：两万铁骑以赵佗为将，于三万轻骑奔袭之前开赴安陵郊野，构筑坚实壁垒扼守安陵要道，截断楚国与韩国故地之通联。同时，王贲与姚贾会商，最终定下了一个文武齐出的呼应方略：王贲轻兵攻楚，姚贾出使魏齐，随时通联各方情势。

"能否镇抚四方，全在少将军了。"

"三万锐士不能横行天下，王贲枉为大将！"

暮色残阳的旷野里，两人马上一拱手激荡着烟尘各自去了。

时当初夏之夜，王贲的三万轻骑风驰电掣，四更时分便逼近到了汝水西岸的上蔡之地，绕到了楚国旧都陈城之南。这三万轻骑悄无声息地屯扎在河谷，没有炊烟，没有火光，没

轻装上阵，讲的是速战速决。但如果遇上廉颇、李牧，这一招不管用。

讲到食物，东、西部打起仗来，还是东部吃亏。吾师曾提点笔者，背锅盔的跟背米的相比，打起仗来优势要大得多，锅盔好背，而且可以吃好多天，不易坏，冷热均可吃。背米的就不一样了，煮米及保存食物都是大问题。牛肉、马奶子，更好解释，能吃饱肚，能量又大。在速战速决的古代战争中，西部是比较占优势的，考察秦败六国，食物是该考察的重要细节。双方交战，军备、人心、战略、粮草、地理等因素皆重要。小说写饮食虽简单粗疏，但作者抓住了几样关键之物，锅盔、牛肉、羊肉、肉汤、凉茶等。不经意之小处，常能见作者之见识。

楚地上蔡，李斯的家乡。

有人喊马嘶,若不走进这片密林,谁也不会想到这里隐藏着如此一支即将卷起飓风的可怕大军。朦胧月色之下的黑黢黢的树林里,只有一点微弱的亮光从河岸山脚下弥散出来,那是王贲聚将的一个干涸了的大水坑。

"诸位,这里是楚国旧都陈城,距我军只有一百余里!"

一张羊皮地图挂在粗大的树干上,一支火把摇曳在树旁的司马手上。王贲站在树下,长剑圈点着地图对三十余名千夫长以上的将佐做着部署。王贲的声音低沉短促:"我军要在十日之内,连下十城!上蔡、城阳、繁阳、寝城、平舆、巨阳、项城、新郪、苦县、阳夏。也就是说,十个昼夜之内,我军要从汝水西岸打到东岸,大回环北上,抵安陵与铁骑大营会合。此战只破城,不占地、不掠财!当然,补充粮秣除外。城破即撤军,不许恋战!我军之所图,只在展示霹雳雷电之战力,震慑楚国不敢轻举妄动。明白没有?"

"嗨!"

整齐一声低吼,立即肃然无声。这是说,人人明白此战要旨所在。

"黎明之时首攻上蔡,半个时辰后进发!"

"嗨!"

将佐们匆匆散去了。就在王贲聚将的短暂时刻,三万骑士已经完成了冷吃战饭、喂马刷马及整修马具兵器等种种事体。秦人曾在几百年里一直是周王室的养马部族,有着久远的养护良马的传统,堪称真正的马背部族。对于战马,秦军兵士视若共赴艰险的患难兄弟,无论是战时还是平时,总是将战马养护看得比自己吃喝更要紧。在这顿饭晨光里,骑士们几乎人人都是嘴里咬着干锅盔干肉,牵着两匹战马大步匆匆走到河边,一边与战马絮叨着,一边检查着马蹄铁与鞍鞯等等,若一切完好,立即用卷起的草刷蘸着河水刷洗战

秦人先祖,据《史记》的说法,就是御马师。

马。战马们依偎着自己的主人，一身轻松却又不能纵声嘶鸣，便蹭着人咴咴喷鼻，亲昵得直如血肉兄弟一般。眼见营将匆匆归来，兵士们立即牵回战马各自归队，千夫长与都尉们尚在大啃大嚼地吞咽，全数骑士们已经整肃上马了。

及至马队卷出河谷，启明星尚在天边闪烁着亮光。

上蔡的城门刚刚打开，一场暴风雨骤然降临了。王贲的轻骑兵分作四路，同时猛攻四座城门。城头守军睡眼惺忪之间，刚刚放下吊桥，出城进城的人流还在疏疏落落的时候，天边原野突然传来一阵怪异的闷雷声，接着便是疾速飘来的黑云。惊愕懵懂的城头士兵还不明白究竟该不该禀报将军察看，乌黑的云团陡然爆发出惊天动地的呐喊飞压了过来。进出城门的车马人流来不及惊呼，本能地滚爬躲开之际，黑云已经卷过了吊桥冲进了城门……一切都像晨曦中的一个噩梦，整个上蔡都陷入了梦魇之中。没有任何抵抗，乌黑的浓云已弥漫了正在伸着懒腰的城堡。

当上蔡郡守被从官署寝室的卧榻上拖出来时，还瞪着老眼一连串喝问："将军何人，纵奉王命来索粮草，也当在老夫卯时梳洗之后公案说话，何能如此无理！一身乌黑，秦军一般，不怕老夫问你个轻慢国色之罪么！"王贲提着马鞭不无揶揄地笑道："郡守看好了，我等原本便是秦军秦将，难道不一身乌黑么？"须发散乱的老郡守揉着老眼万分惊讶道："你等果真秦军，是借道还是借粮？"王贲冷笑道："不借道，不借粮，就要这座上蔡城。""你！秦军已经攻占了上蔡？"老郡守如梦方醒，似乎还不能相信。王贲一阵哈哈大笑道："占没占自家去看，我只对郡守一句话：秦军还要继续攻占楚国城池，立马报给楚王，看是你报得快还是我攻得快！记住了？""记，记住了。"老郡守大汗淋漓，二话不说飞奔出了官署。

正午时分，秦军轻骑在城内饱餐一顿，又闪电般去了。

借道还是借粮，问得好。春秋战国期间，诸侯国之间常有"借道"之事发生。

《史记·楚世家》："（考烈王）二十二年，与诸侯共伐秦，不利而去。楚东徙都寿春，命曰郢。"可见秦国之气势，楚国亦要避其锋芒。

楚国王室多变，越往后，暮气越重，"二十五年，考烈王卒，子幽王悍立。李园杀春申君。……幽王卒，同母弟犹代立，是为哀王。……哀王庶兄负刍之徒袭杀哀王而立负刍为王。是岁，秦虏赵王迁"（《史记·楚世家》）。春申君为李园所杀，伤楚国元气。继承之事，又连连生乱。天不助楚国也。

当上蔡郡守的特急上书飞到郢寿①（郢都寿春）时，楚国王城正在纷乱之中。刚刚即位做了两个月楚王的芈犹突然莫名其妙死了，各方权臣贵胄大起争端，为究竟是宫变谋杀还是暴病身亡剑拔弩张地争吵不休，连国丧也无法举行。表面原因，却是无法确定死王芈犹的谥号。上蔡急书犹如当头冷水，郢寿顿时冷却下来，毕竟亡国事大，谁也不敢轻慢。分领国事的昭、景、屈、项四大部族权臣与芈氏王族元老立即紧急会商，终于在三日之后纷争出两个对策：一是确认死王谥号为哀王，常礼国葬；二是推出公子负刍继任楚王，应对秦军攻城略地之险。

三日间又有急报接踵而来：城阳、繁阳、寝城又连番陷落！

楚国君臣一日数惊，心头突突大跳，朝会上人人脸色铁青却无计可施——以这种日陷一城的狂飙战法，纵然立即调兵，只怕也不知道该到何处对敌。最后，还是新王负刍颇有主见，摇着几卷紧急上书道："诸位，秦军不会以三万轻骑南下灭楚。此战，必有缘故也。四城陷落情形相同：秦军只攻陷城池，一不大掠府库，二不大肆屠戮，三不驻军占据，攻占之后补充粮草即去。亘古至今，谁见过如此攻城灭国之军？"大臣们这才有所回味，纷纷议论一番，越说越觉蹊跷，最终一致认定只能加紧探察，只要秦军不南下郢寿，不能轻举妄动。

楚国君臣举棋不定的几日之间，秦军已经飓风般掠过汝水，又攻下了汝东三城。楚军斥候快报也纷纷传来，秦军情形终于清楚：统兵大将是王翦长子王贲，其一路攻城北上，

---

① 郢寿，即寿春，古邑名，战国楚地，在今安徽寿县西南。公元前241年，楚考烈王自陈迁都于此，命名"郢"。

目下没有转攻郢寿的谋划。楚国殿堂这才舒缓下来，大臣们竟有些服了这个有谋杀哀王嫌疑的新楚王了。

转眼之间旬日已到，秦军果然连续攻下了汝水两岸的十座城池。

第十一日，新楚王负刍接到了秦军大将王贲的一卷书简，简单得只有寥寥数语："楚国阴连韩国遗民作乱，殊为可恶！若不改弦更张，本将军将一举攻破郢寿，将尔等君臣赶入大江喂鱼！今已牛刀小试，而后言出必行，楚国君臣自家揣摩。"

"原来如此啦——"

楚国君臣们如释重负，不约而同地欢呼了一阵。之后朝会三日商议善后，楚国君臣越想越是后怕：这王贲仅仅率领三万轻骑，便风卷残云般在整个淮北飞旋十日连下十城，以如此战力，果真进攻郢寿，楚国岂不立即便是亡国危难？恐惧万分的楚国君臣立即议定出了两个防范对策：一则，由项氏大将项燕掌兵，秘密调集楚国兵马聚结于淮南山地，以防秦军随时攻楚；二则，立即与韩国旧世族切断联系，不能给秦军攻楚口实。危难当头，楚国拥有封地财力的世族权臣们也不再相互攻讦，几乎是没有异议地拥戴了这两个对策。

后来的事实证明：正是秦军的这次狂飙破城，给了楚国一个结结实实的亡国警讯，使楚国在山东六国中成为唯一清醒地预先防范秦军的大国；否则，楚国便没有项燕大胜秦军的最后光芒。这一点，王贲没有想到，此时的楚国君臣更没有想到。

却说王贲一路北上之际，韩魏情势又发生了出人意料的变化。

姚贾出使魏国，即位刚刚三年的新王魏假殷殷相迎于郊亭，将姚贾尊奉得神圣一般。魏假信誓旦旦，魏国与旧韩世

王贲虚张声势，楚国虚惊一场，早做准备。若非楚国内乱，楚王多不争气，天下未必姓嬴。

族从来没有秘密联结，日后更不会有！无论姚贾以何等方式举出了多少迹象多少凭据，魏假都笑吟吟地摇头。在姚贾离开大梁的前一日夜里，魏国的太子兼丞相特意来见，告诉了姚贾一个秘密消息：韩国旧世族正在上党山地聚结士兵，张良从齐国邀来了许多技击侠士做将。这个太子丞相言下之意很清楚，韩乱根源不在魏国，在齐国。尽管姚贾统辖的黑冰台有着强大的探察能力与诸多的消息通道，但姚贾还是不能忽视这个目下难以确定真假的魏国说法。毕竟，秘密盟约破裂之后出卖对方以求自保的事，在山东六国太多了，谁能说魏国消息不是曾经的真相？片刻思忖，姚贾一面向王贲发出了快马急书知会消息，一面下令黑冰台立即探察上党山地。

之后，姚贾立即星夜赶赴齐国。几日后，姚贾已经完全清楚了所谓齐国通韩的真相：齐人进入韩国，全部是旧韩申徒张良以重金收买的任侠、方士、逃跑的刑徒及一部分穷困的渔猎户男丁，齐国君臣，确实没有以任何方式联结扶助旧韩世族。那个整日坐在母后灵前忧郁祈祷的齐王田建，摇着瑟瑟白头，当着姚贾的面对丞相后胜下令："秦齐一家！秦国事，便是齐国事，全数追回韩国齐人！"

齐国之行，使姚贾对魏国的疑心陡然加重。姚贾几乎可以肯定，齐国不是韩乱的支撑者，支撑地只能在魏国，旧韩世族要在山水险恶的上党立军立国，没有中原仅存的大国魏国的支撑，几乎是不可想象的。可是，凭据何在？毕竟，姚贾是魏国人。对于自己的故国王室，除非有确实凭据，姚贾还是不愿意将它看得太卑劣太阴损。尚未离开临淄，姚贾已经飞书传令黑冰台都尉：黑冰台探员全部撒向上党、大梁两地，务必查清魏韩联结情形及韩乱部署！

想来想去，还是要找魏国的麻烦。

从临淄回到大梁的次日，姚贾接到黑冰台都尉的两则归总密报。第一则，魏国助韩事已经查实：魏国信陵君旧时门客两千余人，伪称齐人，进入上党成为"韩军"主力将佐；当年追随信陵君击杀大将晋鄙的铁锥侠士朱亥，被张良定为三千敢死之旅的主将；魏国王室通过信陵君门客力量，秘密资助张良二十余万金，并许一支"商旅"车队从魏国敖仓秘密运送粮草北上，绕道旧赵官道从壶关进入上党。所有资韩事宜，皆奉魏王假的秘密令牌，由太子丞相施行。

"魏假啊魏假，风华大梁必毁于你手矣！"

姚贾长叹一声，拿起了第二件归总密报。这件密报说，韩国旧世族的残存私兵已经陆续秘密开进上党山地聚集，以段氏、侠氏、公厘氏三大部族为主力，加上张良多年搜求的各色门客与散兵游勇，共计六万余人。各方会商，议定夏忙之后举事。张良宣示的复国方略是上中下三策：上策仿效代赵，迎回韩王安在上党立国，恢复韩国国号；中策拥立韩国一王族公子为君，相机南下，在楚韩交界处立国；下策由三大部族公推一人称王，国号必须为韩，立国之地届时相机确定。

"狗彘不食！竖子张良，野心何其大哉！"

姚贾二话没说，连夜飞车南下，赶到了安陵大营。

"韩军谁做大将？"王贲看完两则归总密报，眉头皱得铁紧。

"段成为大将，张良为军师。"

只这一问一答，两人不约而同地走到了钉在立板上的羊皮地图前。王贲虽没有亲身参加过那场惊心动魄的长平大战，但对这方浸透着秦赵两军鲜血的大战场却是了如指掌。不用姚贾带来的黑冰台都尉指点，王贲的长剑啪地打上了地图。

"这里。壶关口，石长城。"

"正是！将军如何这般清楚？"

黑冰台都尉的惊讶认可，使王贲的黑脸罕见地漾出一丝算是笑意的波纹。王贲接着用长剑指点着板图道："旧韩世族选择壶关口、石长城一线为根基，其因由有三：一则，石长城有当年长平大战之后赵国构筑的秘密洞窟，这些秘密洞窟，都藏满了粮草；二则，此地山高林密水流纵横，更有石长城壁垒，是上佳的隐蔽营地；三则，壶关口东出太行山最近，若举事失败，旧韩残部便于逃亡北上！"

"逃亡路径，将军可有预测？"黑冰台都尉对王贲大感佩服。

"或逃燕代之地藏匿，或逃辽东匈奴以图再起。除此无他。"

"正是！将军敏锐！"黑冰台都尉又一次惊叹了。

"看来，这张良尚算个人物。"姚贾点着头。

"再是人物也活捉了他！"王贲恶狠狠一句。

当夜，三人会商到天亮，应对之策终于确定了下来：王贲五万大军分作两路，秘密开进上党，旬日之内部署就绪；姚贾坐镇新郑，一则照应外围并与蒙武部协力阻截韩乱败兵南逃楚地之路，一则严密监视大梁王室的动向；黑冰台分作两部，剑士探员保护姚贾周旋魏国，文士探员跟随王贲幕府进军上党，职司王贲姚贾之通联协同。末了，姚贾正色道："以战阵论之，韩乱事小。然以大势论之，韩乱发于中原腹心，关乎能否连续灭魏，长远论之，更关乎三晋平定之后，中原能否有效化入秦法秦政。唯其如此，少将军不可大意。"王贲一时颇见难堪，默然片刻却站起来深深一躬道："先生教我，王贲一谢。轻兵袭楚之后，先生怕我骄兵，故有此言。先生不知，王贲少时即以武安君白起为楷模：万事可骄，唯不敢以国事兵事为骄。故终生行兵，武安君不败一阵。今贲身负秦王重托，举兵平定中原，安敢有轻慢之心哉！"姚贾又道："如此，少将军以为袭楚之战与平乱之战，不同处何在？"王贲慨然道："袭楚在兵，平乱在谋，岂有他哉！"姚贾不禁心潮激荡，起身一躬道："少将军如此厚重内明，国家得人矣！大梁之事，老夫遂可放手周旋了。"两人大笑一阵，举酒连饮三爵，各自忙碌去了。

在整个秦军之中，王贲部最是快捷利落。天亮后一日整装，暮色初上时分，五万大军便借着夜色悄然北上了，安陵只留下了一座旌旗飘扬鼓号依旧的空营。姚贾最后巡视了示形军营，也率领车马大队连夜北上新郑。

六月初的上党山地，依然凉爽得秋日一般。

王贲五万铁骑的进军部署是：赵佗率两万轻骑从安阳北上，经邯郸西北的武安进入壶关出口山谷，卡住"韩军"退路；包含一万轻骑两万重装铁骑的三万骑兵，由王贲亲自率领，北渡大河从野王北上，经轵关陉进入西部上党山地，再越过长平关进逼石长城，与乱军正面接战。从心底说，无论山东六国将那个密谋作乱的张良传得多么神奇，王贲对这种乌合之众结成的所谓复国义兵，压根嗤之以鼻。然则，要使作乱者无一漏网地全部捕获，王贲却不敢掉以轻心。但凡军旅将士都知道，论战力，门客游侠死士刑徒等结成的乌合之众远不及任何精锐大军之万一，然要说逃亡藏匿之能，这般乌合之众却要远远强于任何精锐大军。古往今来,全军覆没的精锐之师屡见不鲜,却没有过任何一支游侠式的乌合之众被干净彻底了结,此之谓也。

进入长平关以北的山谷,王贲下达了第一道军令:一万轻骑秘密绕道石长城背后的河谷密林驻扎,两万携带大型器械的重装铁骑在光狼城①外的山谷密林驻扎,两军一律冷炊,开战前不得举火。王贲的幕府设在了光狼城东北的狼山石窟,这是当年长平大战时白起的秘密统帅幕府。王贲对白起的景仰无以复加,一进上党便定下了幕府所在地,决意要对当年武安君的雄风感同身受一番。及至走进这座奉若圣地的巨大的石窟,王贲却被骤然激怒了。

"韩安卑劣! 张良可恶!"

王贲的吼声回荡在石窟,洞外的护卫与司马们飞奔进来,不禁也愕然了。石窟依然是山风习习日光通透,只是与秦军传闻中的当年的武安君幕府景象大相径庭。正面洞壁上刻着八个石槽被染得血红的斗大刻字——痛失天险,韩之国耻!左下是"韩安"两个拳头小字。左手洞壁上则刻着两行同样斗大的红字——韩割上党而弱亡,祸未移而饲虎狼也!韩申徒张良决意复国,宁惧白起之屠夫哉! 显然,这些字镌刻不久,用鲜血涂抹的石槽尚未变黑,还闪烁着森森然的血红。

当夜,王贲在火把之下奋笔疾书,给秦王上了一道几乎与当下军事没有任何干系的请命书。上书如实禀报狼山石窟情形之后,王贲愤然云:"战国兵争,死伤在双方,胜负在自身。秦赵长平血战,旧赵将士尚未攻讦武安君,旧韩王及世族却竟如此猖獗,对我武安君以屠夫诬之,是可忍孰不可忍! 今末将敢请王命:在狼山石窟修建武安君祠,立武安君立战神,准备杀张良等而祭。

---

① 光狼城,古邑名,在今内蒙古自治区中部,阴山余脉狼山的东南。

石像，一里老秦民户移居山下长护长祭，我军平定韩乱之日，请杀韩王安与张良于狼山石窟祭祠！非如此，秦军将士心不得安也。"书成之后，一直守候在旁的司马有些犹疑，吭哧着说言辞是否太过。王贲大为气恼，一脚端翻司马，又大吼了一声："快马即发！秦王不从我请，还是秦王么！"

三日之后，年轻的蒙毅亲自驾车赶来了。

蒙毅风风火火，一下车便双手捧出秦王书高声道："秦王有令，王贲所请全数照准！并在咸阳太庙东园修建武安君祠，永世陪祭大秦诸王！"王贲与将士们都没有料到秦王王书会如此快捷，不禁爆发出一阵从来没有过的狂呼，武安君万岁与秦王万岁的呐喊声如疾风般掠过山野。在狼山石窟查勘完毕后，蒙毅低声告诉王贲，秦王想要将这两方石刻挖下来运回咸阳，问王贲难也不难。王贲想都没想，立即回答不难，并立即下令通晓石工技艺的几个骑士率领三百人连夜开始动工，两日两夜便挖下刻石装上牛车上路。临行之时，蒙毅万分感慨地对王贲说了一个小故事：秦王接王贲上书之时正是三更时分，立召王绾、李斯、尉缭、顿弱四大员议事，蒙毅列座书录。王绾年长，刚刚入睡被人唤醒，进得门来尚在迷糊之中，皱着眉头听完事由，不禁嘟哝道，武安君之事牵涉甚多，又非紧急军情，何至我王夜半动众？秦王没有发作，反而起身对王绾深深一躬说，武安君被先祖错杀，牵涉再多，也是错杀冤杀。嬴政每思用兵便深为痛心，今武安君身死犹被人辱，我心如刀刺，岂能安卧哉！寥寥数语，在座大臣们都流泪了，老丞相王绾几乎无地自容……

"大哉秦王！"

后来王贲每每想起，他对秦王的景仰，以及反对老父亲在统兵灭楚之际对秦王以权术应对的做法，其根源皆在这次狼山请命。从那一日开始，王贲便认准了秦王，决意终生追随。直至十余年后不意暴病，王贲对儿子王离说的最后一句话仍然是："秦王大明！子必誓死追随！"这是后话了。

且说幕府立定，王贲立即在石窟幕府聚将，决意要赶在韩世族复国之际一举割除这个中原毒瘤。正当此时，姚贾从新郑送来一份黑冰台紧急密报：韩世族军密谋，旬日内突袭梁山，抢回韩王安，立秋在上党复国。"司马，念给诸位！"王贲狠狠将密报摔在石案上，黑着脸咬着牙走下将台，长剑咔嚓一声插进了碎石块堆积起来的写放①山形上。及

---

① 写放，战国时代对原物缩放复制的称谓。秦灭六国后写放六国宫室于北阪，是仿真景物与沙盘作业鼻祖。

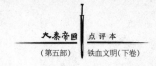

至司马念完密报，将军们大吼一声"决平韩乱"，王贲这才冷漠平静地转过身来。

"乱军出山，天意也！"

呼呼摇曳的火把下，王贲的长剑指点着写放山川对将佐们道："韩人既变，我亦得变！此，战之谋也，兵之谋也。原本，乱军固守上党，我军谋以重兵克之。今乱军出山夺王，我当以多路击之。总归一句：韩乱世族务必全数捕杀俘获！门客游侠逃脱几人姑且不论，要害是不能教韩乱世族逃脱一人！尤其是那个狗头军师，张良！"

"嗨！"

将军们一声吼应之后，王贲连续下达了十一道将令，每一道将令都清楚明白地交代了地形战法与相互呼应之法，堪称秦军自灭国以来最为翔实的战场将令。将军们一无异议，各领将令之后匆匆而去。待三名司马携带着三道军令飞马东去赵佗部，幕府冷清下来，王贲才大踏步走出了石窟，率领已经列队等候的三千飞骑疾驰而去。

王贲马队的方向，是上党西部的少水隘口。

依据原定方略，王贲军与赵佗军西攻东堵，合击全歼这支乱军。可姚贾的紧急密报却带来一个原先完全没有料到的变化：韩军要先行抢回韩安，而后再行复国大典。就具体的军事部署而言，这个变化意味着韩军将主动奔袭梁山，而不是原地筹谋复国再待机迎立韩王。如此一变，局面较原先复杂了许多，若仍然以原本谋划重兵合围，击溃韩军仍是胜算在握，却显得漏洞极大，有可能使韩军在动势中大量逃亡，为此，必须有相应变化。若是寻常将领，仓促之间还当真难以谋划出妥善周密的用兵部署。然则，此时的秦军将领恰恰是王贲。战场兵事，王贲素来具有两大特质，一是胆略非凡，二是机敏过人且精细异常，小白起名号尽由此而来。一接姚贾密报，王贲心头立即划过一道闪电：这个消息真实可信！因为，它一下子解开了王贲多日的疑团——国无二君，韩世族复国如何会有三王之说？韩王果真未定，张良以何名号邀集旧韩世族与六万余军力？除非这个张良当真神乎其神，否则便大大的不合常理了。然，由于此前多方消息都相互印证了三王事实，王贲与姚贾便没有理由不相信。这道突然而及时的密报，一下子将原本不可思议的迷雾廓清了——张良并非神圣，还得循着当世常理确立一王而后举事作乱！此前所谓事实，显然只是韩国世族的示形术，有意迷惑天下耳目迷惑秦军而已。就在司马念诵密报的短短时刻里，王贲心思飞转，转瞬间谋定了应变部署。

王贲的十一道将令是：

其一，飞马急报秦王，不要向梁山增兵，既有守军也不须死战。

其二，五千飞骑秘密赶赴梁山要道埋伏，在韩军抢得韩王后堵截退路。

其三，一万七千铁骑赶赴河东渡口埋伏，在韩军抢得韩王返回时大举截杀。

其四，赵佗部一万飞骑秘密西进壶口，在韩军出动之后攻占其大本营。

其五，赵佗部五千飞骑西进石长城一线，全面搜剿韩军秘密洞窟。

其六，赵佗部五千飞骑埋伏壶关东口，截杀漏网北逃之韩世族。

其七，王贲自率三千飞骑居中接应，并在少水隘口做第二道截杀。

其八，两千熟悉上党山地的轻骑，全面搜剿藏匿山林之散兵游勇。

其九，斥候营两百余人，乔装各色人等刺探军情并搜捕韩乱主谋。

其十，三千铁骑赶赴上党南部入口轵关陉，截杀从新郑北进的旧韩世族。

十一，下令河东郡署，秘密向开出上党的秦军运送干粮干肉并战马草料。

王贲在少水隘口的密林驻扎到第五日，斥候营传来密报：韩军乔装成商旅的粮草车队已经开出，正向少水隘口而来。王贲冷笑道："些许粮草尚要自家料理，竟敢妄称得韩民心，岂非天下笑柄！"看官留意，这便是真正的战争，军马举动间若无实际力量的支撑则寸步难行。就实而论，其时韩国已经被灭六七年，作为距离秦国最近且与秦国民众融会最密切的韩国庶民，对秦法秦治的清明已经有了深切实在的体味，很少有人再去怀念追思那个昏聩无能的韩国王室了。当此之时，旧韩老世族要举事复辟，要想做到庶民箪食壶浆以迎王师，已经是春秋大梦了。唯其如此，韩军要东来奔袭梁山，第一个难题便是粮草。这支由世族子弟门客游侠刑徒方士散兵游勇各色人等组成的韩军，要想做到秦军赵军那般自带军食长途奔袭，无异于白日做梦。唯一的办法，只能是自己先期输送粮草到特定地点，等候供应一路开来的军兵。若像通常大军那般粮草随行，主谋者又怕招摇过大进军缓慢，失去了奔袭的突然性而使秦军有备。而目下之秦军，非但有当年长平之战后秦国在西上党储存的粮草，而且开出上党也有所在郡县的秘密供给。纵然如此，秦军也是力求秘密快捷，全军冷炊不举烟火，在上党驻扎旬日而能使旧韩军一无觉察。

"放过粮草，任他去。"王贲轻蔑地一挥手。

三日之后，一支五颜六色的庞大马队呼啸着卷出了少水隘口。站在山顶一棵老树下的王贲，眼看着驳杂的马队从自己眼皮底下开出，非但没有丝毫的焦虑，反倒高兴得哈哈大笑起来："好！只要这群兔崽子出窝，老子管保秦王可睡安稳觉了！"

半月之后，战事没有任何悬念地结束了。

除了迎接韩王，韩军没有得到军师张良事先反复宣示的"天意"庇护，反而鬼使神差地每一步都撞到了秦军的刀口上。奔袭梁山之战，三五千秦军的战力分明并不如传闻中的悍勇。韩王被顺利迎接出山，韩军壮士们很是欢呼了一阵，韩王安还当场许诺，复国大典将赐每个将士三坛王酒。不料，东渡大河之后一切都翻了过来。河东渡口突然冒出的黑压压马队，一个回合冲杀便夺走了韩王，砍去了几乎一半的韩军头颅。韩军回头冲杀，梁山来路又冒出大片黑压压马队。大河两岸如此两三番折腾，韩军几乎被杀大半。一路突围冲杀到少水隘口，韩军五万余壮士剩下不到两万。不想，少水隘口又突然杀出一支飓风般的马队，攻杀之快捷猛烈直教这些游侠勇士眼花缭乱，想都来不及想便哄然四散了。侥幸逃出少水隘口的两三千人仓皇东来，要奔壶口出上党北上代国，堪堪将近石长城，不想秦军马队又黑压压从山脊压来。便是这最后一次截杀，韩国三大世族子弟全部被俘获，韩军主将段成也做了战俘。只有些许早早游离出大队的门客游侠逃出了重重追杀，作鸟兽散了。

虽然如此，王贲还是气得嗷嗷叫，原因是那个军师张良没有下落。王贲不死心，下令清理战俘、战场与被斩首级。可是，张良依然活不见人死不见尸。直到次年攻破大梁灭魏，王贲才从俘获的魏王假口中得知：那个张良在战场上装死，压在死人堆里一个昼夜，次日才趁着山雾逃脱了，而那个战场，恰恰就是王贲亲自截杀的少水隘口。

为一个张良，大费周章，可见此人的重要。

"张良！老子权当你狗头尚在！"王贲恶狠狠骂了一句。

"有黑冰台天下追杀，那个张良活不了几日。"姚贾安慰道。

　　姚贾赶来的时候,上党战场堪堪清理了结。除了被杀者,韩王安与旧韩世族全数被捕获,逃脱的游侠残兵也只有三五千之数。对于横跨大河与上党山地的东西千里大战场而言,王贲以五万秦军将六万余最难对付的游侠壮勇几乎一举清除,可谓奇迹也。尽管王贲对张良逃脱耿耿于怀,然在姚贾部署黑冰台追杀之后,也大笑一阵释然了。当夜军宴,姚贾笑问王贲:"杀韩王以祭武安君,要否再度请命秦王一次?"王贲大手一劈道:"不要! 秦王此前已下书准许,宁有变哉!"姚贾摇头沉吟道:"至少,少将军须等得三五日再说。"王贲有些不悦,然最终还是点头了。于是,两人在禀报平乱的归总上书上共同用了印,派出快马特使立报咸阳,军宴便散了。次日清晨,王贲尚在酣睡之中被人摇醒了。王贲正要发作,睁开眼睛一看,却是年轻英武的蒙毅笑吟吟站在榻前。

　　"蒙毅! 你如何来也!"王贲惊喜过望,一拳捅得蒙毅一个趔趄。

　　"啊呀! 我若女子,非被你捅死不可!"

　　"你兄弟纸糊的呀,快说! 甚事!"

　　"我还饿着肚子,不说。"

　　"快! 酒肉上! 三份战饭!"

　　"不不不,两份足够。"

守候在幕府外帐的司马,应声将现成的战饭捧来两份:两张大锅盔,两大块干牛肉,两皮囊马奶子酒,唯一的奢侈是外加了一盅白光光的醋浸鲜辣小蒜。蒙毅一笑,立即坐在案前大嚼大咽,连王贲看也不看。王贲散乱着长发光膀子裹着一领大布袍,也顾不得去梳洗,只怔怔地盯着蒙毅呼噜噜吃喝,看得帐口的司马想笑不敢笑想说不敢说想走又不敢走,

蒙恬与蒙毅,应该是一个偏武,一个偏文。王贲见了蒙毅,一拳上去,可见二人交情非浅。

只满脸通红。好容易,蒙毅全数清扫了两份战饭抬起头来,王贲还是直愣愣盯着。

"秦王有令。"蒙毅板着脸淡淡一句。

"如何?"王贲黑着脸。

"若捕获韩王段成之流,立杀以祭武安君。"

"娘也——"

见王贲低呼一声瘫坐在地,蒙毅高兴得大笑不止。王贲忽地爬起来抓住蒙毅便打,蒙毅却只顾揹着头大笑不止。王贲打得几下松开手喘息一声,两人这才开始正经说事。王贲说,姚贾的提醒,还真是搅扰得他一夜没有睡好,直担心秦王果然生变。蒙毅说,秦王最有担待,发出的王命说出的话,从来没有变过。王贲说,既然如此,秦王为何要再下一次书? 蒙毅说,秦王自己不变,可别人担心秦王变,秦王又担心臣下担心自己变,于是有了这第二道下书。王贲说,世上本无事,都是人多心。蒙毅说,对也,秦王也说了,君臣相知千古难,除了孝公商君,只怕我等君臣也得揣摩着对方行事了。王贲不禁一叹,难,烦。蒙毅笑说,不难,不烦,只要各依法度做事,这是秦王说的。

两人说得一时,便去姚贾军帐会商。姚贾得知秦王下书,也是感慨中来连呼惭愧惭愧受教受教。于是,一番筹划部署,三日后在狼山的武安君祠以秦王名义大祭武安君白起,在祭台前杀了韩王安与乱军主将段成。韩乱之事,至此遂宣告平定。及至王贲部回师南下到野王大河渡口,长史李斯又飞车赶到了。

李斯此来,是奉秦王之命会商对魏国战事。李斯先行叙说了咸阳会商情形:秦王咸阳朝会,大臣们都已经赞同了王贲的连续对魏国用兵的方略;然,大臣们也都担心王贲五万兵力不足,提出了三则对策:一是等待灭燕大军南下,二是调九原蒙恬军南下,三是调陇西军东来。秦王始终没有可否之见,只教李斯做特使,与王贲姚贾会商后再定。

"长史揣摩,秦王究竟何意?"姚贾皱着眉头问。

"秦王之意,战场用兵几多,大将最有言权。"李斯说得明白不过。

"少将军之见,五万兵力如何?"姚贾又问。

"大人只给我一个评判,魏国还有多少兵力?"王贲反问一句。

"二十万余。"姚贾职司中原邦交探察,没有丝毫犹豫。

"如此,我部兵马足矣!"王贲笃定拍案。

李斯良久默然,末了道:"就近伊阙有蒙武老将军五万兵马,少将军似可为用。"王贲答曰:"蒙老将军兵马同是秦军,自然要用。我意是说无须再从燕地、九原、陇西三处远途调兵,我有十万锐士,还有姚贾大人邦交周旋为助,一战灭魏有成算!"

"如此,少将军请接王书。"

谁也没有想到李斯随带秦王王书,不禁惊讶。李斯说,秦王明白交代,若王贲在平定韩乱之后灭魏依然胸有成算,当立即宣示王命,进入战事筹划,无须反复请命会商,故此有书命随带。王贲肃然起身一躬,双手接过王书展开,却只有寥寥数语:"秦王特命:王贲为将,统领灭魏之战,山东秦军并各郡县,须一体听其调遣!"

王贲读罢,思忖片刻,双手将王书捧给了姚贾,并吩咐司马摆上简单的军宴为李斯洗尘。饮得两爵,王贲起身离座向李斯姚贾分别深深一躬道:"灭魏之战关涉甚多,两位前辈教我。"李斯姚贾尽皆大笑。李斯不禁感喟道:"少将军胸襟,有乃父之风也!"姚贾笑道:"老夫倒是以为,少将军襟怀有如乃父,战场之才,犹过乃父也!"言语一涉老父亲王贲便大显局促,摇着头红着脸只向两人再度一躬求教。李斯道:"战场行兵之事,老夫无以置喙。唯问少将军一句,对魏之战欲大张旗鼓乎?欲不动声色乎?"见王贲肃然思忖,李斯又道,"大张旗鼓者,公然开兵直逼国境,若灭韩赵燕三国之战也。不动声色者,不下战书,不公然进兵,似可说,几类商君收复河西之战也。"姚贾拍案道:"长史所言,颇具深意。魏国情势,确有这两端选择。"王贲道:"大人以为,魏国情势多有诡异?"姚贾道:"然也!我军平定韩乱,分明拿到了魏国鼓荡韩乱之凭据,魏国君臣心知肚明,可硬是不声不响佯作无事。依据邦交成例,魏国已经向秦国称臣多年,此事不能没有个说法。然则,他偏没有!如此情形,大为反常,我军当真得审慎行事。"王贲边听边思忖,末了一拱手道:"两位

韩乱一平,立取魏国。

大人言之有理，灭魏战事当秘密筹划，不宜大张旗鼓。"李斯
姚贾立即拍案赞同。之后，李斯思忖道："灭魏战法，少将军
可有谋划？"王贲慨然道："末将一直揣摩灭魏，容当后告。"
三人大笑一阵，直饮到暮色方散。

　　当夜，李斯西去姚贾北上，王贲大军开始了不动声色的
秘密部署。

三　坎坎伐檀兮　置之河之干兮

　　这日，大梁将军突兀接到王命：魏王要夜巡城防，须提前
一个时辰闭关。

　　第一次，素称夜不关城的大梁在暮色时分隆隆关闭了城
门。城外宽阔的护城河上的几座大石桥也被铁栅封闭了，如
同小城池收起了窄窄护城河上的铁索吊桥。虽然这是古老
而不再具有实战效用的城防传统，然作为遵奉王命的闭关程
式，这个几乎已经被人遗忘的传统却是必须遵守的。于是，
已经没有了那种可以哗啷啷拉上放下的吊桥的大梁，破例用
铁栅封闭了四座城门外的宽阔石桥，算作了"收起吊桥"这
道程式。否则，大梁将军对讲究颇大的魏王无法复命。于
是，也是第一次，夜幕降临时大梁城没有了内外相连的灯火
河流，只有城头的军灯闪烁在茫茫平原，恍若夜空稀疏的星
星。

　　曾几何时，大梁城风华富庶独步天下，与齐国临淄、秦国
咸阳、赵国邯郸并称天下四大都会。四都之中，若论真正的
商贾汇聚百工云集士人流聚物流畅通，还得说以大梁居首。
因为，齐国临淄毕竟僻处滨海之遥，士农工商或望而却步或
鞭长莫及，诸般气象与大梁相比便稍显单薄。赵国邯郸虽为

魏国的最后时刻。

战国中期的后起大都，盛则盛矣，却多以大河之北的胡商、燕商以及天下任侠所向往，楚齐人士与治学之士则较少涉足，蓬勃之中便少了些许郁郁乎文哉的气象。时人所言质胜于文，此之谓也。秦国咸阳大出天下，自不待言，然终因与山东六国恩怨纠结，又因律法甚严，人流物流终归受了诸多限制，于是乎与邯郸类似，少了一些令人心醉的文明风华神韵。唯独这大梁，地处苍茫无垠的大平原，濒临大河而居天下腹心，水路宽阔，官道交织，车马舟步样样快捷，衣食住行件件方便，辐辏云集人物汇聚，蓬蓬勃勃而成枢纽之地。战国初期，大梁尚未成为魏国都城，已经是中原地带财货集散的工商重镇了。及至魏惠王时期筹划迁都，历经数十年营建扩展，于秦国夺取河西之地后正式迁都大梁，这座重镇遂以令人炫目的气势迅速崛起为天下第一大都会。当年苏秦对大梁的说法是："人民之众，车马之多，日夜行不休已，无以异于三军之众！"也就是说，车马人流多得如同大军行进。张仪对大梁的说法是："地四平，诸侯四通，条达辐辏，无有名山大川之阻……从陈（楚）至梁，马驰人趋，不待倦而至梁。"可见其交通便捷。但是，作为魏国都城的大梁，其特异不仅仅在于繁华便捷，还在于一种独有的神韵：她包容接纳了天下各色人物与列国滚滚财货，能够为任何行业提供最为广阔的天地，能使各色人等最为自由地选择自己的出路，弥漫出一种战国独有的奔放张扬与自由进退精神。也就是说，特立独行地自由挥洒，绝不仅仅是一种士人精神，而是一种弥漫天下更聚结在大梁的人民风貌。时人言临淄云："家敦而富，志高而扬。"究其实，大梁之谓也！

回顾大梁之繁华。

　　唯其如此，当魏惠王、魏襄王、魏昭王三代近百年，大梁始终是天下商旅百工的首选之地，是士人游学的神圣殿堂，是天下邦交角力的最大战场。历数战国名士，没有在魏国游学而能成为大家者，几如白乌鸦一般罕见。反过来，人流物流竞相汇聚，又大大地刺激了大梁的工商百业。那时的大梁，商社作坊鳞次栉比，名士学馆比比皆是，酒肆客栈遍地林立，珠宝皮毛盐铁兵器丝绸车马汪洋恣肆，天时地利人和具结交汇，大梁连仔细回味都来不及，便成了天下垂涎的首富大都。

"烁烁其华兮，皇皇大梁。"

"魏王，大梁金城汤池，秦人奈何哉！"

冷清空旷的长街上，魏王假与左丞相尸埕的对话飘荡在辚辚车声中。

午后时分，魏假正在与最心爱的几只猛犬嬉闹，太子右丞相魏炽匆匆前来，禀报了一则秘密消息：秦军王贲部已经平定了韩乱，于三日前班师回到了颍川郡的河谷驻地，有可能筹划攻魏！魏假思忖片刻，立即召来左丞相尸埕及大梁将军、河外将军会商。会商议题有两个：其一，如何就韩乱事对秦国说话？其二，秦军王贲部会不会攻魏？会商一个多时辰，大臣将军们一致认同了魏王假的两则决断：其一，韩乱之事秉承既往说法，咬定魏国从未参与支持韩国旧世族，因此，对秦无须回复，以免自召怀疑；其二，无论王贲是否攻魏，都要未雨绸缪，秘密向大梁调遣军马，并立即增强大梁城防。今夜立即巡视大梁城防，也是魏王当殿决断的。为此，大臣将军们很是赞颂了一阵魏王的深彻洞察。能如此快捷地做出决断，并得到大臣们如此拥戴，魏王假很为自己的用人之道及目下的庙堂权力框架欣然自慰：自魏武侯之后，魏国几曾有过如此同心协力之庙堂？中兴魏国，舍我其谁！

要解得魏假心绪，先得说说魏国目下的庙堂人物。

自迁都大梁，魏国国势不可阻挡地日渐衰落，与大梁都城的蓬勃风华之势形成不可思议的落差。其中奥秘，魏国人

魏地无天险之防，四周无阻，魏君曾下大力气治水，水利网密集，后反被秦军利用，水攻之。魏人善经商，魏地农商皆发达，可惜地狭人多，有发展的瓶颈。张仪曾评说魏地："魏地方不至千里，卒不过三十万。地四平，诸侯四通辐凑，无名山大川之限。从郑至梁二百馀里，车驰人走，不待力而至。梁南与楚境，西与韩境，北与赵境，东与齐境，卒戍四方，守亭鄣者不下十万。梁之地势，固战场也。梁南与楚而不与齐，则齐攻其东；东与齐而不与赵，则赵攻其北；不合于韩，则韩攻其西；不亲于楚，则楚攻其南；此所谓四分五裂之道也。"（《史记·张仪列传》）秦灭韩、赵，各国皆自保，再无大规模合纵之势，秦国要灭魏，可长驱直入。

末路诸侯，不是玩物丧志就是淫于酒色，小说常用手法。与猛犬嬉闹，想必又是个玩物丧志的。魏王假之事，史载不详。这些荒唐事，小说改编使然。

不解，天下人更不解，于是生出了种种议论评判。其中最令天下诟病者，是魏国的人才流失。自魏武侯死至目下魏假即位，魏国历经惠王五十一年、襄王二十四年、昭王二十年、安釐王三十五年、景湣王十六年，共五世一百四十余年。这一百余年中，从魏国走出的名将名相名臣名士举不胜举。尤其是秦国名相名臣，几乎有八九成来自魏国。与此形成反差的是，除了一个信陵君，魏国在百余年中没有出过一个名将一个名相。于是，天下遂有了"魏才人用"之口碑。尽管魏国几代君王都不认这个口碑，可人才依旧在流失，魏国依旧没有当国栋梁。

魏假即位，很为这一口碑懊恼，决意搜求贤才中兴魏国。魏假聪敏好学，冥思苦想地归总出了魏国衰落的两则弊端：其一，用人不当。虽然魏假很不情愿承认这个弊端，但终归是天下公议，魏假还是认了。后来，魏假的这一胸襟很是被大臣们颂扬了一阵子。其二，权臣太重，使魏国庙堂不能有效决策，魏王决断每每受阻。魏假熟悉国史，认定君权受压的最大前车之鉴，是曾祖父魏昭王的少子信陵君权势过重的恶例。山东六国都对这个信陵君赞颂崇敬有加，自认学问有成的魏假却以为：信陵君盗窃兵符、击杀大将、擅自调动大军救援赵国，这是三桩等同于叛乱的大罪，在任何邦国都是不能不严刑处置的，可在魏国，居然能重新接纳信陵君返国并再次当权领政，祖父安釐王当真不可思议，天下人因此而抨击魏国不纳人才，同样不可思议。基于此等深思熟虑，魏假认定了一个不可动摇的根本：无论多大的贤才，都不能对魏王的权位构成胁迫，否则，不是真正的贤才。为此，必得谨慎遴选贤才，必得妥善构架庙堂权力。

庙堂权力，除了国君，第一个位置自然是丞相。

战国官制，各国虽略有不同，然到战国末期，事实上已经

用人不当倒是不争的事实。信陵君令秦国生畏，可惜三番五次被毁废，后于酒色中郁郁而终，能者不用，佞人不断，国之不幸。

担心权臣专权弄政，实际上也是君主无能的表现。借韩非子之术来说，就是缺乏驾驭群臣之术。缺术，是以权臣当道。中西君主制有别，这一说法，仅为解释中式君主制而言。

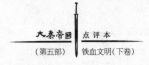
是大同小异了。就其趋同之势的根源而言，魏国可说是战国新官制的发端者。在文侯武侯及魏惠王前期，魏国在李悝变法邦国富庶之后，又确立了国君、丞相、上将军三权同领国政的庙堂权力体制，简洁明确，决策及施行效率大增，魏国迅速由富而强。魏文侯之世，李悝为相，乐羊为将，其时之黄金组合也。魏武侯之世，田文为相，吴起为将，又一次黄金组合也。魏惠王前期，公叔痤为相，庞涓为将，也算得颇具实力的庙堂架构了。魏国开创的三权制之所以有实效，根本点在于丞相开府制。开府者，丞相建立独立官署（府）而统辖百官处置政务，大体类似于后世的总理内阁制。上将军虽然也是开府，但只限于处置日常军务与战场统辖权，而成军权与调兵权则归君主，所以其开府不能与丞相开府相比。而君主的权力，则通过原发性军权（成军权、调兵权、任将权）与用人权、赏罚权等等实现总体控制。从总体上说，虽然君权依然是最大权力，但开府相权与开府将权也具有很大的独立性，比后世的层层叠叠制约要简洁明快得多。这种极具实效的官制很是符合大战连绵的战国，所以迅速为天下所仿效。商鞅的秦国变法，便在秦国建立了以魏国官制为底本的新官制，轴心便是丞相开府。其余各国变法所建立的官制，也都大体靠近魏国范式。因此，到战国末期，各国的丞相都是总领国事而居百官之首，成为最重要的庙堂首席大臣。

唯其如此，魏假不能不对丞相权力慎之又慎。

魏假思谋出了一个颇具新意的丞相方略：丞相职两分，设右左两丞相；依魏国尚右传统，右丞相居首，左丞相辅之；如此相权两分，对君权很难构成威慑，可谓两全其美。然魏假还是意犹未尽，又一番思虑，一个新方略又陡然闪现——以太子为右丞相，可谓万全！太子是自己的儿子，是法定的国家储君，兼领丞相既能使大权不旁落，又能使太子锤炼政务之能，岂非天衣无缝哉！思谋一定，魏假大感舒畅，立即下书朝野：魏王天下求贤，期盼相才中兴大魏，臣民人人得举荐，名士人人可自荐。之所以如此，是魏假已经谋定了行事方略：只有在选定左丞相之后，才能宣布太子任右丞相，否则，魏王求贤之名会大打折扣。

王书颁下之初，魏国朝野很是振奋了一阵。臣民们都以为这个魏王是个中兴明君，颂扬之余纷纷举荐人才。大梁原本物华天宝之地，纵然气象大不如前，毕竟还是天下士人荟萃地之一。于是，半年之内臣民三千余件上书，举荐自荐各色人物三百余。开始，魏假还耐着性子以当年魏惠王接见孟子的隆重礼仪为范式，在王城大殿先后十几次召

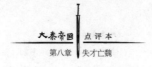

见了二十六个名士，其中不乏法儒墨道各大家的著名弟子。然则，这些名士不是大谈变法强国，便是大谈整肃吏治。除此之外，这些名士几乎不约而同地明确提出，要魏王"复初魏相权，复先王开府之制，用才毋疑"。魏假顿时心下冰凉，深觉时下士子们不识时务——方今秦国独大泰山压顶，不言保国而侈谈变法强国，还要拥有先王时的相权，这不是明明白白要做权臣么？岂有此理！

于是，魏假不再见任何一个士子，只秘密下书太子掌管的招贤馆：举凡入朝士子，但有资质者一律任为博士，赐其高车骏马并一座三进府邸，不任实职。不想如此一来，半年之间，魏国庙堂便有了一百多个峨冠博带的博士①。博士者，当年魏惠王为对付孟子等博学大师与各学派人才而设置的一种官职也。博士的职责规定是："掌通古今，备顾问。"就实说，是没有任何实际职掌的散官。因了魏国殷实，尚能撑得起这等虚荣，于是，占地颇大的博士馆园林也就一直保留了下来。原本的老博士们，却走得一个也没有了。方今多事之时，相邻的韩国已经灭亡，国人振奋于新魏王的振作求贤，期望看到新任贤才们的新政气象。大大出乎国人意料的是，最为时人蔑视的博士馆却突然满当当热闹起来，峨冠博带的博士们高车骏马流水进出，饮酒博戏评点天下，终日无所事事地晃荡在酒肆坊间大街小巷，平添了一片弥漫着醺醺酒意的富庶浮华景象。

制造虚假繁荣。

见多识广的大梁人愕然了，哗然了，茫然了。

不久，大梁街巷传唱起一首古老的《魏风》②歌谣：

---

① 博士，战国时秦官名。《汉书·百官公卿表》："博士，秦官，掌通古今。"小说做了灵活处理。
② 见《诗经·魏风·伐檀》。魏，国名，是春秋时代的魏国，国君姬姓。后为晋献公所灭，故城在今山西芮城县东北。

坎坎伐檀兮　　置之河之干兮

彼君子兮　　　不素餐兮

坎坎伐辐兮　　置之河之侧兮

彼君子兮　　　不素食兮

坎坎伐轮兮　　置之河之漘兮

彼君子兮　　　不素飧兮

歌谣传入王城，魏假很不高兴。魏假通晓诗书，自然知道这是载进《诗》里的古老的魏人歌谣。这支歌的唱词原本有三节，可如今传唱开来的却只有三节的头尾两句，一听便是嘲讽他的求贤设博士国策的。若是说白了，也难怪这首歌直教魏假脸红气促。你听——叮叮咣咣伐檀木，伐下来便丢在了河岸，那檀木可是专门做车轮的良材啊，他扔在河岸不用，他不是个白吃饭的蠢货么！叮叮咣咣伐树，说好了要做车辐，可他还是将它们扔在了河边，他这个人啊，不是个白吃饭的傻蛋么！叮叮咣咣伐树，说好了要做车轮，他还是将它们撂在了河畔，他这个人啊，不是个浪费晚餐的白痴么！

"岂有此理！本王白吃饭么！"

尽管魏假愤愤然大嚷一通，可最终还是无可奈何地长叹了一声。防民之口，甚于防川。整个大梁都在唱，整个魏国都在唱，纵然国王又能如何？追查么，人海汪洋，唱的又是老歌，能问人何罪？若兴师动众，激怒了外邦商旅士人一齐离魏，大梁还是大梁么？反复思忖，魏假终于揣摩出了一个方略：立即在诸多博士中选出一个丞相来，教大梁人民看看魏国求贤是真是假，魏假是白吃饭的蠢货还是有为之君！

魏假乔装成一介布衣之士，漫步到了博士苑。在一片池畔的茅亭下，魏假恰遇一个须发灰白的博士在水边认真翻阅着一本厚厚的羊皮大书，端严肃穆之相令人肃然起敬。在大梁城这样一个风华之地，一个闲散博士不去酒肆博戏坊挥洒游乐，而独自枯守清冷，仅是这份节操，仅是这份定力，也决然是个人物。心念及此，魏假轻轻走进了亭下。

"敢问先生，高名上姓。"魏假深深一躬。

"尸埕。"老士没有抬头，左手在石案上写下了两个大字，"寻常人听不来如此两字，

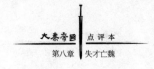
有学则一看便知。"显然是老士习惯了这种问答,说话写字都没有抬头。

"噢,先生是尸子后裔?"魏假博学,一看便笑了。

"足下何人? 知道尸子?"老士惊讶地抬起头来。

"当年,尸佼是商鞅老师,天下皆知,我何不知?"

"不。先祖并非商君之师,足下听信误传也。"老士神情分外认真。

"愿闻真相。"魏假对古板的老人大感兴趣。

老人认真地说了一通先祖与商鞅的真相故事:尸佼毕生执王道之学,也极为推崇儒家孔丘,写下了二十余篇文章做一卷大书流布天下,决意要在某一大国履行其治国之学。那年,尸佼游学到魏国安邑,在洞香春酒肆的论战中结识了年轻的卫鞅。尸佼心高气傲,将自己的一卷羊皮大书送给了卫鞅,要他"师尸子之学,执一国之政,成天下之名"。卫鞅掂了掂羊皮大书笑云:"若足下之书果真实学,三日之后鞅自拜足下为师。"不想,三日之后再度相聚,卫鞅却将尸佼的羊皮书轻蔑地丢在了酒案上,同时拿出了自己的三篇文章,笑道:"足下胆识可嘉,然迂阔过甚也! 二十余篇万余言,唯见崇王道尊儒学,未见一句言法言变。如此迂阔之学欲图治国变法,岂非南辕北辙哉? 足下果然明睿,当拜我为师也!"说罢扬长而去。尸佼大感难堪,却也禁不住认真读了卫鞅丢下的三篇法家之文。旬日之后,尸佼寻觅到卫鞅的小小居所,当真要拜卫鞅为师。卫鞅大笑道:"前番之言,我只不服先生以王道之学为圭臬,何敢当真做先生之师哉! 先生哲人也,'天地四方为宇,往古来今曰宙',仅此一言,足传先生千古之名,何求以我为师也! 治学多端,治国之学本先生所短,先生何苦以短处立于人世焉!"尸佼大感顿悟,对卫鞅深深三躬,遂酣畅大笑而去,自此终生不复见……

"这……果真如此?"魏假第一次大大地惊愕了。

"先祖足迹,后人岂敢虚言!"老士高声一句满脸通红。

"那,先生所治何学?"

"治国之学。"

"噫! 先生说尸佼接纳了商鞅之言,何以后人仍执治国之学?"

"先祖秉性偏执,隐居二十余年不见大成,又复入秦寻觅商鞅。其时恰逢商鞅临刑,先祖慌忙逃离咸阳逃奔巴蜀。临终之时,先祖遗言:商鞅之学不保自身,足见其谬;子孙须修治国之学,以正商鞅,以传后世。是故,老夫修习治国之学也。"

"天下之大，竟有如此反复？"

"老夫之学，惜乎魏王不见。否则，安知尸子不如商鞅也！"

"愿闻先生治国法度。"魏假深深一躬，认真地求教了。

"夫治国者，治人为先。"老士悠然吟诵，显然在念自己的成文篇章，"治人在行，行有四仪：一曰志动不忘仁，二曰智用不忘义，三曰力事不忘忠，四曰口言不忘信。使人慎守四仪以终其身，功业从之也！由此观之，治天下者有四术：一曰忠爱，二曰无私，三曰用贤，四曰度量！……"

"好！"魏假心头一动，不禁拍案赞叹。

"设若老夫入得庙堂，何愁天下不治焉！"老士也感同身受地慨然一叹。

魏假打量了老士一眼，没有说话走了。三日之后，魏假召见了老士，当殿拜老士为左丞相，慌得老士红着脸接连打出了一串响亮的喷嚏，一时涕泪交流不能自已，只连连打躬不止。拜相王书颁行朝野，魏国臣民一片哗然——魏国终究有丞相了，中兴有望了！要知道，魏国在信陵君之后，已经虚空相位多年了，魏国民众能不高兴么？不料，朝野还没高兴得几日，魏假的王书又下来了：太子魏炽兼领右丞相，与左丞相同领国政。魏国朝野再度哗然，大梁城再度哗然。看官须知，太子是国家储君，这太子任相，其实几乎就等于国君亲自任相，能不重叠掣肘么？故此，夏商周以至春秋战国，没有过太子亲任丞相的怪诞庙堂。可是在魏国，偏偏就开了这个先例——魏哀王九年，魏国以太子为丞相！其时，不管魏国王室如何辩解说，太子为相是哀王受了苏代的游说，而苏代则受了楚相昭鱼的请托，是一时权宜之计而非长久国策等等，魏国朝野还是大觉别扭，公议始终认为魏国这段时日没有丞相。说也怪，对这种太子丞相，人民总觉得不对劲，不是真丞

选丞相的过程，非常轻率。

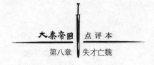
相,所以只要是太子任相,总是认定魏国没有丞相。如今又是太子任丞相,不是又回到魏国痼疾去了么,既然如此,求贤何来? 于是,那首"坎坎伐檀兮"的老歌,又再次在大梁城的大街小巷哼唱起来。

"人民愚昧,王何计较哉!"

在魏假愤懑无从发泄的时候,尸埕的抚慰如一缕春风掠过心田。

不可思议的是,身为左丞相的尸埕,第一个坦然接受了太子右丞相,理由慷慨一篇:"治国者,忠爱为首也。忠君者,四仪之首也。皇皇君命,焉得狐疑哉!"如此这般,太子丞相的风波很快也就过去了,魏假的魏国庙堂也很是和谐安宁了。每遇议政,任何一个大臣但有不敬言论,左丞相尸埕都要义正词严地驳斥一顿,而后慷慨激昂地大讲一番"力事不忘忠"的四仪忠爱,很是替魏王假维护了王权尊严。不到一年,魏国庙堂的异己声音消失得干干净净,魏国君臣更见琴瑟和谐了。目下秦军觊觎魏国,许多大族世家都惶惶不安地准备要逃离大梁,只有左丞相老尸埕端严肃穆依旧,忠心耿耿地谋划着大梁城防,其周严细密,连那个久在军旅的大梁将军也啧啧感叹。从心底说,魏假越来越觉得不能没有这个老尸埕撑持庙堂,否则,他将陷入无边无际的聒噪,哪里还能整日与他的爱犬们耳鬓厮磨?

……

"禀报魏王,义商密报!"

刚踏上南门箭楼的垛口,大踏步迎来的大梁将军尚未行参见大礼,便急匆匆摇着一只铜管要说话。魏王侧后的尸埕很是不悦,黑着脸道:"礼为国本,将军何能如此无行也!"一身甲胄的大梁将军不禁面红过耳,想争辩两句却终是一拱手道:"末将甲胄不能全礼,尚祈魏王见谅!"魏假这才笑

让太子做右丞相,于礼不合,于理不通,可见魏王假之愚蠢。

吟吟道："无妨无妨,且说说义报消息。"大梁将军正色道："咸阳魏国商社送来急报,咸阳水工多赴军前效力! 商社揣测,秦军或图水战攻魏,盼我有备!"

魏假尚在沉吟之际,尸埕的花白胡须一翘先冷冷地道："力事不忘忠。这商旅义报固然可嘉,然则,何以不报魏王? 何以不报庙堂? 又何以直报你大梁将军?"大梁将军惊讶地瞪着两眼,呼哧粗喘几声道："要说根由,大约是魏国商旅还认定老夫称职。"尸埕看了一眼仍旧在沉吟的魏王,又辞色端严道："自古以来,中原只有治水,几曾有过水战? 普天之下,只有楚吴越三国有过水战,秦国白起当年攻楚有过水战,中原之地谁见过水战? 商人见利忘义,道听途说,邀功而已。将军不思征发粮草构筑壁垒打造兵器,却将此等消息当真,何能筹划城防哉!"大梁将军被搅得云山雾罩,一时竟不知从何说起,急得不断抹着额头汗水连连甩手,只瞅着魏王等待明断。魏假却矜持一笑道："大梁城防,关涉国人民治,向由左丞相统辖,将军但以法度行事,上下同心,大梁自是金城汤池也。"说罢一挥手,径自在城头漫步巡视起来。

夜来碧空如洗繁星低垂,与大梁城内外已经稀疏的灯火相映成趣。魏假第一次星夜巡城,看得兴致勃勃,直到三更刁斗才走下了城头。尸埕感佩得无以复加,一路连连赞叹魏王宵衣旰食实乃圣王明君。跟随护卫的大梁将军却完全蒙了,分明觉得哪里不对,可又无法开口;分明目下该说兵务战事,可他找不到将这些事务纳入一条大道理之下的那个入口;而没有这个宏阔玄妙的入口,你说的任何事都会被搅批得不知方向,往往还没涉及正题,便连那个话题也被淹没了。于是,冥思苦想又一头雾水,大梁将军如同一个梦游人,木然走完了四面城墙,却没有想出一句说辞来引出最想说的要紧兵事。

没有对策。

"上天也！大魏国没了，没了……"

恭敬麻木地送走魏王与老丞相，大梁将军瘫倒在了城头。

四 特异的灭魏方略震动了秦国庙堂

幕府将军案上，竹简羊皮简册堆成了一座小山。

移军汜水河谷，王贲对中军司马下了一道军令："搜寻魏国典籍，越多越快越好。"这个中军司马是个兵家子弟，见事颇快，接令立即赶赴新郑向姚贾求助。姚贾一听哈哈大笑，连连拍案道："少将军素以剽悍闻名，今欲智战下魏，国家之幸也！"二话不说，姚贾将基于邦交周旋多年搜求的三晋国史及诸般典籍全数给了王贲，整整装了三车。典籍运回当日，王贲便在幕府辟出了一间书房，教中军司马带了三个书吏先粗粗浏览一遍所有典籍，择出与魏国相关的所有篇章分类列好。而后，王贲埋首幕府，孜孜不倦地开始了寻觅揣摩。不到一个月，王贲有了自己独特的灭魏方略。

说起来，这也是王贲不为人知的潜在秉性所致。

少人军旅，沉静寡言的王贲便是全军闻名的猛士。若用弓马娴熟之类的赞语评价王贲，未免失之单薄，不足以包括王贲的沉雄勇略与那种使将士们很是心悦诚服的气度。与其父王翦相比，这种气度是沉稳明快，绝没有丝毫的木感。秦军大将李信最是挥洒不拘，尝笑云于一班年轻将军："铁木者，老将军也。精铁者，少将军也。"一班少将军听得哈哈大笑，无须任何一句解说便心领神会了。盖秦人所言之"木"，是一种与暮气有别的沉滞之气。王翦阅历丰厚而稳健多思，凡事多以深远利害思谋，加之每战必先求诸将之见

要水淹大梁，先"抢救"典籍。这是纯粹的现代思维，作者要为秦王加分。王贲又可以借此典籍研究如何"智"破大梁。

且极少动怒,凡此等等,军中将士常有些许不给劲感。是故,有了将士们一种小小的笑谈遗憾。当然,这也是因为秦军统帅前有战神白起为楷模所致,否则也不会生出如此比对。而对王贲,之所以有"精铁"公论,在于王贲的明晰判断与快捷勇猛,犹如上好精铁,弹指一敲当当回响。历经灭赵灭燕两大战,王贲的战场霹雳之风已经广为军中传颂了。但是,对王贲的另一层潜在秉性,将士们尚未觉察。也许,若非秦王力主王贲独当一面,王贲永远都没有机会爆发出这难能可贵的一面。

这一面,是王贲对将略的向往与追求。

王翦之家与所有的秦军将领不同,在故里频阳①东乡始终保留着老宅庄园,灭赵之前,王翦家人始终居住在频阳老宅。那时候,王翦对秦王的理由是:"主力新军正在锤炼,臣不当陷入家室之累。"童年的王贲,是在恬静散淡的频阳老家度过的。父亲长年在军,书房空阔静谧。尚在蒙学的王贲,常常在父亲的书房里折腾,架起木梯上下打量,觅得一本兵书便窝在角落津津有味地读去。常常是母亲仆人满庄园寻喊,王贲才猛然跳起蹿将出来。

一次,父亲终于归家,聚来家人会商,要决断两个儿子的业向。父亲说国法有定,两子必有一人从军,老大已经加冠,可以从军;老二尚在少年,务农守家便了。母亲与家族人等无不点头。少年王贲一听大急,红着脸跳了起来嚷嚷:"我是老二!我不要守家!我要从军!"家人族人无不大笑。父亲板着脸道:"军旅不要少儿,休得搅闹。"王贲更急,红着脸又一阵尖嚷:"大哥长于农事,该守家!父亲决断有差!"父亲问:"如何你从军便不差了?"王贲一句尖嚷:"我熟读兵书!"

以精铁喻之,突出王贲的个性。

---

① 频阳,古邑名,在今陕西富平东北。

言方落点,厅中族人笑得前仰后合。

"也好。你背两句兵书,我听。"父亲没有笑。

"凡人论将,常观于勇。勇之于将,乃数分之一耳!……"稚嫩的声音卡住了,王贲情急,抓耳挠腮道,"我,我再想想,想想……"

"你读了《吴子兵法》?"沉稳的父亲惊讶了。

"兵法是吴子好!要说打仗,我尊奉武安君!"

简单的对答之后,父亲久久没有说话。那一夜,忐忑不安的王贲看见父母亲寝室的灯火一直亮到四更。终于,父亲带走了王贲,秦军中便有了一个机警勇猛的少年士卒。那时,父亲正在全力训练新军,王贲被分配到了骑士营,用的名字是"胡贲"。除了掌管大军总籍簿的军法吏,谁也不知道这个"胡贲"是王翦的儿子。秦以耕战为本,王族子弟也没有世袭爵位,得凭自家的真实功劳立身,所以,王族与大臣们的子弟依法从军是很常见的事。为了公平的声誉,也为了军士融洽,许多王族元老与大臣将军,都将子弟化名入军,只有军法吏掌握其真实家世。秦军法度:化名只在入军前三年使用,之后得以真实姓名战场立身。三年之后,年仅十七岁的王贲在新军训练中脱颖而出,成了没有爵位的千夫长。及至主力大军东出之际,堪堪加冠的王贲已经成为全军最年轻的少将军。按照秦军老将的说法,王贲活脱脱是个小白起,天生的将军坯子。

一次大军操演,所有的年轻将军都飞马冲杀在前,唯独王贲,始终伫立在云车司令台下,亲执金鼓,号令进退,没有亲临战场冲杀。幕府聚将,蒙恬问其故。王贲慷慨对答:昔年吴起临战,司马将长剑捧给吴起,吴起掷剑于地高声说,将之使命在执金鼓而号令全军,不在亲临冲杀;末将以为,我军大将当效法吴起为上!

有军功才能封爵,原贵族子弟在军中也没有特权,是否隐姓埋名其实不重要。

　　蒙恬没有说话，立即下令中军司马宣读操演统计。结果是，王贲部战果最大，伤亡最小。一班年轻的将军无不惊讶。由此，蒙恬对王贲大为赞赏，不顾主将王翦的反对，一力上书秦王，将王贲擢升为主力新军的前军大将。灭国大战开始，蒙恬奉命率一军北上抵御匈奴，原本一心只要带王贲做副将。可王贲却响当当地说，除非去九原立即打仗，否则末将不愿北上！蒙恬笑云，跟老将军灭国，好是好，只怕老将军不敢用你也。王贲又是响当当一句，大秦有法度，不怕！虽然如此，最后还是秦王嬴政定夺，王贲才留在了主力大军之中。两次大战，王贲接受的将令都是做非主战的偏师，可每次偏师出战，王贲都完成得有声有色。灭赵大战对抗李牧，王贲是策应；攻入赵国后，王贲又是进军赵国陪都的偏师，没有得到主攻邯郸的将令；灭燕大战，王贲又是佯攻代国；攻下蓟城后，最长于奔袭战的王贲没能追击燕王残部，眼睁睁看着李信接受了令箭飞驰而去……不管将令如何，王贲都极为出色地完成了战场使命，且从来没有丝毫怨言。正因为如此，秦军将士们都很服气王贲，也都明白一个事实：王贲部是秦军毫无争议的第一旅精锐，只是尚未大展威风而已。也正因为如此，当王贲独率一军南下时，依依惜别的将士们更多的是为王贲高兴。

　　这就是王贲，崇尚谋勇兼备，将智战看作兵家根本。

　　"攻克大梁，非特异战法不能。"

　　"少将军有成算了？"

　　当副将赵佗疑惑地走进幕府最深处的书房时，疲惫的王贲很有些兴奋，吩咐军务司马搬来两坛老秦酒，与赵佗举着酒碗凑到羊皮地图前说将起来。王贲说："当年魏国富得流油，将黄金都堆到了新都城的王城与城墙上，大梁城无疑是天下最坚固的大都。外城墙高十三丈，墙厚十丈，内夯土而

　　虽为偏师，亦能屡立战功，将才。获重任，迟早的事。

外包石条，几乎是个四方块子墙。王城更甚，全部由砖石砌成厚墙，墙内连夯土也没有。如此这般城墙，任你飞石强弩诸般器械，砸到上边连个大坑也出不来。大梁城内粮草丰厚，魏军守个几年全然饿不着，鸟！魏惠王这老东西，建城真是一绝！"赵佗沉吟说："除非奇兵智取，赚开城门，否则真不好攻破。"王贲连连摇头："韩赵燕都没了，魏国上下都绷紧了弦，混进去赚城，人少不济事，人多进不去，即便混进去也可能出事，反倒折我人马，不中不中。"

"教姚大人黑冰台行刺，暗杀了魏王再乘乱攻城中不中？"

"也不中！"见赵佗也学说起了大梁话，王贲大笑一阵脸色又黑了下来，"邦交纵横时各国相互施展机谋，收买暗杀等原不足为奇。今灭六国，秦国就是要堂堂正正打仗，教山东六国最后一次输得心服口服！从韩乱看，暗杀魏王有后患，不能。"

"少将军只说，如何打法？"

"水战。"

"水战？调来巴蜀舟师？"

"不。明白说，河战！"

"河——河，战？"赵佗惊讶得似吟诵又似结巴。

"对！以河为兵，水攻大梁。"

"以河为兵？没听说过！"

"目下听，来得及。"

"有人说过水攻大梁？"

"你看，这是何物。"

王贲大步走到将军案前，从竹简山头拿出三卷哗啦展开。赵佗连忙过来捧起，看得一阵不得要领，急得抹着额头汗水道："我文墨浅，看不出甚来，少将军明说！"王贲凑过来

有火攻，有水攻，让人防不胜防。孙子兵法有火攻，但无水攻，仅称"故以火佐攻者明，以水佐攻者强；水可以绝，不可以夺"（《孙子·火攻篇》）。张预注曰："水不若火，故详于火而略于水。"但若论毁废程度，火攻及水攻皆毒计。

拿过竹简指点道："这是三则水战典籍，一则战例，两则预言，你且听听其中奥妙。"于是王贲一口气说开去，整整说了近两个时辰。

先说水战战例。列位看官留意，王贲说的水战战例，不是水师舟船之战，而是以水为兵的决水之战。华夏自有兵戈以来，未曾有过决水之战。华夏自有水事以来，只闻治水以利人，未闻决水以成兵。否则，这则战例也不至于如此被王贲如此看重。这则战例记载在魏国国史中，说的是魏安釐王十一年，魏国如耳、魏齐先后为相，屡败于秦国；于是，秦昭王欲攻灭魏国，召群臣会商战法。当时，秦国有个将军叫作冯琴，认为秦昭王高估了秦国的强大，又忽视了弱可联众而胜强这个道理。冯琴对秦昭王讲述了一则晋国末期弱联众而胜强的战例，这则战例便是水战。晋国末期，有六家大世族主宰着晋国：知氏、范氏、中行氏、魏氏、赵氏、韩氏。其时知氏最强，企图寻找种种理由吞并五家，但凡一家违背自己意愿，知氏首领知伯便强邀五家共讨共灭，若有不从一并讨之。于是，没有几年，知氏先后灭了范氏与中行氏。这年，知伯又强邀魏韩两族围攻赵氏的轴心城池晋阳。其时，晋阳城池坚不可下，知伯便谋划掘开晋水[1]淹没晋阳。大水灌进晋阳之时，三族首领站在山头观看，知伯得意叹曰："吾始不知水可以亡人之国也！乃今知之矣！"知伯此言一出，魏桓子、韩康子两首领不约而同一个冷战。因为，汾水可以淹没魏氏轴心城安邑，绛水可以淹没韩氏轴心城平阳。魏桓子立即用肘撞了一下韩康子，韩康子也用脚踢了一下魏桓子，两首领遂心领神会。不久，便有了魏韩赵三族联合而攻灭知氏的春秋最大事变。不久，魏韩赵三家进而瓜分了晋国。也就是说，华夏正史记载的最早水战，便是知氏三家水淹晋阳。对这次水战何以决水三次都没有攻破晋阳，王贲的说法是："晋水太小，晋阳居高，水势不足以灭国也！"

两则水战预言，也都是直接相关魏国。

第一则，苏代预言攻魏水战。因为辅助燕国权臣子之夺位，苏代苏厉两兄弟在燕昭王即位之后逃往齐国，一直不敢回燕。后来苏代游历中原经过魏国，被欲图结好燕国的魏国缉拿，后经齐国周旋，苏代获救。苏代有感于燕昭王对自己的仇恨，遂对燕昭王写下了长长一卷上书，剖析燕国该当如何在齐、秦两大国之间谋求最大利益，结论是一句

---

① 晋水，战国水名，《史记·正义》引《括地志》并《山海经》云：晋水出晋阳悬瓮山，东南流入汾水。可知，晋水或为汾水上源，或为支流。

水攻之计，并非王贲想出来的。秦早有此策略。《史记·苏秦列传》，秦召燕王，苏代见燕王，苏代认为"秦之行暴，正告天下"，其中，"秦正告魏曰：'我举安邑，塞女戟，韩氏太原卷。我下轵，道南阳，封冀，包两周。乘夏水，浮轻舟，强弩在前，铍戈在后，决荥口，魏无大梁；决白马之口，魏无外黄、济阳；决宿胥之口，魏无虚、顿丘。陆攻则击河内，水攻则灭大梁。'"魏国水利网密集，河渠众多，水攻可令其防不胜防。

话方略："厚交秦国，讨伐齐国，正利也！"燕昭王很是看重苏代这卷上书，立即迎接苏代回到燕国谋划大计。后来，燕国破齐，一时成为强盛大国。当此之时，秦国邀燕昭王赴咸阳会盟，燕昭王欣然允诺了。苏代得闻消息，一力劝阻燕昭王赴秦，理由是今日燕国已经成就功业，与秦国不再是盟友，而是仇敌了。苏代对秦国作为有一句总括："秦取天下，非行义也，暴也。"苏代断言：只要秦国想攻灭山东六国，都有取胜战法，燕国不能与秦国走得太近而使秦国找到发难口实。燕昭王对苏代所说的秦国威慑不甚明了，苏代便一一陈述了秦国对各国可能采用的灭国手段。说到秦对魏之战，苏代预言了秦军战法：先攻下河东，占据成皋要塞，封锁魏国河内之地；再以轻舟水师决荥阳河口，淹没大梁；再决白马津河口，淹没河外平原。苏代将秦军战法概括为："陆攻则击河内，水攻则灭大梁！"并且断言，只要秦国公然以这种战法告知魏国，魏国定然臣服。这是战国名士第一次预言：秦军攻魏，水淹大梁是最大威胁。

第二则，信陵君预言攻魏水战。魏安釐王时期，齐国、楚国曾联军攻魏，秦国出兵救魏一次。安釐王因此而想与秦国结盟讨伐韩国，收回韩国占据魏国的旧地。信陵君认定这一邦交方略将铸成大错，为此对安釐王有一卷很长的上书。信陵君上书堪称战国末世的一部预言书，其所做出的预言有三则，都是惊人的准确：其一，韩国将亡，魏国岌岌可危；其二，韩亡之后，秦军攻魏必用水战；其三，魏国失去周韩屏障，祸必由此而生。信陵君上书的宗旨是两个：一则劝安釐王认清秦国的虎狼之心，二则力主魏国奉行"存韩安魏而利天下"的邦交战略，而三则预言，则都是在剖析魏国在失去韩国屏障之后的危亡结局。其中秦军对魏国水战之预言，除了用水不一，信陵君与苏代说得一般无二："秦军兵出之日，河内必危；秦有韩国之地，开决荥泽水以灌大梁，大梁必亡！"
昏聩褊狭的安釐王没有接纳信陵君上书，信陵君也终因无从
伸展而自毁于酒色死了。

……

"看来，终是有眼亮之人也！"

"对！你赵佗也算一个。"

"我？"

"然也！你眼不亮，能看出别人眼亮么？"

赵佗哈哈大笑。王贲也哈哈大笑。笑得一阵王贲突然
打住道："你没异议，我看就禀报秦王了。"赵佗连连摇手道：
"没没没，报报报，你文墨好你写。"于是，王贲立即铺开一张
羊皮纸，两人说着王贲一个字一个字写了起来。写得两句，
话语却总不顺当，王贲啪地搁下笔道："认得字写不来字，鸟
事！"赵佗大笑，连忙高声唤进军令司马。司马落座，王贲离
案起身道："好好好，我说你写，左右就这件事，来实的，不说
虚话。"说罢，王贲转悠着一句一句说将起来。听得赵佗直
呼痛快，军令司马却憋着笑意不敢出声。不消一个时辰，誊
抄用印封泥等一应程式完毕，快马特使便飞出幕府飞向了咸
阳。

天上还闪烁着星光，秦王嬴政便走进了书房。

灭国大战开始以来，王城书房的公文骤然增多。除了秦
国政务军务民治等等诸般待批文卷，战场军报及各方军情占
了很大比重。除此之外，便是各方搜集的山东六国典籍。嬴
政只要批阅完当日公文，但有空闲便埋首在六国典籍之中。
如此一来，几乎每夜都在三更之后上榻。五更初刻鸡鸣头
遍，嬴政准时起身梳洗，之后立即踏进书房。目下的秦王书
房有两个长史，李斯居左领事，蒙毅居右辅助。李斯是老吏

张仪称魏地为"四分五裂
之道"，韩赵一灭，魏地难保，
向东，齐国靠不住，向南，楚国
已迁都寿春，要避秦国锋芒，
再远一点，燕国自身难保。

秦王政非常勤奋，这一
点，无可置疑。勤政，另一方
面也可说明秦王多疑，不信
人，事必躬亲，大小事皆决于
己。秦王政早逝，跟其过度勤
政也有关系。每天翻文书，重
达"百二十斤"，身体再好，也
会累垮。

出身,精于文案理事,主要处置书房内事。蒙毅机敏缜密,则主要落实秦王批下的机密事务,以及紧急约见大臣会商等外事。就事而言,李斯每日的主要事务,是督导一班尚书吏将大量流入的各色上书、文卷与典籍,先分类理成种种待批文卷,而后分别送入秦王书房与王绾的丞相府。为了减轻秦王压力,李斯早已经征得秦王与丞相首肯,将凡是不涉及灭国战事、山东急务、官爵任免、治国方略的诸般文卷,一律交由丞相府处置,而后由丞相府归总禀报处置结果;凡是山东战事,则只接受灭国主将的上书,其余具体战事则统由战区主将处置。如此铺排,实际上便将秦国公事整体划成了三大块:秦王领军政总略,丞相府实施日常政事,各方主将执掌灭国战场。就最后一点而言,目下秦军主要是三大战区:王翦的燕代战区、蒙恬的九原战区、王贲的中原战区。由于各方战区主将所需要会商者均非具体军务,而是方略大计,所以事实上不可能由上将军王翦总理,而必须归总到执掌总体航向的秦王书房。为此,无论如何分流政务,秦王嬴政的书房始终都是满当当的。

"君上如此劳作,何止宵衣旰食,直是性命相搏也!"

赵高对李斯的感慨,实在是不由自主。秦王如此步调,最紧张的是赵高。赵高知道,若一件文卷一时不到位,秦王是可以忍耐的,也不会为此责难李斯蒙毅;然若一伸手没有茶,或入茅厕没有净身内侍,则秦王一定会烦躁不堪甚或勃然大怒。一脚将他踢翻,已经是最小的惩罚了。为此,无论自己将内侍侍女训练部署得多么妥帖,无论自己多么疲惫,赵高都孜孜不倦地守在书房,秦王不入寝室,赵高不离开书房半步,纵然秦王进了寝室,他也要和衣卧在寝室外间特设的一张军榻上。赵高确信,只有自己知道秦王衣食住行的任何些小需求,自己知道秦王,比知道自己还清楚。

再明的君,亦有宠臣。

"赵高，去歇息歇息，这里有我。"

四更末刻踏进书房的李斯，看见了眼圈发黑的赵高脚步有些虚浮，怜悯地笑了。赵高看了看李斯，也勉力笑了一下，没有说话又去冰墙前忙碌了。

不消片刻，秦王嬴政精神抖擞地走进了书房，走向了那张硕大的青铜王案，经过蒙恬监督建造的冰火墙拍了拍笑道："好！今日凉爽，坐得安稳。"

李斯不禁惊讶一笑："如此宽敞书房，穿堂风何其清凉，君上燥热么？"

秦王嬴政笑道："没有面前这道冰火墙，冬夏都坐不安稳，说不清也。"

李斯目光一瞥，恰好看见赵高在远远帷幕后对自己偷偷笑了一下，心下不禁一叹："这个赵高，宁非秦王肚内蛔虫哉！"

"长史，有没有王贲上书？"

"有。昨夜方到，臣已列入首阅一案。"

"好！估摸这小子该有动静了。"

李斯已经快步过来，从最靠近王案的一张公文大案上抽出一卷递了过来。

嬴政接过竹简展开，没读得两行一阵大笑，摇着竹简道："长史看看，王贲说话实在。"

李斯拿起竹简，只见上边写道："禀报君上：末将翻了书，人说攻魏必以水战，呈来几卷君上阅后决之。末将之见，打仗便是打仗，不能有妇人之仁！不行水攻，白白教山东骂作虎狼，大亏！虎狼便虎狼，天下没有虎狼不行，遍地虎狼也不行。没有秦国虎狼，只怕山东战国都是虎狼，天下人还有活路么？水战事大，末将待命！"

"长史以为如何？"

"王贲说得扎实。"

"战不论道。王贲，是个小白起！"秦王将"是"字咬得又重又响。

"臣之见，倒是那一通虎狼论教人耳目一新。"

"对对对！"秦王连连拍案，转身笑道，"小高子！都说你小子跟长史学书有长进，来！立即将这段话大字誊出，挂在右墙。"赵高不知在哪里远远答应了一声，随即轻风一般飘到面前，笑意憋得脸色通红，一躬身接过竹简又风一般去了。

"然则，水淹大梁，究竟如何？"

赵高走了，秦王嬴政的心绪也平静了。只这淡淡一问，李斯便听出了秦王疑虑重

重,绝非已经赞同了水攻大梁的方略。

李斯转身在文卷大案上抽出三卷打开道:"这是王贲呈送的水战典籍,君上要否先看看再议?"

嬴政点点头道:"也好,誊抄几份,都看看,明晚会商。"

李斯一点头,立即去部署了。

次日晚汤之后,王绾、尉缭准时走进了王城最是凉爽通风的东偏殿,加上李斯、蒙毅,这便是秦国目下决定长策方略的君臣五人秘密小朝会。蒙毅沉静利落,与赵高事先将一应事务准备妥善,便坐在书录案前不说话了。自此,朝会期间的所有细务都交由赵高处置了。秦王嬴政来得稍晚了一些,一进门便道:"王贲上书,诸位都看了,都说说,灭魏之战如何处置?"说话间赵高轻步走进,将一只蒸腾着热气的小鼎摆在了王案,轻轻打开了鼎盖。嬴政入座,拿起挺在鼎口的细长木勺笑道:"谁没晚汤,说话,再上。"见四人都摇了摇头,嬴政又道,"我听着,不妨事。"说罢一勺汤入口,竟丝毫没有声音,目光也始终巡睃着几个大臣。几位用事大臣多见秦王就食议事,久之习以为常,都拧着眉头思忖,一时没有人说话。

及至李斯正要开口,却闻殿外有辚辚车声。秦王嬴政对李斯一摆手,立即推开食鼎,起身大步走出。片刻之间,廊下有苍老笑声与杖头笃笃声。几位大臣相顾一笑,不约而同地站了起来。此际,秦王已经扶着须发雪白的郑国走了进来,对大臣们高声道:"老令今日与会,是我请的。"大臣们这才醒悟,素来准时的秦王迟会,原是亲自去请老郑国了。四人分别过来与郑国寒暄见礼,遂分别坐定,郑国座案设在了王案之侧。及至秦王坐定,王案上已经收拾整齐,赵高早已经利落地收走了食鼎。

"王贲上书,政为之震动。"

秦王一叩书案,轻松神色倏忽散去,凝重的语音沉甸甸地回荡着:"大梁,冠绝天下风华富庶,聚结天下泰半财富,非同寻常城池。能否以水战之法下之,我等君臣须细加斟酌。水事多专,老令水家最有言权。谁有疑惑处,尽可征询老令评判。好,诸位但说。"

"以水为兵,亘古未尝闻也!"王绾慨然道,"晋末水战,赵氏并未因此而灭亡,是故并未撼动天下。今日不同,大梁居平原之地,若决河水攻之,焉能不死伤庶民万千?果然如此,秦国纵得中原,其利何在,道义何存?义利两失,何安天下!"显然,王绾反对水攻

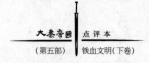
大梁，且将这一水战方略与秦国一统天下的道义根基联系了起来。

厅中一时沉寂。显然，这个话题太过重大。

"老夫之见，就兵说兵。"老尉缭轻轻点着竹杖，"果然水攻大梁，王贲必有周密铺排，断不会使满城庶民遭人鱼之灾。究其实，若是强兵之战，只怕三十万大军耗得三五年，也未必攻下大梁城。这便是根本。若非如此，王贲何须钻进书房谋战也。老夫倒是另一担心：果真水攻大梁，大河距城近百里，决口岂有那般容易，得多少民力可成？其间若遇大雨大风耽延时日，只怕也得年余时光，如此人力物力不逊于长平大战，秦国经得起么？"

"这倒要听听老令说法了。"嬴政殷殷望着郑国。

"果真水战，决河不难。"老郑国一招手，身后一个书吏推来了一幅装在平板轮车上的立板羊皮图。老郑国用探水铁尺指点着板图，"此乃中原河渠图。诸位且看，大河东去，鸿沟南下经大梁城外，距离之近，形同大梁护城河也。唯其如此，果然引水攻梁，水口不在大河，而在鸿沟。唯有一点，鸿沟水量不足大，须从接近大河的上端开口补水，方能成其势。信陵君说的荥口决水，便是此意。"

"鸿沟既然通河，何以水量不大？"尉缭很是惊讶。

"这便是水事了。"郑国叹息一声道，"鸿沟历经几代修成，通水百余年，水道已经淤塞过甚，早当停水以掘淤塞了。惜乎大战连绵，各国无力顾盼，遂有民谣云，'鸿沟泥塞，半渠之水，河水滔滔，稻粱难肥。'是故，鸿沟通河，水势却小。"

"如此说来，果真水攻大梁，还可借机重修鸿沟？"嬴政很有些兴奋。

"然也！"郑国铁尺指上地图，"鸿沟灌梁，梁南大半段自成干沟，若能借机征发民力修浚开塞，未尝不是功德之举。"

后秦军以水困大梁，拔之。这说明魏王假并非一个玩物丧志之君。攻城用毒计，当是万不得已之时所用。魏国不像齐国那么不战而降，魏国之亡，只能说大势已去，无力回天。魏王荒唐，就当是一种象征吧。

"战损可补，这便对了！"尉缭兴奋点杖。

"一说而已。"王绾淡淡点头。

"长史之见如何？"秦王看了看一直没说话的李斯。

李斯虽没有说话，听得却极是上心。见秦王征询，李斯翻着案头几卷竹简道："晋末水战，并苏代、信陵君预言，臣都曾得闻，然终未亲见国史典籍之记载。今王贲能多方搜罗出国史所载，足见其良苦用心也。臣闻方才之论，国尉与老令对答，已经足证大梁水战可行，且水损可以清淤弥补。故此，臣亦赞同。然，丞相方才所言，关涉灭国之道义根本，臣不得不言。"见王绾肃然转身，秦王几人也目光炯炯，李斯翻开了王贲的上书副本指点道，"天下没有虎狼不行，遍地虎狼也不行。王贲之说，话虽糙，理不糙。对斯之启迪，不可谓不深。因由何在？在王贲捅明了一则根本大道：行天下之大仁，必有难以回避之不仁。想要天下没有遍地虎狼，必得天下先有虎狼；先有最强虎狼，而后方能没有虎狼，此之谓也！具体说，若不水攻大梁，使昏聩魏国奄奄不灭，天下不能一统，兵戈不能止息，而徒存仁义，长远论之，仁乎？不仁乎？是故，臣以为大梁之战，不宜执迂阔仁义之说而久拖不下！否则，中原之变数将无可预料。"

"大仁不仁。长史之言，商君之论也！"

秦王拍案，王绾摇了摇头也不再说话了。这便是秦国朝会的不成文规矩，当某种主张只剩下一个人坚持的时候，坚持者即或依然不服，也不再做反复论争；战时论事，大臣们都明白"事终有断"这个道理，诸多各有说法的大道理若无休无止地争下去，任何一件事也做不成。

"事关重大，政敢请老令。"秦王离座，肃然对郑国深深一躬。

"国事至大，王何言请也？"郑国尚未站起，便被秦王扶

小说确实善千里伏线，作者在郑国身上大做文章，不仅为郑国渠，更为水淹大梁。此为"人"尽其用！

住了。

"大梁水事，政敢请老令亲临谋划。"

郑国目光一闪，不期然打量了李斯一眼。李斯当即对秦王一拱手道："臣愿辅佐老令赶赴河外。"秦王爽朗大笑道："老令与长史相知，事无不成。"又会商大半个时辰，当晚便将诸般事务安置妥当。曙光初上，李斯郑国登上赵高驾驭的王车出咸阳东去了。

五 茫茫大水包围了雄峻的大梁

尸埕带着大梁将军匆匆赶进王城时，魏假正在葵宫里消磨。

三晋之中，韩魏两国王室酷好神异犬种，赵国王室却对猛犬极是憎恶。这是因为，春秋时期的晋国曾发生过一次酷烈的政变，其怪异的开局是权臣赵盾在朝会后走出大殿时被一只猛犬闪电般当场扑杀。从此，赵氏部族骤然沉入谷底，开始了漫长艰难的复仇复兴之路。也是由此，渐渐演化出了韩赵魏三家的秘密同盟与三家分晋的结局。不管那次政变对于改变晋国与三族命运具有多大的作用以及具有何等的意义，猛犬扑杀赵盾事件，都成为三晋部族一个不可思议的恐怖神话。要知道，豢养猛犬的屠岸贾，其时只是一个实力单薄的中大夫，不管他获得了当时晋国君主的何等暗中支持，若是没有如此一只神异的猛犬，其颠覆晋国朝局的勃勃野心只怕也是痴人说梦。毕竟，赵氏是尚武大族，赵盾的森严护卫与赵盾本人的胆略武勇，寻常剑士刺客几乎没有任何成功的机会。若非这只突然出现而又根本不为赵盾及其卫士注意的猛犬闪电般一扑，突兀地撕开了赵盾的胸腹，又准确地掏出了赵盾热腾腾的心肺一口吞了下去，至少赵国的历史很可能重写。

这一恐怖场景通过种种大同小异的传说，久远地烙在了三晋王室部族的记忆里。然则，随着岁月的流逝，三家对这一事变的恐怖记忆，却以截然不同的方式折射了出来。韩魏王室就事论事，生发出对神异猛犬的歆慕搜求，成为天下名犬的渊薮之地。赵国王室却不忘旧仇，一如既往地痛恨猛犬，举凡言狗皆一律冠以"恶"字，除了民间猎户的猎犬，王室从来禁犬。及至战国中期，韩魏两国王室的名犬已经天下闻名。进入战国末期，魏国的猛犬声名已经远远超过了韩国。看官留意，此前的春秋时期，天下之名犬主要有两种：一种是洛阳周王室的氂(lí)犬[1]，长毛蜷曲，威猛异常，是周天子的狩猎神犬；一种是晋灵公时晋国公室的獒犬。何谓獒？后世西晋之张华有《博物志》，其中之《物名考》云："犬高四尺曰獒。"也就是说，那时将身形高大的猛犬一律唤作"獒"，还并不是犬类特定品种的獒犬。因了"獒"并非确指，晋国公室这种獒在当时还有一个学名，叫作"周狗"，意为遗传于周天子神犬的大狗。及至战国中后期，天下名犬已经有三种：第一是魏獒，也就是魏国王室的獒犬。獒之成为犬类特定品种，这魏獒便是鼻祖；第二种是韩卢，韩国王室豢养的一种大型黑毛犬；第三种是宋鹊(què)，宋国公室养的大型猛犬。这种犬也另有一名，曰骏犬，意谓可同骏马一般为人效劳。

诸般猛犬中，最有声名的自然还是魏獒。

魏獒之闻名天下，得力于魏王假。魏假还是少年太子的时候，对猛犬酷好至极。魏假十二岁时，其父景湣王许魏假可在王城之内任选一官署领事，以试探其心志才具。魏假没有丝毫犹豫，立即请求兼领"虞人"署。这虞人署，是执掌国君狩猎的官署，下辖一处园林专一豢养猎犬。魏假所神往虞人署者，实则神往猎犬园林也。景湣王不知其故，大大赞叹了一番少年太子的修身弓马之志，很以为儿子可望在统辖狩猎中锤炼出战场本领，从而成为中兴大魏的英主。景湣王是老太子继位(其父安釐王在位三十四年)，在位十五年便死了。其时，魏假三十岁即位，执掌虞人署已经十八年了。这十八年中，魏假已经将猎犬苑经营得天下闻名，当年一座只有几十只猎犬的园林，已经变成了异常壮观的魏獒宫。魏假对獒的遴选有严厉法度：蹲地仍有四尺身高，方可选进獒宫冠以魏獒之名；否则，一律称为猎犬，而不能叫作獒。历经多年精纯交配繁衍，魏獒遂成一种品性独特的名犬，其凶猛与忠诚同样的无与伦比。唯其如此，魏獒之名天下大震。各国王室的声色犬马子弟与天下贵胄以及大商大贾，但言买犬，无不以到大梁求购得一只魏獒为荣。这个魏假，对獒犬钟爱无以复加，每每卖出一犬，无论公事如何要紧，都要丢开公事亲自与买家洽谈獒事，勘审买家是否具有爱犬之志与养犬之才，否则，买家纵然开出重金，魏假也毫无例外地一口回绝。及至狗生意成交，魏假还要为将走之獒举行狗宴饯行，特准离獒捕杀一名徒手剑士并当场吞噬。交獒之日，魏假也要亲自到场，直将大獒送出獒宫，方抚其头背洒泪惜别。凡此等等，使魏獒与魏假之名在天下声色犬马者口中

---

[1] 氂犬，见西晋张华《博物志·物名考》。

几乎成为同一个名字,但呼魏王,常是"魏豙"两字。此后不久魏假降秦,出得王城之时,魏假尤作肺腑感喟云:"假做魏王三年,做狗王十八年矣! 当年若生商贾之家,假何愁不成天下第一犬商也!"这是后话。

总是要编一个理由,解释魏国的灭亡。

......

"敢请丞相止步,我王尚未出宫。"

虞人丞挡住了左丞相尸埕的匆匆脚步,口气矜持冰冷得教人无论如何想不到他只是一个连官阶都没进的吏身。饶是如此,尸埕也只能在这座形制怪异的石坊前原地站定,还得对这一身狗腥味的肥吏一拱手,才问道:"王在豙宫? 有豙事?"小吏漫声道:"敢问丞相,我王何日没有豙事啊?"尸埕很是难堪,一时红着脸没了话说。身后的大梁将军勃然大怒,长剑锵啷出鞘,一步抢前直指小吏骂道:"大魏丞相将军在前,一个小吏竟敢如此猖狂! 军情紧急,竖子若不快去禀报,老夫立地捅你个透心!"虞人丞脸色倏地变青,顾不得说话撒脚跑了,一串喊声顺着风势飘了过来:"禀报我王,大梁将军对豙不恭,要杀豙也!"老尸埕双眉紧皱连连摇头:"小人当道,国将不国也,国将不国也!"大梁将军愤愤然道:"你老丞相能挺起脊梁,大梁国人便拥戴你护城,何须看这般小人颜色!"老尸埕大是惶恐连连摇头摇手道:"将军慎言慎言,事国以忠,事王以忠,臣下安敢乱忠爱之道!"大梁将军冷冷笑道:"忠忠忠,魏国出的忠臣少么? 乐羊、毛公、侯嬴、如姬、信陵君一大串,还有你老丞相也算上,结局如何? 还是国将不国! 忠忠忠,忠有个鸟用!"尸埕一则气二则怕,想义正词严地驳斥却又无话可说,目下艰难时刻还不能开罪这个唯一可用的将军,无奈连连摇头,索性走到一边去了。于是,两人各自咻咻粗喘,谁也不理会谁了。

"两位何事啊?"

魏王假终于出来了，一身利落的短装胡衣与操持犬事的獒宫小吏一般无二，手里牵着一头黑亮的魏獒，脸上显然有不悦之色。不待两人说话，魏假走到大梁将军面前道："你敢在獒宫前不敬？可知獒之灵异么？"大梁将军一挺身高声道："犬为禽兽，任人驱使而已！"魏假冷笑道："差矣！獒为神犬，识得忠奸，辨得善恶，见奸而捕，见恶而食！"大梁将军看也不看连连示意的尸埕，一拱手正色道："魏王若信此物灵异，用它防守大梁便是，老臣请辞！"魏假脸色倏地一沉道："好。只是本王想先看看，你是忠是奸？"尸埕脸色大变，疾步抢过来一躬："我王不可！秦军压境，大将不可杀！"忠爱不离口的老尸埕素日维护魏王，今日破例变色，魏假倒是愣怔了。片刻默然，魏假冷冷问："秦军有异动？"尸埕拱手道："大梁将军得斥候密报，老水工郑国赶到了河外秦军大营，多有诡异。"

"有何诡异？"

"秦军可能水攻大梁！"大梁将军昂昂高声。

"水攻？水在何处啊？笑谈！"魏假脸色极是难看。

"魏王，老臣军中有信陵君故旧，都说信陵君当年有话……"

"信陵君有话，管得了今日么？"魏假立即打断了话头。

"臣启我王：信陵君预言，秦军攻大梁，必以水战！"老尸埕憋不住了。

首先担心的是畜生！

"果然如此，獒犬岂不遭殃也！"

默然良久，魏假终于长叹了一声，将手中獒犬交给旁边的虞人丞，瘫坐到獒宫前常备的竹榻上散了架一般。不管多么忌惮信陵君而厉声呵斥两位大臣，对信陵君的用兵才具与洞察之能，魏假还是不得不敬畏几分的。当然，对自己的王位，魏假也还是很在意的。诚实方正的尸埕说信陵君有此

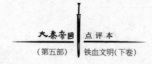
预言,决然不会有假,而信陵君有此预言,那就一定是一件危险的事情。心头闪过一连串思绪,魏假顿时心事重重,而第一个念头,是对这些獒犬的怜悯。

"魏王,便是护狗,也得有防守水战之法也!"尸埕很是急迫。

"本王早早巡视了城防,你等没部署么!"魏假突然发怒了。

"这……这这这……"尸埕蓦然想起那次巡城,顿时张口结舌。

"老臣有言!"一直铁青着脸的大梁将军开口了。

"说也。"魏假不耐地锁着眉头。

"水战防水。老臣之意,大梁军主力当开赴鸿沟北段驻扎,死守河外!"

"将军是说,只留偏师守城?"尸埕老眼顿时瞪起。

"大梁之危不在城防,在水患!"

"短视。"魏假似乎突然清醒过来,从竹榻上站起颇有气度地摆了摆手转悠着道,"大梁城墙高厚,粮草财货储存颇丰。当年小小即墨能坚守六年,大梁至少还不坚守十年?十年之间,天下能不有变?齐楚能不救援大魏?然则,守城靠人靠兵,若大军主力出城,老弱偏师能守城么?再说,城外主力大军一旦战败,魏国岂不连根烂也!"

"我王是说,全军守城,至少十年;开出城外,朝夕不保?"

"老丞相何其明也!"

魏假很是为自己的见识惊讶,破例以大大褒奖尸埕的方式大大褒奖了自己一回。可是,大梁将军却板着黑脸一句话不说,仿佛没有听见。尸埕对魏王的破例褒奖似乎并不在意,倒是凑过来低声问:"守城十年,老将军以为如何?"大梁将军冷冷道:"守城不外防,未尝闻也!"魏假立即接道:"岂有此理!即墨当年有外防么?如何守得六年?"大梁将军道:"即墨非不外防,无力外防也。我军能防而不防,岂非将水路拱手相让?"魏假大觉今日才思敏捷,立即气昂昂高声道:"此言大谬也!你防水口,秦军不攻水口么?两军战于水口,河水决口岂不更快!"大梁将军虽秉性刚直,终不愿与国王对着嚷嚷,默然片刻长叹一声道:"老臣只怕水淹大梁之时,我王尚在梦中也!"

"将军一言,出我神兵也!"魏假惊喜地猛然拍掌。

"我王有神兵?"尸埕一头雾水,又惊愕又茫然。

"然也!"

"世间当真有神兵?"尸埕的老眼瞪得更大了。

"神兵者，獒犬也！我出獒犬五百头，日夜轮换巡视鸿沟！"

"但有警讯，大军出城？"老尸埕显然在连番尝试着揣摩君心。

"然也！丞相万岁！"

"老臣惭愧，魏王万岁！"

国王与丞相惊喜万分地唱和着，大梁将军的汗水从额头涔涔渗出，淹得泪水也跟着涌流出来，大手一抹涕泪唏嘘了。魏假正在兴致之时，看得不禁大笑起来。自然，尸埕也跟着大笑起来。大梁将军万分难堪，猛然一拱手嗫嗫嚅嚅径自去了。

氾水河谷，秦军已经开始了周密的部署。

在向咸阳上书之后，王贲立即赶赴新郑，邀了姚贾一起赶赴洛水河谷的蒙武大营共商大计。王贲的主张是：水攻大梁虽有先贤预言，实施也将极有成效，然大梁毕竟是天下第一大都会，关涉方面太多，最终尚需咸阳庙堂决断。即便不行水攻，灭魏之战也是无可回避，作为中原大军主力大将，他必须做好秦王不允准水攻的战事方略。否则，水攻方略一旦被搁置，安定中原便没有成算。若要等到父亲的主力大军南下再行灭魏，对王贲而言，就意味着自己不堪大任，如此未免太没有劲道。是故，王贲力求在秦王王书抵达之前，谋划好第二套灭魏方略，若水攻不能便立即铺排强兵灭魏。

"后生可畏，后生可畏也！"

老蒙武听完王贲来意，油然生出一番感慨。洗尘小宴未了，老少两将军与姚贾便就着酒案说将起来，一气直说到五更鸡鸣。三人会商的方略也是两套，第一套是水战方略：王贲所部只需全力施行水战攻梁，包括征发民力开决水口等；蒙武军则总司外围策应，一则在陆路截断魏国残余的南逃东逃之路，二则总辖巴蜀调来的战船封锁大河航道，使魏国残余不能水路逃遁。第二套是陆战灭魏方略：王贲部以大型攻城器械，强兵全力主攻大梁，蒙武军狙击外围魏军以及有可能援救魏国的齐楚联军。无论施行哪套方略，姚贾的邦交人马都努力分化魏国与齐楚两国的关系，使合纵不能在最后关头死灰复燃。诸般细节一一确定，王贲心下大是舒畅，走到幕府帐口对着朦胧曙光张开两臂一个深深的吐纳，猛然转身笑道："两位前辈想想，魏王假此刻做甚？"

"除了睡觉，还能做甚。"蒙武一笑。

"不。这只魏獒，在做狗梦。"

姚贾话音落点，蒙武王贲不约而同地大笑起来。蒙武恍然醒悟，饶有兴致地问起自己不甚了了的"魏葵"来由。王贲也是大感兴致，凑过来细听姚贾叙说。于是姚贾从头说起，将魏假的葵犬癖好说了小半个时辰，末了道："大凡庙堂凋敝，从来都与君王恶癖相关。春秋战国以来，恶癖之君多有：燕王哙酷好上古虚名，行禅让大乱燕国；韩桓惠王酷好权谋，以水工疲秦之滑稽谋划救韩；齐宣王好学术，稷下养士而不用士；楚宣王好星相，以天意决邦交之道……凡此等等，虽也荒谬，然大体不脱正道偏好。唯独这魏国君王，魏惠王之后代代有癖，且皆是恶癖，奇也哉！"

"代代有恶癖？"王贲惊讶了。

"你且听。"姚贾掰着指头一一道来，"魏惠王酷好珠宝，魏襄王酷好种马，魏哀王酷好工匠，魏昭王酷好武士，安釐王酷好美女，景湣王酷好丹药。凡此六王，皆不如这魏假癖好葵犬之奇特。如此邦国，安得长久哉！"

还喜好龙阳吧。

意指魏王沉溺酒色、玩物丧志。

"丰饶魏国，风华大梁，如此这般去也！"蒙武感慨拍案。

"狗日的！我拿了这个魏假，非叫他做狗不成！"王贲愤愤然。

"别。你还真成全了他。"

姚贾淡淡一句诙谐，三人一齐大笑起来。

洛水大营会商完毕，王贲回到汜水河谷，恰逢李斯郑国堪堪赶到。一说朝会决断，王贲大是振奋，立即向这两位水事大家请教起诸般细节。李斯只转述了秦王一个叮嘱：从此之后，天下是秦国的天下，无论战事如何谋划，都得虑及庶民生计，也就是说，既要尽可能地少淹没村庄田畴，还要与颍川郡会商好水战之后修复鸿沟的大事。郑国早已经知道秦王这番叮嘱，然在听完李斯转述后，还是大大感慨了一阵。列位看官须知，战国兵争百余年，打仗虑及民生者不能说没有，作者忍不住要议论几句。秦始皇帝治下的水利、交通、边塞、城池等"诸般建设",恰恰是重伤民生的源头。不否认其功绩,但也不能否认其功绩后面的民生困难,代价不能因功绩掩去不提。作者爱之而赞之,心情可以理解,但史实还是史实。

然确实少而又少;秦王嬴政在一开始灭国时便曾着意叮嘱王翦,灭国战法不能等同于寻常战法,其意便在于此。后来的事实也证明,嬴政实施水利、交通、边塞、城池等诸般建设的实际功绩,中国历史上的任何一个帝王皆无法与之比肩。

就水事而言,郑国说得简洁明白。以大梁为鸿沟南北分段,鸿沟南段不用看,鸿沟北段是水攻要害,北段最要紧处,是引河入沟的沟口。沟口如何开? 开在何处? 得多少民力? 他得亲自踏勘一番才能定下来。次日清晨,王贲率领着一支千人马队护卫着郑国李斯赶赴大河南岸的广武城郊踏勘。此时魏国实力大衰,秦国灭韩后,秦军的实际威慑范围已经遍及大河两岸,魏国军兵在大梁以北几乎销声匿迹。是故,此时魏国北部的荥阳、广武等小城池形成了战国之世的特有景象:只有民户居住,既没有魏军防守,也没有秦军占领,恍然是兵戈消失了的寥落田园。王贲带千人马队也只是谨慎防范意外,并非实际危险所致。所以,遥遥看见广武城,王贲便下令马队隐蔽在一片山坳,没有军令不许出山。护卫郑国李斯等踏勘的,实际只有王贲与一班司马。

广武城坐落在大河南岸。这里原本是一片无名山地,因了广武城,这片山地叫作广武山。广武城依山势修筑成了东西两座小城堡,中间是一道宽二百余步的山涧,时人也称作广武涧。当年开凿鸿沟引河,便是利用了这道天然山涧。先将山涧向北与河岸打通,河水先入涧再入沟,如此,山涧之岩石入口可控制水量。否则,两道土堤筑成的大沟,堤岸无论夯得如何结实,也经不起汹涌大河的浪涛冲击,要修一道引出大河的人工运河实在是不可能的。唯有天成广武涧,鸿沟才得以修通。郑国是鸿沟后期开凿的水工,对鸿沟水路地脉了如指掌。踏勘大半日,郑国心下已经有数,对着身旁王贲低声指点了各处要害,在暮色时

分赶回了汜水营地。

当夜，王贲立即派出快马特使请来了蒙武与颍川郡守，会同李斯郑国，五人一一将各方事务会商妥当。次日清晨，王贲幕府聚将发令，一体部署了水攻方略。各方散去，整个河外的秦军营地与郡县官署便悄无声息地忙碌了起来。蒙武回到洛水大营，立即派出一万轻骑交给颍川郡守，分别护卫郡守与郡丞率领的两班吏员赶赴鸿沟南段，秘密督导分别属于魏国南部与旧韩西南部的鸿沟两岸庶民退到山地高处暂住，更南段进入淮水一段，已经是楚国北部，一时无法顾及了。

王贲部五万主力分作了三路：一路是赵佗率领五千人马，督导两万名精壮民力开决沟口；一路是王贲的四万主力秘密进逼大梁外围的四面山丘高地，在决水之前同时策应赵佗两翼；一路是五千轻骑各方策应。三路之中，赵佗军是要害，限定决口时间是五天五夜。这是郑国测算的时日。郑国说不能再短，否则不能保得稳妥无事。赵佗的决水工程分作四个部分：其一，要将原来的进水山口拓宽，使灌田水量变成足够大甚至尽可能大足以淹没大梁城的水量；其二，要将河水进入山口的引沟拓宽，尽可能使河水畅通无阻地进入拓宽了的涧口；其三，要将广武涧进入鸿沟的沟口拓宽，使大大增加的水流能汹涌入沟；其四，要将鸿沟至大梁的沟段清淤开挖，以防水流进入大梁之前无效漫溢。这四处，最难的是最后一处。因为，清淤鸿沟靠近大梁，只能在夜间进行，还不能举火照明。为此，赵佗加意提防，下令清沟工程全部由两千骑士担当。不料，清淤河沟的第一夜便出事了。

“禀报将军，魏獒出动，咬死了一百多清淤士兵！”

在大梁南面的山丘上，一接到斥候急报，王贲带着卫士马队风驰电掣般去了。紧急查问，才知道大梁城夜间放出了数十只魏獒在原野流窜，士兵们低头劳作猝不及防，突兀被咬死咬伤百余人。王贲勃然大怒，断然一句：“清淤不停！我来杀狗！”飞马便去了。到得山丘，王贲立即下令：调三千轻装飞骑，人各携带一支长矛与一具臂张弩，分作十队沿鸿沟北段巡视，专一射杀魏獒！十支马队不举火把，黑色闪电般掠向旷野，及至五更，几乎全部射杀了在旷野流窜的几十只獒犬。

“岂有此理！何方猎户敢射杀我一队神獒！”

当魏假看见几只獒犬带着箭镞狂吠着跑回来时，惊恐愤怒得连连大吼，整个王城都被震动了。匆匆赶来的大梁将军说，秦军已经在鸿沟动手，射杀獒犬不是猎户，是秦军弩机马队,请命立即率军出城防守鸿沟大堤。魏假正在恼怒急恨,当头一句厉声叱责:"秦军动静你总这般清楚,你是秦将还是魏将!"大梁将军涨红着脸高声道:"鸿沟北段百余里,秦军出动数万军民劳作,虽说不举火把,可郊野民户人人清楚! 老臣有斥候营专司探察,再不知道岂非愚昧猪狗也!""住口! 狗比你强!"魏假最厌恶人骂狗,愤然戟指大梁将军,"你还不如狗!"声音尖厉得几乎如同发怒的内侍。大梁将军秉性刚直,一时不堪羞辱气得浑身发抖,转身大步便走。老尸埕情急,一阵碎步飞跑扯住了大梁将军低声道:"老将军素顾大局,臣子如何能与国君较真?"大梁将军黑着脸没有说话,但总算是被拽了回来。尸埕过来一拱手道:"老臣之见,大梁城防可全权交老将军处置,老臣自请全力征发民力督导粮草,我王坐镇王族便是。"魏假冷冷道:"城防无论交给何人,大军都不能出城。"尸埕抹着额头汗水颤声道:"秦军决堤,我不护堤,岂非坐观水淹大梁么?"魏假道:"大军出城能保得不被秦军吞了? 届时没了大军,大梁纵有财货粮草,还不是砧板鱼肉任人宰割?!"尸埕急得左看右看摊着双手直叹气:"君臣不协力,非忠爱之道也! 无忠无爱,焉得有国哉!"大梁将军顿时觉得自己又将被这云山雾罩的大道之辩绕进去,立即慨然一拱手道:"禀报魏王、丞相,非老臣不知忠道,实是自古打仗没有如此打法! 国有大军二十万而不敢出城决战,未尝闻也! 二十万大军窝在大梁城内,一不能施展兵力,二不能施展谋略,只能死死等着挨打! 普天之下古往今来,有如此守城之法么!"尸埕也忧心忡忡道:"老将军说的是战法,从大梁民治说,似乎也当如此。大梁以汇聚四海商旅为根基,自秦军南下以来,外邦商旅几乎逃离十之八九,若再不能使大梁城外水陆官道畅通,只怕连魏国商人也要逃走。其时,大梁内外隔绝,难矣哉!"

看来神弩也不是全无用处。

市井口吻,反而失真。

"也好！明晚你率三万人马出城，先做试探。"良久，魏假终于开口了。

"魏王，出则出，不能半吞半吐！"

大梁将军话还没有说完，脸色苍白的魏假已拂袖而去了。尸埕长叹一声，想对这位愤怒的老将军说几句抚慰话，可实在不知从何说起，又怕站得久了魏王回头问说了些甚自己不好回答，只有低头蹒跚去了。大梁将军想走，却一下子瘫在了地上。

次日三更，魏军三万铁骑隆隆开出西门，越过城外两道宽阔的石桥，卷向人影涌动的鸿沟堤岸。大梁将军的谋划是先给为数不多的堤岸秦军一个猛袭战，而后立即退入荥阳郊野的山地秘密驻扎。如此可收两效，一则迟滞秦军水攻进程，二则至少可在城外保留一支策应人马。为奇袭得手，魏军三万铁骑一律不举火把，要打秦军一个措手不及。不料，三万铁骑堪堪逼近堤岸将要撒开阵形做扇形冲杀时，左右前三方陡然响起尖厉的呼啸，万千长箭在暗夜之中骤雨般当头压来。大梁将军一听箭镞风声，便知道这是秦军特有的大型弓弩阵出动了，不及思虑一声大喝："全军撤回！杀！"魏军尚未展开便蜂拥后撤，人仰马翻一时大乱，死伤不计其数。当此之时，黑暗的旷野中杀声大起，鸿沟堤岸下杀出了一支不辨人数的飞骑，兜头向魏军退路方向截杀过来。魏军根本无法向荥阳方向冲杀，只能在箭雨飞骑的追杀中跌跌撞撞退向大梁。大约十里之后，秦军不再追杀，魏军这才渐渐聚拢起来。

"回，城……"

只说得两个字，胸前中箭的大梁将军昏厥了过去。

尸埕闻讯，连夜赶来清查人马。魏军被当场射杀两千余人，一万六千余人中箭带伤，其余全部是或轻或重的挤伤撞伤跌伤踩伤，军营一片血污一片呻吟，连外伤老医士们都有几个忍不住呕吐了。尸埕深为震惊，清查完毕后，于五更时分紧急请见魏王。不料，王城书房的主书却出来说，魏王正在燮宫医治狗伤，魏王令明日午时探视大梁将军，丞相同往。尸埕惊愕万分，愣怔在书房廊下半晌没有一句话，眼看着曙色初上，这才被循迹赶来的家老扶了回去。

"本王早有预料，惜乎老将军不听也！"

正午时分，尸埕在大梁将军府门前与魏王会车。魏假当头一句感喟，尸埕却第一次默然了，第一次没有了称颂魏王的兴致。一直到大梁将军榻前，尸埕都没有说话。大梁将军的箭镞深入骨肉，老太医只锯断了箭杆，却起不出箭镞。魏王假与尸埕来到榻前，

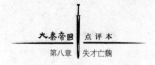

大梁将军已经没有了血色气若游丝了。尸埕对着这位浑身浴血的老将军,第一次老泪纵横泣不成声。魏假却皱着眉头,很是平静地说:"老将军若听本王,何有今日?"大梁将军艰难地翻了翻老眼,挣扎着说出了一句话:"秦军有备,我军太少!……"喉头一哽没了气息。魏假吩咐一声厚礼安葬,板着脸走了,对尸埕一句话也没有。尸埕却没了老泪,召来老将军家人抚慰了一阵,又亲自拟定了安葬礼仪并向各相关官署做了部署,使老将军家人不致多方奔波,这才回府去了。

次日清晨,魏假召尸埕会商城防,王使回来禀报说老丞相府邸空空,除了官派仆役,合族百余口都走了。魏假很是惊讶,立即宣来城门尉查询。城门尉禀报说,昨夜二更,丞相马队出城,因有大梁将军府的夜出令箭,末将无权盘诘。说罢,城门尉捧出一支铜管,说这是老丞相吩咐呈送魏王的。魏假令主书打开,一方羊皮纸上只有寥寥几行:"老臣忠爱治道无以行魏,故此去矣! 王不爱人而爱犬,将军尽忠而无门,岂非魏国之哀乎? 大梁城破之日,乃王受天谴之时,王毋怨天尤人也!"

"老尸埕大胆!"魏假奋力将羊皮纸撕扯得粉碎。

魏假很是不解,这个老尸埕与这个老将军分明不是一种人,如何竟能撺掇到了一起竟至于惺惺相惜,岂不怪哉? 更有甚者,大梁将军原本最该对魏假有怨气,因为他是当年信陵君的死力拥戴者,宁可上将军空缺魏假就是不用他。可是,这个老将军临死都没有怨他恨他,没有说他一句话。相反,老尸埕最不该恨他,因为尸子之学实在不是治国之学,魏假能破例起用尸埕,该当对尸埕是永生的恩泽,然则,老尸埕偏偏怨了他恨了他,非但不辞而逃,还对他说了一番最难听的话。世间事,怪也哉!

两个老臣一死一走,很是自负的魏王假大感刺激。终日郁闷无以排解,魏假索性将国事一应交付给了太子,自己窝在葵宫整日与狗戏耍闭门不出了。魏假事后想起,太子丞相一日曾经禀报,说秘密派出特使去齐国楚国请求合纵抗秦,齐国丞相后胜与齐王建拒绝了魏国,楚国推说兵力单薄也拒绝了魏国,辞色都很是冰冷。后来,太子丞相也没有了举动。魏假还记得,大约窝进葵宫半个月后,一个夜半时分,王城外突然弥漫起无边无际的喧哗,正要下令查问,太子已经大汗淋漓地飞步跑来了。

"父王! 水! 水! 大,大水——"

儿子那惊恐万状的神色,永远地烙在了魏假的心头。

那一夜,魏假在一队葵犬的簇拥下亲自上到城头看了水势。那无边汪洋的大水,成

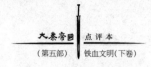
了他永远的噩梦。在高高城头看去，白茫茫大水映着天上一轮明月，粼粼波光在碧蓝的夜空下无边无际；没有了田畴，没有了村庄，幽暗的山影中依稀传来几声狗吠，无边的寂静陡然渗出令人窒息的恐怖。身后城中的喧哗不知何时已经悄然无声，万千庶民拥上了城头，密麻麻挤满了垛口，人人大张着嘴巴却没有一个人说话，所有人都陷入了可怕的梦魇。那一刻，葵犬们也没有了声息。魏假第一次真正地瑟瑟发抖了，没有说一句话，没有发布一则王命，悄悄挤出了人群，挤下了城头……

"信陵君，你好毒的口也！"

三日后，魏假从卧榻上起来，不得不举行残缺凋零的朝会，第一句话便是怨恨的感喟。没有丞相，没有上将军，只有一片王族贵胄与仅有的十多名大臣博士。人人脸色阴沉，没有一个人有说话的意思。魏假无奈，教太子逐个征询，竟然还是没有一个人说话。魏假大怒，一脚踢翻王案，甩着大袖径自去了。三日后，只有一个王族老臣秘密上书，一卷竹简只有两句话："纵然有粮，城墙终究不支。水困难脱，唯保宗庙足矣！"魏假很清楚，老臣是说出路只有一条，那便是降秦。可魏假还想撑持一段时日，大梁毕竟城高墙厚，粮仓兵器库又都是满当当，纵然无法打仗，民变兵变决然不会生出。或许天意转机，在撑持时日楚国齐国会出兵，甚或秦王死了秦国乱了，魏国岂不大难不死，魏假岂不成了天下英雄？毕竟，秦王虎狼暴虐成性，上天终究会惩罚他，谁能说准这个天谴不在明天？种种思谋之下，魏假下了一道安民王书，谎称齐楚两国将出动水军战船前来救魏，要民众各安其所静待援军。于是，惶惶万状的大梁城民众，终究些许松了口气。左右没法打仗没法出城，只有天天站在自家屋顶守望水势了。

不料，水淹一月之后，固若金汤的大梁竟然出现了种种奇异迹象。所有的井水都溢出了井口，所有的街路房屋大墙都潮湿得水淋淋，所有的粮食都生出了绿芽，所有的肉食都霉绿发臭。直至街中积水渐渐增高，大梁城便再也没有了往昔的蓬勃生机。此后，城砖石条一块块脱落，露出了夯土墙体；不到旬日，夯土墙体悄无声息地瘫成了一堆堆泥山，渐渐地，泥山也没有了……水淹大梁两个月后，秦军已经堵上了水口，水势已经渐渐退去。纵然如此，凄惨的景象仍然在继续。厚厚的淤泥填平了所有的洼陷，堵塞了一切进出大梁的通道，两月前还雄峻异常的大梁，已经变成了一片茫茫灰黄的废墟。

这时，即或秦军撤兵，魏国王室也无路可逃了。

"厚逾数尺的淤泥结成了硬实的地面",小处见作者的细心,但如果能交代水如何退去,再谈"淤泥结成了硬实的地面",会更好。

"二十二年,王贲攻魏,引河沟灌大梁,大梁城坏,其王请降,尽取其地。"(《史记·秦始皇本纪》)"(王假)三年,秦灌大梁,虏王假,遂灭魏以为郡县。"(《史记·魏世家》)

三月之后,厚逾数尺的淤泥结成了硬实的地面,秦军进入大梁了。

魏王假袖着来不及递出的降书,被王贲俘获了。看着这个满身狗臊气的赢弱国王,王贲连认真呵斥几句的兴味也没有,认人之后大手一挥便走了。次日,魏假被姚贾押上一辆特制的青铜囚车,向咸阳辚辚去了。

这是公元前 224 年夏秋之交的故事。

六　缓贤忘士者　天亡之国也

作者论道，颇见史识。

魏国的灭亡很没有波澜，算是山东六国的寿终正寝典型。

一个国家的末期历史如此死一般寂静，以至在所有史料中除了国王魏假，竟然找不到一个文臣武将的影子，在轰轰然的战国之世堪称异数。作为国别史，《史记·魏世家》对魏国最后三年的记载只有寥寥三行："……景湣王卒，子王假立。王假元年，燕太子丹使荆轲刺秦王，秦王觉之。三年，秦灌大梁，虏王假，遂灭魏以为郡县。"列位看官留意，三行之中，最长的中间一行说的还是国际形势。魏王假在位三年，实际只发生了三件事：秦灌大梁，虏王假，灭魏以为郡县。每读至此，尝有太史公检索历史废墟而无可奈何之感叹。

之所以如此，是因为魏国实在没有值得一提的人物了。

在山东六国之中，魏国灭亡的原因最没有秘密性，最没有偶然性，最没有戏剧性。也就是说，魏国灭亡的原因最清楚，最简单，最为人所共识。后世史家对魏国灭亡的评论揣测很少，原因也在于魏国灭亡的必然性最确定，只有教训可以借鉴，没有秘密可资研究。《史记·魏世家》之后有四种评论，大约足可说明这种简单明了。

其一，魏国民众的记忆感喟。百余年之后，太史公在文后必有的"太史公曰"中记载云:他到大梁遗迹踏勘搜求资料,在已经变成废墟的大梁遇见了前来凭吊的魏国遗民(墟中人);遗民感伤地回顾了当年秦军水攻大梁的故事,"说者皆曰魏以不用信陵君故,国削弱至于亡"。也就是说,民众认定魏国衰弱灭亡的原因,是没有用信陵君。

其二,太史公自家的评价。太史公先表示了对大梁民众的评价不赞同,后面的话却是反着说。其全话是:"……(对墟中人之说)余以为不然。天方令秦平海内,其业未成,魏虽得阿衡之佐,曷益乎?"直译,太史公是说:我不能苟同墟中人评判。天命秦统一天下,在其大业未成之时,魏国便是得到伊尹(其名阿衡)那样的大贤辅佐,又能有什么益处呢?果真将这几句话看作为魏国辩护,未免小瞧太史公了。究其实,太史公显然是在说反话。如同面对一个长期患有不治之症的病人,有人说这种病服了仙药也没用,你能说这个人不承认那个人有病么?也就说,太史公实际是有前提的,魏国失才之病由来已久,此时已经无力回天矣!

其三,东汉三国人评价。《史记·魏世家·索隐》引三国学人谯周对魏国灭亡之评说云:"以予所闻,所谓天之亡者,有贤而不用也,如用之,何有亡哉!使纣用三仁,周不能王,况秦虎狼乎!"谯周评说是历史主流的评判,他阐明了这样一个简单实在的道理:有贤不用,便是史谚所谓的"天亡之国"。若殷纣王用三个大贤(微子、箕子、比干,孔子称为三仁),纵然是明修王道的周室也不能取代殷商而王天下,何况秦国虎狼之邦,如何能灭亡果真用贤的魏国?应当说,谯周之论是对天命国运观的另一种诠释,因其立足于人为(天亡即人亡),因而更为接近战国时代雄强无伦的国运大争观,与战国时论对魏国灭亡的评说几无二致,应该是更为本质的一种诠释。

其四,后世另一种评价。《史记·魏世家·索隐述赞》云:"毕公之苗……大名始赏,盈数自正。胤裔繁昌,系载忠正……王假削弱,虏于秦政。"述赞评价的实际意思是:自立国开始,魏国便是个很正道的邦国,只是魏假时期削弱了,灭亡了。这是史论第一次正面肯定魏国。两千余年后,这种罕见的正面肯定在儒家史观浸润下弥漫为正统思潮。清朝乾隆时代产生的系统展示春秋战国兴亡史的《东周列国志》，其叙述到魏国灭亡时，引用并修改了这段述赞，云："史臣赞云：毕公之苗，因国为姓。嗣裔繁昌，世戴忠正。文始建侯，武益强盛。惠王好战，大梁不竞。信陵养士，神气稍振。景湣式微，再传而陨。"此书以"志"为名刊行天下，并非以"演义"为名，显然被官方当作几类正史的史书。这说明，这种观念在清代已经成为长期为官方认可的正统评价。这种评价的核心是：忽视或有意抹杀魏国的最根本缺陷，而以空洞的正面肯定贬损"暴秦"，与三国之前客观平实的历史评判有着很大的距离。但是，它毕竟是一种观念，而且是长期居于正统地位的评判，我们没有理由忽视它。

一个"繁昌忠正"的国家能削弱而灭亡，这本身就是一个历史悖论。

历史评判的冲突背后，必然隐藏着某种被刻意抹杀的事实。

这个事实最简单，最实在：长期地缓贤忘士，而最终导致亡国。

魏氏部族是周室王族后裔，其历史可谓诡秘多难。

西周灭商之初，三个王族大臣最为栋梁：周公（旦）、召公（奭）、毕公（高）。其中的毕公姬高，便是魏氏部族的祖先。西周初期分封，毕公封于周人本土的毕地，史称毕原。《史记·集解》引唐代杜预注云："毕在长安县西北。"据此可知，毕原大体在当时镐京的东部，可算是拱卫京师的要害诸侯。之后，不清楚发生了何等样事变，总之是"其后绝封，为庶人，或在中国，或成夷狄"。检索西周初年的诸多事件，其最大的可能是，毕公高或深或浅地卷入了殷商遗族与周室王族大臣合谋的"管蔡之乱"，否则毕公部族不可能以赫赫王族之身陡然沦为庶人，其余部也不可能逃奔夷狄。其后，历经西周东周数百年无史黑洞，毕公高的中原后裔终于在晋国的献公时期出现，其族领名毕万，一个极为寻常的将军而已。

晋献公十六年（公元前661年），晋国攻伐霍、耿、魏三个小诸侯国，毕万被任命为右军主将。此战大胜，晋献公将耿地封给了主将赵夙，将魏地封给了右将军毕万。从这次受封开始，毕万才步入晋国庙堂的大夫阶层。也许是部族坎坷命运艰险,这个毕万很是笃信天命,大事皆要占卜以求吉凶。当年,毕万漂泊无定,欲入晋国寻求根基,先请一个叫作辛廖的巫师占卜。辛廖占卜,得屯卦,解卦云:"吉(卦)。屯固比入,吉孰大焉! 其必繁昌。"因为屯卦是阐释天地草创万物萌芽的蓬勃之象,对于寻求生路者而言,确实是一个大大的吉卦。后来的足迹,果然证明了这个屯卦的预兆。这次,毕万也依照惯例,请行占卜,意图在于确定诸般封地事项。晋国的占卜官郭偃主持了这次占卜,解卦象云:"毕万之后必大矣! 万,满数也;魏,大名也。以是封赏,天开之矣! 天子曰兆民,诸侯曰万民。今命之大,以从满数,其必有众。"于是,毕万正式决断:从大名,部族以封地"魏"为姓氏;从满数,全力经营这方有"万民诸侯"预兆的封地。

至此,晋国士族势力中正式有了魏氏,魏国根基遂告确立。

其后,晋国出现了晋献公末期的储君内争之乱。此时毕万已死,其子魏武子选准了公子重耳为拥戴对象,追随这位公子在外流亡十九年。重耳成为晋国国君(文公)后,下令由魏武子正式承袭魏氏爵位封地,位列晋国主政大夫之一。由此,魏氏开始了稳定蓬勃的壮大。历经魏悼子、魏绛(谥号魏昭子)、魏嬴、魏献子四代,魏氏已经成为晋国六大新兴士族之一(六卿)。这六大部族结成了最大的利益共同体,不断吞灭、瓜分、蚕食着中小部族的土地人口,古老的晋国事实上支离破碎了。又经过魏简子、魏侈两代,六大部族的两个(范氏、中行氏)被瓜分,晋国只有四大部族了。经过魏桓子一代,魏氏部族与韩赵两部族结成秘密同盟,共同攻灭瓜分了最大的知氏部族。至此,魏赵韩三大部族主宰了晋国。

承袭魏桓子族领地位的,是其孙子魏斯。魏斯经过二十一年扩张,终于在二十二年(公元前403年),与赵韩两族一起,被周王室正式承认为诸侯国。魏斯为侯爵,史称魏文侯。从这一年开始,魏氏正式踏上了邦国之路,成为开端战国的新兴诸侯国。

也就是从这个时候开始,魏国的政治事件成为我们必须关注的对象。

自魏文侯立国至魏假灭亡,魏国历经八代君主一百七十八年。在春秋战国历史上,近两百年的大国只经历了八代君主,算是权力传承之稳定性最强的国家了。这种稳定性,当时只有秦国齐国可以与之相比,国君代次显然还要稍多。魏国君主平均在位时间是二十二年有余,若除去末期魏假的三年,则七任君主平均在位时间是二十五年有余。应该说,在战国那样的剧烈竞争时代能有如此稳定的传承,是极其罕见的。列位看官留意,之所以要将代次传承作为政治稳定的基本标志,原因在于世袭制下的传承频繁国家,都是变乱多发所致。是故,君位传承频繁,其实质原因必定是政治动荡剧烈,君主传承正常,其实质原因也在于这个国家的政治稳定性强。当然,也不能绝对化地说,稳定性是传承少的唯一原因。譬如魏国,其传承代次少,还有一个重要原因,就是出现过两个在位五十年以上的国君:魏文侯在位五十年,魏惠王在位五十一年。其余两个在位时间长的君主是:魏武侯二十六年,魏安釐王三十五年。这四任君主,便占去了一百六十二年。

魏国政治传统的基本架构及其演变,都发生在这四代之间。

这一政治传统,是破解魏国灭亡秘密的内在密码。

魏文侯之世,是魏国风华的开创时代。

战国初期,魏国迅速成为实力最强的新兴大国,对天下诸侯产生了极大的冲击力。尤其对西邻秦国,魏国以强盛的国力军力,夺取了整个河西高原与秦川东部,将秦国压缩得只剩下关中中西部与陇西商於等地。这种令天下瞠目结舌的崛起,根源在于魏文侯开创了后来一再被历史证实其巨大威力的两条强国之路:一是积极变法,二是急贤亲士。

先说变法。魏文侯任用当时的法家士子李悝,第一次在战国时代推行以变更土地制度为轴心的大变法。史料对魏国这次变法语焉不详,然依据后来的变法实践,李悝变法的两个基本方面该当是明确的:其一是围绕旧土地制度的变法,基本点是有限废除隶农制、重新分配土地、鼓励耕作并开拓税源等等。其二是公开颁行种种法令,以法治代替久远的人治礼治。可以做出的总体评判是:后来商鞅变法的基本面,李悝都涉及了,只是其深度广度不能与后来的商鞅变法相比。虽则如此,作为战国变法的第一声惊雷,魏国变法的冲击作用是极其巨大的,其历史意义是亘古不朽的,其效用是实实在在的。

变法的同时,魏文侯大批起用当时出身卑微而具有真才实学的新兴士子,此所谓急贤亲士也。文侯之世,魏国群星璀璨文武济济,仅见诸史籍的才士便有:李悝、乐羊、吴起、西门豹、赵仓唐;儒家名士卜子夏、田子方、段干木等;故旧能臣重用者有翟璜、魏成子等。至少,魏国初期一举拥有了李悝、乐羊、吴起、西门豹如此四个大政治家,实在是天下奇迹。由此,魏国急贤亲士的声名远播,以至秦国想攻伐魏国而被人劝阻。劝谏者的说法是:"魏君贤人是礼,国人称仁,上下和合,未可图也!"

由于魏文侯在位长达五十年,这种政治风气自然积淀成了一种传统。

可是,魏文侯开创的这种生机蓬勃的政治传统,到了第二代魏武侯时期渐渐变形了。所谓变形,一则是不再积极求变,变法在魏国就此中止;二则是急贤亲士的浓郁风气,渐渐淡化为贵族式的表面文章。也就是说,魏文侯开创的两大强国之路都没有得到继续推进,相反,却渐渐走偏了。这条大道是如何渐渐误入歧途的? 历史给我们留下了一些可寻路径的蛛丝马迹。

一则史料是,魏击(魏武侯)做储君时暴露出的浓厚的贵族骄人心态。魏文侯十七年,乐羊打下中山国后,魏击奉文侯之命做了留守大臣。一日,魏击游览殷商旧都朝歌,不期遇到了魏文侯待以师礼的田子方。魏击将高车停在了道边,并下车拜见田子方。可是,田子方竟没有还礼。魏击很是不悦,讥刺道:"富贵者骄人乎? 且贫贱者骄人乎?"田子方冷冷道:"亦贫贱者骄人耳。诸侯而骄人,则失其国。大夫而骄人,则失其家。贫贱者,行不合,言不用,则去之楚、越,若脱躧(鞋)然,奈何其同之哉!"魏击很不高兴,但又不能开罪于这个顶着父亲老师名分的老才士,只有阴沉沉回去了。姑且不说这个儒家子贡的老弟子田子方的牛烘烘脾性究竟有多少底气,因为,战国时期真正的法家大政治家,反倒根本不会做出这种毫无意义的清高,该遵守的礼仪便遵守,犯不着无谓显示什么。我们留意的，是魏击的两句讥刺流露出的贵族心态——田子方虽贵为文侯老师，依然被魏击看作贫贱者，而贫贱者是没有对人骄傲的资格的！如此贵族心态，岂能做到真正的亲士敬贤？于是，后来一切的变味大体便有了心灵的根源。

另一则史料是，魏击承袭国君后不思求变修政的守成心态。魏击即位，吴起已经任河西将军多年。一次，魏武侯与吴起同乘战船从河西高原段的大河南下，船到中流，魏武侯眼看两岸河山壮美，高兴地看着吴起大是感叹："美哉乎山河之固，此魏国之宝也！"也许是吴起早已经觉察到了这位君主的某种气息需要纠正，立即正色回答说："在德不在险……若君不修德，舟中之人尽为敌国也！"结果，魏武侯只淡淡一个"善"字便罢了。吴起对答，后世演化为"固国不以山河之险"的著名政谚，却没有留下魏武侯任何由此而警醒的凭据。列位看官留意，这是魏国君主第一次将人才之外的物事当作"国宝"。此后，魏惠王更是将珍珠宝玉当作"国宝"，留下一段战国之世著名的国宝对答。魏武侯盛赞山河壮美，原本无可指责。这里的要害是，一个国君在军事要塞之前首先想到的是什么，如何评判山川要塞，至少具有心态指标的意义。魏武侯的感慨若变为："山河固美，无变法强国亦不能守也！"试想当是何等境界？这件事足以说明，魏武侯已经没有了开创君主的雄阔气度，对人对物对事，已经沦落为以个人好恶为评判标尺了。

第三则史料是，魏武侯错失吴起。

吴起是战国之世的布衣巨匠之一，是中国历史上罕见的政治军事天才之一。与战国时代所有的布衣名士一样，吴起的功业心极其强烈，那则杀妻求将的传说故事，正是战国名士功业心志的最好注脚。后来的事实证明，乐羊、吴起被魏文侯重用，是魏国扩张成功的最根本原因。也就是说，李悝变法激发积聚了强盛国力，乐羊、吴起则将这种国力变成了实际领土的延伸。在整个魏文侯时期，乐羊攻灭中山国，吴起攻取整个河西高原，既是魏国最大的两处战略性胜利，也是当时天下最成功的实力扩张。李悝、乐羊死后，兼具政治家才华的吴起实际上成为魏国的最重要支柱。

可是,魏武侯即位,吴起没有得到应有的重用,既没能成为丞相,也没能成为上将军,只是一个"甚有声名"的地方军政首脑(西河守)。依着战国用人传统,魏文侯时期有老资格名将乐羊为上将军,吴起为西河守尚算正常。然在魏武侯时期,吴起依然是西河守,就很不正常了。《史记·孙子吴起列传》载:秉性刚正的吴起对这种状况很是郁闷,曾公开与新丞相田文①(不是后来的孟尝君田文)论功,说治军、治民、征战三方面皆强于田文,如何自己不能做丞相?田文以反诘方式做了回答,很是牵强,其说云:"主少国疑,大臣未附,百姓不信,方是之时,属之于子乎?属之于我乎?"应当说,田文对魏国状况的认定,只是使用了当时政治理论对新君即位朝局的一种谚语式描述,实际根本不存在。魏文侯在位五十年,魏击是老太子即位实权早早在握,如何能有少年君主即位才有的那种"主少国疑,大臣未附,百姓不信"的险恶状况?刚直的吴起毕竟聪明,见田文摆平了老脸与自己周旋论道,便知道此人绝不是那种凭功劳说话的人物,所以才有了史料所载的"起默然良久,曰'属之子矣'"。吴起的服输,实际上显然是讲求实际的政治家的顾全大局。不想,却被太史公解读成了"吴起乃自知弗如田文"。这个田文,既不是后来的孟尝君田文,史料中也没有任何只言片语的功业,史料中的全部踪迹便是与吴起的这几句对答,及"田文既死"四个字。如此一个人物,豪气干云的吴起如何便能"自知弗如田文"?太史公此处之认定,只能看作一种误读,而不能看作事实。

历史烟雾之深,诚为一叹也!

重要大臣将军之间的这种微妙状况,魏武侯不可能没有觉察。之后的处置方式,立即证明魏武侯对吴起早已经心存戒惧了。田文死后,公叔为相。这个公叔丞相欲将吴起从魏国赶走,与亲信商议对策。其亲信说,要吴起走,很容易。亲信的依据是秉性评判:吴起有气节,刚正廉明并看重名誉。潜台词很

---

① 田文,《吕氏春秋》作"商文"。

显然，这等人得从其尊严名誉着手。亲信谋划出了一个连环套式的阴谋：先以固贤为名，请魏武侯将少公主嫁给吴起，言明以此为试探吴起的婚姻占卜——吴起忠于魏国，则受公主；若不受婚嫁，必有去心；魏侯必从，而后由丞相宴请吴起，使丞相夫人的大公主当着吴起的面辱贱丞相；吴起见如此公主，必要辞婚；只要吴起辞婚，便不可能留在魏国了。后来的事实果然如此：吴起辞婚，魏武侯怀疑吴起而疏远，吴起眼看在魏国无望，便离开魏国去了楚国。这是一则深藏悲剧性的喜剧故事，使吴起的最终离魏具有了难言的荒诞性。

吴起离魏，至少证实了几个最重要的事实：其一，魏武侯疑忌吴起由来已久，绝非一日一事；其二，魏武侯已经没有了囊括人才的开阔胸襟，也没有了坦率精诚的凝聚人才的人格魅力；其三，魏武侯时期，魏国的内耗权术之道渐开，庙堂之风的公正坦荡大不如前。从魏国人才流失的历史说，吴起是第一个被魏国挤走的乾坤大才。

魏惠王后期，魏国尊贤风气忽然复起。

魏武侯死时，魏国的庙堂土壤已经滋生出了内争的种子。这便是魏武侯的两个儿子，公子罃与公子缓争位。这个公子罃，便是后来的魏惠王。公子罃得到了一个才能杰出的大夫王错的拥戴效力，占据了魏国河外的上党与故中山国之地，公子缓失势。可是，公子罃还没来得及即位，韩赵两军便进攻魏国了。韩赵遵循晋国老部族相互吞噬的传统，要趁魏国内乱之机灭魏而瓜分之。浊泽一战，公子罃军大败，被韩赵两军死死包围。然则，一夜天明，几乎是在等死的公子罃却看见两支大军竟然没有了。事后得知，是两国对于如何处置魏国意见相左，各自不悦而去。对这场本当灭魏而终未灭魏的诡异事变，战国时评是："君终无适子，其国可破也！"也就是说，魏武侯终究没有堪当大任的儿子，魏国原本是可以破灭的。言外之意很显然：没有灭国，并不是公子罃的才能所致。然，公子罃不如此看，他将魏国大难不死归结于二：一是天意，二是自家大才。是故，公子罃即位之后立即宣布称王，成了战国时代第一个称王的大国（自来称王的楚国除外）。

魏惠王在位五十一年,可以分为三个时期:称霸前期,衰落中期,迁都大梁之后的末期。第一时期是魏国的全盛霸权时期,大约二十年;其时白圭、公叔痤先后为相,庞涓为上将军,率军多次攻伐诸侯,威势极盛,国力军力毫无疑义地处于战国首屈一指的地位。第二时期,以三次大战连续失败为转折,魏国霸权一举衰落。这三次大战是围魏救赵之战、围魏救韩之战、秦国收复河西之战。第三时期,以魏国畏惧秦国之势迁都大梁始,是魏惠王的最后二十年。

总括魏惠王五十一年国王生涯之概貌,成败皆在于用人。

魏惠王其人是战国君主中典型的能才庸君。列位看官留意,历史不乏那种极具才华而又极其昏庸的君主。秦汉之后,此等君主比比皆是,战国之世亦不少见。魏惠王者,一个典型而已。魏惠王之所以典型,在于他具备了这种君主给国家带来巨大破坏性的全部三个特征:其一,聪敏机变,多大言之谈,有足以显示其高贵的特异怪癖,此所谓志大才疏而多欲多谋也,与真正的智能低下的白痴君主相比(譬如后世的少年晋惠帝),此等"庸君"具有令人目眩的迷惑性,完全可能被许多人误认为"英主";其二,胸襟狭小,任人唯亲与敬贤不用贤并存,外宽内忌。这一特征的内在缺陷,几乎完全被敬贤的外表形式所遮掩,当时当事很难觉察;其三,在位执政期长得令人窒息,一旦将国家带入沼泽,只有渐渐下陷,无人能有回天之力。

在君主终身制时代,这种"长生果庸主"积小错而致大毁的进程,几乎是人力无法改变的。也就是说,庸主若短命,事或可为;庸主若摇摇不坠,则上天注定了这个邦国必然灭亡。譬如秦国,也曾经有一个利令智昏的躁君秦武王出现,但只有三年便举鼎脱力而暴死了。后来又有两个庸君,一个秦孝文王,一个秦庄襄王,一个不到一年死了,一个两三年死了。所以,庸君对秦国的危害并不大。在位最长的秦昭王也是五十余年,然秦昭王却是一代雄主。然则,即或如秦昭王这般雄主,高年暮期也将秦国庙堂带入了一种神秘化的不正常格局,况乎魏惠王这等"长生果庸主",岂能给国家带来蓬勃气象?这等君主当政,任何错误决策都会被说得振振有词,任何堕落沉沦都会被披上高贵正当的外衣,任何龌龊权术都会堂而皇之地大行其道,任何真知灼见都会被善于揣摩上意的亲信驳斥得一文不值。总归一句,一切在后来看去都是滑稽剧的国家行为,在当时一定都是极为雄辩地无可阻挡地发生着,顺之者昌,逆之者亡。

魏惠王有一个奇特的癖好,酷爱熠熠华彩的珍珠,并认定此等物事是国宝。史载:魏惠王与齐威王狩猎相遇于逢泽之畔,魏惠王提出要与齐威王较量国宝。齐威王问,何谓国宝? 魏惠王得意矜持地说,国宝便是珠宝财货,譬如他的十二颗大珍珠,每颗可照亮十二辆战车,这便是价值连城的国宝。齐威王却说,这不是国宝,真正的国宝是人才。于是,齐威王一口气说了他搜求到的七八个能臣及其巨大效用,魏惠王大是难堪。这是见诸史料的一次真实对话,其意义在于最典型不过地反映出了有为战国对人才竞争的炽热以及魏国的迟暮衰落。

也许是受了这次对话的刺激,也许是有感于秦国的压迫,总之是魏惠王后期,魏国突然弥漫出一片敬贤求贤气象。这里有一个背景须得说明,否则不足以证明魏国失才之荒谬。战国时期,魏国开文明风气之先,有识之士纷纷以到魏国求学游历为荣耀,为必须。安邑、大梁两座都城,曾先后成为天下人才最为集中的风华圣地,鲜有名士大家不游学魏国而能开阔眼界者。为此,魏国若想搜求人才,可谓得天独厚也。可是,终魏惠王前、中期,大才纷纷流失,魏国竟一个也没有留住。

魏惠王前、中期,从魏国流失的乾坤大才有四个:商鞅(卫人,魏国小吏)、孙膑(齐人,先入魏任职)、乐毅(魏人,乐羊之后)、张仪(魏人)。若再加上此前的吴起,此后的范雎、尉缭子,以及不计其数的后来在秦国与各国任官的各种士子,可以说,魏国是当时天下政治家学问家及各种专家的滋生基地。在所有的流失人才中,最为令人感慨者,便是商鞅。所以感慨者,一则是商鞅后来的惊世变法改写了战国格局,二则是商鞅是魏惠王亲手放走的。商鞅的本来志向,是选择魏国实现抱负。魏国历史的遗憾在于,当商鞅被丞相公叔痤三番几次举荐给魏惠王时,魏惠王非但丝毫没有上心,甚至连杀这个人的兴趣都没有,麻木若此,岂非天亡其国哉!

种种流失之后,此时的魏惠王突然大肆尊贤,又是何等一番风貌呢?

《史记·魏世家》载:"惠王数被于军旅,卑礼厚币以召贤者。邹衍、淳于髡、孟轲皆至梁。梁惠王曰:'寡人不佞,兵三折于外,太子虏,上将死,国以空虚,以羞先君宗庙社稷,寡人甚丑之。叟(你等老人家)不远千里,辱幸之弊邑之廷,将何以利吾国?'孟轲曰:'君不可以言利若是。夫君欲利,则大夫欲利;大夫欲利,则庶人欲利;上下争利,国则危矣!为人君,仁义而已矣,何以利为!'"

这一场景,实在令人忍俊不能。魏惠王庄重无比,先宣布自己不说油滑的虚话,一定说老实话(寡人不佞),于是,一脸沉痛地将自己骂了一通,最后郑重相求,请几个赫赫大师谋划有利于魏国的对策。如邹衍、淳于髡等,大约觉得魏惠王此举突兀,一定是茫然地坐着一副若有所思的模样。偏大师孟子自视甚高,肃然开口,将魏惠王教训了一通。滑稽处在于,孟子的教训之辞完全不着边际。分明是一个失败的君主向高人请教利国之道,这个高人却义正词严教导说,君主不能言利,只能恪守仁义!也就是说,孟子认为,作为君主,连"利"这个字都不能提。在天下大争的时代,君主不言利国,岂为君主?更深层的可笑处在于:魏惠王明知邦国之争在利害,不可能不言利;也明知大名赫赫的儒家大师孟子的治国理念,明知邹衍、淳于髡等阴阳家杂家之士的基本主张;当此背景,却要生生求教一个自己早已经知道此人答案的问题,岂非滑天下之大稽?说穿了,作秀而已。魏惠王亲自面见过多少治国大才,没有一次如此"严正沉重"地谴责过自己,也没有一次如此虔诚地求教过,偏偏在明知谈不拢的另类高人面前"求教",其虚伪,其可笑,千古之下犹见其神色也。

后来,魏惠王便如此这般地开始尊贤求贤了。经常恭敬迎送往来于大梁的大师们,送他们厚礼,管他们吃喝,与他们认真切磋一番治国之道,而后殷殷执手作别,很令大臣大师们唏嘘不已。用邹衍、惠施做过丞相,尊孟子如同老师,似乎完全与魏文侯没有两样。而且,魏惠王还在《孟子》中留下了《孟子见

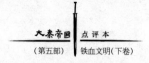

梁惠王》的问答篇章……能说,魏惠王不尊贤么?

　　历史幽默的黑色在于,总是不动声色地撕碎那些企图迷惑历史的大伪面具。

　　魏惠王之世形成的外宽内忌之风,在其后五代愈演愈烈,终至于将魏国人才驱赶得干干净净。这种外宽内忌,表现为几种非常怪诞的特征:其一,大做尊贤敬贤文章,敬贤之名传遍天下;其二,对身负盛名但其政治主张显然不合潮流的大师级人物,尤其敬重有加周旋有道;其三,对已经成为他国栋梁的名臣能才分外敬重,只要可能,便聘为本国的兼职丞相(事实上是辅助邦交的外相,不涉内政);其四,对尚未成名的潜在人才一律视而不见,从来不会在布衣士子中搜求人才;其五,对无法挤走的本国王族涌现的大才,分外戒惧,宁肯束之高阁。自魏惠王开始直到魏假亡国,魏国对待人才的所有表现,都不出这五种做派。到了最后一个王族大才信陵君酒色自毁而死,魏国人才已经萧疏至极,实际上已经宣告了魏国的灭亡。

　　对吴起的变相排挤,对商鞅的视而不见,对张仪的公然蔑视,对范雎的嫉妒折磨,对孙膑的残酷迫害,对尉缭子的置若罔闻,对乐毅等名将之后的放任出走……回顾魏国的用人史,几乎是一条僵直的黑线。一个国家在将近两百年的时间里始终重复着一个可怕的错误,其政治土壤之恶劣,其虚伪品性之根深蒂固不言而喻。

　　实在说话,任何国家任何时代都可能出现对人才的不公正事件,但只要是政治相对清明,这种事件一定是少数,甚或偶然。譬如秦国,秦惠王杀商鞅与秦昭王杀白起,是两桩明显的冤案,但没有影响秦国的坚实步伐。原因在二,一是偶然,二是功业大成后错杀。列位看官留意,战国时期的人才命运或者说国家用人路线,实质上有两个阶段,其方略有着很大差别:第一阶段是搜求贤才而重用,可以说是解决寻求阶段;第二阶段是功业大成后,能在何种程度上继续,可以说是后需求阶段。历史证明的逻辑是:对于任何一个国家,需求阶段的人才方略都是第一位的,起决定作用的。而魏国的根本错失,恰恰始终在

需求阶段。在将近两百年里拥有最丰厚人才资源的魏国,出现的名相名将却寥若晨星。与此同时,战国天空成群闪烁的相星将星,却十之七八都出自魏国。不能不说,这也是一种历史的奇迹。

大争之世,何物最为宝贵? 人才。

风华魏国,何种资源最丰厚? 人才。

魏国政风,最不在乎的是什么? 人才。

为什么会是这样? 魏国长期人才流失的根源究竟在哪里? 凡是熟悉战国史者,无不为魏国这种尊贤外表下大量长期人才流失的怪诞现象所困惑。仔细寻觅蛛丝马迹,有一个事实很值得注意,这就是魏氏先祖笃信天命的传统。魏国正史着意记载了毕万创魏时期的两次占卜卦象,至少意味着一种可能:魏国王族很是迷信卦象预言,对人为奋发有着某种程度的轻慢。这种精神层面的原因,很容易被人忽视。尤其在已经成为历史的兴亡沉浮面前,历史家更容易简单化地只在人为事实链中探察究竟,很容易忽略那种无形而又起决定作用的精神现象。

事实上,无论古今中外,力图预见未来命运的种种预测方式,都极大地影响着决策者们的行为理念,甚至直接决定着当权者的现实抉择。在自然经济的古典社会,这种影响更大。客观地说,力图解释、预见自然与社会的种种神秘文化,都是古典文明的有机构成部分,一味地忽视这种历史现象,只能使我们的历史叙事简单化,最终必然背离历史真相。

在中国春秋战国时代,解释并预测自然与社会的学问已经形成了一个完整庞大的系统。就社会方面而言,阴阳五行学说、天地学说(分为星相、占候、灾异、堪舆四大门类)、占卜学说,构成三大系统。其中每一系统,都有相对严密的理论基础与理论所延伸出的实用说明或操作技能。第一系统,以阴阳五行论为理论基础,衍生出对国家品性的规范:邦国必有五行之一德,此德构成全部国家行为的性格特点。第二系统,以天人合一观为理论基础,衍生出占星、占候、灾异预兆解说、堪舆(风水)等预测技能。第三系统,以阴阳论为基础,衍生出八卦推演的预测技能。凡此等等,可以说,中国古典时期的预言理论之博大庞杂,预测手段之丰富精到,在整个人类文明史上堪称奇葩。

是故,在那样的时代,执政族群不受天命预言之影响,几乎是不可能的。

然则,执政者以何种姿态对待天命预言,又是有极大回旋余地的。

这种回旋,不是今人所谓的简单的迷信不迷信,而是该文化系统本身提供给人的广阔天地。华夏文明之智慧,在于所有的理论与手段都蕴含着极其丰富的变化,而不是简单机械的僵死界定。"运用之妙,存乎一心",此之谓也!以人对天命之关系说,天人合一论的内涵本身便赋予了人与天之间的互动性,而这种互动性,最终总是落脚于人的奋发有为。且看:天意冥冥,民心可察,故此,民心即天心,天命不再虚妄渺茫,而有了实实在在的参照系,于是,执政者只要顺应民心潮流,便是顺应天命! 再看:天命固然难违,但有最根本的一条——天下唯有德者居之,故此,天命之实际只在人有德无德;天意(或占卜或星象等等)纵然不好,都只是上天在人的出发点的静态设计,若人奋发有为顺应民心广行阴德(不事张扬地做有利于人民的好事,此谓阴德),则上天立即给予关照,修改原来的命运设计方案!

如此天人互动之理论,何曾有过教人拘泥迷信之可能?

就历史事实说话,先秦时代的中国族群有着极其浑厚的精神力量与行为自信,对天命天意等等,相对于后世的种种脆弱心理与冥顽迷信,确实做到了既敬重又不拘泥的相对理想状态。敬重天命,在于使人不敢任意妄为;不拘泥者,在于使人保持奋发创造力。姜尚踏破周武王占卜伐商吉凶的龟甲,春秋诸侯不敬天子而潮水般重新组合,新兴大夫(地主)阶层纷纷取代久享天命的老诸侯,种种潮流,无不使拘泥天命者黯然失色。就基本方面而言,秦国是一个典型。秦人历史上有两则神秘预言,一则是舜帝"秦人将大出天下"的预言,一则是老子关于秦国统一天下的预言。两则预言能见诸《史记》,足证在当时是广为人知的。但是,历史的事实是,秦国执政阶层始终没有坐等天意变成事实,而是历经六代人浴血奋争才成就了皇皇伟业。

魏国如何？

虽然，在毕万之后，我们没有发现更多的关于魏国王族笃信天命的史料，但合理的推测却是有历史逻辑依据的。这个历史的逻辑是：一百余年永远重复着一个致命的错误，这个国家的王族便必然有着精神层面的根源；这个精神根源不可能是厌恶人才的某种生理性疾病，而只能是对另一种冥冥之力产生依赖而衍生出的对人才的淡漠；这个冥冥之力不可能仅仅是先祖魂灵，而只能是更为强大的天命。列位看官留意，魏国灭亡一百余年后，太史公尚以天命之论解读魏国灭亡原因，况乎当时之魏国王族乎？简单的逻辑演化出最残酷的结论：无论天意如何，失才便要亡国。越是竞争激烈的大争之世，这一结局的表现方式便越是酷烈。

春秋战国时代，对人才的重要性的认识达到了空前的高度，无论是用才实践还是用人理论，都是中国历史的最高峰。在这样的历史条件下，说魏国对人才的重要性认识不够，显然是牵强的。当时，对人才与国家兴亡这个逻辑说得最清楚透彻的当是墨家。

墨家的人才理论有三个基本点。

第一是"亲士急贤"。《墨子》第一章《亲士》篇，云："入国（执政）而不存其士，则国亡矣！见贤而不急，则缓其君矣！非贤无急，非士无与虑国。缓贤忘士，而能以其国存者，未曾有也！"墨子在这里说得非常扎实，对待才士，不应是一般的敬重（缓贤），而应该是立即任命重用，此所谓"见贤而急"；见贤不急，则才士便要怠慢国君，离开出走。田子方说的那种"行不合，言不用，则去之若脱鞋然"的自由，在战国时代可谓时尚潮流。当此之时，"急贤"自然是求贤的最有效对策。

第二是"众贤厚国"。《墨子·尚贤上》云："……国有贤良之士众，则国家之治厚；贤良之士寡，则国家之治薄。故，大人之务，在于众贤而已。"也就是说，国家要强盛，不能仅仅凭一两个人才，而是要一大批人才，否则，这个国家便会很脆弱（薄）。

第三是"尚贤乃为政之本"理念。《墨子·尚贤中、下》云："……尚贤，为政之本也。何以知尚贤为政之本也？……贤者为政，则饥者得食，寒者得衣，乱者得治，此安生生！……尚贤者，天、鬼、百姓之利，而政事之本也！"对墨子的尚贤为本的目标，可以一句话概括：尚贤能使天下安宁，所以是为政之根本。

墨子的人才理论，实在具有千古不朽的意义。

魏国以伪尚贤之道塞天下耳目，诚天亡之国也！

第九章 分治亡楚

一 咸阳大朝会起了争端

操心至极。

　　秦王嬴政大睡了一日一夜,李斯一直守在王城书房。

　　魏王假被俘获的捷报传来,秦国朝野一片欢腾。对山东六国,老秦人仇恨最深的是两个国家,一个赵国,一个魏国。秦对赵,是秦昭王时期开始的新仇,历经长平大战,秦赵遂势不两立。秦对魏,则是宿敌旧恨。在秦国变法成功之前,魏国曾在两代半(魏文侯、魏武侯、魏惠王前期)将近百年里一直是压制秦国最强大的力量,可以说,战国初期秦国的所有危机都是来自魏国。是故,从秦惠王到秦昭王前期的宣太后主政,秦国东出最主要的对手一直是魏国。赵国崛起之后,从秦国第一次攻赵(阏与之战)失败开始,秦赵两国结结实实地杀作了一团,秦国对魏国仇恨也就渐渐淡了。随着魏国的不断衰落继而向秦国称臣,老秦人事实上对魏国已经从往昔的仇恨转为蔑视了。虽则如此,魏国的最终结局还是教老秦人想起了许许多多往事,感慨之余自然要大大地欢庆一回。秦王政与大臣们虽不会像民众那般聚饮于酒肆,踏歌于长街,起舞于社火,却也在丞相王绾动议下,于很少启用的王城大殿举行了一次大宴。大宴之上,饮酒未过两爵,秦王嬴政便一头倒在酒案鼾声大起了。

"长史……"

嬴政倒头之际,对身旁的李斯招手嘟哝了一句。

李斯会意,在赵高将秦王背走之后,立即去了东偏殿的秦王书房。这座书房很大,事实上,整个六进东偏殿百余间房屋都可以视作秦王书房。其总体格局是:内殿大约一半是秦王书房,外殿三分之一余是长史李斯的官署,李斯区域与秦王区域之间,隔着赵高统领的一班内侍侍女照料秦王起居事务的一方小区域。寻常时日,作为执掌秦王机要事务与公文进出的李斯,没有特殊使命,终日都守在外署处置流水般进出的密集公文。依照法度,李斯除了早晚送进接出公文这两趟,并不是随时都可以进出秦王内书房的。今日秦王指着书房吩咐一句,显然不是要李斯去守候外署,而是要李斯去王书房。已经熟知秦王为政秉性的李斯明白了,书房一定有需要立即办理的公文。然则,这两日除了战报并没有急切公文,而需要立即实施的诸多事务性上书,他已经全部转到丞相府去了。灭国大战开始以来,经秦王书房亲自处置的事务,几乎全部是有关山东各战场的大方略,几乎所有的秦国内政,都由王绾的丞相府承担起来。没有山东急报急务,秦王还会有何等样公事要急切关照?

"备——忘?"

一到书房王案前,李斯看见了旁边立柱上挂着几条特制的长大竹简,题头便是这"备忘"两个大字。李斯心头一闪,

三晋已灭,对秦国来讲,确实可喜可贺。

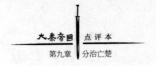

又瞄了一眼书案,果然书案上干净整齐,没有任何摊开的书简。显然,这便是秦王吩咐的事务。于是,李斯在大柱前站定,揣摩起几条长大竹简上面的字句来。长大竹简上的几行字是:

> 翦军班师　留守几多
> 贲军中原　复鸿沟
> 蒙恬还国　北边事
> 九月大朝　楚齐先后　兵力几多

秦王心中早有谋划。

　　李斯看得明白,四条竹简所列,都是灭魏之后待议待决的几件大事。秦王一时没有定见,故此先行列出,先教他来看,一定是要他预为筹划相关事项,也包括想要他先思谋对策。李斯绕着大柱转悠了几圈,到了自己的外署,召来几个能事书吏忙碌起来。第一件事,李斯口述,书吏录写,先拟定好秦王醒来后肯定要立即发出的几件王命文稿;第二件事,亲自手书一束,派员送去大田令府邸,请郑国预拟修复鸿沟之实施方略;第三件事,召来蒙毅会商,先行安置九月大朝会事宜,由蒙毅与丞相府偕同会商诸般事务;第四件事,召来执掌邦交的行人署主官,吩咐立即搜集齐楚两国的相关典籍,并汇集近年来两国所有消息,旬日内归总呈送长史署。

　　几件事处置完毕,已经是暮色降临。李斯草草用罢晚汤坐在了案前,要将自己对这几件大事的思路理出一个头绪来。李斯有逢事动笔的习惯,尝笑云:"一管秃笔,抵得三分天赋也。"属下吏员无不敬佩。今日要思谋几件大事的对策,李斯自然而然地提起了案头的一管蒙氏笔。案旁熏香袅袅,窗前夜风习习,一轮明月高挂,窗外的碧蓝水面波光粼粼,使这座池畔宫殿有着一种难得的宏阔清幽。每每坐在这张临水临窗的大案前提笔疾书，李斯油然生出一种难言的充满惬意的奋发之情，才思也分外流畅。可是，今夜提笔，堪堪写下"蕲军班师"四个字，笔下便有了一种滞涩。王蕲大军班师，这件事的要害是"留守几多"？也就是说，根据燕赵旧地的目下情势，秦军该留多大的兵力完成后续使命。这个后续使命倒是清楚，一则推行秦法稳定大局，二则妥善解决残燕残赵之逃亡力量。那么，需要多少兵力？大将留谁最合适？一遇到这种以军事为轴心的方略决断，李斯便有些混沌，远不如对邦交国政民治种种大局明澈探底。而这四件大事，宗宗都是军事为轴心，若避开军事只说其他大局，显然是言不及义。王贲军留镇中原，其使命如何？实施方略又如何？蒙恬回咸阳朝会，北边匈奴军事当如何说法？大朝会的轴心议题，肯定是齐楚最后两大国之攻伐，先灭齐还是先灭楚？兵力各需要多少？凡此等等，除了修复鸿沟，李斯确实没有能教自己满意的对策。因为，任何一个在心头闪现出的火苗都是飘摇不定的。这种飘摇不定，只有自己最清楚。

"天赋领国奇才，大哉秦王也！"

李斯搁笔，凝望着粼粼水面的月光，不禁由衷一叹。寻常公议看来，秦国之所以虎虎生气对天下势如破竹，全然是秦国有一班罕见的军政谋划大才。这班军政大才，当然也包括李斯在内，甚至，职任长史执掌中枢的李斯被看作"用事"的轴心人物。然则，这班军政大才如王蕲、王绾、蒙恬、尉缭、李斯、顿弱、姚贾等等，心下却都很是清楚，没有秦王嬴政的天才统御，几乎所有的长策大略都难以化作惊雷闪电。当然，天下公议已经不再对秦王嬴政的用人之能质疑了，秦国天空的雄才星群与秦国行将完成的伟业，已经毋庸置疑地使攻讦秦王之辞变成了蓬间雀的尖酸叽喳。但是，天下对秦王的正面评判，依旧大体停留在对寻常明君的评判点上：用人得当，善纳谋臣之策，如此而已。对于寻常君王，这已经是极为难得的评价了。然对于秦王，李斯却以为远远不够。秦王的全局洞察之能，秦王的方略决断之能，秦王对充满诡谲气息的军争变局的那种独有的直觉与敏感，是寻常公议所无法知道，也无法评判的。而这种几乎只能用天赋之才去解释的直觉、敏感与种种判断力，恰恰是李斯与枢要股肱们最为叹服的。事实上，秦王不可能没有错失。然则，李斯坚信，若是换了另外任何一个人掌控全局，即或这个人是万古圣王复生，其错失也必然远远多于秦王嬴政。远则不论，单就选定王贲为中原统帅以及确定五万兵力灭魏这一点而言，秦王是基于一种清晰的直觉与敏锐的辨识所决断的，而包括王绾李斯尉缭姚贾在内的所有参与谋划者，却都是心怀忐忑地被秦王说服的。而今的对秦王政的称赞，并不过分。实际上，小说对秦王政的雄才大略，刻画得还不够。肯定秦王政的雄才大略，不回避秦政苛法暴政之事实，这之间并不矛盾。

事实已经证明，秦王的选将与攻占方略，无疑是最有效的。再譬如目下四件大事，在李斯看来，件件大事都关涉复杂，都有着至少两三种选择，可每种选择又都觉得不坚实。若是秦王，会是这样么？

依着久远的王道传统，人们更喜欢将圣王明君看成那种"垂拱而治"的人物，更喜欢将"大德之行"看作有为君王的标尺。某种意义上，人们不要求君王有才，而只要求君王柔弱有德。只有战国大争之世，天下方对强势君王有了激切地渴求，方对君王有了直接的才能期盼。虽则如此，人们对君王才力的评判，也依然带有久远的烙印。这个烙印，便是宁肯相信君王集众谋以成事，也不愿相信君王本身具有名士大师的过人才能……

随着一声嘹亮的鸡鸣，漫无边际的飘摇思绪扯断了。

李斯长长地伸了个懒腰，对着清新的淡淡水雾做了几次深深的吐纳，又回到了书案前。方才一番思绪神游，茫然之心大减，李斯一时分外坦然，提笔写下了几行大字："臣不谙军争变局，唯预作事务铺排。诸般军事，皆待君上朝会决之。"写罢，嘱咐值夜吏员有事随时唤醒自己，这才走进了寝室。几个时辰，李斯睡得分外踏实。

暮色时分，嬴政进了东偏殿书房。

李斯正与蒙毅在外署商议大朝会筹划的诸般细务。两人尚未过来见礼，嬴政一挥手笑道："走，里边晚汤说话。"见秦王精神气色显然好了许多，李斯蒙毅相对一笑，跟着秦王进了内书房。堪堪落座，赵高带着两个侍女安置好了晚汤：每案一罐灵芝汤，一片厚足一拃的白面锅盔，一方酱肉。蒙毅笑道："君上晚汤三式，分明战饭也。"嬴政筷子敲打着陶罐大笑道："战饭能有灵芝汤？来，咥！"李斯掀开罐盖一打

量,笑道:"南山老灵芝,好! 君上安睡太少,灵芝安神养心,
该做常食常饮。"嬴政兴致勃勃道:"这是小高子从太医署学
来的,说甚,食医,对,以食为医。这几日加了这灵芝汤,一上
榻便呼噜山响,一觉三五个时辰。解乏是解乏,只怕误事,不
敢多用也。"李斯蒙毅大笑,连说该多用该多睡,此事赵高办
得好。一时晚汤罢了,李斯便将昨日自己对"备忘"竹简的
事务落实情形禀报了一遍。说话间秦王已经看了旁边书案
上李斯的留书,笑道:"长史过谦了。这等大事谁能一口说
得个准定? 究竟还得众谋。"说罢,吩咐蒙毅立即去接尉缭
前来会商。不消顿饭时光,蒙毅已经接了尉缭到来。君臣四
人一直商议到四更,几件大事才确定下来:

其一,王翦主力大军班师,留三万铁骑镇守蓟城,燕赵残
部待后一体解决;

其二,王贲蒙武军暂留中原镇抚,安定魏韩旧地,辅助疏
浚修复鸿沟;

其三,郑国赴中原,统领河沟修复并中原水利事;

其四,蒙恬还国朝会,九原大军原地驻守,御边不能松
懈;

其五,齐楚两国事宜,朝会一体议决。

议定一件,李斯立即起草一件王书。在给王翦的王书
中,嬴政特意叮嘱李斯加了一句:"留军三万是否合宜,上将
军权衡增减。"尉缭一笑道:"如此,上将军虽未共商,等同共
商矣!"君臣笑声中,曙色渐渐现出,及至朝阳初升,一道道
快马王书已经飞出了王城。

> 李冰是几笔带过,郑国是大书特书,小说写得巧妙。

诸事妥当,李斯却有一番心思萦绕,又拉着蒙毅去了外
署说话。

这次朝会,堪称秦国有史以来最盛大的庆典性大朝。除
了连下四国的巨大战功,这一年恰逢秦王三十五岁。秦法有

定,历来禁止对国君祝寿。秦惠王秦昭王之世,曾多次惩罚过朝野官民的违法祝寿。故此,秦国从来不以国王寿诞做文章。然则,这并不意味着声望日隆的秦王的生日被秦人忘记了。筹划朝会大典时,赵高曾悄悄提醒李斯道:"今岁大朝好哩,正逢君上三十五寿,难得也!"李斯没有接赵高话茬,板着脸道:"各司其职,做好自己事。"究其实,李斯如何能忘了如此重大的关节,而且,他还清楚地知道,今岁同时是秦王即位第二十二年、秦王亲政第十三年。若论传统礼仪规矩,三个年份以寿期最重,因为寿诞逢五为大,三十五岁是中年大寿。虽说秦王生日是正月正日,九月庆贺已不是正期,然总比中年大寿毫无觉察地过去要好。秦王如此重大之人生关节,若不有所庆贺,李斯总觉得隐隐若有所失。秦王半生坎坷,天伦亲情几乎没有享受过。秦王血亲曾祖母夏太后过世已经十五年,正位曾祖母华阳太后过世已经六年,秦王的生母太后赵姬,过世也已经三年了。这些能够念叨并动议为秦王过过生日的王族长辈亲人,秦王一个也没有了。目下,秦王虽然已经有了几个王子几个公主,可长子扶苏只有十三岁,远远不足以绸缪此等事。身为离秦王最近的中枢长史,李斯再不弥补,几乎便是无法弥补了。

李斯没有着意,在外署只对副手蒙毅淡淡提了一句道:"君上辛劳,从未过过生日,也不知今岁几多寿诞了?"蒙毅如梦方醒,一个猛子跳起来道:"啊呀!如何连这茬也忘了?君上与家兄同岁,三十五也!"李斯笑道:"五为正寿,朝会之际,给咸阳宫正殿前立一方刻石如何?"蒙毅皱着眉头道:"刻石祝寿?那,岂不违法?"李斯道:"那得看写甚,总不致刻石都是祝寿了。"蒙毅恍然道:"也是也是。大人好字,你只写出来,其余有我。"李斯欣然点头,当即就着书案写好了几行大字。

赢政出生日难考证,出生在正月,大抵是没错的。

朝会各方事宜部署妥当，只差这点睛之笔了。

八月底，咸阳王城正殿平台的东西两侧，立起了两方丈余高的蓝田玉刻石。东侧大石的镌刻大字是："济济多士，恒恒大法。"西侧大石的镌刻大字是："天寿佑秦，万有千岁。"从三十六级白玉阶之下的王城车马场望去，两方朱红大字的刻石巍然耸立在中央大鼎两侧，恍如天街龙纹，气势分外宏大。一日，嬴政看见刻石，凝视良久，问道："此文可有出处？"旁边蒙毅一拱手道："禀报君上，此为《诗·周颂》摘句，长史略有改动。'眉寿'，长史改做了'天寿'。无非颂我大秦功业，并无他意。"嬴政默然片刻，终于一笑道："无怪似曾相识。诗书之学，长史足为我师焉！"蒙毅暗自长吁了一声，一挺身奋然道："秦取天下不用诗书，君上无须通晓！"嬴政笑道："取天下不用诗书，治天下未必不用诗书了。"蒙毅道："秦法治天下，不用诗书王道！"嬴政笑道："你是法治天下，可天下读诗书者大有人在，不知诗书，焉知人心？"蒙毅倒是一时无话了。后来，得蒙毅转述这段对答，李斯不禁大是感喟道："君上但有此心，天下大安矣！"蒙毅问其故，李斯笑道："君上能容诗书之士，天下异端有何不能容之？百川既容，大海自成，天下大安哉！"

却说有了此番点睛之笔，秦国朝野遂荡漾出一种特有的豪迈喜庆。一时间，"天寿佑秦，万有千岁"成为庙堂与市井坊间争相传诵的相逢赞语，更被酒肆商铺制成横竖各式的大字望旗悬挂于长街，大咸阳陡然平添了一种从来没有过的热乎乎的祥和之气。

九月初，咸阳大朝会如期举行了。

大臣将军们感奋不已的是，大朝会以前所未有的贺宴开场。兼领司仪大臣的李斯长声念诵出的词句是："大秦连下四国，一统大业将成，会首四爵，以为贺功——"秦王很是兴

要议攻楚还是攻齐。朝会一是热闹，二是让领军人物在朝会里大放异彩。

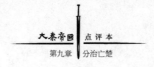

奋,李斯话音落点霍然起身,举起了王案上的大爵高声道:"好!此功当贺!今日此酒,四国酒!两年之后,六国酒!来,我等君臣连干四爵!"见秦王举爵,与会大臣将军们从座案前唰的一声整肃起立,宏阔的大殿哄然荡出一声雷鸣:"四国酒!秦王万岁!"嬴政一阵爽朗大笑道:"好!本王今日万岁一回!来,第一爵!"说罢举爵汩汩大饮,瞬间空爵置案,又举起了第二只大爵。站在殿角高台照应各方的蒙毅遥观王案酒爵,陡然一个愣怔,立即低声吩咐一个站班内侍去唤赵高。

今日会首四酒,原本是李斯蒙毅与丞相王绾商定的贺寿酒。虽说灭国四大功确实该贺,然毕竟不能沾了为秦王贺寿的违法嫌疑;为不着痕迹,便以庆贺连下四国大功为名,又不置任何菜肴,以示并非宴会,可谓点到为止而已。李斯蒙毅虑及秦王长期缺乏睡眠,且酒量不是很大,事前曾征询赵高,赵高说可给王案上浓热黄米酒,既不醉人又长精神。李斯蒙毅欣然赞同。可方才秦王举爵,酒爵分明没有热气蒸腾,蒙毅心下一惊:毕竟今日大朝,会商重大事宜,秦王若醉如何了得!连饮四大爵老秦酒,蒙毅自忖也是要七八成酒意的。

"赵高!君上饮的甚酒?"

"黄米酒啊。"赵高碎步跑来,一边回答一边眼角余光瞄着王台。

"如何没有热气?你敢作伪!"蒙毅面色肃杀。

"好长史丞哩!"赵高一脸惶恐,"热酒若热到热气腾出,君上能要么?"

"明白说话!"

"一冒热气,举殿皆知君上另酒,君上也知自己另酒。如此,君上定然不饮。两下不明,才能相安无事。小人如此想,敢请长史丞教我。"

"知道了,去吧。"蒙毅淡淡一挥手,赵高匆匆去了。

在蒙毅与赵高说话间,秦王嬴政与大臣将军们已经热辣辣地连干了四爵,人人面色泛红。李斯一句长宣:"贺功酒罢,大朝伊始——"大臣们一齐落座,殿中便肃静了下来,李斯也坐回了自己的座案。

"诸位,今岁大朝,不同寻常。"秦王叩着王案开宗明义道,"五年来,我大秦雄师连下韩、赵、燕、魏四国,俘获三王。虽然,燕王喜在逃,残赵余部另立代国,然其苟延残喘之势已经不堪一击。故此,燕赵余波战事,可相机一体解决。目下之要,在于全力应对最后两个大国,齐国楚国。此意,长史已经书令预告,诸位今日放开说话。一日说不完,两日三日说。无论如何，要议决一个方略。如何议法，长史说话。"

李斯站了起来，拱手一个环视礼道："诸位大人，奉君上之命，斯与丞相、上将军、上卿、国尉等预为会商，以为齐楚事宜有两个大方略需得议决：其一，对楚对齐，孰先孰后？其二，对楚对齐，各需几多兵力？唯两大方略议定，各方官署方得全力谋划协力之策。今日大朝，先议用兵次序。"说罢，李斯向殿角站立的蒙毅一招手，见蒙毅遥遥一拱手，便再次环视一拱手道，"录写书吏与史官均已就位，诸位可以说了。"

唯其事关重大，殿中一时默然，大臣将军们似乎都没有先发之意。

"老夫之见，还是先听上将军说法。"白发尉缭点着竹杖说话了。

"老国尉啊，我还没缓过心劲，宜先听听列位高见。"

风尘仆仆的王翦笑了笑，显得疲惫而苍老，面色黝黑消瘦，须发花白虬结，连声音都有些沙哑了。既往满堂朝臣相聚，王翦风貌恰恰在于承前启后的中年栋梁，其厚重劲健的勃勃雄风有目共睹。孰料短短四年征战，今日班师归来，王翦再与一大片新锐大臣将军同席，风貌已经浑然融入一班老臣之列了。秦王嬴政看得心头怦然一动，一个眼神，赵高向上将军座案捧过去了一鼎热气蒸腾的黄米酒。座中王翦立即提身抬胸，向王台长跪拱手。嬴政连连摇手，低声呵呵一笑道："不须不须，上将军多礼也。"王翦却一拱手正色高声道："老臣胃寒腿寒，得此热米酒正中下怀，岂能不谢过王恩！"话音落点，殿中不期然响起一片笑声。大将群中的王贲，很有几分难堪。盖秦国庙堂风习本色厚重，说粗朴也不为过，君主与臣下同酒同食实属寻常，朝会间送过老臣一鼎热酒暖身更是平常。纵是年轻大将受得此酒，只怕也不会在

姜还是老的辣。

王贲

大臣议事的当口如此搅扰正题谢恩。王翦功盖秦国,且素有
"秦王师"名望,却做如此受宠若惊状,在秦国君臣眼里,自
然是几分意外的滑稽。

"末将有话!"一员大将霍然站起。

"好!李信但说。"嬴政目光炯炯,拍案高声一句。

"齐楚两国,皆为大国。"李信做过谋划军机的司马,是
秦军将领中少数几个好读兵书且勇猛善战者之一,论思绪
口齿之清晰,堪称军中第一,王贲等其余大将远不能及。这
时,李信已经大步走到王台下的高大板图前,指点着地图侃
侃道,"然两大国相比,又有不同:楚国地广人众,齐国地狭
人寡;论士气民心,楚人多战而精悍顽勇,齐人多年浮华偏
安,人多怯战。伐楚伐齐,孰先孰后,不言自明!"

"你明说,究竟孰先孰后?"将军赵佗不耐绕弯子,黑着
脸高声一句。

"凡事先易后难,李信敢请先下齐国!"

李信走回了自己的座案,殿中却一时没有人开口。秦王
嬴政目光巡睃,见王贲皱着眉头若有所思,叩案笑道:"少将
军思谋专注,意下如何啊?"王贲见秦王点名,霍然起身道:
"末将之见,李信将军对齐楚两国情势评判大体近于事实。
论战事,确实是楚国难,齐国易。然,若说先易后难,末将以
为不然。"

"少将军差矣!先易后难,灭国一直如此!"大将冯劫喊
了一句。

"不。"王贲寡言,但论及军事却从不谦让,见有人反诘,
大步走到板图前指点道,"灭国开首自韩国始,是先易后难。
然,不能将开首试探视作一成不变。燕赵魏三国,孰难孰易?
赵难,燕次难,魏国最易。可我军如何?偏偏先攻最难的赵
国!其后,燕国一战而下,魏国水到城破。若先攻燕、魏,则

先扬后抑的手法。李信
亦当属名将,可惜攻楚太大
意,一败成千古恨。

夸夸其谈,侃侃道,日后
定要出事。

今日大势未必如此。"

"你倒是明说！先攻哪国？"赵佗又喊了一句。

"先攻难，易者不为患，甚或可能不战而降。"

"那就是先攻楚！说明白不好么？"赵佗又嚷嚷了一句。

殿中荡出一片笑声，随即一片哄哄嗡嗡的议论。秦王嬴政笑道："好啊，李信一说，王贲又一说，两位上将军宁无一言乎？"蒙恬居下与王翦邻座，见王翦似乎没有说话意思，遂一拱手高声道："愿先闻老将军高见。"王翦揉了揉眼道："老夫一罐热米酒下肚，心下些许迷糊，你先说也。"蒙恬笑道："老将军不愿先说，自是赞同少将军了。"遂一拱手道，"君上，诸位，蒙恬之见与王贲将军大同小异。大同者，目下唯余两国，先攻坚灭楚，战胜之后，齐国确实可能不战而下。小异者，灭楚之战，仍需提防齐国暗中援助楚国。此间根源，在于当年齐国抵御燕军六年苦战，楚国始终是田单军的暗中后援，否则不可能有田单复国。此乃救亡大恩，齐国君臣数十年念念不忘。为此，楚国临难，齐国不可能无动于衷。故此，理当给予防范，若持'易者不为患'之心，则可能疏忽齐国。"

"上将军所言，恰当先行攻齐！"

话音落点，李信奋然起身又道："先攻楚，齐国有暗中援手之可能。先攻齐，则楚国必不会再度援齐。其中缘由：田单复国数十年来，齐国多次拒绝楚国合纵抗秦之请，楚国春申君主政，几欲与齐国断绝邦交。归总言之，楚人怨齐久矣！齐国遇攻，楚必不来援！一举下齐之后，我军没有了东方之患，全力南下江淮，水陆并进，楚国可一鼓而下！"

"言之有理！我等赞同！"大将辛胜、冯劫等纷纷高声。

"末将赞同王贲将军！"赵佗、章邯等也纷纷高声。

秦王嬴政心绪舒畅，饶有兴致地左右看看道："将军们两说，国尉、长史以为如何？"秦王一点，大将们立即明白了：秦国谋划大计者，目下只有尉缭、李斯没有说话，而这两位重臣多在庙堂又多与秦王沟通会商，故此其对策也常常是秦王的决断。如今见秦王点名教这两位大臣说话，殿中纷嚷的将军们立即安静了下来。

"老臣以为，用兵先后，易断也。"尉缭点了点竹杖，苍老的声音有一种哲人的韵味，"先难后易，抑或先易后难，皆因时势不同而定也。以天下大势论，楚齐两大，皆国力悠长，不可小视。所不同者，近数十年来齐国与列国交往大减，几无战事，军力显然孱弱了许多。而在赵国衰落之后,楚国多次鼓荡合纵,差强取代了赵国领袖山东之位置。其间,楚国又曾几次对岭南吴越叛乱用兵,对秦也几次攻取多有小胜。故此,楚国军力显然强于齐国。若能聚全力一战而下楚国,天下可安也!其时齐国偏安东海,不足虑也。所谓易断者,先伐楚,一战安天下;先伐齐,两战安天下。此中利弊,不难权衡也。"

大殿中一片肃静,李信等大将没有再度坚持己见而盘诘反驳,其余大臣将军们则将目光聚集在了李斯身上。这种状态,相当于大臣将军们事实上认可了尉缭对难易之说的评判,只等李斯是否歧见,而后便是秦王的最后决断了。

"攻楚为先,臣亦赞同。"李斯兼掌朝会议程,一直站在王台左下一方比王台稍低比群臣座案区稍高的司仪台上,空阔孤立,整个大殿都看得很清楚,略带楚语的话音也分外清晰,"楚齐先后,不仅是难易之辨,而且是治情之辨。秦统天下,志在使中国划一而治。而中国之广袤难治,泰半在南疆之地。南疆不治,中国不治。夫南疆者,淮水之南一,江水之南二,五岭之南三,海天之南四。层层南进,万里之遥也。更兼山川险峻,阻隔重重,进军既难,划一而治犹难。故此,先下楚地之好处,非但在先攻坚而弱者自破,更在为有效治民争得先机。如此,最后灭齐之日,楚国大局已经安定,天下划一则大有可为也!李斯不谙军事方略,唯以政治补充。此,李斯赞同先下楚国之意也。"

大殿更安静了,这是一种蕴含着意外与惊讶的默然。谁都知道,李斯是楚国上蔡人,对楚国所知之深自然远过秦国群臣。然,李斯之论却不就楚论楚,而是提出了一个秦国大臣将军们从来没有想过,至少没有自觉想过的大论题:楚国治情对一统天下具有独特的意义,而这种独特意义,要靠军争大略去实现。对于尚武善战而思虑战事多从战场本身出发的秦国文武,这无疑是一个被长期忽视的视角。举殿若有所思之时,大臣们都看到,秦王嬴政已经在轻轻点头了。

"长史之言,未免夸大治楚之难!"一片静默之中,又是李信站起来高声道,"楚国固然广袤,然其风华富庶之地始终在江淮之间。数十年间,楚国都城由郢寿北迁陈城,又由陈城南迁郢寿。楚国之民众、财富、军力,俱只在江北淮南之间。所谓江南,所谓岭南,尽皆荒僻不毛之地;南楚百越部族零散山居,各守城邑,全无聚集大军之力。我军但下江淮之间,号令所指,莫不为治!何有'划一而治犹难'一说?"

"号令所指,莫不为治。说得好!"老蒙武奋然拍案。

　　大臣将军们却再没有一个人呼应了。毕竟，李斯没有直接涉及军兵方略，至于楚国治情究竟如何，则不好贸然评判。李信激昂反驳，可能是对楚国知之甚多，而其他人则未必如此了。更有诸多大臣将军认同李斯所言，对老将军蒙武的赞叹自然不会做任何附和。一时肃静，丞相王绾离座道："老臣以为，齐楚先后之争，业已说得清楚。相关治情评判，宜下楚之后从容计较，此时不宜虚空论争。敢请君上，当断则断。"

　　"丞相言之有理。"

　　秦王嬴政一拍王案，目光巡视大殿道，"齐楚先后，不必再论。先齐固然容易，先楚更利大局。本王决断：先下楚国。明日朝会，议决对楚进兵方略。"

　　晚汤后，秦王嬴政吩咐蒙毅召李信入宫，随即与李斯出了书房。

　　澄澈秋月之下，轻舟漂荡在水面之上。看着意气风发的李信，秦王嬴政再次褒奖了李信追击燕国残部并除却太子丹的军功，末了，嬴政申明召见之意：就对楚战事，想在朝会议决之前先听听李信的进兵方略。旁边李斯一时颇感疑惑，如此大事，不先行征询王翦蒙恬两位上将军，如何先召李信会议？秦王纵然激赏李信，此举似乎也有失妥当。然则，一想到秦王去岁对王贲的独到选择，李斯终于定下了心思，只在书案埋头录写了。

　　获此殊荣，李信大为感奋，不假思索慷慨直陈道："灭楚方略，尽在八字：遮绝江淮，攻取淮北。如此楚国可一战而下！"其快捷自信，显然是久有思索成算在胸。秦王道："如此方略需兵力几何？"李信道："二十万！"秦王道："如何进兵？"李信指点着摊开在大案上的地图道："下楚之要，在江北淮北两地。末将所言二十万，是决战主力大军。全局方略尚需两支偏师：其一，陆路偏师插入淮南，遮绝楚国王

李信年少气盛，也是因为形势大好，所以轻敌。没想到楚人难对付——楚王虽不争气，但楚人却难对付。

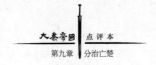

室渡江逃亡岭南之路！其二，水军偏师从巴蜀东下，占据夷陵要塞，遮绝楚国王室逃往荆楚故地之路。与此同时，我主力大军直下淮水楚都，决战楚军必当势如破竹！如此进兵，主力大军二十万足矣。"

"好！将军雄风也！"

秦王嬴政的炯炯目光一直随着李信的指点在地图上移动，听李信说罢，不禁拍案赞叹一句。见李斯蒙毅没有说话，嬴政笑问道："两位以为如何啊？"蒙毅素有壮勇之心，当即一拱手道："臣以为，遮绝江淮，攻取淮北，堪称上乘方略！用兵二十万决战，已经牛刀杀鸡！"李斯似有沉吟，思忖道："臣不擅军事，只觉如此方略，似将楚国做江淮之楚，不是全楚……臣意，尚须征询两上将军为当。"李信微微一笑，口吻颇带嘲讽地指点着地图道："自来用兵计国力之厚薄，军力之强弱，几曾计土地之广狭？若以全国疆域论之，匈奴占地无垠，便当以数百万兵力对其作战了。"李斯淡淡道："也是。说到底，斯不擅军事，心下无数。"

"好。将军且回，明日朝会再议。"

秦王见李斯终有疑虑，皱着眉头默然一阵，吩咐李信先回去了。嬴政深知，李斯虽非兵家大才，然绝非对兵家方略没有评判力，其心惴惴，必有说不清楚或自觉不当说的道理。军争大略，毕竟不能轻率。轻舟漂荡良久，秦王终于下令靠岸了。

"走，老将军府。"

三更时分，君臣三人匆匆赶到了只亮着门厅两只风灯的上将军府邸。及至门吏惶恐万分地打开大门，家老匆匆迎出，庭院中尚是黑乎乎一片。此次班师归来，秦王嬴政还是第一次登临王翦府邸，偏又是如此匆忙，心下不禁生出几分愧疚，连说不知老将军已经安睡，还是明日再来。几句话之间，整个府邸灯火大亮，王翦也已经冠带整肃地大步迎出。嬴政正欲趋前抚慰，王翦已经深深一躬高声参见了秦王。嬴政深觉歉然，又觉此时离开更是不妥，遂对王翦深深一躬道："嬴政夜来走动惯了，却忘了老将军鞍马劳顿，委实无礼也。"王翦惶恐地扶住了秦王道："君上夙夜辛劳，老臣却倒头安卧，罪责在臣，安敢当君上自责也！"一番寒暄，君臣进了正厅落座。

"少将军不在府中？"不见王贲，李斯有些迷惑。

"小子！"王翦黑着脸，"另居了，恨不能不是老夫生养也。"

"少将军不沾父荫，非不孝也，老将军怨气好没来由！"

李斯与王翦文武相知，直率一句，君臣们不禁大笑起来，气氛顿见轻松。一时茶来，饮得片刻，秦王直接说了来意，征询王翦对楚国用兵方略。王翦说得很实在："用兵之道，贵在因时因地。老臣久在燕赵，对楚用兵尚无认真思虑。就实而论，老臣唯明一点：楚非寻常大国，非做举国决战之心，不能轻言灭之。"嬴政颇感意外，思忖道："楚国长久疲弱，老将军何有举国决战之说？"王翦道："楚虽疲弱，然年年有战，族族有兵。楚乃分治之国，非但世族封地有财有兵，即或百越部族，也是城邑林立互不统辖，几类殷商诸侯。如此，楚王纵成战俘，楚国亦未必告灭。此等大国，聚兵外战确实难而又难，然抵御灭国之灾，潜力却是极大。"

"噢？"李斯似乎有些惊讶。

"老将军之见，灭楚需兵力几何？"嬴政问到了根底。

"举国之兵，六十万。"

良久，君臣没有一个人说话。王翦说法与李信谋划差别太大，秦王与李斯实在不好贸然可否。默然一阵，还是李斯笑道："老将军尚无灭楚方略，一口咬定六十万，未免唐突也。"王翦却一脸正色道："对楚之战，非对赵之战。秦赵经年厮杀，地熟人熟，自可预定方略。秦楚之间诸般差异极大，且从未有过大战，不预为踏勘而能有战法方略，老夫未尝闻也！六十万者，大局决断也。无大局之断，何得战场方略焉！"秦王点头道："老将军说得也是，我等各自想想，来日朝会再议。"说罢离座，对王翦叮嘱了一番饮食起居上心的抚慰之言，便告辞去了。

回车途中，秦王一直没有说话。车到王城南门，嬴政恍然醒悟，连催李斯回府歇息。李斯说要去王城值夜。嬴政却说夜半无大事，有蒙毅行了，坚执教李斯回府去了。李斯一走，嬴政又催蒙毅走。蒙毅说甚不走，嬴政一挥手径直进了

嬴政不大放心，追问王翦。"秦将李信者，年少壮勇，尝以兵数千逐燕太子丹至于衍水中，卒破得丹，始皇以为贤勇。于是始皇问李信：'吾欲攻取荆，于将军度用几何人而足？'李信曰：'不过用二十万人。'始皇问王翦，王翦曰：'非六十万人不可。'始皇曰：'王将军老矣，何怯也！李将军果势壮勇，其言是也。'遂使李信及蒙恬将二十万南伐荆。王翦言不用，因谢病，归老于频阳。"（《史记·白起王翦列传》）李信常以少胜多，能出奇制胜，但面对大战还是没有经验。嬴政听信李信，结果吃了大亏。

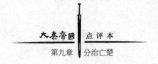

王书房。蒙毅在外署守候一夜，眼睁睁看着秦王的身影隔着空阔的天井在窗棂白布上晃悠了一夜。其间，赵高悄悄摸到外署想问个究竟，瞄见是蒙毅值夜，又连忙悄无声息缩了回去。天亮时分，赵高从王书房出来，交给蒙毅一支秦王手书的竹简，上面只有六个字——朝会中止一日。

这日午后，王贲奉命进了王城，被赵高直接领到了凤台。

凤台，咸阳老秦人呼为凤凰台，是目下咸阳王城中最高的一座台阁。究其源，本是秦穆公建在旧都雍城的一座台阁之名。穆公时，秦国有著名乐师萧史，一管长箫常召来美丽的白鹄与孔雀盘旋起舞。穆公有女，名弄玉，酷爱琴箫，也深深歆慕着萧史。穆公钟爱这个小女儿，遂筑了一座台阁，使弄玉萧史同居其上，终日琴箫唱和，引得孔雀白鹄盘旋不去，成为老秦地一道令人心醉的美景。数十年后，萧史弄玉不知所终，老秦人都说，这双玉人一起乘着凤凰随风成仙去了。秦人以孔雀为凤凰，又感念大争之世沉醉琴箫的难得情怀，遂将此台呼为凤凰台。国府因俗，亦将此台定名为凤台。其后宣太后主政，感念凤凰台那段动人的故事，便依照原式加高，在咸阳王城也建造了一座凤凰台。这凤凰台建造在王城最幽静的一片胡杨林的一座小山上，台高十丈，高耸于殿阁楼宇之上，登临台顶，大咸阳内外尽收眼底，遂成为天下有口皆碑的一处胜境。百数千年后，凤凰台尚是秦地风物胜迹之一，非但在诸如《水经注·渭水注》一般的治学著作中有美丽传说的记载，且衍化出《凤凰台上忆吹箫》的著名词牌，留下了后人不知多少感慨万端的凭吊。这是后话。

"王贲将军，凤台眼界如何？"

"高远清心，末将没有想到！"

"末将末将，少将军已经是少上造爵位，大臣了。"

秦王一句笑语，王贲倒是局促了。论目下军中爵位，父亲王翦的大良造爵位之下便是他的少上造爵了。蒙恬任职与父亲同，然因没有灭国战功，故此只是右更爵位，比他还低了一级。王贲高爵，原因在平定韩乱与灭魏之战两大功。在秦国，爵位不仅仅是朝班座次序列，更重要的，在于爵位是不含任何水分的最直接的军功标志。因为，无功不受爵是秦法最不能松动的根基。在秦国，有才而无功，可以领职，但不可以受爵。所以，秦人更看重爵位，对职司高低倒是不那么在乎。而今，王贲以灭国大功一跃升爵三级，在同等年轻的大将中成为首屈一指，荣则荣矣，个中滋味却多少有些杂陈。全部原因，

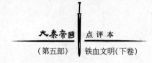
是父子两人同居灭国之功,而别的大将却没有一人获此殊荣。韩赵燕魏四国,灭韩主将是内史嬴腾,但灭韩是试探之战,既没出动当时的主力新军,也没有双方大战,所以秦国朝野将灭韩之战看得并不重。灭赵灭燕灭魏,却都是实实在在的大战。灭魏虽然没有主力决战,但那是运筹使然,并非王贲没有主力决战的方略与将才,更何况魏国是长期压迫秦国的宿敌,其实力远非韩国可比。所以,秦国朝野丝毫没有因为水战下魏而低估了灭魏的战功。然则,终因有父亲如此一个人物,王贲总有一种说不清的隐隐感觉,似乎总觉得朝野将他的战功看作有几分运气或者天意,与他同等军旅阅历的年轻大将们似乎更是如此。所以,王贲始终有一种难言的心绪,言行举止反倒不如此前挥洒了。而今秦王一句笑谈使王贲局促不安,其原因皆在于此。

"君上,贲请北上蓟城,率三万铁骑追歼燕代残部!"

"王贲啊,今日不说燕代,说伐楚,如何?"

见秦王遥望渭水面色沉郁,王贲这才觉察出秦王是为攻楚之事犯难了。思忖片刻,王贲直率道:"君上,先说方略,还是先说兵力?"秦王嬴政蓦然回身,目光闪亮道:"将军有方略? 先说方略!"一招手,远远站立的赵高抱着一个长大的圆筒状物事疾步过来,在廊下大柱挂起了一幅羊皮地图。王贲指点着地图道:"楚国战场,难处不在两淮,而在江南、江东、岭南三地;此三地之难,又不在战事之难,而在山川险峻地理偏远之难。故此,灭楚可分两步方略:第一步,先平淮北淮南,歼灭楚国生力军,夺取楚国根基;第二步,再下江东吴越及江南岭南百越之地,如此,南中国可一举平定。"

"第一步如何实施?"

"第一步是实际破楚方略,最是要害。军事所谓灭楚,战场只在淮北淮南。根本原因,在于两淮之地聚集了楚国十之七八的主力大军,只要全歼淮水南北之楚军,楚国便告实际破亡! 其后,我军南下平定百越,将没有大军阻力。"

"进兵方略如何?"秦王有些急迫。

"阻断江淮,隔绝荆楚,主力直下淮北决战!"

"主力大军用兵几何?"

"四十万上下。"

"为何?"

"淮北决战之后连下江南岭南,需一气呵成!"

"只说两淮破楚,兵力几何?"

"三十万之内。"

"二十万如何?"

"若两步分开,二十万该当无事!"

秦王嬴政大笑一阵,高声吩咐酒来。赵高快步捧来两坛老秦酒,嬴政王贲各举一坛,仰脖子汩汩一阵猛灌了下去,夕阳之下脸色顿时红成了一团火焰。秦王凝望着枕在西山的落日,兴致勃勃地道:"王贲啊,灭楚之战再度领军如何?"王贲一拱手高声道:"君上,我善奔袭战,追歼燕代残部最佳!"嬴政没有回身,呵呵笑道:"说灭楚说灭楚,你偏纠缠燕代。那你说,灭楚之战谁堪领兵?"王贲道:"杨端和、辛胜、李信,俱能独当一面!"秦王回身道:"谁最佳?"王贲慨然道:"谋勇兼备,李信最佳!"秦王嬴政目光炯炯,只看着王贲不说话。良久,嬴政喟然一叹道:"王贲者,无愧国之良将也!"王贲顿时手足无措,脸红得一句话也说不出来了。

王贲厚道,不圆滑。

第三日朝会再举,专一议决对楚进兵。

议决灭国战事,一则议进兵总方略,一则议投入总兵力。前者关乎全局铺排,后者关乎大军调遣及各方配合。朝会伊始,李信慷慨激昂地陈述了"遮绝江淮,攻取淮北"的总方略,最后提出二十万大军灭楚。几乎所有的年轻大将都赞同李信谋划,王贲做了些许细节补充,唯独赵佗皱着眉头没有说话。文臣座区,李斯始终没说话,尉缭大体赞同唯觉兵力稍显单薄,王绾则着意申明无论方略如何都会全力谋划后援。其余文武大臣,除了不置可否者,十之七八都赞同李信。也就是说,整个朝会没有一个人对李信方略持异议之说。从始到终,对于军事最要害的两位上将军却一直没有正式陈述。蒙恬说,楚地与草原之战不同,近年揣摩不多,不好置评。王翦却是只听不说,一副睡态时有鼻涕眼泪,似乎已经

苍老不胜疲惫了。

"老将军，该当说说了。"举殿热辣议论，嬴政笑着高声一句。

"啊，该，该老朽说话么？"

王翦揉着惺忪老眼懵懂一句，又破天荒自称老朽，殿中不禁哄然一片笑声。王贲很是不悦地看了看父亲，又狠狠地响亮咳嗽了一声别过脸去。王翦却浑然不觉，大袖揾了揾嘴角又清了清嗓子道："老朽之见，灭楚，还是得六十万兵力。至于战法，老朽以为，当以战场大势相机决断。此时，老朽胸中没有方略……"

坚持己见。

也不知王翦说完没说完，大殿中又是哄然一片笑声。这种笑声，与其说是嘲讽，毋宁说是大臣将军们因王翦不可思议地一连串"老朽如何"而生出的惊愕与滑稽，觉得这个老人家实在可乐。秦王嬴政也禁不住呵呵笑了一阵，拍案一叹道："上将军老矣！何怯也。李将军果然壮勇，其言是也！"举殿安静，颇见惊愕，嬴政似觉不妥，遂正色道，"前日本王就教，老将军已经陈述了方才之见。自来军争方略仁智互见，各执一词不足为奇。灭楚战事，容本王与丞相、上将军、长史、国尉等再行会商，之后立即实施。散朝。"

秦王年轻，血气方刚，当然听不进去王翦的话。

二　父子皆良将　歧见何彷徨

王贲刚在府门前下马，守候在门厅的家老立即迎了上来。

散朝之后，父亲的护卫骑士给王贲传了父亲四个字：夜来回府。王贲当时只点了点头，一句话没说匆匆上马走了。晚汤之后，左右想不出推托事由，王贲只好怏怏过来了。依

面授机宜，看能不能开窍。敦厚之人，常以善意揣摩人心，王贲即是。

目下爵位,王贲在咸阳出行当乘六尺伞盖的辎车,然王贲素来不事张扬,更不想在父亲府邸前冠带高车,故此便服骑马,护卫也不带只身来了。近日,王贲自己也觉迷惑,原本一见父亲便局促不堪,很有些怕这个上将军父亲。可自从南下中原独当战局之后,王贲却越来越觉得父亲很有些令他不适的做法:对王命太过拘泥,对军政大略太过收敛,多次放弃该当坚持的主张,言行举止诸方面都不如从前洒脱。以前,王贲是极其敬佩父亲的。但南下之后,尤其是父亲班师还都后在大朝会的老态,令王贲既觉难堪又觉困惑,既往对父亲的崇敬流水般没了踪影,只要看见父亲便不自觉地郁闷烦躁。

"少将军,请跟老朽来。"家老恭谨细心一如往昔。

"这是家,我找不见路么?"王贲脸色很不好。

"不不不,上将军在别处等候少将军。"

"你只说地方,我自己去。"

"还是老朽领道。府下格局稍变了些许,只怕少将军不熟也。"

"旧屋重修了?"

"走走走,少将军沿途一看便知,老朽不饶舌了。"

王贲跟着家老曲折折一路走来,果然眼生得不认路了。原本,这座上将军府邸占地虽然很大,却是空阔简朴,中轴六进偏院三处后园一片,王贲闭着眼都可以摸到任何一个角落。可今日进来,层层叠叠亭台楼阁水池树林灯火摇曳,恍如山东小诸侯的宫殿一般。若非家老带路,王贲当真不辨方向。蓦然之间,王贲有些恼怒了。父亲与自己一样,常年在外征战,如何有闲暇将府邸整治得如此华贵?定然是这班家老管事挥霍铺排。

"家老办得好事!"王贲的脸色阴沉得可怕。

"老朽不明,敢请少将军明言。"家老惶恐地站住了。

"如此铺排府邸,不是你的功劳?"

"啊呀呀少将军,老朽一言难尽也!"

"秦法连给君王贺寿都不许,你等不怕违法?"

"说得是说得是。"家老连连点头,却再不做一句辩解。

王贲也黑着脸不说话了,对这班管家执事说也白说,必须跟父亲说。如此默然又过了两道木桥,来到池畔一片树林,又登上一座草木摇摇的假山,才在山顶茅亭之下见到了布衣散发的父亲。亭廊下点着一束粗大的艾草，袅袅烟气驱赶着蚊蝇，秋月照着水面，映得山顶一片亮光。山风习习，父亲半靠亭柱坐在一张草席上，疲惫懒散之态确实与军中上将天壤之别。

"父亲……"

"来了。坐下说话。"

"父亲，容我先见母亲与大哥再来。"

"不用了。家人全数回频阳老家了。"

"父亲……"

"惊个甚，坐了说话。家老，任谁不许近山。"

父亲的话语很平淡，家老却如奉军令一般匆匆去了。王贲走进茅亭，从石案上提起陶罐给父亲面前的陶碗续满了凉茶，便站在亭柱前不说话了。灭赵大战之后，秦王派李斯将王氏家族百余口迁来咸阳，还大修了一番当时的上将军府。三两年来，虽然王翦王贲父子一直不在咸阳府邸，可这座上将军府依旧是热气蒸腾勃勃生机。因为，王氏家族的根基已经从频阳转到了咸阳。母亲执掌内事，大哥与一班族兄族弟则已经开了铁木作坊，做起了造车与农具生意。王贲在大梁战场时，曾接大哥一信说：父亲不许王氏子弟入仕做官，只能做农做商或者从军打仗。其中几个兄弟都是才能之士，能否劝说父亲允许他们入仕，只我一人做商贾便了。王贲当时专注战局心无旁骛，只给大哥简短复信：父命无差，兄当一心，无由再说父亲。王贲心下清楚，定是几个族兄弟不想做商贾，从军又觉太晚，于是说动大哥生出这般主意。那时，王贲以为父亲没有错，国人都去做官，谁却去周流民生？身为庙堂栋梁，王氏理当有大局气度。可如今，一个偌大家族刚刚安稳下来，如何又突兀地搬回老家去了，连他也不知会一声？若没有父亲的严厉命令，王贲相信，谁都会跑来找他劝说父亲的。他近在咫尺却一无所知，足证父亲是有备而为周详谋划的。然则，如此这般究竟为何？王贲实在有些无法理解父亲了，而且，诸多不解一时还不知从何说起。

"灭楚之战，你举李信为将？"父亲淡淡开口了。

"噢。"

"好。不好。"

"噢。"不管父亲说法如何蹊跷，王贲都没有论说国事的兴致。

"好在有胸襟,利于朝局,亦利于自固根基。"父亲似在自说自话。

"身为上将,唯虑国家,没有自固之心。"王贲不能忍受父亲的评判。

"心者何物? 岂非言行哉!"

"就事说事,李信足以胜任。"

"错。就事说事,灭楚领军王贲最佳,比李信更可胜任。"

"……"

"不说话了?"

"……"

"秦王知人,必察贲、信之高下。然则,秦王必用李信。"

"朝会尚未议决,秦王亦未决断,父亲何须揣测。"

"揣测?"父亲嘴角轻轻淡淡地抽出一丝冷笑,依旧似在自说自话,"秦王者,大明之君也。明知李信不及王贲扎实,却要一力起用李信,其间根由,不在将才之高下,而在庙堂之衡平。天下六国,王氏父子灭其三,秦国宁无大将哉! 秦王纵然无他,群臣宁不侧目? 秦人尚武,视军功过于生命,若众口铄金,皆说王氏之功尽秦王偏袒所致,群将无功皆秦王不用所致,秦国宁不危哉? 王氏宁不危哉?"

这一节里,这一番话,写得最是精彩。王者最怕臣子功高盖主,秦王政盘算的,恐怕不仅仅是打胜仗。若王氏独大,秦王政难为政。作者深谙中国政治的秘密。

"虑及自家安危,父亲便着意退让?"

"苟利国家,退让何妨,子不见蔺相如么?"

"纵然退让,亦当有格。何至老态奄奄,举家归田?!"

"老态奄奄何妨? 老夫要的不是自家气度,是国家气度。"

"大臣尚无气度,国家能有气度?"

"驳挡得好。"父亲一反常态,从来没有过的温和,点头称赞了儿子一句,又饮下一口凉茶,依旧自说自话了,"当此

之时，唯有一法衡平朝局，凝聚人心：大胆起用公议大将，做攻灭最大一国之统帅。成，则战功多分，衡平朝局；败，则群臣自此无话，战事大将可唯以将才高下任之……"

"父亲是说，秦王是在冒险用将?!"

"明君圣王，亦有不得不为之时也。"

"父亲!"王贲终于不堪忍耐了，冲着父亲一泻直下，"此等迂阔之说，王贲不能认同! 自家退让也罢，老态奄奄也罢，举家归田也罢，王贲都可以忍了不说，但凭父亲处置。然父亲既然察觉秦王起用李信是在冒险，宁肯坐观成败，却不直谏秦王，王贲不能忍! 秦王雄才大略，胸襟开阔，王贲是认定了跟准了! 纵然心有歧见，纵然与秦王相违，王贲也要坦诚陈述以供决断! 这既是臣道，更是义道! 如今父亲洞察诸多微妙，却包藏不说，放任国家风险自流，心下岂能安宁! 朝野皆知秦王曾以父亲为师，父亲却隐忍不告，宁负'秦王师'之名，宁负直臣之道哉! 王贲明言，父亲当以商君为楷模，极心无二虑，尽公不顾私! 不当以范蠡那般舍弃国家只顾自身的全身之道为楷模! 父亲不说，是疑惑秦王顾忌王氏功高，这与山东六国攻讦秦王有何两样! 王贲直言，父亲不说，我自己上书秦王，争这个攻楚主将!"

父亲只淡淡笑着，始终没有说话。

"父亲，儿告辞。"

"给我坐下!"父亲突然一声厉喝。

王贲没有坐，也没有走，只黑着脸钉在大柱旁气喘咻咻。

"你小子尽公不顾私，何以举荐李信为将?"

"我……"

"你自以为不如李信?"

"……"

"能使铁将军王贲违心举荐，足证此事不可轻慢。"

直当秦王政是完人。

"不一样！……"王贲突然憋出一句，又默然了。

父亲叹息一声，突然贴着大柱笔直地站了起来，其剽悍利落之态虎虎生风。瞬息之间，王贲双眼瞪得溜圆，对也！这才是父亲，这才是秦国上将军！父亲没有理睬王贲，大步出亭在山顶转悠了几圈，这才走了回来，拍打着亭栏正色道："你小子，谅也不至于将老夫看作奸佞。然老夫还是要说，你小子还嫩。自以为心无二虑，自以为忠于国家，自以为任何时日可以说任何话，做梦！学商君？说得容易。商君面对的君主是谁？我父子面对的君王是谁？商君面对的大势是甚？今日大势是甚？一样么？不一样！只说目下秦王：一则，起用李信确有大局筹划之考量，该当赞同，说甚去？二则，战场事奇正万变，冒险多有，战胜者也屡见不鲜，况且，楚军也确实疲弱不堪。此时，老夫若说李信必不成功，只怕连你小子也要反对，况乎群臣？况乎秦王？三则，秦王天纵之才，多年主持灭国大计从无差错，朝野声望如日中天，秦王自己也更见胸有成算，说秦王已经有些许自负也不为过。当此之时，老夫以自家评判，强说秦王改变决断，可能么？更何况，秦王决断也有你等一班新锐将军一力赞同，并非秦王独断，老夫何说？说亦何用？只怕除了君臣离心，再没有任何好处！你小子说，将老夫这个秦王师让给你，你能去纠缠着秦王憨嚷嚷么？"

"……"

"世间多少事，只有流血才能明白。"末了，父亲淡淡补了一句。

"世间多少事，只有流血才能明白"，金玉良言！

王贲瘫坐在亭栏不说话了。良久，王贲提起陶罐猛灌了一通凉茶，向父亲一拱手，匆匆大步离去了。父亲再没有喝阻，也没有说话，只若有若无的一声叹息飘进了耳畔。蓦然之间，王贲有些怜惜父亲，但还是没有回头。

一代人有一代人的命运，回不回头，都不能改变。

三日之后，王贲奉命入宫，共商对楚大战的最后决断。

这次是小朝会。秦王的庙堂谋划三大臣（丞相王绾、长史李斯、国尉尉缭）加上将军王翦、蒙恬，再加王贲、李信、杨端和、辛胜、章邯等几员主力大将与老将军蒙武，长史丞蒙毅里外行走，算是半个与会者。没有了大朝会的齐楚先后之争议，小朝会简短了许多。先是丞相王绾禀报：由丞相府总领，各方官署已经做好了相关的伐楚筹划，相关郡县的粮草器械民力已经开始预为囤积。接着李斯禀报：几日来已经征询了几位王族元老之伐楚谋划，没有新方略提出，均大体赞同李信将军方略。之后，老尉缭的竹杖遥遥指点着地图，陈述了秦王与几位大臣在大朝会之后谋定的伐楚用兵方略。最后，秦王征询诸人评判，说明如无重大异议，则照尉缭陈述之方略进兵。三大臣之外，王贲李信等一班年轻大将均表赞同，蒙恬申明无异议。只有王翦说了一句题外话："伐楚之战，贵在正，不在奇。主将但有韧性，此战未必不成。"却没有就进兵方略表示可否。因了此前王翦已经明白陈说了自家看法，秦王与大臣将军们也再没有要王翦说话。

此次朝会明确的进兵方略是：

其一，以李信为主将，蒙武为副将，率二十万大军直下楚都寿春；

其二，以王贲部秘密进兵淮南江北，隔断楚军渡江南逃之路；

其三，以巴蜀水军顺江东下，占据夷陵房陵，隔断楚军荆楚逃路；

其四，以李斯、姚贾为后援大臣，全力督导中原郡县粮草民力。

王贲很有些沮丧。没有想到小朝会的几乎一切部署，都被父亲事先说中了：大将果然起用了李信，兵力果然是二十万，文武大臣们果然是无人异议，秦王也果然没有再度征询父亲谋划的意思。唯有两处王贲没有想到，却也暗合了父亲的预料，一是派老将蒙武做伐楚副将，二是派自己做了外围偏师将军。这般分派，王贲确实没有感觉到战事谋划的合理性，却隐隐嗅出一股军功多分的气息。这令王贲很是郁闷。蒙武固然资望深重，所率老军也是昔日秦军精锐，然蒙武毕竟久在国尉署，没有做过领军大将，其将性又偏于柔弱，既不能补李信之缺，又不能纠李信之错，如何能是最佳的幕府格局？再说，不教王贲做伐楚主将也罢，至少该派自己独当一面追歼燕代余部。王贲确信，只有自己的轻装飞骑，才能彻底干净地荡平残赵飞骑与辽东猎骑之患，最终平定北中国。可如今，他王贲却只能担任淮南江北之遮绝偏师。如此使命，秦军任何一个大将都会做得很出王贲虽憨直,却不愚笨。懂,但是不愿意相信。

色,秦王若想均分功劳,何不将这个偏师之功也让给冯劫或冯去疾等大将,何须一定要派给他?

郁闷归郁闷,王贲还是没有再去见父亲。

那座上将军府没有了母亲,没有了家人,王贲也没心思回去了。与父亲再度探讨朝局,王贲实在没有心绪,何况大军已经开始集结,也该赶赴军中了。可是,就在王贲马队开拔的前夜,大哥匆匆赶来了。大哥说,父亲教他传话:子为国家大将,唯当以战局为重,无虑其余。大哥说,这是父亲的郑重叮嘱,说不清其中奥秘,父亲也不许他过问。王贲说,没甚,教父亲放心,王贲不会荒疏国事。大哥言犹未尽,似乎有话,又吞吐不说。王贲送大哥上路时一再追问,大哥才说,父亲有告老还乡之意,吩咐他不要说给兄弟,可他忍不住,因为他吃不准朝局究竟发生了何等变化,父亲与兄弟有没有危险?王贲听得无可奈何,气哼哼说,甚危险?树叶下来砸破头!他要做田舍翁,大哥陪他做,左右我是不做!大哥不相信,反复追问。王贲又气又笑道,大哥务过农经过商,该知道老地主老商贾毛病:老商贾金钱多了,老地主①家业大了,怕遭人顾忌,怕人眼红,怕人闲话!知道么?就这个理!能有甚!大哥惶惑道,不就灭了两国嘛,仗是大家打的,谁眼红甚了?王贲心烦,索性不再辩解,只说自己事多,送大哥走了。

秦王政二十二年(公元前225年)深秋,秦国南进大军隆隆启动了。

---

① 地主,土地主人或所在地主人,语出《左传·哀公十二年》:“侯伯致礼,地主归饩(xì)。”

三 项燕良将老谋 运筹举步维艰

楚王负刍接连发出六道特急王命，大臣还是无法聚齐。

秦军南下的消息传来，负刍的第一个决断是召世族大臣紧急朝会。接受太傅黄辔之谋，负刍大破成规连发六道王命，每道王命都只有最急迫的两句话："秦军南进，大楚濒危！诸臣当速入郢寿朝会，共决抵御之策！"可旬日过去，除了淮北淮南的大臣们风尘仆仆赶回外，江南、江东、荆楚的世族大臣一个也没有赶来，岭南诸将更不用说，只怕王命还在途中亦未可知。迟至第十三日，负刍焦躁不安又无可奈何，只有行半朝之会，与赶回来的大臣们紧急会商对策。

列位看官留意，负刍非等大臣而不能决断，时势使然也。其时之楚，是战国之世变法最浅层的国家，地域广袤而世族大臣各领封地，无论兵员征发还是财货粮草筹集，都须得世族大臣认可方得顺畅，否则，纵有王命也是滞涩难行。王族虽是"国土"最大的领主，又有各世族封地依法缴纳的"国赋"，实力自然雄踞所有世族之上，然则，王室维持庞大的邦国机构，支付之大也是任何世族不能比拟，要在濒临危亡之时举国抵御强敌，仅凭王族之力无异于杯水车薪。楚拥广袤南中国，土地民众几乎抵得整个北方六大战国，然其始终不能与中原秦、赵、魏、齐四大战国的任何一国抗衡，其根源便在这世族分治。天下进入战国以来，楚国朝局多生事端政变迭出，其根源也在于世族分治。凡此等等治情弊端，后将备细剖析。

国不能聚，没有凝聚力。楚王负刍即位，名不正言不顺，虽得门客支持，但难得所有世族信服。负刍为楚哀王庶兄，即楚考烈王庶子，负刍门客杀哀王，负刍自立为王。负刍虽有魄力，但有名不正言不顺之嫌。老顽固们，不可能理解取而代之的"正义"。楚王室内乱太多，楚人虽勇，于事无补。

以张仪之语，形容楚地，
最为精准。张仪曾说楚王，认
为秦楚乃天下强国，"其势不
两立"，但秦攻楚亦有优势，
"秦西有巴蜀，大船积粟，起于
汶山，浮江已下，至楚三千余
里。舫船载卒，一舫载五十人
与三月之食，下水而浮，一日
行三百余里，里数虽多，然而
不费牛马之力，不至十日而距
扞关。扞关惊，则从境以东尽
城守矣，黔中、巫郡非王之有。
秦举甲出武关，南面而伐，则
北地绝。秦兵之攻楚也，危难
在三月之内，而楚待诸侯之
救，在半岁之外，此其势不相
及也"（《史记·张仪列传》）。
其实，除了国弱人小的燕国、
韩国乃至魏国可以自称地理
不利之外，余国皆不能说地理
不利。地理由利变不利，与国
政好坏有关。秦国初时地理
也不利，常受西戎之害，但后
来靠自己的努力，一步步化不
利为利。秦东进，渐渐对楚国
成半包围之势。

"老臣以为，两淮大臣还都，朝会可行。"首座老臣说话
了。

"令尹之言，老臣赞同。"武臣首座一位老人也说话了。

"昭、景既同，臣等无异议。"其余十几位大臣异口同声。

"本王好悔也！"负刍铁青着脸拍案长叹了一声。

"枢要大臣差强聚齐，王当以战事为重。"首座老令尹脸
色很不好。

"好。说。姑且朝会了。"负刍终于拍案了。

要明白楚国君臣的这番对话，先得明白此时的楚国地
理大势。楚国土地广袤，主要结构是四大块：一是西部荆江
之地，这是春秋与战国初期的楚国老本土；二是东南吴越之
地，这是战国前、中期楚国先后吞灭的两个大诸侯国；三是岭
南百越之地，这是松散臣服于楚国的许多部族方国；四是长
江以北的淮水流域，分为淮南、淮北两大区域。从历史环境
说，楚国的四大区域差别很大。其一，岭南地带太过蛮荒，且
百越部族内乱不断各自为战，楚国事实上鞭长莫及。其二，
吴越之地号为江东，在战国末期已经大有好转，但毕竟江河
纵横水患多发，民众多以渔猎为生，农耕开发尚差，事实上还
是相对蛮荒之地。楚国占据吴越，并不能大增其实力，且常
有分兵分财的累赘之嫌。其三，西部荆江地带多山，历经老
楚族群数百年经营，农耕渔猎之开发相对充分，然毕竟山水
险恶，远非富庶风华之地。更有一点，秦国占据巴蜀之后，其
地山川之险在秦军顺流东下的战船威慑之下已经荡然无
存，荆江房陵地带的大批仓储财货粮草又被秦军几度攻占
掠夺焚毁，几成贫困之地。其四，淮水流域河流交错，多为丘
陵平原，土地平坦肥沃。经春秋数百年间陈、宋、薛、徐等大
诸侯国的开发，淮北淮南与中原之富庶风华已经相差无几。
后经战国之世，齐、魏、秦、楚、韩等大国相继在淮北拉锯争

夺，不断开发农耕水利，以鸿沟通连黄河与淮水两大流域，整个淮水流域事实上已经成为富庶大中原的组成部分之一了。战国中后期，各国避秦锋芒唯恐不及，楚国却逆其锋芒大举经营淮北淮南，一度甚至迁都北上到淮北的陈城，其最根本的原因，便在于整个楚国领土中能够成为国家力量的根基所在者，只有这淮水流域。

唯其如此，楚国世族封地的重心，也随着国土变化而变化。

春秋之世与战国初期，楚国最大的世族如昭、屈、景、项诸大族，其封地大多以荆江地带以及毗邻的云梦泽与湘水流域为重心。灭吴灭越之后，新兴军功部族与老世族中稍弱的项氏部族，封地大多转移到江东地带。岭南百越之地战乱丛生，且纳贡财货只具象征意义，是故，楚国不以岭南做世族实封之地，而只以后起的军功世族作为宗主，建立要塞城堡镇抚其地。战国中期，楚国吞灭淮水流域的几个中小诸侯国之后，楚国王族与四大世族的封地立即转移到了两淮地带。当然，其老封地因王室部分收回转封而略有缩小，但依旧保留着根基。楚国后期的权臣如春申君黄歇，其封地几乎全数在淮北，曾以荀子为名义县令的兰陵县便包括其中。也就是说，此时的淮北淮南事实上已经成为楚国大族封地的集中区域，实力大族的城邑大多都在两淮，只要两淮地带的世族大臣赶回了郢寿，楚国的要害力量也就差强齐全了。

负刍懊悔的是，去岁王贲狂飙般奇袭淮北连下十城，举国震恐，遂仓促议决：除以项燕为大将军调集兵马外，其余世族大臣一律赶回封地征发军辎粮草赶运都城。当时令负刍感奋不已的是，世族大臣们非但一致赞同了他的决断，且人人马不停蹄地连夜离开郢寿赶回了封地。而今想来，大臣们匆匆赶回封地，全然是急于安置自家封地，全然是逃命避祸，否则，那些大族的年轻新锐如何一个都没赶回，来的都是

秦军初战，曾获小胜。"李信攻平与，蒙恬攻寝，大破荆军。"（《史记·白起王翦列传》）

白发苍苍的老者？究其实,还不都是留着青壮谋划本族生路,岂有他哉!

"会商军事,大将军能到么?"

低声说话的是大司马景桤。数十年来,景氏部族与项氏部族一直是楚国的军事栋梁,景氏居执掌关防军政的大司马,项氏居执掌兵马的大将军。朝会既要议决抵御秦军,最要紧的自然是大将军项燕。故此,景桤一句低声发问,大臣们却是如雷贯耳浑身一震。

"左将军项梁与朝——"

殿外一声长报,负刍君臣更是惊讶,目光齐刷刷聚集殿门。在这片刻之间,一员年轻将军快步走进了门厅,一头汗水一身泥土,斗篷甲胄灰蒙蒙不辨颜色,脸颊似乎还有一道血痕。负刍与大臣们不禁脸色骤变,竟都不约而同地站了起来。将军没有丝毫停顿,匆匆大步走到王台前一拱手,高声道:"左军主将项梁,参见楚王! 见过诸位大人!"

"项,项梁,大将军如何了?"负刍慌乱得几乎撞倒了王案。

"大将军正在集结大军,向汝阴①要津开进!"

"没,没有开战?"

"秦军抵达洧水②,正谋过境安陵,距我军尚远!"

"好,好好好……"负刍脸上笑着,人却瘫在了王座中。

一位老臣向殿角内侍招了招手,内侍给年轻的项梁捧来了一罐凉茶。项梁感激地对老臣一拱手,接过大罐汩汩一阵牛饮,茶水流溅得脖颈胸前一大片,泥土蒙蒙的甲胄斗篷

项氏出场。"项籍者,下相人也,字羽。初起时,年二十四。其季父项梁,梁父即楚将项燕,为秦将王翦所戮者也。项氏世世为楚将,封于项,故姓项氏。"(《史记·项羽本纪》)项燕之死,一说为王翦围杀。

常见"瘫""软"等字,堂堂王者,不至于此。

① 汝阴,战国楚邑,在今安徽阜阳市,与其相对的汝阳则远在西北的汝水源头。汝阴后世远离汝水下游,当为河流改道所致。

② 洧(wěi)水,水名,即今河南双洎河。

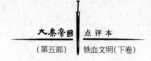
顿时斑斑驳驳,在冠带整洁鲜亮的老臣们面前颇见狼狈。饶是如此,项梁自家却浑然不觉,一阵牛饮后撂下空空的大罐,泥土衣袖揩了揩嘴角,又对王台一拱手道:"我王毋忧,大将军遣末将还都禀报:因淮南诸军尚未抵达,不能还都与会,敢请朝会之后立即派定得力大臣,向汝阴、城父①两地输送粮草,并着力筹划大军冬衣与兵器箭镞!"

"完了?"缓过神来的负刍又惊讶地瞪大了眼睛。

"大将军之言禀报完毕。"

"大将军没说,仗如何打法了?"

"战事尚在谋划,须依据秦军动向而定⋯⋯"

"大谬!大谬啦!"老令尹昭恤猛然拍案,苍老声音如风中树叶,"强敌业已逼近国门,战场方略却'尚在谋划'?项燕素称知兵,如此岂非儿戏!秦军既然尚远,便当还都与朝共商大计。今项燕既不与朝,又无方略,只大张口要粮草,要衣甲,要兵器!我堂堂大楚,几曾有过如此大将军啦!"

大臣们不说话了,连楚王负刍也板着脸不说话了。年轻的项梁颇见难堪,却竭力平静着心绪,也没有说一句话。世族大臣们原本期望这个在楚军中颇有声名的年轻悍将会暴跳如雷,或可借机搜求得项氏拥兵自重的些许罪证,孰料这个黝黑精悍的年轻将军竟能隐忍不发,一时倒凉冰冰滞涩了。毕竟,项氏也是世家大族,目下又是军权在握支撑楚国,昭氏为世族之首,昭恤又官居令尹总领政事,发作一通尚算无事,他人便未必能如此轻易地对项氏大将发作了。

"项梁,老夫问你。"大司马景柽说话了。

"敢请指教。"

"大军南进汝阴、城父,可是畏秦避战之策?"

"汝阴、城父,向为郢寿北部两大要害。我大军进驻两地,正是扼秦军咽喉要道,使秦军不能南下攻我都城。大司马之论,末将以为诛心过甚!"

"也算一说。"景柽耸了耸雪白的长眉,"另则,大军粮草与衣甲兵器,此前皆有征发,目下未曾开战,如何便有了亏空?"

"对!此问才是要害啦!"几个老臣一齐拍案了。

---

① 城父(fǔ),古邑名,春秋陈邑,后入楚,在今安徽亳州市东南。

"此前征发之粮草辎重,目下全数在仓,并未进入项氏封地! 诸位若有疑虑,随时可派特使查勘。"年轻的项梁先了却了大臣们的心病,又奋然道,"秦强我弱,此战关乎楚国存亡! 若不能凝聚国力做长久抗秦之谋划,仅将此战看作一战之战,则楚国必步韩赵燕魏之路! 而若做长久鏖战预谋,则粮草辎重远远不足! 此乃大将军之意,末将言尽于此。"

大臣们真正无话可说了。项梁慷慨激昂,说的是严酷事实,是迫在眉睫的大灾难。这一点,老辣的世族大臣们还是有数的。去岁王贲军的狂飙突袭之后,楚国君臣对秦国虎狼是实实在在地领教了一回,再也没有了轻慢之心。诸般盘诘疑虑者,传统政风使然也,非不欲抗秦保楚也。楚王负刍原本是精明机变的王族公子,盛年夺位,也算得多有历练,对秦楚此战更不会懵懂。一阵难堪的沉默之后,楚国君臣们心照不宣地撇开了项梁,开始议论起如何抗击秦军的具体事宜了。

暮色降临,君臣们终于一致认可了四则对策:其一,立下王命,并以大司马景桀为特使,严厉督导尚在半途的数万淮南军尽速北上归属项燕;其二,以令尹昭恤兼领大军后援诸事,全力督导大族封地的粮草征发与输送;其三,水军舟师由江东进入淮水,预为郢寿南迁退路;其四,以洞庭郡为南迁都城所在,万一此战失利,则南下以云梦、洞庭两大泽为屏障,以水师与秦军周旋。

诸般谋划妥当,楚王负刍又设宴为项梁洗尘。楚国君臣都着意抚慰了这位年轻大将,殷殷叮嘱了诸多向大将军项燕的抚慰褒奖。及至楚王王命拟好,已经时近三更。年轻的项梁心情火急,执意拒绝了楚王赏赐其王城夜居的殊荣,要连夜赶赴汝阴。负刍遂大加褒奖,下令宣达王命的特使随项梁一起星夜上路。于是,项梁马队连夜出郢,风驰电掣向北去了。

无法,只得靠项氏一家将兵。

项燕巡视完两地军营，心头的乌云更重了。

自去岁奉命为抗秦大将军，倏忽将近一年，最根本的大军集结尚未全部完成，诸多部署运筹更是磕磕绊绊走走停停。截至目下，汝阴要塞的营垒差强完成，原本要求的山石壁垒却变成了土木壁垒；城父要塞的营垒，索性一道土沟，再加一道土墙垛口；兵器坊制箭，原本将令是三个月出箭五十万支，可堪堪一年还不到十万……凡此等等，无论项燕如何怒不可遏地屡屡发作，各部将军与军务司马们都不做任何辩解，挨一顿霹雳斥责之后，又是一如既往地磨蹭着蠕动着。项梁几次拿起令箭要行军法，每每最后的那一刹那，令箭都软塌塌掉进了帅案的箭壶。楚国，这就是楚国，楚王尚且乏力，你项燕又能如何？

便说最要害的大军调集。依照目下军制，楚国军力主要是三方：

其一，散布各个关塞城防的守军。战国之世，齐国七十余城。楚国地广，将近两百座城邑，设防城池五六十座，合计军兵三十万上下。除了几处由国府大司马直辖的要害关城，此等城防守军的辎重粮草衣甲器械等，素来由国府与城池所在封地共担。所在地封主乐此不疲，常常给予城防军将士种种额外补偿。久而久之，邦国城防军大多成为实际上的封主私兵，极难调出本地。

其二，王室国府直属的大军，合计四十余万。除去水军舟师几近十万，陆地马步军差强三十万。这是楚国唯一可随时开出的主力军。依照楚国后期大势，这三十万大军的经常性驻地是四个大本营：一军驻守淮北重镇陈城郊野，应对中原；一军驻守郢寿北部之汝阴要塞，一军驻守郢寿背后之淮南，前后拱卫都城；一军驻守江东吴中之地，应对频繁多发的吴越之乱。四大驻军，多则八九万，少则三五万，因时因战而流动。

其三，直接隶属于王室与各方官署的军兵，大体在十余万。主要有：隶属于柱国将军的都城护卫军，隶属于郎尹、郎中两将军的王室护卫军，隶属于司败（掌刑罚）署的捕盗及监狱守军，隶属于关吏的盘查关防的军兵等等。除非国破之战，此等军兵几乎永远不可能用于战场。

如此三方大军，项燕能够以王命兵符调集者，实际只有第二种，即国府直属大军。自调兵急令发出之后，项燕立即从郢寿赶到了汝阴，建立了幕府。汝阴地处汝水下游之南，是濒临淮水北岸的寿春（郢寿）北上的最重要咽喉，且有汝水一道天然屏障，是狙击秦军南下的要害关塞。项燕是一位清醒实际的将领，对楚国大势有着清醒的评判。若是楚国军力能如臂使指,最佳的防御战略自然是以更北面的陈城为根基,大军既可有效抵御,更可在时机有利时伺机反击秦军。然则,目下的楚国已经是支离破碎,统属之难无以言说。更有一点,楚国南迁郢寿时,几乎将丰饶富庶的陈城搬空,人口流失,商旅锐减,粮草辎重全然没有了根基。若再度以陈城为根基,只怕粮草辎重输送的数百里长线会立即成为秦军最好的施展所在。粮道一旦被遮绝,楚军只怕也会成为第二个长平大战的赵军,项燕也必是第二个赵括无疑。当此之时,项燕只能收缩防线,聚集有可能聚集的最大军力,扼守咽喉与秦军一战,舍此奈何? 然则,那些不谙军情不知兵法却又闭塞昏聩的老世族大臣们,心下却只恪守着"抗秦必以淮北陈城重镇为根基"的传统方略,对他的苦心运筹种种指责多方质疑,甚或以迟滞大军迟滞粮草相要挟,远离庙堂的项燕真有些百口莫辩了。

迄今为止,除了原驻汝阴的三万步军,抵达汝阴大营的只有陈城八万步骑混编大军。陈城军之所以能如期南下,还在于项燕的嫡长子项梁是陈城军主将。而淮南的八万精锐步军距离汝阴只有三百余里,走了十个月竟还迟迟黏在半道。江东的十余万步骑,也在北上抵达淮水南岸的淮阴①要塞后莫名其妙地开始停滞不前了。也就是说,项燕能调的四支军马,目下只到了两支十一万,两支主力大军则做了泥牛入海。

"江东大军如此迟滞,岂有此理!"

愤然之下,项燕派出项梁——国家艰危之时竟然只有自己的儿子可以信任,这也是项燕的莫名悲哀——星夜赶赴淮阴查勘实情,若果真是不得已,他便要亲赴郢寿诉诸楚王了。旬日后,项梁风尘仆仆赶回,诉说了江东军的迟滞原

楚国外强中干。

---

①　淮阴,古邑名,在今江苏淮阴市西南。

因。而这一切，还都是时任江东军裨将的项燕的次子项伯秘密探察清楚，又秘密告知项梁的：江东军主将景焯接到大司马叔父景桤的密件，说昭氏一族有人密告项氏在江东聚结私兵，图谋与越人部族作乱自立，楚王正在派员秘密查勘；大军或可能再度南下平乱，项燕能否领军亦未可知，江东军当以粮草未齐为由，原地等待王命。

"狗彘不食！！"

项燕愤怒了，飞骑马队连夜赶赴都城请见楚王。晨曦初露，素来稳健谦和的项燕脸色铁青地带着一队精锐剑士直闯王城。慌得楚王负刍王冠也没戴，散发赤脚披着大袍便匆匆出来了。项燕一反常态地强横，声言要立地与昭氏告密者对质，若查无实据，楚王须立即斩首诬告者，否则项氏反出楚国！负刍大惊失色，二话不说下令王城郎尹捉来了昭氏那个告密者，对质不消半个时辰，亲自一剑刺穿了告密者的咽喉。楚王负刍说，此人告密属实，王室派人查勘却是虚妄，果然疑忌项氏，岂能不先解项燕兵权？江东军迟滞不前，本王亦有难言之隐也！天亮之后，楚王负刍立即召来已经还都的几位世族大臣，当殿申明项氏绝无聚结私兵谋乱之举，后若再告，立地治罪。项燕冷面肃杀，当殿森森然宣告："项氏若图谋作乱，秦军南下便是时机！何须抗秦自伤？若有人定逼项氏反楚，则项氏未必不反！项氏反楚，第一刀便杀逼我反者！国难当头，王族大族不顾楚国，项氏何计楚国?！"

这番肃杀凛冽的宣言，使楚国庙堂对项氏的种种不实流言销声匿迹了。项燕至此明白了一个道理，在世族林立竞相蚕食的楚国，一味地效忠国家非但于事无补，且有杀身灭族之祸，若得自立报国，便得有适时适度的强横霸道，否则一事无成。然则，回到汝阴幕府几个月，淮南军与江东军还是迟迟不能抵达，理由多得令项燕哭笑不得。无奈之下，项燕只

都到这个份儿上了，楚国还在内讧。天要亡楚，奈何？

有做最不济的谋划了。其中最要紧的一着，便是以特急将令单调出江东军的次子项伯，教项伯持项燕密令返回江东，将项氏封地的八千子弟兵全数带来汝阴，再编入由陈城军精心遴选出的八千壮勇，以项梁项伯为主将副将，编成了一支缓急可用的精锐中坚。

列位看官留意，封地子弟兵，是中原战国所无而楚国独具特色的物事，故此不得不予以交代。盖楚国在上述三方合乎法度的军力之外，还有一种中原战国已经不存在的潜在军力，这便是各世族封主的所谓壮勇子弟兵。究其实，这等子弟兵是各封主以自家财力建立起来的私家军队，多则万余，少则数千，兵器精良，衣甲粮草丰裕，实际战力甚或强于邦国军旅。楚国之所以始终不能真正废止私兵，其根本原因在于两处：一则，楚国源于相对封闭的山地部族立国，其所秉承的传统封地制，也始终相对完整地保留着，私家成军的根基始终存在；再则，楚国山川广袤险峻，部族众多，星散于险山恶水，习俗差异极大，故变乱多生，而一旦变乱蔓延，国府大军往往鞭长莫及，世族私兵则事实上成为保护封地并最终剿灭变乱的主要力量。楚顷襄王时期，曾发生了一场震惊天下的"庄蹻暴郢"之乱，若非遍布楚国的世族私兵，楚国很可能便在这场举国动荡中灭亡了。

这个庄蹻，原本是南楚洞庭郡的将军。其时，庄氏部族出了一个名士庄辛，奔走合纵抗秦，一时成为楚国名臣。后来，因楚国老世族排斥而遭顷襄王疑忌，庄辛被迫逃亡赵国。再后来，楚国对秦战争大败，楚国欲联结中原重起合纵，顷襄王才不得不再度召回庄辛。庄辛归来，以"螳螂捕蝉，不知黄雀在后"为比喻说动楚王，遂再度领政奔走合纵。谁知顷襄王受老世族掣肘，再度罢黜庄辛，并大大削减了庄氏封地。虽然，谁也说不清楚其间究竟生出了何等谋划，更说不清楚庄辛与这件事有没有关联，总归是庄氏部族的将军庄蹻，率领着数千兵士与族人起事了。庄蹻起事的第一个举动，是率领乔装成庶民的士兵们混入郢都，汹汹然大举攻占官署，劫掠杀戮老世族府邸，并包围了王城。整个郢都骤然陷入一片混乱，楚国朝野大为震惊。此所谓"庄蹻暴郢"也。后来，在渐渐聚拢的王师围攻下，庄蹻率众被迫退出郢都，却又飓风般杀向江东，再席卷南楚，占据了湘水地带。后来，庄蹻部又驰驱千里，南越五岭，占据了滇地，遂称王号，并自立为邦国。立国后大约财货不足，庄蹻又率兵北上，再度席卷了湘水江东。楚国庙堂深为震恐，曾数度发兵追击围攻，皆因大军无法在高山峻岭与江河湖海中捕捉剽悍灵动的庄蹻军，每次都是劳师无功。当此之时，各世族为了自家封地不受劫掠杀戮，遂纷纷自发地以私家子弟兵围追堵截，前后历时十余年，庄蹻暴动及其余波方告平息。

庄蹻举兵，对楚国与当时天下造成的震撼极大，以至当时的名士大著几乎都有评说。《荀子·议兵篇》云："……庄蹻起，楚分而为三四。"并进而将庄蹻用兵与齐国田单、秦国商鞅等同并论，以为"是皆世俗之所谓善用兵者也"。《韩非子·喻老》云："庄蹻为盗于境内，而吏不能禁，此政之乱也。"《吕氏春秋·介立》，更将庄蹻之乱对楚国的影响，与长平大战对赵国之影响并论。后世《史记·礼书》亦云："庄蹻起，楚分而为四参。"《论衡·命义篇》则云："庄蹻横行天下，聚党数千，攻夺人物，断斩人身。"凡此等等，皆证明了一个事实：庄蹻之乱，使奉行封地自治传统的楚国更加支离破碎了。根本原因在于，庄蹻之乱使楚国世族的私家武装走到了前台，分治之势更加难以动摇。

项氏的江东子弟兵，正是在庄蹻之乱中崛起的一支劲旅。

项氏部族曾经沧海，其兴衰沉浮之多，常令项燕不胜感慨。

殷商王朝时，有一个小方国项，因其仅为第四等子爵，故云项子国，其国濒临洧水，有地方圆百余里而已。这个项子国，皆以国为姓，有了最早的项氏部族。周灭商，弱小的项子国没有出兵勤王。周初有管蔡武庚之乱，已经失国的项氏部族专事渔猎，也没有卷入。为此，周公平定管蔡之乱后重新分封，着意恢复了项氏封地，以为小邦忠顺之楷模，于是又有了项子国。历经数百年，周平王东迁洛阳，天下遂入纷争不休的春秋之世。其后的项子国，吞灭了周边十几个更小的城邦小诸侯，经周王室认可更名，正式号为项国，其国都项城便成了淮北小有声威的重镇。

正在项国欣欣然蓬勃兴旺之际，中国大势一朝变了。西部戎狄、北方胡族、南部诸蛮、东部诸夷，似乎约好的一般同

介绍江东项氏，非常重要，与小说的"下回"（后文）密切相关。亡秦者，六国旧族也，楚属个中中坚。范增说项梁，"夫秦灭六国，楚最无罪。自怀王入秦不反，楚人怜之至今，故楚南公曰'楚虽三户，亡秦必楚'也"（《史记·项羽本纪》）。

时向中原汹汹然进犯,烧杀劫掠的战火弥漫了所有的诸侯国的缝隙。其时,春秋霸主齐桓公在丞相管仲襄助下,会盟诸侯,一力举起"尊王攘夷"大旗,呼吁诸侯放弃纷争,共同抵御四面蛮夷。中国诸侯遂各自奋勇,纷纷出兵组成联军,合力反击洪水般的蛮夷入侵。然则,在齐国九次会盟诸侯组建联军的年月里,项国却死死固守着自家封地,一如既往地采取了观望对策,罕见地没有出兵攘夷联军。对此,齐桓公耿耿不能释怀,在夷患消除之后与当时的大国鲁国会盟,秘密达成了一个惩罚项国的盟约。于是,在此年春季,鲁僖公以狩猎为名,率军突然兵临项城,吞灭了项国①。至此,淮北空留项城之名,项国土地划入鲁国,而项氏国人则被鲁国交给了人口稀少的齐国。齐国丞相管仲颁布的命令是:项氏部族全数放逐东海,罚为刑徒苦役,充作渔猎部族。

为了躲避突如其来的巨大灾难,项氏部族秘密逃亡东南,进入了齐国鞭长莫及的吴国震泽②,在茫茫水域开始了艰难的渔猎生涯。遭此一番劫难,项氏部族痛定思痛,多次合族共议未来生路,终究悟出了一个道理:不以武备立身立国,无论观望纷争或是卷入纷争,即或偶有小成,最终都只是强者鱼腩而已。自此,项氏部族大兴尚武之风,或渔或猎或耕,人人皆须习武强身,族中子弟但有才具,必须以修习兵法为第一要务。与此同时,项氏大改族法,举族诸业皆以军制统辖,但有危难,举族为兵。渐渐地,吴中③项氏的强悍声名在吴国越国传播开来,项氏子弟也越来越多地进入了吴越两国的军旅。

倏忽百年,天下进入了铁血大争的战国之世。越国灭了吴国,楚国又灭了越国。越国灭吴时,项氏举族为战,成为一支令越王勾践很是头疼的亡命精锐。直至越国宣告灭亡,项氏都没有归顺越国,而是遁入震泽,多方联结旧吴部族,屡屡举兵向越国发难。虽然一直未能恢复吴国,然项氏大名却已远播天下。及至楚国灭越,为镇抚星散抗楚的百越部族,楚威王遂派特使进入震泽,隆重邀项氏出水。楚威王开出的条件是:许项氏以吴中为专领封地,得在泗水下相④建立城邑为治所,领镇抚百越之重任。如此优厚之许诺,实则将项氏等同于楚国三大世族了。因为,只有楚国的昭屈景三大世族,才能在专领封地之外,又在楚国都城地带另建一座治所城邑。当时,楚国都城是寿春,下相正在

---

① 项国灭亡在公元前 647 年,《左传》谓鲁僖公灭之,《公羊传》《穀梁传》谓齐桓公灭之。
② 震泽,古代中国东南大湖泊,后世缩小,余水大体为今江苏太湖。
③ 吴中,春秋战国对吴国江东地带的泛称,或谓吴郡,今苏州之称,并无专指。
④ 下相,战国城邑,因濒临相水(泗水支流)得名,今安徽宿迁西部地带。《史记》云其为项羽出生地。

寿春东北百里之外。项氏合族会商，一则基于与越国世仇，二则基于楚国所许吴中封地之丰饶及地位之崇高，终于接受了楚王的招抚，归顺了楚国，肩负起镇抚东南岭南百越的重任。

自此，强悍的项氏进入了楚国军旅，成了楚国四大世族之一。

项氏世代为楚将。

然则，项氏终究不能与楚国的昭、屈、景三大老世族相比。盖昭、屈、景者，都是古老的楚国王族的分支繁衍，盘根错节根基深厚，非但封地广袤，且在庙堂也始终居于主宰地位。楚国传统，昭氏多掌令尹大权，统辖国事；屈氏则多居莫敖①，掌王族军政事务；景氏则多居大司马，掌关防与举国军务。项氏以军旅成名入楚，在庙堂格局中历来无传统高位，而只能以军功实力立族立身。所以然者，是因为统辖全军的大将军也罢，独领一军的城防将军也罢，都是战时得受兵符方能施展作为，与身居枢要有经常发令权的世族大臣很难抗衡。且不说大军兵员将领来源多样，永远不可能一族独成，欲以手握军权而号令天下，在任何一个国家都是非常艰难的，何况楚国这种多方渗透相互纠结的国家。唯其如此，身为大族世族的项氏，始终只能在平定频繁发作的越人之乱中显示其实力，其庙堂影响力却一直不大。若非庄蹻之乱，只怕项氏还不会有军旅轴心之地位。

庄蹻之乱，朝野震恐，官军乏力。其时，年方弱冠的项燕只是吴郡的一个都尉，随主将率领的两万官军截杀驰驱往来如狂飙的庄蹻军。楚国官军战力太差，以致两次均遭败绩。年轻的项燕深感屈辱，连夜赶回震泽与族老们聚商，吁请亲

---

① 莫敖，楚国官职，掌王族事务，亦称左徒、三闾大夫，屈原与春申君黄歇都曾居此要职。

率族中子弟兵为国除患。这个被族人呼为少将军的小小都尉,慷慨激昂之辞震撼了项氏族人。三日后,合族遴选出了八千子弟兵,由族长郑重其事地交给了项燕。举国纷乱之时,项燕一不请王命,二不请官军,独率八千子弟兵轻装上阵,开始了追歼庄蹻军的飞行军战事。历经三年,项燕军渡江水、越云梦、过五岭、下湘水、入洞庭,死死咬住庄蹻军不放,大小历经四十余战,最终干净地歼灭了这支亘古未见的剽悍飞行军,将庄蹻首级呈献给了楚王。由是,年轻的都尉项燕一举成为楚国名将,项氏子弟兵则一举成为威震楚国的精锐之旅。其后,楚人但言楚军战力,不说官军,上口一句便是:"不消说得,江东八千子弟兵!"

三十余年过去,项燕已是年近花甲的老将了,领举国之兵抗秦,却依然得依靠江东子弟兵为中坚,项燕不禁很有些怅然。

······

"父亲——"

暮色斜阳之下,遥遥一支马队伴着沙哑的喊声从东南飞来。

不用说,是季子项梁回来了。

项燕有四个儿子,以伯、仲、叔、季的排行说,长子(伯)、次子(仲)厚重务实,始终在下相经营封地事务。三子(叔)项伯、四子(季)项梁皆好军旅,且颇有才具,随了项燕入军,目下都已经是闻名军中的战将了。更重要的是,在族系林立的楚军中,只有这两个儿子,堪称项燕的左膀右臂。

"季梁,郢都情势如何?"项燕大步匆匆迎来。

"父亲! 各方大体通达! 楚王特使也来了!"

项燕长吁一声,脚下一软,几乎要瘫倒在地了。项梁疾步过来扶住,低声问了一句:"父亲,秦军情形如何?"项燕

以回忆的方式,交代项氏来历。

站稳身形，向项梁身后的王使一拱手道："王使远来，鞍马劳顿，请入幕府洗尘。"这才回身道，"斥候新报，秦军在安陵逗留旬日，尚未南下。如此，我军稍有喘息之机。"项梁惊讶，边走边说："不可思议也！秦军如何能在安陵逗留旬日之久？莫非有诈？"项燕道："诈归诈，大军未动总是事实。不想它，立即聚将，宣示王命！"

汝阴幕府的聚将鼓隆隆响了。

四　安陵事件　唐雎不辱使命

秦王政很是烦躁，二十万大军如何能卡在一个小小的安陵？

李信紧急禀报说：攻楚大军以淮北战事为轴心，安陵是最好的后援大本营。为此，蒙武老将军亲赴安陵会商借地事宜，遭安陵君拒绝；姚贾大人再度赴安陵会商，亦遭拒绝；李信特请王命，允准大军强行将安陵君迁移到河内郡！李信羽书之后，姚贾又从河外匆匆赶回咸阳，专一禀报安陵之事。姚贾说，秦军将士一片愤愤然呼声，若不尽快确定处置安陵之方略，只怕李信蒙武也难保急于赴战的汹汹将士不在小小安陵生事。安陵果真出事，安定中原的大方略便将流于无形。嬴政立召李斯尉缭会商，君臣四人议决：除非万不得已，仍应对既定方略一以贯之，立即敦请安陵君派特使入秦，一次商定处置之法，否则只有强迁安陵君封地一条路可走。于是，姚贾连夜赶往河外，次日，又偕安陵君特使星夜赶回了咸阳。于是，又立即紧急小朝会，刚刚议定了第二天午后召见安陵君特使，面色苍白的姚贾便昏厥了过去。太医赶来救治，东偏殿一片忙乱。嬴政大为烦躁，一脚踢翻了身边的铜

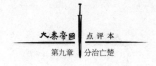

人立灯,大骂安陵君害秦鸡犬不宁,喝令蒙毅立即杀了特使攻占安陵! 旁边李斯大惊,骤然红脸高声喊道:"君上昏也! 宁不记怒发逐客令乎!"这一声喊,嬴政顿时愣怔了,清醒了,否则,很可能当真要再次做出令他自己也后怕的事。

这个安陵君,是当年魏襄王分封的一个族弟。

灭魏之后,基于中原动荡多生,韩国被灭后旧韩世族仍能蛊惑人心而举兵作乱的鉴戒,秦王嬴政接纳了丞相王绾提出的方略:效法周公平定管蔡之乱,保留些许有德政之名的小封国,以为旧王族贵胄之出路楷模,从而化解老世族的亡国仇恨,对复辟变乱釜底抽薪。这则方略得朝会议决,最终被秦王书命概括为十六字长策:"法王并举,镇抚并行,安定中原,以消复辟。"法乃法治,王乃王道。基于这一长策大略,秦国在中原保留并承认了两个素有王道德政之名的小国,一个是卫国,一个便是这安陵国。卫国,是以周室王族统辖殷商遗民的特异老诸侯。保留卫国,在于卫国能最好地彰显秦国承袭、弘扬华夏文明传统的国策。当然,卫国还出了两个对秦国最具决定性的治国巨匠:商鞅、吕不韦。保留并承认卫国的继续存在,在秦国庙堂是没有任何异议的。安陵国,则是中原三晋唯一一个勉强可以称之为"国"的一片封地,一座城邑而已。保留安陵的意义,在于彰显秦国对并非古老的新世族同样给予遵奉的国策。当然,遵奉的前提是老世族新世族都必须如同卫国、安陵国这样的忠顺臣服,而不是像韩国老世族那般图谋复辟。如此这般,这个小小的安陵国便被保留了下来。

那时,秦国君臣当然明白安陵对于南下灭楚的枢纽地作用。

然则,秦国君臣谁也没有料到,一个小小的安陵君竟能拒绝秦王。

安陵国地约五十里,其城邑坐落在洧水东岸。秦国灭韩后,秦军主力的大本营由关中的蓝田大营渐次转移到旧韩南阳郡的宛城郊野。这里河流纵横山峦低缓水草丰茂,是难得的耕、渔、猎、牧四业俱佳之地。更为天下垂涎者,南阳郡是冶铁坊聚集之地,时谚云,"宜阳采石,南阳铸铁",此之谓也。故此,南阳郡虽是韩国本土,事实上却是秦、楚、韩、魏四大国长期反复争夺的拉锯之地。秦昭王时期,秦国一度攻占南阳,曾将其治所城池宛设置为宛县。其后楚国亦曾攻占南阳,宛县遂成楚国的冶铁重镇。灭韩之后,熟悉韩魏楚地理大势的李斯上书秦王,提出了秦军大本营东出关外以南阳为根基的方略。除了上述优势，李斯着意强调的理由是："南阳经许①地，抵安陵，沿洧水鸿沟之间直下陈城、平舆②，此乃南下攻楚之上佳进军路径也。由安陵东出，直抵大梁之魏齐官道，又是攻齐之上佳路径也。唯其如此，南阳为大军根基，安陵为大军枢纽，山东定矣！"没有任何异议，秦国庙堂立即做出了决断：国尉府总司运筹，一年之内，秦军大本营完成东迁南阳。其后，南阳大本营如期建成，蓝田大营又顺利东迁，秦军主力从此在中原立定了根基。此后的王贲军南下灭魏、王翦大军班师南来，都是以南阳大营为立足之地。

南阳成为秦军根基，安陵后援枢纽的建造自然提上了日程。

嬴政的胸襟是博大的。谋划之初，嬴政派姚贾出使，向安陵君提出以河内五百里之地，换取安陵君北迁。也就是说，在大河北岸许以十倍的封地，使安陵君让出安陵。可是，那个木讷淡泊的安陵君却回答说："秦王加惠，使我以小易大，甚善也。然则，本君受地于先王，宁愿终身守定安陵，不敢交易。"姚贾向以精悍机敏著称，连番周旋，这个寡言少语的安陵君竟是无动于衷，始终只咬定"受地先王，不敢交易"一句老话，以致跌宕至今，安陵仓储枢纽也没有建成。以嬴政原本预料，纵然软说不成，李信大军隆隆进逼城下之时，谅这个安陵君也会顺势转向。当真迂阔到底的人物，世间毕竟太罕见了。然则，李信大军开到了，这个安陵君却依然故我，嬴政不禁大感难堪。

清晨卯时，嬴政准时走进了东偏殿正厅。

安陵特使被赵高领进来时，嬴政沉着脸肃然端坐在硕大的王案之后，目光冰冷却一句话不说。一个五十里地的封君，竟然派出一个"特使"，竟然与他这个行将一统天下的秦王讨价还价，当真不知天高地厚。嬴政一想起来便怒火上冲，勉力定心，偏要看看这个"特使"如何开口对他这个秦王说话。然则嬴政没有想到，这个红衣竹冠的使者进入厅堂之后，仅仅是淡淡一躬行了参见之礼，自报一句名号道："安陵君特使唐雎，见过秦王。"之后便面色肃然地伫立着不说话了。嬴政雄杰秉性，素来赞赏那些风骨铮铮的人物。当年那个齐国老士茅焦能在他杀死诸多说客之后依然从容进谏，反而被嬴政拜为太傅，其间根本，便是嬴政赞赏茅焦的勇气。今日一样，嬴政见这个唐雎镇静自若，炯炯目光中全无惧色，心下本能地有了几分赞许："好！此人颇有名士气象。"

① 许，春秋许国，战国置县，今河南省许昌县东部地带。
② 平舆，战国末期楚国城邑，地处汝水下游东岸，大约在今河南省平舆县北部地带。

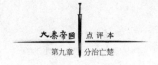

"足下既为特使,何故不言?"嬴政冷冰冰开口了。

"秦王敦请我邦使秦,自当秦王申明事由。"唐雎淡淡一句。

"且算一说。本王问你,区区安陵,何敢蔑视秦国?"

"安陵君爱民守土,蔑视秦国无从谈起。"

"唐雎,秦以五百里之地易安陵五十里之地,秦国不义么?"

"义之根本,不强所难。秦以大国之威强求易地,谈何义理?"

"安陵君五百里不居,而宁居五十里,岂非迂阔甚矣!"

"安陵君所持,非秦王所言也。"唐雎嘴角流露出一丝轻蔑的笑意,"封君受地于先王而守之,虽千里之地不敢易也,岂直五百里哉!"

"足下既为特使,尝闻天子之怒乎?"嬴政面色阴沉了。

"唐雎未尝闻也。"

"天子之怒,伏尸百万,流血千里。"偌大厅堂骤然荡出一种肃杀之气。

"大王尝闻布衣之怒乎?"唐雎平静从容。

"布衣之怒,丢冠赤脚,以头抢地尔。"嬴政揶揄地笑着。

"大王所言,庸夫之怒也,非士之怒也。"

"士之怒,又能如何?"

"专诸刺僚,彗星袭月;聂政刺韩,白虹贯日;要离刺庆,苍鹰击殿。此三人者,皆布衣之士也! 其怀怒未发,吉凶自有天定。今日加上唐雎,恰好四人也!"这个相貌平平的中年士子骤然勃发,语势强劲目光犀利,顷刻之间弥漫出一股凛凛之气。

"啪"的一声,嬴政突然拍案冷笑:"足下纵为士之怒,又当如何?"

"若士必怒,伏尸二人,流血五步,天下缟素,今日是也!"随着一声冷峻强音,唐雎大步掠向王台,红衣大袖中骤然闪现出一口烁烁短剑,风一般横扫而来……殿角赵高大惊失色,一个飞掠横插在唐雎与王案之间,左手已经同时举起了王案上的一只青铜鼎,便要当头砸下……"先生绝非刺客。小高子下去。"嬴政平静地摇了摇手。

唐雎却愣怔了。以山东士子论秦王,嬴政只是一个有虎狼之心而色厉内荏的暴君而已,真有勇士当前,秦王准定是惶惶逃窜,更何况还有荆轲刺秦在先,秦王岂能不杯弓蛇影? 今日他挺剑而起,虽非当真要做刺客,而只是要维护名士尊严与声誉,然毕竟是剑光霍霍逼来,秦王却连身形也没有移动,如此胆识之君王,当真是未尝闻也。一时间,

唐雎有些手足无措了。

　　瞬间沉寂，王案后的嬴政肃然挺身长跪，又一拱手，带着笑意却又一脸正色道："先生请坐。区区五十里之地，何至于此也！"见唐雎终于带着尚有几分犹疑的神色在对面落座，嬴政长吁一声道："本王明白也！韩、魏灭亡，而安陵以五十里之地存者，徒以有先生也！"

　　"唐雎，但知不辱使命。"

　　"不辱使命！好！真名士也！"嬴政终于毫无顾忌地激赏这个特使了。

　　那日，秦王嬴政破例在东偏殿设宴，与唐雎痛饮畅谈到日暮时分。唐雎坦言，安陵君若能亲识秦王器局，必心悦诚服矣！只要秦国保留安陵君封地不动，秦军不扰安陵君宗庙社稷，唐雎愿说服安陵君许秦军借地建造仓储。秦王嬴政大是舒畅，劝唐雎回复使命后入秦任官建功。唐雎却说，官身不言私事，入秦不入秦容后再议。秦王连连赞赏，遂不谈唐雎个人出路，只海阔天空说开去。末了，唐雎两眼泪光莹莹，只一爵又一爵地猛灌自己。

　　　此事详见《战国策·魏策四》"秦王使人谓安陵君曰"。唐雎以"布衣之怒"对抗秦王"天子之怒"，相当精彩，唐雎"挺剑而起"，"秦王色挠，长跪而谢之曰：'先生坐，何至于此！寡人谕矣。夫韩、魏灭亡，而安陵以五十里之地存者，徒以有先生也。'"秦王政之胸襟，实宽阔，后人常误读之，秦二世蠢钝，无一事不毁废其父，可叹！

五　三日三夜不顿舍　项燕大胜秦军

　　草木苍黄时节，秦国大军直下淮北。

　　李信确定的战法是：铁骑分割淮北，聚歼项燕主力，两战攻克郢寿。淮北平野漠漠山峦低缓，最有利于骑兵驰骋突击，所以如此战法一提出，便得到了将军都尉们的一致赞同。更何况，此前有王贲军狂飙突袭十日连破十城的皇皇战例，足证淮北战场正是秦军铁骑的用武之地。基于如此战法，李信与蒙武谋划一夜，又确定了周密的进军方略：大军分为两

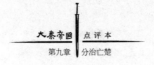

路,全部步骑混编;李信军十二万,由安陵直下汝水,一举攻占平舆;蒙武军八万,由安陵沿鸿沟大道南下,一举攻占寝^①城。这两座城池东西相距百余里,正是将淮北分割为二并压迫汝阴要塞的最佳地带。之后,两军立即会师城父,南攻汝阴要塞,与项燕军决战。歼灭楚军主力后,长驱直入攻克郢都寿春。

"如此轻兵疾进,年末定然灭楚!"李信军令之后,老将军蒙武奋然吼了一声。

"轻兵疾进,年末灭楚!"将军都尉们一齐大吼。

一路南下,年末灭楚的吼声响彻秦军上下,也伴随着黑压压的大军洪流淹没了沿途郡县。如此进军声势,是秦军历史上从来没有过的。楚北大为震恐,民众惶惶逃亡淮南,城邑守军纷纷弃城南撤。淮北重镇陈城,竟在秦军越过城池之日变成了一座无军无民的空城。李信大为振奋,扬鞭遥指陈城空荡荡的垛口笑道:"诸位但说,我向秦王上书,进军大势如何说法?"身旁一司马高声道:"望风披靡!"又一司马高声道:"秋风扫叶!"又一司马高声道:"虎入羊群!"李信不禁一阵开怀大笑:"谁云国大难灭,不见今日之淮北也!"中军司马则高声道:"楚军如此跑法,只怕我军追不上!"言犹未落,幕府马队爆出一阵哄然大笑。李信心头怦然一动,是也,楚国若放弃淮北全力南逃,王贲偏师能堵住么? 主力追不上,偏师截不住,灭楚大战岂非泡影?

"下令蒙武:铁骑军兼程独进,两日攻占寝城! 旬日会师城父!"

眼见军令司马飞骑而去,李信又对中军司马下令道:"步骑两分,章邯率步军拖后跟进,本帅亲率轻装铁骑飞兵

《史记》载随军副将为蒙恬。

---

① 寝,楚国城邑,地处颍水下游西岸,大约在今河南省沈丘县东南地带。

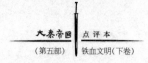
直下，两日攻占平舆！旬日会师城父！"中军司马"嗨"的一声，立即飞马直奔后路的章邯军。大约小半个时辰后，八万铁骑将所有重甲器械就地留给步军安置，全部轻装就绪。李信一声令下，八万铁骑在广阔的原野展开，黑色飓风一般卷向了西南的汝水流域。

却说蒙武老于军旅，远师大战从未接受过如此明白限定时日的紧迫军令，且又是抛开步军而铁骑单独前出，一时有些皱眉。思忖之下，蒙武又觉秦王尚且激赏李信壮勇，自己不能损了主将志气，再说楚军纷纷弃城南逃，不飞兵疾进也确实不足以捕捉楚军主力。于是，蒙武当即传下将令：亲率五万铁骑军兼程南下，三万步军由冯劫率领随后跟进。虽则如此，蒙武毕竟谨慎周密有乃父蒙骜之风，同时又派出飞骑军使，将李信军令及诸般部署报给了长史李斯。

隐隐地，蒙武总觉李信太过急迫了些。至少，秦国庙堂对灭国大战从来没有限定过时日。事实上，灭赵灭燕都比预料之期长了许多，而灭韩灭魏，却又比预料之期短了许多。这次灭楚大战，秦王嬴政更没有提过期限之说。蒙武吼出的年末灭楚，全然是被主将李信的勃勃雄心所激发，大觉痛快而壮军威士气之举。一吼之下，竟成全军口誓，实在是蒙武没有料到的。以蒙武想法，当此之时，主将李信便该倍加冷静。譬如王翦，往往是将士越愤激求战，他便越是冷漠。而李信不然，与全军一起火热，又处处急迫下令，未免不太稳妥。老军旅都清楚，数十万大军进入广袤战场，统帅对一城一地之攻取，通常都不会下达紧迫明确的限期将令，只有飞兵掠地的奇袭战，才有大体明确地时限军令。李信如此军令，莫非是将这次灭楚大战当作了奇袭战？……然则，疑虑归疑虑，蒙武身为久欲赴战的副将，宁肯相信自己是人老心暮，也不会将疑虑当作依据去与主将争辩。毕竟，李信是秦军新锐大将中极其出色的一个，徒乱其心，绝非蒙武所愿。

蒙武不清楚的是，李信需要证明自己。

大朝会商，李信谋划的灭楚总方略无疑已经被秦国庙堂明白确认了。所以，在主力大军南下之前，两路偏师已经到位：王贲军秘密开进了淮南，截断了寿春的江南退路；巴蜀水军则大张旗鼓地顺江东下，进入了夷陵要塞，截断了楚国王室立足荆楚故地的逃路。如此，以李信总方略展开的秦军态势一目了然：西南两面的兜底包抄已经完成，楚国的逃亡之路已经遮绝，只等主力大军在淮北的正面决战一开始，灭楚之期便屈指可待了。然则，李信明白一点，总方略再好，也得取决于具体的战场谋划，只有战场谋划，才是一个将军是否具有统帅才具的最好例证。毕竟，总方略未必总是由军旅将军提出，即或一个将军提出了一场战事的总方略，公议也未必认定你具有真正的统帅才具。其间根由，在于谋划总方略与战场运筹是两种才能。方略之谋是洞察才能，战场运筹是实战才能。无论两者关联多么紧密，也无论两者如何在诸多大家身上交融生辉，其间依旧有着重大的区别。否则，世间便没有了纸上谈兵的赵括，也没有了擅长实战而短于方略的廉颇一类战将了。李信也明白，自己的灭楚总方略被朝会确认之后，对秦王颇具影响力的李斯、尉缭与几个王族元老，始终对自己心存疑虑，其根本原因便在屡屡被战场证实了的两种才能的差别。灭魏之前，大臣们对王贲也是疑虑重重，而灭魏之后，王贲立即成了朝野公认的名将。其根本原因，在于事实已经证实了王贲兼具谋划之能与战场之能，堪称名将。而目下的李信，则是尚未被事实证明的奉命统帅，而不是天下公认的战功名将。

李信需要证明自己：王贲固然将才，李信更是将才！

在秦军新锐大将中，李信与杨端和、辛胜、王贲，并称四大主将。灭赵之战，杨端和首任大军副统帅，没有缺失，也未见光华，可谓好中见平。灭燕之战，辛胜再任大军副统帅，也大体与杨端和一般持平。两次灭国大战李信虽没有成为副统帅，却立下了最为人称道的战功——长驱千里追击燕军残部，逼燕王喜献出太子丹首级。秦王闻讯，激赏不已。这一战功之后，李信的才具声望事实上已经超过了曾经做过副统帅的杨端和与辛胜。然则，在接踵而来的灭魏之后，王贲的声望却迅速地淹没了李信，成为公认的新锐将军中最为出类拔萃的名将。对于王贲，李信很有些不服，始终以为这是不期然的运气所致，是诸般遇合促成。

遇合一，其时南下秦军的使命仅仅是平定韩乱，任何一个大将都足以胜任。秦王独点了王贲，只是基于王贲始终不被父亲王翦大用，想给这个少将军一个机会而已。与其说秦王看准了王贲比其余大将出色，毋宁说是一种检验。遇合二，作为灭燕主战场的大将们，当时确实是谁都不愿脱离主战场而去打那种平乱小仗。遇合三，作为上将军的王翦，派出任何一个将军平定韩乱，大约都得说服一番，而接受王命派出王贲，则既不用说服，亦可显示其一如既往的公正。遇合四，作为老是不得担全军主力重任的王贲，也恰恰在寻觅摆脱父亲麾下而独当一面的机会，所以即或脱离主战场亦欣然力争……凡此等等，皆为遇合也。而若无种种遇合，谁能说王贲比李信更具将才？李信确信，假如当时自己"不幸"被派做了南下军主将，自己也会力争灭魏，也会一举成名。而且，李信比

王贲更通晓兵书熟悉典籍，水战灭魏之谋划实施定会更为出色。

四大主将之中，李信是最后以统帅身份出场的一个，却也是秦国朝野乃至整个天下最为关注的一个。原因之一，李信第一个做了真正的秦国主力大军的统帅。杨端和、辛胜皆为副统帅自不待言。王贲的平韩灭魏只统领了本部五万人马，在秦国朝野眼中尚不能算真正的大军决战。李信不然，是二十万主力大军的统帅，其广袤战场的纵横驰骋，足以承载任何一个天才统帅的才华挥洒。其二，此战是攻灭楚国。楚国之大，使灭楚成为唯一能与灭赵抗衡的统一华夏的大战，其统帅之功业将千古垂于史册。其三，李信的灭楚统帅，不是在与新锐大将们的较量中争来的，而是在与赫赫盛名的上将军王翦的胆识比照中被秦王认可的。李信取代王翦上将军而为统帅，堪称未曾开战已经先声夺人。

如此者三，李信的荣耀在大战之先已经光华闪烁了。

唯其如此，李信要重重地抹上最后一笔。

骄兵必败。

飞骑一日一夜，李信铁骑大军激扬着遮天蔽日的烟尘，于次日午后隆隆卷进了平舆地界。秋日夕阳之下，遥遥望见平舆城头飘动的旌旗与蠕动的兵士，秦军骑士们立即遍野欢呼起来："噢嗬——有人了！开战了——"遍野呼啸夹着战马嘶鸣，在震撼大地的隆隆马蹄的沉雷中如同长风激荡。此时，中央幕府马队堪堪勒定，云车顶端的军令大纛旗刚刚升起，旗面一个前掠尚未完成，云车下第一通战鼓尚未落点，前军冯去疾部的一万铁骑便骤然爆发了惊天动地的吼杀声，狂飙巨浪般卷向了城下。所有这一切，都在广阔的原野极为流畅地爆发着，仿佛上天制作的一架完美无比的器械在自动运行。这便是战国之世的秦军锐士，闻战则喜，对战场充满着强烈的冲动，对搏杀斩首战胜敌国充满强烈的期盼，将严酷的大争视作壮美的人生,以建功立业追求着不朽的生命,若不能强悍地生存,毋宁做了天地间的牺牲。

及至李信登上云车令台,第一波铁骑已经卷到了城下,后阵大军也已经万箭齐发了。倏忽之间,李信绽出了一丝舒心的微笑——攻克平舆,楚军主力就很难遁形了。

"禀报将军:蒙武军业已占据寝城——"

好消息。

云车下迭次传来飞骑斥候的高声军报,未等中军司马在身旁再度转述,李信已经不假思索地开始发布军令:"蒙武军在寝城整休一日,立即构筑壁垒,以为城父会军之屏障!"中军司马答应一声,快步走下了云车。几乎与中军司马在云车梯口交错,军务司马匆匆到了李信面前,捧出一只泥封带有黑羽毛的铜管道:"禀报将军,蒙武将军密件!"李信一点头,军务司马利落地打开了铜管,抽出一卷羊皮纸递了过来。李信哗啦展开,目光扫过眉头便是微微一皱。

"禀报将军:平舆守军不战而降!冯去疾将军请命入城!"

"好!"李信大手一挥连续下令,"冯去疾部入城,留守平舆!其余各部驻扎城外,起炊战饭,整休一夜,明晨直下城父!"军令司马匆匆去了,未及片刻,平舆城内外炊烟大起欢呼声大作。盖秦军有着久远的苦战传统,更兼军法严明崇尚实效,是故行军多为冷食战饭。能够在战场间隙明火起炊,实在是破天荒也,在秦军将士无异于一场社火狂欢。而李信之所以下如此军令,也是基于实战情形:大张旗鼓进兵,大张旗鼓攻城,本无秘密可言,何须教将士们冷食匿形。

下达完军令,李信匆匆下了云车,飞马进入平舆城。李信叮嘱冯去疾,平舆楚军与寝城楚军一样,都是不战而降,显然不是楚军主力。为防万一,冯去疾部留守平舆,一则搜集城内粮草辎重以为根基,一则接应后来步军;一俟步军赶到,立即在城外郊野构筑壁垒,城内城外相呼应,可确保平舆无事。末了,李信重重一句道:"项燕主力未显踪迹,两军决战定然在平舆、寝城之间铺开,不可大意!"冯去疾呵呵一笑道:"李将军放心也,只要你勾出项燕主力,我第一个喊你万岁!"李信笑应一句你等着好了,大步而去。出得城外,只见连绵军营火把大亮,遍野可闻狼吞虎咽的呼噜咂咂声和战马喷鼻声。李信匆匆找到了大将辛胜,叮嘱了明晨进军城父的路径,遂带着幕府马队连夜赶赴蒙武军去了。

蒙武的密件说了两件事:一是寝城守军不战而降,城内却没有囤积粮草辎重,似乎原本便没打算抵御,令人可疑;二是蒙武派斥候营乔装楚人散开探察,得知楚军主力似在汝阴河谷地带秘密隐藏,当速定对策。第一桩事,李信与蒙武同感,否则不会有对冯去疾的着意叮嘱。第二桩消息李信不能确信,须得立即探察确实。李信知道,直到三日前南下之际,楚国的淮南军与江东军尚在半道磨蹭,粮草辎重也未见大规模输送迹象。项燕能够聚集的军马事实上只有从陈城南撤的七八万与汝阴、城父的数万兵马,而今城父尚有守军,则项燕麾下至多只能有十万上下的军力,与李信预料的二十余万人马尚有很大距离。

李信原本的谋划很清醒,估算楚国的可调兵力,满打满算三十万,加上楚国分治藏兵的实际情形,能真正抵达战场者至多二十万上下。为此,李信才信心十足地提出了二十万秦军灭楚的方略。如今,楚国的情形并未超出李信的任何预料,则所谓项燕主力隐藏不显,便成为一个很可疑的事实。接到蒙武密件后,李信一直在思忖揣摩,末了判定:项燕聚兵不成,遂以其十万兵力据守汝阴、城父两地,抵御秦军,以给楚国都城留出尽可能多的南撤时日。因为同时有斥候密报,楚国的舟师已经进入江水,郢寿王室事实上已经在准备南逃。当此之时,项燕军只能固守,绝不会主动寻求与秦军决战。

项氏一族,不输于秦国蒙氏、王氏。

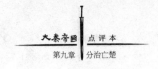

晨雾弥漫之中,李信马队进入了寝城幕府。

匆匆用罢一顿热和战饭,两人立即走进军令室秘密计议。蒙武判断,平舆寝城两地以同样方式降秦,说明楚军已经有了统一部署,而能统一驾驭楚军者,目下只有项燕。两地守军不撤,似是诱惑秦军继续在此地作战,两地守军不战而降,似乎又是在保存人力,毕竟,楚军做了秦军战俘,还是有可能再度成为楚军。果真如此,项燕军匿伏汝阴,很可能有蓄谋已久之计,秦军远离本土,当谨慎行事。蒙武将该说的都说了,然每一件都不肯定不明确,犹疑之辞显然多了一些。

"果真如此,项燕神乎其神也!"李信颇见揶揄地笑了。

"总归是谨慎为上。"蒙武皱着眉头重复了一句。

"老将军是说,项燕怕失却与我决战机会?或者,项燕寻求与我决战?"

"大体……然,楚国力弱,项燕似乎又不可能如此……"

"对也!"李信大笑了一阵,"一泻千里倒能寻求决战,岂非滑稽哉!"

"种种迹象,委实可疑……"蒙武终究默然了。

"老将军狐疑也!"李信在立板地图前转悠着,口吻全然是在对帐下将士讲说兵法,"举凡大军战场,惑人耳目之迹象多多。否则,兵家何有'示形'之说?评判诸般消息之唯一依据,在国力,在大势,而不在就事论事。楚国分治已久,庙堂浮华世族败落,项氏自保尚且艰难,寻求决战岂非痴人说梦!项燕也算宿将,会做螳臂当车之蠢举?据实评判,项燕所谋只有一途:据守汝阴迟滞我军,以给郢寿南逃云梦泽断后!如此而已,岂有他哉!"

"有理……老夫谨受教。"

蒙武终于心悦诚服了。李信的评判有一种坚实的依据,是环环相扣的合理推演。蒙武所疑,却仅仅是一丝基于直觉的闪光,既没有坚实的大势依据,又显然是自相矛盾的。蒙武敦厚坦诚,全然没在意李信的语势,反倒真心地认可了李信。

"当此之时,我军唯有一法。"

"但听将军谋划!"

"城父合军之后,立即南下攻占汝阴,全歼项燕军!"

"好!"

"汝阴打通,立即连攻郢寿,俘获楚王负刍!"

"将军壮勇，老夫佩服！"

"老将军能与李信同心，灭楚何难也！"

"汝阴之战，是全军皆出？或留平舆冯去疾一军断后？"

"平舆、寝城、城父，三处皆留守军，老将军统辖以为后援。"

"将军独攻汝阴？"

"李信率主力大军会战项燕，再进兵楚都！老将军只护住后援便是！"

"……"蒙武张口结舌，想说什么却又终未说出来。

此时，汝阴城外的楚军幕府中，正在部署一个秘密进兵的方略。

远在秦军屯驻安陵的时日，项燕派出了百余名通晓秦人习俗又会说秦语的精干斥候，乔装成秦人进入韩魏旧地刺探军情，对秦军情势了如指掌。李信大军汹汹南来，一路声威远远大过灭赵灭燕之战。面对强大的秦军，项燕的总体方略是：弃淮北之北，保淮北之南。也就是说，项燕将郢寿以北的整个淮北分作了两大区域，平舆以北为北淮北，平舆之南为南淮北，弃北保南。项燕对楚王上书陈述这一总体方略，要害的几句话是："弃淮北之北者，避秦军锋芒也，不弃淮北之北，楚军无以回旋。保淮北之南者，伺机而战也，不保淮北之南，楚国无以立足。"面对亡国危难，楚国庙堂没有了争议。楚王负刍的快马王书立即回复了项燕：抗秦战事悉交大将军运筹，无须先报后决。得楚王下书，项燕立即实施了第一步收缩：北淮各城守军退入淮南，民众去留自便，不得裹挟。

"所以如此，势也。"项燕对将士们如是解说，"秦军强盛，楚军弱散。与秦军正面摆开战场决战，楚军没有此等实力。是故，楚军只能在南撤中寻求战机。若秦军占据沿途城

知己知彼。

避其锋芒，以退为进，诱敌深入。

池,则秦军必然分散,或可露出破绽;若秦军置淮北空城于不顾,一味全力南下,则我军只能若即若离,视秦军之情势伺机而战。"

当此之时,楚国朝野震恐,楚军将士也同样紧张不安。面对项燕的从容不迫胸有成算,上下都没有了往昔无休止的纷争,项燕的诸般运筹实施倒是比战前顺当了许多。秦军越过陈城之时,项燕已经下令将平舆、寝城的粮草辎重与民众全数撤空,只留下两支守军不战而降。同时,项燕对城父万余守军的将令却是:必战而后降。如此部署,大违寻常用兵之道。抗秦而降秦,本身便自相矛盾,且有不战而降与必战而后降之分,更是怪异。然,派系林立的楚军将士都毫无异议地执行了。如此大违常理,项燕是要给秦军一个假象,使其以为楚军仓皇撤军不及,全然没有战心。项燕之真实意图,恰恰在于以此三地守军的不同降秦方式,使李信得出既是项燕所期望又是李信所期望的判断:楚军濒临溃散,然毕竟尚有兵力可战,必须夺取几个城池以为根基。也就是说,项燕要有意制造出李信所期望看到的事实,也期望李信得出符合自家预料的评判。若李信果真如此判断了,则对楚军有明显好处:不致过早地形成两军会战,从而楚军能借机聚结兵力,并使楚军将士稍有适应秦军威势的时日,有效消除已经成为天下通病的恐秦之心。

旬日之间,情势已经很清楚。秦军主将李信急于一举灭楚,又极度蔑视楚军,抛下坚甲重阵无以撼动的秦步军,单独以铁骑大军闪电南下,全然长途奔袭战法。在淮北之南,秦军已经占据了平舆、寝城,又攻克了稍有抵抗的城父。其间,秦国后续步军相继抵达,已经开始在三城郊野构筑壁垒。显

李信急于求成,不知深浅。

然，秦军立定定根基之后，必然是南下汝阴会战楚军主力①。

"当此情势，出战时机正在到来！"

灰白间杂的山羊胡须在干瘦黝黑的下颌第一次翘了起来，项燕指点着高大的图板继续解说着，"目下秦军兵力分布是：占据三城，大体分流秦军八万上下，主将李信所率的主力步骑军大体只有十一万上下。反之，我军业已大有充实，淮南军与江东军已经开到，且一路秘密北进，没有露出形迹。唯其如此，我军可战也！"

"愿闻大将军将令！"楚军大将们久违地冲动了。

"诸将留意，初战之要，唯求小胜。"

战心初起，项燕便着意泼了冷水，大将们多少有些意外。然则，听完了这位大将军的部署，大将们心下却更踏实了。项燕部署的秘密进兵方略是：留五万步军据守汝阴，而主力大军则秘密东进，聚结于城父东南的山塬地带；一俟李信大军南下汝阴，楚军主力便全力攻秦留守军。战法清楚明了，又简单易行，大将们同声拥戴。

此时，项燕的战场目标还远非后来那般宏大，只求击溃秦军一部，使楚军能与秦军相持对垒。这便是项燕所强调的初战小胜。所以如此，在于面对天下无坚不摧战无不胜的秦军，项燕力求谨慎谋战，小胜一仗，能争得再次伺机而战的周旋余地，是最为稳妥的方略。还有一处不能对将士们明言，却是最要紧者——只有初战获胜，楚军才能获得朝野合力支撑；否则，楚国庙堂将因初战败北而大起争端，楚军也将会爆发族系纷争，以致大军难以掌控。也就是说，使秦军知难而退，项燕这时尚不敢想。因为，项燕很清楚秦军实力，也很清楚秦军顽强相持的战事传统：长平大战，白起秦军与赵军相持三年；灭赵大战，王翦秦军与李牧赵军相持一年；纵使一战失利，志在灭楚的秦军也决不会退兵。楚军则不然，能在秦军势如破竹的灭国大战中有一小胜，已经十分的难能可贵了，若主力楚军没有一场开手胜仗，则楚军必然后继无援，也必然无法坚持下去。是故，项燕首战不求大胜，而宁可选择最为稳妥的小胜之战。目下最稳妥的战胜之法，只能是避开秦军主力，相机奇袭秦军两地守军。

---

① 秦军下城父之后，《史记》有"信又攻鄢郢，破之，于是引兵而西……会城父"之说。然据诸多史家考证，以为鄢郢地望不明，且与进军方向多有矛盾，疑为流传错讹，故不取。

"今夜三更,全军轻装,秘密东进垓下①!"

"遵令!"大将们整齐一声,匆匆散去了。

大军开向的垓下,是项燕为楚军选择的秘密汇聚之地。

垓者,层层台阶环绕之地也。王者居九垓之地,此之谓也。就实而论,此地方圆百余里,层层山峦起伏,铺展之态颇似阶梯,当地百姓便将山峦阶梯之下的河谷地带呼之为垓下。这垓下有一道沱水流过,人烟稀少草木茂盛,一片片河谷交错分布于曲曲弯弯的山峦之间,十余万大军分开驻屯,外界根本无以觉察。项燕确信,只要楚军秘密进入垓下不被秦军发觉,以兵力对比,此战便有了八成胜算。

"季梁啊,破秦壁垒,谁堪披坚执锐?"

"我部八千子弟兵!"

诸将散去后,项燕独留下项梁。一句问话,项梁回答得如此响亮,项燕倒一时默然了,只在狭窄的军令室转悠着。看着面色沉重的父亲,项梁低声一句:"父亲有话,尽管说了。"项燕长吁一声,转过身来道:"秦军两壁垒,大体各有万余人马。八千壮勇全力一战,该当可为。为父要说者,楚军有兵二十余万,既须全数参战,打起仗来,却又不能当真以二十万兵力去筹划。为何?楚军种种掣肘多生,更兼对秦久无胜绩,初战必多有畏秦之心。与秦军锐士一战,若无必死之心,只怕小胜亦难。而若无初战小胜,则楚军休矣,项氏休矣!"项梁血脉贲张,一拱手慨然高声道:"父亲!梁与江东子弟兵决以敢死之心冲垒!不使项氏蒙羞!"

看着这个英气勃发的将军儿子,项燕不期然泪眼蒙眬了,回身一抹泪水,背着身子缓缓道:"给江东子弟们说明白,此战若死,人皆于江东故里建造烈士石坊,以彰其功,以

明知不可为而为之,真勇士。

父亲!

---

①　垓下,楚国古地名,在今安徽灵璧东南之沱河北岸地带,后来项羽兵败于此。

显其荣……此战，与其说为国一战，毋宁说为江东子弟兵尊严一战……八千子弟为敢死之士，上报军功之日，却只能是全军将士。否则，王族子弟、老世族子弟无功，庙堂世族便会心存顾忌，必不能全力支撑楚军。舍生报国，无以记功，宁不令人寒心也……若不以壮士尊严激励之，我有何说？江东子弟兵尸骨还乡之日，何以面对江东父老……"

听着父亲缓慢沉重而又欲哭无泪的话语，项梁一时痛彻心脾，泪水如泉涌而出。项燕蓦然转身，轻轻拍了拍儿子肩膀。项梁浑身一颤，猛然抱住父亲肩头，强压着哭声哽咽不能止息。骤然之间，项燕闪过一念，今日一别，很可能便是与这个善战多谋的儿子的最后相处，一时不禁老泪纵横了。

"季梁啊，教独子们，都回去。"良久，项燕说话了。

"父亲，已经清点安置过了，江东独子一律还乡。"

"好，这样好……"项燕看看儿子，又不说话了。

"父亲，项氏有后，无须忧心。"

"季梁啊，给我记住：战后若得生还，第一要务……"

"父亲！我最年轻！再说，大哥二哥的儿子便是我与三哥的儿子！"

项燕不说话了，自己要说的儿子都坦荡荡说了。项燕知道项梁的秉性，说的就是想的，想的就是要做的。终于，项燕看着儿子大踏步走了……当夜三更，楚军主力一队队开出了汝阴要塞，战马衔枚裹蹄，兵士紧身轻装，不张旗号不鸣金鼓，在朦胧月色下融进了草木苍黄的原野，悄无声息地向东北方向流淌而去。

写出了项氏的神勇英气。

两路大军会师城父，秦军将士们一片欢呼。

一路南下如入无人之境，这是秦军战史上从来没有过的奇迹。会师之日，李信下令全军明火起炊，酒肉一顿。暮色时分，城父郊野与寝城郊野的连绵军营炊烟袅袅，一时军灯煌煌火把遍野，欢声笑语如大河波涛在秋风中弥漫天地。酒饭尚未结束，步军士卒便十有八九醉倒了，整个军营都滚动着雷鸣般的鼾声呼啸。依秦军法度，寻常不得饮酒，但有军炊开酒，每人三碗或一只酒袋为限，以秦人酒风之烈本不当醉。然则，步军将士们千里兼程赶到城父，竟然一仗未打。但凡兵士，对不打仗的空跑最是不耐。步兵士卒们疲惫不堪又哭笑不得，一端起大酒碗便开始高声咒骂楚军嘲笑楚军，百般感叹立功无望，又对骑兵兄弟们眼红得要死。一时间人人烦躁不堪，三碗下肚浑身瘫软，呼喝声中一片片躺倒扯出了漫无边际的鼾雷。寻常时日若这般疲劳，大睡三日三夜能否恢复亦未可知。

然则，战场毕竟是战场。次日清晨鼓号大起，幕府聚将，李信军令下达：步军留守城父寝城构筑壁垒，骑兵军与两万弓弩步军南下攻汝阴。主力大军一开出，步军将士更见烦躁，几乎是人人拄着锹耒站在壕沟边黑着脸发愣。在此时的步军将士眼中，楚军早逃遁到茫茫水乡去了，留在这里无仗可打，空筑壁垒只能是白费力气。灭楚之战，只剩下汝阴一战了，却只去了两万步军连弩兵，还是轮不到自家上战场。声名赫赫的灭楚之战，竟然白白跑了数不清的路却连楚军影子也没见着，当真岂有此理！士卒们都是一肚子闷气难消，再加远未睡透浑身半软，壁垒构筑之进展可想而知。

李信大军隆隆西来，午后时分渡过汝水进逼到汝阴郊野。

在步骑各部展开阵形之际，李信迅速登上了司令云车。遥望汝阴城头旌旗刀剑密布，座座箭丘隆起，连排弓弩手引弓待发，各式防守器械矗立在一个个垛口，铁水烧红的大行炉冒着滚滚白烟。中央箭楼前的垛口伫立着一员绿斗篷大将，正在遥遥指点着城外布阵的秦军。李信断定，此人很可能便是项燕最得力的大将项梁。南下以来，第一次看见楚军如此整肃壮盛的军容气势，李信这才隐隐感到了李斯评介的意涵："项氏世为楚将，项燕项梁素称父子骁将，更有江东封地子弟兵死心效力，灭楚之战不可小视也！"然则，这也仅仅是一闪念而已，陡然弥漫在李信心头的是一股壮勇豪气——如此楚军，尚可配我锐士一战也！

"下令各部，半个时辰备战就绪。"李信下达了第一道军令。

云车大纛旗掠过了湛蓝的天空。片刻之间，茫茫黑色军阵迭次响起激扬的牛角号声。军令司马高声禀报道："各部受令，准时达成！"眼见云车下的黑森森军阵整肃流转从容展开，李信对着汝阴城头不禁轻蔑地笑了。城父聚将之时，李信已经部署好了攻城战法：主力骑兵八万两分——四万骑士改步军攻城，四万铁骑四野截杀逃亡之敌；两万连弩器械兵也是两分——连弩营正面摧毁城头楚军，器械营专司越过护城河的壕沟车与攀城大型云梯，为四万骑改步将士之辅攻军。此次南下，由于眼见楚军望风而逃，李信大军从陈城开始便改为狂飙突进，将诸多大型器械留给了后续辎重营。此次大军两分，诸多大型攻防器械又留给了城父蕲县两壁垒的步军。是故西来秦军攻城，除弓弩营之外，大型器械便只有最基本的两样——壕沟车与大型云梯。唯其如此，李信的战法简单明确：大型连弩摧毁城头守军，壕沟车过护城河，大型云梯爬城搏杀，骑兵截杀突围之敌。李信确信，除却赵军，天下没有任何一国大军堪称秦军敌手。汝阴楚军纵然稍强，至多也是堪堪一战，绝非可与秦军势均力敌的久战对手。故此，李信预期暮色时分结束汝阴之战，之后立即奔袭楚国都城，俘获楚王负刍。

"禀报主将：各部就绪，请命开战！"

"好。发令开战。"李信平淡从容。

军令司马的小令旗当空劈下，云车立柱轧轧转动间大纛旗平展展掠向汝阴。骤然之间山崩地裂，隆隆战鼓如雷阵阵号声凄厉连弩大箭急风暴雨般倾泻城头，大海怒涛般的喊杀声中黑压压兵士越过一连串展开的壕沟车飓风般卷向城下，密密麻麻攀附在一辆辆隆隆靠近城墙的大型云梯上压向城头……与此同时，城头楚军同样爆发，滚木礌石铁汁箭雨当空倾泻，人却隐匿在垛口之后躲避着呼啸扑来的连弩大箭。云梯靠近城头，秦军的连弩大箭停射，城头楚军的喊杀声骤然爆发，密匝匝闪亮的刀矛剑钩白茫茫一片笼罩了城头……

李信没有料到，眼看着暮色降临，汝阴城池竟依然还在楚军手中。及至初月朦胧火把高举，李信的手心出汗了。一个念头闪电般掠过心田——楚军如此死命抵御，莫非另有图

心知不妙。

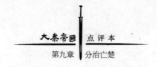

谋？同时，又一个念头同样闪电般掠过心田——无论楚军图谋如何，都只有先攻克汝阴，否则很可能大事全休。心念电闪之间，李信大吼一声："猛火油柜！烧毁城门！！"

"禀报主将：猛火油柜没有随军！"

倏忽之间，李信愣怔了，清醒了，一股凉丝丝的气息爬上了脊梁。猛然，李信飞步下了云车，飞身上马直过壕沟车，下马大步走到正在一波猛攻之后喘息整修的将士们面前一声大喝："轻兵列阵！死战攻城！"将士们一时惊讶愣怔，竟你看我我看你无人应答。盖秦军之所谓轻兵者，战国中期以前之敢死旅也。自秦昭王之后秦军强大无比，装备之精良世无匹敌，轻兵死士之战早已不复存在。当此之时，李信骤然喊出轻兵死战，秦军将士还当真一时懵懂了。然则，轻兵之战毕竟是秦军的古老传统，纵然遗忘了战法，总是知道必须死战攻城。对于骄傲的秦军锐士，强敌当前而拒绝死战是永远不可能发生的事情，而今主将下令死战，岂有怠慢之理？于是，倏忽愣怔之后一片慷慨愤激的吼喝，敢死之旅片刻间便组成了……

李信还是没有料到，三波轻兵猛攻死伤万余人，汝阴还是没有破城。

时已四更，总司连弩器械的将军章邯大步走过来说，不能如此死战了，楚军突然死战大是怪异，当立即另谋对策。李信脸色铁青地思忖片刻，终于挥了挥手说，好，整休战饭，聚将会商。中军司马领命尚未转身，突兀一阵急风骤雨般的马蹄声从后阵传来。仿佛急迫马蹄直踩心头，李信陡然浑身一个激灵！

"报——"惶急尖厉的呼喊震惊了幕府将士。

一支马队风一般卷到司令云车前，火把之下但见骑士人人浑身浴血断剑折弓，黑色甲胄变得斑斓怪异，冲进圈内便纷纷跌落马下，战马们也一座座小山般轰然倒地。李信章邯与护卫司马无不惊愕失色，竟没有一个人喝问。在这刹那之间，一个骑士奋然挺身站起惶急嘶喊道："楚军夜袭！连续攻破两城壁垒！我军正，正向西撤！"

如轰雷击顶，李信一个踉跄摇摇欲倒。章邯一个箭步扶住吼道："李将军稳住！扭转战局要紧！"李信突然弹起，刹那间不可思议地冷静下来，厉声喝问道："可知楚军兵力？"浴血骑士道："老将军派我突围禀报，说楚军二十万上下！"倏忽之间，李信心头雪亮，楚军所有图谋都闪电般骤然清楚了。此刻他反倒特别冷静，连续发令道："汝阴之战放弃！章邯将军整肃城下我军，骑兵改回，护持弓弩营立即占据大道，掩护我军后撤平舆！四万铁骑我自率领，立即向来路截杀楚军，接应蒙武部！"章邯点头领命，又急迫叮

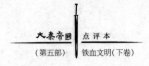
嘱道："弓弩营大箭所剩不多，射出者一时无以收回，将军不能恋战！"李信说声知道，拔出长剑飞身上马一声长呼："铁骑上马！随我杀——"

李信率四万铁骑东来接应蒙武，奔驰未及百余里天便亮了。

秋雾蒙蒙的曙色中，遥闻杀声弥天无边无际。李信铁骑军掠过一道山梁，便见山塬平野间黑压压云团涌动而来，其后灰黄色云团呼啸紧随。李信长剑一举，四万铁骑潮水般汹涌下山，分成两支展开，绕过黑压压云团，猛烈地插入黑黄连接部，向黄色云团压去……半个时辰的猛烈搏杀，李信铁骑军终于遏制住了楚军的追击浪潮而稍得喘息。但是，立马山头的李信遥望楚军旗帜阵形，却分明觉得楚军并没有后退之意，而是在整肃军马，显然要继续冲击秦军铁骑。此刻，李信的幕府马队已经于乱军中找到了蒙武马队。蒙武匆匆赶来，没有丝毫犹疑便劝李信撤军。蒙武遥指茫茫楚军，抹着脸颊伤口的血水汗水道："这才是楚军主力！足足二十万！我军无备，又器械箭镞不全，不能恋战丧师，只有立即撤军！"李信心痛如刀绞，刚刚说得灭楚二字，便被素来持重的蒙武厉声打断："此时何时？我军业已落入项燕圈套！将军宁全颜面，不思国家乎！"李信倏忽愣怔，突然一挥手道："老将军说得对，撤军！步军先行，我率铁骑断后！"

直到蒙武步军匆匆西退百余里，李信铁骑才开始后撤。不料李信军堪堪开动，楚军立即呼啸着压了过来，紧紧咬住秦军不放，饶是秦军战马雄骏，始终也只相隔着两三里地而已。退到汝阴郊野，李信没有料到，情势已经再次起了变化。

原来，李信铁骑军开出后，汝阴城内的楚军全力杀出猛攻城外秦军。章邯顾忌弩箭锐减，尚需留作断后，下令器械营士卒改作步战士卒，与刚刚重新改回的两万余铁骑军结阵抵御，不求击溃楚军，只求自家根基站稳。双方僵持到午后，蒙武西撤大军赶到，正欲合兵一举歼灭出城楚军，楚军却又突然缩回了城内。蒙武严厉阻止了将士们攻城的请命，当即决断：整肃部伍，等候与李信军会合后，再交替断后退兵。与此同时，蒙武派军令司马飞书留守平舆的冯去疾，令其立即开出城外列阵，接应西撤大军并做第二轮次断后。及至李信军赶到汝阴，蒙武章邯等刚刚匆忙统计完伤亡情形，禀报给李信的数字是：一夜之间，秦军总计伤亡五万余，战马锐减三万余；城父蕲县的步军器械弓弩大部丢失，全军仅存章邯部连弩营，然最具杀伤力的大箭仅余五万上下了。

"如此退兵，痛杀我也！"李信第一次流泪了。

"此时不退，粮道被楚军截断，全军覆没！"蒙武第一次强横了。

"好。撤兵！我断后！"

"不能！将军身为统帅，要带全军回秦！断后轮次已经排定！"

乍闻在秦军中久违了的"全军回秦"四个字，李信突觉心头大恸，一声猛烈哽咽昏厥了过去。在秦孝公之后的秦军历史上，危难撤军的时刻是屈指可数的：胡伤攻阏与一次，长平之战后王龁攻赵国一次，郑安平降赵而秦军三万将士不从死战一次，吕不韦时期蒙骜遭信陵君合纵联军伏击一次，再加上李牧败秦的两次，百余年大战不足十次而已。每逢如此困境，激励秦军将士的誓言都是这四个字——全军回秦！而凡当此四字者，必是大败无疑，统帅则必是败军之将。李信本是豪气万丈的少壮将军，怀灭国雄心而来却陡然遭此莫名败绩，心何以堪？

……

终于，李信大军全面退兵了，然灾难并没有结束。

项燕从垓下秘密出兵的当夜，一鼓作气攻克了只有数万步军的城父蕲县两处壁垒，逼得蒙武军仓皇西撤。此战之胜，立地激励了楚军战心。项燕当机立断，立即下令全军追击。此时两军兵力对比，楚军已经大大居于优势了。当然，更重要者在于，李信大军已经是一支丢弃了秦军最具优势的重装备之后的轻装军了。轻装大军固然快捷，然对于装备简单而战心陡长的楚军，其优势几乎不复存在。此时起决定作用者，一定是兵力对比。项燕之大局权衡清楚非常，所以连续下令隐伏各地的楚军，务必一齐开出，对秦军大肆围攻追击。楚军二十万主力，则由项燕亲自居中督导，以项梁八千江东子弟兵为前锋，死死咬住李信大军紧追不舍。无论秦军如何轮次断后，楚军都丝毫不减弱追杀攻势。

百余年之后，太史公之《史记·白起王翦列传》对楚军

"（楚军）大破李信军，入两壁，杀七都尉，秦军走。"（《史记·白起王翦列传》）连追杀三日三夜，可见楚军之勇。《东周列国志》写李信大军陷入七路大军的伏击，惨败而归。

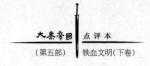
追击战的记述是："荆人因随之，三日三夜不顿舍，大破李信军……"顿舍者，停顿也，舍弃也。三日三夜不顿舍者，三日三夜不停顿，紧追不舍也。足见楚军反击之盛，亦足见秦军山倒之狼狈。

楚军一鼓作气追杀过陈城，项燕才下令终止，全军又撤回了平舆一线。

六　痛定思痛　嬴政王车连夜飞驰频阳

李信军大败的消息传到咸阳，秦国朝野窒息了。

秦王嬴政一把撕碎了军报一脚踢翻了书案，连连咆哮却又听不清骂辞。赵高吓得瑟瑟跪伏，生平第一次当场尿湿了衣裤。李斯蒙毅也是手足无措，既不知如何能使秦王平静下来，更不知如此发作的秦王还会做出何等可怕的事来。可是，李斯蒙毅没有料到的是，秦王的震怒咆哮越来越微弱，渐渐地没了声息，只靠在大柱上兀自涔涔冷汗。良久，秦王终于接过了赵高惶恐捧来的汗巾，抹了抹额头，嘶哑着声音撂下一句话："两位善后，会同丞相。"猛然转身走了。

三日三夜，秦王嬴政一直没有走进书房，急件密件顿时堆积了十几张大案。李斯无奈，只有教蒙毅守在秦王书房应急，自己索性住进了丞相府，与王绾没日没夜地紧急处置败军事宜。蒙毅守在王书房寸步不离，担心秦王又无以得见；忧心父亲又不能违法探望，以致忧心忡忡，连饭也断了。一夜，赵高突然露面，蒙毅立即喝住了赵高，问秦王情形。赵高却苦兮兮皱着眉头，只说是来拿一件物事，而后惶恐低头，一句话也不说了。蒙毅自来不齿赵高，见状一脸厌烦地挥了挥手，赵高立即风一般去了。

第三日暮色时分，李斯匆匆回到了王城书房，对蒙毅叙说了与王绾共商的种种处置，又商议了几件急需处置的王族子弟败军贬黜事，两人这才疲惫地坐下来开始晚汤。蒙毅三日未食，与李斯第一次用饭，心绪显然舒缓了许多。晚汤后蒙毅敦促李斯回去歇息，李斯却连连摇手。于是，两人对坐煮茶，却又相对无语。

"败绩有数了？"良久，蒙毅低声问了一句。

"如此败绩，未尝闻也！"李斯轻轻一叹，"片时连失两壁，一夜连退三城，三日三夜大败逃，一无反击之力……七都尉战死，八万六千三百一十三名士卒抛尸，撤回十余万，人人带伤……粮草器械军辎,全数丢失……淮北之地,悉数被项燕军收回……"

"……"蒙毅一个哽咽,双手捂住了脸膛。

"两主将,交廷尉府暂押了,待决……"

"一战若此,家父何堪!"蒙毅一拳砸案泪水泉涌。

"老将军,终究没乱。否则,此次必全军覆没也!"

"战败当罪。长史,无须为家父辩解。"

李斯起身走到自己公案前,从案头一方铜匣中拿出一支粗大的竹管过来道:"此乃老将军战场急件,你且看看。"蒙毅摇摇手道:"家父负罪,我或连带,不当看。"李斯道:"这宗密件,乃老将军从战场报给长史署的公文,本当早给你看。奈何老夫闪念差错,既未呈送君上,亦未知会于你,悔之晚矣!"蒙毅颇感惊讶,接过飞快地浏览一遍,不禁苦涩笑道:"家父这急报只说了战事方略,又没说自家如何反对,更没申明呈报王书房,大人却如何呈送君上? 再说,虽是公文式样,抬头却是给大人的,交不交我看实在无妨。"李斯叹息道:"我固不违法,然违心也! 老将军此举,定然有所期冀。老夫当时揣摩,老将军很可能欲经老夫之手,将此件知会尉缭子,或知会王翦老将军,此两人资望深重,若能指李信之谬,或可直陈秦王。老夫却……惜哉! 惜哉!"蒙毅苦笑道:"大人无须自责,假若是我,我也不会交任何人。李信正在气盛之时,君上正在激赏之际,老国尉与王翦老将军远离战场,纵有评判也未必有用。将在外君命有所不受,况正逢君上激赏之李信?"

两人围着红亮的木炭燎炉一时说开去,诸般感慨不胜唏嘘,不知不觉已是三更了。蒙毅道:"君上三日不进书房,会否病倒?"李斯默然片刻沉重摇头:"难说。"蒙毅道:"得设法见到君上,索性我闯宫!"李斯连连摇手道:"不可不可。

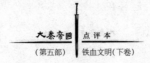
君上非常人，断不会置国事于不顾，也不会容不得一场败仗。"蒙毅急迫道："这次不一样，吼叫得声音都嘶哑了。"李斯嘴角抽出了难得的一丝淡淡微笑："吼归吼，可你听见吼了些甚?"蒙武恍然道："是也！哇啦哇啦好大一阵子，一句骂辞也没听出。"李斯敲了敲燎炉，颇有些意味深长地望着窗外漆黑的夜空："怒而不知何骂，大体已是省察自己了……不急，君上若能深彻省察，秦国之幸也，天下之幸也。"蒙毅一拱手道："与大人言，谨受教。"正当此时，一阵急迫的辚辚车声清晰传来，两人几乎同时倏地站了起来。蒙毅快捷许多，一个箭步已经掠向了门厅。李斯赶到廊下，车声已经远在王城之外了。两人正在张望，一个少年内侍匆匆跑来一做礼道："禀报两位大人，赵令要我知会两位大人，君上赶赴频阳去了！"

"蒙毅，带上那卷书报，快追君上。"李斯没有丝毫犹豫。

"好！"

蒙毅疾步回身取了一卷文书，身影飞出淹没在了暗夜之中。

嬴政将自己关了三日三夜。

松柏森森肃穆静谧的太庙，是嬴政在茫然漫步中撞进来的。当时赵高见秦王出了东偏殿，连忙飞快地对两名小内侍一阵叮嘱，三人便跟着秦王去了。两名小内侍远远在前，赵高若即若离在后，手忙脚乱地示意着远处的各色身影回避开来。茫茫然的嬴政走进了深深的王城苑囿，走过了两处夫人嫔妃们的寝宫，走过了碧蓝的湖畔，走过了火红的胡杨林，走出了雄峻的王城北门，走进了北阪松林塬下的太庙。嬴政大踏步走着，逢弯拐弯遇桥过桥，奇迹般没有一个闪失，没有一个磕绊。身后的赵高瞪着两眼疾步游走左右，既不能进入秦王目光，又须得能够随时扑上去抱住秦王，时不时一身冷汗。被两个小内侍遥遥示意回避的嫔妃侍女们，虽已经纷纷躲在了柱后林下，却都惊喜万分地要目睹难得一见的秦王。此刻远远看去，秦王目光直愣愣向前，脚下却一步不差地大步走着，穿过了亭廊穿过了树林，俨然一个目盲的神仙在天街游走，女子们惊愕得人人紧紧捂住了嘴巴不敢出声。然则，在嬴政心头的世界里，天地间没有一个人影，飘浮的宫殿没有任何声音，自己被风吹上了天空，身不由己地飘飞着茫然虚浮地游荡着……使嬴政恍然醒来的，是那浓郁而熟悉的松柏香火气息，是烙印在心灵深处的记忆。走进太庙石坊，尚未进入太庙正殿庭院，嬴政便在宽阔的松柏大道停止了脚步。凝视着巍然耸立在小说视秦王政为神一般的完人。虽未明说，但潜意识在。

"女人们惊愕得人人紧紧捂住了嘴巴不敢出声"——写伟人的常用手法，表示"敬畏"，民众多要做匍匐状、惊恐状。

北阪山腰的高高殿堂，嬴政停止了喘息，也听见了身后的脚步声。

"太庙令，秦王嬴政，沐浴斋戒三日。"

"君上，非祀非典……老臣奉命！"

看着赵高惶急万分的种种示意，老太庙令终于明白了，连忙去匆匆部署了。片刻之后，嬴政走进了太庙正殿东侧的深邃庭院。厚重的大门隆隆关闭了，从太庙署开来的一队甲士立即铁柱般矗在了庭院四周。自有王权社稷，君王的沐浴斋戒是最为神圣庄敬的礼仪。因为，君王沐浴斋戒之后要与远去的祖先对话，要接受天地神灵的启示。走进沐浴斋戒程式的君王，是天塌地陷也不能搅扰的。然则，嬴政的想法却很简单：找一个清静之地好好想想。方才清醒过来的一瞬间，嬴政恍然醒悟，惶急的匆匆奔走原非梦游，他是被灵魂指引到太庙来的，只有自囚于肃穆静谧的太庙，他才能镇静自己清醒自己。

嬴政拒绝了繁琐的沐浴礼程式，吩咐赵高守在门口不许太庙司礼靠近。走进了浴房，脱去了冠带，蹚进了热气蒸腾的硕大热池，靠上了池畔玉枕，嬴政长吁一声闭上了疲惫的双眼，在蒸腾水汽中朦胧睡去了……白发散乱的蒙武嘶吼着挥剑搏杀，漫无边际的灰黄色浪潮呼啸着翻卷着淹没了黑森森的丛林，射完最后一批大箭的连弩营将士们奋然跃起却又如同山洪中的石头一般被卷进了汹涌而下的泥石流，没有一块石头能够幸免，云天苍黄，大地苍黄，草木苍黄，最后的黑色在天边抹去，一切的一切都被混沌的苍黄淹没，突然，一只黑鹰闪动着血红的羽毛闪电般从云端冲出，裹挟着隆隆雷声扑进了漫无边际的苍黄海洋……

"李信——"

一声惊恐的嘶喊，嬴政从热气蒸腾的水雾中霍然跃起，吓得闻声扑将进来的赵高生生跌倒在池沿撞得一脸鲜血，哇地放声大哭："君上！不能如此！君上是天下圣王啊！"嬴政赤裸着水淋淋汗淋淋的身子，转身打量着惊恐万状的赵高，目光中第一次流露出一种罕见的柔和："小高子，给伤口上药去，没事了。"赵高一抹脸上鲜血倏地蹿起，君上杀了小高子，小高子也不走！嬴政淡淡一笑，不走好，不走待着。说着，嬴政跨出了热池，走向另一边的大池。赵高一个箭步抢前，匍匐在地连连叩头，君上不可！冬日热沐浴之后，非经两个时辰不能入冷池啊！嬴政又是淡淡一笑道，小高子，燥热得紧，要么你拎桶冷水浇过来。赵高哽咽着一蹿而起，君上只要不下冷池，小高子保君上神清气爽。说话的同时连番动作，先给赤裸裸的嬴政包上一方大汗巾，接着窗户大开燎炉移开，清新的风夹着浓郁的松柏香气浩浩入屋，立即清凉一片。嬴政堪堪落汗，赵高又飞快抱来一床大被包住了嬴政身子，再用汗巾迅速揾去嬴政额头密麻麻汗珠，又连忙抱来一领貂裘等候在身旁。看着赵高陀螺般飞转，嬴政摇手道，大被正好，貂裘不用了。说罢一裹大被光着脚出了沐浴房，踏着厚厚的红地毡穿过连接甬道，走进了斋戒宫室的起居房。

这奴才，真是无微不至。

　　在这间里外三进的斋戒起居房里，嬴政开始了静静的思索。

　　嬴政是认真从头想起的。灭赵之后，他对所余四国已经有了轻慢之心，将他们看作枯木朽株，而不是看作强敌，应有的谨慎戒惧不期然地轻淡了。多少年来，山东六国只有赵国有抗衡秦国的实力，基于这一天下公认的事实，秦国君臣在对赵方略的所有方面都是极其认真的。灭赵之后，嬴政亲赴邯郸庆贺了那场最大的胜利。之后，在对燕方略上，秦国君臣第一次出现了虽不甚明显却又分明存在的歧见，其间根本，是身为秦王的他第一次有了轻慢之心。

若非那次突如其来的荆轲刺杀事件，他很可能当真信奉王道抚远而使天下臣服的方略了：以燕国为楷模，对臣服之国保留相当大封地以为社稷延续。果真如此，秦国一统天下之伟业何足道也，一次简单的权力更替而已。那次，王翦郑重地上书提醒了，可他没有上心。太子丹使荆轲刺秦之后，他立即下令开始灭燕之战，与其说真正接纳了王翦上书，毋宁说更多带有愤然惩罚燕国的复仇之心。灭魏之后，他的轻慢之心重新泛起了。中原三晋覆灭，赵魏两个曾经的山东霸主不复存在，底定天下之势已成，齐楚两国该当是水到渠成地灭亡了。对于楚国，嬴政尤其蔑视。在秦孝公之后的秦楚百余年对抗中，楚国除了几次微不足道的小胜，几乎从来处于下风。以山东六国的说法："欺侮楚国，莫秦为甚也！"当王翦提出要以六十万大军灭楚的时候，他确实认定这位老将军已经暮气甚重了。李信要以二十万大军灭楚，他之所以当场显出赞赏之意并全力认定实施，在于他心头始终闪动着一个意念：大军压境，楚国或可不战而降。果真如此，六十万大军岂非太过挥霍？虽然，他也提出了两步走想法：先以二十万大军灭楚，再图大军南下平定百越；然则只有他自己心里清楚，这与其说是同时接纳了两方对策的兼听，毋宁说是否定了抛弃了王翦的主张。因为，他当时所以如是说，确实是基于抚慰这位老将军的念头，内心的话却是：二十万大军能灭楚，自然也能平定百越。

目下想来，他这个秦王与李信，都被楚国脆弱的表征迷惑了。多年来，楚国政变多生而朝局混乱不堪。自支撑楚国的春申君被家臣李园谋杀，楚国权力便落到了卑劣如同赵国郭开的李园之手。这个李园依靠先后进献妹妹李环于春申君、楚考烈王而暴发。李环生了两个儿子后，楚考烈王死了，李园遂蛊惑自己的外甥楚幽王淫乱无度，以致楚幽王即位十年身空而亡。李园拥立另一个外甥（哀王）即位，不到两个月，便被蓄谋已久的王族公子负刍联结老世族杀了哀王和李园，负刍自立为楚王……如是乱象连绵，军力自是不堪一击。更重要的是，此前王贲奔袭楚国游刃有余，十日连下十城，楚国大气都不敢出。凡此等等，都是事实。李信据以评判楚国脆弱，嬴政据以认同此论，甚或朝臣们也都认同这种评判。表征论之，没有错。然则，当此之时，何独王翦不如是看？嬴政记得很清楚，王翦言及六十万大军灭楚的理由，没有一句涉及楚国诸般表征，而只说及楚国基本国情，山川广袤而族族藏兵，其中最要紧的论断是："楚非寻常大国，非做举国决战之心，不能轻言灭之。"

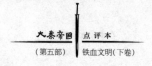

如今，数万将士已经用血肉之躯证实了王翦的洞察力。

战败消息传来，震怒的嬴政找不出为自己辩解的理由，甚或在狂乱的爆发中连咒骂的对象也闪现不出。就实说，嬴政没有推诿过错的恶习。嬴政崇尚自己的曾祖母宣太后，那种勇于承担战败罪责而自裁的烈烈英风，一直是嬴政所追慕的。接李信败报，各色闪念轰轰然一团在嬴政心头炸开，最明亮的一闪是李信之败绝非偶然，绝非进兵路径之类的细节所致。既非偶然，必然何在？思绪翻飞，见事极为快捷的嬴政却捕捉不住一个切口，在那一刻，嬴政的心智骤然乱了……此刻退一步想，纵然李信不采用奔袭战法而稳扎稳打，又能如何？李信二十万兵力能准保战胜项燕的三十余万楚军么？从战场事实看，确实很难。嬴政也还记得，谋划方略时李信对楚国兵力的预料是至多三十万。对此，他自己也是认可的。然则，战场事实是，仅垓下与汝阴两地的楚军已经三十万有余，且不说郢寿之兵、水军舟师以及世族封地之私兵，如此足证楚国弹性极大，其潜在兵力远在三十万之上。如此评判，李信也好，嬴政也好，都是在战场大败之后才恍然醒悟的，只有王翦，是远在发兵之先想到的。何独王翦能在事前有如此清醒的洞察？而所谓运筹帷幄，所谓庙堂决策，所需要的恰恰便是这种洞察，这种远见，这种预谋之期的冷静与清醒。大错铸成而痛悔不及的事后聪明者，绝非领袖群伦而能开创千古大业之雄主。嬴政若无这般才具，何以一统天下？唯其如此，嬴政始终在反复地拷问自己：王翦何能如此，嬴政为何不能？

踽踽独行，悠悠沉思，嬴政的思绪飘向了远方。

少年嬴政与王翦相识之时，王翦已经年近三十了。其时，王翦虽然还只是堪堪立起将旗的低爵千夫长，但其稳健清醒与独具一格的冷静处事，已教少年嬴政留下了极其深刻

嬴政反省。

的记忆。后来，正是王翦与蒙恬这一双臂膀，扶持嬴政在最艰难的少年时期站稳了脚跟。十三岁的嬴政即位为秦王，曾经多次说过，将军足为我师也。于是，王翦的"秦王师"之名不胫而走。然则，嬴政与王翦蒙恬的患难情谊却也渐渐淡了。当然，与其说是淡了，毋宁说转化成了一种受君臣法度制约的同心共事者的相处。嬴政还记得，自己对王翦深具厚望，做太子时曾经将自己搜罗到的所有兵书都送给了王翦。正是这些兵书，使后来的王翦有了根本性的跃升，由一个有丰厚实战阅历而又深具慧心悟性的低爵将军，变成了一个真正具有运筹大战之才华的名将。虽则如此，王翦的禀赋才华却始终如平静深沉的湖海，始终有一种持重沉稳的风貌，极少掀起张扬的波澜。即或在统帅幕府这样的专断场所，王翦也极少疾言厉色，以至所有的新锐将军们都敢于在王翦幕府气昂昂地叙说自己的战法主张，甚或与王翦多有争辩。与白起、李牧这般以统军刚严著称的名将相比，王翦多少显得有些木讷而不具威势，多少靠近燕国乐毅，却又少了乐毅那份贵胄名士的洒脱。与王翦对坐论事，嬴政时常有一种恍若面对老丞相王绾的错觉。因为，王翦论战事，从来不在战法上做备细的叙说辩驳，而只做大局大势之剖析评判，几乎与李斯尉缭等庙堂谋划大臣一般。自然，嬴政并没有因此而认为王翦大而无当。然则，嬴政敏锐地觉察到了王翦的一种心态：战场战法是将军幕府的话题，君王庙堂无须论及。嬴政则自认为尚算知兵，更认为，事前论及战法只能对战场统帅有利。故此，对王翦那种颇有君王只要交兵于将而不须干预战法之意味的方式，嬴政多少有些淡淡的不快。要李信申明灭楚战法，再征询王贲灭楚战法，嬴政之所以在灭楚之前务求战法方略清晰明确者，根源在此也。

战国之世，拥有赫赫战功而如王翦风貌者，绝无仅有。

然则，仔细想来，王翦却有一桩几乎可以称之为奇迹的最大的长处：自来打仗没有错失，没有明显的错令缺漏。与此同时，王翦也没有奇绝之战。尝有人言，王翦无奇战。嬴政闻之，总是淡淡一笑。战场以战胜为本，奇与不奇何足道也。然则，嬴政也很清楚，所谓王翦无奇战者，其实说的是王翦才具平平而已。平心而论，此前的嬴政也多少是认同这种评判的。盖战国之世多奇才名将，兵家之谋略，战场之纵横无不大放光华，以至天下口碑对名将之评判几乎近于苛求。一战而没有使天下啧啧赞叹的奇绝运筹，名士聚会便没了争相议论的兴致，此战准定被认为平平，而统兵之将也必然被指为平庸。纵然战胜，时人亦皆归于天意运气之类。此风之下，楷模名将大有人在：大战之奇若白起，

等量围困，一战聚歼；救援之奇若孙膑，围魏救赵，开运动战
之先河；奔袭之奇若司马错，千里越秦岭，轻兵下巴蜀；固守
之奇若田单，六年守孤，火牛阵一举复国；伏击之奇如李牧，
平野草原而能匿兵数十万，一举长驱匈奴；狙击之奇如赵奢，
狭路相逢勇者胜，血战强敌而开败秦首战……凡此等等，王
翦皆无。灭赵灭燕两场大战，都是耐心固守而谨慎求战，成
则成矣，战法确实没有多少值得说叨的。老秦人尤喜谈兵论
战，辄逢捷报无不争相传颂战胜之奇绝奥秘，而自王翦统兵，
秦人相聚议论捷报便只有一句口赞了："上将军又胜一战！"
之后便没了话说。相映成趣者，年轻的王贲一战而声名鹊
起，被老秦人津津乐道地终日挂在口边。究其实，在于王贲
战法之奇使老秦人大觉酣畅淋漓：小战如平定韩乱，八路进
兵眼花缭乱；奔袭战如飞骑袭楚国，迅捷如闪电，旬日下十
城，堪称飞兵之最；大战如灭魏，以水为兵，五万人马灭大国，
简直是蛇吞象！这些，王翦也没有。嬴政确信，王翦若是王
贲，中原之战定然是另一种打法，肯定是胜，也肯定依然没有
惊喜的浪花。

　　然则，战场为何物？战争为何物？

　　国家大争，为求奇绝而宁可败之，岂不大谬哉！

　　自兵争问世，战场从来是双方大军为国家而一决胜负的
角力场。此间之根本所在，是国家利害之得失，而非一将才
华之毁誉。唯其如此，主将能以看似平淡无奇之方略而完胜
敌国，宁非大幸哉！相对于邦国大计所需要的胜利，有否奇
绝之战，实不足道也。毋宁说，奇绝之战因其求奇求绝，而必
然具有不确定的风险；平战而胜，则因不求奇绝而唯求战胜，
必然具有确定的胜算。身为最为国家利害计的君王，是选择
确定的胜算，还是选择不确定的风险，岂不明矣！冷静缜密
而有兼思之胸襟，善于筹划盘根错节而多有意外变化之总体

借嬴政之口，论王翦的性格及成就。王翦虽不及白起、吴起、李牧等神勇多计，但胜在稳妥，没有多大惊喜，很难打出以少胜多的奇战。秦王政血气方刚，不喜老气横秋之打法，寄望于李信，能打出漂亮的以少胜多之战，哪想到会失算。

大战,此乃王翦之长也。抛开大国决战的深层根基,而过分看重战场谋划之奇绝华彩,此乃李信之短,嬴政之失也。平心而论,将目下的秦国大将一个个数来,能统率举国之兵而吞灭最大楚国者,非王翦不能也。痛定思痛之后,即或是王贲,嬴政也不能放心了。毕竟,崇尚武安君白起的王贲尚未老辣,多少与李信更为相像一些……

天降王翦与秦,何其大幸也!

嬴政独不见兵家泰山,岂非大谬哉!

李信大军南下之际,王翦上书请辞还乡了。本心而论,嬴政不当允准这位战功赫赫的老将军离开庙堂。然则,嬴政也很清楚,王翦请辞绝非是疑虑他这个秦王猜忌功臣,而是有着表里两层原因的。表征而言,王翦一则要以请辞之举申明绝不贪功之心,从而平息日渐复杂的朝野之议;再则是王贲声名鹊起,王翦要给新锐大将们留出功业余地;三则是王翦年逾花甲,连年战场辛劳有无暗疾亦未可知,该当颐养天年了。然则,真正的原因,是王翦与他这个秦王的灭楚歧见——如此大略被秦王轻慢,老夫何留哉!在这一点上,该说王翦有着战国名士之风——合则留,不合则去。虽然,王翦的方式不是去国,而是还乡。而但凡战国君主,只要还算得一个明君,对名士基于政见大略之分歧而离去是不能强求的。

唯其如此,嬴政抚慰了王翦,却没有坚执挽留这位老将军。王贲很为父亲此举生气,南下之前上书秦王,深为父亲之举抱愧在心。嬴政回复了王贲,书简只有寥寥数语:"老将军之心,绝非疑忌本王也,将军何愧之有? 灭楚之战有歧见,老将军还乡大可见谅。战后就实论之,老将军自明也。"应该说,那时的嬴政尚算清楚一点:国事之歧见,只有被事实证实之后才能说得清楚,对王贲的"就实"二字,此之谓也。

王翦"谢病老归"(《史记·秦始皇本纪》),心里当然是有些想法。

当时的嬴政相信,李信灭楚之后,只要真心敦请,老将军为国家计,定然还会回到庙堂。目下看来,敦请王翦是必须的了,只是,理由已经相反了。

……

王车飞上频阳塬时,蒙毅追来了。

秦王驰奔频阳,再用王翦。

朦胧星月之下,硕大的青铜王车刚刚在宽阔的郑国渠堤岸刹住,蒙毅便飞步到了车侧门前,捧着一个粗大的铜管道:"君上,频阳县令上书。"嬴政没有接书,直接道:"何事快说。"蒙毅道:"频阳县令禀报,王翦老将军夫人新丧……"未及说完,嬴政已经跳下王车急问道:"几时报来消息?"蒙毅道:"昨日午后。"嬴政道:"如何处置了?"蒙毅道:"长史无以见君上,守在书房等候,闻君上赶赴频阳,命我追来禀报。"嬴政皱着眉头道:"我问你频阳县令如何处置了?"蒙毅道:"老将军不举丧礼,不闻乡邻,不报官府。频阳县令不知如何应对,又心有不忍,遂上报请令定夺。"嬴政仰头望着冰冷亮蓝的夜空,良久默然,突兀道:"小高子,掌灯!"赵高答应一声,从车辕驭手位向后一倒身子一挺一缩便进了车厢,车内立即亮起了一盏铜人风灯。嬴政一大步跨近车厢,接过赵高递来的羊皮纸与蒙恬笔便写了起来,片刻写好交给赵高封管,转身对蒙毅道:"你来得正好,立即带这管书命回咸阳见驷车庶长,务必办妥此事。"蒙毅道:"君上身边无人,但有公事……"嬴政一摆手打断道:"先办此事。"说罢跨步上车脚下一跺,王车哗啷一声辚辚飞去了。

晨曦时分,王车飞上了一片林木苍黄的山塬。

朝阳之下,一条大水依山蜿蜒而去,水畔林木中依稀显出一片灰瓦屋顶。林外山坡是大片已经变得苍黄的草地,山坡后飘荡出一片弥漫河谷的炊烟。王车驶过一座白色小石桥,嬴政清晰地看见了桥下清澈的流水,看见了绿波荡漾之下密匝匝铺开的白色石头,不禁惊奇地噫了一声。车前赵高高声道:"君上,这叫白石川,水底全是白卵石,开郑国渠时我来过。"说话间王车已经过了白石川,沿着车马大道,片刻便到了那一大片因枝叶稀疏而开阔疏朗的白杨林边。嬴政一眼瞄见拐入树林的道口立着一柱白石,脚下一跺,王车便哗啷刹住了。嬴政下车端详,只见道口这柱白石上镌刻着四个斗大的红字——东乡美原①,一条林间大道直通山麓,道中一座石坊遥遥在望。嬴政道:"小高子,将车停进林中等候,我走进去。"赵高连忙道:"车停好我追君上,得有个人传话。"嬴政道:"也好,你跟着来。"大踏步走进了林间大道。

嬴政一路看来,生出了许多感慨。

东乡这片依山傍水的塬坡开阔疏朗,然则连同林木草地房舍石坊在内,一切都显得粗简平易,远不及任何一个富商大贾的庄园,朴实得令人想不到这里竟是赫赫秦国上将军的家居之地。秦国自孝公商君变法后耕战立国,臣下的俸金岁入不下山东六国,若再加法定俸金之外的"功必重赏,战必厚恤"的种种岁入,但凡有功者都比山东六国的官员将士家境丰厚。譬如丞相府的一个主事属官,可在法定俸金之外依法分到一座四进大宅,几乎等同于齐国的中大夫。王翦此时已是开府上将军,大庶长爵位,距晋升侯爵一步之遥,仅其法定俸金,建造三座这样的美原庄园也绰绰有余。然则,王翦家居何以如此简朴?咸阳的上将军府邸,由于兼具开府处置军政要务之职能,占地两百余亩,主轴八进又挑四座偏庄,堪称大咸阳最为宏阔的府邸,比目下林中掩映的这片房屋不知壮美了几多。可王翦偏是特异,从来没有将上将军府邸真正当作过自己的家,家人族人也从来没有在那座府邸连续住过一年以上。灭赵大战开始后,若不是嬴政着意下令,王翦家人还是不会进咸阳。

灭燕大军班师回来,嬴政不意听到一个消息:上将军府邸开始修葺了,很是华美舒适。嬴政高兴得大笑起来,立即下令给职掌王室财货的右府令,全数包揽上将军府修葺钱物,无计多少。李斯笑云:"居华府而缓战场之苦,老将军何见之晚也!"嬴政笑道:"长史猜度,老将军会否受王室之财?"李斯思忖片刻摇摇头:"难说。"嬴政道:"何谓难说?"李斯道:"论法度,王室右府钱物属国君用度,当算私财。今君上赏赐功臣不以国库财

---

① 美原,今陕西富平县有美原镇,以王翦请秦王赐"美原千顷"而得名,故事流传至今。

货，而以国君钱财，只怕老将军……还是难说。"嬴政思忖一阵也笑了："是。难说。"后来得右府令禀报，上将军府非但爽快地接纳了财货，王翦老将军还嘟哝了一句，秦王抠掐得好紧也。嬴政闻之，不禁好一阵大笑。李斯也是笑语感慨："啊呀呀，相交多年，今日方知老将军风趣也！"

那时，嬴政也好，李斯也好，都没有想到所以如此的真实原因。而今嬴政明白了，那是未雨而绸缪。也就是说，从修葺上将军府邸着手，王翦便开始不显痕迹地将自己变成了一个图谋享乐的老人，给进退斡旋留下了宽广的余地。然则，何以如此？那时大朝会尚未举行，灭楚之战的歧见尚未生出，莫非王翦有先见之能？

"王氏庶人恭迎君上——"

一声长呼，嬴政恍然抬头，眼前跪倒了一大片老少男女。嬴政正要问话，为首一个布衣壮汉挺身一拱手道："禀报君上，在下乃王氏长子王焰，余皆家人。不知君上到来，有失远迎，君上见谅！"嬴政连连虚手相扶道："起来起来，都起来。长公子，上将军可好？"已经站起来的王焰连忙躬身拱手道："禀报君上，家父清晨出猎，尚未回程。"嬴政打量着布衣常服的人群，心下突然一动："府上葬礼未完，何以无人服丧？"王焰一阵愣怔，又连忙惶恐拱手道："禀报君上，家葬之礼期短，族人居丧已罢。因要田作，故此除服。"嬴政略一思忖道："好，你等回府自做事了。"回身对跟来的赵高一摆手，"走！猎场。"王焰一时颇见手足无措，得家老眼神示意，方追了上来道："禀报君上，我来领道。"嬴政回身笑道："公子只说个大向，不须领道。单车快捷，正好看看美原。"赵高恭敬一拱手道："敢问公子，猎场是否在那座山后？"王焰不自觉一点头，嬴政已经大步去了。

王车堪堪出得树林尚未上道，远处山麓一柱烟尘暴起，遥闻马蹄声隆隆如雷。嬴政惊喜道："老将军行猎！"站在车辕的赵高急迫道："君上快入车！烟尘向后，马队向我而来！"嬴政沉下脸道："上将军故乡有何可防范者？走，迎上去。"赵高再不敢说话，一抖驷马缰索，王车便在林边草地辚辚驰向山塬烟尘。王车方过林际，烟尘已经飞过了眼前山梁，隔着空阔苍黄的草地，双方都进入了对方视野……马队骤然勒缰了。王车悠悠停住了。

"上将军——"嬴政飞身下车，遥遥高喊着向马队跑去。

"君上——"倏忽间对面一骑如飞而来，浑厚的呼喊回荡在山林。

堪堪半箭之地，骑士滚鞍下马飞步迎来，白发黑斗篷随风飘舞，利落劲健全然没有丝毫老态。在这瞬息之间，嬴政看到了一个真实的龙虎勃勃的王翦，心下突然一热便软软地倒在了草地上。王翦飞步过来，利落地扶起了嬴政，同时解下腰间皮袋双手捧了过来。嬴政抓住了皮袋，也抓住了王翦的双手，眼中不期然溢满了泪水："老将军……无愧嬴政师也！"王翦也是泪光莹然，深深一躬道："君上风寒驰驱，亲来蓬蒿乡野，老夫何敢当之？"嬴政瞬间平静下来，举起皮袋汩汩几口，猛然一怔又不禁惊喜得两眼放光——这是酒！王翦行猎而能随身携酒，足证壮勇犹在。然嬴政心思极是敏捷，知道此刻表露此等心情无异于表露自己此前的担心，遂指着远处的马队感慨道："美原有如此骑士，老将军族人勇烈也！"王翦一拱手道："君上，这支马队非王氏族人，全数是赵燕两战之伤残者。"嬴政大为惊讶："秦军伤残者向有军功赏赐，他们，没人管么？"王翦摇头道："他们，都是绝户子弟，无家可归，又都是当年老夫幕府的护卫甲士……老夫自作主张，将他们都安置在这里，做了农户，成了家。冬日农闲，老夫常与他们行猎……"

良久默然，嬴政大步走到一箭之外的马队前，对着或衣袖空洞或腿脚空洞或面具在前的骑士们深深一躬，抬头高声道："伤残士卒皆大秦功臣！自今日起，美原土地便是你们的家园！秦军伤残士卒之无家可归者，都将归拢来美原！美原方圆百里，便是你们永远的家园！"

"秦王万岁——"伤残骑士们弓箭长剑齐举振奋不能自已了。

"老夫谢过秦王。"王翦深深一躬。

"老将军，我回咸阳立即教长史下书频阳县令，办妥这件大事！"

"君上爱兵，秦国大幸也。"

"老将军，家人不说，你亦不提，老将军当真不欲嬴政入

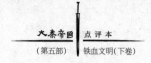
庄乎？"

见秦王一句挑明，王翦略显难堪，思忖越辩解越纠结，遂深深一躬道："仓促归程，尚未做请，君上见谅。君上请。"嬴政遥遥一招手，赵高驾驭的王车哗啷飞了过来。嬴政对王翦深深一躬，过来扶住了王翦登车。王翦情知无以拒绝，遂也不做执拗推辞，说声谢过秦王，便登上了王车坐在了偏位。嬴政也情知再礼让王翦也不会坐进那个显然的王座，遂一步跨上王座一跺脚，王车辚辚飞回了庄园。

"灭楚不以老将军方略，嬴政悔矣！"

在简朴宽敞的正厅坐就，嬴政直截了当地切入了正题。嬴政深知，面对一个沧海人物，实在不需自以为聪明得计地花巧周旋，而只需坦率实诚地捧出真心。见王翦沉吟思忖，嬴政又接着说了下去："李信败军辱国，根在本王用人失察，灭国辄怀轻慢之心……依寻常之情，秦军本当整休年余，待恢复元气后再战。然则，李信军败后楚国气势大盛，项燕军沿鸿沟一线步步北上，重新占据重镇陈城，大有进逼南阳、颍川之势……更根本者，姚贾从新郑密报：中原三晋之灭国老世族，纷纷开始逃向楚国；燕王喜残部也从海路联结楚国，鼓荡齐国，欲图以楚军遏制秦军，而各国世族一齐举事复国……当此之时，若迟延对楚战事，天下风云突变亦未可知也……老将军虽告病老，一统大业宁功亏一篑乎！"

"楚战，不当迟延。"王翦沟壑纵横的古铜色脸膛异乎寻常地冷峻，话语也很迟缓，"然则，老臣年迈多病，君上当更择良将为是。"

"老将军平心而论，秦军诸将，谁堪当此大任？"

"……"

"杨端和？"

"……"

"辛胜？"

"……"

"燕代残余尚存，否则王贲……"

"此子将才尚可，只是韧毅未到火候。"王翦终于插了一句。

"老将军有此明断，勿复言也！"嬴政奋然拍案又突然打住了。

一阵长长的沉默。嬴政平和地看着王翦，王翦却垂着眼帘入静一般。嬴政深知，王王贲尚须磨炼。实事求是之语，如夸大其词，无疑是让儿子去送死。

翦自来公直，能对身为自己儿子的王贲有如此清晰冷静的评判，便决不会违心地举荐出一个分明有待锤炼的所谓良将来。而目下大局之严峻，更无须嬴政絮叨，对于王翦这般深具为政大家之洞察力的名将，其大局评判之明澈毋庸置疑。自王翦说出"楚战不当迟延"那句话，嬴政便确信王翦不会因世俗的全身之道而拒绝出山。毕竟，王翦不是武安君白起，嬴政也不是先祖秦昭王。当年秦昭王固执错战，白起拒绝出任统帅，虽不合君臣法度，却维护了旷世名将从不错战的尊严。目下君臣情势不同，秦王嬴政对首战楚国之错失已然坦诚痛悔，此时请王翦出山，又在大局峻急之时；王翦既然一口赞同楚战不能迟延，足证对楚之战并非错战，不若秦昭王在错过大局战机之后强行开战，只为了维护君王尊严。以王翦之冷静睿智，岂能不明白此间分际也。唯其如此，嬴政要给这位老将军留下回旋余地。

"君上必欲用老臣……"王翦终于睁开了老眼。

"嬴政心意已决，上将军有话但说。"

"灭楚兵力，非六十万不可。"

"听老将军计，六十万！"

"如此，老臣领命，三日后赶赴咸阳。"王翦无一句拖泥带水。

"老将军，旬日之后启程不迟……"嬴政有些哽咽了。

"君上体恤，老臣心感也！然目下大势，不容稍缓。"

"老将军夫人新丧，我心不安……"

"老妻病卧多年，一朝撒手，未尝不是幸事，君上毋为老臣忧也。"

"老将军旷达……然则，本王定给将军一个安稳浑全之家！"

王翦摇着白头，颇见感喟道："君上之心，老臣知也！然老臣久在军旅，于家所求者美原千顷而已，岂有他哉！"嬴政一阵大笑道："美原千顷何足道也，老将军之心小哉！"王翦颇见揶揄道："为大王将者，有功终不得封侯，老夫当及时谋划子孙业也。"嬴政不禁又是一阵大笑道："上将军忧贫，嬴政之惭愧也！"笑谈之间，君臣两人越见和谐，原先的些许疏离感终于烟消云散了。及至洗尘酒宴摆开，已是暮色降临。席间嬴政又问了王翦家人诸般情形，敦请王翦重新搬回咸阳上将军府。王翦不置可否，只笑云，老臣留恋村野，班师回来再说不迟。一时酒宴罢了，嬴政月下登车匆匆赶回咸阳去了。

三日之后，王翦马队离开美原南下了。

三日之间，王翦处置了所有需要自己决断的家事族事。其中最大的一件事，便是与频阳县令会晤，妥善部署了东乡即将成为伤残将士汇聚之乡的种种事宜。真正的家事，王翦不过是在家人为他饯行的小宴上叮嘱了一番而已。因王贲在李信败军后受命整顿秦军，一直没有归来省亲，家事一如既往地落在了长子王焰身上。然则，三日间王翦费时最多的还是预谋军事，发出了四道上将军书令：其一，知会国尉府代为督令秦国各地驻军尽速聚拢，关内大军开入关中蓝田大营，关外大军开往南阳大营；其二，飞书九原蒙恬幕府，征询可否增援五万飞骑；其三，下令王贲立即在灞上大营建立上将军幕府，已经分散各军的原幕府司马必须全数调回；其四，飞书河外姚贾，请将楚军北进动向备细报于灞上幕府。今日南下，王翦已经先派出飞骑向秦王禀报了，他将直接赶赴灞上幕府，无须再入咸阳。

"王书到——上将军驻马听宣——"

马队刚刚飞下郑国渠堤岸进入宽阔的官道，一片军兵车马在前方道中横展开来，隐隐可见红绿身影与绚烂锦丝车帘

据《史记·白起王翦列传》，李信惨败之后，秦王大怒（《东周列国志》称秦王贬李信为庶人，不确，李信后再度被起用，功成，封陇西侯），"自驰如频阳"，向王翦谢罪，称："寡人以不用将军计，李信果辱秦军。今闻荆兵日进而西，将军虽病，独忍弃寡人乎！"王翦谢曰："老臣罢病悖乱，唯大王更择贤将。"几番推辞，秦王要强起，王翦无法，称："大王必不得已用臣，非六十万人不可。"秦王听其计。

的宫车。道中三马并立，皆高冠斗篷，两边分明李斯蒙毅两位中枢长史，中间一人白发苍苍却有些眼生。王翦颇为惊讶，一时全然想不起此等铺排形状与何事相关，遂勒住马队前出一拱手道："长史别来无恙？"李斯在马上遥遥拱手高声笑道："一别经年，老将军壮勇如昔，可喜可贺！驷车庶长，敢请宣读王书。"中间高冠老人一点头，展开手中一卷高声诵读起来："秦王政特书：上将军王翦与国功大，多年辛劳无以慰藉，本王经与王族公议，以公主嬴羙赐婚王翦，封号华阳公主。接书之日，王翦当在相逢处与公主合卺成婚——"

宣声落点，一片上将军万岁公主万岁的欢呼声骤然弥漫了林间大道。李斯则扶着老驷车庶长下马，笑吟吟地向王翦走来。王翦却愣怔了，直到三人到了马前，还木然骑在马上不知所以然。李斯当先一拱手笑道："老将军，合卺喜帐蒙毅已在林中立好！今日喜酒，天下独一无二也，李斯纵然无量，也得海醉一回！"老驷车庶长也一拱手道："公主嬴羙自幼喜好兵事，得与将军婚配，天作之合矣！老夫为将军一贺……"

"老庶长且慢。"遥见蒙毅从道旁树林中兴冲冲跑来，王翦自觉不能再迟延默然，一挥手打断了驷车庶长，又一拱手道，"老庶长为王族执法，长史为国家重臣，敢请容老夫一言。"驷车庶长见王翦神色肃然，遂拱手道："将军但说无妨。"王翦慨然道："秦王体恤老夫，王族体恤老夫，老夫心感也！然则，老夫年事已高，老妻虽去，膝下却是儿孙满堂，其乐也融融矣！若以暮年白发徒拥红颜，老夫何堪也！更有甚者，壮士报国，大义所在焉！若是军功赏赐，老夫欣然受之，无计多少。然则，若因赏功而得公主婚嫁，此后秦国功臣多多，秦王何赏也！此番婚嫁，非老夫抗命，实心意难平也！老夫心志，万望两位大人见谅。"

其事不可考。坊间倒是宁信其有不信其无，除了降华阳公主，还送上无数丽色给王翦，可谓考虑周到，王翦皆受，途中礼成。

"老夫不能理会。"驷车庶长显然有些不悦。

"老将军也可思虑几日，再回君上。"李斯谨慎地劝阻了一句。

"大战在即，老夫不容分心。"王翦没有任何犹豫。

"既然如此，还是从长计议好。"

李斯折冲一句，驷车庶长回身走了。兴冲冲赶来的蒙毅惊愕万分，对王翦道："老将军何迂阔如此也！华阳公主①并非秦王生女，实秦王族妹，年近三旬未嫁，与老将军婚配皆大欢喜，有何难堪哉！"王翦却摇摇手道："两位大人知我也深。老夫村野心性，战场之外万事皆索然无味，与王室联姻徒使老夫手足无措，两位何独不为老夫一虑？"王翦坦诚直言，局促得额头已经渗出了汗水。李斯不说话了，蒙毅也不说话了。良久，李斯一拱手慨然道："老将军但赴灞上，此事容我与蒙毅商议，左右得稳妥了结也！"王翦长吁一声，对李斯蒙毅深深一躬，上马飞驰去了。

> 秦王强起之，王翦别无选择，但可以讲条件。

七　亘古奇观　秦楚两军大相持

灞上幕府一立定，立即开始了紧迫有序的运转。

大军正在云集，王翦的头一件大事是任将。目下，秦军大将除王贲因燕代骚动而受命赶赴蓟城筹划追歼之外，尚有李信、蒙武暂押廷尉府待决，冯劫、冯去疾、章邯三人带伤，原

---

① 华阳公主下嫁王翦事，秦史专家马非百先生之资料集《秦始皇帝传》引《古今图书集成·职方典·西安府古迹考三》《陕西通志·卷七十三古迹二》并《富平县志》，记载皆同。史家通常认为，华阳公主是秦王嬴政生女。然嬴政二十二岁加冠，此时年三十五岁，以嬴政专一国政之秉性，此时即或有生女，也不可能是十六岁以上，故此作王族公主。

本一班齐整整的新锐大将顿时显得单薄起来。反复思忖，王翦上书秦王：请特许李信、蒙武戴罪入军，灭楚之后一并议决；鉴于蒙武熟悉楚军且曾对李信战法持有异议，可再任灭楚副将；李信职司，待入军之后视其情形酌定。三日之间，秦王立即回书照准。与此同时，王翦派出宽和敦厚的辛胜带了军中最好的伤医赶赴咸阳，抚慰探视冯劫等三人伤势，看其能否在三月之内恢复入军。若三人重伤不能入军，王翦便思谋要重新起用几个镇守关塞的老将。所幸冯劫等三将刀剑伤虽未痊愈，得闻王翦领军再度攻楚，都一齐奋然回到了灞上应职。廷尉府也带着秦王亲笔书命将李信、蒙武送到灞上幕府。王翦立即与蒙武彻夜长谈，交代蒙武立即赶赴关外南阳大营先行整顿军务，立定河外根基，等待关内大军开出后会合南下。同时王翦与蒙武商定，鉴于李信曾任中军司马，通晓幕府运作谋划，暂派李信重任幕府中军司马，全力职司幕府日常军务。如此一番忙碌，任将之事方初告了结。

第二件大事，是会同国尉府等相关官署，一一确定调兵事宜。自灭国大战开始，无论分合，秦军对外出动的总兵力始终是四十万新军。也就是说，当年王翦、蒙恬在蓝田大营练成的四十万大军始终在关外作战。历时六年，因始终未出现兵力匮乏之困境，也就没有再行征发国人入军。目下，灭楚伤亡连同既往伤亡，新军兵员已经锐减十三万余，再减去留镇燕国的三万飞骑，关内关外主力大军统共只有二十四万余，距六十万大军相差尚远。故此，要调集六十万灭楚大军，实际上便是要以这二十余万新军为主力并聚合整个秦国的兵力。大举调兵关涉各方，须得王翦亲自出马筹划并随时决断。王翦亲自与丞相王绾、国尉尉缭、长史李斯会商，由四方各出一名精干大吏组成一个聚兵署，依照四方长官商定的方略实施调兵。王翦幕府派出了李信，长史署派出了蒙

合理用人，不伤旧将的心。军心皆服。按《东周列传志》的说法，秦王大怒，李信被贬为庶人。《史记·白起王翦列传》称王翦大破荆军后，"而王翦子王贲，与李信破定燕、齐地"，可见李信大败之后，没被贬为庶人，仍立军功。

毅,丞相府派出了府丞,国尉府也是府丞,由蒙毅总掌调兵实施方略。王翦与三方长官议定的方略是:秦国既定军兵除九原蒙恬部与蓟城王贲部不再出兵外,函谷关、武关、陈仓关、大散关等主要关塞守军,一律调出由副将率领的八成兵员,合计十万上下;北地、陇西、河西三地因防备匈奴、赵国,故常驻兵马如同关塞,目下北方匈奴有蒙恬军,而赵燕魏三国已灭,此次将三地兵马全数南调,合计十二万余;另外的驻兵重地是拱卫大咸阳的内史郡,同样调出八成,步骑合计八万上下;最后加上蒙恬回书答应增援的五万飞骑,总共合计,堪堪六十万大军。王翦给所有的发令官署都明白限定了时日,无论艰难险阻,一月之内所调军马必须开到指定大营,完成兵将统属之整编。

第三件大事,备细确定兵器打造修葺与粮草辎重方略。秦军的兵器装备经历了四个时期的锤炼,于嬴政王翦时期达最高峰。第一时期是孝公商君创立新军,以当时最为强大的魏军为范,丢弃战车为主的老军制,立起了第一支五万兵马的步骑野战新军。唯其初创,其时之秦军铁兵器与大型攻防器械尚差。第二时期是秦昭王白起的秦军装备大改制。其时,国力强盛财货富庶,白起任上将军后基于秦军攻坚大战增多的战场情势,一则大大扩展了秦军兵力,二则全力打造并多方改进了各种大型攻防器械,使秦军一跃而成为当时最具威力的重装大军。也就是从这时开始,秦军的大型连弩成为威力无匹的天下第一重兵。第三时期是吕不韦的精细化。大商出身的吕不韦通晓作坊制造之经营运筹,且极富战略眼光。其对秦军的最大业绩,是对所有的兵器制造作坊颁布法令,明确规定了各式兵器的制作标准。以后世语言说,此即中国兵器标准化生产之鼻祖也。两千余年后,秦兵马俑坑出土的兵器上刻着三级姓名:一是相邦①吕不韦,二是作坊官吏,三是制造工匠,可见其监督之缜密。而其出土实物譬如箭镞,数万枚箭头式样、长度、用料完全一样,可见其精细。吕不韦的兵器装备标准化之后,秦军的兵器器械部件的互换率与组合率大大提高,对于远距离的征战具有特别重大的意义。第四时期是秦王政与王翦。当此之时,秦军面对的战场发生了两大变化。一则是灭国大战所独有的攻克六国都城的高难攻坚战成为必然,不下都城,谈何一统天下? 二则是力求一战灭敌主力且不留后患,大军必须确保摧毁敌国根基的威慑力量。对于如此两大变化,经王翦申明,秦国君臣是完全一致认同的。为此,王翦蒙恬在训练新军时制定了明确方略:全

---

① 相邦,即相国。刘邦称帝后,为避讳“邦”字皆改为“国”。

军重兵,战不求快捷速决,而务求完胜不留后患。如此方略之下,无论是骑兵步兵,各部都同时拥有重甲胄重兵器,且携带大型器械,凡万人之上皆可独当苦战。除此之外,最大的变化是王翦首创了以大型连弩为主轴的重兵器械营,集中各式大型攻防器械,可单独屯兵任何坚城之下长期对抗。唯其如此,秦军风貌与王翦战法浑然一体:不求奇战而重兵推进,无坚不摧地下敌灭国。而李信之所以失败,其重大原因之一,便是其轻兵奔袭式战法不适合秦军现状,丢弃重装使秦军优势大减,携带重装又不能快捷利落地大奔袭,遂自陷矛盾而混乱的境地。而李信面对的敌手,更不是脆弱的流窜军力,轻兵奔袭未免过于侥幸了。

李信兵败后,其随军粮草辎重与大型器械全部丢失,几乎占整个秦军装备的一半还多。若非秦国财力雄厚,断难立即发动更大规模的大军决战。目下王翦所要尽速完成者,便是补充这些大型器械并重新配备其兵力,同时还要谋划粮草辎重之输送方略。为此,王翦特意报请秦王紧急召回了坐镇新郑的姚贾,任姚贾以上卿之职总司灭楚后援。姚贾精明练达,其处置事务之才不下李斯,与王翦会商完毕立即风风火火开始实施诸般谋划。

根基疏浚完毕,已是冬去春来了。

二月二龙抬头这天,王翦的幕府军马要从灞上开拔了。

秦王嬴政率领王绾李斯尉缭等一班重臣,车马辚辚地赶来灞上送行。饯行军宴上,王翦举起大爵先向秦王深深一躬:"老臣村野不识风雅,君上见谅也。"嬴政恍然拍案大笑:"不纳公主,何伤风雅矣!原是我强度人心,与老将军何涉也!"旁案尉缭笑道:"若在山东,老将军拒纳公主便是大忌了。"李斯笑道:"是也!公议必说,此人无人欲而必有权欲,宁不小心哉!当年吴起拒纳魏武侯公主,便只有逃国了。"

调兵遣将,且保证粮草辎重万无一失。

王翦认真道:"人欲者,一则色也,一则财也。老夫无女色之欲,却有财货之欲,宁无人欲乎?"说着对王案一躬身又道,"老臣敢请秦王,美原千顷不足行猎,咸阳府池不足行舟,频阳良田亦不足子孙耕耘,万望君上再多多赐臣田泽园池。"嬴政一阵大笑道:"国尉长史笑谈尔!老将军行矣,断不致当真忧贫也!"王翦认真地摇摇头:"非也。为子孙计,老臣无所可忧,常忧贫也。"君臣不禁一阵哄然大笑。

幕府人马辚辚上路。行至函谷关夜宿扎营,王翦与蒙武会商罢军务,又吩咐重任中军司马的李信为其拟一上书,向秦王再请赏赐足够五辈分耕的田产。李信皱着眉头道:"将军之请赏几同乞贷,不觉过甚么?"从南阳赶来迎接的蒙武也笑道:"也是,老将军絮叨得多了,不送这上书也罢。"王翦却摇摇手道:"不。要送。到了战场还要送。"蒙武李信同声道:"为何?将军不信秦王?"王翦摇头道:"无关信与不信也。老夫握举国之兵远征,朝野议论必有,天下议论必有,非秦王所能左右也。老夫屡屡上书,絮叨田产赏赐,是要秦王知道老夫所惧者何,万不能因些许议论而掣肘大军。另则,老夫也是要天下知道,王翦明白诛心之论,非议可以休矣!"

如是上书送达咸阳,几日后军使归来禀报说:得长史李斯转述,秦王读罢王翦上书,拍案感慨云,老将军非讨田宅也,实醒朝议也!秦王已经下令朝野:敢有擅议灭楚诸将军者,视同乱国治罪!蒙武李信大为惊讶,不禁对这位老将军敬服得五体投地了。

"诸位将军,灭楚之功,在此一役!"

旬日之后幕府人马抵达南阳大营,王翦第一次升帐聚将。各路大军已经汇聚南阳一月有余,兵将统属等诸般军务已经全部就绪,除了粮草辎重大型器械与候补兵器正在源源不断运来囤积,六十万大军已经大体整肃了。大将们禀报完

据《史记·白起王翦列传》,王翦假意牵挂于家事,不让秦王生怀疑。王翦率军六十万人,秦王政亲自送于灞上。王翦临行前,"请美田宅园池甚众"。始皇曰:"将军行矣,何忧贫乎?"王翦回答说:"为大王将,有功终不得封侯,故及大王之向臣,臣亦及时以请园池为子孙业耳。"秦王大笑。王翦到了战场后,还屡请"善田者五辈"。有人觉得此举不可思议,王翦曰:"不然。夫秦王怚而不信人。今空秦国甲士而专委于我,我不多请田宅为子孙业以自坚,顾令秦王坐而疑我邪?"为人臣,王翦处处设防,以求自保,无错。但秦王"空秦国甲士"委以王翦,恰好也说明秦王无疑。秦王之疑心益盛,当自荆轲刺秦时起,秦王的变化,有一个转折点。早年的秦王政并没有那么多的疑心,用人不疑,雄才大略,这些词,秦王政都当得起。

各军情形,王翦从帅案前站起,第一次对大将们正面部署灭楚方略。王翦的剑鞘指点着楚国地图,中气十足的浑厚嗓音在幕府大厅嗡嗡回荡:"楚为天下大国,灭楚根本之点,在于戒绝骄躁心气,以面对赵国强敌那般冷静之心对楚决战。灭楚方略:不出轻兵,不求奇兵,全军正面推进,一城一地下之,直至完全占据楚国都城、全歼楚国主力、俘获楚国王室! 楚军若与我一城一地争夺,则我军求之不得。楚军若再度放弃陈地诸城,而南撤平舆地带固守,则我军兵分两部:主力进逼平舆与楚军主力相持,既不立即开战,亦不能使其脱离;另分一军在后,一城一城接手整肃城防,巩固我军后方,一俟陈地诸城稳固,立即南下合军,寻机与楚军决战! 明白否?"

"明白!"

"可有异议?"

"没有异议!"大将们整齐一声,无一人有犹豫之相。

"大国决战以总方略为上,但有异议,尽可明说。"王翦特意一句补充。

"蒙武老将军以为如何?"诸将无言,王翦又问一句。

"简单! 扎实! 可靠! 易行! 该当如此!"蒙武奋然拥戴。

"李信将军?"

此刻的李信正站在帅案之后的中军司马位置,见王翦询问,跨前一步拱手高声道:"轻兵下大国,李信之失已明! 重兵压强敌,上将军之方略堪称大智若愚! 李信今日方知灭国之大道,谨受教!"往昔傲然无比的李信面色通红,字字坦诚,显然是真心悔悟了。

"谨受教!"大将们竟跟着李信整齐地喊了一声。

得此一声,王翦顿时心下一热。秦军大将们能如此一致地认同王翦今日部署,足证将士之心对首战之错已经是人人明白了。兵谚云:"上下同欲者胜。"将士同心如臂使指,何城不下何坚不摧? 更重要的是,认同拥戴新方略者包含了首战败军的李信蒙武以及参战的所有将军,这是最难能可贵的。心念及此,王翦对厅中大将们一拱手道:"诸位将军认可老夫方略,老夫欣慰之至也! 我军首战败北,再战便是灭楚复仇之时! 诸将务必激励将士,同心一战!"

"同心一战! 灭楚复仇!"举帐一声大吼。

三月初,诸般后援到位,大军亦休整就绪。在一个晴朗无云的日子里,王翦下令大军开出了南阳大营,从安陵直入鸿沟大道,隆隆进逼陈城。王翦早已申明,除了不分兵不奔袭,南下进军依旧走李信军老路,就是要教楚人知道:秦军首攻败北并非进兵之错,更非战力不及楚军,而只是分兵弃装中了楚军奇袭而已。

陈城的项燕幕府前所未有地忙了。

去岁大败秦军之后,楚国朝野大为振奋,连续攻秦的呼声弥漫了江淮。楚国王室与老世族大臣们亢奋不已,合纵攻秦的种种方略一个超过一个的光彩绚烂。平日万难出手的各色私兵,忽然一夜之间变成了从来都受国府统辖的封地官军,一反常态地纷纷开出争相赶赴淮北,不管项燕幕府军令如何,都一齐打起了项燕大军的旗号竞相抢占一座座失而复得的空城。项燕大是恼怒,立即下令整肃兵马:凡愿入大军抗秦者,一律进驻大军营地,不许擅自强占城池;凡擅自强占城池而拒绝入军者,一律视为私兵,限期旬日退出城池!然则军令归军令,实施起来却是跌跌撞撞万般滞涩。任何一支军马都有盘根错节的出处与名正言顺的理由及官文将令,奉命将军也只能与之会商。而一旦会商,则谁都既不愿立即撤出,又不能立即入军。拖拖拉拉两三个月,才将这些"官军"相继拽进了大军营地。粗粗一算,吓了项燕一大跳,目下连同原先军马,楚国蜂拥在淮北的大军足足六十余万!既有如此态势,自当因势利导。项燕立即与诸将会商,决意整肃出一支真正具有抗秦战力的大军,不说六十万,只要精兵四十万,项燕便有再败秦军的雄心。不料谋划虽好,项燕却硬是没有时日与人手做这件最要紧的大事。各大世族的在军大将时不时被族命召回,一则贺功,一则密商扩展对策,项燕幕府不能不放。项燕自己也疲于奔命,一则几次被突然召回郢寿,漫无边际地会商种种合纵攻秦与重振楚国霸权长策,一次朝会至少流去旬日时光;再则各军大小纠纷不断,背后都

楚国已成强弩之末。

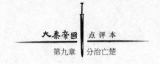

牵涉大族利害,每一桩都得项燕拍案决断;三则是朝野对项氏势力的壮大议论纷纭,楚王负刍每密召项燕澄清一回,项燕便得放下军务奔波都城一回。如此多方斡旋奔波,数月之间项燕在幕府竟很难连续住过五日,几乎是任何大事都是浅尝辄止,既疲惫又烦躁,身心俱累,只差点便要病倒了。

直到秦国再度聚兵的消息传来,项燕幕府才清静了些许。

楚王与大臣们不再着意谋划合纵攻秦长策了。各色"官军"也不再北进了。庙堂公议之后,下给项燕的王书是:着即谋划御秦方略,整军备战以再胜秦军。也就是这短短的一个多月,项燕才真正地能够处置军务了。看着父亲憔悴疲惫的身影,项梁每每愤愤然:"一窝乱蜂!若非秦军再度攻来,父亲便要累死!"项燕也是苦笑着摇头叹息:"胜而不堪其劳,战而始能清静,如此为将,只怕不能长久也!"

烦归烦,项燕毕竟良将,只要不受搅扰地铺排军事,终归还是大有收效。项燕首先整肃幕府,以景氏大将景祺、屈氏大将屈定分别为全军副将,以昭氏大将昭菵为军师,以项梁为前军主将,以项伯为后军主将,全部中军主力则亲自统领。如此任将,既安抚衡平了大族势力,也同时保住了大军战力不至于很大削弱。其次,项燕对老军力与新聚"官军"做了明确统属:原先大军分前中后三军,由项燕父子三人分领;其余新聚"官军"分别由昭、屈、景三将率领,各部兵力大体都在十万上下。诸般铺排之后,各方皆大欢喜,军中纷争总算没有再起。项燕立即幕府聚将,宣示了抗御秦军的方略:

"诸位,本次御秦方略,仍以前次战胜李信之策实施:再度放弃陈地诸城,大军渐次退至平舆、汝阴地带,而后相机出战!所以沿袭前次战法,其根本只在一处:秦强楚弱,此总体格局并未因一战胜负而变,秦依然强军,我依然弱旅。当此之时,楚军欲胜秦军,仍得空其当守,以淮北陈地诱使秦军分散兵力,而后方能寻找战机。非此,无以胜秦!"

"大将军之策,末将不敢苟同!"景祺率先发难。

"我等亦不敢苟同!"屈定昭菵同声响应。

"老夫愿闻三将军高见。"项燕冷漠地坐进了帅案。

"我等所以不敢苟同者,大将军错估秦楚大势也!"景祺昂昂然拱手高声道,"秦以一国之力而连下四国,再加九原抗御匈奴,北中国足足分秦之兵二十余万!连同攻楚大败之伤亡,以及关塞驻军,再去秦军二十万只少不多!如此,秦军攻楚兵力能有几何?末将算计,至多三十万而已!我军几何?六十余万!以六十万大军对三十万,尚言秦强楚

弱，大将军岂非大谬也！"

"谁云秦军三十万？"

"斥候、间人连番军报，大将军视而不见么？"

"此乃王翦骄楚奸谋，将军听之信之？"

"尝闻败军再起，必张其势，必扬其威！败军复出隐匿兵力，未尝闻也！"

"将军所言，弱军之败。若秦军之强，王翦之老，无须虚张声势。"

"我等以为，至少当据守陈地与秦军决战！"

"正是！富庶淮北听任秦军蹂躏，非大楚国策！"屈定昂昂跟上。

"陈地商路堪堪复原，当真弃之不顾，国赋必将锐减也！"昭萏也立即跟上。

"三将军既有坚执之见，老夫禀报楚王决断罢了。"

这便是楚国，军有私兵而府有族将，战法决断往往牵扯出种种实际利益之取舍，统兵主帅非但难以做到将在外君命有所不受，更难以消除麾下将军们基于族系利害而生出的歧见。楚国徒拥数十万大军而鲜有皇皇大胜者，根源皆在于此。以项燕之楚国末世名将，无论如何清醒，也不得不循着长久累积的传统行事，上报郢寿庙堂权衡决断。

当然，项燕不会自甘退让。在上书楚王禀报方略歧见的同时，项燕又向楚王另外上书一卷，以"旧伤发作，不堪重负"为由请辞归乡。前书以军使上达，后书则派出项梁专程晋见楚王申述。至于结局如何，项燕还当真没有成算。几日之后项梁归来，也同第一次一样带来了楚王的特使。特使宣读的王书云：秦楚大战在即，举凡方略部署皆以大将军项燕为决断，任何部将得奉将令行事；大将军操劳致病，本王并庙堂大臣无不忧心如焚，唯战事在即，尚须大将军带兵大胜秦

楚虽有大将、虽有勇士，但楚王不争气，世族不齐心，败象已露。

军,以振兴大楚霸业;今本王遣太医署一圣手入军,专司大将军病体,余事胜秦之后再论。宣罢王书,又一番抚慰,特使留下太医走了。项燕立即召来项梁询问庙堂情形,待项梁叙说罢了,项燕却更是忧心忡忡了。

以项燕对庙堂大局的预料,楚王负刍该当支持他的。

一则,在整个楚国,只有楚王及其王族可以不将项氏实力增长看作威胁。二则,这个即位刚刚三年的楚王负刍,在秦国"重金不成,匕首随之"的邦交渗透中尚算硬朗,一即位便严厉处治了几个与秦国商社过从甚密的大臣。王贲闪电袭击战之后,楚王负刍又一力决断了"预为调兵,抵御秦国"的方略。尽管前者不无借机剪除政敌之嫌,后者亦不无借机削弱世族私兵之嫌,但毕竟不失为真心抗秦的一个君主。三则,楚王负刍与项氏交谊颇有渊源,在负刍还是王族公子时,项燕便是公子府的常客之一,负刍兵变夺取王位,项氏也是根基势力之一。凡此等等,若无特异情势,楚王该当支持项燕的抗秦方略与统军将权。然则,项燕深知楚国庙堂势力盘错纠结极深,权力分合无定,若其他世族大臣铁心反对,楚王纵然图谋支持也是无能为力。为此,项燕要给楚王提供向世族大臣施压的力量,否则,各大世族不明里掣肘,只要搪塞王命,粮草辎重立马便告吃紧。这个施压直奔要害:项燕请辞归乡,谁来领军抗秦? 以目下楚国诸将军才具,分明找不出项燕这般大胜秦军而在朝野具有极高声望的良将。除非世族大臣们连确保自家封地也不顾及,只能在无以选将的压力之下承认项燕的完整将权,从而秘密知会自家将军不要与项燕对峙。如此釜底抽薪,其实效远远大于以军令压服世族大将。

而今,这一目的大体达到了。

然则,楚王与大臣们的急胜欲望却教项燕不是滋味。

楚王倒是不疑项氏一族。但楚国上下,似乎无人能看清楚天下大势,是以最终掉以轻心,速亡。

　　项梁说,楚王命他当殿陈述了父亲病情与归乡颐养之
请,而后直接指点着名字教世族大臣们说话。大臣们却没有
一个人开口,举殿默然了足足小半个时辰。最后,还是昭氏
老令尹说了一句话,抗秦离不开大将军,夫复何言哉! 于是,
大臣们纷纷附和,这件事就算过了。之后,大司马景桓开议,
言楚军集结已达六十余万,已然超过秦军一倍,堪称史无前
例。项燕南撤未必不可,然要害是必须尽早与秦军决战并大
胜秦军,否则春夏之交的雨季到来,楚军粮道便要艰难许多。
景桓之后,楚王竟率先拍案赞同,说秦军远来疲于奔命,自是
力求恢复元气而后战,我军则当以汝阴坚城为根基,早日寻
求决战,不可延误战机! 此后,所有的大臣都是慷慨激昂,争
相诉说了要大将军尽早决战秦军的种种道理。有人云楚军
士气高涨,胜秦势在必然。有人云楚国民众仇秦已久,不可
坐失民望。有人云秦军粮道绵长,如截断粮道则秦军不堪一
击。有人云倍则攻之,若大将军退至平舆汝阴还不求速战,
分明便是亡楚于怠惰……不一而足。

　　"父亲,务求速战速胜,已成庙堂不二之论!"项梁一句
了结。

　　"庙堂,与老夫交易? 以全军将权,换老夫速战?"

　　"此等情势,很难转圜……"

　　"全我将权,强我速战,老夫这大将军岂不徒有虚名?"

　　项燕连愤怒的力气都没有了,怆然一笑,摇摇头叹息一
声再也不说话了。就实说,项燕对再次胜秦还是有底气的。
秦国在短短一个冬天能够集结大军再度南进,必然不会是三
十万兵力,也必然不会再度像李信那样轻兵大回旋。可以肯
定地说,秦军必然以持重之兵与楚军周旋。以项燕所知之王
翦,尤其不会急于与楚军决战。当此之时,楚军若能整肃部
伍深沟高垒,依托淮水、江水两道天险坚壁抵御,只要楚国不

英雄气短。

生内乱,秦军取胜几乎没有可能。唯其如此,项燕的托底方略是:第二步退至淮南,整个地放弃淮北;秦军战无可战,空耗粮草时日;更兼北中国尚未底定,其间难免有战事发作,秦军必有分兵之时;其时趁秦军分兵后撤之际,楚军做闪电一战,几乎是十之八九的胜算之战!从更根本的意义上说,楚王若能洞察大局,以艰危抗秦为时机力行变法,整肃朝局整合国力,楚国崛起于艰难时世的可能性极大。所以如此,地理大势使然也。楚国不若中原五国,正面有淮水江水两道天险,东南吴越有茫茫震泽(后世太湖)为屏障,西南有连天茫茫之云梦泽为屏障,腹心更有烟波浩渺的洞庭泽连同湘水沅水之密布水网,后有丛林苍莽的五岭横亘,若收缩防线以求固守,秦国万难破之也。而今,楚国庙堂不识大局,反求速战速胜,惜哉惜哉!

无论项燕如何愤懑失望,还是无可奈何地聚将发令了。

在已经热起来的三月末,楚军终于撤离了陈地十余城,浩浩荡荡地开向了南方。旬日之间,楚军抵达淮水北岸,项燕下达了布防将令:三十万楚军主力驻守汝阴郊野构筑壁垒,三十万后聚"官军"分两部驻扎,景祺率军十五万驻扎平舆郊野构筑壁垒,屈定率军十五万驻扎寝城郊野构筑壁垒。两三日之间,三部大军在淮水北岸自西北向东南连绵展开,日夜构筑壁垒,气势壮观至极。因了大军距都城郢寿不过百余里,楚王负刍的犒军特使、令尹、大司马及各大世族的军务特使,连绵穿梭不绝于道。南楚民众也纷纷跟从各县令入军劳役,或搬运粮草辎重,或辅助构筑壁垒,终日旌旗招展喧嚣连天。王酒、民气、朝野公议交互刺激,楚军战心日炽。汝阴的项燕主力大军营地稍微平和,也是热辣辣一片。平舆、寝城两大营地,竟终日如社火狂欢一般嗷嗷求战。

四月初,秦军开过颍水,在西岸立定了营地。

大军南来,依照王翦预定的方略井然有序地推进着。进兵之期大军两分:王翦率主力大军四十万,以日行六十里的常速稳健推进;蒙武率后军二十万,逐一占据陈地楚军所弃城池,会同南阳郡守派出的接收官吏料民典库,恢复商旅百工农耕,使民生纳入常轨。蒙武给每座城邑各留五千人马防守,陈城留守军马一万总司策应,所有陈地民治军务,俱交总司后援的姚贾统辖。诸事安定,蒙武方率所余十余万人马后续南进。也就是说,王翦的六十万大军一开始便在陈地留下了将近十万。确保后方坚实通畅,这是秦昭王时期武安君白起屡屡与山东大战为秦军奠定的扎实进兵传统,更是范雎远交近攻战

略的"化地"体现。王翦非常清楚，当年的长平大战若无河
内郡为坚实的后援基地，秦军根本不可能在上党苦寒山地与
赵军对峙三年。而今进兵广袤楚国，若不清理出一片坚实的
后方根基，只怕秦军也难以从容不迫地与楚军周旋。唯其如
此，王翦宁可少一部战场兵力，也不能少了后方通畅。

后方一定要稳。时至今日，其实楚军已很难潜入秦军后方了，三晋已灭，楚之西、楚之北，皆秦的地盘，楚鞭长莫及，除了守还有点希望，别无其他良策了。

此时，由于秦国的山东邦交方略历经长期经营已经大
见成效，楚国楚军的各种相关消息早已经源源不断地飞入
幕府。王翦对楚国庙堂与楚军幕府的诸般情形，可谓了如
指掌。为此，王翦的进兵军令很简单：以坚兵之阵常速南
进，直逼楚军汝阴城下扎营对峙。所谓坚兵之阵，是不求
兼程疾进的作战行军阵式：重型连弩营前军开道，铁骑军
两翼展开行进，中央步军以战阵排列开进，以各关塞调集
的一千辆不附步卒的战车为殿后。如此阵式在地形平缓
的广阔原野推进，既无山塬峡谷遭受伏击之忧，又可随时
立地为战，故不怕楚军于进兵途中突然发动奔袭战。之所
以如此阵式进兵，是知己知彼的王翦对楚军世族私兵的有
效防御。身为楚军主帅的项燕能收缩南退，足见其清醒，
亦足证其不会草率小战。然则楚军之后聚私兵却是求战
心切，未必不会贸然一战，若因无备而被骚扰之战纠缠，战
场情势未必不会瞬息变化。故此，秦军南下进兵，首要预
防者便是奇袭战。王翦不知道的是，楚军景祺部与屈定部
确实曾经要北上奇袭秦军，只是因为项燕严令制止，且明
确讲述了秦军南下阵式之重兵威力，指斥二人若一战败北
则动摇楚军，两将方才没有出兵。

秦军的营地扎在了与汝阴要塞遥遥相对的一片山塬河
谷地带。

"楚军三城，自西北而东南，状如曲柄，遥相呼应。"

第一次幕府聚将，王翦对诸将解说楚军情势道："平舆

楚军与寝城楚军,皆为楚国老世族封地之私兵汇聚。汝阴项燕军,才是楚军真正主力。三地楚军,横展不过百里,各城相距不过三十余里,骑兵纵马即到,步军兼程互援亦不过一个时辰。为此,楚军三大营,实则当作一营视之。"

"上将军,我军大营似当卡在三地中央的寝城更佳!"杨端和提出一说。

"寝城形在中央,实非轴心。"王翦指点着地图道,"汝阴大营项燕军,才是楚军之根基力量。项燕军败,则其余两军不堪一击,甚或可能作鸟兽散。我军正面对峙项燕军,其根本所在,便是不能使楚国这支主力大军再度后撤淮南!若项燕军入淮南,则灭楚倍加艰难!此为灭楚之要,诸将谨记。"

"如此说,我军当尽早与项燕决战!"辛胜奋然高声。

"不能。"王翦摇头道,"前次我军一败,楚国朝野之萎靡不振陡转为心浮气躁,楚军将士更是气盛求战。此等风靡之势,虽项燕不能左右也。当此之时,我军应对之策只在兵法八字:避其锋芒,击其惰归!时日延宕,楚国庙堂必生歧义,楚军士气亦必因种种掣肘内争而低落,其时我军寻机猛攻,必能完胜楚军!"

"上将军方略虽好,只是太急人了些!"

冯劫高声嚷嚷了一句,大将们一片哄笑纷纷点头附和。王翦黑着脸没有说话。大将们这才渐渐平息下来,前次参战的大将不禁都红着脸低下了头。王翦肃然正色道:"谚云:图大则缓。既是政道,也是兵道。灭国之大战,根基便在强毅忍耐。以我军实际情形论,关塞守军与原主力大军初合,战法配合、兵械使用、兵将统属等等均未浑然若一。更有前战将士多有带伤南来者,尚未复原;许多久驻北方关塞之将士初来淮水,水土不服必生腹泻。凡此等等,确实需要时日整休恢复。兵未养精而仓促决战,胜算至多一半。秦军六十万举国一战,没有十二分胜算,岂能出战!为此,本帅将令!"

"嗨!"举帐哄然一声雷鸣。

"各营全力构筑壁垒,完成之后整休养士:一则,全部明火起炊,停止冷食战饭,务必人人精壮!二则,各部统合演练协同战法与攻防竞技,弓弩器械营更须使补充士卒娴熟技艺,务使各部将士浑然如一!其间,各营得严密巡查营地壁垒,不奉将令,任何人不得跨出壁垒一步!若有楚军挑战,一律强弓射回,不许出战!但有擅自出战者,本上将军立即奉行军法,斩立决!"

"谨奉上将军令!"举帐大将肃然一声。

秦军六十万轰隆隆落地生根,与楚军六十余万对峙了。

秦军壁垒大营连绵横展三十余里,旌旗蔽日金鼓震天,气势之壮盛无以复加。遥遥相对的楚军更见皇皇壮阔,三大营地均在城外郊野,自西北而东南绵延百余里,黄红两色的无边军帐衣甲如苍黄草原燃起了熊熊烈火,蓝色天宇之下分外夺目。与之遥遥相对的秦军旗帜衣甲主要为黑白两色,沉沉涌动如漫天乌云翻卷,如烁烁雷电光华。如此壮阔气象,可谓亘古奇观。当年之长平大战,秦赵双方兵力也超过了百万,然战场毕竟在重重山地,兵力雄厚却无以大肆展开而能使人一览全貌。秦楚今日相持,两军俱在茫茫平野筑成壁垒阵式大肆铺开,其壮阔气象自然是闻所未闻。列位看官留意,秦楚对峙是长平大战后最大规模的两军会战,是终结战国时代的最后一次大会战,也是整个中国冷兵器时代乃至整个人类冷兵器时代最后一次总兵力超过百万的大战绝唱。此后两千余年,此等壮观场景不复见矣!

大军对峙奇观被淮水两岸民众奔走相告,消息遂风一般传开。许多游历天下的布衣之士与阴阳家星象家堪舆家络绎赶来,纷纷登上远近山头争相一睹,于是种种议论不期然生发出来。楚王负刍大为振奋,连呼胜境不可得矣,遂与几名相关重臣秘密赶赴汝阴,又召来项燕,君臣一起登上了一座最高的山头瞭望。

"如此气象,比灭商牧野之战①如何?"负刍的矜持中透出无法掩饰的骄傲。

"牧野之战如火如荼,然双方兵力至多十万,小矣!"大司马景桱大是感喟。

王翦率六十万大军,不急于攻楚,用廉颇及李牧之策,守而不攻,泄楚军之气,等待最佳出动时机。

---

① 牧野之战,周灭商的战役。牧野,古地名,在今河南淇县东南。

"比阪泉之战①如何？"

"炎黄大战浩渺难寻，纵然传闻作真，亦远不能与今日比也！"

"人言两军征候预兆国运，大将军以为如何？"

"臣启我王：国运在人，不谋于天。"项燕没有丝毫的欣喜之情。

"秦国多用流言乱人，事先知之何妨，老令尹以为？"

"老臣得闻，近日确有种种流言散布，是否王翦派遣间人所为，尚难以定论。"老令尹昭恤摇着雪白的头颅，"然以老臣之见，楚人乃祝融之苗裔，是为火德。秦人乃伯益之苗裔，是为水德。水能灭火，火亦能克水。目下之势，秦军为西海之水，我军为燎原之火，似各擅胜场。然则，楚地居南，楚军居南，而南方为火圣之位也，故此利于我军。如此看去，我军必能以燎原天火，尽驱西海之水。"

"妙！"负刍拍掌高声赞叹，"大将军，此等预兆该当广播我军！"

"老臣奉命。"项燕不想纠缠此等玄谈空论，只好领命了事。

"不知大将军如何谋划破秦之策？"大司马景栎终于提起了正事。

"本王也想听听，大将军说说啦！"

"禀报楚王，列位大人，"项燕一拱手正色道，"秦军南来之初，老臣业已下令各军随时迎击秦军。然则一月过去，秦军始终坚壁不战，我军将士遂多方挑战，秦军只用强弩还击，依然坚壁不出。老臣反复思忖，王翦深沟高垒，必有长远图谋，我军当另谋胜秦之策。"

"另谋？何策啦？"昭景两大臣尚未说话，负刍先不高兴了。

"秦军坚壁，我军为何不强攻破垒？"大司马景栎辞色间颇见责难。

"若能强攻，老臣何乐而不为？"

"如何不能强攻？前次胜秦，不是连破两壁垒啦！"昭恤也急迫不耐了。

"两位大人，"项燕苦笑着，"王翦不是李信，此壁垒非前壁垒了。"

"如此说来，秦军不可破？"楚王负刍有些急色了。

"老臣方略，正欲上书楚王。"

---

① 阪泉之战，相传黄帝与炎帝战于阪泉之野。阪泉，古地名。一说在今河北涿鹿东南，一说在今山西运城市解池附近。

"说!"

"老臣审度,秦军此来显然取破赵之策,要与我军长期对峙,以待我军疲弱时机。"项燕忧心忡忡道,"楚国若以淮北为根基抗秦,国力实难与秦国长期对峙。老臣谋划,楚国当走第二步:兵撤淮南,水陆并举抗击秦军⋯⋯"

"弃了淮北,郢寿岂不成临敌险境啦!"负刍几乎要跳起来了。

"岂有此理!"大司马景棽脸色顿时阴沉下来。

"畏王翦如虎,大将军似有难言之隐也⋯⋯"

"不可诛心。"负刍正色制止了昭恤。

老昭恤的讥讽使项燕一腔热血骤然涌上头顶,几要轰然爆发。然则,项燕毕竟久经沧海,终究还是死死压住了自己的怒火。盖战国后期情势特异,秦国收买分化六国权臣的邦交斡旋几为公开的秘密。韩国之段氏,赵国之郭开,齐国之后胜,已经是天下公认的被秦国收买的奸佞权臣。燕国魏国虽无此等大恶大奸,然其大臣将军得秦国重金者却是更多。当此之时,楚国大臣被秦国收买者自不在少数,而昭恤所谓"大将军难言之隐"者,分明便是讥刺项氏有通敌卖国之嫌疑,项燕如何能不怒火中烧? 就实而论,项燕曾得多方密报:秦国商社奉上卿姚贾密令,早与昭氏、屈氏、景氏三大族子弟多有秘密来往,更有秦商间人秘密进入令尹府邸会见昭恤。项燕所以隐忍不发,皆因一发必引大族之争,必致楚国大乱,投鼠忌器也。而今,自己隐忍不能举发,真正的通秦卖楚者却反将脏水泼向自己;楚王也仅仅制止而已,对项燕的长策大略则显然反感。面对如此庙堂,除了强忍怒火缄口不言,项燕又能如何?

君臣不欢而散,项燕是真正地坐上炭火燎炉了。

庙堂龌龊,项燕无能为力。秦军之变,项燕更无法预料。

月余之前,秦军大营方落,项燕立即下令各军各营坚壁防守,随时迎击秦军出战。那时,项燕与大将们都认定,秦国六十万大军南来,比李信攻楚兵力多了三倍,当然会对楚军连续猛攻。原先咬定秦军只有二三十万的大将们,则眼见秦军威势赫赫,遂再也不说秦军如何不堪一击了。所以,第一次幕府聚将没有任何争议,项燕很容易地与各军大将取得了共识:楚军暂取守势,只要击退秦军前几次猛攻,则战胜秦军必然有望! 楚军大将们也一致认可了项燕战法,即在防守中伺机寻求反击。然则,令项燕与楚军将士们大大出乎意料的是,秦军根本没有出营攻杀,连日只窝在营地忙碌地构筑壁垒。于是,

项燕与将军们又断定此乃秦军力求攻守兼备,壁垒构筑完毕之后必将猛烈攻杀,楚军无须求战。不料,旬日之间秦军壁垒构筑完毕,却仍然窝在营垒之中丝毫没有出战迹象。如此两旬过去,项燕与将士们终于明白,秦军以强敌待楚,图谋先取守势,而后等待战机。

楚军将士们不禁大感尊严荣誉,豪迈壮勇之气爆发。

盖战国中期之后,天下大军能与秦军对阵者,唯赵军而已;值得秦军森严一守者,唯赵军而已。至于楚军,已经数十年无一大战无一大胜,且不说如何被秦军轻蔑,楚军自己也是自惭形秽。若非前次大胜秦军,楚军士气是无法与秦军同日而语的。今日,秦军以六十万雄师南来,竟如此惶恐不安地构筑壁垒不出,显然是将楚军看作了最强大的对手。如此荣耀,楚军将士几曾得享,又怎能不心神激荡?于是,不待项燕将令,平舆寝城两军便发动了对秦军壁垒的猛烈攻势。然秦军毕竟名不虚传,且不说军士战力,单那壁垒便修筑得森严整肃,其宽厚高峻俨然一座座土城,大型器械密匝匝排列垛口,壁后将士严阵以待,森森然之势确实非同凡响。相比之下,楚军所修壁垒简单了许多,营门前只有一道半人深的壕沟,沟后只有一道五尺高两尺厚的土墙。对于秦军壁垒之强固,楚军开始多不在意,反多方嘲笑秦人粗笨愚蛮,千里迢迢来给楚国修长城了。及至攻杀开始,楚军立即尝到了秦军壁垒的厉害。楚军呼啸而来,尚未攻杀到壁垒前三百步,楚军士卒的臂张弓还远不能射杀敌军之时,秦军壁垒的强弩大箭夹着机发抛石已经急风暴雨般倾泻而来,楚军大队只有潮水般后退,根本无法接近秦军壁垒。如是连番者旬日,屈景两将军的攻杀一无所获,反而死伤了数以千计的兵士。直到此时,楚军将士这才着实明白了重装秦军与森严壁垒的威力。

"若李信军不弃重械,前次能否攻克两壁,未可知也!"

项燕感喟一句,楚军大将们没有人辩驳了。

虽则如此,楚军将士们还是不服。都是秦军,楚军能大败李信秦军,如何不能大败王翦秦军?毕竟没有真正较量,单凭壁垒不破便能说秦军不可战胜了?岂有此理!人同此心,心同此理,往往是不待营将军令,士兵们便聚在旷野对着秦军营垒终日咒骂连续挑战。楚军所以如此,与其说人人真心求战,毋宁说一大半是被秦军安稳如山的气势做派激怒了。自从秦军壁垒修筑完毕,连绵营垒中整日沸腾着种种呼啸声喊杀声笑闹声金鼓声马嘶声,搅得楚军坐卧不宁焦躁不安。种种喧嚣中一道道炊烟滚滚上天,肉香饭香随风飘散，几乎整个淮北都闻得见炖羊烤羊特有的膻气味儿，更有葱蒜秦椒的辛辣之气夹着牛粪马粪的热烘烘臭气，再夹着驱赶蚊虫的艾蒿浓烟，随着夏日的热风一齐弥漫，绿茫茫原野烟雾蒸腾，几如天地变作了蒸笼一般。多食鱼米口味甜淡的楚军将士不耐膨膛刺鼻，常常被熏呛得咳嗽喷嚏不绝，不由自主地对着黑蒙蒙的秦军营地不断地跳脚叫骂。若有营将烦躁不堪，便会呼喊一声，率领着四散叫骂的士兵们一阵呼啸冲杀，直到被箭雨射回。

这般大军对峙，是战国史上绝无仅有的景象。没有即墨田单军六年对峙燕军的惨烈悲壮，也没有秦赵长平对峙三年余的肃杀凝重，甚或，也没有王翦大军与李牧大军在井陉关内外对峙年余的谨慎搏杀。这场战国末世的最大对峙，更多的带有一种难以言说的怪诞意味。两军实力分明不对称，角色偏又颠倒了过来——秦强而楚弱，弱者如痴如醉地挑战进攻，强者却小心谨慎地坚壁自守。如同一个真正强大的武士，相遇了一个曾经侥幸击倒过另一个武士的病汉，强大武士谨慎地试探着对方虚实，而病汉却疯狂吼喝盲目挥刀。在后世看去，这场最大规模的对峙颇具一种幽默的冷酷与冷酷的幽默：楚军拥有当世良将为统帅，却只能眼睁睁地看着自己的大军昏昏然疯狂，而无力实施清醒的战争方略。

如此日复一日，整个燠热难耐的夏季过去了。

楚军的频繁攻杀也如强弩之末，力道渐渐弱了。及至秋风乍起，楚军的粮草输送莫名其妙地生出了滞涩。原本是车马民力络绎不绝的淮北官道，骤然之间冷清稀疏了。项燕心下一紧，立即派出项梁赶赴郢寿请见楚王。楚王负刍也没有明白说法，只当即召来几位重臣小朝会聚商。世族大臣们却是直截了当，异口同声地质询项梁：以楚军之强，士气之盛，为何始终没有大举猛攻秦军？项梁反复陈述了秦军壁垒森

> 这段写得好。若论生活细节，南方人比西北人要讲究得多。讲究细致生活的族群，在古代战争上不怎么占优势，怨声多，行动慢。现代战争则另当别论。

> 不能持久。

严的防守战,申明了楚军若一味强攻只能徒然死伤的实际情形。然则,大臣们没有一个人相信。楚王负刍始终皱着眉头反复只问一句话:"秦军果真如此之强,如何不攻我军,跑到淮北炖羊肉来了?"大司马景桎立即跟了上来道:"秦军不敢攻我,足证其力弱!我军半年不大举破壁,非士卒无战力也,实将之过也!"项梁脸色铁青却百口莫辩,只好硬邦邦一句问到底:"敢问楚王并诸位大人,粮草辎重究竟要否接济?""要则如何? 不要又当如何?"令尹昭恤终于说话了。项梁愤然道:"不要接济,末将即行禀报大将军,项氏自回江东,各军自回封地! 要接济,大将军再行禀报方略!"项梁撕破脸皮胁迫,举殿反倒没有了话说。大战在即,毕竟不能逼得手握重兵的项氏撒手而去。楚王负刍立逼各大臣说话,一番折冲,最后议决的王命是:各大族封地继续输送粮草,同时,一个月内项燕必须大举破壁胜秦!

"岂有此理! 刻,刻,刻舟求剑!!"

项燕听完项梁诉说,一拳砸翻了帅案,愤怒结巴得连楚人最熟悉的故事也几乎忘了。然气呼呼地绕着幕府大厅转悠了不知多少遭之后,项燕还是冷静了下来,吩咐中军司马击鼓聚将部署大举攻秦。项梁大惊阻止,项燕却淡淡一笑道:"楚军若无一次正败,老夫的淮南抗秦便休想实施。攻。声势做大,不要全力,江东精锐不出动。"项梁见父亲眼中泪光闪烁,二话不说便去部署了。

次日清晨,楚军从平舆、寝城、汝阴三大营垒一齐开出,向秦军营垒发动了最大规模的一次猛攻。六十余万大军横展三十里,苍黄秋色翻卷着火红的烈焰向整个黑色壁垒漫天压来。秦军营垒中鼓声如雷号角大起,暴风骤雨般的大箭飞石顿时在碧蓝的空中连天扑下。与既往防守不同的是,待楚军浪头不避箭雨涌到秦军营垒之前时,全前壕沟中骤然立起了一道黑森森人墙——秦军的重甲步卒出动了! 盖营垒防守战与城池防守战稍有不同。城池防守,上佳战法是郊野驻军,以远防为外围线,尽量避免敌方直接攻城;然若兵力不足,缩回城池亦常有之,毕竟,城池高厚,攀爬攻杀之难远甚营垒。营垒防御战不同处,则在敌军大举攻杀时必须于壁垒之外设防。毕竟,无论箭雨飞石如何密集,大军都有可能汹涌越过壕沟扑到垒墙之下,而垒墙无论如何高厚,究竟不比耗时多年精心修建的城墙,被巨浪人流冲垮踩垮的可能性大大存在。唯其如此,面对楚军第一次正式大举攻杀,秦军第一次出动了重甲步卒。

重甲步卒是真正的秦军精锐。若以秦军自身相比,秦步军锐士之战力尚在秦骑兵

战力之上。且不说秦步军之强弩以及种种大型攻防器械，单
以步军结阵搏杀之战力而言，其时秦步军已经超越了战国
前、中期赫赫威名的魏武卒方阵。其间根源在两处，一则是
秦军兵器甲胄更为精良，二则是秦军的尚武传统在军功制激
励下士气臻于极盛。如此之秦军重甲步卒在楚军大举攻杀
之前悄然隐伏壕沟，此时突然杀出如同一道铁壁铜墙骤然立
起，楚军的汹涌巨浪立即倒卷了回去……大约半个时辰的浴
血搏杀，满山遍野的楚军终究不能破壁而入，项燕下令鸣金
收兵了。

"上书楚王，禀报战果。"

项燕拿着中军司马送来的伤亡计数，脸色阴沉得可怕。
此战，楚军三大营共计战死三万余，重伤六万余，轻伤不计其
数；而各营军士自报杀死杀伤的秦军人数，总计不过三千余。
这次的上书特使，项燕没有再派项梁，而是派了昭氏大将昭
萄。三日后昭萄方才归来，给项燕带来的王命是：秦军壁垒
强固，大将军当另行谋划战法，伺机大破秦军！王书没有再
提一个月胜秦的前约，也没有再提粮草辎重。昭萄则说，只
要大军抗秦，粮草辎重该当不会出事。果真楚军因粮草不济
而退兵，毕竟对谁也没有好处。项燕知道，尽管这是老世族
大臣们的无奈决断，然毕竟不再汹汹逼战，他便有了从容谋
划的余地，未必不是好事。

于是，项燕不再计较种种龃龉，开始谋划一个极其重大
的秘密方略。

八 淮北大追杀 王翦一战灭楚国

浴盆的蒸腾水雾湮没了幕府寝室，王翦的思绪闪烁着清

楚军疲惫，便是进攻的最
好时机。

冷的杀气。

倏忽深冬，秦楚大军的相持已经十个月了。秋冬的萧疏在淮水岸边并不如何显著，林木依旧是一片绿色，山塬依旧是一片绿色，若非纷纷扬扬地飘起了雪花，秦军将士们几乎忘记了这是冬天。只有王翦清楚地知道，这是与楚军相持的第三百一十三天，到三月末便是整整一年了。十个月来，大势已经渐渐稳定了下来。楚军一轮又一轮的挑战攻杀，终于没有了最初的气势锋芒，截至两月前那场全军大举攻杀被击退，楚军可谓一鼓作气再而衰三而竭了。入冬以来情势颠倒，秦军将士开始纷纷请战了。无论兵士还是将军，都摩拳擦掌地嚷嚷着一句话："入楚是来打仗的！不是窝冬蹲膘的！"前日降雪，营垒中又是一片嚷嚷："这叫甚雪，轻软得正好擦汗！打仗正好不热不冷！"尽管王翦重申了军令，严禁一兵一卒踏出营垒，可那纷纭喧嚣的奋奋然叫喊之声，却是谁也无法遏制的。

在秦军历史上，不乏苦战对峙。然无论如何对峙，认真打仗总是经常有的。如这次十个月对峙而不出营垒一步，实在也是闻所未闻的第一次。在秦军将士们眼中，这简直是令人咋舌的奢侈。十个月中，除了修筑营垒与应对楚军挑战骚扰，终日大起明火军炊杀牛宰羊肥吃海喝，人人都变成了黑铁塔一般的莽壮大汉。秦人话语，只咥饭不劳作叫作"蹲膘"，说是猪一般只管吃喝长肉，除了绕着猪圈哼哼叫转圈子便无所事事。如今只吃不打仗，不是活生生蹲膘么？尽管天天都有军阵攻杀操演，将士们也是终日汗水淋漓，然只要不是真刀真枪地上战场，依然是都觉得一身力气憋得难受。于是，各种大使蛮力而平日无以消受的游戏处处生发了。跌跤、较射、角力、劈杀、剑术、骑术、举石、击壤、投石等等等等不一而足。甚或吃饭的速度、饭量的大小、脚步的快慢、步幅的长短、爬树的高低、腕力的强弱，也都成了较量的游戏。但是，最普遍的军营游戏还是两种：投石与击壤。所以如此，原因在二。一则，这两种游戏是王翦将令所定：兵士抛石，远距必须至少达到抛石机的六七成之远；抛石击打之准确，必须至少达到击壤高手的八成命中！二则，这两种游戏可参与人数不限，能集群较量而声势最大，最为将士们热衷。分而论之，投石为典型的军中游戏，而击壤则是古老的民间游戏。

所谓投石，便是石头掷远比赛。秦军之投石，除了士兵个人较量，尚以抛石机为尺度衡量，则更见难度。盖战国之抛石机，大体是将十二斤重量的石块，射出三百步距离。秦国器械精良，抛石机之机发距离只远不近。若以此论，商鞅之秦制六尺为步，一尺大体今日八寸上下，则三百步为秦尺一千八百尺，合今日一千四百余尺，公制将近五百米；秦之重量，一斤大体为今日市斤之半（五两余），十二斤大体为今日六斤上下①。也就是说，抛石机能将六斤重的石块弹射出四百米左右。如此距离，已是惊人。而其时有军中猛士者，投石距离竟能直追抛石机，更为惊人。《史记·白起王翦列传·集解》引后世《汉书》云："甘延寿投石拔距，绝于等伦。"又引张晏云："《范蠡兵法》飞石重十二斤，为机发行三百步。延寿有力，能以手投之。"也就是说，西汉时尚有如此猛士，战国之世便当大有人在了。以王翦初定之标准，秦军的投石较量，便是要将当时十二斤重的石头掷出至少二百步。若以射箭之"百步穿杨"一说，则如此距离已经超过了寻常的单臂弓射程！显然，这种投石较量，是要大大提高秦军士兵的实战膂力。若能人人投石超过两百步，则战场掷出长矛之距离，当至少在百步上下，等于人人可以将长矛如同射箭一般激发投出。漫天长矛森森然呼啸扑来，其威力可想而知。

相对于投石掷远，击壤则是训练准头之游戏。击壤者，远古游戏也。击壤是伴随着那首古老的《击壤歌》流传于战国的，唱的是："日出而作，日落而息，耕田而食，凿井而饮，帝力何有于我哉！"那是一种最为简单粗朴的击砖比赛：将一排厚厚的大砖立到地上，人站在事先划定的界线上，以一块"击砖"掷向远处矗立的那排大砖，击倒越多胜绩越大，空击则受罚。两千余年后，这种游戏依然流传在秦川村野，秦人呼之为"打官"，其名称之源流演变不可考矣！亦偶有民俗文化学者惊呼为"土保龄球"或"保龄球鼻祖"者，此乃后话也。显然，秦军士兵之击壤游戏，其实是与投石游戏相配套的准确击打训练。

如是十个月过去，士兵们的投石距离越来越远，达抛石机六七成之远者也越来越多。各营大将赳赳来报昂昂请战，王翦总是淡淡一笑："急甚？投石尚未超距，再练。"不管大将们如何嚷嚷，王翦只此一句回应。若有纠缠不下者，王翦便捧出秦王不许轻战的书命一通严厉地申饬了事。总之军令依旧，不许出战，不能出营。

---

① 据吴承洛先生《中国度量衡史》研究考证：秦制一尺合今日市尺为八寸二分余；秦制一斤合今日市斤之五两一钱多。

吃好、睡好,投石还可发泄精力,养精蓄锐之法。李牧曾用类似的办法以逸待劳。

一想到秦王不许轻战的书命,王翦便深感欣慰。老之将至而能与这位英年君主达成如此一种默契,秦国之幸也,人臣之幸也。大军初定时,王翦明令李信三日一军报,无论是快马特使还是军中信鸽,总之是军中部署悉数禀报秦王。蒙武曾大不以为然道:"又无战事,军报个甚?灭赵灭燕两大战,老将军几曾如此了?"王翦却道:"灭楚不同,举国大军在老夫一人之手,自应让秦王如在军中。三日一报,不变。"如是不到一月,秦王有了第一次认真回书:"发举国之兵于将军,本王纵有忧心,亦是胜负之忧,老将军何当如此絮叨?日后无战,不得军报。"自此,王翦军报改为旬日一次,依旧是备细归总大小皆报。如是两月,秦王又是烦躁下书:细务军报聒噪,一月一报足矣!于是,王翦在入冬之后的军报上详细禀报了将士们的汹汹请战之心。这次,秦王立回王书:"灭楚事大,不得轻战,非将令而战者,国法从事!"简明得没有任何理由。自此一书抵达军前,王翦立即吩咐了中军司马李信:军报恢复既往法度,无战不报秦王。

正月大雪,王翦终于依稀嗅到了战机即将到来的气息。

关于昌平君,其实是后来才发生的事。

兼领黑冰台的姚贾发来的特急密件云:楚国大将军项燕对楚王负刍失望,派三子项伯秘密进入淮南,图谋与屈氏部族并越人江东族联结,共同拥立王族公子昌平君为新楚王;而后,项燕欲将楚军退入淮南江南,以水陆两军长期抵御秦军。无须反复揣摩,王翦立即以既往斥候营的种种细节消息印证了姚贾密件的真实性,且恍然明白了上次楚军大肆攻杀却不见项氏江东子弟兵身影的根由。王翦只是一时无法权衡,项燕究竟会在何时退兵?预判这个时机,对于秦军太要紧了。因为只要楚军根基移动,便是秦军出击的最好时机。就早不就晚,无论项燕如何谋划何时退兵,预为部署都是必须的。

"立召各营大将!"王翦从浴盆中哗啦站了起来。

"是！幕府聚将！"李信从外间军令室大步走了进来。

"不起聚将鼓，——传令。"

"明白！"

片时之后，大将们人人一头热汗匆匆赶来，虽则对没有聚将鼓的悄然聚将纷纷不解，还是兴奋得不断相互探询。毕竟，入得幕府十有八九与打仗相关，总比无休止地呼哧呀哧呼哧终日投石抛砖强得万倍。待大将们在将墩就座，王翦在帅案后一字一顿道："楚军将有大变，或退淮南，或退江南。果真楚军移动，便是我军战机。然，楚军何时移动，目下尚不能判定确切时日。为防其时匆忙，老夫预为部署。其后无论何时，只要楚军大营移动，我幕府战鼓号角大起，各将无须军令到达，便得霹雳闪电全军出击！明白否？"

"明白！"大将们唰的一声全部起立。

"后军十万，辛胜统率，自西向东杀向平舆楚军。"

"嗨！"

"右军十万，冯去疾统率，自西向东杀向寝城楚军。"

"嗨！"

"前军十万冯劫统率，左军十万杨端和统率，合力攻杀汝阴项燕军！"

"嗨！"

"中军十二万蒙武老将军统率，其时赶赴蕲县①郊野，全力堵截楚军渡淮！"

"嗨！"

"连弩器械营并护卫铁骑共五万，章邯率领，强渡淮水猛攻郢寿！"

"嗨！"

"陇西飞骑两万，赵佗统率，护卫幕府并总司策应！"

"嗨！"

"各将须知，只许楚军逃向淮南，绝不能使楚军再逃江南！为此，各部务须在淮北全力追杀，尤其不能使项燕主力逃脱追杀进入江南！"

"明白！"

"谁？谁在哭！……"蒙武突然一问。

---

① 蕲县，古邑名，在今湖北蕲春一带。

李　斯

轰然雷鸣之后大厅沉寂，隐隐哽咽抽泣声分外清晰。大将们一片默然，谁都明白那是何人，却又都无法言说无法抚慰。

"李信将军……有话说了。"王翦终于开口了。

"上将军！李信求为敢死之旅，追杀项燕！"

"……"

李信乍出，举帐大为惊愕，目光一齐死死地盯住了这个任谁也不敢认作是昔日前军统帅的失形人物，却说不出一句话来。李信黜任中军司马，原本站在帅案侧后的帷幕旁，在沉沉幕府大厅只影影绰绰一个身影而已。此刻李信大步走到厅中帅案之前慷慨请战，大将们骤闻"李信"二字，不禁大为惊愕，竟哗啦一声齐刷刷站了起来……昔日壮勇勃发豪迈爽朗的李信，倏忽之间变成了一副精瘦黝黑的竿架身子，眼珠发红嘴角流血声音嘶哑胡须虬结，若衣甲再有几片瘀血，活生生便是一个战场死尸堆里的逃生者！也许是李信有意无意地回避着昔日同帐将士，也许是中军司马也确实是"深居简出"的职司，左右是终日风风火火的大将们直到此时才恍然想到，这个前军统帅已经很久很久消失于他们的视线了。此时乍现这般景象，大将们不忍卒睹，一时不禁泪眼蒙眬了。

"好。"王翦的声音有些颤抖，轻轻一点头从帅案后站了起来，又走下了六级砖石台阶的将台，走到了李信面前，"老夫已经精心遴选出飞骑锐士八千，欲强力追杀项燕之江东子弟兵。今足下有雪耻之心，老夫特准了。""上将军啊！……"王翦话音落点，李信顿时扑地拜倒放声痛哭。大将们顿感心下酸热，无不哽咽唏嘘了。

"将军请起。"王翦异乎寻常地平静，扶起了满目垂泪的李信，苍老雄健的声音缓缓荡开在大厅，"世以成败论人。将军一战而败，遂致英名扫地，老夫深为痛心也！然则，败必有因，若将军果能深彻自省，再造之期一步之遥而已。"

"上将军教我……"

"秦一天下，乃千古伟业。所需将才贤才唯恐其少，不嫌其多。秦王不杀将军而准老夫之请，许将军戴罪赴战，非秦王不执秦法也，而是深谋远虑，为国家储备良将贤才也。此，老夫告诫一也：毋以己才为己身，当以己才报国家。如此，则战不轻生。"

"嗯！……"李信奋然点头，目光显然明亮了许多。

"秦国崛起于艰危绝境，百余年浴血拼杀大战频仍。举凡新老秦人，哪家没有三五尊烈士灵位？昭王之前，秦人为独立天下而战，为尊严荣誉而战。昭王之期，昭王之后，秦人为一统天下之伟业而战，为根除兵戈之苦而战。无论何战，都是士兵在流血拼杀，都是庶民在耕耘支撑。是故，将军执战，其实职司国人生命鲜血之闸门。将为三军司命，此之谓也。当年，商君立法定军功：百夫长以上之将，不以个人斩首记功，而以其部属总体之胜负记功。此间思虑之深远，老夫每每深为敬服。盖将军者，若不能以全局胜负为根本决断战事，而一味求战法之奇绝，以个人之好恶决断，则战必失之轻率，不败于此战，终败于彼战。武安君白起何等才具，然终生无一轻战，以至不惜对抗王命杀身殉国，而不愿在失去战机之后轻率攻赵。唯其如此，武安君终生无一败绩。若非武安君一世慎谋大战，秦国安能屡屡摧毁山东主力，安能一举奠定一统天下之大势？"说着说着，王翦已经将目光转向了厅中肃立的所有将军，"诸位皆统兵大将，此，老夫告诫二也：为将者，必以胜负为根本，必以体恤士卒为根本；毋以一己拼杀为快，毋以一己复仇为念。唯其如此，战必胜也。"

"谨记上将军教诲！"大厅中肃然一声雷鸣。

"上将军拓我褊狭，信终生铭感不忘！……"

说完这通平生仅有的长篇大论，王翦的额头已经渗出了涔涔细汗，走向帅案的脚步竟然有些虚浮起来。站在帷帐之后的军仆察觉有异，立即快步过来扶住了王翦。及至走上将台，王翦勉力回首对大将们又叮嘱了一句，各部立即备战，便软软地瘫在了军仆肩头。大将们惊讶莫名，哄然一声围了过来。李信大急，一边示意军仆立即扶王翦进寝室歇息，一边对大将们连连摇手示意不要惊慌。待厅中平息，李信才说了上将军三日三夜没有卧榻，一直在谋划最后决战的情形。大将们人人肃然动容，齐齐地对着幕府寝室深深一躬，大步匆匆地散去了。

类似于动员大会。未出阵，先振士气。

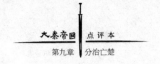

二月将末,项燕的诸般秘密谋划大体就绪了。

整整一个冬天,项燕对郢寿王城连上六次特急军报,反复陈述"今冬猝遇大雪冷冬,我军寒衣绵薄肉食不足野炊难起,将士多有冻伤疾病,若不移师淮南整军抗秦,则军必危国必亡"的恶劣处境,力请开春后退军淮南。如此举措,一则是实情使然,楚军欲长期抗秦不能不退;二则是只有进兵淮南,项燕一举扭转庙堂格局的秘密谋划才能实施,否则鞭长莫及,只能听任老世族无休止掣肘而困死淮北。项梁对父亲的秘密谋划始终抱有疑虑,以为这无异于铤而走险。根本原因,在于目下发动兵变对楚国是雪上加霜,几大世族没有了尚能稳得住朝局的楚王负刍,立即分崩离析,其时各个拥兵自保,楚国抗秦何存?然项燕却是信心十足,认为"以江东为根基,联结越人诸部立王抗秦"是重建楚国的唯一出路。而且,越是危困之时,越是拥兵扭转乾坤的最佳时机,若再次胜秦楚国安定,一切复归老路,再想改变庙堂格局根本没有可能。

也许是天意使然,项氏的秘密谋划郢寿庙堂竟一无所知。楚王负刍与世族权臣在项燕的频频施压之下,无可奈何且十分勉强地准许了来春退兵淮南的方略。所谓十分勉强与无可奈何,是郢寿庙堂对退兵方略限定了一个框架:项燕大军退入淮南,得以主力三十万驻扎于郢寿郊野,以郢寿为根基抗秦,楚国都城绝不再度南迁。

"只要退兵淮南,应了他。"

项燕无心再与庙堂辩驳南迁都城是原本的预后方略而不当变更,立即上书欣然接受了郢寿庙堂的退兵方略,且立即开始实施诸般预备:叔子项伯秘密常驻江东,筹划开春后秘密接应昌平君离开郢寿进入军营;季子项梁筹划退兵事宜,并总司江东子弟兵清理淮北项氏财货运往江东,以壮日后根基。项燕则亲自周旋非主力的世族兵的大将们,务必使其退兵淮南而不至路途消散,毕竟楚军精兵不足,这三十余万大军总是能增添一定的战力。更根本的一点是,留住了这三十余万大军,便能在来年大大限制老世族对楚国新王的反叛。如此这般一个冬天的忙碌之后,多雾多雨的春日已经来临了。

"我军兵退淮南,当次第有序!"

项燕指点着羊皮大地图,部署了退兵方略:平舆、寝城两军预设空营旗帜虚张声势,而后于大雾夜晚先行退兵,经汝阴营垒背后的官道直抵蕲城,先期渡过淮水驻扎等候;项燕亲率汝阴主力大军断后,迟延半日退兵。如此部署方略,主帅亲当其后,诸将自然再无异议。末了,项燕下达军令道:"自今夜开始,各营立即整装预备。明夜三更,开始退兵。其时秦军正在酣梦之中，我军轻装疾进，不举火把不起号角，秦军必不知所以然！以春雾持久之势，我主力大军退兵之时，秦军仍可能尚未觉察！"

"妙！秦蛮子一觉醒来，干瞪眼啦！"

"三日一过，有淮南肥鱼大虾啦！"

屈定景祺两句嚷嚷，引得大厅哄然笑成了一片。实在说，世族的封地"官军"在寻常之日比项燕的主力大军惬意多也。今次不然，与秦军相持经年，"官军"将士原本期望的胜仗没得打，伤亡与苦头倒是前所未有地品尝了。相比于常有苦战的主力大军，"官军"之苦更甚矣！一闻退兵淮南，各营"官军"无不欢呼，与郢寿的世族大臣们所想全然颠倒。项燕的退兵方略能迫使庙堂赞同，与其说是项燕威慑之力，毋宁说是源源不断的"官军"抱怨使世族大臣不得不忍痛放弃淮北抗秦。于是，大将们散去之后，各营当夜便忙碌起来了。

项燕没有更好的应变策略。

夜半时分，昏睡中的王翦突然一跃而起。

事后，替代李信的中军司马逢人便说上将军神了。王翦跳起来一把推开抱着貂裘慌忙跑来的军仆，脚未站稳便是一声大喝："战鼓号角！全军杀出！"守候在外间军令室的中军司马一个激灵跳起一声应命还未落点，王翦已经风一般卷到寝室外间，边穿甲带剑边下军令，"幕府将士全部上马！云车将台居赵佗部中央进兵！"话音落点，整个幕府已经旋风一般飞转起来。片刻之间幕府大帐已经拆装完毕，三千将士已经全部上马列阵。中军司马说，当他飞步攀上司令云车时，值夜司马刚刚接到斥候营探报说楚军黄夜移师，正要鼓号发令。待战鼓雷鸣号角大起，秦军如山崩地裂般杀出时，中军幕府的云车战车护卫马队也已经隆隆开出了营垒。数十年

后,灭楚将军之一的赵佗做了南越王,直到晚年都不能忘记
这段佳话。他时常遥望着北方对部下絮叨说,李信赶赴前军
时给他的叮嘱是:无论大军战况如何酷烈,两万陇西飞骑都
必须死守中军幕府,上将军不醒寸步不能离开! 赵佗说,各
部大将也都对他如是叮嘱了,左右是全军一心,都将护卫上
将军的担子压给了他与他的两万陇西飞骑。他也做好了最
艰难的苦战准备:若战况酷烈而上将军仍不能醒,他会将整
个幕府结装成一个二十辆战车的连排方阵,以两万铁骑拼
死护卫追随大军攻杀。只可惜上将军太神了,比那时我一个
后生还利落! 你说,他一个花甲老人,一个已经连日劳累得
昏睡过去的老人,如何便能一个猛子半夜跳起,出口便吼全
军杀出? 神! 真神! 非神不能解说其神!

写王翦之神奇。

　　却说大雾弥天,杀声盈野,中军幕府人马尚未开出十里,
王翦便接到了三道战报。辛胜战报说:许是平舆楚军自以为
设置虚势空营能够骗过秦军,故此退兵散乱全无战备,我军
一阵猛烈掩杀,平舆楚军大败溃退,拼命逃向汝阴营垒,我部
正在全力追杀! 冯去疾战报说:寝城楚军不堪一击,大败溃
逃汝阴营垒,我部正在全力追杀! 杨端和冯劫战报说:汝阴
守军尚有防备,我两军合力攻杀正在激战,不防平舆寝城溃
败楚军从背后蜂拥溃逃而来,致使汝阴营垒一时混乱,我两
部大军趁机猛力攻杀,业已冲破壁垒进入营地混战!

　　"传令三城各部:合力攻杀汝阴楚军主力! 余部逃散暂
不顾及!"

　　"明白!"军令司马一挥手,三骑如飞而去。

　　"传令蒙武:楚军东逃将提前,蕲城营垒加快构筑,全力
堵截项燕主力!"

　　"明白!"

　　"传令章邯:兼程急渡淮水!务必在楚军兵败消息传出

之前围困郢寿！"

"明白！"

三道军令接连发出，王翦一声喘息，又对中军司马下了一道意外的将令："派出斥候飞骑追踪李信部，随时禀报其战情。"所以是意外将令，在于大军战场之进展皆由各将军主动禀报，少有幕府统帅派出斥候追踪其中一支者，即或这支人马是统帅直辖的敢死之旅，也极少此等追踪。然则，统帅既有将令，中军司马也不敢犹豫，立即派出斥候营飞骑追踪去了。看着斥候飞骑去了，王翦又对身旁赵佗叮嘱道："李信若有险情，可不待老夫将令，你部立即派出五千飞骑驰援。"赵佗肃然领命，当即回身做了部署。

终于，天渐渐亮了，弥漫原野的大雾也渐渐消散了。

及至午时战饭，王翦的两万余幕府人马已经变成了事实上的掠阵后军。从清晨开始，在秦军四十万大军轮番攻杀下，项燕的主力营垒撑持了不到三个轮次便开始松动。半个时辰间，楚军的壁垒破缺从一处迅速弥漫为十余处二十余处，万千秦军连壕沟车也不用便呼啸着跃过壕沟，推倒踏倒了不甚坚固的土木砖石鹿寨，洪水般涌进了汝阴营垒与楚军纠缠厮杀在了一起。不及项燕下令——事实上，此时的军令司马也无法到达任何一个将军马前——楚军便一发不可收拾地溃退了。秦军后续力量如江河连绵，一浪高过一浪地在广袤原野压向东北。短短两个多时辰，王翦的中军幕府便落到了最后。遥望已经是一片血火废墟的汝阴营垒，王翦突然下令：追杀战交蒙武老将军统领，幕府军马兼程疾进直渡淮水，与章邯部合围郢寿！

"上将军，幕府军马做助攻偏师，太奇太险！"赵佗立即反对。

"此时根本，不能叫楚王脱逃！奇险与否，不足道也！"

秦楚对峙，考验的是耐心。拖字诀，按捺不住者，必败。秦军活活拖死楚军。

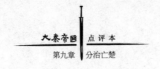

"上将军始有奇兵！末将遵令！"

赵佗不再争辩，立即挥师直奔东南方向的淮水渡口。为将求战，赵佗自然强烈渴盼进入战场拼杀。然以兵家常理，此时大军追杀，淮北显然是主战场，大军统帅显然该当坐镇淮北。上将军王翦素来常战无奇，这道撇开主战场而直奔楚国都城的军令便显得分外突兀。赵佗身为护卫幕府的大将，纵然求战心切，也得明白提醒主帅有违常理的风险。及至王翦一说根本，赵佗立即恍然。事实上，以秦军大将的战场才具与士兵战力，此等大追杀已经全然不需要将令部署了，此时的幕府军马坐镇淮北可说已经无用。就全局而论，楚军主力大溃败之后，能否捕获楚国王室立即显出了重要性。

赶赴淮水渡口的路上，主战场军报一道道接踵而来，各路攻杀进展很是迅猛。暮色时分，王翦人马准备渡河时，快马军使送来了蒙武的大追杀最后方略：楚军主力已经被堵截在蕲城郊野，秦军各部封锁了方圆百里的所有要隘出口，只留垓下山塬一处逃路，一俟楚军"突围"逃入垓下谷地，秦军立即围困垓下，迫使楚军粮绝而降。王翦大是舒心，二话没说便在那张羊皮上大笔画了一个好字。蒙武能以拼杀最少的围困之法解决最后的大追杀战，与王翦一再申明的总方略完全吻合——秦军南下广袤之地，能否最大限度地节省兵力，乃成败根本也。

次日清晨，两万余幕府人马全部渡过了淮水。一上岸，王翦便下令赵佗率两万陇西飞骑先行赶赴郢寿合围，幕府三千人马随后赶来。陇西飞骑为秦军骑兵之最，人各两马换乘，最宜飞兵突袭。赵佗一奉将令催军直下，两个时辰便轰隆隆压到了郢寿城下。此时，先于赵佗半日抵达的章邯部已经在城外展开了各式大型器械阵式，城池已经围定，所缺者正是一支策应截杀兵力。赵佗军赶到，章邯大喜过望，立即与赵佗一番会商，重新部署了秦军围城兵力，只待王翦赶到决断是否攻城。

暮色时分，王翦的三千幕府人马开到了郢寿城下。

战饭晚汤之后，对着楚国地图，王翦对章邯赵佗先讲述了楚国地理大势。战国末期之楚国，世称"三楚"：淮北四郡（楚国郡，非后来秦郡）、沛郡、陈郡、汝南郡、南郡为西楚；江东三郡，东海郡、吴郡、广陵郡为东楚；淮南五郡，衡山郡、九江郡、江南郡、豫章郡、湘郡为南楚。自楚国将都城从陈城迁到淮南的郢寿，南楚便成了楚国根基。唯其如此，攻克郢寿捕获楚王，是平定南楚的轴心之战，而平定南楚，则又是平定整个楚国的轴心之战。是故，攻郢寿之战虽规模不大，却事关根本。郢寿城北有淮水，南有大泽芍陂，水上

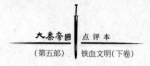
退路方便快捷。然正因为如此,郢寿城池远非淮北陈城那般坚固高厚。基于种种实际情势,王翦的攻城方略明白简单:章邯军以连弩大箭破城破门,赵佗军冲杀入城搜捕楚王。末了,王翦神色肃然地叮嘱道:"楚地广袤,水网密布,若楚王逃脱,将比燕王喜更难捕获。为此,赵佗部之重心不在占据王城,而在捕获楚王!章邯部一俟城破,当立即展开步军,截杀城内逃脱残部。老夫幕府再分兵两千,于各个道口游击堵截。如此,可保万无一失。"

"秦商义报说,楚王意欲降秦,要否派一特使入城说降?"章邯问。

"不须。"王翦一笑,"负刍降秦,楚国世族所愿也。"

"奇!为甚来?"赵佗又困惑又兴致勃勃。

"楚国老世族各有根基,皆欲借抗秦为大旗自立。项燕之所以敢于强势拥立昌平君,其说辞正是负刍抗秦不力。负刍若降秦,楚国世族有了台阶,立即便会家家自立,大局反倒乱了。所为楚王意欲降秦者,楚国世族假报也。楚人圈套,老夫岂能自投罗网也。"

"末将谨受教!"

章邯赵佗一齐拱手,显然对王翦的剖析深为敬服。大将出征,如王翦能兼顾国情政情而通盘运筹者,不能说绝无仅有,但也是少而又少。在秦军全部大将中,如王翦兼具洞察全局之能者,大约连蒙恬也不能相比。而此等大才,如章邯赵佗等一班大将也是在战场实际运筹中逐渐体察到的。唯其如此,后来之蒙恬不能洞察政局,不能毅然拥立扶苏,而是无可奈何地自己走进了牢狱,使秦国庙堂最坚实的一根支柱轰然折断。此乃后话了。

次日清晨章邯开始猛攻,一切都没有出乎王翦预料。不消半个时辰,密匝匝排列的抛石机与大型连弩猛烈射出的飞石大箭的雨幕便击垮了郢寿北门的城墙。十二斤石块与长矛般的粗大弩箭如暴风骤雨般漫天击砸,实在是郢寿这般水城所不能承受的。城墙一垮北门一破,赵佗的两万陇西飞骑立即飓风般卷入城内。王翦派出的两千幕府骑士尚未抵达城外各个道口堵截,城内已经传出了军报:赵佗已经占据了王城,楚王负刍与在郢几名世族大臣悉数被俘获!王翦第一次手忙脚乱,一边下令召回幕府骑士准备入城,一边下令章邯军迅速在城外郊野构筑壁垒,以防淮北败军残部逃来郢寿。两个时辰后,王翦登上一辆兼具战车功能的青铜高车在三千马队护卫下隆隆入城了。

《史记·白起王翦列传》："王翦果代李信击荆。荆闻王翦益军而来，乃悉国中兵以拒秦。王翦至，坚壁而守之，不肯战。荆兵数出挑战，终不出。王翦日休士洗沐，而善饮食抚循之，亲与士卒同食。久之，王翦使人问军中戏乎？对曰：'方投石超距。'于是王翦曰：'士卒可用矣。'荆数挑战而秦不出，乃引而东。翦因举兵追之，令壮士击，大破荆军。至蕲南，杀其将军项燕，荆兵遂败走。秦因乘胜略定荆地城邑。岁馀，虏荆王负刍，竟平荆地为郡县。因南征百越之君。而王翦子王贲，与李信破定燕、齐地。"六十万大军，可以"休士洗沐""善饮食"，时间长达岁余，从侧面反映秦国之强大与富庶。作者细心，仅凭只言片语，编出李信许多故事。另，据《史记·秦始皇本纪》，"二十三年，秦王复召王翦，强起之，使将击荆。取陈以南至平舆，虏荆王。秦王游至郢陈。荆将项燕立昌平君为荆王，反秦于淮南。二十四年，王翦、蒙武攻荆，破荆军，昌平君死，项燕遂自杀。二十五年，大兴兵，使王贲将，攻燕辽东，得燕王喜。还攻代，虏代王嘉。王翦遂定荆江南地；降越君，置会稽郡。"项燕之死，不一而论，一说为昌平君中矢而死，项燕为不能保楚王室血脉而自责，自刭而死，一说王翦围杀之。至此，秦王基本上铲平五国，唯剩齐国未平。

这时，太阳尚未落山。

当夜，郢寿城外没有出现淮北楚军残部，这座不大的楚国都城第一次变成了没有王城灯火的夜幕笼罩下的黑城。王翦与章邯赵佗在城内军帐会商，议定：赵佗率两万陇西飞骑，立即将俘获的楚王与楚国世族大臣押送回咸阳；章邯军留镇郢寿，继续驻扎郊野扩展营垒，以为大军集结根基。部署完毕，王翦本欲率幕府马队连夜赶赴淮北，毕竟，攻克楚国都城并俘获楚王之后，淮北战场又迅速凸现为轴心大事了。然则，王翦尚未出发，蒙武军报便到了：楚军残部二十余万，已经"突围"逃入垓下河谷，秦军各部已经四面合围，上将军可全力处置淮南战事，无须忧心淮北追杀大战。王翦思忖片刻，给蒙武回书一件，叮嘱其务须全歼项燕主力，尤其不能走脱项氏的江东精锐；大战结束之后，立下淮南会兵。然后，王翦放弃了再上淮北，开始在幕府精心谋划进兵吴越岭南的未来战事。

旬日之后，蒙武率主力大军南下了。

王翦接到的战报是：楚军主力全部覆没，李信率八千敢死骑士死死咬住项燕幕府，在垓下一片无名谷地围困项燕三日之久，楚军粮绝，无力为战，项燕自杀，已经验明正身无疑。唯一缺憾是，楚军主力大将项梁逃脱，搜寻垓下三日不见踪迹。

"上书秦王，我军立下吴越岭南，一年平定百越！"

这是秦王政二十四年初夏，公元前223年的故事。

秦王政时年三十七岁，上将军王翦年逾六旬。

九　固楚亡楚皆分治　不亦悲哉

此节为作者对楚国的总结论述。

楚国的最后岁月，堪称山东六国中最有型的一个。

即或是军力最为强大的赵国，在护国之战中也未能有一场足以令人称道的胜仗。虽然，灭国之前的李牧军曾两败秦军，然败非秦军主力，且战事规模较小，远不能与楚国抗秦之战同日而语。相比之下，楚国在最后岁月的两次大战实在是有声有色。第一战，楚军以成功的防守反击战大败秦主力大军二十万，追击三日三夜不顿舍，攻破两壁垒，杀七都尉，以最保守估计，秦军战死也当在七八万上下（不包括伤残）。此战规模之大，超过了战国中期六国合纵抗秦的最大胜仗——信陵君救赵之战，更远远超过其余几次胜秦小战，而当之无愧地成为战国百余年整个山东六国对秦作战的最大胜仗。第二战，秦以举国兵力六十万南进，楚军以六十余万应战，对峙年余兵败，堪称虽败犹荣。败而荣者，一则，楚国在奄奄一息之时尚能聚结与秦国对等的兵力，形成战国之世唯一能与长平大战相媲美的平原战场大相持，其壮勇气势可谓战国绝唱；二则，国君力主抗秦而城破不降，统帅殚精竭虑而兵败自杀，从来分治自重的楚国世族没有出现一个大奸卖国者，凡此等等，皆有最后的尊严。

假如排除了种种偶然，楚国能否避免灭亡的命运?

这是一个历史哲学式的问题,也是一个破解历史奥秘的门户问题。虽然有违"历史不能假定"的规律而颇显臆想色彩,却能引导我们穿过琐碎偶然漫天飘飞的迷雾,走进历史的深处,审视历史框架的筋骨与支柱。假如楚王负刍更为明锐,假如项燕的"退兵淮南,水陆并举而长期抗秦"的方略能够实施,假如项燕拥立昌平君成功,假如楚国的封邑军战力如同主力大军,假如战场没有大雾,假如楚军粮草充足兵器精良,假如楚军不退兵移营而继续原地相持,假如项燕选择了一条更好的退兵路线而不奔蕲县,甚或,假如秦军统帅不是王翦……楚军能战胜么?楚国能保住么?

不能。

为什么?

首先,已经发生过的客观的历史状态,是我们无法以任何逻辑分析所能取代的。这一状态就是,楚国在最后岁月的种种努力,都已经在亡国危境的胁迫下达到了最大限度——种种掣肘减至最小,聚合之力增至最大;而没有努力的部分,则是楚国已经无法做到的部分。正是这种"已经无法做到"的部分,做出了"不能"两个字的回答。

那么,这种已经无法做到的部分究竟是什么?

就国家生命状态而言,这种已经无法做到的部分,无疑是国家聚合力不够。以今日话语说,战时的国家动员能力,楚国尚处于较低水平。尽管以楚国自身的历史比较,此时的国家聚合力已经增至最大。然则,以战国之世所应该达到的最佳国家生命状态而言,也就是横向比较,楚国的聚合力尚远远不足。具体说,与敌手相比,楚国的聚合之力远低于秦国:庙堂决策之效率、战败恢复之速度、征发动员之规模、粮草辎重之通畅、国家府库之厚薄、兵器装备之精良、器用制作之高下、商旅周流之闭合、民气战心之高下,凡此等等,无一不低于秦国。也就是说,楚国的国家聚合能力远远低于战国之世的发达状态。所有这一切,面临存亡之战的楚国已经无法改变了,更无法做到秦国那样的最佳

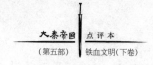

状态了。所以,结局是清楚的:秦国可以在主力大军一次大败之后,几乎不用喘息地立即发动了更大规模的第二次战争,而楚国一旦战败,就再也爬不起来了。

楚国起源于江汉山川,数百年间蓬勃发展为横跨江淮以至在战国末世据有整个南中国的最大战国。而且,这个南中国不是长江之南,甚至也不是淮水之南,而是大体接近黄河之南。如此皇皇广袤之气势,虽秦国相形见绌。然则,就是如此一个拥有广袤土地的最大王国,其国力军力却始终没有达到过能够稳定一个历史时期的强大状态。战国之世,初期以魏国为超强,中期除秦国一直处于上升状态之外,齐国、赵国、燕国都曾经稳定强大过一个历史时期,甚至韩国,也曾经在韩昭侯申不害变法时期迅速崛起,以"劲韩"气势威胁中原。

也就是说,在整个战国时期,唯独楚国乏力不振。战国楚最好的状态,便是虚领了几次合纵抗秦的"纵约长国"。战国楚最差的状态,则是连国君(楚怀王)都被秦国囚禁起来折腾死了。除了最后岁月的回光返照,楚国在战国时期从来没有过一次撼动天下格局的大战,譬如弱燕勃起那样的下齐七十余城的破国之战。

所以如此,根源便在楚国始终无法聚合国力,从而形成改变天下格局的冲击性力量。楚国的力量,只在两种情势下或大或小地有所爆发:一种是对包括吴越在内的南中国诸侯之战,一种是向淮北扩张的蚕食摩擦之战。这就是之所以楚国已经逼近到洛阳、新郑以南,而中原战国却始终没有一国认真与楚国开战的根本所在。也就是说,在北方大战国眼中,楚为大国,完全不许其北上扩张几乎不可能;而要楚国聚力吞灭哪个大国,则楚国也万难有此爆发,故此无须全力以赴对楚大战。当然,另外一个重要原因是秦国威胁中原太甚,山东战国宁可忍受楚国的有限蚕食。若非如此,则很难说楚国能否在战国后期扩张到淮北。

一个广袤大国长期乏力,必然有着久远的历史根源。

我们得大体回顾一番对楚国具有原生意义的历史发端事件。

楚国的历史,贯穿着一条艰难曲折的文明融合道路。

楚,在古文献中又称为"荆""荆楚"。考其原意,楚、荆皆为丛木之名。《说文》云:"楚,丛木,一名荆也,从林疋声。"又云:"荆,楚木也,从艸刑声。"李玉洁先生之《楚国史》以为:"疋,人足也。如此论,则楚乃林中之人……古时刑杖多以荆木为之,故荆字从刑。荆、楚,同物异名,后又合而为一。"《左传·昭公十二年》载楚大夫子革云:"昔我先王熊绎,筚路蓝缕,以处草莽,跋涉山林,以事天子。"以及其余史料都说明,楚人确实是在荒僻的荆山丛林草莽中拓荒生存,历经艰难而发展起来的一个部族。

依据种种史料评判,至少从殷商末期开始,楚部族与中原王朝已经发生了实质性的融合,楚部族已经成为受封于楚地的殷商小方国。据西汉刘向《别录》载:商末之时,楚人族领鬻熊曾与商纣臣子辛甲一起叛商,逃奔周地,且臣服了周文王。《史记·楚世家》则记载:"鬻熊子事文王。"也就是说,鬻熊当时接受的封号是低等子爵,尚很难说是诸侯之一。直到周成王时,楚部族首领熊绎才正式被周王室册封。就其实际而言,则是周王室承认了事实上已经自立发展起来的楚人部族。其册封确认的三件大事是:国之封地,楚;城邑(都),丹阳①;姓,芈氏。自此,楚人具备了西周诸侯封国的三大要件,相对正式化地成了西周诸侯。但是,由于楚部族封国的爵号仍然是很低的子爵,故很难与中等以上诸侯相提并论。《史记·楚世家》云:"楚子熊绎与鲁公伯禽……俱事成王。"

显然,与鲁国君主的公爵相比,楚国君主的子爵是太小了。

楚部族真正的飞跃,是周幽王镐京事变后的熊通称王。

当时,西周失国,平王东迁洛阳而东周伊始。这时,楚部族内部发生了一次兵变,族领蚡冒的弟弟熊通杀死了蚡冒的儿子,夺位自立为楚族君主。熊通极是强悍,全力整合楚地各部族,土地民众有了很大扩展。在熊通即位的第三

---

① 丹阳,古都邑名,在今湖北秭归东南。

十五年，楚部族已经成为江汉山川的最大诸侯。于是，趁周王室东迁初定诸事尚在忙乱之机，熊通率军北上，攻伐姬姓王族诸侯的随国①。随国派出特使，指斥楚国征伐无罪之国。熊通全然不理睬，一战便俘获了随国的少师（太师副手，此时当为随军主将）。随国震恐，与楚议和。熊通只提出了一个条件：随国必须上书周王，敦请周王提高楚族君主地位。熊通的口吻极具挑衅性："我蛮夷也！今诸侯皆为叛相侵，或相杀。我有敝甲，欲以观中国之政，请王室尊吾号！"也就是说，当今诸侯已经乱了，我楚有算不上精锐的甲士，我也想试试中原国政的滋味，王室必须提高我的封号！随国为免亡国，便代为上书周王，请尊（提高）楚之封号。其时，正是东周第二代王周桓王在位，周室尚有些许实力与尊严，闻此非礼僭越之请，立即断然回绝了熊通的胁迫，不提高楚君封号。随国将消息回报给熊通，熊通倍感屈辱，快快班师。谋划两年后，愤怒的熊通一言震惊天下："王不加位，我自尊耳！"

于是，熊通一举自立称王，史称楚武王。

熊通称王，开始了春秋楚国迈向大国的历史。

须得留意的是，楚国撇开东周王室于不顾而自行称王，在春秋初期是震惊天下的大事。历史地看，这一事件对楚国具有极为深远的影响。其一，楚国自行称王，意味着对当时中国礼法的极大破坏，由是开始了中原诸侯长期歧视楚国的历史。其二，周王室断然拒绝提高楚君封号，意味着对楚族自觉融入中原文明的拒绝，意味着无视楚族安定江汉的巨大功勋，激起了楚人部族的强烈逆反之心，由是大大淡化了楚国对中原文明的遵奉，大大减弱了自觉靠拢中原文明的仿效性，从而开始了自行其是的发展。这是一种国家发展心理，虽没有清晰自觉的目标论述，其国家行为却实实在在地表现了出来。

周桓王拒绝提高楚君封号后，《史记》记载的熊通的说法颇具意味："吾先鬻熊，文王之师（将）也，蚤（早）终。成王举我先公，乃以子男田令居楚，蛮夷

---

① 随国，周时王族诸侯国，地在淮北上蔡一带。

皆率服,而王不加位,我自尊耳!"熊通说的是这样三层意思。其一,历代楚人对周室有功。从周文王起,楚君便是周之将军,楚人是周之士兵,成王虽以子、男低爵封我楚地,然我族还是平定了江汉诸部,为天下立了大功。其二,楚人以效命天子的中原文明诸侯国自居,视其余部族为蛮夷。其三,周王如此做法,伤楚人太甚! 实际上,熊通已经将日后形成楚国国家心态的根本因素,酣畅淋漓地宣示了出来。

楚人的这种心态,中原诸侯很早就有警觉。

《左传·成公四年》载:鲁成公到晋国朝聘,晋景公自大,不敬成公;鲁成公大感羞辱,回国后谋划结盟楚国而背叛晋国。大臣季文子劝阻,将晋国与楚国比较,说了一段颇具代表性的话:"不可。晋虽无道,未可叛也。(晋)国大、臣睦、而迩(近)于我,诸侯听焉,未可以贰(叛)。史佚之《志》曰:'非我族类,其心必异。'楚虽大,非吾族也,其肯字(爱)我乎!"这里的关键词是:楚非吾族;非我族类,其心必异。《左传·襄公八年》又载:郑国遭受攻伐,楚国出兵援救。郑国脱险之后,会商是否臣服楚国,大夫子展说的是:"楚虽救我,将安用之? 亲我无成,鄙我是欲,不可从也!"也就说,楚国虽然救了郑国,但其用心不清楚,楚国不会亲佑我,而是要鄙视压制我,所以不能服从。

如此受楚之恩又如此顾忌猜疑,很难用一般理由解释。

当时,与楚国同受中原文明歧视者,是秦国。然则,秦国对这种歧视,却没有楚国那般强烈的逆反之心,而是始终将这等歧视看作强者对弱者的歧视。故此,无论山东士人如何拒绝进入秦国,秦国都满怀渴望地向天下求贤,孜孜不倦地改变着自己,强大着自己。当然,这两种不同的历史道路后面,还隐藏着一个重要因素:中原文明对秦国的歧视与对楚国的歧视有所不同。毕竟,秦为东周勤王靖难而受封的大诸侯,其赫赫功业天下皆知。中原诸侯所歧视者,多少带有一种酸忌心态,故多为咒骂讥刺秦风习野蛮愚昧,少有"非我族类"之类的根本性警戒。是故,秦国的民歌能被孔子收进《诗经》,而有了《秦风》篇章;而楚国作为春秋大国,不可能没有进入孔子视野的诗章,然《诗经》却没有

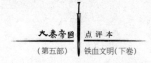
《楚风》篇章。这种取舍，在素来将文献整理看作为天下树立正义标尺的儒家眼里，是非常重大的礼乐史笔，其背后的理念根基不会是任何琐碎缘由，只能是"非我族类"之类的根本鄙夷。

其后时代，由于中原文明对楚国的鄙视，也由于楚国对此等鄙视的逆反之心，两者交相作用，使楚国走上了一条始终固守旧传统而不愿过分靠拢中原文明的道路。见诸实践，便是只求北上争霸，而畏惧以中原变法强国为楷模革新楚国，始终奉行着虽然也有些许变化的传统旧制。

楚国传统体制的根本点，是大族分治。

楚国起于江汉，及至春秋中后期已经吞灭二十一国，整个春秋战国两个时代，楚共计灭国四十余个，是灭国占地最多的战国。须得留意的是，整个西周时期与春秋初期，是楚国形成国家框架传统的原生文明时期。这一时期，楚国的扩展方式与中原诸侯有很大的不同。正是这种不同，形成了楚国远远强于中原各国的分治传统。

西周时期，中原诸侯的封地大小皆由王室册封决定，不能自行扩展。所以在西周时期，中原诸侯不存在自决盈缩的问题。而楚国不同，由于地理偏远江汉丛莽，加之又不是周室的原封诸侯，而是自生自灭一般性的承认式小诸侯，故此可以自行吞并相邻部族，从而不断扩大土地民众。及至春秋，中原诸侯开始了相互吞灭。由于中原诸侯无论大小都是经天子册封确认的邦国，政权意识强烈，故这种吞灭只能以刀兵征伐的战争方式进行。即或战胜国有意保留被灭之国的君主族利益，也是以重新赐封的形式确认，被灭君族从此成为战胜国君主的治下臣民，而不是以原有邦国为根基的盟约臣服。故此，不管中原诸侯吞灭多少个小国，被吞灭的君主部族都很难形成治权独立的封邑部族。当然，中原大国赐封功臣的封地拥有何种相对程度的治权，也是君主可以决定的。也就是说，法令变更的阻力相对要小许多。

楚国不然。

如果说中原诸侯扩张只有一种方式，那么楚国的扩张则至少有两种方式。

由于扩张方式的不同,其后形成的权力框架与政治传统也不同。

楚国扩张方式一,是迫使相邻部族臣服的软扩张。与当时楚国相邻的部族,都是未曾"王化"的部族,也就是未受王权承认的自生自灭部族。化外之民,此之谓也。这种或居山地密林,或居大川水畔的渔猎部族,既没有正式的政权形式,也没有浓烈的权力意识,只要生计相对安稳,臣服于某种有威胁的权力还是坚持自治自立,并无非此即彼之强固要求。春秋时期,分布在江汉山川、江南岭南以及吴越地带的这种自在发展的部族尚有多多。某种意义上可以说,在楚国崛起之前,整个南中国的族群基本上全部处于自治自立自生自灭的状态。其时,在这片由辽阔湖泊江河与雄峻连绵高山交织而成的广袤地带,只有楚国接受了中原王室的封爵,是具有相对发达政权形式的邦国。也就是说,这一地带只有楚国有持续扩张的社会组织条件。然则,楚国若要如同中原诸侯那般以武力连续不断地吞灭这些部族,也显然力不能及。于是,基于前述历史原因,便有了种种以盟约称臣方式完成的软扩张。这种软扩张,就其实质而言,不妨看作一种整合,一种兼并,一种文明化入。是故,这种扩张必然带有双方相互妥协的一面。

这种妥协的最基本方面,在楚国而言,是允许臣服部族继续在自己原有的土地上大体以原有方式自治自立地生存,可以拥有自己的封邑武装,且楚国君主不能任意夺其封邑;在臣服部族而言,则接受楚国君主为自己的上层权力,接受其封赏惩罚与行动号令。于是,臣服部族变成了楚国的臣民,臣服部族原有的生存土地发生了名义上的变更,变成了国君赐予的封邑,臣服部族必须向楚国君主纳贡(不是赋税),且不能叛楚自立。楚国前期最大的权臣部族若敖氏(斗氏、成氏为其分支)、蒍氏、伍氏以及楚国中后期的项氏,都属于这种软扩张进来的老世族。基于利益平衡,也基于强化联盟,这种软扩张一旦成立,臣服部族的族领便可以依本族实力的大小,在楚国做大小不等的官吏,以至做到要害权臣者不在少数。

楚国扩张方式二,武力吞并。对于拥有良好生存土地而又拒绝臣服的部族,楚国便仿效中原诸侯,以武力吞灭之。对于被吞灭部族及其土地,楚国有完全的处置权。于是,必然的情势是:这些部族人群被直接纳入了君主部族直辖的族群,这些土地也变成了君主部族所占有的土地。也就是说,被武力吞并的部族与土地,变成了由邦国直接治理的土地与人民。由于有软扩张而来的封邑部族相对比,随着时间的推移,楚人便将这种被武力吞并而丧失自治(改由王治)的部族渐渐视作了王族势力,甚或直接看作王族分支。楚国后来的昭、屈、景三大族,以及庄氏部族、黄氏部族,之所以被诸多史家认定为楚国王族分支,原因在此。

这种部族享有王族名义,而又有自己部族的姓氏,后来,又有了楚王赐封的部族封邑,于是,他们成为不同于前一种几乎完全自治的部族的新世族。之所以有这种情况发生,在于被武力吞并的部族族系实际上依然存在,且王室得依靠这种族系来统领人民,王室遂不得不将被征服的各大族族领分封在特定地域,依靠他们来形成远远大于完全自治部族势力的王族直领势力。

如上两种情形,形成了楚国分治的根基。

所谓分治,其基本点是三方面:其一,经济上分为王室直辖的土地与世族封邑土地,后者基本上不向邦国缴纳赋税,是为经济分治;其二,世族封邑可以拥有自己的私兵武装,春秋时期的楚国对外战争,史料多有"(城濮之战)若敖氏之六卒""(吴楚柏举之战)令尹子常之卒""(吴楚离城之战)子强、息桓、子捷、子骈、子盂……五人以其私卒先击吴师"等记载,皆为私卒,是为军事分治;其三,政治权力依据族群实力之大小而分割,国政稳定地长期地由王族与大世族分割执掌,吸纳外邦与社会人才的路径基本被堵死。

分治的轴心,是国家权力的分割。

楚国在几乎整个春秋时期,都处于王室与老自治部族分掌权力的情势下。据李玉洁先生《楚国史》统计,从第一代楚王熊通(楚武王)开始,到六代之后的楚庄王,历时近两百年中,楚国的首席执政大臣令尹(相当于中原的丞相)有十一任,其中八任都是若敖氏族领担任,分别是斗祁、子文、子玉(成得臣)、子上、成大心、成嘉(子孔)、斗般(子扬)、子越(斗椒);其余三任,一是楚文王弟子元,一是申族人彭仲爽,一是蒍族族领蒍吕臣,也同样都是老世族。在如此权力格局下,楚国的大司马(军权)、司徒(掌役徒)等重要权力也全部被世族分掌。

楚庄王时期,楚国王族与若敖氏部族的权力矛盾日渐尖锐。晋楚城濮之战后,若敖氏因统帅楚军战败而权力动摇,遂发动兵变,先行攻杀了政敌蒍贾,后又举兵攻打楚庄王。楚庄王骤然难以抵御,提出以三代楚王(文王、成王、穆王)的三位王孙为人质,与若敖氏议和。长期经营楚国上层权力的若敖氏族领斗椒公然拒绝了议和,与楚庄王刀兵相见。虽然,楚庄王最终平定了这场大叛乱,并将若敖氏除保留一支为象征外全部分散灭之,然造成国家巨大灾难的根源却丝毫没有改变。若敖氏覆灭之后,楚国直到春秋末期,历九代国王十七任令尹,其中十二任令尹是王族公子,两任是蒍氏部族(孙叔敖、孙叔敖子),一任是若敖氏余脉(子旗),一任是屈氏部族(屈建),一任是沈氏部族(叶公子高)。

楚国由大世族执政转变为公子(王族)执政,虽然减缓了大族争夺权力的残酷程度,但没有改变世族政治的根基。楚国在春秋时期多次发生老世族兵变,楚庄王的若敖氏之乱、楚灵王的三公子之乱、楚平王的白公胜之乱等等,每次都直接危及楚王与王族,足见世族分治对楚国的严重伤害。

进入战国之世,中原各大国的变法强国浪潮此起彼伏,几乎都曾经有过至少一次的成功变法:魏文侯李悝变法、齐威王变法、韩昭侯申不害变法、秦孝公商鞅变法、赵武灵王变法、燕昭王乐毅变法。第一次变法之后继续多次小变法,在中原大国也多有酝酿或发生,秦国最典型而已。唯独楚国,只有过一次短暂的半途变法,其后的变法思潮只要一有迹象(如屈原的变法酝酿),则立即被合力扼杀。也就是说,楚国始终没有过一次需要相对持续一个时期(一代或半代君主)的成功变法。因此,楚国的分治状况一直没有根本性变化。

楚国的半次变法,是吴起变法。

这次变法,从吴起入楚到吴起被杀,总共只有短短三年。楚悼王十八年

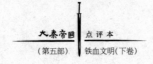

（公元前384年）吴起入楚，楚悼王二十一年（公元前381年）病逝，吴起于葬礼中被杀，楚国变法宣告终结。以实际情形说，除去初期谋划与后期动乱，即或计入年头年尾之类的虚算，其实际的变法实施至多一年余，真正地浮光掠影。就史料分析时间构成：吴起入楚第一年做宛守（宛郡郡守还是宛城守将，不能确定），第二年做令尹，第三年惨死。如此，所谓吴起变法，则实际上只能发生在第二年及第三年几个月里。再就史料分析吴起实际活动：其一，任宛守期间可能打过一仗（吞并陈蔡）；其二，任令尹之初谋划变法，提出了一套变法方案；其三，为楚国打了三次大胜仗（救赵伐魏、吞并陈蔡、南并蛮越）。除此之外，未见重大活动，事实上也不可能再有重大活动。如此，一个简单的逻辑问题便是：一个三年打了三大仗，还做了一年地方官的人，能有多少时间变法？因此，完全可以判定：吴起的变法方案根本没有来得及全面实施，便被对变法极其警觉的老世族合力谋杀了。

吴起的变法方略究竟有些什么，值得老世族们如此畏惧？

史料并未呈现吴起如商鞅变法那样的变法谋划，而只是分散记载了一些变法作为，大体归类如下。其一，均爵平禄。其时，楚国世族除封邑之外尚把持高爵厚禄，平民子弟虽有战功也不能得到爵位，非世族将军即或大功也不能低爵薄禄。所以，均爵平禄是实际激发将士战心的有力制度，应该说，这是后来商鞅变法的军功爵制的先河。其二，废公族无能之官，养战斗之士。其三，封土殖民：将世族人口迁徙到荒僻地区开发拓荒，以楚国之不足（民众），益楚国之有余（土地）。《史记·蔡泽列传》云："……吴起为楚悼王立法，卑减大臣之威重，罢无能，废无用，损不急之官，塞私门之请，一楚国之俗，禁游客之民，精耕战之士，禁朋党以利百姓，定楚国之政，兵震天下，威服诸侯。功已成矣，而卒枝解。"所列种种，除了战事，事实上还都只是尚未实施的方案。即或如此，楚国的老世族们已经深刻警觉了，立即行动了。

吴起变法的失败，意味着根深蒂固的贵族分治具有极其强大的惰性。

楚悼王之后的战国时代，古老而强大的若敖氏式的自治老世族，已经从楚国渐渐淡出。代之而起的,是有王族分支名义的昭、屈、景、庄、黄、项等非完全自治的老世族。客观地说,后者的权力比前者已经小了许多,譬如私家武装大大缩小,封邑也要向国府缴纳一定的赋税,对领政权力也不再有长期的一族垄断等等。但是,在战国时代,这依旧是最为保守的国家体制。相对于实力大争所要求的国家高度聚合能力,楚国依然是最弱的。

楚国之所以能在最后岁月稍有聚合,其根本原因在两处:一则是幅员辽阔人口众多,二则是实力尚在的老世族在绝境之下不得不合力抗秦。统率楚军的项氏父子,本身便是老世族,则是最好的说明。然则,一战大胜,老世族相互掣肘的恶习复发,聚合出现了巨大的裂缝,灭亡遂也不可避免。

包举江淮岭南而成最大之国,虽世族分领松散组合,毕竟成就楚国也。

疲软乏力而始终不振,世族分领之痼疾也。

摇摇欲坠而能最后一搏,世族绝境之聚合也。

战胜而不能持久聚合,世族分治之无可救药也。

兴也分治,亡也分治,不亦悲哉!

第十章　偏安亡齐

一　南海不定　焉有一统华夏哉

王翦战报飞抵咸阳之时，王城谯楼刚刚打响三更。

看罢战报，嬴政与尚在值夜的李斯蒙毅会商片刻，当即决断：留下蒙毅会同丞相王绾处置王书房政务，秦王与李斯赶赴郢寿。鸡鸣时分，王车马队已飞出咸阳兼程东去了。嬴政之所以紧急赶赴郢寿，是因为王翦在战报之外尚有一卷上书：请对吴越岭南之百越部族连续进兵，一举平定南中国。依此方略，则牵涉诸多方面须得一体谋划。秦王固可在咸阳召几位重臣就王翦上书议决回复，然终不若与王翦当面会商更扎实。另一层原因则是，灭楚之战的完胜，证明了王翦当初的大局洞察之深彻，接踵而来的诸多军政大计，嬴政都想听听王翦的评判。加之王翦年事已高，夫人故去，此前似乎已有暗疾迹象，能否经得起再下岭南的劳碌亦未可知。凡此等等，都使嬴政立下决断，无论咸阳有多少政事亟待解决，都得赶赴淮南立定根本。

从关中直出函谷关，经河外进入鸿沟堤岸大道，再下淮北淮南，一路平坦异常。赵高驾驭着王车第一次在如此宽阔的平野大道上长途飞驰，分外振作，将高超的驾车技艺

挥洒得淋漓尽致。一辆庞大的六马青铜高车平稳得如同水
上行舟，细碎的车铃声在风中连绵不断如编钟齐奏，整齐划
一的二十四只马蹄时疾时徐如同鼓点拍打，身后三千铁骑
隆隆如春雷滚动，直是一曲别有况味的铁马铜车行进乐章。
出得安陵，赵高一回首正想问秦王要否歇息打尖，却见前座
秦王已经鼾声如雷，后座李斯直向他摇手。赵高恍然，手中
集束马缰稍一收拢，王车立即变为平稳常速。

"嘭！"鼾声立止，秦王嬴政脚下一跺。

"嗨！兼程疾进！"赵高立即明白，减速反倒惊醒了秦
王。

虽有鼾声如雷，嬴政心头却始终萦绕着种种有待决断
而尚未清晰的线头。天下即将一统，亟待定夺的大事太多太
多了。在接到王翦灭楚战报的瞬息之间，嬴政倏忽感到了呼
啸而来的"天下"泰山压顶般降临了。那一刻，一个念头骤
然闪现出来：嬴政，你扛得起这座"天下"泰山么？巍巍然矗
立近两百年的六座大山，已经轰轰然倒下了五座。打天下固
难，然嬴政却强毅奋发一往直前，从来没有过恍惚困惑，只有
今日，当楚国这座最广袤的南国之山轰然倒塌时，他却没有
那种巨大的战胜喜悦，反倒是心头掠过了一片茫然……秦
国的朝局该再度整饬了，这是始终飘荡在嬴政心田的一端
思绪。应该立起栋梁了，否则，他这个秦王当真可能被这座
"天下"泰山压倒，被这座"天下"泰山吞没。军力该如何重
新部署？最后的齐国，重新泛滥的匈奴之患，死而不僵的燕
代残部能否一体结束？果真能够一体结束，六国贵族该如何
处置？没有了六国王室的天下该如何摆布？老秦国的法令
要不要改变？头绪太多了，且每一个头绪都粗大得足以经天
纬地，嬴政啊嬴政，你的才具足以胜任么……

"禀报君上，已经过了淮水。"

"好！停车歇息片刻，稍事收拾再见上将军。"

赵高这次没有再看李斯手势，一过连通郢寿官道的淮水大石桥便刹住了王车，径自回首对秦王高声禀报了一句。整整一天都时醒时睡的嬴政蓦然一顿，双手搓了搓脸庞睁开了眼睛，看了看已经举起火把的马队，又看了看也是刚刚从朦胧中醒来的李斯，这才吩咐了行止，扶着车轼便要下车。李斯捶着腿道："君上小心，我腿都木了。"正在此时，赵高已经一个纵身到了车下，将嬴政背了下车。饶是如此，嬴政脚一落地便颓然软倒在了地上，不禁一边大笑一边连指李斯。赵高说声明白，立即过去也将李斯背下了王车。李斯虽没有倒地，却也是一瘸一拐地踉跄了几步才活泛过来。

火把之下，护卫骑士们一边大嚼着锅盔夹干肉，一边喂马刷马收拾马具。嬴政与李斯则走到赵高看好的水边稍事梳洗，而后一边走动着活动手脚，一边举着酒袋啜饮着马奶子酒，一边说叨起事来。嬴政说，老将军再下岭南，只怕撑持不住。李斯说，老将军是该歇息颐养了，可平定百越事大，既得缜密梳理，又得威权资望，一时无人可代老将军。嬴政兀自喃喃道，得有个办法，得有个办法，老将军不能有任何闪失，不能有任何闪失。李斯说，君上莫担心，此事终得看老将军气象如何，还是见了老将军再说。嬴政点了点头，望着遍野火把不再说话了。

半个时辰的歇息之后，王车马队整肃起行。大约四更时分，王车马队开到了郢寿北门外十里之遥。嬴政突然一跺车底下令："停车！城外就地扎营。"赵高一心只想秦王进城好安卧歇息，闻令不禁愣怔了。李斯道："深夜入城，君上怕搅扰老将军。去传令了。"赵高这才恍然，连忙跳下车高声传令去了。不料，马队刚刚开始扎营，便有一队骑士从郢寿方向飞来查问。李斯快步上前一看，原来是都尉赵佗率兵夜

连续两个"背"字，以示亲密。其实哪用背啊！

巡,简短问答后连忙将赵佗领到了王车前。嬴政很是高兴,立即便问大军驻扎并王翦饮食起居诸般状况。赵佗禀报说:"占据郢寿三日后,上将军幕府便移到了城外大军营地,城内只留了五千步军;老将军从来严守军旅法度,初更上榻五更操演,卯时准定进入幕府处置军务,从来未见异常。"嬴政皱着眉头道:"李信不是中军司马么,五更操演此等事还要老将军亲临?"赵佗禀报说:"依照军法,寅时操演只练阵法分合,幕府要做的只是号角起令,而后中军司马巡视各营,原本无须统帅过问。然上将军与蒙武老将军却从来都是日日早起,亲自下场与将士一起奔跑操演,李信曾多次劝阻,上将军依然如故。"嬴政听罢好一阵不说话。赵佗便一拱手请求告辞,要立即赶回幕府禀报上将军出迎秦王。嬴政却一摆手道:"将军莫走,一起等候。"赵佗大是困惑,却也没敢再问。李斯笑道:"君上不忍此时惊醒老将军,要等到天亮,将军便等了。"

"禀报君上:行营立好!敢请君上歇息。"赵高快步过来禀报。

"本王要候在这里,看着太阳出山。"

"君上……"

"小高子,教将士们打个盹,寅时末刻起行。"

"嗨!"赵高情知不能争辩,转身大步去了。

"来,将军且坐,说说军旅,想哪说哪便是。"

赵高铺好了一张大草席,又捧来了一坛黄米酒。嬴政与李斯赵佗席地而坐,对着天边一钩残月,听赵佗海阔天空地说起了南下大军的诸般战事。末了,赵佗说上将军正在部署对百越之战,只怕秦军要变一番模样了。嬴政与李斯都对百越大有兴致,赵佗遂说起了百越诸部。赵佗说,越国被灭之后的近百年里,越国王族大支主要分布在两地:最北边的越人聚居区是故越国的瓯水、灵水地带,人呼瓯越,也叫作东瓯[1],首领瓯越王叫作摇,自称越王勾践后裔;再南的越人聚居处,是闽水两岸与海边岛屿,人呼闽越[2],首领闽越王无诸,据传也是越王勾践之后裔;其余越人部族则星散于五岭之南,人呼南海百越,以番禺[3]越人势力较大,以讹传讹也叫作南海百粤、南海粤人。这些粤(越)人部族多以渔猎为生,操持农耕者有,但很少,其风习依旧是断发文身部族群居,轻捷剽悍聚合不

---

① 瓯水,今浙江南部之瓯江。瓯越居地,大体在今浙南温州地带。

② 闽水,今福建之闽江。闽越居地,大体在今福建闽江与沿海岛屿、浙南山地、赣东北山地。

③ 番禺,战国岭南地名,大体在今广东广州地带。

定,大军应对难处多多。

"将军何以对越人如此熟悉?"李斯饶有兴致。

"末将先祖为会稽越人,经商北上定居赵国,再也没有回去。"

"如此,将军家族是长平大战后入秦?"

"长史明断。"

嬴政高兴道:"好!我军若能多有通晓百越之人,南进会顺畅许多。"赵佗说,还有几个都尉、裨将,也是南楚人或老越人,兵士中也有一些,人人都乐意为南进效力。说话间曙光渐显,嬴政下令起行。车马大队跟着赵佗的小马队,辚辚隆隆地开向了秦主力大军的营地。及至王翦蒙武闻报出迎,太阳刚刚挂上山巅。

"老臣料事不周,使王作旷野之顿,深为惭愧也!"

"老将军数十年驰驱战场,政一夜之野何足道也!"

王翦对秦王深深一躬。秦王对王翦也是深深一躬。这般君臣之礼闻所未闻,此刻却如流水一般自然真切。李斯与蒙武等一班大将肃立两厢,感慨唏嘘不止。尽管王翦步履稳健精神矍铄,但嬴政却分明看出,两年之间王翦是真正地老了。眉毛全白了,眼袋更大了,原本颀长劲健的身躯有些虚胖了,沟壑纵横的古铜色脸膛有了一片片斑痕;从来齐全的甲胄变成了柔韧轻薄的羊皮软甲,那一顶人人熟悉的铜矛帅盔换成了一顶轻得多的将军皮冠,脚下的牛皮铜钉战靴变成了不带铜钉的羊皮软靴。王翦一身唯一没变的,是那一领当年由嬴政亲自下令王室尚坊精工制作的沉甸甸的金丝黑锦斗篷。这一眼打量过去,嬴政心头蓦然一阵酸热,眼圈不禁红了……

"摆开军宴!为我王接风洗尘!"

蒙武奋然一声喝令,君臣将佐们立即轻松起来,络绎走

《史记·南越列传》:"南越王尉佗者,真定人也,姓赵氏。"真定,今日河北正定县以南。赵佗是日后的南越武王,小说在这里事先铺垫。赵佗十多岁已随秦始皇出巡。百越(百粤)所涉甚广,其民主要生活在今日浙、闽、粤、桂等地,"百粤散居东南沿海之地,古有文身之俗"(吕思勉著《中国民族史》,中国大百科全书出版社,1987年,第183页)(以防蛟龙),"沿海之族见于古籍者,自淮以北皆称夷,自江以南则曰越"(吕思勉著《中国民族史》,第185页),据称某些地方还有食人之族,有些地方因宜弟而杀长子,献君或君赐父而食。《汉书》《后汉书》《南史》等均有载。百越历史,繁复,此处不赘述。

进了聚将厅外赶搭的军宴大帐。原来,王翦一接赵佗飞骑快报,立即与蒙武商定,召全军千夫长以上将官,以迎王军宴觐见秦王。中军司马李信领命,立即聚齐了幕府护卫士兵,在幕府大厅外赶搭了一座可容五七百人的连棚大帐。大帐的中央座案区设置在一排固定联结的战车上,略有兵士推动,便可巡游全帐。李信又下令幕府炊兵营,军宴酒菜一律改为楚三式:一鱼、一酒、一饭,使秦王一睹楚地风习。蒙武下令开宴之时,李信与军士们业已忙碌了一个时辰,除了远处军营的将尉们尚未全部聚齐,诸事已经大体就绪。

唯其军宴,一切实在简朴。除了中央战车前一片大将座案,其余将尉们都是十人一张草席围坐,透着初夏阳光的大帐下黑沉沉一片。秦王嬴政一走进大帐口,数百人唰的一声一齐站起,哄然齐呼秦王万岁,当真是雷鸣一般。蒙武下令就位,帐中哄然一声坐下,五七百人整齐得刀切一般。王翦亲自导引着秦王嬴政登上了中央战车落座,蒙武大步跨上战车一拱手高声道:"禀报秦王,军宴楚三式:鲈鱼烩、兰陵酒、白米干饭!要否改换秦军战饭?唯待王命!"

"这,本王倒得问问将士们。"嬴政瞥一眼大案上的鱼酒饭,高声笑问,"诸位说,若没有了锅盔酱肉咥,吃得下南国鱼米么?"

"吃得下。"一片呼应声显然没有力道。

"不好吃。"

"鱼有刺。"

"吃不快。"

"不顶饿。"

种种应答纷纭,嬴政不禁大笑起来:"老秦人敢说楚乡酒饭不好吃,好啊!老秦人有得挑选了!郑国渠未成之前,老秦人敢这样说么?不敢!那时,老秦人但能吃饱穿暖,已经是托天之福了。今日,秦人丰衣足食了,大出天下了,衣食风物有得比照了……倏忽数十年,天地翻覆也!"嬴政火辣辣的声音飘荡着,可大帐中却是一片寂然,几乎所有将士的眼中都泛出了泪光。嬴政的笑意也不觉消散了,然话语却更平实清晰了,"话说回来。衣食男女,不同风习;四海山川,不同水土;天下万物,纷纭有别。此,天下之大道也!今我大军南征,淮南距中原已是千里之遥。远则远矣,唯其大道平坦,尚可有麦面牛羊间或输送,锅盔酱肉尚可隔三岔五猛咥一顿。然若进兵南海万里驰驱,锅盔酱肉,便只能在梦里得见了……楚国不能归治南海百越,为甚来?
没有大军南进! 何以没有大军南进? 说到底,楚军耐不得苦
战! 其中之一,肚皮太娇,南海生猛克化不了!"大帐爆发出
一阵哄然大笑,淹没了嬴政的话音。

饮食习惯影响作战能力。
这些细节写得好。

"好! 君上决断,酒饭不变!"蒙武高声宣令了。

"赳赳老秦! 共赴国难!"举帐雷鸣般吼出了这句秦人
老誓。

"楚风秦风四海风! 食天下者,大秦猛士也!"嬴政慷慨
大笑。

"军宴就绪,秦王开宴——"

大帐中安静了下来。谁都明白,秦王方才的酒饭之辞是
临机生发,虽实实在在地打在了将士们的心坎,然毕竟不是
正题。无论是成例还是习俗,接下来的秦王的开宴说辞都是
最要紧的,否则连千夫长也召来为甚? 是故蒙武一宣布秦王
开宴,大帐近千人立即肃然。

嬴政在大案前站定,环视着帐中高声道:"灭楚一战底定
南天,将士们辛劳备至,功劳殊伟! 灭楚完胜,老秦人一统天
下之伟业将成,列国人民熄灭刀兵之期盼将成! 政为秦王,便
以老秦人之名,以天下父老之名,谢我大秦三军将士!"

对着战车下黑压压的将尉们,嬴政深深一躬。

"一统天下! 秦王万岁——"

雷鸣之声平息,嬴政双手捧起了精致的白陶大碗,高声
道:"此次本王行程匆忙,未及携带老秦酒犒赏将士! 然则,
兰陵酒也是天下名酒,自今日始,同样也是秦酒! 本王便以
兰陵秦酒,与上将军,与将士们,同饮共贺!"举帐肃然之中,
嬴政转身对着王翦深深一躬,"老将军率举国六十万大军南
下,平定大国且全我雄师,居功至伟。此酒殷殷如老将军赤
心,政敢以为先敬也。"王翦捧起了大陶碗慷慨道:"君上敬

老臣,老臣亦当敬之。我王襟怀四海,运筹于庙堂之上,决胜于万里之遥,此大秦之幸也,天下之幸也! 臣等将士为国家驰驱,分内所为也!"

王翦举起大碗汩汩饮干,碗底向嬴政一照,干净利落滴酒未落。嬴政大是欣慰,一个好字出口,举碗三几口吞干了一大碗兰陵酒,碗底一照也是滴酒不落。战车下的将尉们便是哄然一声喝彩。盖战国之世,酒为珍物,敬酒之风习本意,乃为敬者献出自家面前的酒呈给对方饮之,是以为敬也;并非后世之敬酒,大多为敬者先饮,实则将敬之本意讹转为罚,亦将酒之珍稀讹转为贱。然则,敬酒古风至今依然在中原地带保留,即敬酒者后饮,甚或不饮。此乃后话。嬴政观王翦饮酒所以大感欣慰者,老人之饮若能一气吞干,其底气犹存也,体魄犹健也。譬如赵国老将廉颇,郭开同党恶意诬其"一饭三遗矢(屎)",赵王闻之而叹息廉颇老矣,缘故亦在此。

嬴政敬罢王翦,又对着蒙武与战车下座案区的大将们举起一碗道:"大军南征,诸将各司本部建功,本王敬各位将军!"大将们哄然饮干。嬴政高声道:"今日本王特许,诸位将士放量痛饮!"秦王万岁的呐喊声浪顿时爆发,掀得牛皮大帐鼓荡不止。嬴政转身对王翦李斯一拱手道,"长史陪同老将军但饮无妨,我与各席将尉们一干。"转身正要下车,蒙武在战车下道:"君上只定便是,老臣早有预备。"说罢向大将座案区后一挥手,李信立即带着一小队中军甲士过来,哗啷一声分开连接战车的铁索,便护卫簇拥着王案战车走向了座席甬道。如此缓缓行进,嬴政站在战车上逐一向每席将尉敬酒。将尉们大是奋发,欢呼声连绵不断。一碗一碗地痛饮,五十余席过去,嬴政已经面如红锦汗如雨下,竟然丝毫不见跟跄醉态,紧步车后的赵高看得心惊肉跳又热泪直流。及至嬴政的王案战车稳稳推回中心座案区,举帐雷鸣般一声呐喊:"彩——"

正当此时,秦王嬴政一步跳下了战车,对着与甲士们共推战车的李信深深一躬。顷刻之间,举帐寂然了。只见嬴政举起了一碗兰陵酒道:"将军虽有一败,然能知耻而后勇,沉心再造,以等量壮士逼杀项燕,真丈夫也! 法度在前,本王无以擅自赏功,敢请受嬴政一酒之敬!"愣怔的李信骤感心头大热,跟跄欲倒却又死死站定,又骤然拜倒奋然道:"国不弃我,我何弃国……"言犹未了,李信晕厥了过去。

这一场军宴,火辣辣痛饮到日薄西山。

嬴政睁开眼睛,已经是次日午后了。问赵高昨日情形,赵高说除了王翦、蒙武、李斯三人没醉,十有八九都醉了。王翦李斯送君上回行营,临走时王翦还对李斯说了一句,日后君上犒军,最好莫进军营。嬴政听得哈哈大笑,也是也是,要打仗岂不完了,没老将军在,我敢如此痛饮么? 笑罢起身梳洗一番,顿时神清气爽,吩咐赵高去找长史来。片刻李斯来到,嬴政便吩咐李斯一起去上将军幕府。李斯道:"臣已与李信约好,午后带十名书吏进郢寿王城,搜罗法令典籍。君上先与上将军会商兵事,臣随后赶来可否?"嬴政道:"各国法令典籍,不是都有专使送往咸阳么?"李斯道:"臣已问过,楚国王城典籍库分散多处,尚正在搜集搬运之中。臣欲尽早看到楚国与百越部族立定的种种盟约,故想亲自动手,能在此次带回最好。""长史深谋远虑,无愧庙堂之才也!"嬴政不禁大为感慨,一挥手道,"你只管去,我在上将军幕府等你,一起晚汤!"李斯拱手一应,匆匆去了。

王翦正在打量着司马摆置好的百越地图,蒙武大步进来了。

蒙武说,上将军昨夜交他的平越方略他已经看了,全然赞同,只觉大将摆布似有不妥,上将军还须再行斟酌。王翦笑道:"斟酌甚,你以为秦王能睡到明日去么? 没准天黑之前你我就得奉召进行营会商,一起说。"正在此时,辕门外传来当值司马一声长呼:"秦王驾到——"蒙武还没笑出声,见王翦已经霍然起身,立即一跃而起跟着迎到了辕门。

君臣礼罢,各自笑谈着昨日醉酒情形,便进了幕府正厅。嬴政看见将台上已经摆好了一排挂着地图的木架,便说:"长史有事后到,我等先议。"王翦立即下令当值司马:不许任何人进帐,正厅只留一名军令司马与一名录写掌书。而后,王翦又亲自关闭了幕府厅门,回身请秦王入座正案。嬴政坚执不从,说那是帅案,纵然君主也当不扰将令。王翦无奈,索性也坐到了帅案旁一张平日放置军务文书的偏案前,与秦王与蒙武的座案连成了一个紧凑的小圈子。如此君臣三人落座,一次绝密军事会商便告开始。

军令司马重新摆正了三副木架地图,指点着图板对秦王嬴政先行禀报了百越三部的大体情形,而后又禀报了两位主帅拟定的南下进兵路线。这个进兵路线是:兵分三路,一路从江东吴地南下,进入会稽山地,平定瓯越诸部;一路从洞庭郡南下,进入闽水山地,平定闽越诸部;一路从湘水南下,攀越五岭①进入南海之地,平定番禺的百粤诸部。

---

① 五岭名称,史料记载不一。《广州记》云:"大庾、始安、临贺、揭阳、桂阳。"《舆地志》云:"一曰台岭,亦名塞上,一名大庾。二曰骑田,三曰都庞,四曰萌诸,五曰越岭。"《南康记》云:"秦略定杨越,适戍五万,南守五岭。第一塞上岭,即南康大庾岭是。第二骑田岭,今桂阳郡腊岭是。第三都庞岭,今江华郡永明岭是。第四甿渚岭,亦江华郡白芒岭是。第五越城岭,零陵郡南临岭是也。"其余尚有《汉书》《水经注》及其他之不同说法。今从《舆地志》说。

"何谓五岭?"嬴政插问了一句。

"禀报君上,"司马指点着地图高声道,"人谓五岭,是横亘于南中国腰部的一片连绵大山。这片大山起自湘水之南,自西北走向东南海边,依次为:台岭、骑田岭、都庞岭、萌诸岭、越岭。"

"如此岂不是说,只要扼守这道五岭山地,便可卡断南北中国?"

"大体如此。"王翦点头应了一句。

"只是,大将摆布尚未有断。"蒙武似乎有些急迫。

"是老将军自己不赞同罢了。"王翦悠然一笑。

"噢? 两位老将军歧见?"嬴政有些惊讶。

"上将军执意自率大军攀越五岭,老臣不敢苟同! 其因有三……"

"三也好五也好,左右是自家要去罢了!"王翦罕见地大笑了一阵。

"岂有此理! 老夫不能去么? 主帅得坐镇!"

"凭甚非老夫坐镇? 你坐镇不行么? 大仗没得打……"

"断无此理! 主将上阵,副将坐镇,天下可有此等事?"

"好好好,教君上决断便了。"

"君上决断,更是上将军坐镇! 老枭出营,还叫博戏么?"

蒙武一句博戏比照,嬴政笑得不亦乐乎了。盖博戏为战国流行之智力游戏,几类后世军棋,其中的"枭"为统帅,居宫不出,一方逼杀对方之"枭"即为胜利,是故,这一博戏也叫作杀枭。因宫廷市井酒肆等皆以"杀枭"为赛马之外的最大赌,故列博戏之中。蒙武一时情急脱口而出,自觉精当无比,不禁得意地大笑了起来。蒙武目下是军中最老资格,虽与王翦年岁相仿,却因军旅世家之故而少年从军,其军旅阅历只怕比王翦还早了些许。加之蒙武秉性宽厚与人争论无分老少,故遇素来不苟言笑的王翦而能赳赳相争。王翦也是唯遇蒙武此等老夫之论,方能偶显轻松。如是两人争得面红耳赤,倍显白头兄弟之谐趣。嬴政一时童心大起,只咯咯咯笑得前仰后合,全然没有了评判心思。

"打住打住,还是君上决断。"终是王翦颇显大度地挥了挥手。

"是也! 老夫听君上决断!"蒙武硬邦邦跟上,依然没有松缓迹象。

"老夫之见,还是晚汤后再议。"王翦忍着笑意拍了拍案。

"好好好,最好……"

嬴政依旧笑得泪水直流,靠住了军令司马特意安置的坐靠喘息了一阵,又用汗巾拭了几次脸,这才止住了笑意。王翦蒙武都是对这个秦王知之甚深的老人,见早早已经远离了欢笑的嬴政一时显出少年心性而笑不可遏,自是倍感欣慰。晚汤上案时,王翦特意吩咐军令司马从辕门外的王车唤来了赵高,又亲自在帐口叮嘱赵高侍奉好秦王,其殷殷之心如同一个老人照拂不知寒热的儿孙,连从不与大臣将军多礼的赵高也对王翦深深一躬,两眼泪光地走进了幕府。正在此时,李信差人来报,说在郢寿王城典籍库已经找到了楚越文卷一大间,长史正在一一清理,不能赶来晚汤了。嬴政二话不说,立即派赵高驾着王车给李斯送去了酒饭,还特意叮嘱赵高不许回来,一直等李斯完事再接回来。

晚汤之后,君臣三人重新会商。

嬴政之意,两位老将军如何统兵之事过后再说,先定三路实战主将。王翦蒙武立即赞同。王翦禀报说,南下三将已有初定之选:以任嚣为平定瓯越主将,以屠雎为平定闽越主将,以赵佗为平定南海主将。此三人祖籍皆为老越人,入秦均在两代之上,对越人风习依然通晓,可获事半功倍之效。嬴政问三人将才。王翦说,此三人才具勇略虽不及王杨辛李四大将,却有一共同长处,处事稳健且有政务之能。南下平定百越,大多为分军独战,战事不大却连绵不断,须得下一城邑安一城邑,同时须得兼顾各部族城邑间利害冲突,故政才极其要紧。嬴政听罢,欣然拍案了。

第二件大事,总兵力分派。王翦之见,南下兵力以步军为主,占八成;铁骑变为轻骑,占两成;总兵力只需三十万,每路大体十万上下。其余三十万大军班师中原,底定大局。嬴政听得心头怦怦直跳,竭力按捺着兴奋,只追问南下三十万大军能否胜任?王翦蒙武先后申述一番,都说以秦军战力三十万绰绰有余,若非山高水远,若是平野地带,只怕根本无须三十万。嬴政这才奋然拍案,三十万大军回归中原,天下定矣!

第三件大事,后援保障。自秦昭王之后,秦人多远征大战,上下深知后援畅通之重要。此次万里迢迢远离中原深入不毛之地,其后援通道无疑是闻所未闻的艰难。而楚国所以不能有效归化治理百越,其根本原因与其说兵力不济,毋宁说后援不济。军谚云:千里不运粮。盖长途千里输送粮草,其输送人马足以耗去自身所运之大部粮草,成本之大,任何邦国无以承担。是故,秦军再度南下,其后援根基必然只能设在故楚江南之地,力所能及的越靠南越好。如此一来,建立仓储营地,建立兵器衣甲作坊,征发相应车马民力等等,实在都是前所未有的巨大运筹。其中还牵涉一个看似不大却又极为要害的难题,就是秦军将士十有八九都是北方人,惯食麦面豆谷与牛羊猪肉。若以江南为后援根基就近征发,则只能以输送鱼米为主。若从河外安陵后援大营将北人食物运至江南大营,而后再越五岭下南海,则消耗将十数倍增长,根本无以承受。然若不如此,秦军将士能否适应,则又很难说。秦王嬴政在将尉军宴上开篇便大说了一番秦军饮食口味,虽是临机而发,实则也是久在心头的大事。大将们连同王翦蒙武在内,都深为秦王的这通激励之辞所振奋,原因也在于此。如此等等纠葛,后援之事便非同寻常地凸现出来。

嬴政听完两位老将军的种种申述,良久默然。

正在此时,李斯一头汗水风尘仆仆地回来了。李斯一边接过赵高递来的汗巾擦拭着汗水,一边大体说了百越文档搜集情形,说他回到咸阳后便可尽快拟出一则既合越人习俗又简单易行的治越法令,君上允准后可以正式王命颁发,南下大军好据以行事。王翦蒙武大为高兴,一口声连连赞

免不了调兵遣将及调配粮草。

叹，说只要这则法令颁行，平定百越便有了八成胜算。嬴政顿感轻松，说了方才所议，问李斯对后援之事有何见教？李斯皱着眉头打量着地图，一时却没了话说。

"水路！可否水路设法？"李斯突然回头。

"有水路还说甚？"蒙武走过来指点着地图高声道，"上将军心思缜密，早派水工带着斥候踏勘了水路。这五岭之北，水皆入江；五岭之南，水皆入粤；两大水网各走各路，平行入海，你却如何从湘水进得粤水①？"

"这倒也是。"李斯兀自喃喃。

"不。"思忖的嬴政突然目光炯炯道，"这个想头没错！若能开一水路，省却多少牛马人力？此等事，寻常水工不行。郑国！要郑国说话！"

"对也！郑国！"王翦李斯蒙武异口同声。

"小高子！"嬴政一挥手道，"立驾王车回咸阳，接郑国大人来此！"

"君上限时几何？"赵高拱手高声请命。

"两日后回来。"

"嗨！"赵高大步转身走了。

于是，君臣四人又会商了安定楚国的相关急务，方才散了。

第三日暮色时分，六马王车风驰电掣般归来了。

郑国自做了大田令，执掌秦国整个农事，因在泾水河渠几年中落下了一身疾病，故此与尉缭子一样只虚掌公事，不必日日赶赴官署。近十年下来，郑国的体魄倒渐渐缓了过来，虽已满头霜雪，精神却是矍铄健旺。一见久违了的秦王君臣，郑国的奋发之情油然生出，晚汤后根本无意歇息，立即就在幕府大厅说起了正事。

"老夫高年，虽有心力，不足跋涉山水了！"

"只要老令指点决断，不须跋山涉水。"嬴政接了一句。

"老臣给君上带来一人，足堪水事大任。"

"噢？何人？"

"史禄。"

"是老令弟子么？"嬴政很是惊喜。

---

① 粤水，即后世之珠江，古称粤江。

百越之地，山水皆险。要跋山涉水，需要精通水利之人。史禄，其姓不详，后世皆称史禄，生平事亦不详，仅知史禄监修灵渠，对水利兴建做出了巨大贡献。

"不。史禄史禄，一个御史。"

"噢——御史！"君臣几人一齐恍然又一齐惊讶了。

"没有本名？"蒙武突然插问。

"史禄史禄，官名叫了多年，老夫忘了他本名。"

"臣知此人。"李斯一拱手道，"本名午禄，洞庭郡人氏，南墨士子。"

"着！"郑国慨然拍案，"天下皆知，墨家治学，百工皆通。老臣与长史当年领工泾水，君上下令各郡县工师全数调来做工长，这史禄，便是其中一个！其时，他在陈仓县做田啬夫。因他与老臣几个弟子多言水事，成了老臣属下的得力水工之一。河渠完结，老臣见他文墨出众，又稳健干练，举荐给了丞相。后来，做了一个御史……"

"此人从南墨入秦？"嬴政突然插问。

"对也。在陈仓任小吏两年。"

"既是墨家子弟，何能一直吏身？"

"墨家务实，不足为奇。老夫只说，此人知岭南之水！"

"何以见得？"李斯笑问一句。

"老夫说知便知！有甚何以见得！"

郑国与李斯交谊笃厚言无深浅，一句武断指斥，厅中不禁一阵大笑。笑声落点，嬴政问道："贤士目下何在？"郑国对站在厅口的赵高一扬手，赵高立即快步出厅，片刻间领进了一个人来。君臣几人一打量，不禁相视一笑。为何？此人活生生一个当年的郑国：黝黑干瘦，阔嘴大眼颧骨高耸，草鞋斗笠粗短布衣，手中一支探水铁尺点地如同竹杖。山野间若见此人，任谁也不会想到他是一个王室御史。

"足下从咸阳来？"李斯谨慎地问了一句。

"不。我在江南探水，得老令急约，会于淮南。"

"足下在咸阳没有公事？"

"大人不知。我这御史不同：丞相王绾大人当年派定我一个特异差事，巡监河渠事。后来，秦军每下一国，我随之踏勘一国水事，向丞相府禀报列国河渠情势。"

"那，上次灭魏水战……"蒙武突然一问。

"灭魏水战，恢复鸿沟，都是我跟着老令。"

"嘿嘿，此番信了？莫再敲边鼓了。"郑国颇为得意地对李斯蒙武笑了。

"老令举荐足下担岭南水事，可有成算？"王翦直入正题。

"十之八九。"

"这是地图，足下且大体说来。"

史禄大步走上将台，探水铁尺指点着地图道："君上、诸位大人且看，此乃湘水，此乃离水①。湘水北入江，离水南入粤。两大水系之通连，唯在此处。其理何在？盖五岭南北，唯此地两水最近，其余之地，诸水远不相谋。且看此地，两水之间一座大山隔断，其实际路程不到二三十里。通连之法，凿山开渠，引湘入离！但能渠宽丈余，深数尺，便可行千斛之舟……"

要沟通湘水和漓水。

"好！"蒙武喜极拍案。

"军营水工说，这片山地南高北低，足下能使低水高流？"

王翦此问极是扎实。史禄看了看郑国，欲言又止。郑国笃笃点着那支永远替代手杖的盈缩自如的探水铁尺，走到了地图前指点道："凿渠通连湘离两水，难点便在这一上一下。湘水南去过山，这是一上。翻过此山，地势又低，这是一下。一上之难，在水流攀高，否则无以成渠。一下之难，在节制流

---

① 离水，后世谓漓江，今广西漓江。

速,否则无以行舟。史禄若不能攻克如此两难,老夫岂能举荐王前?实在说,史禄之法堪称水中圣手!"郑国从不轻言,今日如此推崇一个后生,嬴政君臣不禁一齐惊讶了。

"老令褒奖,愧不敢当。"史禄连忙一躬。

"真才自真才,无妨。"郑国点着铁尺杖,"你只明说,如何决此两难?"

"君上,列位大人,"史禄一拱手道,"我午氏一族,原本楚国伍氏一支。皆因湘水洞庭水患频仍,我族自来在洞庭大泽与湘水两岸漂泊无定。其间,唯因水患频仍,我族久欲迁徙岭南。终未成者,皆因大山横亘在前,湘水行舟无以南进,徒步跋涉又恐多伤老幼。故此,禄自少时,已对湘南地势多有涉足。后入南墨求学,禄专修治水之学,曾随老师多次踏勘湘水。那时,禄之梦想,为洞庭民众,亦为我族人,拓一南进水道也!奈何楚国分治,国势衰微,此等水事无法提及,我方北上入秦……"

"史禄是说,他对通连两水久有谋划!"

满厅寂然,秦王君臣无不动容,郑国却昂昂一句插断了。郑国之意,一要使秦王君臣明白史禄这段话的本心,二要使史禄尽早切入正题。毕竟,所有的话都可以相机再说,而秦王与如此几位重臣聚会决断的时机却是短暂的。史禄机敏干练,略为停顿,铁尺指点地图,干净利落地转向了本题。

"上下之难,禄有两法决之。其一,决上水之法为:在渠口垒石,为铧嘴之象,头锐而身厚。石铧深入湘水三十里,逆分湘水为两。如此可激六十里水势,使其压入渠口,水积渐进,故能循岩而上。渠道开凿,绕山而上,以缓其坡势,如此水可上也!其二,决下水法为:渠道不走直,以山势多为盘旋,以减其流速,使舟行平稳,建瓴而下!然则,如此两法,便要加长渠道,两水间二十余里,渠道却要百里之长!"

"此法如何啊?"郑国笑吟吟顿着铁尺杖。

"循岩而上,建瓴而下,好!"蒙武率先拍案。

"老夫不通水事,听着也扎实可行。"王翦舒心地笑着。

"老令说成,准成!"李斯更直接。

"公有此策,天下之幸也!"嬴政离案起身,对着史禄深深一躬。

"史禄啊史禄,小子好命也!"骤然之间,郑国老泪纵横了。

"君上,老令……"史禄也哽咽了。

"老令何须心酸也,"李斯呵呵笑道,"天下大水多多,来生再治不晚。"

　　话未落点，厅中一片大笑。嬴政道："我意，效当年郑国渠之法，以史禄为湘离河渠令，以姚贾辅之，军民皆统于上将军幕府。"王翦思忖道："此渠关乎重大，不若以一部大军先期凿渠，渠成后再进兵岭南。君上以为如何？"嬴政点头道："也是。楚地新平，民力征发定然缓慢……史禄，此渠须得人力几多？"史禄道："若是精壮士卒，十万足矣！"蒙武高声道："如此正好！瓯越、闽越可先行南下，岭南渠成再南下，甚不耽搁。"

　　"好！立即筹划，尽早成渠！"嬴政当即拍案。

　　于是，这件最大的南进后援工程风云雷电一般决断了，上马了。

　　这便是那时的秦风，戮力同心惕厉奋发当断则断当行则行，没有拖泥带水，没有猜忌掣肘，数不清的大型工程在此后短短十余年间轰轰然接踵推开，遍及中国南北，其雷霆万里之势闻所未闻超迈古今。雷电远去，历史已经成为可比的废墟，人们才惊愕地发现：那时的任何一件大型工程，都足以使帝国之后的任何朝代视为盛世丰碑，西汉之后清末之前所有的标志性工程相加，也不如帝国十余年创建之多！这，当真是中国历史上最为不可思议的一个时代。仅以水利工程论，郑国渠、都江堰、灵渠至今犹存；还有沟通陵水与浙江的通陵水道、沟通汨罗江相关水流的汨罗之流、咸阳至潼关的三百里兴成渠、甘肃灵州的一百五十里秦渠、疏浚沟通黄河与淮河的大鸿沟等等工程，皆已经在岁月沧桑中成为古老的遗迹。凡此等等，任何一件都是亘古不朽的绝世工程。譬如，这道沟通长江水系与珠江水系的绝世工程，唐以后谓之灵渠。其构思之妙，其效用之大，其法度之精，其开凿速度之快，其延续寿命之长，无不令后人瞠目。自《汉书》之后，历代典籍多有论及灵渠者，然终不如几个实际踏勘者的评判实

作者代言了。

在。范成大之《桂海虞衡志》历数灵渠开凿之法后赞叹云：
"治水之妙，无如灵渠者！"宋人周去非《岭外代答》云："（灵
渠）其余威能罔水行舟，万世之下乃赖之。"乾隆时《兴安县
志》云："历代以来，修治（灵渠）不一，类皆循其故道，因时而
损益之，终不能独出新意，易其开辟之成规。"此乃后话也。

旬日之后，秦王嬴政北上了。

临行之前，嬴政单独召见了王翦，与这位亦师亦友的老
臣整整密谈了一夜。嬴政对王翦坦率直陈了目下亟待决断
的几件大事，一一征询了王翦的意见。事实上，战国之世的
庙堂轴心是三驾马车：君王、丞相、上将军。王翦因为长期在
外统军大战，对庙堂决策的亲身参与便大大减少。无论嬴政
与王翦在大事上如何及时沟通，这位上将军总会有疏离中
枢之感。王翦以任何朝臣所不能比拟的资望功勋而谨慎备
至，很难说没有远离庙堂这一因素。若非李信战败，不得不
重推王翦出山，嬴政的本意便是要王翦在灭燕之后重回庙
堂。此次南来，嬴政原本也是要王翦重返庙堂的。楚国已
灭，大战已罢，王翦的战场功业可谓到顶了，加之夫人过世，
又生出老疾，王翦无论如何是不能再度南下了。从庙堂格局
出发，则更是如此。在嬴政看来，王翦这个一生都在军营的
老将军，其对政局的评判洞察不下于任何一个名士大家。唯
其终生执兵，拥有深重资望，王翦回归庙堂更具镇国之威。

然则，嬴政又不得不割舍了将王翦拉回庙堂的谋划。

身临南国，嬴政更深地体察到了平定南海对整个一统
天下的深远意义。灭魏之后，嬴政已经清楚地知道，华夏一
统之大局已经底定，堪称无可阻挡；而一统之治能否持久，则
威慑来自两重，既在内忧，又在外患。内忧而言，秦国一统大
战开始之后，已经有过了贵族复辟的韩国之乱；一统完成之
后，此等复辟之乱亦必将不少，甚或将更多。外患而言，则情

要安置王翦。《史记·白
起王翦列传》称其"因南征百
越之君"。

势较前有所不同。在六国存在的岁月里，无论华夏战国的攻伐多么剧烈，然在对待外患这一点上，哪个战国都没手软过。燕国平定东胡，赵国反击林胡匈奴，秦国反击陇西戎狄北方匈奴，齐国平定东夷，楚国平定东夷南夷等等。而今，六国将不复存在，所有的外患都必须秦国以华夏共主之身一肩挑起。此等局面该如何应对？对嬴政而言，这是一个闻所未闻的大课题。

列位看官须知，截至战国末世，华夏已经分治五百余年。其间，所有的为政治国之学，都是霸主之道。以后人话语说，是霸主思维。也就是说，天下探索揣摩之目标，十有八九都是称霸天下的强国之道，而对于"一天下而治"的天子治道的探索揣摩，则已经是久违了。或者说，夏商周三代的"一治"已经被潮流破坏殆尽，而新的"一治"之道还没有出现在人们的构想里。所以，到嬴政之时，如何做天下共主，事实上已经成为一个颇为生疏的命题。就实而论，其时各大战国朝不保夕，除了秦国君主，大约谁也不会去做这般大梦了。最有资格思谋此道的秦王嬴政，不可能不想，也不可能想得更深。更多的情形是，时势逼一步，则秦王嬴政想一步。若不是燕太子丹主谋的荆轲刺秦事件突然发作，很可能秦一天下就多了一种盟约称臣的形式；若非韩国世族的复辟之乱，很可能六国王族世族便不会大举迁入关中……

尽管是边走边想边筹划，然就全局洞察未雨绸缪而言，嬴政还是比任何一个大臣都走得更远。灭国大战开始时，嬴政坚执将能够独当一面的蒙恬摆在了九原，其后历经大战而蒙恬未动一次，便是嬴政这种天下思谋的基本决断——秦国既欲一统华夏，便当一肩挑起抵御天下外患之责！匈奴若乘灭国大战之机南下，秦国何颜立于天下？

议定史禄凿渠之后，嬴政说到衡山与云梦大泽走走看看。因为，对于生长北国的嬴政而言，何为南国之广袤，毕竟尚未有过一次亲身目睹。无论嬴政胸襟如何宽广，然在脚下，在眼中，曾经见到过的最广阔的气象就是阴山草原了。嬴政还记得，议论灭楚之时，尽管王翦反复申述了楚国广袤难下，然当时闪现在嬴政心头的，却是后来无法启齿的一个荒诞念头："南国能有北国草原广袤？果真广袤，楚国老是北上做甚？"嬴政后来想明白了，自己这个念头，其实是少年踏入苍茫草原时在那些牧民悠长的歌声与豪迈的酒风中埋下的种子。今日亲临郢寿，南海虽无法领略了，然总须看看天下最大的湖海云梦泽。那一日，王车抵达了烟波浩渺的云梦泽畔，嬴政登上了云雾缥缈的高山之巅。嬴政举目遥望，只见水天苍茫无垠，青山隐现层叠，霞光万道波催浪涌正不知天地几重伸

展……那一刻，嬴政被深深震撼了。

"此去南海，路程几多？"良久无言，嬴政遥指南天一问。

"老臣不知定数，大约总在万里之外。"王翦笑了。

"南海气象，较云梦泽如何？"

王翦默然了，蒙武默然了，李斯也默然了。

"南海纵然广袤，大约不过如此也。"蒙武嘟哝了一句。

"南海之疆，臣未尝涉足。然，臣以为云梦必不若南海。"李斯说话了。

"何以见得？"

"庄子作《逍遥游》，尝云：南海者，天成水域也；鲲鹏怒而飞南海也，水击三千里，抟扶摇而上者九万里。三千里，南海之一隅也。由是观之，南海之大，不可想见也。"

"长史说得好！老夫也记得庄子几句。"王翦高声赞叹一句，临风吟诵，苍迈激越如同老秦人的村唱，"天下之水，莫于大海，万川归之，不知何时止而不盈；尾闾泄之，不知何时已而不虚；计中国之在海内，不似稊米之在大仓乎！四海之在天地之间也，不似礨空之在大泽乎！"

"这老庄子！说来说去究竟谁大了？"蒙武高声嚷嚷。

"至大者，人心也！庄子神游八荒，足证此理。"嬴政发自肺腑地感喟了，"既往，嬴政唯知阴山草原之广袤，尝笑南国山水之狭隘。今日登临云梦之山，方知水乡更有汪洋无边也！我等当以庄子神游之胸襟待天下，不以目睹为大，而以心广为大！"

"心广为大！"王翦李斯蒙武异口同声。

"南海者，我华夏之南海也！南海不定，焉有一统华夏哉！"

"王有此言，华夏大幸！"王翦李斯蒙武又是异口同声一句。

便是那一刻，嬴政才在内心第一次将南定百越与北定阴山并列了起来。北方阴山是外患，南海百越是内忧，任何一方不稳，全局都要翻盘。也就是那时，嬴政看着白发苍苍的王翦，内心深深叹息了一声。

云梦泽归来，君臣临别共聚。蒙武提出了一件事：请秦王派一位大臣坐镇郢寿，使上将军能够回到咸阳养息，平定南海无大战，由他统率即可。王翦坚执反对自己回朝，但赞同派一大臣南来坐镇，理由是自己能从民治纷扰中摆脱出来而专一处置军事。王翦力荐李斯南来坐镇，说李斯既是楚人，又是政务大才。蒙武也是一力赞同，说但有李斯南来，后援大事断无阻碍。李斯无可无不可地笑着，只不说话。

其时，嬴政尚未与王翦深谈朝局诸事，沉吟着一直没有点头。然见两位老将军已经说开，默然片刻，嬴政明白说道："天下将一，大势已变。天下大局，该当从大处着眼铺排了。平定南海无大战，上将军也该当回咸阳养息。然则，南海百越分治于华夏文明之外已历时数百年，楚国始终未能有效划一。此间兵事、民事、部族事、方国事，纠葛太多太深。若无上将军威权资望与洞察谋略，本王诚恐再有李信之失也！"见蒙武肃然省悟不再说话，嬴政遂拍案道，"我意，上将军仍留郢寿坐镇，总揽军政，彻平南海了事！再调姚贾率一班精干官吏南来，主理郡县民治。余事，待灭齐之后再一体会商决断。如何？"王翦却道："老臣素无政才，不足总揽军政。姚贾政才过人，亦无须老臣凌驾其上。敢请君上，特许老臣统兵南进。只要战事平顺，政事姚贾足矣！"嬴政心知这位老将军只怕权力过大，遂哈哈大笑一阵道："老将军是将命！不当大权，不成事也！"蒙武立即高声道："老臣以为，君上决断甚明！上将军坐镇郢寿，堪称上上之策！领军打仗，老臣足矣！"见王翦瞪着蒙武又要发作，嬴政叩着书案恳切道："上将军自入军旅，数十年鞍马驰驱，未曾得享一日清闲，若再将兵岭南，我心何堪！若论才具，上将军襟怀宽阔谋略深远，正当回归庙堂用事。所以留上将军镇抚南国者，兹事体大也！嬴政素以上将军为我师我友……而今天宽地阔，嬴政深感力绌之时，上将军安忍独领一军而不揽南国全局乎！"

"君上此言，老臣汗颜也！"终于，王翦不再为自己辩驳了。

王翦留在郢寿，嬴政对这片居天下泰半的广袤疆域放心了。

蒙恬北驻九原，王翦南守郢寿，可定乾坤。如此安排，显示秦王政对天下有掌控力。

二　一统棋局　最后一手务求平稳收煞

急。

　　蒙恬、王贲两支马队几乎是脚跟脚地进了咸阳。

　　两人接到的特急王书一样的简单明白："底定大局,务必于三日内归国朝会。"于是,蒙恬从九原,王贲从蓟城,都当即安置好军务飞骑上路。其时直道未通,蒙恬马队从九原东南经云中郡再下上郡,而后南进关中,绕行两千余里。王贲马队则从蓟城直下邯郸再下河内,沿河内大道向西进入函谷关再进关中,已在三千里之外。蒙恬路程短,却多经山塬林海河谷,道路险狭。王贲路途长,却是久经车马的战国大道。是故,两支同样剽悍灵动人各两马的轻装飞骑,都在起程第三日的暮色时分飞进了咸阳南门。李斯在南门内城墙下的城门署专程等候,给蒙恬王贲转述的王命一样的八个字:"歇息一夜,卯时朝会。"两人也一样地都问了君上从楚地归来后体魄如何,夜来能否晋见晤谈? 李斯也一样地笑答:"君上早知两位有此一问,回话是,各睡各,无相扰。"两人俱各大笑一阵,连忙各自回府,处置自家亏欠的种种伦常人情去了。

　　次日清晨卯时,重臣朝会在东偏殿准时举行。

　　此时秦国的重臣朝会,不是寻常之时处置日常政务的囊括所有重要大臣的会议,而是会商安定天下之长策方略的战时朝会。故此,该当参与此等重臣朝会的几位大臣是:丞相王绾、上将军王翦、上将军蒙恬、国尉尉缭、长史李斯、上卿姚贾、上卿顿弱、长史丞蒙毅。除此之外,再加上每次朝会涉及的相关大臣将军,便是朝会的全部与会大臣。因为王翦、蒙恬、姚贾、顿弱多因战事邦交而经常不在国,所以事实上的经常成员只有王绾、尉缭、李斯,再加上后来的蒙毅。然则，这次朝会却是罕见的齐全，除了上将军王翦未能与会，几乎是全数到齐。相关大臣将军则增加了王贲、冯去疾、冯劫。

"诸位，各方情势皆有重大变化，故此，本王召紧急朝会议决。"

大臣将军们就座，嬴政开门见山地讲明了事由，又道："各方变化情形，先由长史陈述，而后诸位斟酌如何铺排。"嬴政话音落点，李斯从座案站了起来，走到王台下的一幅张挂在高大木板的羊皮地图前指点着说了起来。李斯陈述的重大变化是六个方面：

其一，陇西将军阮翁仲飞书急报：匈奴一部大举西迁，联结西海①西羌诸部族，年来频繁劫掠陇西牧民，目下有联兵攻占陇西而后瓜分陇西之图谋；原本早已归化为半农半牧秦人的老戎狄部族，有几处生发躁动，有图谋叛乱迹象。阮翁仲请增兵三万，一举击退匈奴羌胡并平定陇西。

其二，数十年不举兵事的齐国，突然起兵三十余万进驻西界巨野泽。

其三，代王赵嘉再度联结已经逃亡辽东的燕王喜残部，与匈奴、东胡及林胡残部合纵联兵，欲图吞灭云中、九原两支秦军，彻底占据与燕北地带相连的阴山草原，图谋建立北赵、北燕两国。

其四，秦国主力大军两分，驻扎楚地的三十万铁骑已经在杨端和、辛胜两大将统率下开始班师北上，一月之内将回归河外的南阳大营。

其五，已经平定的五大战国，皆有种种骚动，各国世族大量逃入齐国。

其六，王翦蒙武统率的三十万大军已经开始了平越之

这一处写得尤其好。有钱人、有权人，一逢战乱必朝安全地带逃亡。《战国策·齐策六》载，齐王建入朝于秦，即墨大夫与雍门司马劝谏之，"齐地方数千里，带甲数百万。夫三晋大夫皆不便秦，而在阿、鄄之间者百数，王收而与之百万之众，使收三晋之故地，即临晋之关可以入矣。鄢、郢大夫不欲为秦，而在城南下者百数，王收而与之百万之师，使收楚故地，即武关可以入矣。如此，则齐威可立，秦国可亡。夫舍南面之称制，乃西面而事秦，为大王不取也"，各国贵族皆奔齐国，这原来是齐国的一个绝好机会，可惜齐王建没多大出息，尽听后胜计，齐终亡。

---

① 西海，战国秦汉又名仙海，魏晋始称青海，今青海省青海湖。

战。瓯越、闽越两路兵马已经南进;南海一路已经开始了全力开凿湘离大渠,大体在半年一年后也将越过五岭南下;淮南后援大营已经开始筹划,河内河外几郡将征发数十万民力南下。

"看看,都热得流汗。蒙毅,上冰茶。"

时值六月酷暑,大殿虽有一道蒙恬创制的冰墙,依然不见清凉。大臣将军们一边不时用汗巾揩拭着额头汗水,一边专注地听着李斯的陈述,举殿一片肃静。李斯一说完,嬴政也抹了抹额头细汗,立即吩咐蒙毅上冰茶。这冰茶乃秦惠王首创,是将南山粗茶煮成茶水,装入若干大瓮储藏于王室冰窖,专一地在酷暑时节取出饮用。蒙毅对殿口赵高一招手,片刻间一辆青铜柜车推进,取出一个个如同酒坛一般的陶罐摆上了一张张座案。大臣将军们一捧陶罐触手冰凉,当下精神一振,及至拔开陶罐木塞咕咚咚入口下肚,舒畅得人人情不自禁地拍案连呼快哉快哉!列位看官须知,夏时之冰为古代极其珍稀之物,即或重臣权贵府邸,也难得有大型储冰地窖。寻常时期,只有大臣死在酷暑时节,难以在葬礼之期保持尸体不腐臭,王室才依据其爵位高低赏赐定量冰块围护尸身。也就是说,以冰成茶水而饮,是寻常绝难做到的奢侈,即或王室成员也不是人人都能做到酷暑饮冰的。唯其如此,此时一罐冰茶之昂贵远甚于一坛老酒,如何不教大臣将军们倍感振作大呼快哉。

秦王政以示尊重。

"诸位,五国虽灭,天下仍在板荡之时也!"嬴政汩汩饮下了一罐冰茶,站了起来,走到了王台下,站到了羊皮地图前,"外部有变,我也有变。外部之变,匈奴觊觎,燕赵躁动,齐国备战,四方不宁。我方之变,一则兵力运筹超出预期,三十万铁骑顺当班师;二则南进诸事平顺,不会掣肘北方。当此之时,能否尽速平定陇西、燕赵,并同时攻灭齐国,一举底

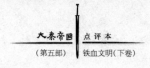
定天下？这，便是今日朝会之轴心。"

"以我方目下兵力计，臣以为可三面开战！"蒙恬第一个说话了。今日朝会以兵事为主，王翦又不在朝，同为上将军的蒙恬自然不能先听后说，"北上铁骑三十万，陇西兵马两万，蓟城兵马三万；九原云中两年来新成军五万，连同原部守军共十万余；内史郡尚有万余都城守军不计，我军可战兵力已在四十六万余。以臣谋划：陇西可派出铁骑三万，反击西羌匈奴；燕赵兵力可增至十五万，一举平定燕赵残部；九原云中，留守五万人马，配以大型连弩千具，足以防御阴山匈奴；所余二十余万，攻灭齐国当足以胜任！"

"诸位以为如何？"嬴政笑问一句。

"臣赞同！"几位大臣将军异口同声。

"王贲之见？"

"臣赞同上将军三面开战方略。"王贲站了起来，"然，臣对兵力铺排稍有不同处：平定燕赵残部，十万铁骑足矣！陇西兵力，当有增加。匈奴西羌合流，若不一战灭其威风，则后患无穷，该当重兵痛击！"

"如此补正，臣亦赞同！"蒙恬立即点头。

"王贲筹划燕赵追杀战已有年余，有成算了？"

"禀报君上！臣决以十万之师，一战平定燕赵残部！"

"好！将军猛士壮心，必能斩宿敌残根！"嬴政高声赞叹。

"老臣一言，君上姑妄听之。"

"老国尉有话，尽管说。"嬴政顿时肃然，回到了王案正襟危坐。

"老臣之意，三面开战，方略该有所不同。"尉缭子苍老的声音回荡着，"西部北部，非外患，即顽敌，故须霹雳痛击。齐国一面，则当大兵压境，徐徐缓图，若操持得当，齐国或可不战而下。此等方略，老臣定为八字：西北峻急，东齐缓压。"

"国尉方略，臣亦赞同！"李斯高声道，"齐国君弱臣荒，数十年不修兵备，如今五国已灭，齐国方有边地驻军之举，未必上下同心。若能以顿弱上卿入齐周旋，再加二十余万大兵压境，齐国很可能不战而降。"

"老国尉方略，尚有另外一利。"蒙恬欣然道，"我军二十余万压于齐国边境而暂不开战，既威慑齐国以待其生变，又可策应西北以防不测。若果真西北兵力不济，可随时发兵增援;若西北顺利早日完胜,则可合兵压齐,其时无论齐国战与不战,我都可一举底定大局!"

"将军悟性之高,老夫佩服也!"尉缭子不禁赞叹了一句。

"老臣无异议。"老丞相王绾表态了。

"臣等无异议!"举殿异口同声。

"好!诸位既无异议,本王归总铺排。"嬴政再次离座起身,走到了王台下的羊皮地图前,"大兵压齐,由上将军蒙恬总率二十三万大军,月后开兵东进;追杀燕赵残部,由将军王贲率十万兵马开战,务求斩草除根!陇西反击,由一员大将率八万铁骑,与翁仲将军合兵,务求一战痛击匈奴西羌,安定西部!云中九原之防御北部匈奴,由蒙恬一体处置。"

"陇西一路,何人统兵?"老尉缭突然问了一句。

"陇西主将,容我思谋几日。"嬴政似有所属又颇见踌躇。

"老臣直言,陇西将兵,莫如李信。"

尉缭声音不大,却使所有的大臣将军都深感惊讶,偌大厅堂一片寂然。须知秦国法度严明,李信败军之罪尚未论处,已经是大大地法外特例了,若再任一路统兵主将,任谁也不敢做如此想。当此之时,老尉缭竟能认定李信,实在突兀至极。然则,嬴政却似乎并没有如何惊诧,反倒是淡淡一笑道:"老国尉,何以如此啊?"尉缭笃笃笃点着竹杖道:"李氏一族,根在陇西。李信为秦军四大主将时,陇西李氏引为荣耀。李信统兵灭楚,陇西李氏几乎举族男丁入军;李信战败,陇西李氏则深感蒙羞,尝思雪耻。今陇西遭匈奴西羌劫掠,李氏一族岂能不同心奋战?若得李信为将,岂非猛虎添翼!就事而论,李信为将,两大利:其一,能于人民散居之地立定轴心大聚人心;其二,能于羌匈飞骑之前,大展李信铁骑奔袭

拖死楚国,吓死齐国。

不计旧罪。要其将功补过。

战之长……"

"老国尉如此说,不怕坏我秦法?"嬴政面无表情。

"起用李信,老臣不以为坏法。"尉缭扶着竹杖颤巍巍站了起来,"秦军新起,大将多为新锐。灭国之战,更是五百年未曾经历之存亡大战。我军摸索而战,付出代价事属必然,偶有闪失更是在所难免。法以强国,法以爱民,此商君之言也。若败战必杀将,则将能几人存哉!将之不存,国何以强?民何以安?夫天下有战以来,若武安君白起之终生不败者,是为战神,万中无一也。常战之将,胜多败少足矣!春秋之世,秦军东出大败,穆公不杀孟、西、白三将而最终称霸。今日秦国要一统天下,岂能有无如此襟怀也!"

"老国尉此论,诸位以为如何?"嬴政叩着书案沉吟着。

"国尉之论,臣等赞同!"举殿异口同声。

"好!"嬴政一阵大笑,"陇西主将之所以未定,本王也是犯难。陇西郡守说过几次,陇西将军阮翁仲勇猛绝伦,只是运筹稍差。若是小战,本王信得翁仲。然则,此次匈奴西羌联兵大进,陇西一旦有失,关中立见危机。故此,我也想到了李信……"嬴政没有再说下去,起身走下了王台,走到了尉缭面前,肃然地深深一躬,"老国尉公心至大,开嬴政茅塞,谨受教。"

"秦王有此海纳胸襟,天下定矣!"老尉缭跺着竹杖哽咽了。

"不说了。"嬴政转身下令,"蒙毅立刻拟定王书,调李信兼程还都!噢,要对上将军备细申明朝会情形。"蒙毅答应一声,立即转身去了。

在各方官署都在紧张运转的时候,李斯却病倒了。

在天下将一的前夜,秦国的所有官吏都倍感压力之巨大。与战事军事相关的官吏,人人忙得脚不沾地。兵力调遣、民力征发、新兵训练、粮草输送、兵器制造等等等等,数不清的大事急事都得风风火火紧急办理。所以,武事各署经常是空空如也,官吏们几乎很难在官署停留得片刻。与之相反,文官各署则是人如流水车如穿梭,经常的满员议事昼夜不息。比较而言,兵事虽忙,然对秦人秦官都是轻车熟路,成例多多经验多多,无非不亦乐乎地跑断腿说破嘴而已。政事却不然,十有八九都是闻所未闻的新情势新事端,无法可依无章可循,却又必须立下决断,此等忙碌便平添了几分焦虑一片乱象。自朝会结束,李斯一直在王城连续守了一个月没有归家,日日只睡得至多两个时辰,人变得精瘦,眼亮得精光。自西周以来,官署法度便是五日一归家,歇息一日复归官署。直到战国之世,此等传统也没有大的改变。末世的山东六国甚至比春秋时期更松,政事萧疏法度松弛,常常是小官吏蜗居在家不出,大臣则索性便回了封地。只有秦国,自这位秦王嬴政亲政,铆足了劲地昼夜运转,无一处不热气蒸腾,无一处不紧张忙碌……三日前,李斯终于昏倒在了书案,太医说是中暑又中风,非静养服药不能恢复。若非这次晕厥,大约秦王也不会强令他归家养息。

君臣无间。

盛年之期,养息者何,便是补觉。

午后时分,李斯正在庭院树下酣睡得呼噜声震天,却被摇醒了。长子李由虽尚未加冠,却老成持重得大人一般,低声凑近父亲耳边说,秦王来了。李斯一激灵坐起,忙问到了何处? 李由低声说,已经在正厅等候了半个时辰。又说,不能教秦王再等了,他已看了三次日头。李斯顾不得再听儿子诉说自己的评判,大步走到盛满清水的石槽前洗了洗脸整了整发,再戴上了那顶居家常冠,大步匆匆地向前庭去了。

"斯兄,病情如何了?"嬴政笑着迎了过来。

"臣,参见君上。"李斯很有些惶恐,毕竟秦王太忙了。

"居家无定礼。来来来,斯兄坐了说话。"

"臣已大睡三日,好多也,没病!"

"两眼还是赤红……小高子,先拿一匣冰来!"

赵高捧来了一方玉匣。嬴政坚执亲自扶着李斯躺好在草席上,又亲自用两方白布裹好冰块,一方敷在了李斯双眼上,一方敷在了李斯额头上。李斯再没有说话,泪水却从白布下流满了脸颊。嬴政笑道,你只躺好消火,听我说话便是。及至两方冰块融化,李斯霍然坐起,嬴政已经将大要说完了。嬴政说,各方战事已经没有大磕绊了,目下最要紧的是要拿出一个盘整天下的大方略来。头疼医头,脚疼医脚,是不行了。同时,朝局也得有所更新,他在离开楚地之前征询了上

将军，上将军也是一般想法。此等重任，只怕要有劳斯兄了。

"君上，臣立即与廷尉府会商……"

"不。不是会商，是领事。"

"君上，廷尉是高爵重臣，臣只是长史……"

"本王，今日拜定大秦廷尉。"嬴政当头深深一躬。

"君上——"李斯挺身长跪，复扑地重重一叩。

"斯兄啊，"嬴政扶住了李斯，坐在了对面，"你我相识近二十年了，自当年那次轻舟就教，嬴政便认定斯兄乃天下大才。此后每当关节，斯兄均是风骨卓然独有主见。《谏逐客书》、治郑国渠、襄助嬴政运筹庙堂而长策迭出，功不在上将军之下也！然则，斯兄庙堂用事，功高爵低却一无怨尤，嬴政一一在心焉！方今天下将定，文治立见吃重，正是斯兄大任之时也！秦为法治之国。在秦国，丞相、上将军之外，廷尉便是首座重臣。秦国要真正地一天下而治，是成是败，便在能否以法度立起华夏文明！……唯其如此，大秦立法，舍李斯其谁也！"

"君上壮心若此，李斯夫复何言！"

君臣两人草席促膝，侃侃而谈，不觉已是暮色时分。嬴政第一次在李斯家中用了晚汤，并破例地召见了李斯的长子李由，对这个弱冠少年很是褒奖了一番。晚汤后，君臣两人又商议了长史署与廷尉府的交接事宜。嬴政说，李斯走后教蒙毅接任长史，目下长史署以事务居多，不若原先以划策为主，蒙毅精悍干练正当其职。李斯倒是没有就人事与诸般交接说任何话，只是在秦王嬴政将走之时，肃然一躬道："臣有一言，愿君上听之。"嬴政也是肃然相向："斯兄但说无妨。"

"灭齐之战，一统棋局最后一手。不求其快，务求平稳收煞。"

良久无言，嬴政深深一躬："谨受教。"

初月挂上树梢，王车辚辚去了。李斯的最后提醒，教嬴政一路想了许多。李斯能够在如此关键时刻提出如此警示，嬴政深感李斯把准了自己的秉性脉搏。嬴政不怕局势纷纭不怕艰难险阻不怕开拓新路，唯一所惧者，是自己内心时常泛起的莫名其妙的躁动。这种躁动，或可说是一种功业焦虑。也就是说，功业之心日日相催，但有不堪烦扰而骤然爆发，便有不可收拾的恶果。当年那道逐客令几乎断送秦国，便是自己骤然暴怒之下的乱政之行。前次错用李信，几致二十万大军覆灭，则是另一则轻躁之错。认真自

省,逐客令失之忧心太重,错用李信则失之骄躁轻率,归根结底都是心气躁动所致。目下情势纷纭头绪繁多,正在底定大局的最紧要的十字道口,所要踏出的这一步是最最不能出错的一步,踏正则一统天下,踏错则难保不功亏一篑。当此之时,李斯提出务求平稳收煞,可说正当其时地向嬴政的燥热之心敷了一方冰布,其效用远远大于任何具体的方略对策。

这一点,只有嬴政自己最清楚。

嬴政容易暴怒,需要有人从旁降温。君臣无间,为日后李斯位极人臣做好铺垫。

三　匪鸡则鸣　苍蝇之声

顿弱还在到处活动,看来从事"外交"活动(间谍之事)是终身制的。

商旅车队抵达临淄时,经多见广的顿弱惊讶了。

临淄城外的绿茫茫原野上,帐篷点点炊烟飘浮,恍若阴山草原搬到了东海之滨。一片片帐篷营地间的条条小道上,连绵不断地出现了一辆辆车一坨坨人,汇聚到天下闻名的临淄官道上,汪洋蠕动着涌向了遥遥在望的雄峻城郭。这条素来通畅无阻的宽阔的林荫大道,蓦然变成了人牛马的河流,人皆举步维艰,只有随波逐流。商旅车马则根本无法上道,只好纷纷在道下田野寻机穿插,或寻觅营地,或抢夺入城时机,于是乎烟尘漫天人声喧嚷,炎炎烈日下红霾笼罩天地。

虽然,顿弱已经清楚地知道这是五国贵族的大逃亡,然一朝亲眼看见,仍不免心头怦怦乱跳。目下,秦国整顿新地尚且乏力,秦国派往各灭亡国的官吏尚难以有效整饬民治,秦军主力又分布在各个战场,少量镇抚守军对无数隘口关津根本无法控制。各灭亡之国的老世族们便趁此时机,大举逃向最后的齐国。这些老世族多有封地与支脉,封地民众也依着千百年传统追随其封主逃亡,动辄数百数千,大族人马

更是数以万计，再加上粮草财货谋生家什，其声势之大可想
而知。顿弱最熟悉燕齐两国，听过无数燕齐人士有关当年燕
军破齐时齐国民众大逃亡的种种故事，然与今日情形相比，
当年的齐民众大逃亡直是河伯之遇海神了。

"甚嚣，且尘上矣！"①

站在城外一座山头遥望的顿弱，油然想起了这句春秋老
话。

顿弱的车队马队一直在城外驻扎了三日，才得以在夜半
时分获准入城。令顿弱惊讶的是，这等时刻齐国竟然还能冷
静地盘剥搜刮逃亡者，甚或连商旅也一齐裹挟着盘剥搜刮。
顿弱的这支秦商人马入城，被暗示着强收了一百金。齐国以
"防间"为由，对所有请入城者均实施官吏勘问与财货搜查，
统谓之勘查防间。这种勘查煞有介事地分为三步。其一，凡
请入城而接受勘查者，每人须得先交十金为"请"。后世话
语，便是申请金。其二，确定能否进入临淄的依据是财富多
寡。财货总值在五千金以上者方可入城，否则一律派往指定
郡县，为此，便要全部搜检财货，包括清点车马。其三，若获
准入城，则入城者得将财货之半数缴纳于临淄官库。其四，
凡获准入城者，一主人只能带十个依附人口，无论家人仆人
都包括在内，若欲增加依附人口，则一口缴纳一百金。凡此
等等折腾搜刮，进城速度便慢得不能再慢，能入临淄者一日
至多百余人而已，且只能是拥有充裕财货的老世族嫡系。追
随封主逃亡而来的附庸庶民与世族支脉，则只能在城外郊野
露宿等候。

进城后，顿弱看到了齐国丞相后胜专门颁下的《临淄防
间令》，不禁大感滑稽，很是大笑了一阵。后胜之令云："齐

趁火打劫，国人似乎总是
无师自通。

---

① 见《左传·成公十六年》。

自管仲富国,临淄向为天下康乐大都。非财货殷实,无以安居也;非勤勉之士,不得乐业也。故,凡入齐国,得以财货之多寡为衡平。举凡财力不足以在临淄立足者,得一律迁入郡县拓荒。"

商社总事禀报说,齐国如此处置流民,业已使齐国大生乱象。庶民与世族支脉惶惶不安,纷纷要重回故地。逃亡的世族领主则唯恐失去根基,更是愤怒至极,终日哄哄然聚集到临淄王城前呼天抢地。齐王建与丞相后胜,则全然不予理睬,只派临淄守在外虚与周旋。逃亡世族忍无可忍,对齐国的愤怨越积越深,很可能在酝酿更大图谋。种种折冲往来反复,整个临淄整个齐国,已经乱哄哄热腾腾不亦乐乎没了章法。

顿弱进入临淄城,住进了秦国商社。

前后矛盾。

邦交人马以商旅之身进入他国,这在秦国历史上是第一次。自秦惠王东出以来,秦国邦交有四个分支:一是执掌使节往来的行人署,二是执掌边地归化部族与相邻部族方国的属邦署,三是执掌秘密刺探的黑冰台,四是以商旅名义驻扎各国都城的商社。因为商社之为邦交,只是由实际是官身的相关头领实施,而并不妨碍商社的统合民间商旅之功能,实际是官民兼具,邦交四分支便有"官三民一"之说。在秦王嬴政之前,这四支人马通常分作两个系列分领:行人署与属邦署,归属丞相府政务;黑冰台与各国商社,则分别归属该时期主掌纵横大计的重臣掌管,若张仪范雎等名相,则四者一统。自秦王嬴政筹划一统天下开始,任顿弱、姚贾为上卿专一执掌邦交,四分支则统由两人执掌。灭燕前后,顿弱执邦交之牛耳。后因顿弱在赵国被郭开折磨濒死,养息数年,姚贾便成了主领山东邦交的大臣。此次姚贾奉命坐镇楚国民治,顿弱又病愈复出,故邦交四分支又归属了顿弱执掌。

　　列位看官须知，战国列强铁血大争，无所不用其极。此间，每个国家都将"用间"作为邦交周旋的一个重要方面。甚或可以说，战国之世的邦交活动与间谍战完全一体化。所以，战国邦交之实质，是一种间战邦交。所谓远交近攻，这个"交"字，其实际含义是间战邦交，其本质依然是战，是服务于战争的破交战。合纵连横之所以惊心动魄，之所以波谲云诡，其实质正在于间战邦交的全方位性。

　　至少，这种间战邦交的实际内容有四个方面：其一，使节以说服对方国君权臣为轴心的上层斡旋，此为"说客"邦交，是官方邦交的正面体现；其二，以重金、流言为主要手段，分化敌方阵营；其三，以名士大臣与技能异士进入一国，说动该国实施某种自我削弱的政策，此谓"间臣"也，典型如韩国派出赫赫水家大师郑国实施疲秦计；其四，以高明剑士为刺客实施秘密暗杀，剪除最危险最直接而又无法分化的敌对人物，典型如荆轲刺秦。凡此等等屡见不鲜，绝非秦国独有。虽然，我们已经无法确切地知道春秋战国时期各国专司"间战"的机构名称了，然从史料所载的事实足以看出，那时的"间战"之激烈，与所有方面一样，都达到了中国历史的最高峰。然则，战国间战与后世之阴谋政治决然不同。其根本之点在于：春秋战国之间战不对内政，而只对外交；而后世之阴谋政治，则将秘密力量使用于刺探监控臣下与政敌。也就是说，春秋战国之间战，只作为国家手段对外使用，而不是国家内部的干政力量；而后世王朝之阴谋政治恰恰相反，将秘密力量作为对内的政治手段使用。

　　《孙子兵法·用间篇》云："非圣智莫能用间，非仁义莫能使间，非微妙不能得间之实。微哉！微哉！……能以上智为间者，必成大功。"可见，春秋战国之世，间战之利用，只在于战争与邦交两方面，目标极为纯正，因而被视为"圣智上智"者的高端战场，实在不带有后世的阴谋底色。以秦国而

*　　美化用间。用间本就是阴谋诡计，为何一定要将它洗白？所谓兵不厌诈，这个用间就是诈术，而且是合法化的诈术。合法，并不意味着就是正义。*

论,将秘密间战作为邦交方略,也是其来有自,并非自秦王嬴政开始。张仪以间战邦交分化六国合纵而成名于天下,范雎以间战邦交在长平大战使赵国换将而大获成功,堪称秦国间战邦交的经典战例。秦王嬴政时期,尉缭子与李斯先后明确提出,以间战邦交作为削弱分化六国之有效手段的总体性方略。尉缭子云:"……愿大王毋爱财物,赂其豪臣,以乱其谋,不过亡三十万金,则诸侯可尽!"李斯提出的间战方略则更有了具体步骤:"诸侯名士可下以财者,厚遗结之;不肯者,利剑刺之;离其君臣,良将随其后。"这里,李斯将间战邦交与兵争浑然一体,呈现出步步进逼摧毁敌国的三个环节:重金收买——利剑刺杀——大军随后。也就是说,以间战邦交弱化敌国,以精锐大军摧毁敌国,这是一个有机的整体战略。

此次顿弱人马以商旅之身进入临淄,是秦国间战邦交的又一谋划。

秦王嬴政与李斯顿弱会商,君臣三人一致认为,齐国君臣孱弱已久,若外施压而内分化,很可能促使齐国不战而降,避免最后一场大流血。目下列国老世族大举流入齐国,秦国若明派使节入齐,很容易激发列国老世族群起鼓荡齐王抗秦之风潮。而隐匿身份进入齐国,既不妨碍秘密周旋,亦有利于暗中探察流亡势力的真实图谋。若公开使节之身,反倒行动不便,尤其不利于秘密分化齐王建与丞相后胜一班君臣。末了,秦王嬴政还着意申明了此次方略:"齐国徐徐图之,不求其快捷,务求其平顺。与其快而生乱,使天下世族再度流窜星散而后患无穷,莫如从容着手,内化外压逼降齐国,则非但齐国可下,天下贵族之患一举可定矣!"顿弱揶揄道:"老臣明白,本次使命与其说是分化齐国,毋宁说是要探清天下老世族之图谋,对复辟之患未雨绸缪。无论如何,总归

天下大势已定,齐国难有什么作为。

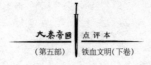

是鼠穴不见天日也！"一语落点，君臣三人都大笑了起来。

临行那日，秦王在十里郊亭特为顿弱饯行。三爵饮罢，顿弱辞行登车。嬴政殷殷执其手，几乎是一字一顿地说："目下之齐国，尽聚亡命之徒，群小沉瀣，阴谋横行，上卿务以安全为计！"顿弱慨然拱手道："秦王毋忧也！郭开天下第一阴毒，尚不能奈何老臣，流亡鼠辈何足道哉！"

暮色时分，一辆青铜高车驶进了与王城遥遥相对的林荫大道。

数十年前，这里还是名震天下的稷下学宫，如今却已经是灯火煌煌的贵商坊了。齐王建即位四十余年，稷下学宫早已经因为士子流失而清冷。后来，在丞相后胜的富国谋划下，这里被改成了聚集列国大商的贵商坊。齐王建原本要学秦国，要叫作尚商坊。后胜却说，"尚商"两字尊崇全部商贾，与旧学宫只接纳富商大贾有别，当作"贵商坊"。齐王建素无定见，也就哼哼哈哈着接纳了。在兵戈激荡的数十年里，唯独齐国远离战火，山东大商便流水般进入了齐国，使临淄呈现出前所未有的富庶风华，贵商坊便成了齐国的流金淌财之地。近几年秦楚大交兵，楚国大商更是纷纷将根基转移到了齐国。一时间，楚国商旅的豪阔酒肆成了整个齐国最显赫的游乐聚会所在，也成了汇聚天下流亡世族的渊薮之地。

青铜高车辚辚驶来，停在了灯火最盛的楚天酒肆前。

车上走下了一个须发雪白而又备显沧桑的老人，袍服冠带无不华贵，却又隐隐遍布无法清洗干净的风尘遗迹；手中一支铜杖，杖头却赫然显出空荡荡一个脱落了珠宝的镶嵌孔洞；车马精良，却又处处可见轮厢磨损与马具修补；甚至，那个驾车的驭手还穿着泥污未去的脏衣，头上还缠着一圈渗出血痕的白布。凡此等等，道口肃立的酒仆立即看出了

伪装得很像。顿弱要探齐国虚实，亦探五国流亡世族的虚实。

来路：又是一个逃亡老贵胄到了。

"大人请随我来。"酒仆快步上前，扶住了老人下车。

"聚酒苑。"老人只淡淡三字。

"大人，聚酒苑尽为贵人聚会，酒价颇高……"酒仆小心翼翼地打住了。

"老夫财货尚在。"老人冰冷淡漠地一句，径自大步去了。

"大人见谅。"酒仆连忙快步赶上扶住了老人，"非常之期，诸多贵胄都成了一夜穷士，总事叮嘱不得不如此。大人，这边。"老人骤然火起，冷冰冰愤愤然地跺着铜杖高声嚷嚷起来："这便是天下大邦么？见利忘义！刮我财货！到头来只能自取其辱！"大厅内纷纭穿梭的客人的目光立即聚集了过来，几个客人立即呼应，一片斥责声风风火火地弥漫开来。一个显然是领班执事的风韵女子立即轻盈地飘了过来，一边亲自扶住了老人，一边笑吟吟道："大人息怒，有金没金一样是贵客啦！来来来，小女侍奉大人进去，聚酒苑啦。"老人狠狠跺了跺铜杖，一副不屑再与人计较的神态，被女执事扶着走进了另一道豪阔的大门。

一进大门，煌煌铜灯之下无数半人高的隔间沉沉一片，哄嗡声浪弥漫一片，老人不禁大皱眉头。女执事边走边殷勤笑道："大人，楚天酒肆原是一等一的清雅所在，目下却讲不得规矩法度了……这聚酒苑原是稷下学宫的争鸣堂，分了三进，大去了。小女侍奉大人到一个幽静去处如何？"老人站定，冷冷甩开女执事道："老夫与一个老友有约，执事自家忙去了。"女执事一副看惯愤愤懑懑流亡者的豁达模样，嫣然一笑，飘然去了。

老人在厚厚的红毡上漫步走着，打量着甬道两边醺醺痛饮的落魄流亡者们，嘴角抽出一丝不易觉察的冷笑。所有的客人都在大饮大嚼，所有的酒案都是鼎盘狼藉，人们哭笑各异地吃着喝着愤然咒骂着，全然不在乎对谁说话有没有人听，华贵靡烂的气息完全淹没了这片小小的天地。

第二进更为豪阔，隔间有大有小，青铜座案金玉酒具熠熠生光，应酒侍女穿梭般飘然来去。老人愤愤然兀自嘟哝着，走到一个大隔间道口，见一个烂醉的客人被两个酒仆抬出去了，老人便黑着脸走进去坐进了那张空案，大声嚷嚷一句："好酒好肉！快上啦！两位份！"相邻几张座案的客人只向老人瞟了一眼，又自顾自地痛饮了。及至送来酒肉，老人黑着脸立即自顾自开吃开喝，谁也不看。

"痛饮半日，敢问足下高名上姓？"邻座一个中年人高声大气。

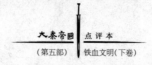
"韩人张良……敢问足下……?"答话者显然地沉郁许多。

"老夫楚国项氏,打败了!"

"敢问可是?……"

"老夫知道你想问谁? 不是。项氏将军都死光了! 老夫只姓项而已!"

"敢问这位兄弟?……"

"我叫项羽!"少年的声音虽低,却如沉雷一般浑厚。

"羽? 羽? 好! 项氏该当再飞起来。"

"足下豪雄之士,敢问有何良策?"

"我? 豪雄之士?"脸色苍白的年轻人笑了。

"韩国复辟壮举传遍天下,老夫知道张良这个名字!"

"老哥哥慎言。秦国耳目……"

"鸟! 天下复辟之势如荡荡江河,虎狼秦能猖獗几时! 且不说还有一个齐国,便没了这个齐国,天下世族也要咬住虎狼,复我家国! 老夫憋闷死也! 临淄不敢说话,天下何处还能说话? 秦国耳目敢到临淄,天下世族生吞了他! 敢到此地,一人一口淹死他! 老夫第一个撕扯了他下酒!"

"住了住了,老哥哥醉也。"

"你且看有谁个没醉? 来,干!"

中年人举爵一饮而尽。年轻人却摇了摇头道:"我从来不饮酒。"中年人黑着脸说声没劲道,径自大饮起来。旁边的少年项羽不断给中年人斟酒,自家也间或大饮一爵,沉稳做派俨然猛士。看得张良不禁暗暗称奇。突然,有人伏案大哭:"我的封邑! 我的田畴牛马! 我要回去啊! ……"又有人连连拍案大叫着:"我族三百口战死! 老夫要复仇!"片刻之间,整个大厅都呼喝吼叫起来,都哭泣怒骂起来,一片绝望的宣泄。只有年轻的张良低着头不声不响。突然,张良从座中站起,走到厅中无人理会的琴台前肃然跪坐,一拨琴弦,叮咚轰鸣之声大起,如秋风掠过林梢,纷乱喧嚣的大厅顿时沉寂了。张良眼中含泪,悲怆的长歌飘荡起来:.

山河变色兮　社稷沦丧
骨肉离散兮　念我家邦

干城安在兮　国破家亡
悠悠上天兮　何时驱虎狼
……

　　随着琴声歌声,流亡者们眼中涌流着泪水和琴而歌,无论身边是谁都相扶相依,如亲人般相拥相泣。琴声止息,歌声止息,一片哭泣声淹没了大厅。突然,两名青年大步走到了琴台前,一人高声道:"诸位,哭没用,骂没用,唱也没用! 若有血气,跟我两人共图大事!"一时间举座惊讶。一人高声道:"话是没错! 敢问两位壮士大名?"

　　"我乃张耳!"方才说话的威猛年轻人拱手高声报名。

　　"我乃陈余!"另一个年轻人清瘦劲健。

　　"敢问两位,何谓大事?"

　　"我等皆魏国信陵君门生!"张耳慷慨高声道,"我等谋划是:各国流亡世族各组成一支劲旅,面见齐王,请与齐军一起抗秦! 败秦之后,各国世族兵便可复国! 诸位若是赞同,我等立即登录人力财货! 都说,哪位愿随我等组成联军血战秦国?!"

　　"没有齐国根基,此事万难!"一人高声质疑。

　　"我等成军,齐王定然支持!"陈余冷静自信。

　　"难也。"站在旁边的张良摇了摇头。

　　张耳看也不看张良,从怀中扯出了一方白布高声道:"愿成军者血书姓名!"说罢一口咬破中指,鲜血淋漓地大书了"张耳"二字。陈余也立即咬破中指,血书了姓名。厅中人皆惊愕,一时相互观望却没有人上前。苍白清瘦的张良突然一步上前,咬指出血,一声大喊:"恢复三晋!"写下了血淋淋的"张良"二字。厅中一阵骚动,便听一人大喊:"魏豹算一个!"一个虬髯壮士大步前来,也咬指血书了姓名。于是座中人争相而起,纷纷高喊着我族一个复国复仇,上来血书姓名。只有那个项氏中年人神色冷漠,拉起了那个叫作项羽的少年冷笑着走了。年轻的张良一眼瞥见,连忙几步追上,一拱手恭敬道:"足下与秦仇深似海,宁如此木然哉!"中年人轻蔑一笑道:"寄望于齐国齐王,痴人说梦。"张良道:"无论如何,总是先张起势来好。"中年人冷冷道:"势顶个鸟用! 两个说嘴门客,一群老派公子,乌合之众能成事? 兄弟要做自家去做,老夫没兴致。"说罢,拉着少年大步去了。

　　张良愣怔一阵回到琴台前,见那个邻座老人正在愤愤然咬破指头血书,写罢又一个名字一个人地辨认着,说自家是商人,可不想将财货交给一班没根底的人去折腾。张良忙问老人是哪国商贾？老人冷冷道："老夫乃大燕林胡商贾,襄平氏,知道么？"旁边张耳听得一怔,显然是从来没听说过襄平氏名号,心念一动高声道："敢问老伯,襄平氏能出几多财货助军？"老人从大袖中拿出了一方黑亮亮的玉佩,啪地打在琴台道："半年之内,持此玉佩到老燕商社,老夫自给你定数。"说罢一踱铜杖,径自大步去了。张良与身旁陈余低语了几句。陈余连连点头,立即唤过一个壮实后生耳语了几句,后生便匆匆出门去了。

项羽、张良、张耳、陈余,这些人齐齐登场。大秦帝国,终有一日将倾危。

四更时分,顿弱回到了秦国商社。

青铜高车没有绕道,没有着意加速,从容地直然驶进了老燕商社。顿弱在商社换过一套服饰,又登上了一辆四面垂帘的辎车,出偏门径自去了。回到秦国商社,顿弱的第一件事便是静坐案前默想,一个一个地写下了那些血淋淋的名字,特意在那个"项氏"旁边画下了一道粗重的墨杠。而后,顿弱唤来了商社总执事与随同前来的黑冰台都尉,指着羊皮纸道："这些人物,都给老夫一个个盯住,随时禀报动向。"两人拱手领命,立即拿出随身竹板炭笔,画下了一些任谁也无法明白的线条记号。

明察暗访,看有哪些反秦力量。

"大人,近日一事颇为蹊跷。"商社总事一副困惑神色。

"老总事不明,必非小事了。"

"齐人近日纷纷传唱一支老歌,辞意不知何在？"

"老歌？能唱得出来么？"

"在下着意记下了,能唱。"商社总事便唱了起来：

鸡既鸣矣　　夜既盈矣
匪鸡则鸣　　苍蝇之声
东方明矣　　月则盈矣

匪东方之明　　月出之光

虫飞薨薨　　　甘与子同梦

海有大尸矣　　苍蝇尚之以琼英

"倒是不错也！"顿弱大笑一阵，眼前蓦然浮现出张良的古琴悲歌。

"敢问大人……"

"此歌以入《诗》之古齐歌为本，略有更改。老夫以市井俗语唱出，你自明白也。"说罢，顿弱饶有兴致地说唱起来，"公鸡叫了啊，月亮也满了。哪里是公鸡叫啊，分明是苍蝇嗡嗡。东方亮了，月亮满了。哪里是东方亮了啊，分明还是月亮光光。虫子飞得轰轰，它和你都做着一样的大梦。海边有一具庞大的尸体啊，苍蝇却将它当作美玉香花。"

"啊——"商社总事与黑冰台都尉惊愕了。

"再推一把，教这支歌唱遍临淄，唱遍齐国！"

"遵命！"两人一拱手去了。

一声嘹亮的鸡鸣响彻庭院。顿弱长长地打了个哈欠，起身便要上榻。不料一阵脚步匆匆，商社老总事又进来禀报说，丞相府家老送来密函，丞相后胜要立即会见大人。顿弱皱着眉头道，他要老夫现时去么？老总事道，倒没明说，只是急促罢了。顿弱思忖片刻道，定在三日之后，吊他些许。

午后醒来，顿弱沐浴一番，又悠然品尝了齐菜中赫赫大名的即墨米酒炖鸡，这才走进密室书房，思谋起会见后胜的种种方略。在天下大奸之中，这个后胜几类赵国的郭开，无甚显赫根基，却在齐国做了二十余年丞相无人撼动，也算得天下一奇。顿弱久为间战邦交，揣摩敌手的侧重点不是正邪之分，而是对方的谋私之道与权术之才。就实说，间战邦交所进行的分化，不是求贤，而是求奸。也就是说，只有敌国的奸佞权臣，才是收买分化的对象，而对于那些真正忠诚于国的方正能才，间战者从来都是敬而远之。李斯提出而秦王认定的"贿赂不从，利剑随之"的间战方略，也是只对那些有缝隙的奸佞权臣而言的。顿弱乃名家名士，曾对黑冰台将士们说过一番话，将李斯方略解析得很是透彻："唯品性不端之奸佞，方有爱财、怕死两大弱点。故，一则贿赂，一则威慑，二者必有其一生效。方正大才者，则一不爱财，二不怕死，故两者均无效力。唯其如此，秦国之财货、利剑不涉方正之才，只对奸佞权臣。方正之才而与秦国对抗者，间战唯以流言反间对之,扰乱其国庙堂,使方正之才失其位而已。"

顿弱的这一解说,既是秦国间战邦交的人性说明,又是秦国间战邦交一以贯之的实际运用方针。在整个战国之世,秦国没有谋杀过一个列国正臣,没有过一次燕国太子丹荆轲那样的刺客事件,便是明证。长平大战的赵国换将、灭赵大战的李牧之死,都与秦国间战邦交所发生的效用有重要关联,却属于战国时期所有国家都在采用的反间计,与直接的刺客事件尚有根本区别。后世成书的《战国策·秦策四》,对顿弱的记述有"北游于燕、赵,而杀李牧"之说,颇有似是而非之嫌。应该说,这个"杀",不是实杀,不是刺客之杀,而是反间计实施之最终效果。这是后话了。

身为间战邦交大臣,顿弱已经习惯了与种种奸人来往。夜半蓦然醒来之时,顿弱心头尝颇有嘲讽:"我固名家名士,然终为不明不白之周旋,名实不符焉!白马非马矣!"然则,顿弱又觉坦然,且不说一统天下之正道当为,即便是体察人性之善恶混杂,顿弱也自信比寻常名士要深了许多。便如目下这个后胜,无论天下公议如何不齿,你不得不说,这是一个极其罕见的权谋人物。

眼下,后胜陷入了从未有过的困境,日日心神不宁。

若不能借助秦国势力,显然难以度过目下的危机了。反复揣摩,后胜终于做出了这个决断,并将这一决断归结成八个字的方略——内握齐王,外借强势。齐国正在天下流亡汇聚的特异之期,一切都不能以寻常路径行事,只有把住这最要紧的两头,才能有效消除乌合之众对自己的威胁。后胜很为自己的决断感慨了一阵,从秦国商社回来的路上,耳听辚辚车声,油然想起了那段与目下境况极为相似的发端生涯。

五十多年前,是燕军破齐后的动荡岁月。那时,齐国民

作者对秦国只有赞美之心,而无批评之意,对六国则多有丑化。说到底,还是感情用事,此为小说的要害。往好处说,是作者心怀仁慈,不愿将策术等同于阴谋,往坏处说,就是脸谱化写作。《史记·李斯列传》:"秦王乃拜斯为长史,听其计,阴遣谋士赍持金玉以游说诸侯。诸侯名士可下以财者,厚遗结之;不肯者,利剑刺之。离其君臣之计,秦王乃使其良将随其后。秦王拜斯为客卿。"未知此例算不算是刺杀之举! 推而论之,借刀杀人之计杀又算不算谋杀呢?

后胜,齐相国,多受秦国金。

众发生了亘古罕见的避战大逃亡。齐国人无分贵贱，都变成了丧失蜂巢遍野飘飞的蜂群。最后，齐国七十余城皆破，只有即墨、莒城成为齐国流民的聚结栖身之地。那时候，齐国人几乎已经绝望了。愤怒的流亡难民在莒城郊野大爆发，乱刃剐杀了死也不肯认下失国之罪的国王。国王仅有的一个少年王子，也在连天战火中失踪了。没有了国君，也没有了储君，残存聚结的齐国军民成了没有旗帜的乌合之众。

那时，后胜是太史敫府的一个少年官仆。所谓官仆，是官府派给官员的公务仆役，如同府邸与俸禄一样，接受官仆是官员的法定待遇之一。这种官仆，有官身（官府登录在籍），又都是料理与公事相关的杂务，故不同于官员家族的私仆。其中精明能事者，许多便成为官员事实上的门客学生。后胜在一个史官府邸为官仆，以料理书房为主，间或侍奉太史敫起居，原本也算得悠游自在了。然则，整个齐国成了风中飘荡的树叶，少年后胜自然也分外地紧张忙碌起来，奔波各种生计活路成了最紧要的大事。太史敫的部族家族根基，原本皆在临淄。太史敫移居莒城府邸，只是因为修史清静而得王室特许别居，故此，在几个仆役之外，只带了第二个妻子与这个妻子生下的一个小女儿。春秋战国之时，对于官吏或其家人族人，呼名皆冠以官号。太史敫者，太史为官职，敫为本名也。为此，后胜与几个仆役一样，都称呼太史敫的这个小女儿为"史君"。也就是说，这个少女的本名叫作君。那时的后胜，无论如何也想不到这个"史君"日后会成为赫赫君王后。然则，对这个柔和美丽而又极具主见的少女，后胜从来都是当作天仙一般侍奉的。这个史君善解人意，体恤老父高年，家人族人又不知所终，日日与仆役们一起奔波生计，很快在事实上变成了一个主管家事的女家老。举凡每日到公井或河边拉水，到官库分粮，给熟识者送信，查询

田单大逃亡。乐毅追杀至即墨。齐湣王被杀。

家人族人下落，以及与莒城将军府联络等等奔波，史君都带着后胜一道忙活。直到有一日发生了一件后来改变了所有相关者命运的事件，后胜追随少女主人的格局才被打破了。

一日暮色，他们赶着牛车拉水回来灌园，却在庭院发现了一个脏污不堪的少年蜷卧在花木丛中呼呼大睡。后胜急了，抢起牛鞭要赶走这个不堪入目的物事。史君却一摇手说，流落者可怜也，叫他醒来吃喝些许再走。于是，后胜拉起了这个脏狗一般的少年，先教他就着牛车上的灌园水洗了一身泥尘脏污，自己便去给他拿食物。及至后胜匆匆回来，却大大地惊愕了。那个略事梳洗的少年虽充满着惊慌迷惘，然那苍白英挺的面庞与那虽然脏污斑斑褴褛不堪却显然是上佳丝锦的袍服，都暗含着隐隐不同寻常的奥秘。后胜记得，少女史君静静地打量着少年，不期然念了一句诗："君子于役，苟无饥渴？"那个目光闪烁的少年也突然念了一句："怀哉怀哉！曷月予还归哉！"声音颤抖得像风中的树叶。后胜知道，两人念诵的那是《诗·王风》中的摘句，不禁惊讶得心头怦怦大跳……

后来的事，天下皆知。这个流亡少年，是齐国唯一的王子田法章。田法章被确认为王子时，正是田单在即墨将要反攻燕军的前夜。那时，莒城令貂勃正在全力搜寻齐国储君，田法章一被确认，莒城便立即立起了王室旗号。这个田法章一立为齐王，第一件事便是娶少女史君为妻。于是，少女史君成了君王后。太史敫笃信礼法，认为这件婚事不合明媒大礼，与苟合无异，是一件很丢脸的事，于是终生不再见这个女儿。

襄王立，后田单迎回临菑。详情可参见《史记·田敬仲完世家》。

天下不知道的是，君王后离开莒城时，特意向父亲要走了一个人。这个人，便是太史敫书房的小仆人后胜。自此，后胜跟着君王后走进了临淄王城，开始了步幅越来越大的仕

后胜的来历不详，小说借此编故事。

途生涯。田法章(齐襄王)在位的十九年,田单与貂勃一直是齐国两大栋梁,而领政丞相则几乎一直是田单。在这十九年中,后胜在君王后的举荐下,一步一步地升迁着。齐襄王死时,后胜已经是爵同中大夫的职掌邦交的"诸侯主客①"了。后来,齐王建继位,后胜更是如鱼得水,游刃有余地踏上了权臣之路。

后胜掌权的秘密,在于君王后与齐王建的特异的母子关系。

田建,是君王后与田法章所生下的唯一一个王子。君王后有学问,有主见,礼仪法度事事不越矩,在齐国大获贤名。以至于后世成书的《史记·田敬仲完世家》,也有"君王后贤"的四字史评。太史公的这一评判,依据是这个君王后对冷落蔑视自己的父亲太史敫始终保持着应有的孝道,但完全抛开了君王后的政道作为,显然失之偏颇。就政道作为而言,这个君王后对末期齐国影响至大。也就是说,齐国末期的命运与这个君王后有着最直接的关联。这第一关联,是君王后的特异干政。君王后爱子心切,孜孜不倦地关切着儿子,呵护着儿子,督导着儿子。久而久之,田建长到了加冠之年,又做了齐王,对做了太后的母亲还是依恋至深而言听计从。君王后对政事的干预,全然不是寻常的摄政方式,而是呵护教导的方式。

后胜记得很清楚,田建即位的第六年,正是秦赵长平大战的最后一年。其时,赵国正在最艰难的缺粮时候,多次派出特急使节向齐楚两大国求救,言明两国不须出兵,只要向赵国增援军粮,赵军便可为天下死战秦军。那时,齐国职掌邦交的领衔大臣是上大夫周子,后胜执掌的诸侯主客官署

史籍对君王后着墨甚少,但想必此人定不简单,至少有识人之力、断事之能。齐王建能居位四十余年无事,一可能是君王后教导有方,太史公曾称"君王后贤",二则秦日夜攻五国,远交近攻,齐王建立四十三年无兵。

---

① 诸侯主客,齐国邦交官,相同于后世之鸿胪卿。《史记·滑稽列传》载,淳于髡曾任齐国诸侯主客。

隶属周子管辖。在是否救赵的决断上，周子主张必须救赵。在朝会上，周子说出了那番传之千古的邦交佳话："赵之于齐楚，屏障也。犹齿之有唇也，唇亡则齿寒。今日亡赵，明日必患及齐楚！不务此等大义，而徒然爱之粟米，为国计者，过矣！"由于周子的慷慨激昂，也由于赵国使臣的痛楚请求，齐王建在朝会之上已经答应了。其时，实际执掌邦交的后胜大大不以为然，却又无法对抗国君与上司两座大山，故一直没有说话。朝会之后的当夜，后胜紧急请见君王后，痛切地陈述了一番安齐之道，竟使大局一夜之间翻转了过来。后胜的说辞是："齐自立国，远离中原战事则安，深陷中原战事则危。齐湣王争霸中原，徒称东帝，终究破国，前车之鉴也！今齐国于六年战乱劫难之后，堪堪复国二十五年，府库方有余粟而已，国不足称强，民不足富庶。若不审慎权衡，徒为大义空言而与强秦为敌，齐国何安？当年一燕国攻齐，五国尚且发兵追随。今日若强秦攻齐，五国焉得不追随？其时，齐国何救哉！"君王后听罢，一句话没说立即赶到了齐王寝宫。次日清晨，齐王建立即收回了成命。

第二关联，是君王后力保了后胜为齐国丞相。

齐王建即位之初，重新起用了一度被父王冷落而离开齐国的田单为丞相。然则，只有后胜清楚，田单这个丞相迟早是要失位的。原因只有一个，齐王田建只听君王后，而田单却只会走正臣之道，与君王后无甚瓜葛。而后胜的所有见识，都是与君王后不谋而合的。当然，更确切地说，是善于揣摩的后胜在全力迎合着君王后。唯其如此，齐王建即位的第十年，后胜便做了职掌土地民政的司徒，距离丞相只有一步之遥了。齐王建即位的第十六年，朝局终于大变了。这一年，君王后死了。死前，以泪洗面终日守护在榻前的大孝子田建，请母亲示下大计。同样以泪洗面的君王后，对这个柔顺得猫一般的乖乖孝顺儿子殷殷叮嘱了两件事：第一件，欲安齐国，必得远离中原泥潭，与秦国相安无事；但与秦国相安，吾国可绵延海滨大国之位矣！第二件，深谙安齐之道者唯有后胜，但以后胜为丞相，吾儿可长保社稷矣！

从那年开始，后胜做了齐国的开府领政丞相。

倏忽二十七年，后胜成了齐国有史以来权力最大的丞相。孱弱的田建多愁善感，母亲葬礼之后的头三年之中，几乎是不舍昼夜地守护在王城灵室，蓬头垢面终日饮泣，所有的国政都交给了后胜。在田建眼中，后胜是母亲的少时义仆，又是母亲临终之前托付的安邦重臣，如同父亲一般值得尊奉与信任，国事完全用不着自己过问。而后胜，也确实将忠臣义仆的角色做到了淋漓尽致的地步。每日暮色,后胜都要推着一手车待决的公文进入王城灵室,恭敬无比地在距离灵室百步之遥止步肃立,而后便开始放声痛哭着大扑大拜地爬进灵室,再捶胸顿足呼天抢地地祭奠一番。田建之悲情无以复加,每一个环节都虔诚无比地以孝子之身相陪,往往是折腾得一半个时辰便昏昏睡去了。后胜则总是老泪纵横地拉扯起田建,请齐王批决重大国事;田建则无一例外地昏昏然摆手,连话也累得说不出了。如是三年,不到四十岁的田建走出灵室时已经是须发如雪骨瘦如柴了。后胜立即大动土木,在王城为齐王重新修建了一座颐养宫,除了苑囿台阁华美壮丽,举凡养生享乐之所需更是应有尽有,著名方士、丹药仙药、少男少女、名马名犬、弄臣博戏、歌舞乐手等蔚为大观。若仅仅如是,尚不足以显示后胜之缜密。后胜最大的体恤,是特意寻觅了一个相貌酷似君王后的丰韵少妇做了齐王田建的贴身侍女。于是,田建对母亲的依恋与渴慕潮水般淹没了这个侍女。短短几年之间,一个新的君王后立起来了,齐国有了三个王子一个公主;田建也神奇地返老还童了,一头白发变黑了,可以尽情嬉戏在颐养宫的种种美事之中了。

后胜长长地松了一口气,他终于成功了。

后胜很清楚,他的根基是君王后,是田建。田建若死,他完全可能被朝野积怨所淹没。田建不死,他则永远都是齐国事实上的君主。是故,田建的神奇复原,使后胜大大地感到了轻松。然则,深埋在心底的一丝恐惧,却并没有消失。战国之世,齐人秉性在天下的口碑是"宽缓阔达,贪粗好勇,多智好议论"三句话。齐国民众容纳之深广,爆发之激烈,往往使天下瞠目。当年,齐国朝野容忍了荒诞暴虐的齐湣王整整四十年,一朝爆发,竟活活地千刀万剐了这个老国王,致使天下之惊骇无以言表。后胜在齐国执政二十余年,焉能没有种种积怨?唯其如此,后胜将棋路看得很宽,也将根基看得很准。所谓宽者,两道同步也:一务国内权力,二务齐秦盟约。所谓根者,双头蛇也:一则齐王建,二则秦王政。两道两根不失,后胜何惧哉!

可是,人算不如天算。后胜没有料到,秦国竟能在短短七八年间秋风扫落叶般灭了五大战国。五国没有了,周旋天下的余地便小了许多,后胜不能不脊梁骨发凉。后胜更没有料到,天下世族流民能潮水般涌入齐国涌入临淄,一下子将他这个隐性的齐国主宰推到了波涛汹涌的风口浪尖。虽然,齐国府库爆满了,后胜的府库也爆满了,然则,后胜心头的恐慌也更深重了。对自己的归宿,后胜再也没有了自信。后胜隐隐地看到了一

个可怕的结局:齐国不亡于流民激发的内乱,必亡于秦军压顶的外患。唯其如此,后胜若将自己始终与齐国绑在一起,便将必然与齐国一起覆灭,后胜必须谋求新的出路⋯⋯

"丞相别来无恙乎!"

顿弱走进林间茅亭时,对着星星月亮出神的后胜一时竟没回过神来。及至两盏冰茶下喉,后胜才从一阵凉爽中清醒过来。顿弱一如既往地亲和明朗,当先便向后胜拱手贺喜。后胜不解道:"老夫喜从何来?"顿弱道:"齐国财源汹涌,丞相府库荡荡,岂非大喜哉!"后胜连连拍案:"此等兵灾之财莫说老夫不收,便是收了,能是大喜么!"顿弱歉然一笑:"也是。丞相素来清廉自正,顿弱倒是疏忽了。若丞相府库乏力,尽管说话。"后胜一脸正色道:"老夫要会上卿,非财货乏力,实国事吃紧,莫非上卿不明白?"顿弱一脸困惑地笑着:"齐国平安康乐,丞相权倾朝野,国事有吃紧处?"后胜压低声音道:"朝野抗秦呼声甚高,齐国三十万大军进驻巨野泽,上卿没看在眼里? 秦王没放在心上?"顿弱一副恍然顿悟神色,大笑道:"原来如此。丞相以为,三十万大军价值几何哉!"后胜显然不悦道:"大军国政,岂能以金论价?"顿弱笑道:"数十年来,丞相与丞相门下宾客,得我商社之金,只怕远超三十万矣! 谚云:市道邦交,唯利是图。邦国之利,大臣之利,事主之利,宾客之利。夫唯利者,何物不可以论价乎!"后胜思忖片刻,不屑争辩地淡淡一笑:"上卿此来,欲图老夫何事?"顿弱揶揄道:"丞相是说,秦国要丞相做甚事,丞相便会开甚价?"后胜坦然道:"足下既云市道邦交,老夫只好如此。"顿弱轻蔑地笑了:"以目下齐国大局,只怕丞相甚也不能做。只要保得自家平安,便是万幸了。""岂有此理!"后胜猛然拍案,"老夫摄政领国,实则齐王! 何时甚也不能做了?"顿弱悠然道:"丞相权力固大,然目下非常之期,齐人

后胜只考虑自己的出路,眼中没有"国家"。

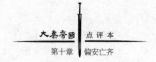

积怨已久,流亡世族火上浇油,便是君王后再生,只怕也难。"后胜厉声道:"列国流亡世族侵扰齐人过甚! 齐人怨恨,也只能怨恨流民,何怨老夫! 齐人不怨老夫,流亡者纵然浇油,齐人无火徒叹奈何!""匪鸡则鸣,苍蝇之声。"顿弱悠然念诵了一句,打量着后胜道,"这首齐风,在下都会唱了,丞相当真未闻乎?"后胜愣怔片刻,长长地叹息了一声,默然良久,方一脸痛切道:"齐国自襄王以来,便与秦国敦厚相处,从不涉足中原争战。今王即位,老夫当政,敬秦国如上邦,事秦国以臣道。老夫与足下,亦过从甚密,交谊至厚。今大局纷扰,老夫欲定最后生计,足下却闪避周旋,不给明白说法。秦王宁负齐国哉! 足下宁负老夫哉!"

"丞相之言差矣!"顿弱觉得火候已到,拍案慨然道,"在下与丞相之交,非关交谊,非关情义,唯关邦国利害耳! 就事而论,齐国欲图自安而不涉天下是非,此固秦国所愿,然绝非秦国所能左右也。齐国自为自保,非为秦国之利,实为自家之利也。是故,秦王对齐国,无所谓负与不负;在下对丞相,无所谓负与不负。唯其如此,丞相开价便是,无须涉及其余。"

"上卿如是说,夫复何言?"后胜颇见伤感了。

"丞相明说了好。各人办事,心下有数。"

"好。老夫说。"后胜离案起身,转悠了几步,又思忖了片刻,一副被逼到了悬崖的孤绝无奈神色,转身痛切道,"齐国后路,要害只在三处:其一,齐国社稷得存,王族不得迁徙他地;其二,齐王至少分封侯爵,封地至少八百里;其三,老夫得为北海侯,封地六百里,建邦自立。如此者三,若秦王不予一诺,老夫只能到巨野大军去了。"

"丞相好手段也!"顿弱大笑道,"老孔丘有句话,己所不欲,勿施于人。丞相自家若是秦王,会不会有此一诺? 秦国强势一统天下,水到渠成也! 列国委顿灭亡,自食其果也! 秦国所以与丞相会商者,唯图齐人秦人少流血也,而非惧怕齐王、丞相与那三十万大军也! 今丞相所开之价,将一个诸侯国变成了三个诸侯国,岂非滑天下之大稽也!"

"老夫愿闻上卿还价。"后胜面无喜怒。

顿弱没有说话,摘下了腰间鞶带的皮盒打开,拿出了一方折叠精细的羊皮纸,双手捧给了后胜。后胜在风灯下展开了羊皮纸,首先入眼的便是左下角那方已经很熟悉的朱红的秦王大印,再一抬眼便是几行同样熟悉的秦国文字:"秦一天下,以战止战,故不畏战。齐国君臣若能以人民涂炭计,不战而降秦国,则大秦必以王道待之而存其社稷。

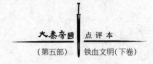
秦王政二十五年夏。"

"秦王眼中,固无老夫。"后胜看罢,冷冷一句。

"非也。"顿弱指点着摊开的羊皮纸,"若丞相求一方诸侯,固然说梦。然若求与齐王一起受封,则秦王已经言明也。丞相且看,秦王书命云'齐国君臣',而没有单指齐王;这个'臣',舍丞相其谁也!"

"虽然如此,老夫在秦王笔下终不足道哉!"

"丞相必要秦王明说'后胜'两字?"

"老夫终究不是无名鼠辈也!"

"丞相以为,点名有利?"

"明白一诺,终胜泛泛。"

"顿弱却以为,不点名对丞相大利。"

"足下托词,未免拙劣。"

"丞相关心则乱也。"顿弱侃侃道,"不点丞相之名,顿弱所请也。丞相试想,齐之民风粗犷,不乏抗秦死战之勇士,更兼列国世族大聚齐国,复辟暗火不熄,若此等人众以秦王书命为据,认定齐国降秦乃丞相一力所为,丞相还能安稳么?北海封邑还能长久么?"

"老夫封邑北海,秦王记得?"

"丞相且看。"顿弱又从另只皮盒中拿出了一方羊皮纸。后胜接过,只见上面几行大字却是:"定齐之日,功臣持此书命,居北海之地,襄助齐国民治。秦王政二十五年夏。"顿弱悠然笑道:"丞相看好,封邑之外,尚有襄助民治之权力。就是说,丞相还是齐地丞相。"后胜老眼炯炯生光,盯住了顿弱道:"此书何时交老夫执之?"顿弱大笑道:"论市道,齐国底定之后。若丞相不放心,此刻便是交接之时也!"后胜思忖片刻道:"还是市道交好,老夫也有个转圜余地。此刻携带此物,老夫倒是碍手碍脚了。"顿弱大笑一阵,连连赞叹丞相洞

秦国成功收买后胜。

察烛照。后胜也是万般感慨，与顿弱一一说起了诸般国政事宜。直到五更鸡鸣，顿弱才回到了秦国商社。

次日清晨大雾弥漫，一骑快马飞出了秦国商社，飞出了纷乱的临淄。

四　飞骑大纵横　北中国一举廓清

王贲一接到秦王书，立即下令轻装飞骑军进发辽东。

两月之间，王贲在蓟城已经完成了对十万兵马的重新编配，组成了一支以轻装骑兵为主力的飞骑军。大军编成之后没有立即进发辽东，是因为王贲在等待约定的秦王书。从咸阳北上之时，王贲对秦王提出了一则应变之策：基于齐国实力尚在，他的蓟城军可等候一段时日再进辽东。若灭齐大战不可免，他则率军开赴燕齐边境，侧击临淄以为蒙恬军策应；若灭齐大战可免，或可缓，他则可在接到秦王书命后立即起兵。秦王嬴政当即接纳了王贲方略，感喟赞叹道："将兵有此大局之虑，王贲成矣！"今次王贲接到的秦王书，是嬴政依据顿弱所报之齐国朝野情势，判断齐国很可能不战而降。为此，嬴政与李斯尉缭议决：蒙恬军驻扎巨野泽对齐施压即可，王贲可以放手开始燕代之战。

这支远征军的结构很是奇特，堪称王贲的一次大胆尝试。

基于辽东地势与长途奔袭战之需，王贲的重新编配很大地改变了强势秦军的重装传统，或者可以说，很大地恢复到了早期秦军的传统。大改编分为两个基本方面：一则是解决主战骑兵的轻装战力，一则是解决远征军最为困难的后援难题。为此，王贲重新划分了军力构成，将十万军力分作

要顺手清理掉燕王喜，赵代王嘉。前文其实已经交代了，这里重复交代。

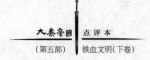
了两大营，第一大营为主战骑兵，第二大营为战运兼具的辎重营，两营将士都是五万。这等主战营与辎重营等同划分军力之法，实在是亘古未见。

第一大营主战，由王贲亲自统率。这支军马只有五万骑士，却是人各两马，共计十万匹战马。五万骑士的着装，全部换作了皮制甲胄；弓箭全部换作单兵臂张弩或传统臂张弓，其间取舍由骑士自己决断，善弩者则弩，善弓者则弓。大型连弩与大型攻防器械一律放弃，每人只配备两长两短四口精铁剑、一百支羽箭，常规携带三日熟食。凡此等等，皆最充分地体现了轻锐两字。

第二大营为后援辎重军，由娴熟兵政的马兴统率。这支军马也是五万人，却是步骑混编，步军一半铁骑一半；运力则配备一万辆牛车、五万名精壮民夫及一千余名各式工匠。

王贲很清楚，远征奔袭战之难，既在于将士战力，更在于后援得力。诸多奔袭战之所以铩羽而归甚或全军覆没，往往不是主战将士战力不济，而是粮道被截断。当年孙武率吴军长途奇袭楚国的柏举[①]之战之所以能够成功，根本点是副将伍子胥依据孙武谋划，成功解决了粮草辎重通过大别山与桐柏山之间的武阳、直辕、冥厄三个隘口大峡谷[②]的难题。今燕王喜残部远在千余里之外的襄平[③]，甚或可能继续东逃高句丽。如此漫漫长途，若无坚实可靠之后援，任何打法都没有效用。而只要后援不断，秦军五万精锐骑士足克燕代残军。

在秦军灭楚之战的两年里，驻防北燕的王贲与副将马兴备细商议，缜密地踏勘了蓟城通往辽东的所有路径，每隔三百余里选定一个山林秘密营地，一路总共选定了六处。历经两年余，这六处营地都已经修建成了坚固隐秘的仓廪。每个营地以三千精兵守护，再编配三千辆牛车、八千余民夫、百余名工匠。如此部署，形成的后援流程便是：每个营地都是兼具囤粮、运粮、补充修葺兵器的综合基地，各营分段运输，接力传递直至战场大军。军谚云：千里不运粮。说的便是长途运粮则所运粮食完全可能被人马牛消耗一空。王贲马兴的分段接力之法，则可保军粮辎重不因路途遥远而消耗殆尽。若没有成功解决这个难题，王贲便不会在庙堂朝会上力主十万兵力平定燕代了。

---

① 柏举，春秋地名，今湖北汉川北地带。
② 武阳、直辕、冥厄三个隘口大峡谷，均在今河南信阳地带。
③ 襄平，战国城邑名，秦统一后为辽东郡治所，大体在今辽宁省辽阳市地带。

王贲选定的进兵路径，是沿着辽东海滨地带兼程疾进，直抵辽水西岸的河谷地带扎营。而后，再行探察燕国王室军情，寻机决战。也就是说，这千里行军要尽可能地减少时日，以免燕王残部觉察。只要迅雷不及掩耳地逼近到襄平，则要从容不迫地寻求战机，务求全歼这股流亡最远且最难捕捉的燕国残余势力，不给北中国留下后患。唯其如此，王贲在进兵之日，先行派出了四支千骑斥候兵，专一在大军行进的前后左右四个方向的百里之地清道。就实而论，便是捕获有可能出现的燕军流探，并确保沿途山民猎户商旅等不向燕军报讯。因为，这支飞骑大军无论如何轻装如何偃旗息鼓，仅十万匹战马展开飞驰，其隆隆沉雷之声势也大得惊人。若无事先缜密处置，仅猎户商旅的猎奇之谈也足以成为燕军的消息来源，更不说燕赵两大残部间经常往来的斥候密使等等。

四千斥候飞骑撒开一日之后的暮色时分，王贲率领主力飞骑军从蓟城东北的郊野营地出发，一夜之间便抵达海滨山塬。冷炊战饭之后，正是次日清晨，十万匹战马展开在广阔的海滨原野，乌云般向东风驰电掣去了。

抵达辽水西岸河谷之时，正是第三日暮色时分。

襄平很是平静，燕王喜却很是懊恼。

逃入辽东五年，燕王喜自认功业甚佳。最大的功绩，是重新收服了原本已经松散得如同百越对楚国一般的辽东流散部族，重新立定了燕国社稷，自己还是燕王。开始两年，秦军南下，辽东几无外部威慑，加之与代王赵嘉密使来往频繁，相互鼓气要收复失地而恢复大赵大燕等等诸般举措，残存的大臣将士尚有鼓勇效力之心。然在秦国大军连灭魏楚两大国之后，襄平的士气莫名其妙地渐渐消散了，及至秦国大

燕王喜杀掉自己的儿子丹，以求苟安，迟早被天下人耻笑。作者写其荒唐。

军压向齐国边境，大臣将士们则沮丧得无以复加了。太子丹的旧日部属更甚，已经有几个都尉与许多士卒重新逃回故乡去了。追随前来的大臣们也闭门不出，燕王喜想朝会一次议议事说说话，也没人奉召了。思忖无计，燕王喜只好在开春又打出了"合纵代国，收复失地"的旗号，大张旗鼓地派出特使联络代王赵嘉，欲图借此振作已经奄奄一息的士气。不想，三五番特使来往，天下都风声一片了，消息说连秦王都警觉了，可襄平依旧死气沉沉，燕王喜当真是心下没辙了。当年在蓟城做燕王，姬喜可以常住燕山行宫，将国事撂给太子丹而自己尽情游乐，声色犬马无所不及。襄平却是一座荒僻城邑，更兼多方汇聚的流亡族群人心浮动，老姬喜想狩猎游乐，也不敢轻易出城。然久困这座简陋狭小的庭院"王宫"里，老姬喜也郁闷得慌。想说话没人，就几个嫔妃十几个内侍，看着都烦；想折腾那几个丰腴的胡女嫔妃，老姬喜又没了精神；想谋划谋划后路大计，又没人奉召前来朝会。

那一日，老姬喜不堪冷清，带着一个老内侍与一队王室剑士乔装成林胡商旅，出了"王宫"巡视庶民生计去了。不料，走不到短短三条小街，老姬喜便沮丧得坐在地上不走了。老姬喜想到了襄平贫苦，可还是没想到竟有如此贫苦。虽是盛夏，可城内空旷得如同秋风扫过林木，落叶尽去，一片枯干萧疏。街市冷清，店铺几乎全部关闭。行人寥寥衣衫褴褛脚步匆匆，仿佛对一切都失去了兴致，纵然是他这一队尚算豪华的商旅招摇过市，也没有几个人回头看一眼。老姬喜终不甘心，硬着头皮走上了城头，要看看守军将士的军容。可还没走上城头，老姬喜便心头一片冰凉了。上城的石梯口与通往藏兵瓮城的上下甬道，连一个岗哨士兵也没有，他这一队商旅如入无人之境便登上了城头。城头更令人寒心，除了几杆红蓝色的"燕"字大旗插在垛口懒懒地舒卷着，士兵们一个没有，城头空旷得能过马队。老姬喜心有疑惑，好容易在箭楼藏兵室找到了一群士兵，却都在扯着鼾声呼呼大睡。喊起来一个士兵询问，衣甲破旧面色苍白的士兵却极是烦躁，闭着眼连连嚷嚷一番："都快饿死了！谁有钱买你物事！走走走！老子要睡觉，不睡觉撑不到明日饭时。一天一顿饭，知道么！"说罢也还是没睁眼，倒头又蜷卧在青砖地面上呼呼大睡了。

老姬喜愤怒了，回宫连下三道王命，终于行了朝会。

朝会只来了六人，三位姬姓王族元老，三位城防将军。传送王命的御书回来禀报说，其余大臣将军不是不来，而是都带着族人们狩猎去了。王室流亡到襄平后，老姬喜对庙堂权力进行了重新整饬,大权悉数由王族元老执掌。老姬喜确信,只有血统高贵的周天子王族的后裔,才能在艰难之期恪守正道。目下这三位元老,一个是领政相国姬饶,一个是执掌土地财货的上卿姬楗,一个是执掌王城事务的姬椋。只要此三人到了,再加三个将军,紧要国事大体就说得清楚了。

于是,老姬喜无心多问,立即开始了朝会。老姬喜说,朝会只决两件事:其一,追究军粮为何不足,城防守军何以如此乏力;其二,冬季到来之前,要否退往高句丽。老姬喜话音落点,三位白发元老一如既往地默然着。三位城防将军却精神大振,立即一口声嚷嚷起来,说今日前来朝会,为的便是这件事,若再不能使将士们一日三餐,终究要作鸟兽散!老姬喜黑着脸要元老相国姬饶说话。姬饶大摇白头,连番罗列了燕国财富的二十余次大流失,掰着指头列出了襄平五年的种种支付,末了涕泪唏嘘说,东燕至多只能撑持半年,若要将士们一日三餐,只怕支撑三个月都难。老姬喜大是震惊,厉声追问执掌王室财货的元老大臣姬楗,原本藏匿在辽东几处秘密洞窟的丰厚财货何处去了?姬楗一则惶恐一则愤然,黑着脸提醒老姬喜说,那年将太子丹头颅献给了秦王,燕王又下令厚葬太子丹,仅殉葬财货就用去了秘藏的一半;后来又斡旋林胡东胡,赏赐两胡头领又用去许多;再后来是建造襄平王宫,向胡人买马成军、打造兵器等等;更有一宗,太子丹余部逃散,裹挟财货不可计数,凡此等等,王室秘藏财货早于一年前便所剩无几了。

一番折冲,根底大白,所有人都不说话了。

"卿等以为,该当如何?"终于,老姬喜开口了。

"臣启我王,"相国姬饶苍老的声音渗透着忧伤,"襄平荒僻贫苦,高句丽有过之而无不及。老臣以为,复国之路只有一途:北投匈奴,燕代胡三方合纵,相机南下收复失地。舍此,不困死襄平,便困死高句丽。"

"东燕实力尽失,匈奴会收留我等?"姬椋很是沮丧。

"匈奴已经强盛,今非昔比了。"姬楗思忖道,"然匈奴与燕国,并无深仇大恨。若我王能将王宫百余名嫔妃侍女,分给尔等一半,再凑得些金玉丝绸,大约不会有碍。"

"或者,只能如此也。"相国姬饶点头了。

"惜哉!如花似玉的女人也!"姬喜无限惆怅地叹息了一声。

"左右我王用不上了,闲着也是闲着。"姬椋嘟哝了一句。

"不能!我王不能如此!"为首的襄平将军霍然站起愤愤高声道,"果然嫔妃侍女无

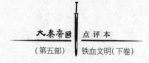
用,何不配给军营将士!几年来连番逃亡,大臣贵胄家室俱在,唯燕军将士有家不能归,妻小多年不得相见,兵士们干渴得都快疯了!我王若能赐给军中将士两百个女人,末将不要军粮,也敢保三军拼死护卫王室!当真将女人献给匈奴蹂躏,我等不服!"

小殿堂奇异地静了下来,将军们愤愤然地喘息着,元老们想笑不能笑想说不能说,无所适从地沉默着。只有老姬喜大为尴尬,第一次红了脸,不知该如何应对这个亘古未闻的大难题了。正在此时,一阵急匆匆脚步砸进庭院,人们的目光不约而同一齐转向殿门,逃避着这令人难堪的话题。

"禀报我王,紧急军情!"进来的是亚卿姬垣。

"如……如何?"老姬喜倏地站了起来。

"一支黑色马队向襄平而来,没有旗号!"

"没有旗号,是何兵马?高句丽兵?林胡反叛?"

"从气势看,似乎是秦军!"

"!"小小殿堂,骤然凝固了。

"走为上策!不能犹疑!"姬饶恍然高声一句。

"且慢!"老姬喜毕竟久经沧桑,罕见地镇静下来,向方才愤然高声的襄平将军一挥手,慷慨奋然道,"大燕社稷八百余年,不能徒然断送在我等君臣手里!秦国虎狼欺我太甚,杀我太子,占我都城,今日竟要赶尽杀绝,本王与燕国将士拼死一战!本王意决:王室嫔妃侍女悉数赏赐将士!将军作速整军,女人今夜送入军营!"

"燕王万岁——"三位将军忘情地大喊了一声,赳赳大步去了。

三位元老与不知就里的亚卿大为惊愕,没有一个人说话。老姬喜却骤然精神大振,连番下令:"王室护军立即备战!财货悉数装入马车!诸位作速回府整肃族人,明晨齐聚王城!莫将女人扔下,匈奴人喜欢中国女人!"

"我王是说,杀退秦军投奔匈奴?"相国姬饶恍然顿悟。

"然也!"

"老臣一言,致我王失却嫔妃,老臣深为惭愧。"姬椋深深一躬。

"卿等毋忧也!"老姬喜颇见神秘地一笑,很为自家在危急时刻的妙算谋划而得意非常。熟知这位老燕王的三位元老,也不约而同地笑了。多经逃亡的元老们都清楚,老燕王使的是移祸之计。大群艳丽的女人随王室车驾行进,极可能首先成为秦军追逐的猎物,岂不将燕王行营也裹挟了进去?而送入食色饥渴的军营,则是危境之时的绝妙处置。一则,可大大减小燕王行营与世族部伍被秦军追击的可能;二则,将士们爱惜女人,宁可战死也要护着女人,只要有幸逃出秦军追击,女人至少能存活大半,若结好匈奴仍能出手;三则,激励将士战心,一举化解军粮之困。当然,女人们也可能被久旷而饥渴难耐的将士们蹂躏得死去活来,保不定未遇秦军就得折损许多,然危亡在即,也只能如此了。如此看去,这一着棋简直就是挽狂澜于既倒的乾坤妙手,元老们如何不佩服老燕王?

荒唐处,又拿女人做文章。

朝会匆忙了结,已经是午后时分了。王城一片忙乱之时,老燕王只做了一件事,便是聚集起王城全部嫔妃侍女百余人安抚训示。老姬喜红着脸慷慨激昂地说,尔等国色,尽皆燕国之宝,当以精锐大军专司保护。为此,将由中军主力护卫尔等,此乃本王之苦心也,尔等务须珍重!女人们无分贵贱,哭喊成了一团。同样是多有逃亡阅历,女人们已经本能地觉察到老燕王要抛弃她们了。于是,柔弱者哭泣不止,刚强者呼喊不已,整个庭院乱得没了头绪。此时太阳将要落山,襄平将军已经带领着一个千人队开到"王城"外只要接人。老姬喜二话不说,立即下令王室护军将女人们"护送"出宫……当夜,整个襄平内外乱成了一片。城内的王室贵胄彻夜收拾财货,城外军营中更是人声鼎沸彻夜不休,比任何战场声势都有过之而无不及……

次日清晨,残燕王室军马全部集结在了襄平城下。早已经散漫无度的五万余步骑竟然全数到齐了,将军士兵人皆奋奋然满面红光,往昔多见的一片青白菜色竟神奇地消失了。老姬喜大是惊喜,连呼三声天佑大燕,立即下令开拔,沿辽水北进建立北燕。

然则,便在老姬喜苍老的呼喊刚刚落点而军马尚未启动之时，四面山塬弥漫出隐隐沉雷之声。大臣将士们尚在诧异，不可思议的事情发生了——遥遥相对的绵长山脊陡然立起了一黑森森的城墙，城墙倏忽变作一片片乌云四面压来，没有喊声，没有旗帜，只有一片青光闪闪的树林与连绵滚动的沉雷……那一刻，老燕王与所有的大臣将士一样，都陷入了可怕的梦魇，竟然没有一个人哪怕稍微地呼喊惊叫一声……

不消叙述那没有任何波澜的战场了。事实是，五万余燕军几乎还没有移动，便被秦军飞骑的巨大扇形包围了。与此同时，一支飞骑直插城下，又切断了归城退路。所有这一切，老燕王始终都只是直愣愣地看着，仿佛在看一场宏大的飞骑演练。直到王贲高声喝问燕王是战是降，老姬喜还惊愕地大张着嘴巴不能出声。第一个开口的是相国姬饶，也只是嘶哑颤抖地喊了一声："燕王，不能战，降秦了！"就是那一声喊，老姬喜还没有下令，燕军将士们便东张西望了。王贲又是一阵高喊，燕军兄弟们若是愿降，立即抛下兵器，带上女人，开到山麓扎营！我军粮草午后抵达，管兄弟们吃饱！几句喊话如同军令，燕军将士们竟不可思议地高呼了一声万岁，立即将刀矛剑器呼啦啦掷到了地上，在一支秦军飞骑的导引下开到山麓去了。于是，王贲又一阵高喝，王室护军若是要战，我出同等人马厮杀！若是愿降，抛下兵器，退出一箭之地！也是没等老姬喜下令，数千王室骑士便掷下了刀剑退出了一箭之地。直到那一刻，老姬喜才软倒在了王车上。

"你……是王翦？"

"你是燕王喜。"

王贲不屑于答话，见老姬喜点头，立即唤来一名都尉吩咐了一阵。当日，燕王喜与一班王族大臣便被五千飞骑押送着，兼程赶赴蓟城了。王贲进入襄平，立即召来了职司后援而颇通兵政的马兴，两人一番会商议决：鉴于辽东战事了结之快超出筹划，后续文官一时无法赶来，先留下马兴率一万步骑镇抚辽东；通往辽东的后援路径与兵力依旧不动，以利解决辽东之饥荒；王贲则率主力飞骑，立即回师灭代。当夜，两人将禀报咸阳的上书拟定，立即分兵筹划。三日后，王贲的五万飞骑又风驰电掣般西来了。

秋风乍起，赵嘉的心绪一片萧疏。

代国立起六年了,国事一无振作,赵嘉的代王生涯更是日见难堪。六年前,当赵国刚刚灭亡时,拥戴赵嘉逃亡立国的老世族们雄心勃勃,无不以为赵人尚武善战,没有了赵迁那个昏聩荒淫的君主,赵国必能再度中兴,甚或能更加强盛。此等雄心,赵嘉更为执着。赵嘉深信,自己本来就是天命赵王,若非父王被那个胡倡女迷了心窍而改立了孽种赵迁,拥有天下第一流大军与赫赫李牧、庞煖那般统帅的赵国如何能灭亡? 唯其如此,赵嘉君臣逃入代地立国,上将军赵平上书:"请以代为国号,向天下昭示更新赵国之气象! 收复失地之后,再改回赵国,向天下昭示我等君臣中兴赵国之功业!"此见立即得到了赵嘉与群臣的一致首肯。从源头上说,这代国原本是春秋时期一个诸侯古国,在赵国先祖赵襄子时被赵氏吞并,自此成为赵氏部族的领地,战国之世便是赵国的代郡了。在代地立代国,土地城池是赵国本土,王族世族及军民人众更是赵国老民,论事实,谁也不会将代国不认作赵国。而在秦国与赵国势不两立的时刻,则代国这一名号,又或多或少可减少秦国的敌意。赵嘉君臣对这一妙用虽绝口不提,然在心底却是人人认可的。

初立代国的头两年,无论军力民力如何单薄,代国君臣的复国雄心还是勃勃跳动的。然自从与燕国结盟,燕代合军四十余万而惨败于秦军之后,代国气象每况愈下了。赵人素来蔑视燕军,然这次却无法指斥燕军。燕国在几乎所有方面都认同了赵军的轴心地位,太子丹承认了赵平为统帅,兵力部署也好,战场冲杀也好,燕军都以赵军马首是瞻,如此这般到头来还是大败而归,赵人还骂得出口么? 因了无法找到合理解说,而又不能就此承认赵国气数已尽,代国君臣将士的人心莫名其妙地涣散了,士气莫名其妙地低落了,雄心莫名其妙地委顿了。

赵嘉深知其害,终于找到了一个解脱困境的出口——向太子丹发难。公开的说法是:太子丹急于复仇,摆脱赵军而擅自两分,致使赵军遭受惨败。当赵嘉在朝会上大肆讲说这番道理时,作为燕代统帅的赵平颇感难堪,然最终还是保持了沉默。一则是太子丹在战场确实没有完全按照赵平部署行事,二则是赵平自家也必须有一番说辞。否则,在多见名将的赵军眼里,他将永远蒙羞而不能抬头。虽则如此,在赵嘉得寸进尺地向燕王喜致信,要将太子丹置于死地的时刻,赵平还是说话了。赵平的理由只有一个:"没有太子丹,燕国必将溃散! 没有燕国,代国将失去羽翼! 而代国一旦孤立,则秦军必不能容我!"然无论如何陈说,赵嘉也没有接纳赵平之见。赵嘉一意孤行了。太子丹的头颅被献给秦国了。赵平毕竟败军之将，从此很少说话了。

虽然摆脱了一时难堪，虽然找回了些许尊严，可代国还是没有起色。毋宁说，自太子丹死后，当年燕赵两国朝野弥散出的那种对秦国的火辣辣复仇之心，也莫名其妙地瓦解了。更使赵嘉寝食难安的是，秦国将赵燕旧地治理得井井有条，废除了燕赵法令中残余的春秋旧制，一步一步地推行着全新的秦国律法。农耕、百工、商市均已大体恢复，饥民也大大减少。驻防邯郸与蓟城的秦军，除了严密监控老世族外，不杀戮庶民，更不无端扰民。种种治情之下，原本追随王室残部逃来代地的民众，已经开始悄悄地回流故乡了。赵嘉几次欲图出兵，要卡断民众回流之道，甚或想杀一儆百杜绝此等回流。然与大臣将军们会商几次，最终却是不能决断。原因只有一个，当此根基脆弱之时，若再截断民众逃生之道，结局只能有两个：不被乱民吞噬，则必然召来秦军攻伐。然则，若听任如此回流下去，只怕不消三两年，代国老世族们便要亲自下田耕作了。

"我白头矣！天命安在哉！"

六年前，赵嘉尚是正当盛年血气方刚的雄武公子。那时，赵嘉目睹国破家亡，壮怀悲切，慷慨激烈，废寝忘食地谋划着复国大业。纵然艰难小城，纵然风餐露宿，纵然宫室破败简陋，纵然一无享乐，赵嘉都是勃勃风发而不知疲惫为何物。倏忽六年，堪堪四十岁的赵嘉不可思议地老了，须发几乎全白了，身架干瘦如枯竹，心力疲惫得动辄便靠在随意一处睡着了。事情一件一件地败了，子民一点一滴地没了，士气一丝一缕地淡了，根基一日一日地松了……每念及此，赵嘉都伤感得仰天长叹。他，一个末世之王，终于明白了无可奈何为何物，终于明白了穷途末路为何物，终于明白了自己的归宿——除了义无反顾地追随历代先王于地下，他没有任

当初赵代王嘉见秦王大怒，伐燕，事急，于是出了个馊主意，让燕王喜杀掉太子丹，以取悦秦王。愚蠢的燕王喜果然照办，斩太子丹首。燕王喜、赵代王嘉，永背不义之耻名。

何选择……

"禀报君上,王族大臣请行朝会。"

"上将军? 朝会? 何事还须朝会?"

赵平禀报说:"一班王族元老已经密谋多日,欲图东进辽东与燕国结盟或合为一体,请行朝会,大约是元老大臣们已经就此达成了一致,只要赵王决断了。"此刻的赵嘉,已经对任何突如其来的变故都没有了愤怒与悲伤,只淡淡道:"上将军也赞同么?"大见苍老的赵平明朗地说:"臣不赞同,代郡乃赵国旧地,尚有地利根基,若抛弃代地而奔辽东,则不啻乞儿奔人篱下,非但失了立足根基,也必然将与燕王残部反目。"赵嘉看了看君臣两人一身粗麻布孝服,竟不无揶揄地笑了:"此身重孝我等君臣已穿了六年,泪且流干矣。上将军以为,若不奔残燕,代国出路何在?"赵平默然片刻一拱手道:"臣乃赵氏子孙,誓死不离赵国本土。臣乃败战将军,无能辖制他人,只能决断自己。"

"好!"赵嘉陡然振作,"这方是雄烈赵氏之子孙!"

"君上决意抗秦?!"

"赵氏发于军旅,至少当烈烈而终,当死在战场之上。"

"臣! 誓死追随君上!"

"那便整军备战,迟早必有一战。"

"臣遵王命!"

当夜,赵嘉还没来得及向赵平重新颁发兵符,斥候将军的紧急军报飞到了案头:秦军王贲部已经攻克襄平,燕王喜被俘,秦军正在回师西来!赵嘉端详着军报,非但没有了恐慌,心头似乎还生出了些许轻松。此等心绪,连赵嘉自己也惊讶了。赵嘉平静地登上了王车,赶到了上将军赵平的六进小庭院,亲自将兵符与军报一起交到了赵平手里。赵嘉只说了一句话:"来日战阵,本王自领黑衣剑士为前锋。"赵平没有说话,对着赵嘉深深一躬,大踏步去了。

秦军西来消息如巨石投池,代城天地翻覆了。

当初拥立赵嘉的元老大臣们因朝会动议被冷落,怒而发难,一齐带着私兵闯入了仍然叫作王城的一片高大庭院,立逼赵嘉下令举国北走阴山投奔匈奴。一片火把之下,赵嘉肃然挺立在廊下石级,断然回绝了元老们的威逼。赵嘉硬邦邦的几句话是:"百余年来,赵国南抗强秦,北击强胡,素以雄武强势之道立于天下! 秦人纵为虎狼,终与赵人同为华夏子孙！今赵人纵然弱势，何能自叛华夏，宁为胡人鹰犬哉！"便是这硬邦邦的几句话，元老们的私兵竟然全都肃静了下来，对这位素来陌生的代王投去了颇有几分敬意的目光。这一奇特景象骤然激发了赵国元老们的乱政传统，一时对私兵对赵嘉乱纷纷喝骂不休。为首元老一声喝令，一群世族子弟呼喝着扑来，立地便要裹胁着赵嘉北逃。赵嘉的数十名黑衣卫士怒吼一声，一齐拔剑扑上，双方在大庭院杀作了一团。

正在此时，赵平率领一支马队赶到，杀死了汹汹然攻杀代王卫士的世族子弟，当场缉拿了所有的作乱元老。依照赵国传统，举凡参与宫变者皆为死罪，主谋、主凶及骨干要员更是举族皆灭。然则，赵嘉却在当场破例下令："此次宫变，事属非常。主谋、主凶、要员，立即斩决！其余参与举事者及其家人族人，只要愿意死战抗秦，概不追究！"赵嘉话音落点，作乱的私兵们纷纷呐喊着"死战抗秦，不逃匈奴"，齐刷刷走到了上将军赵平的麾下。

"整肃代城！成军抗秦——"

赵嘉一声喝令，奄奄一息的代城一夜之间血流成河了。数十名元老大臣全数被杀，数百名元老子弟全数被杀，无数不知朝局政事为何物而只知唯夫君马首是瞻的妻妾们纷纷自杀，无数婴儿童稚少年妇孺在混乱中不是被"除根"而杀，便是流离失所不知所终……一片腥风血雨的三日三夜之中，代城突兀地立起了一支狰狞变形的决死之军，一支在绝境中被仇恨燃烧出最后一簇光焰的赵军。从赵嘉下令烧毁赵氏宗庙开始，代城的所有房屋都在熊熊大火中变成了一片焦土；所有没在混乱中死去的男女老幼，都拿起了长矛刀剑列队成军；所有的粮食财货牛羊猪鸡酒食衣物，都被搜罗出来，在城门内堆放成一座座小山，任人肥吃海喝尽情享用。只是没有人留意，三日三夜之间，赵嘉陡然变成了一个须发雪白满面血红的怪异老人。

第四日清晨，赵平接到了最后一道王命：清理全部成军人数，每个姓名都刻在城门外的城墙砖石上。两个时辰后，赵平禀报赵嘉：全部代军九万一千三百四十三人，每个人都将自己的姓名写上了南门外城墙。当赵嘉带着黑衣马队出城，要行最后的校军礼时，东西不足三里的代城城墙，已经全部变成了血染的砖石。所有的名字都是用鲜血写上去的，秋日的阳光下反射着晶晶闪烁的绛红色光芒，刺人眼目，摄人心魄。已经麻木的赵嘉，再次被最后一支赵军的这一出人意料之举深深震撼了。赵嘉没有继续校军礼，而是在血红的城墙下搭起了一方祭坛，对天，对地，对祖先，声泪俱下地禀报了赵人最后

的壮举。最后,赵嘉大步走到了城门下的一方青石条前,抽出弯刀砍断了左手四根指头,板刷一般在青石条上写下了粗大鲜红的五个大字——华夏赵王嘉!那一刻,九万余人众静如山岳峡谷,没有哭泣,没有呐喊,一任秋风舒卷着猎猎旗帜……

"禀报代王,秦军开到了。"赵平的声音划破了寂静。

"上马列阵。赵军最后一战。"从未上过战场的赵嘉异乎寻常地平静。

遍野乌云在隆隆沉雷中压来了。

秦军开到代城郊野的时候,正当午后。出乎赵嘉意料的是,秦军没有立即攻杀,而是在代城南门外五里之地扎下了营垒。王贲派军使飞马抵达城下,用弩箭对赵军大阵射来了一封战书。战书云:"王贲拜告代王:赵秦同源。我秦军将士,素敬赵军。当此之时,更敬赵人死战之志。是故,秦军决意与赵代军对等一战。鉴于赵军有两万余妇孺老少,秦军以六万骑出战,不以强弩,不以援兵,不以偏师侧伏,全然对等搏杀。此战秦军若败,王贲决上书秦王,不再攻伐代赵之地;赵军若败,则赵人得从天下归一之大势,永不反秦。代王若以为可,王贲请约期而战。"

"明日清晨,生死一战。"

赵嘉没有丝毫犹豫,在城下立即批回了战书。若依古风尚在的战国军旅传统,远来之军约期而战,以逸待劳的守地之军便当后延几日,以利对方恢复,方算得真正公平。然则,赵嘉已经无暇如此气度了。赵代军迟战一日,仅有的存粮便耗得许多,陡长的士气杀心又陡然流失亦未可知。然则,从另一面说,赵军并未以以逸待劳之势立即对远道而来的秦军发动袭击,在战场法则已经将奇袭当作正当手段的战国之世,赵军此举堪称曾经傲视天下的大家风范。唯其如此,赵嘉毫无愧色,赵军毫无愧色。

"喏!"王贲再次回书,只有一个字。

次日清晨,秋阳刚刚爬上山头,凄厉的号角立即淹没了代城谷地。

这是两方奇特的军阵。赵代的九万余大军分为三大阵:中间大阵为火红的三万余骑兵,这是五年前燕代联军惨败后保留的最后一支真正的赵军飞骑,背负弓箭手持弯刀,显是今日代军之主力;骑兵大阵的中央最前方,是一方数百人的黑色方队,这是赵嘉亲自率领的黑衣军;右手大阵为同样火红的四万余步卒,一色的弯刀长矛,没有一张盾牌;左手一阵则全部是五颜六色的老弱妇幼,各式兵器混杂,队形大见松散。对面秦军,则是整肃异常的三个黑色骑兵方阵,清一色背负弓箭手持长剑的轻装骑士,除了衣甲颜

色与兵器，轻装程度与赵军骑兵几乎没有差别。

"代王！敢请遣散老弱妇幼，我军可再少两万！"王贲遥遥高喊。

"也好。边阵后退入城。"赵嘉终于点头。

"不退！死战秦军——"老弱妇幼军爆发出一阵乱纷纷的呐喊。

王贲正欲喊话。赵平正欲下令。赵军骑步两大阵中曾经与秦军杀红过眼的老兵们不耐了，乱纷纷一阵怒吼咒骂，不待将令便挥舞着刀矛开始涌动冲杀，原本已经被仇恨绝望折磨得几近疯狂的将士们也顷刻间失去耐性，乱纷纷呐喊变为铺天盖地的呼啸呐喊，三大阵毫无队次呼应地潮水般扑向秦军。

在这短短瞬间，王贲厉声喝令："左翼骑阵截开老弱妇幼！越快越好！中右两阵搭住赵军，且战且退！三里之后展开决战！起——"整肃的秦军骑兵大阵，立即飓风般发动了起来。左翼两万骑士大回旋拉开，在河谷原野展开成一个巨大的钳形，风驰电掣般掠过疯狂的赵军主力，锋锐无匹地揳进赵军主力与老弱妇幼边阵的接合部，另一支则包抄外部并导引出路；一阵强力砍杀，顿饭工夫便将两万余老弱妇幼从赵军的红色巨流的边缘硬生生切割开来，轰隆隆逼向代城城下。不可思议的是，赵军主力没有纠缠干预秦军，秦军左翼骑兵也没有在切开老弱妇幼之后脱身。眼看着疯狂冲杀的赵军主力追着秦军大杀大砍，秦军左翼没有从背后掩杀赵军，而只远远圈定赵军老弱妇幼，任其哭喊叫骂，只是决然不许冲出巨大的黑色弧线。

此刻，王贲的主力飞骑大是艰难。骑兵的特质，在于凌厉的攻杀。骑兵对骑兵，要做到且战且退，先便陷入了劣势被动。列位看官留意，历来骑兵对骑兵作战中的有意撤退（不是战败的无序逃跑），不能一味撒开马蹄飞驰，否则掩杀者完全可能冲垮撤退方的阵形梯次而导致真正的崩溃。目下之秦军面对具有丰厚骑战传统且决意死战的赵军，这种被冲垮崩溃的可能性危险性都更大。这便是王贲下令搭住赵军且战且退的原因所在。而要搭住赵军且战且退，其作战优势必然大打折扣，一时大有伤亡几乎难以避免。事实上，在左翼骑兵切断赵军边阵的顿饭辰光，秦军主力已经死伤了数千人马。

所幸赵军只有三万余骑兵，秦军主力除却左翼还有四万骑兵，依靠着整肃队形间的相互接应，总算没有被冲透大阵陷于真正崩溃。及至退出三里之外，王贲身边的一排牛角号急促凄厉地响彻河谷。随着凄厉的号角，秦军阵形发生了巨大的变化：与赵军接触的后军（原本的前军）一声呐喊，闪电般全速飞驰两翼；前军（原本的后军）则在这片刻之

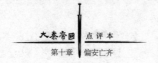

间立即反身,展开成真正的冲杀队形呼啸着正面掩杀过来;及至两军杀作一团,飞撤两翼的原秦军前军主力则已经在外围从容整顿好了队形,又一个梯次呼啸着杀向了赵军。真正的大拼杀展开之后,秦军的应对又流水般发生了变化:原本由王贲亲自率领的前军主力接战赵军骑兵,原本与赵军骑兵搏杀的秦军后军,则脱身杀向了堪堪赶来的赵军步卒。

代城河谷不甚宽阔,黑红两方大军堪堪十万,大肆展开搏杀,双方都没有大回旋的余地,只能全力拼杀,直到一方完全倒下。其惨,其烈,堪称战国绝响。王贲素有小白起名号,说的便是每临战场倍加勇猛冷静。此刻,王贲已经不需要下达任何军令,只带着三百精锐的中军飞骑专一寻找赵嘉的黑衣马队。秦赵两方,皆相互知底。王贲知道,赵国君主的黑衣卫士历来都是剑士精华,人数不多却锋锐难当。然则,此等剑士却有一个极大缺陷,便是很少战场拼杀,缺乏大军战场之群体搏杀经验。而赵嘉本人,则生于赵国末世,适逢其父悼襄王非正道君主,赵嘉既没有过赵国王子的军旅阅历,更没有亲自上过战场,今日赵嘉亲自率领黑衣卫士做前军冲杀,除了死战之志,战力并不如何强大。王贲之所以要亲自应对赵嘉,并非看重其战力,而是明确的统帅心思:代王是赵人的最后一面旗帜,决然不能走脱!

"左前方,跟我来!"

终于,王贲在纷乱呼啸的万马军中发现了那支皂衣孝服的马队,看见了白发飘飘的赵嘉。王贲低吼一声,这支没有任何旗帜的马队飓风般卷了过去。

赵嘉马队自真正的大搏杀开始,不知如何竟与赵平的中军主力骑兵脱离了开来,莫名其妙地卷入了步卒边缘。黑衣卫士们忙于全力应对这从未经历过的成群结队的混乱拼杀,只要与秦军杀在一起便是,谁也无暇去权衡战场大局。一个多时辰的连番搏杀之后,黑衣卫士已经死伤过半,又因缺乏相互呼应,马队驰骋渐渐散乱起来。所幸靠近步军,这支红色海洋中唯一的一坨黑色分外显眼,一些老卒认出了是代王马队,立即蜂拥过来护卫,赵嘉马队便与赶来的步卒呼应着,又再度奋力冲杀起来。正当此时,王贲马队呼啸着扑来,两个回旋便搅散了已经乏力的红色步卒,将赵嘉马队围困在一个看似松散却又无法突围的大圈子里。

王贲一个手势,马队中一支冷箭飞出,准确无误地钉在了赵嘉战马的左前腿上。战马陡然嘶鸣人立,飘飘白发的赵嘉还没来得及呼喊一声便被掀翻在地。一骑火红的战马闪电般飞来，王贲就势一掠，已经将赵嘉掳到了马背之上。
黑衣卫士们怒吼一声扑杀过来。秦军骑士早有应对，瞬间弓
箭齐发，接着回旋冲杀，不到两个回合的反复，黑衣卫士悉数
身首异处了……

　　暮色时分，这场空前惨烈的大搏杀终于结束了。

　　秦军将士们没有欢呼，静静地肃立在尸横遍野的战场，
直到血红的太阳没进了苍茫群山。三日后，王贲给秦王的上
书是：代王嘉被俘获，赵代军主力七万余人悉数战死；代城两
万余老弱妇幼，在秦军守护下仍自杀过半，剩余人口已迁入
邯郸；代城已经成为废墟，不能驻军；此战，秦军将士战死三
万余，存活者人人带伤，已退入蓟城整军待命。

　　旬日之后，新任长史蒙毅赶到了蓟城。

　　蒙毅对全体将士宣读了秦王书命，褒扬了秦军将士对最
后一支赵军的猛勇搏杀，赏赐了三车王酒，特许灭代将士痛
饮三日。当夜，王贲设军宴为蒙毅洗尘，聚饮对谈间说及灭
代之战，王贲心绪别有滋味，不禁一声沉甸甸的长叹。蒙毅
笑道："战场惨烈，古今皆同，将军当有武安君白起之豪气，
何叹之有哉！"王贲摇头道："对代之战，非大战也，却亡我三
万余将士，贲身为大将，何能泰然处之？"蒙毅沉吟了片刻，
轻轻叩案道："将军言及于此，不妨坦然相告：对代军战法，
朝臣原是多有议论，独秦王大为嘉许，将军无须上心也。"王
贲道："朝臣之议，无非责我为滥施仁义之宋襄公，何足道
哉！"蒙毅笑道："秦王之嘉许，将军不欲闻乎？"王贲道："王
若嘉许，当有王书。今无王书，王贲何能当真哉！"蒙毅哈哈
大笑："果然果然，秦王何料之准也！"说罢一招手，帐口肃立
的一名书吏捧过来一支铜管，蒙毅挑开泥封抽出一卷羊皮纸
展开，念诵道："秦王特书：王贲对代之战，一举廓清北中国，
其功大焉！贲之战场处置，至为得当，大彰秦军战场正道，大

战争结果可想而知。天
下之大，无赵代王嘉的容身之
所。

显华夏一统大道，各军各将殊堪效法！秦王政二十五年秋。"蒙毅读罢，双手捧到了王贲面前道，"如此王书，将军心下当安也。"王贲不禁连连拍案："大哉秦王！大哉秦王也！力行战场正道，何愁天下不一！"蒙毅笑道："然则，山东说秦，依旧虎狼口碑，不亦悲乎？"王贲慨然拍案："蓬间雀喳喳骂辞，何碍鲲鹏怒而飞哉！"

两人一阵大笑，一阵痛饮，又说起了后续事宜。

蒙毅转述了秦王之意：赵国之赵王迁业已被俘，囚禁于梁山；赵嘉抗秦虽失之酷烈，然终究有华夏大义，亦有赵人民心，不用押赴咸阳与亡国之君一道处置，可暂行拘押邯郸疗伤养息，若其心智恢复，日后可领代郡之地。王贲若无异议，可立即实施，秦王书命随后即到。王贲立刻申明，秦王如此处置大合代赵情势，他将妥善安置赵嘉拘押事宜。

言及军事，蒙毅向王贲知会了西北两边的战事进展：陇西对羌胡之战很是顺利，李信与翁仲率大军连续出击，已经聚歼羌胡主力大部，来春将继续追剿羌胡余部；北边九原战事尚未发作，然匈奴诸部已经汇聚阴山南麓，随时可能大肆南下。末了，蒙毅道："秦王之意，将军须得有备：来春若九原军情告急，蒙恬将立即北上；灭齐战事，秦王还是想要将军南下领军。"王贲笑道："灭国大战，尊兄向未出手。草原之战，王贲也从未尝试过。长史能否转告君上，蒙恬上将军依旧灭齐，王贲可就近开赴九原，与匈奴放手大杀一回！"蒙毅一边大笑一边摇头道："兄弟之见，还是各安其所者好也！自错用李信灭楚，秦王便立定了戒除侥幸之心。家兄灭国，将军草原，各弃所长，两两试手，秦王还睡得着觉么？"

二人皆为秦王器重之臣。

两人一阵大笑间，天色已经亮了。

五　松耶柏耶　住建共者客耶

一个冬天，齐国朝野乱得没了头绪。

秦国大军驻扎巨野泽畔不进不退不战不和，诱发了齐国多方势力的激荡摩擦。齐王田建虽无定见，然大体倾向于丞相后胜的"和秦"动议，却也是谁都知道的事实。唯田建之彷徨，使各方都看到了尚存争取齐王实施自家主张之希望，情势便愈发地盘根错节交互纠缠。高高在上而动摇不定的齐王之下，三股主流势力激烈地明争暗斗着。丞相后胜与历来奉行"和秦安齐"方略的田氏世族力量，一直在斡旋与蒙恬大军订立和约，以图最大限度地保存齐国社稷。诸多将军则与田氏王族中以孟尝君后裔田炆为轴心的抗秦派结合，主张防患于未然，立即进入举国抗秦，并在孟尝君旧日封地薛城聚结了一支五千人的门客义旅，声言效法赵人抗秦到底。流亡临淄的亡国世族群最是汹汹躁动，非但已经结成了六千人的抗秦义师，且不间断地汇聚王城广场请命，坚执请求齐王发回流民财货以助五国义师。如此三方力量之外，齐国民众也大起波澜。临淄以西不足百里的狄县①，有没落世族子弟田儋、田横兄弟聚结民众自成万人义军，声言效法田单抗燕誓与齐国共存亡。若是寻常时期，此等纷纷擅自成军的状况，决然不能为国府所容。然则当此纷乱之时，成军各方皆大义凛然，全然不惧与官府抗争，各地官府自是不敢妄动。各方火急禀报临淄，丞相后胜又禀报齐王田建，君臣却都怕秦军未到便激发内乱而先自灭亡，只好派出密使多方斡旋，力图使各方相信王室，不要乱了大局。对聚集临淄的逃亡世族，齐王田建与领政的后胜一方也是投鼠忌器。最大的担心，是怕这些流亡者变成亡命之徒，铤而走险地行刺权臣或作乱临淄，其时临淄城内的数千军兵未必应对得了汹汹流民。于是也只能多方斡旋，一面答应斟酌发还流民财货，一面拖延时日设法驱逐这些恨秦又恨齐的祸根。如此一来，任何一方都仍旧在气昂昂行事，王室急书也好，丞相号令也好，都没了效用，国事法度全然失序，朝局乱成了一锅粥。

许是天意使然。此年齐国又逢冬旱，整个冬日未曾下得一场大雪，终日艳阳高照尘

---

① 狄县，战国齐县，今山东省高青县东南地带。

土飞扬,时有红霾黄霾笼罩临淄,动辄旬日不散。齐国本是
天下方士渊薮,神秘诡异之学素有传统。遭逢如此天变,各
式流言一时大起,纷纷预言齐国久享一隅之偏安康乐,而今
必遭天谴,将有巨大劫难! 流言弥漫,各地盗贼蜂拥而生,劫
掠世族庄园封地事日日不断。朝野世族惶惶不安,一面纷纷
聚结私兵靖乱,一面纷纷上书齐王坚请廓清乱民。后胜手忙
脚乱,田建六神无主。左右思忖,君臣两人终是一筹莫展。

"天欲亡齐,孰能奈何!"

田建两手一摊,将国事全数交给了后胜,再也不见大臣
了。

齐王建自己也没甚主张。

开春之时,顿弱的齐国探报已经堆满了秦王书房的整
整一张大案。

二月初,嬴政与李斯尉缭通盘浏览了顿弱的所有上书,
君臣一致评判:下齐火候已到,只要处置得当,齐国完全可能
不战而降。从大局着眼,蒙氏祖居齐国,蒙氏一族至今在齐
国尚有声望根基,蒙恬是决齐安齐的最佳人选。然则,便在
秦王书命已经拟就之时,九原传来紧急军报:匈奴单于大肆
集结二十余万兵力于阴山南麓,欲图春季大举南下,北边危
机刻不容缓! 君臣连夜密商,嬴政最终拍案:"大秦宁可失
之于一统脚步稍缓,也不能失之于匈奴破我华夏! 蒙恬立即
蒙恬要北击匈奴。
率军二十万北上! 下齐之战,交王贲将军统领!"李斯尉缭
没有丝毫异议,小朝会立定决策:蒙毅立即赶赴蓟城宣示王
命,秦王亲自赶赴巨野泽部署蒙恬军北上。

嬴政赶到巨野泽幕府时,蒙恬正拿着斥候军报端详九
原地图。

蒙恬对朝会的决断丝毫没有感到意外,反倒是因为终
可与匈奴大战一场而大为振作。嬴政凝视着这位少时挚友

笑道："身为上将军而无灭国之战,不亦悲哉!"蒙恬大笑道:
"五国已下,齐国一根软肋而已,何如大草原数十万大军搏
杀,臣不亦乐乎!"君臣两人大笑了一阵,军事便告了结。教
蒙恬出乎意料的是,秦王带来了自己的长子扶苏,要蒙恬带
着扶苏一起北上磨炼。当一身士兵戎装的一个英武少年趔
趄大步走到面前行礼时,蒙恬两眼湿润了。

　　在秦国的大臣将军中,蒙恬是唯一能与秦王说及家事的
君臣友交。蒙恬知道,秦王不立王后,虽然有数十名王妃,已
经生下了二十余个王子,但是从来没有将任何一个王子交王
室官署,依传统法度获得应有的立身待遇。也就是说,所有
的王子都没有在太子傅官署就学,更没有涉及任何国事磨
炼。虽然,目下的秦国没有太子傅这一实际就职大臣,然作
为职司王族子弟就学的太子傅官署,还是照旧存在的。同
样,秦王的所有王妃,也都没有交由王室官署登录名籍并确
定爵位。而在任何一个邦国,国君的妻妾都是有法定爵位俸
禄的,此前的秦国也不例外。蒙恬知道,秦王之所以如此,为
的是彻底根除秦国曾经有过的宫廷内乱。然则,蒙恬还是隐
隐觉得秦王如此做法有些过犹不及,几次欲图与秦王坦诚说
说,都因军国大事接踵而来终未一谈。今日陡然得见秦王长
公子,蒙恬不禁大觉欣慰,心头一热,话语不禁哽咽了。

　　"长公子大有气象,大秦社稷安矣!"

　　"邦国之安在大道,何在一王子也!"

　　嬴政一阵大笑,颇有感喟道:"蒙恬啊,这些王子一直在
王室私学发蒙,书读了不少,武也练得些许。然则,至今没有
任何历练。扶苏已经将及加冠之年了,还没真正打过一
仗……其余王子,更是少不知事。不教他等多多磨炼,日后
何以立足也!"

　　"君上洞察至明!扶苏入军,臣以为当有监军名号。"

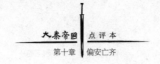

"不可。未经历练，何能监军？"

"若无职司，无以历练。"

"不。"嬴政还是摇头，"先历练两年，看是否成器再说。"

蒙恬再不说话了。毕竟，秦王的做法是有道理的。国君的嫡长子监军，在六国固然是公认的传统。然在秦国，在秦王嬴政着力防范宫闱乱权的情势下，扶苏既未加冠，更未明确立为太子，才具亦未有任何展现，监军实在是徒有虚名。蒙恬所以如此主张，自然不是不明扶苏实际情形，而全然是从促使秦王早日明确储君处说话。在秦国大臣中，大约也只有蒙恬知道这位扶苏王子——秉性宽厚，少年持重，文武皆通。若与蒙恬所熟识的当年的少年嬴政相比，雄武勇略胆识志向确实与少年嬴政不可同日而语，然就胸襟开阔平实对人而言，扶苏却另有一番气象。蒙恬确信，这位王子只要经历了真正的磨炼，其与乃父之承接搭配，堪比秦惠王之与秦孝公。唯其如此，蒙恬一闻秦王将扶苏交他麾下磨炼，立即便想到了给这位王子一个展示才具的权力职司。如今秦王既坚执要看看再说，蒙恬自然不好以种种预想为理由申辩了。

"好。那便先做幕府司马。"

"不。做士卒。还得隐名埋姓。"

默然良久，蒙恬向秦王深深一躬，无言地领受了嬴政的嘱托。嬴政也再没说话，招手重新唤过扶苏，用力在儿子肩头拍了一掌，转身对蒙恬一拱手，便大步出帐去了。扶苏望着父亲伟岸的背影，眼中不期然涌出了两眶泪水。蒙恬低声道："公子可曾想好名字？"扶苏抹着泪水道："父王取了，叫伯秦。""伯秦！好！既表排行又藏姓氏，好名字！"蒙恬一拍掌道，"公子毋忧。你只说，开始想做甚差事？"扶苏一拱手道："伯秦既入军旅，自当从骑士做起。自今日后，不敢劳上将军照拂。"蒙恬板着脸道："照拂你甚？本上将军奉命督导长公子历练，莫非连你行踪也不能知晓？你只随我走，到九原军营我自会教你做骑士！之后，你我旬日一会面，只不让军士们知道便是。"扶苏原本打算蒙恬立即指定部属，他立即便去入伍，今见蒙恬深色肃然，无奈一点头，算是答应了。

"伯秦！"背身整理帅案的蒙恬猛然叫了一声。

"啊，啊，在。"扶苏好容易醒悟过来。

"记住，从今后你便是伯秦，要记住这个名字。"

"伯秦明白！"

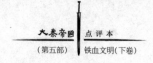

旬日之后，王贲率十万大军抵达燕齐边境。

扎营当夜，王贲带着一个百人马队飞驰到了巨野泽秦军幕府。蒙恬向王贲备细交接了对齐战事与种种军务，留下三万步军，次日清晨率领二十万步骑混编大军隆隆北上了。王贲接手对齐战事，立即下达了第一道军令：所留三万步军原地驻守巨野泽畔，营垒旗帜军灶不减，虚张声势如原先人马！部署完毕，王贲立即赶回了燕南幕府。次日清晨，王贲下令十万大军向南开进，在没有任何齐军阻拦的情势下，公然渡过了济水。暮色时分，十万大军在济水南岸的山塬地带构筑营垒，驻扎了下来。次日清晨，王贲登上山头瞭望，东面的临淄城虽目力不及，但东方天际直冲霞光边缘的一大片灰黄色雾霾，却使王贲确定无疑地知道，临淄城距离他不过五七十里之地，轻装飞骑一鼓作气便可冲到城下。

当夜，王贲接到了顿弱密书。

顿弱知会的情势是：齐国朝野大乱，唯缺促降逼降之有效一击。顿弱给王贲的谋划是：齐军自驻防巨野泽东岸，因朝野陷于混乱，一直没有向济水方向分兵；若王贲能对巨野泽之齐军实施一场突袭战，而后大军进逼临淄城下，百事可定。王贲思忖一番，觉得顿弱谋划与此前蒙恬交代的下一步方略不谋而合，审时度势，齐国也确实需要一战。大国灭亡，真正的不战而降是古今从来没有过的，有的只是大战小战的区别而已。所谓不战而降，寻常只能是庙堂权力与都城军民，真正地举国不战而降，事实上永远都没有可能。

决断一定，王贲做出部署：自己带幕府马队立即南下巨野泽筹划；裨将赵成率三万轻装飞骑随后隐秘南下，三日内抵达巨野泽大营。赵成是赵高的族弟，也是秦军一员年轻猛将，王贲很是信赖。赵成领命点兵的时刻，王贲的幕府马队已经飞出了军营。

次日，王贲带着三名司马与一支百人马队，出营绕道三十里，登上了巨野泽东岸北侧的一座山头，将齐军大营的地形察看了整整三个时辰，终于定下了决断。三日后，赵成三万飞骑抵达。王贲下令赵成：兵马开入巨野泽东岸北侧的山林匿形驻扎，军士冷炊不得举火，赵成立即入营候令。

当夜聚将，王贲在烟气缭绕的猛火油灯下指点着地图，对将军们详尽部署道："齐军三十万，分作两大营，驻扎在巨野泽东岸的这片谷地。诸位且看，这片谷地有三个出口：面对巨野泽一面敞开，是西面出口；大营背后的东北方出口，连接临淄大道；大营东南方出口,连接薛邑大道。我军此战,不求斩首杀敌,只求溃敌乱敌以震慑齐国,促其早降!唯其如此,夜间突袭齐军,便是最佳战法!杀入谷地后,只要齐军不死战,我军便只虚张声势,佯做追杀即可,实则任其溃逃。如此战法,诸位可有疑义?"

"我等奉命!"大将们整齐一吼。

王贲立即下达了将令:三万步军由将军阎乐率领,从巨野泽东岸之南口突入齐营,入营后一万人冲杀,两万人立即摆开弓弩大阵齐射,掩护骑步冲杀;三万飞骑由裨将赵成率领,从巨野泽东岸北口突入,做冲杀齐军之主力;王贲自率三千飞骑,于西口策应各方。末了,王贲道:"明日全军预备,多备火把!初更出兵,三更前隐秘进入巨野泽东岸南北两方。四更末刻,听中军号角开战!"

此夜一战,秦军大获成功。所有的秦军将士都没有料到,三十万齐军会如此恐慌溃逃,六万秦军横冲直撞当真如入无人之境。齐军一旦发现背后两个出口并无秦军封堵,几乎是潮水般涌向了两个山口,与其说秦军杀伤多,毋宁说齐军人马交互纠缠自相践踏而死伤者多。王贲原本预料的战果是,趁着齐军黎明酣睡,猛烈攻杀一阵,搅乱齐军营地便算成功。不料,一突入谷地竟是摧枯拉朽,及至天色大亮,三十万齐军竟全数逃出了巨野泽东岸大营,粮草辎重兵器衣甲旗帜战马尸体,厚厚一层铺满了整个谷地。王贲从伤兵战俘口中得知,齐军主将田㙂被紧急召回临淄了,许多将军也被部族秘密召回去了,中军幕府只有一班司马。秦军杀来声势震天,齐军无人号令,又不知虚实,便如此鸟兽散了……王贲来不及感喟,立即下达了军令:全军休整一日,次日兵分两路,进逼临淄西南两方,在城外郊野三里处大张声势驻扎。

临淄大都,真正地炸开锅了。

最大的激荡,来自进入临淄城的各国流亡世族。一闻齐

齐军大溃败。都不需要解释了。

军战败,世族群大为恐慌。已经结成的"义师"原本散居在郊野尚未进城的世族营地里,此时得各世族族领秘密指令,纷纷乔装成齐国民众蜂拥入城。已经等候在城内的族领们早已经秘密联络,谋划好了对策。城外"义师"一经在城内聚结,流亡世族立即潮水般涌向了临淄府库,要抢回被齐国剥夺的财货,然后赶紧逃离这个如今已经是最危险的城池。城内的齐军虽则不多,然临淄官员将军对看护府库却很是上心,一闻流亡世族兵乱,守军立即汹汹开到府库四面各方要道堵截。于是乱兵混战立即爆发,临淄街巷喊杀震天,几无一处平安所在。

丞相府得到消息,正忙着与几个从战场逃回来的心腹将军商议如何劝降齐王的后胜顿时大急,临淄府库若是失守,自家多年心血便全部付诸流水。后胜二话不说,立即飞马王城紧急调出三千王室护军赶赴府库。也是府库财货利害太甚,齐军将军个个拼死效力。一个多时辰的混战后,流亡世族毕竟不敌两方齐军,终于丢下满街尸体哄然散了。此时天色将亮,后胜又连忙匆匆赶回了丞相府,顾不得稍事收拾歇息便衣冠不整地驱车进了王城。后胜不知道也是来不及知道,此时的临淄城才开始了真正的大乱。

被杀散的流亡世族气恨攻心恼羞成怒,哄然散开在市井坊区以及没有士兵守护的官署,明火执仗地大肆劫掠商铺民居以及所有看到的有用之物。商家民户大感恐慌,纷纷逃出庭院呐喊着狂奔躲逃。有几处齐军将士聚居的坊区多有兵器,民众便聚拢起来与流亡世族乱纷纷拼杀。此时,王城护军已经撤回。在巨野泽大败的消息传来后,临淄城内的守军已经是惊弓之鸟,纷纷思谋着如何回家与族人相聚逃亡,更兼方才一场府库护卫战多有死伤,早已经没有了战心,任官员将军呼喊,都是装聋作哑。及至天亮,临淄城内烟火处处,哭声喊声杀声骂声连天而起,已经完全陷入无法控制的混乱之中。不久,城门也被汹涌人流撞开,万千人流蜂拥出城夺路四逃……

还在夜间时分,城外王贲便得到了顿弱急报,立即在城外展开了一道横宽数里的扇形军阵。天亮人流出城,秦军游骑纷纷向人群呐喊:"秦军不杀齐人!只拿流亡世族!举发流亡世族者可任意离去!"临淄齐人对流亡世族已是恨之入骨,立即纷纷向秦军指认。混迹人群中的流亡世族一被指认,便被赶到了秦军的马队圈子里。不到一个时辰,城下已经聚集了三四千人,却是老弱妇幼者居多,精壮者少见。

后胜匆匆进了王城,连跑带走气喘吁吁赶到寝宫。守护在宫门的老内侍却说,齐王在太后灵前祷告一夜,方才上榻,丞相不能入内。后胜顿时大怒,拔出长剑便将老

内侍刺倒,径自大踏步进了寝宫。一溜侍女大是惊恐,乱纷纷尖叫着逃走。后胜提着带血的长剑走进齐王寝室,对侍寝侍女高声怒喝:"唤起齐王! 死睡数十年,该醒来了!"

"你? 丞相? 你你你,欲图如何?"睡眼惺忪的田建脸都吓白了。

"臣启齐王:大军战败散尽,临淄血火连天,秦军已经到了城下!"

"你你你,你要本王如何?"

"除了降秦,别无他途!"

"丞相……降,降,好,降了,降了……"

话尚未完,田建便软软地瘫倒在了地上。后胜鄙夷地看了田建一眼,向外一挥手,几名心腹将军便走了进来。后胜说声护好齐王,老夫出城,大步匆匆去了。

……

午后,一面巨大的白旗悬垂在了临淄西门箭楼。一队内侍侍女簇拥着一辆青铜王车缓缓出了城门,之后又一辆高车坐着丞相后胜,车后是两排大臣与将军。齐王田建怀中抱着王印玉匣,一头白发,脸色苍白麻木得好似一座石俑。整个齐国君臣的队列中,只有后胜显出一丝难堪而又惶恐的笑意。在秦国上卿顿弱的宣呼声中,齐王建向秦军统帅王贲献出了传承田氏王室一百三十八年的玉印。齐王建自己,则走进了旁边的一辆没有任何装饰的宽大木车。木车带着两名内侍两名侍女隆隆远去时,王贲下令秦国大军开进了临淄城。

多年之后,齐人中渐渐传开了一则故事——

齐王建降秦后,秦王担心齐人与齐王秘密联结,效法韩国复辟,于是将齐王囚禁在了一座小城邑——共。有人说,这个共是殷商王朝的一个古老方国,在陇西边陲之地,后来被周文王所灭。秦人接手周人地盘之后,共城便成了老秦在陇西的根基之一,最是偏远隐秘。也有人说,这个共不是那个共,是河内的共城①,是西周共伯和的那座封邑。无论是哪座共城,总归齐人都说,共城生满了苍苍松柏,齐王在松柏林中被活活饿死了。也有人说,不是秦人饿死了齐王,而是齐王自家绝食死的。

---

① 齐王建被囚之共城,史有两说。陇西之共城,在今甘肃泾川县城北五里处;河内之共,在今河南辉县。合理推测两说来源,当是传闻所致。马非百先生之史料汇集《秦始皇传》自注认为,齐王建囚居之所当在泾川。

得齐王身死消息，齐人流传出一支哀伤的挽歌："松耶！柏耶！住建共者，客耶！"这是齐人极其复杂的一种心绪，是怨声，又是指斥，其辞直白说便是："松林啊，柏林啊，埋葬了建！实际埋葬建的，是那些外来客！"歌儿流传开来，又有了多种解说。有人说，这是指斥齐王建听信外邦间人蛊惑之言，结好秦国，误了齐国。又有人说，这是齐人怨恨自己的国王不早早与诸侯合纵抗秦，以致亡国。还有人说，这个客，是指斥齐王听信后胜而接纳流亡世族，导致了齐国最后的大乱。总归是种种纷纭，至于后世，依然还是纷纭无定。

这一年，是公元前221年，秦王政二十六年，嬴政时年三十九岁。

齐国灭亡了，六国全部灭亡了。天下洪流隆隆转过了一座雄峻的高原，骤然涌向开阔的平野，荡开了浩浩之势，开始了一次亘古未闻的伟大转折。

《史记·田敬仲完世家》："（齐王建）四十四年，秦兵击齐。齐王听相后胜计，不战，以兵降秦。秦虏王建，迁之共。遂灭齐为郡。天下壹并于秦，秦王政立号为皇帝。始，君王后贤，事秦谨，与诸侯信，齐亦东边海上，秦日夜攻三晋、燕、楚，五国各自救于秦，以故王建立四十馀年不受兵。君王后死，后胜相齐，多受秦间金，多使宾客入秦，秦又多予金，客皆为反间，劝王去从朝秦，不修攻战之备，不助五国攻秦，秦以故得灭五国。五国已亡，秦兵卒入临淄，民莫敢格者。王建遂降，迁于共。故齐人怨王建不蚤与诸侯合从攻秦，听奸臣宾客以亡其国，歌之曰：'松耶柏耶？住建共者客耶？'疾建用客之不祥也。"齐曾称东帝，与秦西帝各霸东西，末代齐王被饿杀于共，齐国沦落至斯，无怪奸臣，亦属"自作孽"者，救无可救，不死都没用。

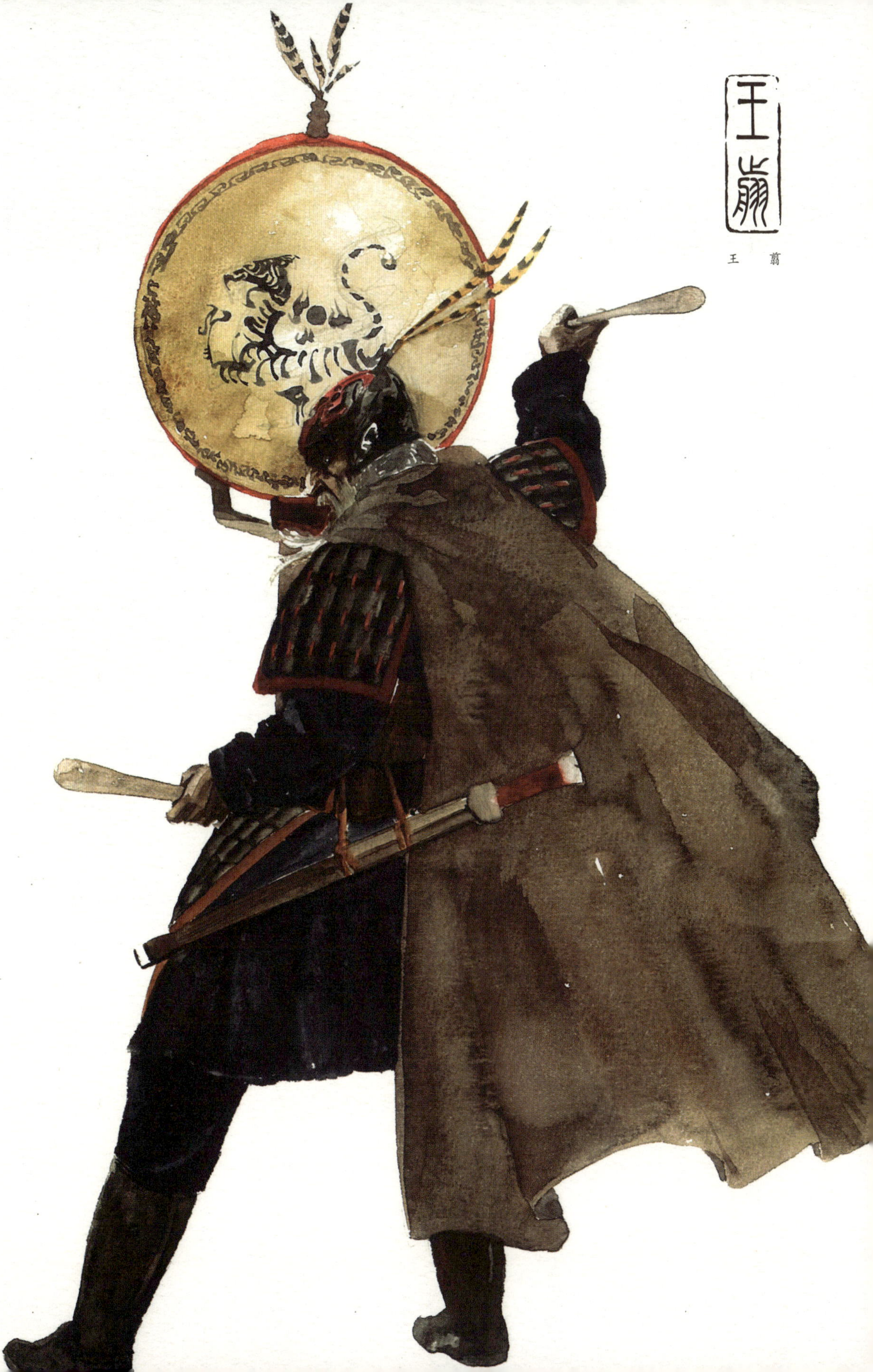

王翦

王 翦

六　战国之世而能偏安忘战　异数也

齐国的灭亡,是战国历史的又一极端个案。

自秦王政十七年(公元前 230 年),秦国开始统一中国的战争,历时堪堪十年。自灭韩之战开始,每灭一国,都是一场惊心动魄的大战。更值得关注的是,每一国的战争都不是一次完结的,抗秦的余波始终激荡连绵。我们不妨以破国大战的顺序,简要地回顾一番。韩国战场规模最小,然非但有战,更有灭国四年之后的一场复辟之战。赵国之战最惨烈,先有李牧军与王翦军相持激战年余;李牧军破后又有全境大战;国破之后再度建立流亡政权代国,坚持抗秦六年,直到在最后的激战中举国玉碎,代城化为废墟。燕国则是先刺秦,再有易水联军大战,又再度建立流亡政权,直到五年后山穷水尽。魏国则据守天下第一坚城大梁,拒不降秦,直到被黄河大水战淹没。楚国老大长期疲软不堪,却在邦国危亡的最后时刻创造了战国最后的大战奇迹,首战大败秦军二十万,非但一时成反攻之势,且成为战国以来山东六国对秦军作战的最大胜仗之一。再次大战,更以举国之兵六十万与六十万秦军展开大规模对峙,直到最后战败国灭,残部仍在各自为战。六国之中,唯独赫赫大邦的齐国没有一场真正的战争,便轰然瓦解了。

齐国的问题出在了哪里?

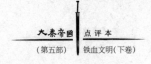
论尚武传统，齐国武风之盛不输秦赵，豪侠之风更是冠绝天下。论军力，齐军规模长期保持在至少四十万之上，堪称战国中、后期秦赵楚齐四大军事强国之一。论兵士个人技能，更是名噪天下，号称技击之士。论攻战史，齐国有两战大胜而摧毁魏国第一霸权的皇皇战绩。论苦战史，齐国六年抗燕而再次复国，曾使天下瞠目。论财力，齐国据天下鱼盐之利，商旅之发达与魏国比肩而立，直到亡国之时，国库依然充盈国人依然富庶。论政情吏治，战国的田氏齐国本来就是一个新兴国家，曾经有齐威王、齐宣王两次变法，吏治之清明在很长时间里可入战国前三之列。论文明论人才，齐国学风盛极一时，稷下学宫聚集名士之多无疑为天下之最，曾经长期是天下文华的最高王冠。论民风民俗，齐人"宽缓阔达，贪粗好勇，多智，好议论"，是那种有胸襟有容纳，粗豪而智慧的国民，而绝不是文胜于质的孱弱族群。

如此一个大国强国，最后的表现却是如此的不可思议。

唯其如此，便有了种种评判，种种答案。

在种种评判答案中，有三种说法比较具有代表性：一种是齐人追忆历史的评判，一种是阴阳家从神秘之学出发的评判；一种是西汉之世政治家的评判。其后的种种说法，则往往失之于将六国灭亡笼统论之，很少具体深入地涉及齐国。先看第一种，齐人的追忆评判。在《史记·田敬仲完世家》中，以三种资料方式记载了这种追忆与评判：其一，民众关于齐王之死的怨声；其二，司马迁采录齐国遗民所回顾的当时的临淄民情；其三，司马迁对齐人评判的分析。齐人的怨声，是齐人在齐王建死后的一首挽歌，只有短短两句，意味却很深长："松耶！柏耶！住建共者，客耶！"今日白话，这挽歌便是："松树啊，柏树啊，埋葬了建。实际埋葬建的，是外邦之客啊！"按照战国末世情形，所谓客，大体有三种情形：一种是包括邦交使节、外籍流动士子、齐国外聘官员在内的外来宾客，一种是外邦间人（间谍），一种是亡国后流亡到齐国的列国世族。齐人挽歌中的"客"究竟指哪一种，或者全部都是，很不好说。因为从实际情形说，三种"客"对齐国的影响都是存在的。因此，不妨将齐人的挽歌看作一种笼统的怨声，无须寻求确指。但是,有一点是明白无误的,当时的齐人将齐国灭亡的原因主要归结于外部破坏,对齐王的指斥与其说是检讨内因,毋宁说是同情哀怜,且也不是挽歌的基本倾向。司马迁本人在评论中则明确地认为,齐人挽歌中的"客"是"奸臣宾客"。司马迁的行文意向也很明白,是赞同齐人这种评判的。

《史记》记载的齐国遗民回忆说:"五国灭亡,秦兵卒入临淄,民莫敢格者。王建遂降,迁于共。"烙印在齐人心头的事实逻辑是:因为齐民完全没有了抵抗意志,所以齐王降秦了。这里的关键词是:民莫敢格者。国破城破,素来勇武的齐国民众却不敢与敌军搏杀,说明了什么?至少,可以说明两个问题:其一,齐国民众早已经对这个国家绝望了,无动于衷了;其二,齐人长期安乐,斗志弥散,雄武民气已经消失殆尽了。在百余年之后的司马迁时期,齐国遗民尚能清晰地记得当时的疲软,足见当时国民孱弱烙印之深。这一事实的评价意义在于,齐人从对事实的回顾中,已经将亡国的真实原因指向了齐国自己。

第二种说法,是包括司马迁自己在内的以阴阳神秘之学为基点的评判。《史记·田敬仲完世家》后的"太史公曰",对《周易》占卜田氏国运深有感慨,云:"易之为术,幽明远矣!非通人达才,孰能注意焉!……田乞及(田)常比犯二君,专齐国之政,非必事势之渐然也,盖若遵厌兆祥云。"这里的"厌"(读音为压),是倾覆之意;"祥",寻常广义为预兆之意,在占卜中则专指凶兆。司马迁最后这句话是说,因为田氏连犯(杀)姜齐两君而专政齐国,太过操切苛刻,不是渐进之道,所以卦象终有倾覆之兆。鉴于此,司马迁才有"易之为术,幽明远矣"的惊叹。司马迁作为历史家,历来重视对阴阳学说及其活动的记载,各种曾经有过重大影响的预言、占卜、星象、相术、堪舆等,其活动与人物均有书录。事实上,阴阳神秘之学是古代文明极为重要的一部分,舍此不能尽历史原貌。

依据《史记》,关于田氏齐国的占卜主要有两次。

第一次是周王室的太史对田齐鼻祖陈完的占卜,周太史解卦象云:"是为观国之光,利用宾于王。此其代陈有国乎?不在此,而在异国乎!非此其身也，在其子孙。若在异国，必姜姓。姜姓，四岳之后。物莫能两大，陈衰，此其昌乎！"这段解说的白话是："这是一则看国运的卦象，利于以宾客之身称王。然则，这是取代陈国么？不是。是在另外的国家。而且，也不是应在陈完之身，而应在其子孙身上。若在他国，其主必是姜姓。这个姜姓，是四岳（尧帝时的四位大臣）之后。然则，事物不能两方同时发达，陈国衰落之后，此人才能在他国兴盛。"应该说，这次占卜惊人地准确，几乎完全勾画出了田氏代姜的大体足迹。因为，这次占卜一直"占至（田氏）十世之后"。

第二次占卜，发生在陈完因陈国内乱而逃奔齐国之后。当时，齐国有个叫作懿仲的官员想将女儿嫁给陈完，请占卜吉凶。这次的卦象解说很简单，婚姻吉兆，结论是："八世之后，莫之与京。"莫通削，又是暮的本字；而八世之后，恰恰是齐湣王之后。齐湣王破国，齐襄王大衰，齐王建遂告灭亡。这则卦象，同样是惊人地准确。

阴阳神秘之学的评价意义在于，他们认为，国家的命运如同个人的命运一样，完全由不可知的天意与当事人的作为的正义性交互作用所决定，齐国的命运，既是天定的，也是人为的。就问题本身而言，这种评判是当时意识形态中极为重要的基本方面，不能不视为一种答案。列位看官留意，先秦的所有神秘之学预测吉凶，都有一个极其重要的前提观念：当事人行为的善与恶（正义性），对冥冥天意有着重大影响。也就是说，当事者的正义行为，可以改变本来不怎么好的命运；而当事者的恶行，也可以使原本的天意庇护变为暗淡甚或灾难。这便是后世的善恶报应说的认识论根基。这便是前述的交互作用。

另外一个前提观念是：正道之行，不问吉凶。这一观念的典型是西周姜尚踩碎龟甲。《论衡·卜筮篇》云："周武王伐纣，卜筮之，占曰：'大凶。'太公推蓍蹈龟，而曰：'枯骨死草，何知吉凶！'"这一事例，在《史记·齐太公世家》中的记载是："武王将伐纣，卜，龟兆不吉，风雨暴至。群公尽惧，唯太公强之劝武王，武王于是遂行。"如此理念，战国之世已经渐成主流。典型如秦国，司马迁记载了秦灭六国期间与秦始皇时期的多次灾异与神秘预言，唯独没有一次秦国主动占卜征伐大事的记载。因为先秦时代的神秘之学对人的正义善行非常看重，所以其种种预测，往往在实际上带有几分基于现实的洞察，也便往往有着惊人的准确性。太史公所以将韩氏的崛起根源追溯到韩厥救孤，认为因了这一"积天下之阴德也"的大善之行，才有了韩氏后来的立国之命。其认识的立足点，正在于善恶与天命交互作用这一观念。所谓天人交相胜，此之谓也。而自魏晋之后，占卜星相等阴阳之学渐渐趋于完全窥探天意的玄妙莫测的方法化，强调人的善恶正邪对命运的影响则日渐淡薄，故此越来越失去了质朴的本相，可信度也便越来越低。这是后话。

第三种说法，是西汉盐铁会议文件《盐铁论》记载的讨论意见。

《盐铁论·论儒篇》云："齐宣之时，显贤进士，国家富强，威行敌国。及湣王，奋二世之余烈，南举楚淮，北并巨宋，苞十二国，西摧三晋，却强秦，五国宾从；邹鲁之君，泗上诸侯，皆入臣。（后）矜功不休，百姓不堪；诸士谏不从，各分散，慎到、捷子亡去，田骈入薛，孙卿（荀子）适楚；内无良臣，故，诸侯合谋而伐之。王建听流说，信反间，用后胜之计，不与诸侯从亲，以亡国，为秦所擒，不亦宜乎！"

这段评判，先回顾了齐宣王、齐湣王两代中的一代半兴盛气象，又回顾了齐湣王后期的恶政，指出了百姓不堪与人才流失两大基本面。对齐王田建的作为，则将其失政归结为三方面：听流说，信反间，用后胜之计。而"不与诸侯从亲"，则是信用前述三方的结果。显然，这种观念与齐国民众的说法，与司马迁评判，并没有重大差别。应当说，这些原因都是事实，但也都是最直接的现象原因，而没有触及根本。

那么，根本在哪里？实质的原因究竟是什么？

对齐国历史作一简要回顾，我们可以发现，战国时期的齐国有一个所有国家都没有的现象：末期四十余年没有发生过战争，此前十四年也可以说基本没有战争。也就是说，一百三十八年的历史中，齐国的后三分之一多的岁月，是在和平康乐中度过的，五十余年没打过仗。孤立抽象地说，和平康乐自然是好事，也是人类在各个历史时期都会生发的基本理想之一，无疑应当肯定。然则，在战国这样一个风云激荡的大争时代，一个大国五十余年无战，无异于梦幻式的奇迹。作为一种历史现象，史家无疑是注意到了这一基本事实。司马迁在回顾齐国历史时说："始，君王后贤，事秦谨，与诸侯信。齐亦东边海上，秦日夜攻三晋燕楚，五国各自救于秦，以故，（齐）王（田）建立四十余年不受兵……客皆为反间，劝王去从朝秦，不修攻战之备。"

且略去太史公的诸如"君王后贤"这样的偏颇评价，只就事实说话，首先理出齐襄王时期的轨迹。燕国破齐的第二年，齐襄王被莒城臣民拥立即位，此后五年直到田单反攻复国，是齐国最后一次被动性的举国战争。此后十四年，齐襄王复国称王，权力完整化。这十四年中，齐国只打了三仗：第一仗田单主政初期的对狄族之战，有鲁仲连参与，规模很小；第二仗是公元前 270 年（秦昭王三十七年，齐襄王十四年）秦国穰侯攻齐，齐军大败，丢失刚（今山东宁阳东北地带）、寿（今山东东平西南地带）两地；第三仗是公元前 265 年（秦昭王四十二年，齐襄王十九年），秦军攻赵，齐国应赵国请求而出兵救赵，迫使秦国退兵。很显然，这三仗，第一仗是安定边境，第二仗是完全被动的挨打，第三仗则是基本主动的维护邦交盟约（出兵救赵并非全然情愿）。

救赵之战结束，齐襄王便死了。

显然，齐国从国破六年的噩梦中挣脱出来之后，国策发生了重大变化。

此前的齐国，是左右战国大局的超强大国之一。在齐湣王与秦昭王分称东西二帝之时，齐国的强盛达到了顶点。可是，在燕军破齐的六年之后，齐国跌入了谷底。府库财货几被燕军劫掠一空，人口大量流失，军力大为削减。凡此等等，都使齐国不得不重新谋划国策。应该说，这是齐国国策大变的客观原因。在田单、貂勃领政的齐襄王时期，齐国的邦交国策可以概括为：养息国力，整修战备，亲和诸侯，相机出动。然则，田单迅速失势，齐国失去了最后一个具有天下视野的大军事家与大政治家。

从此，齐国开始了迷茫混沌的转向。

齐国转向,根源不在孱弱的田建,而在齐襄王与那位君王后。这双人物,是战国时期极为特异的一对夫妇。齐襄王田法章精明至极,善弄权术而又没有主见。战乱流亡之时,以王子之身甘为灌园仆人;及至看中主家太史敫女儿,立即悄悄对其说明了自家真实身份,从而与该女私通;后察觉大势有变,又立即对莒城将军貂勃说明了身份,于是被拥立为齐王。复国后畏惧田单尾大不掉,便听信九个奸佞人物攻讦之言,屡次给田单以颜色;后得貂勃正色警告,生怕王位有失,又立即杀了九个奸佞,加封田单食邑;及至田单与鲁仲连联手平定了狄患,终于疏远了田单貂勃,仅仅将田单变成了一个奔走邦交的臣子。田法章的作为,显然是一个权术治国的君主,其正面的治国主张与邦交之道,在实际上深受自己妻子君王后的影响。

君王后是个极有主见的聪明女人,当年一闻灌园仆人田法章(后来的齐襄王)真实身份,立即便与田法章私通了。其父太史敫深以为耻,终生不复见,君王后也绝不计较而敬父如常,由此大获贤名,以至连百余年后的太史公也不见大节,屡次发出"君王后贤"的赞语。《战国策》载:因君王后极力主张恭谨事秦,很得秦昭王赏识,曾派出特使特意赠送给君王后一副完整连接的玉连环,特意申明:"齐人多聪明之士,不知能否解开这副玉连环?"君王后拿给群臣求解,群臣无一能解。君王后便拿起锤子将玉连环砸断,对昭王特使说:"谨以此法解矣!"田建即位的第十六年,君王后病危,叮嘱驯顺的儿子说:"群臣之中,有个人可以大用。"及至田建拿出炭笔竹板要记下来,君王后又说:"老妇已忘矣!"

一个如此聪敏顽强的女人,能在将死之时忘记最重要的遗言,可能么?很值得怀疑。最大的可能是两种情形:其一,平日已经将可用之人唠叨得够多了,说不说已经无关紧要了;其二,陡然觉得有意不说最好,教田建自家去揣摩,以免万一所说之人出事而误了自家一世贤名。后来,田建用了后胜为丞相。从田建的唯母是从的秉性说,田建不可能违背母亲素常主张。是故,第一种可能性最大。

　　田建是个聪明而孱弱，且有着极为浓厚的恋母情结的君王。在其即位的前十六年里，一切军国大事都是君王后定夺的。而君王后的主意很明确，也很坚定：恭谨事秦，疏远诸侯。也就是说，对秦国要像对宗主国一样的尊奉，绝不参与秦国与其余五国的纠葛，将自家与抗秦五国区分开来，以求永远地远离刀兵战火。这一主张在君王后亲自主持下实际奉行十六年，在君王后死时，早已经成为植根齐国朝野的国策。孱弱而无定见的田建，加上着意而行的大奸后胜，齐国在事实上已经没有了扭转这种国策的健康力量。

　　当然，偌大齐国，并非完全没有清醒的声音。

　　《战国策·齐策六》载：君王后死后的第七年，田建要去朝见刚刚即位五年的秦王政，祝贺秦军蒙骜部大胜韩魏而设置了东郡。临行之时，齐国守卫临淄雍门的司马当道劝阻，问了一个最简单的问题："（国家）所以立王者，为社稷耶？为王而立王耶？"田建只能回答："为社稷。"司马又问了一个最简单的问题："（既）为社稷立王，王何以去社稷而入秦？"田建无言以对，取消了赴秦之行。消息传开，即墨大夫便认为齐王还是可以改变的，于是立即风尘仆仆赶到临淄，对田建慷慨激昂地诉说了齐国重新崛起的大战略。这段话是："齐地方数千里，带甲数十万。夫三晋大夫皆不便（亲）秦，在阿、鄄两地间者有百数（世族大户）；王收而与之十万之众，使收三晋故地，则临晋关（蒲津关）可以入矣！鄢、鄄两地不欲为秦，而在南城（齐楚交界之地）有百数（大族），王收而与之十万之师，则武关可以入矣！如此，则齐威可立，秦国可亡！夫舍南面之称制（王），乃西面而事秦，为大王不取也！"可是，这次田建却听风过耳，根本没有理睬。

　　就当时大局而言，即或田建接纳了，即墨大夫雄心勃勃的大战略也几乎无法实现。然则，那是另外一个问题。我们要说的是，这种主张邦国振作的精神与主张，在齐国这样的风华大国并没有泯灭。全部的关键在于，当政庙堂笃信"事秦安齐"之国策，对一切抗争振兴的声音皆视而不见，终于导致亡国悲剧，不亦悲哉！

事实上，从抗燕之战结束，齐国便开始滑入了军备松弛的偏安之道。

田单复国后，齐襄王的十四年只有两次尚算得主动的谋战（挨打的一战全然大败，不当算作谋战）。如此战事频率，尚不若衰弱的燕国与韩国的末期战事，在战国之世，实在可以看作无战之期。果真如此，则齐国末世两代君主的五十八年一直没有战争。不管其间有多少客观原因，抑或有多少可以理解的主观原因，这都是一个不可思议的异数！

之所以是异数，之所以不可思议，在于两个基本方面。其一，春秋战国两大时代，对于整军兵备的重要性的认识非常透彻。也就是说，在社会认识的整体水平上，对战争的警惕，对军备的重视，都达到了古典时期的最高峰。而齐国绝非愚昧偏远部族，却竟然完全忘记了背离了这一基本认识，实在不可思议。其二，从实践方面说，田氏代齐起于战国之世，崛起于大战连绵的铁血竞争时代，且有过极其辉煌的政治经济文化军事全面兴盛的高峰。如此齐国，面对如此社会实践，却竟然面对天下残酷的大争现实于不顾，而奉行了一条埋头偏安的鸵鸟国策，更是不可思议。然则，无论多么不可思议，它毕竟是一种曾经的现实，是我们无法否认的历史。

后世辑录的《武经七书》中，最古老的一部兵书是《司马法》，其开篇的《仁本第一》有云："国虽大，好战必亡。天下虽安，忘战必危。"这两句话之所以成为传之千古的格言，在于它揭示了一个冷酷的事实：好战者必亡，忘战者必危；国家生存之道，寓于对战争的常备不懈之中。纵观中国历史，举凡耽于幻想的偏安忘战政权，无一不导致迅速灭亡。夏商周三代以至春秋战国，大国将生存希望寄托于虚幻的盟约之上，置身于天下风云之外而偏安一隅，甚至连国破家亡之时最起码的抗争都放弃者，齐国为第一例也。

第十一章 文明雷电

一　欲将何等天下交付后人
　　我等君臣可功可罪

接到王贲顿弱两方快报,嬴政堪堪浏览一遍,软倒在了案头。

又"软倒"。

蓦然开眼,春阳洒满榻前,嬴政惊讶坐起咳嗽一声。赵高一股风进来,高兴得嘴角眉梢荡着笑。嬴政睡眼惺忪问:"你小子唏唏笑甚?"赵高眉飞色舞地连连比画着:"啊呀! 君上不知,了不得也! 咸阳社火都闹翻天了! 三日三夜没停鼓点! 酒肆家家精光,国人还在嗷嗷叫! 醉了醉了,整个咸阳整个秦国都醉了! 满城鼓声如雷,君上也睡得呼噜震天! 大吉大吉! 难得难得!"见素来只做事不说话的赵高竹筒倒豆子脆生生一大篇,嬴政笑了:"你小子是说,我睡了三日三夜?"赵高说:"三日三夜好! 三三得九,至高至大,大吉大吉!"嬴政不禁皱眉道:"谁教你这阿谀之

男人女相,其贵无比?

大喜。

辞,睡觉也有个三三得九了?"赵高惶恐笑道:"君上不知,这几日谁见了谁都是满口祥瑞吉辞,小高子说溜嘴了,该打该打。"一边说一边收拾卧榻一边给嬴政着衣,利落得没有耽搁一样,话音落点又立即扶着嬴政走进了寝室旁的浴房。嬴政看着热气蒸腾的水汽,说太热了。赵高笑呵呵道:"君上也,热水好,这是小高子自家动手烧的水,保君上浴后一身大汗身轻如仙。"嬴政一挥手笑道:"小子聒噪!"丢开大袍一步跨入硕大的浴桶,没进了蒸腾弥漫的水雾。

及至嬴政裹着宽大轻软的丝绵大袍出来,赵高已经备好了饭食。

虽然,拭干的身子依旧渗着细密的汗水,嬴政却是红光满面倍感轻松。一见大案上的老三式,嬴政胃口大开,将铜盘中肥嫩的拆骨羊肉塞进已经豁开大口子的白面锅盔,大咬一口,再抓起一把光溜溜的小蒜撂进口中,大吞大咽酣畅无比。片刻之间,三张大锅盔一大盘拆骨肉风卷残云般没了踪影,又打开陶罐呼噜噜喝了一大罐鲜辣香的羊骨汤,嬴政这才大汗淋漓地擦手擦汗,离座起身。旁边的赵高啧啧连声,君上真猛士也! 四斤羊肉五斤锅盔一大盆羊骨汤,大约老廉颇也不过如此了。嬴政不禁哈哈大笑:"王贲一顿哐一只烤羊,那才叫猛士也!"蓦然打住,似有回味地指着陶罐道,"方才羊骨汤,如何有淡淡药味?"赵高惶恐道:"禀报君上,是小高子见君上多日乏力,请老太医开了几味强身健体之药,单煎怕君上难喝,搁在了羊骨汤里。"嬴政释然笑道:"也是,六国灭了,得连轴转了,没神气不行! 只要真管用,药当饭吃也好。"赵高奋然道:"君上莫担心,小高子再想法子,定要教君上健旺如龙虎,打好天下,治好天下!"嬴政笑得一阵,恍然道:"几日大睡,定然公事如山了,去书房。"赵高道:"丞相廷尉国尉等一班大臣都来过,都是恭贺,没说甚

秦王政与赵高越发亲密。秦王政在生活上离不开赵高,这就能解释秦始皇帝的巡狩,赵高为什么总待在身边,赵高有如嬴政的影子,二人形影不离。

大事。"嬴政猛然板着脸道："国事你小子少多嘴！立即备车，书房外等候。"赵高再不敢说话，一阵风般去了。

嬴政在书房没留得顿饭时刻，登车直奔廷尉府而来。

李斯入主廷尉府，已经堪堪两年了。

当初秦王任李斯为廷尉，李斯肩头便压上了一座沉甸甸的大山。从走进廷尉府正厅的那一日起，李斯油然生发出一种鲜明的预感：这里，将是自己的人生功业的真正开始。因为，李斯清楚地知道，新的天下需要什么，秦王期冀自己做什么，自己又该当做什么。在商鞅变法之后的秦国，廷尉这一职位是极其显赫的。这不仅仅是说廷尉的职爵班次座居丞相、上将军之下的所有大臣之首，更重要的，廷尉府是秦法的实际运转轴心，是秦法的威权凝聚之所。唯其如此，在朝，在野，乃至在整个天下，廷尉府都是秦国之所以为秦国的标志，犹如战场标有姓氏的统帅大旗。没有秦法，秦国不成其为秦国。没有廷尉府，秦法不成其为秦法。

若将秦国廷尉府的实际职能与延展职能综合起来，至少具有四个基本方面的职能权力：其一，执法行法，也就是具体地执法审案，以及随时推行新的法令；其二，法教，辖三级法官，为朝野臣民宣法，并随时回答种种律法疑难；其三，筹划修法立制，法令需要修订，抑或在扩张的新领土要推行新法，都须得廷尉府事先筹划；其四，领衔执法六署（廷尉府、司寇府、宪盗署、国正监、御史署、刑徒署），会商行法涉法之国策方略。

秦国凡事皆有法式，政事与国计民生之谋划，无不与律法有涉。举凡商市税金、关卡盘查、农田赋税、河渠浇灌、工程徭役、奖惩查处、军功查核等等等等，凡有疑难纠纷不能解者，最高的仲裁便是廷尉府会同六署会商，再报国君决断。事实上，秦国执法事务繁剧，秦王极少能亲自决断涉法事务，除非事涉根本又有争议，其余法事无不由廷尉府主持决断。实际上就是说，在秦国，只要廷尉府不停止运转，任何官署瘫痪都不足以影响邦国政事与庶民生计的常态。如此廷尉府，与山东六国的执法署不可同日而语。李斯纵然是法家名士，不入秦国，也是无法想象的。此前，虽然李斯已经职任长史多年，长期参与了庙堂谋划，被秦国朝野视为"用事"要员；然则，就功业与地位而言，那时的李斯还没有真正步入重臣之列。毕竟，长史虽能与闻中枢机密，然爵位却相对低下，在文官爵次中仅是略高于六百石的中爵。更大的不同是，对于国家大政而言，长史永远都是谋划之功，而不是重臣的治事之功。此间分际，犹如知兵名家入军，做军师还是做大将军，

二者是截然不同的。

六国已灭,李斯已经清晰地看到了泱泱华夏面临的重大抉择。

首先,依秦王嬴政的强毅秉性与超凡胆略,以及万事力求创新的为政之风,绝不会在一统天下之后走老路,满足于做一个诸侯朝贡的周天子。其次,天下潮流与天下民心,也不容中国再复辟三代旧制,再重演周而复始的诸侯分治刀兵四起的"无主"局面。再则,多年来与秦王及一班决事大臣会商大事,涉及未来天下至少有一个共识是明确的:秦国必得结束数百年战乱,还华夏一个富庶昌盛和平康宁。若得如此,退回老路显然是逆潮流行事,显然是与秦国中枢君臣长期达成的共识相违背的。

既然如此,新路何在? 重新架构天下文明的宏图何在? 立即就凸显出一个无法回避也不容回避的巨大难题。解决这个难题,以无与伦比的才具勾勒出华夏新文明的框架,将是无可争议的万世功业,更是修法立制之廷尉府的职能权力所在。当然,这时的廷尉府,也已经不仅仅是战国之秦的廷尉府,而是一统天下的新大秦的廷尉府,是天下立制的轴心所在……每每想到此处,李斯便奋激不能自已。身为法家士子,他比商君幸运,比韩非幸运,更比申不害、慎到等无数法家名士幸运。犹如为将统兵,王翦王贲父子比武安君白起幸运,比司马错幸运,更比蒙骜一班老将幸运。王翦王贲父子力下五国,使天下结束战乱,大秦得治天下。而他李斯,则将创制一套新的华夏文明,如浩浩江河传之不朽。

此等功业,可遇而不可求也,夫复何言!

两年来,李斯近乎疯狂地劳作着,宵衣旰食乃至废寝忘食,全然沉浸在如山一般的卷宗如海一般的事务中。李斯极善统筹,且见事极快,于千头万绪中举纲张目正当其长。一接手廷尉府,李斯立即整肃了原班人马,将廷尉府事务分作两大摊:以廷尉府丞率原班官吏,全力行使日常执法权力;再从已灭五国的旧官吏中遴选出四十余名能事法吏,加上顿弱从齐国斡旋来的六名法吏,编成了一个近五十人的修法署,专门整理六国律法,对比秦法与六国法令之不同,最终得会商提出在天下推行新法之种种补正。

之后,李斯立即脱身廷尉府事务,与丞相府行人署会商,从山东列国开始搜罗游学士子,尤其着意搜求当年齐国稷下学宫流散的诸家博学名士。同时,李斯又与咸阳令会商并报秦王允准,将当年吕不韦建成的文信学宫从商旅手中收回,改建成了一座博士学宫,暂由廷尉府辖制。短短半年之内,山东士子三百余人流入了这座博士学宫。李斯亲

自主持，逐一查勘了每人的学问流派，一举设置了七十三名
博士，其余皆为学士。每个博士皆以六百石中爵大夫待之，
人人一座六进庭院大宅，手笔之大远超当年稷下学宫。开始
筹划之时，先到的名士们人人摇头，都说如此气象之学宫根
本不可能立于秦国，这个秦王当年驱散了吕不韦文信学宫，
他能是大兴文明的君主？至于人人六百石，更是痴人说梦。
李斯朗声大笑道："先生等毕竟不知秦王何许人也！秦王若
非超迈古今之君，李斯何敢如此铺排哉！"

　　及至王书颁行，博士学宫立署开张，博士们人人高车骏
马日日进出六进大宅，这些饱学之士始而人人惊愕，继而唏
嘘感奋，顿时对秦王生发出了山东流言之外的一番认同一番
赞叹。年余之期，博士宫呈现出一片蓬勃奋发气象，人人孜
孜伏案，日日论战会商，活生生回到了当年稷下学宫的勤奋
勃发。李斯给博士们的职事是：通览近三千年之所有典籍，
锤炼新天下之可行典章；凡有疑难，一体会商，信则存信，疑
则存疑，务必求其精要以供君前决断。

　　诸事摆布妥当，李斯又给自己遴选出六名精干书吏，
两名书吏专司联结廷尉府所属各方事务，四名书吏襄助自
己的书房劳作。李斯立下的法度，旬日一出户，以一日一
夜之时，巡视各方事务并决断积压待决文卷，其余时日，任
何官吏不见。从此，李斯一头埋进了书房，开始了毕生最
为奋发的书案生涯，没日没夜地写着画着转悠着思忖
着……

　　"廷尉大人，别来无恙！"

　　"君上？……"

　　大步踏进李斯书房的嬴政，笑吟吟刚诙谐一句，却陡
然停住了脚步。闻声抬头的李斯显然还沉浸在迷惘的思
绪里，目光深邃飘移，看秦王如影影绰绰一团云雾，一时竟

秦朝建制，李斯起的作用
甚大。

忘记了站起身来。片刻之间,嬴政也似乎忘记了李斯,内心的震撼在扫过书房的惊讶目光中毫无保留地显现出来。这是一间宽阔如同大厅的书房,书架图板交错林立,各种规格不一的长大竹简挂满了书架、石柱与一切可见的空间。各种书案连绵回旋,堆满了展开的卷宗与羊皮书,即或是连绵书案之间的曲曲折折的甬道,也间或参差不齐地码放着一座座卷宗小山。厚厚的红毡地面之上,铺开着种种图表简册,有的尚未干透,墨迹还隐隐泛着水光。中央则是六张连排大案,案案文卷如山,身旁地面也是同样的文卷如山,李斯的身影埋没其中,若无声响根本就不见踪迹……然则,最让嬴政怦然心动的,还是那无数竹简图板上扑面而来的满当当的大字。李斯写字,原本便有一种令人无法言说却又能真切感知的神韵,苍劲如铁勒银钩,秀美如山川画卷,工肃如法度森严,每每令不善书字的嬴政惊叹不已。如今,这些大字层层叠叠比肩而立,在墙在柱在地如沟壑纵横如平野苍茫,遥遥看去直如万仞山川之长风鼓荡林海,离离蔚蔚浩浩荡荡气象万千地弥漫出一种无法描摹的意境,使这狭小的书房变得广阔而又深远,恍如群山巍峨海潮激荡……

“大哉!嬴政今日始知华夏文字之美也!”

“臣见过君上!”李斯这才完全清醒,从书山字海中小心翼翼地绕将过来。

“廷尉辛劳如此,我心何堪矣!”嬴政深深一躬。

“臣不敢当。”李斯连忙扶住了秦王,“君上勤政不息,臣焉敢不竭尽全力。”

“倏忽两年,先生老矣……”嬴政打量着李斯,有些哽咽了。

“老则老矣,臣精神也!”

李斯善书法,相传《仓颉篇》亦其所作(《汉书·艺文志》)。

此时的李斯，灰白的须发杂乱无章地散披在肩头，匆忙戴上的玉冠还歪在头顶，一身麻布棉袍空荡荡皱巴巴地挂在精瘦的身架上，一双皮靴趿拉得几乎露出了踝骨；眼窝发青，脸上隐隐可见难以擦拭干净的斑斑墨迹。整个人邋遢得活似一个穷途末路又放荡不羁的市井布衣，若非在廷尉府这间书房，若非苍白的脸上泛着烁烁红光，若非那双炯炯有神的眼睛荡漾出明亮智慧的光芒，只怕谁也认不出这是素来整洁利落且讲究颇多的李斯了。饶是如此，嬴政一丝也笑不出来，目光中第一次流露出真诚的钦敬与感动，骤然之间对李斯有了前所未有的一种认知。

"先生，郊野踏青一番，松松神！"

"不能。"从来没有拒绝过秦王任何安排的李斯，第一次几乎想也没想便说出了两个字，瞬息之间似乎又觉不妥，歉然一笑道，"臣正欲请见君上，许多事得立即着手了。"

"好！这就说！"嬴政立即将方才的话忘干净了。

"这里太……"

"这里最好，先生只说。小高子！给先生弄一案吃喝来，要热！"

站在门厅廊下的赵高遥遥答应一声，腾腾腾飞步去了。李斯揉了揉潮湿的眼睛，二话不说，一拱手领着秦王穿过了两条甬道，来到了一方仅容两人站立的丈余高的帷幕前。哗啦一声，李斯拉开了帷幕，赫然显出一方高大的板墙，熟悉的苍劲大字扑面而来——

定国图治十大事略

一　典章诸事：君号　国运　朝仪　礼法　服饰　文书制式等

二　国制诸事：天下治式　官制更新　律法一统等

三　文教诸事：同文字　定雅言　废诗书　立法教等

四　通国诸事：连接驰道　开辟直道　同一车轨等

五　统器诸事：同一度量衡三器　各立校正之具等

六　水利诸事：掘六国堤防　通天下河渠　行农田水法等

七　定边诸事：南百越　西羌胡　北匈奴　通连六国长城等

八　息兵诸事：收天下兵器　去天下私兵　除天下之盗等

九　安邦诸事：根除复辟　六国之王　六国王族　六国世族等

小说一气呵成之法。各样措施，实有先后顺序，并非一时并设。

十　社稷诸事：堕六国王城　除六国宗庙　安圣贤后裔等

良久默然，嬴政一拍掌高声道："举纲张目，顿开茅塞也！"李斯笑道："君上，此乃庙堂历年共识，臣归总整理而已。臣已草成上书一卷，供君上决断。"嬴政接过李斯捧起的沉甸甸一大卷简册，颇具意味地笑了："十大方面，大事千数百余，件件破天之荒，先生不觉难矣哉？"李斯淡淡一笑道："君上，此中尚未包括目下该当立即着手的几件大事。"嬴政道："当务之急，也是开手之事，说。"正在此时，门厅传来赵高独特的声音："禀报君上，饭食业已备好，敢问食案安在何处？"嬴政一挥手笑道："好！廷尉先咥饱再说。如此书房，显是不能吃饭了。"李斯一拱手道："君上若不责臣村气，臣在廊下咥了。"嬴政大笑："如此村气好啊！风和日丽，正当廊下与先生痛饮一番。小高子，廊下列案。"

片刻间，两大食案在宽绰的廊下安好。赵高已经将嬴政着意带来的一车王酒悉数搬在了阶下码放整齐，案上两坛业已开口，两大铜爵也已经斟满，整个庭院立即弥漫出一片浓郁的酒香。君臣两人落座，嬴政笑道："来时我已咥饱了。先生劳累空腹，先咥饱再饮酒，不拘礼仪，来，大锅盔！"李斯接过了嬴政夹在自己盘中的热腾腾厚锅盔，眼中泪光闪烁，一句话也没说便开始狼吞虎咽。嬴政不忍直面端详，将目光转到庭院去了，直到李斯叮当放下玉筷，嬴政这才转过身来。两人对饮了三大爵，李斯便说起了开手三件大事：封赏功臣将士、抚慰老秦民众、安定天下人心。嬴政连连拍案，欣然认可。

末了，李斯又说起了博士学宫，说时势已到火候，当将博士学宫改为国府之下的独立官署，不再由廷尉府下辖。嬴政问,博士中可有真才实学之士? 李斯说:"君上若求商君那般治世大才,学宫尚无入眼之人。然若就目下所需看,这般饱学之士却是历来秦国所缺,文明创制不可或缺,其中,不乏当年稷下学宫几位名士。"李斯一口气念出了一大串名字:周青臣、淳于越、叔孙通、鲍白令之、伏胜、羊子、黄疵、正先、桂贞、沈遂、李克、侯生、卢生、高堂生、东园公、绮里季、夏黄公、角里先生①。李斯还在数着念,嬴政摇摇手笑道:"有用便好,我只怕此等饱学儒生成事不足,败事有余。"李斯说:"至少目下是有用的,博士们也很为秦王一天下感佩不止。"嬴政又是摇摇手道:"廷尉只说,博士学宫以何人掌事? 甚个名头?"李斯道:"周青臣理事治学俱佳,可为掌事,名头,似可称作仆射②。"嬴政大笑拍案道:"好! 仆也,射也,皆领事之名也,便是仆射了。"

> 博士,不尽是儒生。后来俗称的"坑儒",其实是"坑博士"才对。儒家修饰此事,成功打造儒生受难者的形象,儒家的形象因而加分。

长史蒙毅大忙起来了。

秦王从廷尉府回到王城,立即将李斯的《定国图治十大事略》上书交给了他。秦王的决断很明确:立即誊刻分送各大官署,限各署大臣一月之内思谋诸事应对,四月末行大朝会议决。此前,蒙毅得做另一件大事:会同国正监之考功署,统录并确定文武百官、将士臣民、六国人士于一统天下之功绩,拟定封赏王书,筹划朝会大行封赏。这件事非同小可,既是激励秦国朝野的喜庆盛事,又是抚慰天下人士的安定民心长策。更要紧的是,这是一桩繁剧而缜密的事务,牵涉面之多几乎涉及所有臣民,尤其也包括了山东六国臣民,要在一月之内备细列出却是谈何容易! 然则,年轻的蒙毅没有丝毫

> 诸多想法。逢古今未遇之大局、未有之大事,君臣皆意气风发,兴奋不能止。

---

① 所列博士,皆为史料汇集之秦博士姓名,其中最后四人是西汉初期的商山四皓。

② 射,音 yè。

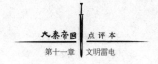

的畏难之心,立即全副身心地扑了上去开始连轴转了。这便是那时的秦国,上下同心同欲,任事不避险难,劳作不畏艰辛,奋发惕厉而着意创新,质朴求实以能事为荣,孜孜不倦以公事为本,民风官风之清新之纯厚,对当时天下有着极大的魅力。秦统一六国而能使"民莫不虚心仰上",与其说天下人对秦王膜拜,毋宁说天下人对秦所开创的国风民性的心悦诚服。

倏忽一月,蒙毅终于从考功署的密室中走了出来,长长地出了一口气。

整整一车简册拉进了王城,在秦王书房摆成了又一座文卷大山。正沉浸在列国郡县地图下的嬴政看得又气又笑:"你这个蒙毅,教我一卷一卷翻么?"积起一脸夜色的蒙毅连忙道:"不不不,这是备王查阅细目,封赏事大,难保无人喊冤。"嬴政一挥手道:"纵有喊冤,过后再改也来得及,只不能慢!你只说,我听。"蒙毅立即拿起山顶一卷道:"这是归总大目,我先将分类禀报君上定夺。"一口气,蒙毅说了整整一个时辰。

依据秦国法度,蒙毅的功绩辑录有四大类若干细目:

其一,军功。又分为将军之功、军尉之功、士兵之功三目。

列位看官留意,秦国军功考定之法,远比后世朝代详明合理,说具有科学性亦不为过。其间根本,是士兵斩首之功、将尉战胜之功的区别。寻常只知秦军以斩首记功,也就是山东六国所说的"首功"。然则,这只是秦国军功的一大类。因为此类军功最能激励民众从军杀敌,为变法之要,且震撼天下,是故常被后人误解为秦国唯一的军功。实则,秦国军功制的目的在于激励将士杀敌,是以对种种战场之特殊情形,皆做了详细区分,既不至功劳被埋没,亦不至将尉士兵混同冒功。士兵军功之特异在于:陷队之士(敢死队)优待军功,十八人斩首五级,即人各赐爵一级;若战死,则允许家人承袭爵位。而大小将官的军功,则不以斩首记,而以胜败记。若将尉也以斩首记功,一则容易冒功,二则容易使将官忙于斩首而忽视号令职能。这种胜败之功,又以职务高低分为两个等次:什长(统十卒类似班长)以上,千夫长以下(统称军尉),皆以每战总体杀敌人数是否超过定数记功;千夫长之上的将军,则以攻占城池、杀敌人数、最终胜负等三方综合论功,尤以最终胜负为根本。《商君书·境内篇》提到了两种定数:百夫之旅,每战斩首三十三级以上者,百夫长等同士兵之斩首一级;将军统兵野战,每战斩首八千以上,并最终获胜者,该将军等同士兵之斩首一级。这种军功制,山东六国谓之"本赏",意为以战胜为根本论军功。孤立地看,尚难以知其在当时的意义。而若与山东六国军功制对比,则立见高下。当时的山东六国，只有斩首之赏，而没有胜负本赏；也就是说，只要斩首，虽战败也有赏赐，没有斩首，虽胜亦不赏赐。显然，这是极不合理的。荀子在《议兵篇》评论秦国军功制说："秦人……非斗无由也，功赏相长也！故四世有胜，非幸也，数也！"

三大类中，士兵之功、军尉之功，皆由上将军府会同考功署确定封赏等次，后报秦王以王书形式下达即可，不列入朝会封赏之列。所以，蒙毅所要完成的最大一宗是将军军功。若以万人两将军计之，则秦军六十万便有一百二十名将军，再加上国尉府与关塞系列的其余将军级的武职官员，至少当在两百余人。要将如此之多的将军军功准确无误地在一个月内辑录确定下来，诚为不易也。

其二，政功。又分为建言之功、统事之功、民治之功三目。

所谓政功，即与军功相对的文官功绩。商鞅在秦国变法之彻底，体现在方方面面。以赏功制而言，以"奖励耕战"为轴心，臣民于国有功皆赏，文治之功更不能忽视。作为国家体制的基本一面，秦国政府官员也有爵位系列，与军功爵位是分中有合的两个系列：高端重合，常态两分。文官是十一级爵位，从低到高分别是：有秩史、后子、君子、大夫、显大夫、客卿、上卿、公、关内侯、列侯、君，其最高三级，与军功爵重合。当然，从实际情形说，战国百余年前后定会有所变化，不能一概而论。就功绩论，谋划之功主要是计从属官吏的襄助功绩，各种言官的建言功绩；统事之功，则多涉大臣，是计各署主官的为政功绩；民治之功，则多涉郡守县令及地方官吏之政绩。其间重合，自不待言。

政功殿前封赏不包括吏员。也就是说，吏的功绩不由秦王在朝会封赏，而由丞相府、国正监会同确定封赏等次，再报秦王以王书名义颁行。依秦国法度，君子（含君子在内）以下的三级为吏，俸禄大体在一百石上下至三百石上下。蒙毅所要做的，是辑录确定全部官员功绩。政功弹性极大，繁细多变远远甚于军功，录功实在是很难的一件事。

其三，民功。又分为耕耘之功、商旅之功、百工之功三目。

自商鞅变法之后，秦国民爵之实施已经深有根基，庶民对爵位的追求与尊崇也已经浓烈异常，蔚为风尚。以至后世学人指斥云："秦……时不知德，唯爵是闻。故闾阎以公乘侮其乡人，郎中以上爵傲其父兄。"[1]秦国民功封赏大体有三种情形。其一，农人耕耘有成，多纳粟谷超过定数，即可记功，交纳功绩累计到定量，即可拜爵一级。此等定数究

---

[1] 见《晋书·庾峻传》。

竟几多,史无可考了。然《史记·秦始皇本纪》所列的一则救灾拜爵记载,却大致可见端倪:"始皇四年,天下疫,百姓纳粟千石,拜爵一级。"其二,商旅、百工或以作为,或以金钱,或以财货,或以义举,但凡助国,俱可记功。功绩累积到定数,即可拜爵。秦王曾专门给商人寡妇清记功拜爵,还立了一座怀清台便是例证。其三,民众在特殊时期或服从法令或勇赴国难,亦可群体记功赐爵。譬如秦昭王时期发河内之民后援长平大战,便人人赐爵一级。史料多有记载的(马上将要开始的)天下移民迁徙,也多次各赐民爵一级。凡此等等,皆为民爵。

民爵之特异,在于国家不承担俸禄,而只彰其声誉荣耀与尊严。是故,民爵无论大小,皆以王命特书正式拜之,其声势礼仪往往比官员晋爵还来得隆重。为此,蒙毅得据郡县年报详加辑录,务使翔实准确。

其四,列国人士功。又分为善秦之功、义举之功两目。

秦自崛起东出,于邦交纵横与战场较量两方面皆极富策略。其中之重要方面,是对曾经襄助过秦国的外邦人士记功拜爵,后来遂成定制。所谓善秦之功,有三种情形。一则,山东人士促使本邦与秦国结好的功绩。如秦昭王时期周室两分,西周大臣周佼全力推动了西周与秦国结盟,被秦国封为梗阳侯;后来东周大臣周启又推动东周与秦结盟,被封为平原侯。二则,偏远部族的统领与秦国或结好或臣服的功绩。如秦惠王曾因巴国(川东之地)臣服,封巴氏头领为不更爵。三则,山东名将名臣之后裔投奔秦国效力,彰显秦国善政,亦可记功封爵。嬴政即位之后,外邦有识之士基于天下将一的潮流,助秦投秦者更多,是故蒙恬本次辑录的此类功绩分量很大。

所谓义举,则主要指外邦民众对秦友善之功,或曾捐助

军功、政功、民功、列国人士功,有功必赏,想得周到。

财货,或曾在秦军重大战事中辛劳向导,或曾助秦军解困,或曾引领族人投奔秦国等等等等。此等功绩,寻常都有即时赏赐。目下蒙毅所辑录者,则是有累积大功而需要重大赏赐者。

"外功大增,好!"听到此处,嬴政大笑着插了一句,"秦功秦爵惠及天下,华夏我民孱弱一扫,尽成虎狼也!"蒙毅不禁也笑了起来:"君上所言极是,奖勤罚懒,谁想软也软不下去。"两人一阵笑声,蒙毅又说了起来。

列位看官留意,上述两类功绩,不包括在秦国重金贿赂之下出卖本邦的奸佞之臣。譬如对赵国郭开、齐国后胜这般害国害民权奸,秦国除了重金财货贿赂,也都曾许诺过重大的封号与治权利益。然就其实际而言,这只是一种策略权变。就事实而言,战胜之后,秦国无一例外地除掉了这些万民侧目的权奸。故此,此类人既无须记功,更不能与前述正当功绩相提并论。

"臣禀报完毕。这一案是录功册籍,共计六十余卷。"

"好!辑录缜密得当,蒙毅终练成也!"嬴政很是满意地赞叹了一句。

"谢君上褒奖!这是臣与国正监拟出的封爵排序,须朝会之前定夺。"

嬴政据着蒙毅再次捧来的沉甸甸一卷,又看了看这位年轻大臣熬夜过甚的青色脸膛,点了点头道:"朝会之前,你且歇息两日。我这里有长史丞。"蒙毅一拱手道:"君上书房灯火彻夜,我比君上还小得几岁,撑得住。臣得筹划朝会,臣告辞!"说罢一阵风般去了。

四月末,秦国第一次大朝会隆重举行了。

依着古老的传统,这一统天下之后的第一次大朝会是开国首朝,最是要大肆铺排的。事实上,以太史令领衔的太庙、太祝、太卜与博士学宫组成的大朝礼仪专署,也是将这次大朝以"新朝开辟,天子即位"两大庆典筹划的。蒙毅备细询问之后,立即禀报给了秦王决断。嬴政听罢却淡淡笑道:"甚个新朝开辟,甚个天子即位,等廷尉府一体筹划好再说不迟。长策未出,事事说旧话,件件走老路,铺排个甚?"于是,诸般盛大礼仪一律终止,还是老秦本色行事,隆重归隆重喜庆归喜庆,豪阔奢靡却是一概没有。当然,也还有更实际的两个原因:一则天下初定余波震荡,王翦蒙恬王贲冯劫冯去疾李信蒙武姚贾顿弱等诸多大将功臣不能赶回咸阳与会,真正的盛大庆典便少了应有的宏大硬正之气。二则诸般大略尚立定纲目,除了李斯,任事重臣们还多陷在繁杂的战事善后与新地民治

事务中,心思尚未转向对新治的思谋;嬴政自己,也还全力埋在各种军国大略的筹划中;此时虚空铺排,未免有失草率。故此,秦王嬴政宁愿常态从事。

尽管如此,大朝会还是弥漫出一片肃穆庄重的庆典气息,大臣们济济一堂,峨冠博带分外整肃。初夏的清晨尚算凉爽,冠带整齐的大臣们却显得有些闷热,额头无不渗出涔涔细汗。只有嬴政,还是素常朝会的一顶黑玉柱冠,一领轻软的绣金丝袍,分外的轻松清爽。

"诸位,今日大朝只有两事。"司礼大臣宣布了朝会开始之后,嬴政拍案道,"一则封赏功臣,二则宣示新天下图治方略。真正大典,尚待来日。"

"宣示封赏王书——"司礼大臣一声长呼。

蒙毅大步走到王台中央的高阶之上,展开竹简,朗朗之声回荡在殿堂——

大秦王封赏书

大秦王特书:秦定天下,赖群臣将士之辛劳,赖天下臣民之拥戴。今辑录群臣历年功绩,首封大功绩者如左:

将军王翦	爵封武成侯,食邑频阳十三县,子孙得袭爵位
将军王贲	爵封通武侯,食邑九千户
将军蒙恬	爵封九原侯,食邑八千户
将军李信	爵封陇西侯,食邑三千户
将军蒙武	爵封淮南侯,食邑两千户
将军冯劫	爵封关内侯,食邑千户
将军冯去疾	爵封关内侯,食邑千户
将军嬴腾	爵封关内侯,食邑千户
将军杨端和	爵封大庶长,俸禄万石
将军辛胜	爵封大庶长,俸禄万石
将军章邯	爵封大庶长,俸禄万石

此为军功之封。政功之封如左:

丞相王绾	爵封彻侯,食邑万二千户
廷尉李斯	爵封通侯,食邑六千户

大田令郑国　　　爵封关内侯，食邑五千户

国尉尉缭　　　　爵封关内侯，食邑五千户

上卿顿弱　　　　爵封关内侯，食邑四千户

上卿姚贾　　　　爵封关内侯，食邑四千户

长史蒙毅　　　　爵封大庶长，俸禄万石

中车府令赵高　　爵封大庶长，俸禄八千石

列国善秦之功大者，封赏如左：

将军马兴　　　　爵封武安侯，食邑六千户

将军召平　　　　爵封东陵侯，食邑五千户

将军令狐范　　　爵封五马侯，食邑三千户

将军杜赫　　　　爵封南阳侯，食邑三千户

将军戚鰓　　　　爵封高武侯，食邑两千户

将军冯毋择　　　爵封武信侯，食邑千户

将军王陵①　　　爵封襄侯，食邑千户

大夫崔意如　　　爵封东莱侯，食邑千户

大夫沈倧　　　　爵封竹邑侯，食邑千户

大夫崔仲牟　　　爵封汶阳侯，食邑千户

大夫姜叔茂　　　爵封巴陵侯，食邑千户

大夫赵亥　　　　爵封伦侯②，俸禄八千石

大夫韩成　　　　爵封伦侯，俸禄八千石

孔子后裔孔鲋　　爵封文通君，俸禄八千石

其余群臣将士与列国人士之有功者，着丞相府会同国正监明定封赏，得以王书颁行爵封。大秦王政二十六年夏。

────────────────

①　这个王陵，不是秦昭王时期的老将王陵，而是后来降于刘邦而在西汉初封为安国侯的王陵。

②　伦侯爵位，未见秦国爵位之正式名称。伦者，类也。推测其实，当类似大庶长，因对列国人士之封赏重在荣耀，须得相对抬高，故而冠以侯爵。

论功行赏。史籍略之，小说大做文章。

沉沉大殿肃然无声，大臣们都在屏息倾听着。一举大封二十八侯君五大庶长，这在秦国历史上实在是前所未闻的壮举，孰能不悚然动容？列位看官留意，秦国法行百余年，极其看重封爵，六代秦王之中，每代所封侯爵大体都只在两三位上下。[①] 秦昭王时期侯爵最多，也没有超过十位。故而，王翦在率军灭楚之前有感喟云："为大王将，有功终不得封侯。"虽然是王翦基于朝局需要而有意如此说之，也确实可见秦国封侯之难。尤其是对此前称作"外邦功臣"的封赏，既远远超出了老秦臣子们的预料，也远远超出了外邦功臣们与新近进入咸阳的博士们的期冀。老秦臣子们的惊讶，更多的是为封赏规模如此之大而震撼。外邦功臣与博士们，则为第一次亲身体察这个强盛一统的新大秦的博大胸襟而激奋，听着那些熟悉的名字一个个掠过耳边，情不自禁地生发出万般感喟，一时之间唏嘘之声不绝于耳……及至蒙毅宣读完毕，举殿大臣还沉浸在种种思绪中不知所以。

"封赏王书宣示完毕，诸臣可有异议？"司礼大臣高声问了一句。

"秦王万岁！"

"功臣万岁！"

大臣们如梦方醒，纷纷攘攘地高喊了起来。虽然不甚齐整，却也未见异议。司礼大臣便高声宣呼："朝会无异议，秦王部署图治方略——"

"臣有异议！"

一个声音突兀响起。大臣们尚在愣怔之中，博士群中霍然站起一人高声道："臣，博士仆射周青臣有言。今秦一天

---

① 秦国前期有"君"之封号，依据爵位法度，君实则是最高侯爵彻侯的另一名称，因比照山东封君而沿用。类似于后世部长级中也有"主任"名号。

下，秦王便是天下共主，当今天子。历来天子开国封赏，一有对历代圣王后裔之封地赏赐，二有对此前敌国之社稷封地，三有对新朝功臣的诸侯之封，凡此三者，古谓诸侯之封，向为封赏至大也！今天子不做诸侯三封，臣冒昧敢问秦王：考功遗忘乎？留待后封乎？抑或新朝不封诸侯乎？"

"是也是也，我也觉少了最大一封！"

"臣叔孙通有对。"又一名博士离座起身高声道，"一统天下，万事功业，秦王当下书天下大酺，以为盛典之庆，以安天下民心！"

博士们纷纷点头呼应。司礼大臣目光望着王案不知所措。

"诸位，少安毋躁。"

嬴政从王案前站起身来，走到了王台中央的台口站定，话音缓和，神情却是凝重："天下大酺之议，准行。秦一天下，也该教人民高兴一回。功臣封赏事，目下所能为者，唯功绩查核大要无差，有宽有严各予封赏而已。至于博士仆射所言之诸侯三封，关涉新天下治式方略之如何实施，容一体决之。其余凡有不尽人意处，尽可向国正监考功署进言，以待后决。"几句话落点，博士们已经解透王意，认定秦王分封诸侯要待后决之，于是纷纷点头，再没有人说话了。

"今日，本王侧重要说者，一统图治之精要也！"

嬴政的声音高昂地回荡起来："月前齐国已定，天下已告一统，华夏已告更新！然则，一统天下该如何治理，此亘古未有之难题也。何以谓之难题？盖三皇五帝，以至夏商周三代，从未有过三百余年之动荡，更未有过两百余年之大争。动荡也，大争也，所为者何？天下怨怼三代之旧制也，力图争出一条新路也！礼崩乐坏，瓦釜雷鸣，高岸为谷，深谷为陵，此之谓也！否则，动荡杀伐五百余年，天下血流漂杵，生民涂

按道理周青臣不会提出异议，此乃阿谀奉承之能手。

秦灭楚，降越君之后，"天下大酺"（《史记·秦始皇本纪》），并天下之后，更当大肆庆贺。

炭流离,岂非失心疯狂哉!唯其如此,今日之一统天下,非往昔三代之一统天下也。往昔三代,名为一统,实则天子虚领诸侯,诸侯封国自治。此间种种弊端,五百余年业已尽显光天化日之下!唯其如此,今日之一统天下,究竟要走老路,抑或要走新路?此,我等君臣之难题也!老路弊端,显而易见;新路利害,闻所未闻。是故,抉择之难,亘古未见。就其根本言之,欲将何等一个天下交付后人,我等君臣,可功也,可罪也!若能蹚出一条新路,免去连绵刀兵震荡,免去华夏裂土之患。此,我等君臣之功也!若不思革故鼎新,不思变法图治,依然走'法先王'老路,则天下仍将分治裂土动荡不休。此,我等君臣之罪也!功也罪也,何去何从?诸位戒慎戒惧,思之虑之,今日无须轻言。月后大朝,会商议决。"

初并天下,万事开头难。

嬴政戛然而止,举殿鸦雀无声。

二 椰林河谷荡起了思乡的秦风

王翦病危岭南。秦军初攻岭南不利,后王翦南征,平百越,降越君。

五月初三,蒙武急报抵达咸阳:上将军病危岭南,请急派太医救治。

一接急报,嬴政急得一拳砸案,立即吩咐蒙毅赶赴太医署遴选出两名最好的老医家,以王室车马兼程全速送往岭南。说罢没有片刻停留,嬴政又匆匆赶到了廷尉府。李斯一听大急,一咬牙道:"臣先撇下手头事,立即赶赴岭南。"嬴政却一摆手道:"目下最不能动窝的便是廷尉,我去岭南,接回老将军。我来是会议几件可立即着手之事,我走期间可先行筹划,不能耽延时日。"李斯欲待再说,见秦王一副不容置辩神色,遂大步转身拿来一卷道:"君上所说,可是这几件事?"嬴政哗啦展开竹简,几行大字清晰扑面——

大朝会前廷尉府先行十事如左：

勘定典章

更定民号

收天下兵器

一法同度量衡

一法同车轨

一法同书文

一法同钱币

一法定户籍

一法定赋税

登录天下世族豪富，以备迁徙咸阳

皆重要措施，实需慢慢道来。

"好！廷尉比我想得周全！"

"这些事，都是大体不生异议之事，臣原本正欲禀报君上着手。今君上南下，臣便会同相关各署，一月之内先立定各事法度。君上回咸阳后，立行决断，正可在五月大朝会一体颁行。如此可齐头并进，不误时日。"

"得先生运筹，大秦图新图治有望也！"

嬴政深深一躬，转身大步去了。回到王城，嬴政又向蒙毅交代了一件须得立即与丞相府会同预谋的大事：尽速拟定新官制，以供五月大朝会颁行。末了，嬴政特意叮嘱一句："若老丞相尚无定见，可与廷尉会商，务求新官制与新治式两相配套。"诸事完毕，已经是暮色降临了。嬴政立即下令赵高备车南下。蒙毅见秦王声音都嘶哑了，心下不忍，力劝秦王明日清晨起行，以免夜路颠簸难眠。嬴政却摇了摇手道："老将军能舍命赶到岭南，我等后生走夜路怕甚？不早早赶去，我只怕老将军万一有差……"蒙毅分明看见了秦王眼中的隐隐泪光，一句话不说便去调集护卫马队了。

背负夕阳，嬴政的驷马王车一出咸阳便全速疾驰起来。跟随护卫的五百人马队是秦军最精锐骑士，人各两匹阴山胡马换乘，风驰电掣般跟定王车，烟尘激荡马蹄如雷，声势大得惊人。蒙毅原本要亲率三千铁骑护卫秦王南下，可嬴政断然拒绝了，理由只有一句话："王城可一月没有君王，不能一月没有主事长史。"而且，嬴政坚执只带五百人马队，理由也只是一句话："岭南多山，人众不便。"

关中出函谷关直达淮南，都是平坦宽阔的战国老官道，更兼赵高驾车出神入化，车一上路，嬴政便靠着量身特制的坐榻呼呼大睡了。以这辆王车的长宽尺度，赵高曾经要在车厢中做一张可容秦王伸展安睡的卧榻。可嬴政却笑着摇头，说你小子只赶车不坐车，知道个甚？车行再稳也有颠簸，头枕车厢，车轴车轮咯噔声在耳边轰轰，睡个鸟！车上睡觉，只有坐着睡舒坦。于是，精明能事的赵高便请来了王室尚坊的最好车工，依着秦王身架，打造出了这副前可伸脚后可大靠两边可扶手的坐榻。嬴政大为满意，每登王车便要将坐榻夸赞几句，说这是赵高榻，如同蒙恬笔一样都是稀罕物事。每遇此时，赵高便高兴得红着脸一句话不说嘿嘿只笑，恨不能秦王天天有事坐车。

> 赵高的才干，目前为止，还没写出来。小说过多地刻画其奴才形象。

然则，这次嬴政却总是半睡半醒，眼前老晃动着王翦的身影。

蒙武的信使禀报说，上将军原本坐镇郢寿，总司各方。可在灵渠开通后，蒙武任嚣赵佗等，分别在平定百越中都遇到了障碍，最大的难点是诸多部族首领提出，只有秦王将他们封为自治诸侯邦国，才肯臣服秦国。蒙武等不知如何应对，坚执要各部族先行取缔私兵并将民众划入郡县官府治理，而后再议封赏。两相僵持，平定百越便很难进展了，除非大举用兵强力剿灭。上将军得报大急，遂将坐镇诸事悉数交付给姚贾，亲率三千幕府人马乘坐数十条大船，从灵渠下了岭南。到岭南之后，王翦恩威并施多方周旋，快捷利落地打了几仗，铲除了几个气焰甚嚣尘上的愚顽部族首领，终于使南海情势大为扭转，各部族私兵全部编入了郡县官府，剩余大事便是安抚封赏各部族首领了。之后，王翦又立即率赵佗部进入桂林之地，后又进入象地①。及至象地大体平定，上将军却意外地病了，连吐带泻不思饮食，且常常昏迷不醒，不到半月瘦得皮包骨了。军中医士遍出奇方，只勉力保得上将军奄奄一息，根本症状始终没有起色。蒙武得赵佗急报，决意立即上书秦王，并已经亲自赶赴象地去了。

到这里才交代王翦为什么突然出现在岭南。秦设南海、象郡、桂林三郡。

"倘若上天佑我大秦，毋使上将军去也！"

嬴政心底发出一声深深的祷告，泪水不期然涌出了眼眶。

车马昼夜兼程，一日一夜余抵达淮南进入郢寿。嬴政与匆匆来迎的姚贾会面，连洗尘代议事，前后仅仅两个时辰，便换乘大船进入云梦泽直下湘水，两日后换乘小舟从灵渠进入了岭南。虽是初次进入南海地面，嬴政却顾不得巡视，也没有进入最近的番禺任嚣部犒军，径直带着一支百人马队，兼程越过桂林赶赴象地去了。

旬日之后的清晨时分，挥汗如雨的嬴政终于踏进了临尘②城。

这是一座与中原风貌完全不同的边远小城堡。低矮的砖石房屋歪歪扭扭地排列着，两条狭窄的小街也弯弯曲曲。灼热的阳光下匆匆行走的市人，无不草鞋短衣赤膊黝黑，头

① 象地，秦统一后设为象郡，今广西凭祥地带。
② 临尘，象郡治所，今广西崇左地带，西距中越边境之友谊关（古睦南关）不足百里。

上戴着一顶硕大的竹编。向导说，那叫斗笠。小街两侧，有
几家横开至多两三间的小店面，堆着种种奇形怪状的竹器，
还有中原之地从来没有见过的一种绿黄色弯曲物事。向导
说，那叫野蕉，是一种可食的果品。一间间破旧的门板与幌
旗上，都画着蛇鱼龟象等色彩绚烂而颇显神秘的图像，更多
的则实在难以辨认。唯有一间稍大的酒肆门口，猎猎飞动着
一面黑底白字的新幌旗，大书四字——秦风酒肆。向导说，
那是秦军开的饭铺，专一供偶有闲暇的秦军将士们思乡聚
酒……举凡一切所见，嬴政都大为好奇，若是寻常时日，必定
早早下马孜孜探秘了。然则，此刻的嬴政却没有仔细体察这
异域风习的心思，匆匆走马而过，连向导的介绍说辞也听得
囫囵不清。

　　一迈进秦军幕府的石门，嬴政的泪水止不住地涌流出
来。

　　不仅仅是远远飘荡的浓烈草药气息，不仅仅是匆匆进
出的将士吏员们的哀伤神色。最是叩击嬴政心灵的，是幕府
的惊人粗简渗透出的艰难严酷气息，是将士们的风貌变化
所弥散出的那种远征边地的甘苦备尝。幕府是山石搭建的，
粗糙的石块石片墙没有一根木头。所谓幕府大帐，是四面石
墙之上用大小竹竿支撑起来的一顶牛皮大帐篷。向导说，岭
南之民渔猎为生，不知烧制砖瓦，也不许采伐树木。几乎所
有的将士都变得精瘦黔黑，眼眶大得吓人，颧骨高得惊人，嘴
巴大得瘆①人，几乎完全没有了老秦人的那种敦实壮硕，没
有了那极富特色的细眯眼厚嘴唇的浑圆面庞。所有的将士
都没有了皮甲铁甲，没有了那神气十足的铁胄武冠，没有了
那威武骄人的战靴。人人都是上身包裹一领黑布，偏开一

岭南，蛮荒之地，靠天吃
饭，初时自然不如中原富庶。

───────────────

①　瘆，秦人古语，流传至今，骇恐之意。原意为寒病症状，发冷而颤抖。

袴,怪异不可言状;下身则着一条长短仅及踝骨的窄细布裤,赤脚行走,脚板黑硬如铁。向导说,那上衣叫作布衫①,下衣叫作短裤,都是秦军将士喊出来的名字。嬴政乍然看去,眼前将士再也没有了秦军锐士震慑心神的威猛剽悍,全然苦做生计的贫瘠流民一般,心下大为酸热……

静了静心神,嬴政大步跨进了幕府大帐。

在枯瘦如柴昏睡不醒的王翦榻前,嬴政整整站立守候了一个时辰没说话。

幕府大帐的一切,都在嬴政眼前进行着。也是刚刚抵达的两名老太医反复地诊脉,备细地查核了王翦服用过的所有药物,又向中军司马等吏员备细询问了上将军的起居行止与诸般饮食细节。最后,老太医吩咐军务司马,取来了一条王翦曾经在发病之前食用过的那种肥鱼。老太医问:"此鱼何名?"军务司马说:"听音,当地民众叫作侯夷鱼②。"旁边中军司马说:"还有一个叫法,海规。"老太医问:"何人治厨?"军务司马说:"那日上将军未在幕府用饭,不是军厨。"中军司马说:"那日他跟随上将军与一个大部族首领会盟,这鱼是那日酒宴上的主菜,上将军高兴,吃了整整一条三斤多重的大鱼,回来后一病不起。在下本欲缉拿那位族领,可上将军申斥了在下,不许追查。"问话的太医是楚地吴越人,颇通水产,思忖片刻立即剖开了那鱼的肚腹,取出脏腑端详片刻,与另位老太医低声参详一阵,当即转身对嬴政一拱手道:"禀

岭南人好吃。

---

① 布衫为秦时创制。《中华古今注》云:"始皇以布开袴,名曰衫。用布者,尊女工,尚不忘本也。"合理推断,当为秦军下岭南之后,因时改制中原之衣所致,后人冠以始皇之名而已。战国之世,黄河流域尚有大象,岭南气候当更为燠热。

② 侯夷鱼,亦作鲈鲐鱼。据《梦溪笔谈·药议》,侯夷鱼即河豚。其解毒之法见《神农本草》。

报君上,上将军或可有救。"

"好!是此鱼作祟?"蒙武猛然跳将起来。

"侯夷鱼,或曰海规。"吴越太医道,"吴越人唤做河豚,只不过南海河豚比吴越河豚肥大许多,老臣一时不敢断定。此鱼肝有大毒,人食时若未取肝,则毒入人体气血之中,始成病因。老臣方才剖鱼取肝,方认定此鱼即是河豚。"

"老太医是说,此毒可解?"嬴政也转过了身来。

"此毒解之不难。只是,老将军虚耗过甚……"

"先解毒!"嬴政断然挥手。

"芦根、橄榄,立即煮汤,连服三大碗。"

"橄榄、芦根多的是!我去!"赵佗答应一声,噌地蹿了出去。

不消片刻,赵佗亲自抱了一大包芦根、橄榄回来。老太医立即选择,亲自煮汤,大约小半个时辰,一切就绪了。此时,王翦依然昏睡之中,各种勺碗都无法喂药。老太医颇是为难,额头一时渗出了涔涔大汗。赵佗也是手足无措,只转悠着焦急搓手。蒙武端详着王翦全无血色的僵硬的细薄嘴唇,突兀一摆手道:"我来试试。"众人尚在惊愕之中,蒙武已经接过温热的药碗小呷了一口,伏身王翦须发散乱的面庞,嘴唇凑上了王翦嘴唇,全无一丝难堪。蒙武两腮微微一鼓,舌尖用力一顶王翦牙关,王翦之口张开了一道缝隙,药汁竟然顺当地徐徐进入了。蒙武大是振作,第二口含得多了许多。赵佗与司马们都抹着泪水,纷纷要替蒙武。蒙武摇摇手低声一句:"我熟了,莫争。"如此一口一口地喂着,幕府中的将士们都情不自禁地哭成了一片……只有秦王嬴政笔直地伫立着,牙关紧咬着,一句话也说不出来,内心却轰轰然作响——何谓浴血同心,何谓血肉一体,秦人将士之谓也!

"老哥哥!你终是醒了!"

掌灯时分,随着蒙武一声哭喊,王翦睁开了疲惫的眼睛。当秦王的身影朦胧又熟悉地显现在眼前时,王翦眼眶中骤然溢出了两汪老泪,在沟壑纵横的枯瘦脸膛上毫无节制地奔流着,却一句话也说不出来。俯身榻前的嬴政强忍不能,大滴灼热的泪水啪嗒滴在了王翦脸膛。

"……"王翦艰难地嚅动着口唇。

"老将军,甚话不说了……"

"……"王翦艰难地伸出了三根干瘦的手指。

"好！三日之后！"嬴政抹着泪水笑了。

写这细节，是说秦王与臣子共甘苦。接下来，要共商大计。

南国初夏似流火，临尘城外的山林间却是难得的清风徐徐。

嬴政王翦的君臣密谈之地，赵佗选定在了这片无名山林。搭一座茅亭，铺几张芦席，设两案山野果品，燃一堆艾蒿驱除蚊蝇，君臣两人都觉比狭小闷热的幕府清爽了许多。王翦的病情有了起色，嬴政却丝毫未感轻松。老太医禀报，说上将军体毒虽去，然中毒期间大耗元气，遂诱发出多种操劳累积的暗疾，愈后难以确保。原本，嬴政要立即亲自护送王翦北归。太医却说不可，以上将军目下虚弱，只怕舟车颠簸便会立见大险。嬴政无奈，只有等候与王翦会谈之后视情形而定了。王翦神志完全清醒了，体魄却远非往昔，目下尚且不能正常行走。这段短短的山路，也还是六名军士用竹竿军榻抬上来的。眼看伟岸壮勇的上将军在倏忽两年间变成了摇曳不定的风中烛，嬴政心头便隐隐作痛。

"君上万里驰驱，亲赴南海，老臣感愧无以言说……"

"老将军，灭楚之后命你坐镇南国，政之大错也！"

"君上何出此言？"王翦苍白的面容显出了一丝淡淡的笑意，"壮士报国，职责所在，老臣何能外之？战国百余年，老秦人流了多少血，天下人流了多少血，老臣能为兵戈止息克尽暮年之期，人生之大幸也！君上若是后悔，倒是轻看老臣了。"

"老将军有此壮心，政无言以对了。"

"君上，老臣身临南海年余，深感南海融入中国之艰难也！"

"老将军有话但说，若实在无力，仿效楚国盟约之法未尝不可。"嬴政当当叩着酒案,心头别有一番滋味,"一路南来,眼见我军将士变形失色,嬴政不忍卒睹也!上将军素来持重衡平,今日只说如何处置?若我军不堪其力,嬴政当即下令班师北返……"

"不。君上且听老臣之言。"王翦摇摇手勉力一笑,喝下了一碗司马特为预备的白色汁液,轻轻揾拭了嘴角余沫,顿时稍见精神,沉稳地道,"整个岭南之地,足足当得两个老秦国,其地之大,其物之博,实为我华夏一大瑰宝也!便说老臣方才饮的白汁,南海叫作椰子,皮坚肉厚,内藏汁水如草原马奶子,甘之如饴,饮之下火消食,腹中却无饥饿之感。将士们都说,这椰子活生生是南海奶牛!还有案上这黄甘蕉,还有这带壳的荔枝,还有这红鲜鲜的无名果,还有这橄榄果;还有诸多北人闻所未闻的大鱼、大虾、巨鲸等海物,更有苍苍林海无边无际,珍稀之木几无穷尽也!"王翦缓了一口气,又道,"君上见我军将士形容大变,威武尽失,其心不忍,老臣感佩之至。然则,老臣坦言,实则君上不知情也。北人但入南海之地,只要不得热瘟之类怪病,瘦则瘦矣,人却别有一番硬朗。老臣若非误中鱼毒,此前自觉身轻体健,比在中原之地还大见精神。将士们虽则黑了瘦了,然体魄劲健未尝稍减,打起仗来,轻捷勇猛犹过中原之时!容颜服饰之变,多为水土气候之故,非不堪折磨也。就实说,我军将士远征,除了思乡之情日见迫切,老臣无以为计外,其余艰难不能说没有,然以秦人苦战之风,不足道也!"

见识非同一般。《史记·货殖列传》称"楚越之地,地广人希","江、淮以南,无冻饿之人,亦无千金之家",这说明楚越之地,靠天吃饭即能生存,其地之丰饶,远未得到开发。

"噢?老将军之言,我倒是未尝想到。"

"君上关切老臣,悲心看事,万物皆悲矣。"一句话,君臣两人都笑了。王翦又说了南海之地的诸多好处,末了道,"番禺之南,尚有一座最大海岛,人呼为海南岛,其大足抵当年一个吴国。若连此岛在内,南海数郡之地远大于阴山草原。君上当知，当年先祖惠王独具慧眼，接纳司马错方略一举并了巴蜀，秦始有一方天府之国，一座天赐粮仓。今君上已是天下君王，华夏共主，当为华夏谋万世之利也。任艰任险，得治好南海。为华夏子孙万世计，纵隔千山万水，也不能丢弃南海！此，老臣之愿也。"

"政谨受教。"案前芦席的嬴政挺身长跪，肃然拱手。

谷风习习，嬴政心头的厚厚阴云变得淡薄了，心绪轻松了许多，吩咐赵高唤来远远守候在山口的赵佗，在亭下砍开了三个大椰子。嬴政亲自给王翦斟满了一碗椰汁，又吩咐赵高也品尝一个，然后自己捧起一个开口的椰子仰着脖子灌了起来，不防椰汁喷溅而出，顿时洒得满脖子都是。赵高惊呼一声，连忙跑来收拾。嬴政却一把推开赵高，饶有兴致地仰天倒灌着，硬是喝完了一个椰子，末了着意品咂，一脸迷惘道："甚味？淡淡，甜甜，没味？没味。"引得王翦赵高赵佗都呵呵笑了。嬴政素来好奇之心甚重，索性将案上的山果都一一品尝一遍，末了举着剥开皮的一截儿甘蔗煞有介事道："还是这物事好，要再硬得些许，再扁得些许，便是果肉锅盔了。"一句话落点，君臣四人一阵大笑。

松泛之间，王翦又喝下了一碗椰汁，靠着亭柱闭目聚敛精神。片刻开眼，气色舒缓了许多。赵佗向赵高目光示意，两人悄悄退到亭外去了。嬴政踌躇道："老将军病体未见痊愈，这里风又大，不妨来日再议了。"王翦摇摇手道："今日老臣精神甚好，得将话说完。日后，只怕难有如此机会了……"嬴政当即插言道："老将军何出此言，过几日元气稍有回复，我亲自护送老将军北归养息！"王翦勉力一笑："君上，还是先说国事，老臣余事不足道也。"嬴政素知王翦秉性稳健谦和，今日挺着病痛坚执密谈，必有未尽之言，于是收敛心神，心无旁骛地转入了正题。

与秦地之物产，大有分别。

"敢问老将军,大治南海,要害何在?"

"君上问得好。老臣最想说的,正是这件事也!"

"老将军……"

"君上,楚国领南海数百年,始终未能使南海有效融入中国。其治理南海之范式,与周天子遥领诸侯无甚差异。甚至,比诸侯制还要松散。大多部族,其实只有徒具形式的朝贡而已。如此延续数百年,南海之地,已经是部族诸侯林立了。若再延续百年,南海诸族必将陷入野蛮纷争,沦为胡人匈奴一般的部族争斗。其时,南海必将成为华夏最为重大持久之内患,不说一治,只怕要想恢复天子诸侯制,也是难上加难也!"

"此间因由何在?"

"楚领南海数百年间,南海之民有两大类:一为南下之越人,是为百越;二为南海原有诸族,向无定名。越人多聚闽中东海之滨,进入番禺、桂林、象地者不多,且与原住部族水火不容,争斗甚烈。南海原住诸族,无文字,无成法,木石渔猎,刀耕火种,尊崇巫师,几如远古蛮荒之族。楚国沿袭大族分治之古老传统,非但不在南海之地设官立治,且为制衡所需,在大部族之间设置纷争,埋下了诸多隐患。凡此等等,皆是沦入野蛮杀戮之根源。总归说,不行文明,南海终将为患于华夏!"

"我行文明,该从何处着力?"

"根本一,不能奉行诸侯制。若行诸侯制,华夏无南海矣!"

"根本二?"

"大举迁徙中原人口入南海,生发文明,融合群族,凝聚根基!"

"迁中原人口入南海?"嬴政大觉突兀,显然惊讶了。

须知此时六国方定,整个华夏大地人口锐减,楚国故地以外的北方人口更是紧缺。王绾李斯等已经在筹划,要将三晋北河之民三万家迁入榆中助耕,以为九原反击匈奴之后援;还要将天下豪富大族十万户,迁入关中之地。尽管后一种并非人口原因,但此时人口稀少这一点是毫无疑问的。当此之时,王翦要将中原人口迁徙南海,且还要大举迁徙,嬴政如何能不深感吃重?

"君上毋忧,且听老臣之言。"王翦从容道,"老臣所言之迁徙,并非民户举族举家南下之迁徙。那种迁徙,牛羊车马财货滚滚滔滔,何能翻越这万水千山? 老臣所言之迁徙,是以成军人口南下。至多,对女子适当放宽。也就是说,以增兵之名南下,朝野诸般

阻力将大为减少。"

"为何女子放宽年岁？"

"因为，女子越多越好。能做到未婚将士人配一女，则最佳。"

"老将军是说，要数十万将士在南海成家，老死异乡？！"

眼看嬴政霍然站起不胜惊诧，王翦并无意外之感，望着遥遥青山缓缓地继续说着："君上，楚国拥南海广袤之地，国力却远不如秦赵齐三大国，根本原因何在？便在名领南海，而实无南海。倘若楚国有效治理南海，如同秦国之有效治理巴蜀，其国力之雄厚，其人口之众多，不可量也，中原列国安能抗衡？其时一天下者，安知非楚国焉！为华夏长远计，若要真正地富庶强盛且后劲悠长，便得披荆斩棘于南海宝地，不使其剥离出华夏母体。而若要南海不剥离出去，便得在南海推行有效法治。而行法之要，必须得以大军驻扎为根本。山重水复之海疆，大军若要长期驻扎，又得以安身立命为根本。从古至今，男子有女便是家，没有女子，万事无根也……"

秦并天下之后，置南海、象郡、桂林三郡，治百越，"以谪徙民，与越杂处十三岁"（《史记·南越列传》）。殖民，是重要而有效的统治办法。殖民，若无女子跟随，这些谪民便无家园，徙民便成空谈。

不知何时，王翦的话音停息了。

嬴政凝望着硕大的太阳缓缓挂上了远山的林梢，思绪纷乱得难以有个头绪。一阵湿漉漉的海风吹来，嬴政恍然转身，正要喊赵佗送老将军回去，却见亭下已经空荡荡没了王翦，山口只有赵高的身影了。嬴政一时彷徨茫然，径自沿着亭外山道走了下去。走到半山，鸟瞰山下，环绕小城的那条清亮的大水如一条银带展开在无边无际的绿色之中，临尘小城偎着青山枕着河谷，在隐隐起伏的战马嘶鸣中，弥漫出一种颇见神秘的南国意蕴。眼看夕阳将落，河谷军营炊烟袅袅，嬴政的脚步不期然停住了，心头竟怦然大动起来。他惊讶地发现，除了林木更绿水气更大，这片河谷与关中西部太

白山前的渭水河谷几乎一模一样……

蓦然,军营河谷传来一阵歌声,分明是那熟悉的秦风——

> 蒹葭苍苍　白露为霜
> 所谓伊人　在水一方
> 溯洄从之　道阻且长
> 溯游从之　宛在水中央
> ……

和声越来越多,渐渐地,整个河谷都响彻了秦人那特有的苍凉激越的亢声,混着嘶吼混着呐喊,一曲美不胜收的思恋之歌,在这道南天河谷变成了连绵惊雷,在嬴政耳边轰轰然震荡。刹那之间,嬴政颓然跌坐在了山坡上……

旬日之后,太医禀报说王翦元气有所恢复,舟车北归大体无碍了。

嬴政很高兴,当夜立即来到幕府,决意要强迫这位老将军随他一起北归。嬴政黑着脸对赵高下令,这辆车只乘坐上将军与一名使女,行车若有闪失,赵高灭族之罪!赵高从来没见过秦王为驾车之事如此森森肃杀,吓得诺诺连声,转身飞步便去查勘那辆临时由牛车改制的座车了。嬴政匆匆来到幕府,眼前却已经没有了王翦及一班幕府司马,空荡荡的石墙帐篷中只孤零零站着赵佗一人。

"赵佗,老将军何在?"

双眼红肿的赵佗没有说话,只恭敬地捧起了一支粗大的竹管。嬴政接过竹管匆忙拧开管盖抽出一张卷成筒状的羊皮纸展开,王翦那熟悉的硬笔字便一个个钉进了心头:

> 老臣王翦参见君上:老臣不辞而别,大不敬也。方今南海正当吃重之际,大局尚在动荡之中。老臣统兵,若抛离将士北归养息,我心何忍,将士何堪?老臣只需坐镇两年,南海大局必当廓清。其时,若老臣所言之成军人口能如期南下,则南海永固于华夏矣!老臣病体,君上幸勿为念。生于战乱,死于一统,老臣得其所哉!封侯拜将,子孙满堂,老臣了无牵挂。暮年之期,老臣唯思报国而已矣!我王身负天下安危治乱,且天下初定国事繁剧,恳望我王万

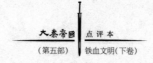

勿以老臣一己为念耽延南海。我王北上之日，老臣之
大幸也，将士之大幸也，华夏之大幸也！老臣王翦顿
首再拜。

"赵佗将军，请代本王拜谢全军将士……"

嬴政深深一躬，不待唏嘘拭泪的赵佗说话，转身大步去
了。

次日清晨，太阳尚未跃出海面，嬴政马队已经衔枚裹蹄
出了小城。马队在城外飞上了一座山头，嬴政回望那片云气
蒸腾的苍茫河谷，不禁泪眼蒙眬了。蓦然之间，河谷军营齐
齐爆发出一声声呐喊："秦王万岁！秦王平安——"嬴政默
默下马，对着苍茫河谷中的连绵军营深深一躬，心中一字一
顿道："将士们，秦国不会忘记你们，天下不会忘记你们，嬴
政更不会忘记你们……"

> 与王翦一席交谈之后，嬴政也意识到南越的重要。大费笔墨，还有作者的心思：既然是大一统，百越于全中国的地位，自然非常重要。

三　典则朝仪焕然出新　始皇帝大典即位

李斯得蒙毅消息，立即驱车进了王城。

秦王回来得很突然，前后不足二十天，王翦也未如所料
同车归来，这使李斯蒙毅大感意外。然见秦王风尘仆仆神色
沉郁，两人颇觉不安，却又都一时默然。午膳之后，嬴政终于
缓和过来，先将王翦留书交给两人，而后又将南海诸事通前
至后说了一遍。李斯蒙毅深为感奋，异口同声主张先决南海
诸事。君臣会商两个时辰，增大后援、明定治式、增派官吏、
特许南海将士已婚者之家室南下随军等诸般大事一一议决。
最后，唯有一事棘手：如何向南海大军派赴数万女子？女子
从何处来，征发何等样女子，此等女子如何赏赐，要否婚配法

令等等,无一不是新事无一不是难题。

掌灯时分,李斯依据王翦对秦王的留书,提出了一个总体方略。向南海迁徙人口,统以军制行之,男女皆在成军人口中遴选,也就是说,除却将士家眷,老弱幼一律不在遴选之列。举凡南下女子,俱得在三十五岁以下十六岁以上,少女得未定婚约,成年妇人得是寡居女子。女子人数,以五万为限,由老秦本土之内史郡及中原三郡(河东郡、三川郡、颍川郡)选派,一年内成行。

说白了,就是有生育能力的女子。

"好!再加一则。"嬴政拍案,又对旁边录写的长史丞一挥手,"适龄寡妇南下,特许携带其年幼子女。"李斯笑道:"君上明断也!一则,军中必有壮年而不能生育之将士,可解其无后之忧;二则,年幼子女成人,亦可增大文明血脉。"

"臣有两补,未知可否?"素来寡言的蒙毅颇见踌躇。

"说!此事亘古未见,要的便是人人说话。"

"其一,是否可特许南海将士与当地部族通婚,以利族群融合?"

"好!蒙毅之见,长远之图也,臣赞同。"李斯立即附议了。

"此策远图,甚好。"嬴政点头,"只是,依南海情势,不宜仓促行之。我看,大体放在三五年之后。一则,其时南海大势已定;二则,将士居家初见端倪,可免诸多错嫁错娶;三则,南海诸族对我军将士敌意已去,通婚更为顺畅。如何?"

"君上明断!"李斯蒙毅异口同声。

"蒙毅其二如何?"嬴政笑问。

"二么……"蒙毅显然有些顾忌,还有些难堪,红着脸道,"六国王城正在拆迁,其中宫女甚多。臣以为,君上可否允准,选其中色衰者……总归是,可补女子不足之难……只是,事涉王室,臣冒昧难言。"

"廷尉以为如何？"嬴政板着脸。

"这这这，臣不好说。"李斯期期艾艾大觉难堪。

"有何不好说也！"突然之间，嬴政拍案大笑一阵，站起来指指点点，"多好的主意，有甚脸红？有甚不好说？六国侍女成千上万，若留在六国王城，无非沦为六国老世族利诱作乱之士的本钱！这是顿弱密书的说法，本王接纳了，才将六国侍女与王城一并迁入咸阳北阪！万千女子终身不见人事，阴气怨气冲天，本王睡得过几个？这下好！蒙毅之策，解我心头郁结也！"嬴政一阵大笑，铿锵爽朗直如豪客。不待惊喜万分的李斯蒙毅说话，嬴政又转身大手一挥高声下令，"小高子！立即下书给事中①，全数登录北阪之六国侍女嫔妃，半月之内，全数交长史蒙毅处置。但有延迟隐匿，军法论罪！"

"嗨！"赵高答应一声，匆匆去了。

"臣以为，此事得先行知会上将军，否则纷争起来……"

"知会老将军该当。"嬴政打断了李斯话头，"纷争却是不会。以老将军世态洞察之明，绝会妥善处置。蒙毅，只在对老将军书中提及一句，六国宫女嫔妃，是安定南海之利器，赏赐功勋之重宝，望妥为思谋。"

"我王胸襟，臣感佩之至……"蒙毅长跪拱手，有些哽咽了。

议定了南海大事，嬴政心下轻松了许多。

李斯蒙毅一走，嬴政这才觉得连日舟车战马兼程赶路，身上到处瘙痒难忍。热水沐浴一番稍有好转，走进书房正欲处置连日积压文书，然一身红斑瘙痒依旧隐隐难消，嬴政一时瞀乱得又是一身津津汗水。赵高捧来一罐冰茶，嬴政汩汩

此说为捕风捉影。《史记·秦始皇本纪》："秦每破诸侯，写放其宫室，作之咸阳北阪上，南临渭，自雍门以东至泾、渭，殿屋复道周阁相属。所得诸侯美人钟鼓，以充入之。"张守节《史记·秦始皇本纪·正义》引《三辅旧事》云，"始皇表河以为秦东门，表汧以为秦西门，表中外殿观百四十五，后宫列女万余人，气上冲于天。"另，《水经注·沔水》引乐资《九州志》曰：县有秦延山，秦始皇径此，美人死，葬于山上，山下有美人庙。秦始皇当然不可能临幸万余人，但他有三十多个子女（二十余子，至少有十个公主，合之三十余人），可见后宫生活并不寂寞。美人死后，还有美人庙，秦始皇并非不近女色、不宠女色之皇帝。明明是极尽奢华之事，小说改编为利民之事。从价值观层面看，《大秦帝国》对历史的改编，寄予了乌托邦之想。

蒙毅长跪"哽咽"，可见秦王之威，到了什么程度！

---

① 给事中，秦王室官职，掌宫内事务，多由宦官担任。吕不韦时期，嫪毒任此职。

吞了，似有好转，片刻又复发作。嬴政莫名其妙地大怒，一把将胳膊红斑抓得鲜血斑斑，咝咝喘息着似觉有所和缓。赵高大急，扑拜在地哽咽道："君上不可自伤！小高子一法可试，只是望君上恕罪！"嬴政又气又笑道："与人医病，恕个鸟罪！你小子昏了蒙了？"赵高又是连连叩头："君上，方士入宫，历来大罪！小高子忧心君上暗疾，不得已秘密访察得一个高人啊！"嬴政骤然冷静下来，盯着赵高不说话了。

自嬴政六岁起，赵高便是外祖给自己特意遴选的少年仆人。嬴政八岁返回秦国，赵高跟随入秦。为长随嬴政，少年赵高自请去势，以王室法度做了太监之身，忠心耿耿地追随嬴政整整三十一年了。可以说，赵高熟悉嬴政的身体，远远超过了专精国事而心无旁骛的嬴政自己。赵高说自己有暗疾，嬴政是不需要任何辩驳的，尽管此时的嬴政并未觉察出如何暗疾如何症状。嬴政要想的是，赵高秘密延揽方士入宫，这件事当如何处置？秦国自商君变法，便严禁巫术方士丹药流布。自秦惠王晚年疯疾而张仪密请齐国方士之后，此禁令虽不如往昔森严，然依旧是秦法明令。至少，晚年卧榻不起的秦昭王便一直没有用过方士。嬴政的祖父孝文王一生疾病缠身，以至于自家学成了半个医家，也没有用过方士。嬴政的父亲庄襄王，中年暗疾，吕不韦曾秘密延揽方士，却未见效力，后来也秘密遣散了。如今赵高秘密访察得一个方士来给自己治病，究竟该不该接纳？以赵高之才具与忠诚，既有如此举措，嬴政宁可相信自己确实患有寻常医家束手无策的暗疾。赵高几乎是自己的影子，要说患难与共，赵高是当之无愧的第一人。更有一点，赵高勤奋聪颖，对秦国法令典籍之精熟，除李斯之外无出其右。甚或，赵高之书法，也被知情者认定与李斯相当。如此一个人物，当年若不去势，而在秦国或从军或入仕，一定是一等一的大将能臣。而赵高，却自请去势，选择了终生做自

亦是捕风捉影之改编。赵高生于隐宫，出身卑贱，但并非太监。

己的奴仆，整整三十一年，任嬴政如何发作，都一无怨尤地侍奉着自己。那个大庶长爵位，对于不领职事的赵高其实并无实际意义，赵高只为嬴政活着。如此一个赵高，嬴政能认定他引进方士是奸佞乱法么……

"君上，又流血了，不能抓啊！……"

眼见嬴政又狠狠抓挠红斑，赵高以头抢地痛哭失声了。

"好，你去唤那方士来。只，这一次。"嬴政瘙痒难熬，牙缝咝咝喘息。

"哎！"赵高如奉大赦，风一般去了。

片刻之间，一个白发红袍竹冠草履的矍铄老人，沉静地站在了王案之前。嬴政一言不发，只袒露着上身的片片红斑与方才抓挠得血淋淋的一只胳膊。老人瞄了一眼旁边大汗淋漓的赵高，微微一笑，拿出了腰间皮盒中的一粒朱红药丸。赵高会意，立即接过药丸捧到案前低声道，敢请君上先行服下。嬴政微微眯着眼睛，二话不说接过药丸丢入口中，咕咚一口冰水吞了下去。案前老人近前两步，双手距嬴政肌肤寸余缓缓拂过，一层淡淡的粉尘状物事落于片片红斑之上。盏茶工夫，便见红斑血痕消失，肌肤颜色渐渐复归常态，嬴政紧皱的眉头已经舒展开来。老人又退后几步站定，舒展双臂遥遥抚向嬴政。如此又是盏茶工夫，嬴政猛然咳嗽了一声，咯出了一口血痰，长长地喘息了一声。老人徐徐收掌，向嬴政深深一躬，又向赵高一拱手，径自转身去了。

"回来。"嬴政叩了叩书案。

老人回身，却并没有走过来。

"先生高名上姓？"

"老夫徐福，山野之民。"

"先生医术立见功效。但有闲暇，当讨教于先生。"

"秦王视老夫疗法为医术，至为明锐，老夫谢过。"

暗示秦始皇对方士的依赖。人生病的时候，通常特别脆弱，走投无路时，便会弄得满天神佛，极少中国人能清醒对待。

李斯等"冒死"谏，请嬴政称"泰皇"，天地人并立，嬴政自觉功高于三皇五帝，"泰皇"二字不足以表述自己的功劳，于是取皇帝二字，自称始皇帝。虽秦朝灭于秦二世、终于秦王子婴，但这个"始皇帝"却真是名副其实，后世无论朝代姓什么，都是始皇帝的徒子徒孙，中央集权的根本性质没有变，始皇帝所创下的"制"，基本没变。要说秦始皇之伟，就伟在这里。这点，如果用现代人道主义或以儒家仁义解之，皆是误读。秦灭六国，不是一个人道与否的问题，而是原生文明的选择问题。秦始皇之伟，就在于其拓土开疆，创建集权独裁制度（称其为封建制度，实有其不妥之处，封建社会当终结于秦灭六国。秦始皇以后，徒有"建"，而无"封"，秦始皇不封土，哪来封建？），这是对"中国"的巨大贡献。从帝王史的角度看，从古典文明的角度看，秦始皇确实有巨大的贡献。撇开"秦"字，他确实做到了"二世三世至于万世，传之无穷"（《史记·秦始皇本纪》）。

一句话说罢，老人走了。嬴政边穿衣服边吩咐赵高，好生待承这位人物，待忙完这段时日再理论此事，目下切勿声张。赵高双腿已经软得瑟瑟发抖，脸上却是舒坦无比的笑意，一边抹着额头汗水一边诺诺连声，一溜碎步去了。

夜风清凉，嬴政神清气爽，展开了一卷又一卷文书。

南下期间，李斯将涉及廷尉府的预行之事已经拟定了详细的实施方略，并已经会同蒙毅拟好了颁行天下的文书。嬴政一一看过，件件都批了一个大字："可。"刁斗打响四更的时刻，嬴政开始读博士学宫的整整一案上书。这些上书，是李斯辖制博士学宫期间预拟的新朝种种典章。嬴政南下期间，这些待定典章已经分送各大臣官署预览，各署附在上书之后的建言补正者不多，大多都是一句话："典章诸事，听王决断。"嬴政一一看罢，深为这些饱学博士的学问才具所折服，件件有出典，事事有流变，确实彰显了他在朝会上着力申明的图新之意。全部典章，除了若嫌烦冗，实在是无可挑剔。反复思忖，嬴政还是纠正了两处涉及自己的典章。

其一是君主名号。博士学宫拟定的名号是"泰皇"，论定出典如此说："古有天皇，有地皇，有泰皇，泰皇最贵。臣等昧死上尊号，王为泰皇。"嬴政也曾听李斯讲述过这一动议，知道泰皇有两说，一则云泰皇即三皇（天皇、地皇、人皇）之中的人皇，一则云泰皇即太昊，是三皇之前的称谓。然嬴政总觉这一名号虚无缥缈，尚不如战国尊崇的帝号实在，当年秦齐分称西帝、东帝，就是将帝号看得高于王号。然则，若单取帝号，似乎又不足以彰显远承圣贤大道之尊崇，崇古尊典的博士们也一定不以为然。思忖之下，嬴政心头大亮——皇帝！对，便是皇帝，有虚有实有古有今！于是，嬴政提笔，断然在旁边用朱笔写下了两行大字："去泰，著皇，采上古帝位号，号曰'皇帝'。他如议。"

　　其二，废除了谥法。谥者，行之迹也。后人以一个简约的名号，对死者一生行迹作一总括性评价，此所谓谥法。此种法度，据说是周公所定，其本意大约在告诫君王贵族要以后世评价预警自身。博士们上书：以谥法定制，秦王为泰皇，当追尊其父庄襄王为太上皇。列位看官留意，后来的汉高祖刘邦即位之时，便完全采取了这一谥法，追尊其父为太上皇。然则，嬴政却以为这种谥法很是无谓。后人话语，很无聊。一则，诱使君王沽名钓誉，容易虚应故事；二则，诱使言官史官以某种褊狭标准评价前人，事实上远离当时情境，徒然引起种种纷争。于是，嬴政提起朱笔，慨然批下了几行文字："太古有号无谥，中古有号，死而以行为谥。如此，则子议父，臣议君也，甚无谓，今弗取焉！自今以来，除谥法。本王为始皇帝。后世以计数，二世三世至于万世，传之无穷！"

　　曙色初上时分，蒙毅准时踏进了秦王书房。

　　嬴政从书案前站起，疲惫地指了指两大案朱笔批过的文书道："都好了，一一拟好诏书，朝会之前颁行。"便摇摇晃晃地被轻步赶来的赵高扶走了。蒙毅一一查对文书，发现秦王大半夜批阅的文书竟多达百余件，一时感慨不已，转身立即吩咐书吏抄录整理再誊刻。而后，蒙毅静下心来开始草拟第一道皇帝诏书了。

　　五月末，咸阳举行了最盛大朝会——皇帝即位大典。

　　朝会之前，先期颁行了《大秦始皇帝第一诏书：大秦典则①》，以期在皇帝即位大典第一次尊典实施。这道诏书颁行咸阳各大官署与天下郡县，明定了天下臣民关注的诸多事宜，一时朝野争相传诵蔚为大观。这道皇帝诏书所确定的典

　　这是秦始皇比后世皇帝更为高明的地方。秦始皇宁愿刻石颂德，也不愿子议其父，高！所以，他永远是始皇帝，功过是非，永无定论。后世皇帝及统治者，至今不明白这个道理，子议父、臣议君、现任议前任，其实是危及社稷之举。聪明的办法，就是把前任供起来，不颂不贬，任由坊间胡思乱想，不予置评。

---

　　① 典则，意同典章，出自《尚书·五子之歌》："有典有则。"典章一词，后世隋代始有。

制,一直在中国延续了两千余年:

大秦始皇帝第一诏书:大秦典则

大秦始皇帝诏曰:自朕即位,采六国礼仪之善,济济依古,粲粲更新,以成典则。自国,自朕,以至诸般文明事,皆依此实施之。为使天下通行,典则之要明诏颁行:

其一　国号:秦

其二　国运:推究五行,秦为水德之运;水性阴平,奉法以合

其三　国历:以颛顼历为国之历法

其四　国朔:奉十月为正朔岁首,朝贺之期

其五　国色:合水德,尚黑,衣服旄旌节旗皆尚黑

其六　国纪:以六为纪,法冠六寸,舆六尺,六尺为步,乘六马

其七　国水:奉河为国水,更名德水,是为水德之始

其八　君号:皇帝。朕为始皇帝,以下称二世三世以至万世

其九　皇帝诸事正名:皇帝自称朕,皇帝命曰制,皇帝令曰诏,皇帝印曰玺,车马衣服器械百物曰车舆,所在曰行在,所居曰禁中,所至曰幸,所进曰御,皇帝冠曰通天冠高九寸,臣民称皇帝曰陛下,史官纪事曰上

其十　诸侯名号:皇帝所封列侯,统称教

十一　上书正名:臣下上书,改书为奏

十二　人民正名:人民之名繁多,统更名曰黔首

> 详见《史记·秦始皇本纪》。提出政纲者,不只李斯,王绾等亦屡有谏议。由此诏书,基本可以看出秦始皇的治国术,法家、阴阳家杂糅,完成各方面的大一统。

十三　书文正名：凡书之文，其名曰字

十四　书具正名：凡书文之具，其名曰笔

天下治式等诸般大事，待大朝议决之后，朕后诏颁行

典则所涉其余细则实施，统以廷尉府书令发于朝野

大秦始皇帝元年夏

于是，这次大典朝会自然而然地变成了亘古未闻的一次盛典。除王翦蒙恬等边陲诸将未曾归国，几乎所有的文武大臣与郡县主官都如期赶到了咸阳。依着博士们制定的大典新朝仪，皇帝即位大典从卯时开始，整整进行到艳阳高照的午时。博士叔孙通，是参与制定这次朝仪的重要人物。若干年后，此人根据记忆与私家典藏，为西汉开国皇帝刘邦恢复了秦始皇的即位朝仪，由此跻身大臣之列。

据叔孙通所复制的朝议，始皇帝的即位大典大体是这样进行的。

天亮时分（平明），大臣们一律着朝服在大殿外车马场列班等候。而后，由谒者（掌宾客官员）以爵位高低，分班次将大臣们分别领上大殿平台，再分列等候。殿门平台直到大殿两厢，整肃分列着皇室甲士并特定旗帜。大臣引导完毕，胪传（上下呼传礼仪官）之呼声从大殿内迭次传出："趋——趋——趋——"如天音呼唤，庄严肃穆。随着迭次呼声，一队队殿下郎中（皇室侍卫官）整肃开出，从大殿门口分列两厢直达殿内陛（帝座红毡高阶）下，在广厦之下形成一条宽阔的甬道。此时，悠扬肃穆的钟鼓雅乐声起，谒者导引着大臣们始从郎中夹道中走进殿门，直达陛下。武臣以通武侯王贲为首，依爵次列于陛下西方；文臣以彻侯王绾为首，依爵次

作者集十六年之功，处处见功力。叔孙通一带而过，看似不经意，实则非常重要。叔孙通为薛人，秦时为待诏博士，事秦二世，未事秦始皇，作者迫不及待让其露面——写人物，作者经常迫不及待，要从少年、微时写起，看多了就习惯了，知道就行，不必深究。叔孙通善审时度势，城府深，先后事秦二世与刘邦而无事，把一个粗人朝廷活生生地改造成一个礼仪得当的朝廷，不简单。读者看到的只是一个名字，作者背后花的功夫，可能不止一日一月。看其门道，即知作者所花功夫之巨，亦可知历史演义及改编之难。

列于陛下东方,两两相向肃立。所有大臣列就,谒者仆射(总掌赞礼官)面向大殿屏后一躬,高呼:"皇帝御驾起——"几名胪传遂接连高呼,呼声迭次向后荡出。传呼声落点,皇帝坐在特制的车辆(辇)中,由六名内侍推车,六名侍女高举着车盖一般的伞盖徐徐而出,恍若天神。帝辇一动,殿中的皇室卫士一齐高举旗帜,郎中们一齐长呼:"警——"皇帝辇徐徐推至帝座前,头戴通天冠,身着特定御服,腰系长剑的皇帝被内侍扶持下辇,稳健地步登帝座,肃然面南。皇帝坐定,谒者仆射高宣:"皇帝即位,百官奉贺——"于是,天子雅乐大起,谒者导引着两列大臣分三班向皇帝朝贺:首班最高侯爵,次班大庶长至左庶长,再次五大夫至官大夫;每班朝贺皆扑拜于地,高呼:"皇帝万岁——"谓之山呼。分班次朝贺完毕,大臣们依爵次鱼贯进入事先写好名号且各自固定的座案就座。百官坐定,谒者仆射又高呼:"法酒上寿——"雅乐再度大起,谒者依次导引爵位最高的九位功臣,分别向皇帝贺寿,颂祷皇帝万岁万岁;每贺,其余百官必须高声同诵万岁。此谓之觞九行,或谓之九觞。整个朝仪过程,有执法御史不断巡视,举凡仪态不合法度之官员,立即被导引出大殿。故此,没有一个人敢轻慢喧哗,肃穆得太庙祭祀一般。九觞之后,谒者仆射高呼:"罢酒——"于是,酒具撤去。

谒者仆射再度高呼:"皇帝下诏——"这才轮到皇帝开口了。

"太过繁冗。明日重新大朝,再议国事。"

轮到皇帝开口,皇帝却烦躁了,拍案两句话,不坐帝辇径自走了。

皇帝挥汗如雨地走了,举殿大臣哄然笑了起来,一边纷纷攘攘地擦拭着额头汗水,一边揶揄嘲笑着煞有介事的博士们。"热死人也!大热天硬教人穿这大袍子!""这叫甚庆典,折腾得人路都不会走了!""鸟个典!摆着酒不教人喝!活馋人!""那叫法酒!你不是九侯能喝么?""九侯如何,也才一人一爵!""谁弄的这朝仪?气死人也!""不折腾我等老胳膊老腿,人博士凭甚立功?""博士博士,狗屎不如!"

不知谁高声贬损了一句,殿中一阵哄然大笑,大臣们纷纷抹着汗水去了。渐渐地,大殿中只有博士仆射周青臣与叔孙通等一班博士了。周青臣很是难堪,大步走向还在归置大殿的谒者、御史与郎中们,黑着脸高声道:"群臣对皇帝大不敬,御史亲见,为何不缉拿问罪!"领班御史丞转过身来哈哈大笑道:"朝仪已罢,说几句闲话也问罪?亏了你老博士饱读诗书也!"其余郎中谒者也纷纷笑嚷:"受教受教,皇帝没盖偌大国狱,拿人关到博士府去,你管饭也!"旁边叔孙通颇是机变,过来一拱手低声道:"禀报仆射,丞相拜

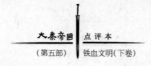
谒学宫，尚等我等议事。"周青臣心头惊喜，佯作气哼哼一甩大袖，就势走了。

四　吕氏众封建说再起
　　帝国朝野争鸣天下治式

　　整整一个午后，博士学宫都弥漫着一种亢奋气息。

　　丞相王绾亲自拜谒学宫，本来就是一件非同小可的盛事。然最令学宫感奋的，还是丞相亲邀博士们会商一件根本大事：新朝图治，当在天下推行何种治式？老丞相说得很明白，典则也好，朝仪也好，皆无涉根本，无须纠缠。国家根本在治式，透彻论定治式，才是博士学宫真正功劳。年余以来，博士们已经察觉出，新朝的大势越来越微妙了。博士们原以为天经地义的诸侯制，在新朝却被莫名其妙地搁置了，秦王首朝封赏，竟然没有诸侯一说。然则，秦王也没有说不行诸侯制，放下的话是，容后一体决之。这就是说，事情尚在未定之中，各方还都没有形成政见方略。同时，法权在握的廷尉府传出的消息是：李斯与一班亲信吏员日夜揣摩天下郡县，似有谋划郡县制之象。此时的秦王，依旧没有明白定策。从南海归来后，秦王除了确定典则与皇帝大典朝仪，对最为重大的治式事宜，始终未置可否。如此微妙情势之下，又逢皇帝刚刚即位之日，位高权重的老丞相亲自拜谒学宫且明白会商大事，此间究竟蕴藏着何等奥秘？

　　在从王城回来的路上，周青臣着意邀叔孙通同车。车行幽静处，周青臣突兀问："足下以为，丞相府廷尉府，孰轻孰重？"叔孙通以问作答："江水河水，孰大孰小？"周青臣一笑："江亦大，河亦大，奈何？"叔孙通答："两大皆能入海，唯能决之者，长短也。"周青臣恍然："如此说，谋之长远，其势明

　　强权立国者，对繁文缛节不会有太大的好感，从统治的角度来看，统治者尚未领会到繁文缛节可为统治带来便利。繁文缛节，从本质上来看，亦可归之于"术"，驾御之术。

　　这一节主要纠缠于到底是循周分封旧制还是实行新制，顺带写博士们聒噪。其实自商鞅变法之后，秦制基本上已成熟，并天下之后，只需复制推而广之即可，大制已定，关键是看如何执行。

矣!"车行辚辚,两人不约而同地大笑了一阵,又异口同声说了一句:"正道悠长,《吕氏春秋》也!"

柳林中摆开了恭贺皇帝即位的盛宴,酒是丞相府赏赐的。

王绾已经白发苍苍了。自从对六国大战开始,十年之间,王绾全副身心地运筹着秦国政事,从未在四更之前走进过寝室。战国通例,官员奉事五日歇息一日,此所谓"五日得一休沐"也。秦国勤政,六日歇息一日。可王绾自从做了丞相,却从来没有歇息过一日,纵是火热的年节,都守在政事厅不敢离开也不能离开。王绾只有一个心思,丞相府须得一肩挑起千头万绪的政事,好教秦王李斯等全力谋划战胜之道。然则,不知从何时起,王绾有了一种感觉——对这个秦王,他越来越陌生了。灭楚之后,这种陌生感突兀地鲜明起来。就实说,王绾与秦王从来没有过重大歧见,诸般政事之默契一如既往,然则,这种陌生感却挥之不去。思绪飘向远方,不经意间,王绾似乎也想明白了:秦王事事图创新,自己却似乎事事都循着常规与传统。陌生之感,由此生焉。十几年来,自己似乎没有出过一次令人耳目一新的谋划。与李斯尉缭两位大谋臣相比,自己确实少了些独具慧眼的长策大略。在预谋政事上,王绾也似乎总跟不上秦王大跨度的步幅,至少是很感吃力。凡此等等,都是实情,但王绾依然相信,这不是陌生之感的源头。以秦王秉性,若仅仅是如此这般,他早早已经明说了。

灭楚之后,秦王将李斯擢升为廷尉,且显然将廷尉府变成了统筹新治的轴心,这教王绾很不是滋味。李斯的功绩才具,王绾是认同的。就廷尉府的职责权力而言,秦王也没有逾越法度。然则,新朝图治这般重大而涉及全局的谋划,廷尉府难道比总揽国事的丞相府更合适么?显然不是。此间之要,人事也。人事之要,政见心界也。

王绾与秦王之间,有着一道双方都明白的心界鸿沟。这道鸿沟,与其说是实际政见不合,毋宁说是所奉信念不同。王绾信奉《吕氏春秋》,秦王则信奉《商君书》。这两部治国经典的差异,生发了王绾与秦王之间难以弥合的心界鸿沟。两部经典的差异有多大,这道心界鸿沟便有多深。当年,王绾是奉吕不韦之命,到太子嬴政身边做太子府丞的。很长时间里,王绾都是吕不韦与少年太子少年秦王之间的有效桥梁。秦王亲政后,《吕氏春秋》事件发作,王绾没有跟吕不韦走,而是选择了辅佐秦王。但是,王绾却不因人废言,对《吕氏春秋》所阐发的治世大道,王绾始终是信奉的。即或在秦王面前,王绾也从来没有隐瞒过。对此,秦王当然是清楚的。可是,秦王从来没有因为王绾信奉《吕氏春秋》而减弱对王绾的倚重。否则，王绾何以能做十余年的丞相？直至封赏功臣，直至秦王变成了皇帝，王绾的丞相之职也未见动摇迹象。

久历风霜的王绾看得明白，秦王对自己，一如当年对吕不韦：只要你不将治学信念化作不同政见，不将政见化作事端，永远都不会有事。也就是说，只要王绾目下安于现状，不将自己心头突突蹿跳的信念搬出来变为政见，天下首任丞相是无可动摇的。

难处在于，王绾摁不住这头在心头蹿跳的巨鹿。

灭楚之后，王绾有了一种越来越清晰的感觉：天下到了歧路亡羊之时，必得有人出来说话！目下，能够担当这个说话者职责的，大约只有自己了。博士们分量不足，奏对又往往陷于虚浮。元老大臣们失之浅陋，无以论证大道。即或是目下领事的一班重臣，其学问见识也没有一个人足以抗衡李斯，不足以发端大事。只有王绾，根基是老秦名士，少年入仕而历经四王，资格威望足以匹敌任何元老勋贵，论治学见识，王绾是吕不韦时期颇具名望的才士。最要紧的是，只有王绾清楚地明白新朝图治的实际要害何在，不至于不着边际地虚空论政，反倒引起群臣讥讽。王绾隐隐地觉得，这是上天的冥冥之意，这是无数圣贤典籍的殷殷之心。天道在前，圣贤在前，丞相权力彻侯爵位何足道哉！

> 王绾堪称"合格"的丞相，史籍不见其过，亦不见其功，无功无过，非常稳当。

"诸位，皇帝即位，图治天下，何事最为根本？"

"治式——"

酒宴刚一开始，王绾一句问话便将来意揭示明白。博士们不约而同地昂扬应答，显然也明白告诉了王绾，他们是有准备的。王绾一时大为欣慰，一改很少痛饮的谨慎之道，与博士们先连饮了三大爵，以表对皇帝即位的庆贺。置爵于案，王绾慨然道："老夫今日拜谒学宫，一则，感念众博士为

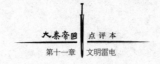

国谋治,刷新典则、创制朝仪有功! 二则,共商新朝图治之根本。诸位皆饱学之士,尚望不吝赐教。"

"鲍白令之敢问丞相,天下大道几何? 治式几何?"

"天下大道者二,王道,霸道。天下治式者二,诸侯制,郡县制。"

"淳于越敢问丞相,人云廷尉府谋划郡县制,丞相何以置评?"

"图治之道,人皆可谋可对。廷尉府谋郡县制,无可非议也。"

"伏胜敢问丞相持何等主张? 诸侯制乎,郡县制乎?"

"诸位以为,老夫该当何等主张?"

王绾揶揄反问,柳林中荡起了一片笑声。诘难论战原本是战国之风,博士们已经在几个回合的简单问答中大体清楚了老丞相的图谋,正欲直逼要害,却被王绾轻轻荡开,不禁对这位老丞相的机变诙谐显出了几分由衷的佩服,一时笑出声来。

"在下叔孙通有对。"一个中年士子站了起来。

"先生但说。"

"谋国图治,当有所本。秦国图治之本,在《吕氏春秋》!"

"何以见得?"王绾淡淡一笑,掩饰着心头的惊喜。

"天下治式两道,诸侯制源远流长,郡县制初行战国。"叔孙通从容地侃侃而谈,"战国大争之世,七国不奉诸侯制而奉郡县制,大战之需也,特异之时也! 今秦一天下,熄战乱,不当仍以战时之治行太平盛世。是故,新朝当行诸侯制,回归天下大道……"

"彩!"片言只语将郡县制之偏离正道揭开,博士们一阵亢奋。

"然则,"声浪平息,叔孙通突然一个转折道,"若以三代王道为诸侯制根本,始皇帝必难接纳。何也? 战国变法迭起,弃置王道已成时势。当此之时,若以三代王道论证诸侯制,必有复辟旧制之嫌。为此,必得以《吕氏春秋》为本,方得有效也。"

"彩——"博士们更见奋然了。

"《吕氏春秋》,有诸侯制之说?"王绾饶有兴致。

"有! 众封建论也!"

"鲍白博士学问最博,背诵给丞相。"周青臣指点着高声应答的红衣博士。

"丞相且听。"鲍白令之高声念诵道,"《吕氏春秋·慎势篇》云:天下之地,方千里以为国,所以极治任也。国非不能大也,其大不若小,其(地)多不若少。众封建,非以私贤

也,所以便势,所以全威,所以博义。义博、威全、势便,利则无敌。无敌者,安。故,观于上世,其封建众者,其福长,其名彰……王者之封建也,弥近弥大,弥远弥小。故,海上有十里之诸侯……多建封,所以便其势也。"略微一顿,鲍白令之慨然道,"吕氏之论,封建诸侯为圣王正道。封建愈多,天下愈安,此谓众封建也!"

"鲍白之论,我等赞同!"博士们不约而同的一片拥戴、附和声。

"敢问老丞相,博士宫可否上书请行诸侯制?"周青臣小心翼翼。

"有何不可? 老夫也是此等政见。"王绾叩着大案坦然高声道,"你等上书皇帝,老夫也要上书皇帝。其时,皇帝必发下朝议会商。但行朝会议决,公议大起,治式必决。"

"丞相发端,我等自当追随!"叔孙通一声呼应。

"我等追随!"博士们异口同声。

王绾离座起身,对着博士们深深一躬,转身对周青臣一点头,径自去了。博士们心气勃发,纷纷请命草拟上书。周青臣与叔孙通等几个资深博士略事会商,当即公示了一个方略:人人都做上书之文,夜来公议公决,选最雄辩者为博士宫联具上书面呈皇帝。博士们哄然喝一声彩,纷纷散去各自忙碌了。

次日清晨再度朝会,大出群臣意料,只一个时辰便散了。

皇帝大典后,嬴政很感疲惫烦躁,昨日回到东偏殿书房冷水沐浴一番,靠在卧榻便迷糊了。不想午间小憩竟做了沉沉大睡,直到日薄西山才蓦然醒来,气得将赵高狠狠骂了几句。夜来精神倍增,嬴政将李斯、王贲召进王城,再加原本在书房值事的蒙毅,要事先会商一番明日朝会如何动议治式。三人走进书房,嬴政远远一招手道:"来来来,脱了厚袍子坐! 小高子,冰茶!"不料,三人都没有应答,而是按着爵次顺序,王贲在前李斯居中蒙毅在后,一起躬身大礼,毕恭毕敬地齐呼了一声:"臣等参见皇帝陛下!"嬴政恍然起身,大笑道:"免了免了,书房折腾个甚! 大朝摆摆架势罢了,事事如此折腾还做不做事了? 日后书房议政老样子,谁喊皇帝陛下,我叫他出去晾着!"一串笑语申斥,三位大臣呵呵笑了起来,气象顿时和睦如初。

三人就座,各去朝服冠带,长发散披,通身一领麻布长衫,再饮下一碗冰茶,顿时大觉凉爽。嬴政一说事体,李斯不禁一声感喟:"惜哉! 尉缭子也。若他能动,此事容易多了。"王贲蒙毅也是一声叹息。嬴政低声道:"先生风瘫,太医无以救治。我已请一东海神医看过,也依然未见起色。还有老将军,但有他在朝……天意也,夫复何言!"一说到

王翦,嬴政眼中泛起了泪光。李斯蒙毅也双眼潮湿了。

"君上,还是议事了。"王贲岔开了话题。

嬴政说了事体,期冀明日朝会能一次议决郡县制,以便早日推行;预料群臣中可能有主张诸侯制者,故得预为绸缪。李斯禀报说,郡县制之实施方略经多次补正,已经确定了,只待议决推行。蒙毅说,重臣之中明白主张郡县制者,只有素常小朝会的王翦、李斯、王贲、蒙恬、尉缭几人,而能在大朝会动议者,大约只有李斯了。嬴政点头,李斯也没有说话。一直默然的王贲却突然说,廷尉动议不宜。嬴政问为何?王贲说,郡县制诸侯制之争,大多将军不甚了了,大多文臣则无甚定见。若有重臣主张诸侯制,很可能群臣便跟着走了。那时,才该廷尉杀出。嬴政大笑道,说得好! 朝会也是战场,精锐要用在最难之时。蒙毅问如此谁来动议? 王贲断然道,我来,我与尉缭前辈联具如何? 嬴政李斯蒙毅三人异口同声说了声好。如此商定之后,王贲李斯便驱车去了尉缭子府邸先行知会。嬴政吩咐蒙毅立即为两人草拟上书。三更时分,王贲李斯返回皇帝书房。与尉缭子情谊笃厚的李斯禀报说,卧在病榻的尉缭子欣然允诺了。嬴政心头顿时踏实了许多。于是,王贲拿了蒙毅起草的上书底本,立即回府准备去了。小朝会便在深夜中散了。

谁也没有料到,朝会局势会发生如此突兀的变化。

朝会伊始,嬴政刚刚申明了主旨,丞相王绾便第一个出班奏对。依照新朝仪,王绾站在自己的座案前捧着上书高声念诵:"臣,丞相王绾,昧死以奏皇帝陛下,主张新朝奉行诸侯制。臣呈上奏章——"于是,众目睽睽之下,殿前御史接过了新朝的第一道奏章,双手捧到了始皇帝案头。大殿群臣始而惊讶——历来只处置政务而不提政见的老丞相竟能发端大政! 继而恍然——新朝遵奉何等治道,非老丞相发端莫属! 于是,一时纷纷议论。

正当此时,博士仆射周青臣也霍然站起,高举上书高声念诵:"臣,博士仆射周青臣,昧死以奏皇帝陛下,呈上博士七十人联具之《请行封建书》——"殿东一大片博士整齐站起,齐声高诵:"臣等昧死启奏皇帝陛下,请行封建,以固大秦!"如此声势,又一齐口称昧死,秦国庙堂见所未见,一时群臣彷徨,有诸多元老便要站起来呼应。

列位看官留意,秦之典则礼仪虽细,然也不可能事事定则。譬如这大臣口称"昧死以奏",便不是礼仪典则所定。然若依着"尊上抑下"的典则精神,臣下自己要在言事时，或加上彰显忠心之词，或加上勇于任事之词，典则礼仪自是不能禁止。也就是说，臣下自甘卑下奉迎，有利于巩固皇权，法度礼仪不会禁止。后来，诸多臣下起而仿效，奏章之首多称"昧死以奏"以为表白，遂使后世学人多以为臣称"昧死"乃秦时订立制度使然。此间误会，何其深也！延续唐宋之后，诸多儒臣奴性大肆泛滥，以至有人整日念叨"臣罪当诛兮，皇帝圣明！"显然，这是事实存在的一种自虐，而绝非制度所立。此乃后话。

目下的王绾与众博士口称昧死，可谓既表惶恐，又表忠心，亦表无所畏惧。就其本意，无疑与"斗胆直言"之类的表白相近，也许本无他意。然在质朴厚重的秦国朝会上，大臣言事，历来极少这种自我表白，有事说事罢了。如今老丞相慷慨发端，一大片博士慷慨相随，人人昂昂高呼昧死以奏，大臣们如何不怦然心动？

"臣，通武侯王贲有奏。"

一声浑厚而沉稳的宣示，大殿中立刻肃静下来。谁都知道，王翦王贲父子连灭五国，在新朝具有无与伦比的分量。更有一点，父子两人都是寡言之人，朝会极少开口，开口则绝不中途退缩。当此之时，这王贲挺身而出，定然大事无疑。举殿肃然之间，只见王贲前出两步，捧着一卷竹简高声道："臣与关内侯尉缭联具奏对，请行郡县之治，今呈上奏章。"殿前御史接过竹简，王贲坐回了班次。见如此两位重臣与丞相大相径庭，主张郡县制，群臣这才稍见清醒，不再急于附议，一时方安静了下来。

"老臣有奏……"王绾再度慷慨奏对。

"朕有决断。"皇帝却开口了，打断了王绾。嬴政第一次使用这个拗口的字，显得有些生硬，也渗出几分冷冰冰的气息，"丞相、博士宫、通武侯、关内侯，各有奏章，且主张已明，当下议决，未免仓促。朕之决断：发下今日三则奏章，各官署集本部官吏议之，或酿成共识，或两分亦可。旬日之后，朝会一体决之。散朝。"说罢，皇帝径自走了，朝会也就散了。

旬日之间，咸阳各官署及治情已经稳定的郡县官署，都开始了哄哄然的议政。

议政决事，既是秦国之传统，又是秦国之法度，并非散漫议论。春秋战国之世，尚大体延续着古老的三代议事传统，列国都不同程度地实施着一种大事须交群臣公议的决策法则。战国动荡多战，决事力求快速高效，公议制不可避免地有所淡化，却没有从制度意义上消失，在事实上也经常见诸各国。就秦国而言，大事交付公议多见于史料记

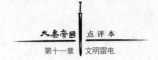

载:秦穆公合大夫而谋政,秦孝公廷议变法,秦惠王议伐巴蜀,秦昭王议杀白起,秦王政议逐客、议破四国合纵、议禅继、议帝号等。也就是说,虽然战时决事需要快捷,寻常军国大事皆由君主与相关重臣立决立断,但关涉根本的长策大略,还是很看重公议决断的。

议政作为一种制度,其实施流程表现为:某臣动议(显而易见的实际大事,不需动议也可由君主发动公议)——君主发其上书于各官署下令议之——各署得将议决对策正式呈报君主——君主集重臣或全体大臣最终议决。若群臣所议一致,君主也见识无二,则君主可不行朝会而决断;若群臣对策不一,则君主必得行朝会决断,而不能独断。此,议事制度之根本也。譬如目下诸侯制与郡县制之争,既是国家根本长策之争,又是最具权力的两方重臣之争,牵涉既广,利害且深,皇帝自不能当场独断,发下群臣公议,是所有人都能接受的稳妥方式。此等议事制度,是华夏族群在艰难生存中群策群力之遗风,弥足珍贵。然则,这一议事制很快就消失了。这是中国历史上一件并不如何瞩目,却影响深远的大事。不久之后,我们将目睹这一事件的来龙去脉。

嬴政深感朝会之出乎意料,散朝后立即召进李斯王贲会商。

李斯说,博士宫联具请行封建,意料之中不足为奇。战国末世改制,若没有诸侯制声音,反倒是怪事了。而老丞相王绾不事先知会,而突兀力主诸侯制,才是真正的棘手。王贲说,老丞相历来与闻决策,该当明白君上图治趋向,今突兀转向诸侯制,完全可能引发大局动荡生变。王贲深表赞同,补充说,此等动荡与其说迟滞郡县制推行,毋宁说为天下复辟者反对郡县制立下了一个新的根基,后患多多。蒙毅则以为,王绾突兀发难,很可能是受了博士们煽惑,未必是自家真心主张;其中根源,必是王绾自觉新政轴心不在丞相府所致。

"不。三处须得澄清。"一直凝神倾听的嬴政轻轻叩着书案,"其一,王绾之举,绝非突兀。其二,王绾主张,绝非复辟。其三,王绾之心,绝非自觉权力失落。不明乎此,不能妥善处置纷争。"

"君上三说,依据何在,敢请明示。"王贲一如既往地直率。

"先说一。"嬴政顺手从文卷如山的旁案拖过一只早已打开的长大铜匣,拿出一卷竹简展开在案头,"这是《吕氏春秋》,两位可能不熟,廷尉该当明白。《吕氏春秋》明白主张封建制，而且是众封建，诸侯封得越多越好。王绾素来信奉吕学，未尝着意隐瞒。当此之时，王绾必感事关重大，而又无法说服我等君臣，故联手博士，形成朝议对峙，逼交公议而决。显然，老丞相是有备而来。三位皆曰突兀，因由在于忽视了王绾的治学根基，似觉老丞相没有理由如此主张。可是如此？"

"君上明察！"三人异口同声，李斯尤有愧色。

"再说二。"嬴政指点着案头书卷，"王绾主张封建诸侯，基于治国学说，基于安秦之另一思路！而非基于复辟远古旧制，更非基于复辟六国旧制。此与当年文信侯根基同一。而六国王族、世族鼓荡封建诸侯，则是明白复辟。即或博士宫七十博士主张封建诸侯，一大半也是基于治学信奉之不同，也非世族复辟之论。"

"君上明察！"

"再说三。"嬴政又从旁案拖过一只木匣，拿出一卷道，"灭楚之前，老丞相曾经上书请辞，理由便是'治事无长策，步履迟滞'。十余年来，老丞相勉力支撑，未尝一事掣肘，纵无大刀阔斧，亦绝非纠缠权力进退之辈。"

"臣之指斥，草率过甚！"蒙毅当即肃然长跪，拱手如对王绾致歉。

"凡此者三，决我方略。"嬴政对蒙毅淡淡点头一笑，继续道，"一则，唯其王绾有吕学根基，有备而发，两制之争当认真论争，绝不草率从事。二则，唯其老丞相博士等非六国王族世族之复辟，两制之争当以政见歧异待之；纵有后患，届时再论。三则，唯其老丞相非关私欲，两制之争不涉国政权力。"

"臣等赞同！"

"君上方略至当。"李斯一拱手，心悦诚服而愧色犹在，

竹简这么重，恐怕拖不过来吧？命人抬过来可能更为准确。

这回是木匣不是铜匣，想必此书不如《吕氏春秋》重要。

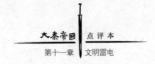

"王绾之于吕学，臣疏忽若此，深为惭愧也！今据君上处置两争之三则方略，臣以为根本在第二则，即以政见歧异待之。既为政见之争，必涉吕学与诸家之道。此，臣之所长也。臣自请主力，与老丞相等一争是非曲直。"

"廷尉主力，正当其时！"王贲拍掌大笑。

"听说《吕氏春秋》乃廷尉当年总纂，正当其人！"蒙毅也和了一句。

"好！廷尉主战。"嬴政一拍案，"然，此事至大，不能廷尉孤军独战。"

"陛下毋忧，我等当妥为谋划。"不期用了新称谓，李斯自己也笑了。

"臣等与廷尉协力！"王贲蒙毅立即跟上。

"好！两制之争乃华夏根本，务求全胜！"

"赳赳老秦，共赴国难！"

李斯王贲蒙毅不期然异口同声冒出一句久违了的老秦誓言，一时君臣四人的眼睛都潮湿了。片刻默然，嬴政高喊小高子上酒。赵高捧来四爵老秦酒，君臣四人汩汩痛饮而下，顿时人人一身大汗，同声大笑一阵，便匆匆散去各自忙碌了。

在嬴政君臣筹划之时，各署议治的消息也纷纷激荡开来。蒙毅总司中枢，络绎不绝的消息都是"本署多以封建诸侯为是，以郡县制为非"。蒙毅非但备细阅读了每一份呈报进皇城的议治书，还亲自赶赴丞相府、上将军府、大田令府、司空府、司寇府、内史府、博士宫七大最主要官邸分别听了议治论争，终于对种种纷争大体清楚了。

蒙毅对皇帝的禀报是：归总说，群臣议论多以封建诸侯制为是。其间情形又分四类。其一，丞相府与博士宫之议，一致以吕学为根基，认定封建诸侯为安秦大道。其二，大田令等实际治事官署，则多从经济民生出发，以为郡县制易于凝聚国力民力，易于农耕河渠之通畅，多以郡县制为是。其三，郎中、御史、太庙令、太史令以及诸多皇族大臣，则多从传统出发，认定封建制利于族群血统之稳定延续，故以封建诸侯为是。其四，上将军府与国尉府最为特异，由于王翦蒙恬皆不在咸阳，国尉府又一直由尉缭虚领而无实际长官，故吏员之议颇为别致：大多以郡县制为战时权宜之计，安定天下则当奉行封建诸侯制。

"南北上书到了么？"嬴政淡淡一笑。

"南海上书、九原上书，刚刚到达。"

"如何说法？"

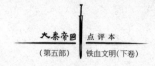
"王翦老将军力陈封建弊端,力主郡县制。蒙恬将军亦同。"

"扶苏回来没有?"

"皇长子明日将抵咸阳。君上,如此做……"

"不怕。事关长远,教皇子们听听有好处。"

"那,最好明令皇子们只听不说,持公允之身。"

"不! 可以说话。面对如此利害,一个毫无评判的皇子何以立足天下?"

"君上,皇子们尚未加冠……"蒙毅欲言又止。

"准时大朝,放开一争!"嬴政断然拍板,没有理睬言犹未尽的蒙毅。

> 嬴政心里早有主张,但要摸清臣子、皇子们的想法,所以,让群臣及皇子们放言一论。

始皇帝元年五月末,事涉华夏根本的一场创制大论战正式拉开了帷幕。

除了王翦蒙恬与据守陇西的李信,顿弱姚贾等所有的在外大臣与已经有稳定官署的大郡郡守、大县县令,都被召回了咸阳。更有不同者,大殿内皇帝阶下专设了皇子区域,二十余名皇子全部与朝。咸阳所有官署的所有官员,除了有秩吏之下的吏员,举凡官员一律与会。素常宽阔敞亮的正殿,黑沉沉一片六百余人,第一次显得有些狭小起来。卯时钟鼓大起,帝辇在迭次长呼中徐徐推出。高冠带剑的皇帝稳步登上帝座,大朝会宣告开始了。

"诸位,朕即皇帝位,今日首议大政。"

所有的殿门与所有的窗户全部大开,沉沉大殿在盛夏的清晨颇为凉爽。皇帝一身冠带,平静威严地继续宣示着主旨,"天下一统,我朝新开。行封建诸侯,或行郡县一治,事关千秋大计。日前,首议三奏业已发下,各署公议也大体清晰。归总论之,主张依然两分。今日大朝,最终议决,朕将亲

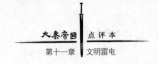

为决断。朝会议政,不避歧见,诸位但言无妨。"

"臣,博士鲍白令之敢问,陛下对新治大计定见如何?"

"大朝议政,不当揣摩上意。"皇帝冷冰冰一句回绝了试探。

"臣,博士仆射有奏。"西边文职大臣区后的博士区,昂然站起了掌持博士学宫的周青臣,慷慨激昂道,"皇帝陛下扫灭六国,威加海内,德兼三皇,功过五帝,为千古第一大皇帝也!然则,平海内易,安海内难。天下九州,情势风习各异,难为一统之治。大秦欲安,必得以《吕氏春秋》为大道,众封建。封诸多皇子各为诸侯,辅以良臣,因时因地而推治,如此天下可定也!"

"臣,博士淳于越附议!今皇帝君临天下,四海归一,当继三代之绝世,兴湮灭之封国,使诸位皇子、开国功臣,皆有封国之土,皆有勤王之力!如此封藩建卫,土皆有主,民皆有君,皇帝陛下亦省却治民之劳,郁郁乎文哉!泱泱乎大哉!"这位素有稷下名士声望的淳于越跟了上来,文臣座席区诸多要员顿时振作瞩目。

"臣,博士叔孙通转呈山东游士奏章!"

一言落点,举殿惊讶。朝会者,君臣之议,是为朝议。游学士子为庶民,故为野议民议。野议民议无固定程式,也并不包括在君主"下议"的议事制度之内。然则,华夏族群自远古以来,即有浓厚的野议之风,也有许多相应的上达形式,明如谤木制、谏鼓制、请命制等,暗如童谣、民歌、公议、请见、上书等,甚或包括了特定的流言。战国之世,重视野议之风犹在,齐威王整肃吏治的举措之一,便是以谤木制搜集民众建言及对官吏的举发。当时天下对齐人风习的评判,其中有一句"多智,好议论"[①]。这个"好议论",说的便是野议之风的普及强大。庶民野议但以上书方式呈现,往往是最为重大的民议,甚或可被视为某种天意。当此重大朝会,陡然出现野议奏章,此间意蕴难以逆料,大殿群臣立即静如幽谷。

"既有野议奏章,当殿宣读可也。"皇帝说话了。

"臣遵诏。"叔孙通展开一卷,高声念诵起来,"臣等山东游士二百一十三人,启奏皇帝陛下:大乱初定,天下思治,流民思归。我等布衣游学之士,痛感天下失治之苦。为此,恳望皇帝陛下封建诸侯,我等愿各为良辅,使四方有治,使黔首有归。如此,则天下

---

① 见《史记·货殖列传》。

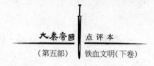
大幸也！"念诵完毕，叔孙通高声补充道，"民心即天心。士为天下根本，得士之心者得天下！臣赞同天下士子之议！"

"臣等赞同游士奏章！"博士席一片呼应。

"群小私心罢了，谈何天心天意天下士子？"文臣区突兀一句冷笑揶揄。

"何人之言，诛心乎！论政乎！"叔孙通高声顶了回来。

"老夫顿弱！便答之足下。"顿弱虽见苍老，精神依旧矍铄，离开侯爵座案站到了空阔处，破例地没有面对皇帝，却面对着沉沉座案区高声道，"诸位连同老夫在内，十有八九都曾是布衣之士游学列国。此战国之风也，入仕之道也，原本好事！然则，战国士风雄强坦荡，无论政见如何，所论皆发自本心！是故合则留，不合则去。今日，二百一十三名士子论政上书，竟能异口同声赞同封建诸侯，而独无一人异议，岂非咄咄怪事乎？其间因由，不言自明。今六国皆灭，一班狗苟蝇营之士失却奔走依托，又自觉才具不堪为皇帝大用，于是乎，唯求天下诸侯多多，好谋一立身之地。人求立身生计，原本无可指责。不合此等人物，偏以玩弄天下大计为快，以民议天心为名，实谋一己之出路，宁非私哉！诸位且说，老夫之论，诛心耶？论政耶？"这顿弱原本战国末期名家名士，桀骜不驯，当年以见秦王不拜而名闻天下。此时一片言论不做奏对，却做了论战之辞，一时大见老来风采，举殿听得入神沉寂，忘记了喝彩。

"不，不是诛心，却也不是论政！"叔孙通红脸嚷嚷，引来一片笑声。

"此等野议，臣等以为不说也罢！"文臣席有几人高声非议。

"是也是也，自请为诸侯辅臣，有私无公！"

一片嚷嚷中，周青臣淳于越叔孙通都愣怔了，博士席也一时默然了。

"老臣王绾有奏。"

须发雪白的王绾终于不能坐视了。这班博士不着边际不谙事理，王绾大为皱眉，自觉如此下去，只怕这个重大长策便要被这些虚空宏论付之流水。王绾决计亲自阐发，于是离座出班，直接面对着帝座，苍老的声音在大殿中回荡起来，无一言不是实实在在。

"陛下明察：方今诸侯初破，天下初定，复辟暗流依旧涌动。大势论之，赵魏韩之地一旦有事，尚可就近靖乱。然则，燕齐楚三地却偏远难治，若有不测之乱，咸阳鞭长莫及。此际之险，与周灭商之初相类也。大秦欲安天下，当效法封建分治，分封皇帝诸子为封国诸侯，镇守偏远边陲，以安定天下。此，久远之计也，非一时之谋也。"

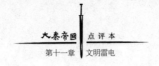

"老丞相差矣!"姚贾站了起来。

"上卿何见之有?"王绾淡淡地回了一句。

"皇帝陛下,诸位大臣,"姚贾在空阔处时而面对帝座,时而面对群臣,雄辩之风不下顿弱,"历经战国,天下大势已成两种治式:封建诸侯为一道,郡县统治为一道。今丞相既论治道,却是天下两分:赵魏韩之地一道,燕齐楚之地一道。持论根基,又唯在地理之远近,平乱之难易。如此姚贾敢问丞相:天下统一而一朝两治,政出多门而纷纭不定,图乱乎?图治乎?再则,天下治道若以地理远近、平乱难易而决断,易治者严,难治者宽,岂非纵容远政不法生乱?如此治道,公平何在!正道何在!"姚贾气势凌厉,所攻也确实皆在要害,群臣立感决战气息,大殿中一时肃然无声。

"上卿少安毋躁。"

王绾淡淡一笑,突然振作精神侃侃而谈,"老夫所言,因时因地而施治也,天下正道也,非自老夫始也。在秦,自我惠文王之世取巴蜀,便以王族大臣直领巴蜀近百年,与封建诸侯何其相类也!昭王之世,有穰侯治陶地。当今皇帝之初,有王弟成蛟治太原。此其实也。以治道之论,则文信侯之《吕氏春秋》有切实之论,非但主张众封建,更主张以地理远近定封国大小:王者封建,地愈近而封国愈大,地愈远而封国愈小,故海上之地有十里诸侯。凡此等等,皆因远近不同而施治也,何由生乱乎!以目下情势,皇帝领赵魏韩三地,是为帝畿;燕齐楚三地,则封建诸侯,势同三代天子一治,何由天下两治也!"王绾有理有据有史有论,殿中形势又是一变,大臣们都流露出敬佩的神色,博士们更是奋然快慰。

"丞相论史,不足为证!"

年轻的蒙毅第一次挺身站立在殿堂论政了:"蒙毅职任长史,多闻国史典籍。丞相所言之史实,不合比作封建诸侯。自孝公以下之历代秦王,虽时有王族子弟或重臣领于一方,然皆以国府郡县官吏施治,王族子弟与重臣之效用俱在镇抚,以利推行法治。此等领治,赋税皆上缴国府,领治之地更无私兵私官,实乃郡县一治之特例,与封建诸侯大相径庭也!"

"吕氏之学,亦不合大道也!"

李斯站了起来。思忖情势,李斯觉得自己该说话了。李斯也没有面对帝座,面对面地与王绾对立着道:"文信侯众封建之论,不合大道者二。其一,不合五百年来天下潮流。自春秋以至战国,礼崩乐坏,瓦釜雷鸣,高岸为谷,深谷为陵;国变,君变,官变,民变，法变，最终酿得潮流大变。其间诸子百家风起云涌，竞相探索治国之道，而终归酿成变法大潮。变法者何？变国家也，变治道也，变生计也，变民众也。一言以蔽之，变天下文明之蕴涵也！千变万变，轴心在于治式之变。封建诸侯裂土分治，导致天下大战连绵动荡不休。人心思治，人心思一，思的便是天下一统，思的便是一法施治，思的便是抛却封建。文信侯之时，天下归一之心尚在端倪，尚未聚成大潮，故文信侯未能洞察大势也！今日之天下，若果真行封建诸侯，无异于抛离天下民心，无异于再植裂土分治之根，弃华夏五百余年之探索而重归老路焉！老丞相厚学明察，拘泥于一家之学而不审时势，何异于刻舟求剑哉！"

"老夫愿闻其二。"王绾丝毫不为所动，只冷冷一笑。

"其二，丞相所言，今日新朝情势几同于周之灭商，在下不以为然。"

"丞相所言大是！"博士座席一片反对李斯之声。

"是与不是，且看史实。"李斯从容言道，"其一，三代之时，天下未曾激荡生发，不知郡县制也，唯知封建制也。其时行封建，与其说遵奉王道，毋宁说别无选择也！是故，不足为亘古不变之依据。其二，周行诸侯制，前后所封王族与功臣千八百余国，可谓众封建矣！然则，周武王尸骨未寒，周室便祸乱大生，发难者恰是王族之管、蔡诸侯！如此封建，谈何拱卫天子？谈何拱卫王室？至于周幽王镐京之乱，王族大诸侯晋国鲁国齐国皆不敢救，若非我老秦人弃置恩怨而千里勤王浴血奋战，何有洛阳周室之延续哉！更不说诸侯相互如仇雠，相互攻伐而不能禁止，以邻为壑而践踏民生……凡此等等，封建诸侯岂非天下祸根哉！"李斯一番话痛切肃杀，所言又无不是诸侯制要害，群臣神色又是一变。

郡县制与封建制的分歧，不论不明。周代分封，诸侯有封土，日欺周王，王权最终衰落。秦自秦昭王后期，即听从范雎之计，加强王权，秦始皇不会重蹈周代覆辙。后世看着分明的事，在当时可能是历经万难方成。

"人非圣贤，事无万全。廷尉如此苛责圣王大道，夫复何言！"

王绾不屑地冷漠一笑，坐回了文臣首座，板着脸一句话不说了。

"臣，博士鲍白令之，敢请诸王子之见！"博士席突兀一声。

"臣等敢请诸王子奏对！"博士们一片呼应。

大臣们似觉唐突，又似乎对博士们此等颇具离间意味的动议大有怀疑，举殿竟无一人附议。王子们则惴惴不安地望着帝座，纷纷低下了头去。

"愿说者便说，无须顾忌。"皇帝说话了。

"儿臣扶苏有奏。"英挺的皇长子一站起来，群臣眼睛立即亮了。只见扶苏向帝座一躬，肃然正色道，"儿臣以为，大秦一统华夏，皆由将士鲜血而来，理当推行郡县，由国家统一治民，使民无私政之苦。扶苏纵为皇子，若求封国而行私政，大秦国法安在？"

"好！"文武两大区，皆有人高声拍案赞叹。

"胡亥有奏！"一声清亮稚嫩的童音陡然荡开。

"三十二年……燕人卢生使人入海还，以鬼神事，因奏录图书，曰'亡秦者胡也'，始皇乃使将军蒙恬发兵三十万人北击胡，略取河南地。"（《史记·秦始皇本纪》）始皇帝再没有想到，这"胡"会应在胡亥的身上。

群臣大为惊讶，后排座案的臣子们纷纷站起向前打量。皇帝不禁呵呵笑了："你小子也敢有奏？好！有胆色，说。"皇帝话音落点，一个童稚话音在大殿中清亮地飞旋起来："胡亥身为皇子，不求一己之利，唯愿天下大治！胡亥不做封国诸侯，只做大秦良臣！"

"彩——"举殿无分政见，爆发出一阵哄然笑声。

"皇子童稚轻言，不足以论长策！"鲍白令之昂昂然喊了一声，大臣们颇觉滑稽，又是一阵哄笑。正在此时，东区武臣席中王贲站了起来："臣等有奏。"一句话落点，大殿立即肃静下来。谁都知道，如此重大的议政，拥有最高爵位的几位

武臣至今还没有人说话。

"臣通武侯王贲,得武成侯王翦、九原侯蒙恬、陇西侯李信之托,代奏皇帝陛下:华夏边地之治,若阴山,若陇西,若辽东,若南海,尤须郡县一治。若行封建,华夏必失万里屏障也。周室之亡,亡在诸侯。诸侯之患,动乱之源也。大秦不行封建,动乱将大为减少。纵然六国旧世族图谋复辟,亦不至裹挟民众。其时复辟世族孤立天下,我大秦六十万铁军何惧之有? 此,臣等之奏对也,皇帝陛下明察。"

王贲的话语一如既往地平实,没有一句激昂之辞,却使已经渐渐闷热起来的大殿如秋风扫过,顿见一片肃杀气息,大臣们顿时平静了,没有人想说话了。只有博士们惊愕地相互顾盼着,似乎不明白这个黝黑粗壮的蛮实将军何以竟能有如此威慑力。

"各方大要清楚,老臣敢请陛下决断。"王绾以为不需要再争了。

"敢请陛下决断!"举殿一声。

"好。"皇帝拍案,"旬日之内,朕以诏书说话。散朝。"

五　力行郡县制　始皇帝诏书震动天下

嬴政破例没有回东偏殿书房,径直到了皇子学馆。

皇子学馆设在王城西苑,原本隶属太子傅管辖,总司皇族子弟文武启蒙之学。太子傅是一个似无实权却又极为要害的职司,其官署与职司所在分为四处,堪称最为特异。其一,身为大臣的太子傅的个人住宅,在皇城之外的官邸区;其二,太子傅的公事官署,设在皇城内的官署区,与皇帝处置日常政务的东偏殿相邻;其三,对太子的教习督导职能,由专设在太子府的官署行使;其四,对太子之外的皇族子弟的教习,由专设在皇城西苑的皇家学馆行使。嬴政自亲政之后一直没有立太子,没有设置太子傅,也没有裁汰一名太子傅官署的属员。是故,太子傅官署职司只剩下了教习全体皇族子弟这一项,由原先的太子傅丞领事,官署吏员全部移到了这座皇家学馆。嬴政从没来过西苑,若非赵高领道,还当真在这林木葱茏山环水绕之中猜不出学馆究竟藏在何处。

"参见父皇——"

二十几个皇子,秦始皇能认全就不错了。

赵高调教出来的皇子,果然讨秦始皇欢心。

嬴政一进庭院,眼见二十余名冠带整齐的皇子齐刷刷长跪拱手响亮呼喊,不禁惊讶地笑了:"小子们有备也,知道我来?"旁边赵高惶恐道:"是小高子教小内侍知会了一声,怕皇子们不在,陛下来一次难也。"嬴政一挥手大笑:"好好好,都在这大树下坐了,说说话。"皇子们欢声雀跃而散,纷纷在最大的一片荫凉下的青砖地面上坐了下来。独有一个童稚皇子气喘吁吁抱来了一个木墩放在树荫下,锐声一喊:"父皇入座!"嬴政怦然心动,哈哈大笑间透出满心欢畅,一俯身抹着小皇子通红脸庞上的汗水高声笑问:"你小子就是胡亥?"小皇子一挺胸脯赳赳锐声:"然也! 我便是大秦皇子胡亥!"嬴政道:"木墩是你的常座么?"小皇子赳赳锐声:"非也! 此乃胡亥战马!"嬴政道:"你要战马做甚啊?"小皇子赳赳锐声:"杀敌报国! 安我大秦!"嬴政不禁再度欢畅地大笑起来,双手一卡便将胡亥提起放到了木墩上:"好! 你的战马你骑! 父皇做步卒,长矛护着你!"一时间,宽阔幽静的庭院响彻了皇子们欢快的笑声。赵高过来低声道:"扶苏皇长子到九原侯府邸去了,其余皇子都在。"

"小子们静了,父皇要说话。"

嬴政从来没有过此刻这般欣然轻松,见熙熙攘攘的皇子们安静下来,站在大树下笑着高声道:"小子们今日都去了朝会,都好! 给嬴氏长脸! 扶苏好,胡亥更好! 小小孩童,如此识得大体,难得! 胡亥,小子说说,谁是你的老师啊?"

"禀报父皇:内师同教,外师乃太史令胡毋敬!"

"都派定外师了?"

"派定了!"

"各人说,外师都是何人?"

于是,皇子们依着年岁从大到小一个个报来。嬴政听出了眉目,除了嬴政已经知道的蒙恬为扶苏外师,总归个个皇

子的外师都是文职高爵重臣，只有少子胡亥的外师是个爵位最低实权最小的太史令。而文臣外师之中，唯独没有李斯。

"好。都有了外师便好。"嬴政笑道，"没有太子傅，父皇便接纳了太子傅丞的建言，给你等人人派了一个大臣做外师。于今看来，颇见效用也。嬴氏王族，自来有一条法度：唯才是继！父皇没有明立太子，便是要你等各自奋发，由朝野公议评判考校。当年，父皇便是这样做了太子的。如何，父皇可算公平？"

"父皇大公——"一片响亮的呼喊。

"然则，"嬴政脸色倏忽一沉，"争要明争，要争才具，争见识，争节操。谁要权谋折腾，私相暗斗，自相残杀，父皇决执国法严惩不贷！记住没有？"

"记住了！"

"好！"嬴政又恢复了笑容道，"少皇子胡亥，朝会见识为皇子表率，才具尚有潜力。为示奖掖，父皇为其定一外师。"

"谢过父皇！胡亥这便去拜师！"

"你小子等着，定好了叫大庶长知会你。"

嬴政第一次称呼了赵高的爵位，赵高亢奋得心头突突直跳，一片暖意洋溢不去，回来的路上红着脸一句话不说，小心恭顺如同儿子侍奉父亲一般。赵高没有料到，更大的一个意外也即将来临。在辒车行将驶出西苑时，皇帝吩咐停车。赵高停下单马轻车，扶皇帝下车，照例肃立在车旁——他是否跟从皇帝，得看皇帝如何行止。不料皇帝一下车便道："走，随我一起走走。"赵高心头一热，立即跟着皇帝的步子小心走了起来。皇帝又气又笑道："你小子走到旁边来，老跟在身后做狗么？"赵高连忙走到皇帝身旁稍稍侧后处，涨红着脸道："小高子，本，本来就是陛下一，一只狗，小高子愿意一辈子……""住口！"皇帝低声一喝，顺势坐在道边一处茅亭下，见赵高吓得大汗淋漓，又淡淡笑道，"赵高，你跟随我近三十年了，功劳多多，却无甚自家乐趣，且正道才具也都埋没了……起来！听我说话。"看着热泪纵横地从地上爬起来的赵高，嬴政正色低声道，"这次，我想派给你一件正经差事，却没有任何官身名头。少子胡亥，颇有我少年之相……然毕竟童稚未消，尚待查勘。我意，五年之内，你做胡亥老师。只教胡亥两样根本：一则精熟秦法，一则精熟书法。这两件事，都需要功夫，只有你腾挪得开。五年之后，若胡亥有成，我便可另派大臣为外师，使其通晓政事。你意如何？""君上啊……"赵高泪流满面扑拜在地，却一句话也说不出来。嬴政扶起了赵高,又拂去了赵高身上的尘土:"这是密事。胡亥的名义外师,是李斯。记下了?"

"记,记下了……"赵高心头大为酸热,身下突然热乎乎一片。

"走,回去还得拟诏。"

"君上……"赵高软在了地上,腿边一大摊热烘烘水渍。

"你小子尿了?好出息也!"嬴政大笑一阵,大步走到辒车前拿来一件长衫放到了亭柱下,"换了,我在车旁等着。"

哇的一声,赵高哭了……

脸红、大汗淋漓、泪流满面、热泪、大哭等词语,常用于赵高。始终没写透赵高的城府事,作者隐而不发。

是夜,皇帝书房的灯火一直亮到东方发白。

当李斯与一班图籍吏员登车驶出皇城时,谁都没有力气说话了。一连串飞去的辒车上,飘荡着连绵不绝的鼾声,引得清晨值事的城门郎中笑出了声。及至抵达廷尉府庭院,扯着鼾声流着涎水的李斯却在刮木撂下的咯噔一声中蓦然醒了过来,怀中紧紧抱着一只大铜匣下车,目光直愣愣瞪着前方走向了书房。驭车吏似觉不对,连忙飞步抢前打开了一道又一道大门小门,眼睁睁看着梦游的李斯大步匆匆进了书房。刚刚坐进书案提笔在手,李斯呼噜一声瘫倒了。驭车吏这才喊来官仆,一起将李斯抬到了寝室。三日后李斯醒来,皇帝的诏书已经颁行了。当府丞将诏书恭敬地送进书房,为主官铿锵诵读时,李斯的泪水打湿了衣襟……

始皇帝力行郡县制诏书

始皇帝诏曰:朕曾下议国之治式,封建说与郡县说对峙难下。朕会同相关大臣复议,亦再度查勘天下大势,议决推行郡县制。自今之后,天下力行郡县,封建诸侯不复存焉!所以行郡县者,朕执三势:

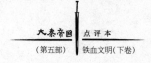

其一，治势也。战国之世，七国皆数千里也，若行分封，皆可做数十成百邦国。然则七国无一封建诸侯，无一不行郡县。何也？分治则弱，一治则强。分治则亡，一治则兴。晋为春秋大国，封建世族而瓜分为三。姜齐春秋大国，封建世族而有田氏代齐。楚为五千里大国，封地分治而国力难聚，终为我所灭。凡此等等，皆为图治之势也。人云，不行封建，无以防田常六卿之乱。朕云，我不行封建，何来田常六卿？故郡县制者，天下图治时势也。

其二，民势也。封建之众，其国必小。国小而欲争强，必重黔首赋税。其时国府法令难行，必致生民涂炭。黔首起而群盗生，其国必起动荡，终将酿成天下乱源。郡县一治，则国必大。国大则缓急可济，赋税徭役可因时因地而行，民得安也。故，行封建以治则民乱，行郡县以治则民安。何去何从，至明焉！

其三，国势也。三代中国皆行封建，天下分治久矣！诸侯多不以天下为念，唯以私治为念，图谋与国府疏离。如此者三代，中国诸侯法令异制，以致田畴异亩、文字异形、言语异声、钱币异质、车行异轨、度量衡异法，华夏业已裂土裂民矣！唯其诸事皆异，天下共苦，战斗不休。今天下初定，再行封建，又复立国，何异于再树兵也！若逆势行之，则华夏必裂土万千，国力弥散，终将为夷狄匈奴所吞灭也！楚领南海而行封建，致今日南海百粤几不知华夏为何物也。故，上将军王翦有言："若行封建诸侯，则中国无南海也。"诚哉斯言！若不能凝聚华夏诸族，使我中国文明立足万世，秦一天下何由哉！

为此三势，朕今决断议政之争：自今废除封建，分天下为三十六郡；律法一体，官制一体；治权集于国府，决于皇帝，上下统一政令，举国如臂使指。如此治权不出多门，私欲不至成灾，天下至大之德也！始皇帝元年夏。

府丞禀报说，皇帝诏书已经颁行天下，咸阳四门也都依着传统张挂了。咸阳城万人空巷，都挤到城门看皇帝诏书去了。李斯油然生出感奋之心，当即下令备车赶赴咸阳南门。郡县制倾注着李斯心血，而今一朝成形，李斯实在是感慨万端了。

及至将到南门，人海汪洋攒动，轺车根本无法行走。李斯只好下车，走进了一家老秦人的酒肆，想听听人们如何说法。不想酒肆空空荡荡，只有两个侍者在忙着向前柜搬运酒坛。李斯笑道:"如此冷清,还是酒肆么?"一个侍者头也没抬高声道:"先生知道甚,你且等着,不消半个时辰,我家的酒便不够卖了。"正在此时,一个老人风风火火大步走进,连连嚷道:"快快快,快拿布笔,写下来!"一个侍者问:"店东写甚?"老人兴冲冲道:"写下三十六郡,挂在墙上!一会人多了,都要争着说,难免有人记不住!快去拿!"一个侍者快步拿来了笔墨与一方白布,老人提起大笔正要写,又道:"不行不行,我记得不全,快去请个先生来!"旁边李斯笑道:"我给你写,挣碗酒喝如何?"老人大喜过望道:"啊呀呀,莫说一碗酒,一坛酒送先生!老夫说,先生写!请!"李斯一笑,大步走到案前,提起笔便一个个写了下去。老人高声念得两个,自家便忘记了。李斯完全不待他说,笔下流淌出一排排大字。老人不禁跟着高声念诵起来。那三十六郡①却是——

内史郡	陇西郡	北地郡	汉中郡	巴郡	蜀郡
上郡	云中郡	九原郡	河东郡	三川郡	南阳郡
颍川郡	南郡	太原郡	上党郡	巨鹿郡	邯郸郡
雁门郡	代郡	上谷郡	渔阳郡	辽西郡	辽东郡
右北平郡	砀郡	泗水郡	薛郡	琅邪郡	齐郡
九江郡	会稽郡	长沙郡	南海郡	桂林郡	象郡

天下制成,疆土初定。"分天下以为三十六郡,郡置守、尉、监。更名民曰'黔首'。大酺。……地东至海暨朝鲜,西至临洮、羌中,南至北向户,北据河为塞,并阴山至辽东。"(《史记·秦始皇本纪》)秦始皇之伟,可见一斑。今天来看,疆土就是祖宗留给后人的遗产。

---

① 秦初设三十六郡之名,有《汉书》之班固说,有《史记·集解》之裴骃说。另有《晋书》四十郡、《旧唐书》四十九郡、王国维四十八郡说。后三说所列新郡,当为秦后期增设郡。

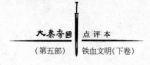
"彩——"

李斯写字期间，人群已经渐渐聚拢在店堂围观，见李斯落笔，人群爆发出一阵哄然喝彩声。李斯搁下大笔，向众人一拱手高声道："目下三十六郡为初分，天下大安之际，或将增设新郡，父老们拭目以待！"话音落点，一阵万岁声大作，李斯便被种种询问淹没了。

李斯正欲在酒肆痛饮之时，府丞匆匆赶来说，皇帝紧急召见。

六　李斯受命筹划　帝国创制集权架构

王绾的辞官书送进王城时，嬴政堪堪用罢午膳。

大半年来，嬴政每用罢午膳便觉神思困倦，时有不知不觉歪倒案边睡去。无奈之下，嬴政索性下令赵高在书房公案旁设置了一张便榻，再张一道帷帐，每日午膳后卧榻小憩一阵。不想如此一来大见效用，片刻迷糊醒来，竟是分外的神清气爽。于是，日每午间小睡，也就成了嬴政不成文的规矩。今日正要撩开帷帐，却逢蒙毅匆匆送来了王绾的辞官书。嬴政站在帷帐外浏览一遍，朦胧之意竟没了踪迹。心事一生，顿觉闷热难当，嬴政独自出了东偏殿，漫步到殿后的林荫大道去了。

王绾的辞官书不长，理由也只有几句：年高力衰，领事无力，见识迟暮，无以与皇帝同步。就事论事，王绾所言都是实情。论年岁，王绾已经年近七旬，经年在丞相府没日没夜连轴转，精神体魄已大不如前了。论政见，王绾力主封建制，且公然以《吕氏春秋》为根基，也确实与嬴政的决事轴心难以同心协力。唯其如此，王绾确实该让出领政丞相的位置了。还在灭齐之前，嬴政已经思谋好了王绾的归宿：晋爵一级，加食邑千户，以彻侯之身兼领博士学宫，整饬天下典籍以为治国鉴戒。甚或，嬴政一直在思谋，想给王绾在未来的新官制中谋一个类似太师一般的尊荣职位。也就是说，一定要让王绾以功臣元老之身平安离开权力轴心。之所以如此，并非嬴政偏袒，而恰恰在于王绾与嬴政有人所共知的根基疏离——王绾是吕不韦的门人，也是吕学的忠实信奉者；而嬴政，却是法家商鞅的忠实信奉者，是吕不韦真正的政敌。二十多年来，有信念的王绾能放弃治道歧见，忠实地以嬴政轴心的法家决策领政治事，诚不易也。臣职

若此,身为君主的嬴政能以治道之争而另眼看待王绾么? 更有一层,嬴政对当年逼文
信侯吕不韦自裁,始终有一种负疚之心,而今对吕不韦的这位最大的门人,他实在不
想做出任何冷面绝情之举。在此之前,若王绾上书辞官,嬴政一定是要教王绾尽享尊
荣而淡出的。然则,如今有了这一场公然爆发的诸侯制郡县制之争,且天下皆知,王
绾恰恰要在此时辞官,嬴政便颇见难堪了。所谓难堪,是嬴政无论如何处置,都会不
上不下不妥帖。王绾终将被天下看作因政见不合而遭贬黜,嬴政也终将被天下看作
对吕学一门余恨难消而最终报复。从权谋看去,嬴政若要摆脱这种难堪境地,最好的
办法便是拖,一直拖到有一个合适的时机。然则,天下初定,大政如山,若不尽快解决
此事,实际便等于将真正的施政丞相府的职能效用大大地打了折扣。而如果没有一
个强势的丞相府,则嬴政这个皇帝势必处于手忙脚乱之境地,诸多需要他总体筹划的
大事便无法推进。如此两难,取舍何在……

“君上,丞相府呈来《郡守县令拟任书》。”

蒙毅的匆匆禀报,使嬴政的思绪蓦然折回,转身之际问了一句:“国正监附议没有?”
蒙毅道:“丞相府上书刚到,国正监便跟了来,言丞相府拟定派任官员中有二十余人是博
士,不宜派任郡守县令。”

“二十余博士?”

“正是。臣已数过,二十三人。”

“你意如何?”

“臣亦赞同国正监之说,郡守重臣,博士不宜派任。”

“丞相可有亲笔附言?”

“有。两句话:郡县未必尽法家之士,博士未必尽王道之人。”

“派任博士中,你能记得几个?”

“周青臣、叔孙通、淳于越、鲍白令之、侯生、卢生……”

“周青臣? 博士仆射也做郡守?”

“正是。臣没有记错。”

“老丞相也!”嬴政一声叹息,断然一挥手,“即宣李斯进宫。”

蒙毅匆匆去了。嬴政回到书房,立即吩咐专掌图籍的书房内侍张挂起了李斯主持
绘制的天下郡县图,拿着丞相府拟定的郡守县令名册,站在了地图前,看一个往地图上

写一个。行将写完三十六郡,李斯匆匆来了。嬴政没有说话,只顾写着最后几个郡守。李斯也没有说话,只凝神端详着图板上的一个个名字。

"廷尉以为如何?"嬴政搁下了大笔。

"恕臣直言:如此派任,天下大乱也。"

"此乃朕亲自遴选,廷尉不以为然?"

"臣据实评判,无论是否陛下亲选。"

"廷尉评判,依据何在?"

"臣启陛下,"李斯全然依着新的典则礼仪说话,平静如水中显出另一番凝重,"非博士无才也,非博士不忠也。根本处在于:目下大势,不容书生为政。天下初定,陛下若欲重整华夏文明,必将雷电施治,大刀阔斧地整饬天下积弊。当此之时,战国遗风犹存,列国王族世族及依附遗民,必然图谋复辟;天下郡县推行秦法,亦必有种种磕绊;腹地郡县,有复辟作乱之忧;边陲郡县,有夷狄匈奴之患。如此大局之下,任何郡县都将面对治情动荡起伏之势。说危机四伏,亦不为过。一班博士,尤其儒家博士,素无法行如山之秉持,辄遇乱象,每每以王道仁政彷徨忖度,而不知奉法立决。如此二十余郡相互生发相互激荡,天下如何不大乱也!"

"廷尉之见,当如何应对?"

"全面更新官制,集权求治。"

"集权求治?"嬴政目光骤然一亮,"愿闻其详!"

"陛下明察,"李斯显然是成算在胸,没有丝毫踌躇不定,"战国官制,行于战争连绵之时,故有两大弊端:其一,为求快捷而归并职司,官制粗简过甚,诸多权力模糊不清;其二,官府职司以支撑战争为根基,官吏构成以将军军吏为主,军事压倒政事。而今天下归一,文明施治将成主流,战国官制必得翻新,方能应时而治。官制翻新之要:以郡县一治为根基,以求治天下为宗旨,以施政治民为侧重,以治权集于中央①为轴心。如此,则可与郡县制一体配套,自上而下有效施治。臣之谋划,是谓集权求治也!"

"好!"嬴政奋然拍掌,"廷尉大论,至精至要! 可当即着手筹划。"

---

① 中央,先秦词汇,四方之中。《韩非子·扬权》:"事在四方,要在中央。"

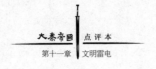

"陛下,此事关涉全局,非廷尉职权所在。"

"廷尉且坐。"嬴政转身吩咐,"小高子,冰茶。"片刻之间,一个侍女捧来了一个厚布套裹的陶壶,低声禀报说大庶长给少皇子教习书法去了,每日一个时辰。说着斟满了两碗冰茶,飘然去了。嬴政说声知道了,一如既往地坐在了李斯对面,全无新定典则的皇帝程式。李斯也浑不在意,只顾汩汩饮下一碗冰茶,拭了额头汗水,才抬头感喟一声:"咸阳如此燠热,陛下不去章台避暑,难为也!"嬴政笑道:"大事接踵,避个甚暑,忙完了这一阵子,一起看看新天下,比窝着避暑好多也!"李斯心下感喟,一时默然了。

嬴政倏然敛去了笑容,肃然挺身长跪,一拱手道:"大战拜将,大政拜相。今日,嬴政拜相了。敢请先生,为天下领政!"说罢深深一躬,头顶玉冠几乎撞地。李斯大惊,连忙扶住了皇帝,额头汗水淙淙而下,眼中热泪潸潸涌出,伏地三叩首,抬头挺身长跪,肃然一拱手道:"陛下但觉臣能,臣何惜赴汤蹈火以报陛下! 以报国家!"

"国府官制,是该整饬重建了。"嬴政递过一方汗巾,看着擦拭汗水泪水的李斯,叩着书案道,"官制不重建,无以治天下。老丞相业已上书辞官,你看,这是辞官书。"李斯一目十行地浏览完辞官书,抬头道:"敢问陛下,欲如何使老丞相淡出?"嬴政道:"此事廷尉无须过问。你只即刻会同相关各署筹划新官制,同时准备,旬日之内接掌丞相府。"李斯不再说话,只深深一躬。嬴政又道:"官制筹划在廷尉府职司之外,是故,我教蒙毅拟定一卷特命诏书,今夜便送到你府。明晨,廷尉便可会同各署开始筹划了。"

"臣遵陛下命!"

次日午后,皇帝车驾驾临丞相府前。

一切礼仪都是按着新的典则进行的。王绾虽颇感意外,但还是平静地迎接了皇帝。嬴政没有与任何重臣同来,只有驾车的赵高跟随着。君臣两人在正厅坐定之后,皇帝吩咐赵高守在了廊下,也教王绾屏退了厅中吏员侍从,只君臣两人遥遥对案。一头霜雪的王绾大见憔悴,沟壑纵横的脸膛隐隐现出紫黑的老人斑,枯瘦的身架挑着一领空荡荡的官袍,令人不忍卒睹。嬴政还没有说话,双眼便潮湿了。

王绾却是坦然,不待皇帝开口,一拱手道:"老臣之辞官书,业已于昨日呈上陛下。老臣年高力衰,治道之见又与陛下疏隔,在职在政皆多不便,是以请辞,万望陛下见谅。"嬴政思忖片刻,决意坦诚相见,遂道:"老丞相领政十七年,此前又辅佐嬴政十余年。三十余年来，老丞相全力操劳，无一事不以国家为上，无一事不以秦法而决，此间劳绩功绩，不下于王氏蒙氏战场剪灭六国，嬴政何能忘哉！然则，丞相辞官，正当天下初定之期，正当郡县制封建制大争之后，委实非同寻常也。当此之时，你我君臣于治道之歧见，业已彰显天下，且牵涉出《吕氏春秋》旧事。政若不欲丞相辞官，必迟滞国事；政若放丞相辞官，则必落褊狭报复之名。老丞相若为嬴政，不亦难乎！"

"步步走来，其势难免。老臣于陛下有愧，于国家无悔。"

"力主封建，再行辞官，老丞相皆无私念，于嬴政何愧之有哉！"

"老臣恳望陛下，但以国事为重，毋以老臣为念。"

"以国事为重，嬴政只能使老丞相淡出朝局了……"

"老臣，谢过陛下。"

"敢问老丞相，可否领博士学宫，以正天下典籍？"

"重操文信侯之业，老臣愧不敢当也。"

"如此，老丞相……"

"臣本老秦布衣，园林桑麻，此生足矣！"

默然片刻，嬴政离座起身，对着王绾深深一躬："为图天下大治，嬴政宁负褊狭报复之名，送老丞相辞官，不得已也……"王绾颤巍巍起身，正要说话，嬴政一挥手高声道，"大庶长赵高，录朕诏书。"赵高大步走进，坐进旁边书案提起了大笔。嬴政站定，肃然道："始皇帝诏命：致仕丞相王绾，以彻侯之身归乡，咸阳府邸仍予保留；食邑加封千户，着内史郡每年依法奉之。"

"陛下！……"

王绾老泪纵横，欲待拜下谢恩，却被嬴政一把扶住了。这时，嬴政才郑重地问到了一件大事："老丞相去官，何人当为丞相？""丞相之职，非李斯莫属。"王绾没有丝毫犹豫，显然是早有成算。嬴政这才长长地出了一口气，心头泛起了一阵淡淡的暖意。他想知道，也必须知道，王绾举荐二十余名博士就任郡守县令，究竟是蓄意为封建制张目而侵蚀郡县制，抑或是全然基于安抚人心？而这一答案，只能隐伏在王绾举荐丞相人选之中。所幸的是，王绾终归有大道之心，这使嬴政心头在处置王绾辞官事件上的阴霾大大地淡薄了。嬴政不想更多地勾起王绾的既往话题，于是再没有多说，留下了两车王酒，便回皇城去了。

李斯称得上是一步一个脚印,没有张仪、范雎、吕不韦等升迁得快。

旬日之后,李斯顺利地接掌了丞相府。

为确保郡县制快速实施,始皇帝召回了将军中最具政才的冯去疾、冯劫两人。在李斯筹划官制期间,以推行郡县制为轴心的丞相府政事,都由二冯联袂处置。李斯则一力会同相关各署,谋划新朝官制并拟定各署首任主官人选。此时新政初开,举国官署热气蒸腾生机勃发,李斯与一班大员同心协力反复会商论争,历时一月又一旬,新官制方略摆上了皇帝案头。嬴政身着一领吸汗的麻布大衫,大开书房门窗通着风,散披长发,铜网香炉燃着驱蚊的艾蒿,悉心揣摩了一夜,提起粗大的朱笔批下了十七个大字:"郡县统治,官制提纲,集权中央,施治四方。可。"

始皇帝诏书颁行朝野,广袤的帝国再一次轰动了震惊了。

短短两三月之内,这个皇帝新朝便接连推出三大创制,件件都是震古烁今的创新之举,天下臣民目不暇接,一次又一次地震惊着议论着。无论都市城邑,无论亭里村畴,无论边陲山野,无论商旅百工,举凡有人聚会处,人们无不兴奋万分地惊叹着争论着。惊叹着新朝新皇帝超迈古今的胆魄,宏阔无比的新政,争论着如此背离传统根基究竟能否长远立足?

列位看官留意,此时帝国尚未爆发"禁议"事件,战国议政之风犹存,言论之自由奔放依旧。连番大事激荡不绝,天下公议自然风起云涌。如今新官制颁行,可谓最切近士人利害的大政。士人历来是天下公议之主导阶层,辄遇关乎入仕生计的大政颁行,种种议论自然更是激切。然则,公议风行天下,毕竟还是有主流的。无论是士人,还是百业庶民,细细品味新官制之后,还是对新朝的气度与胸襟不得不由衷地敬服。即或是六国世族,除了狠狠骂几句背弃王道必遭天谴之类的大话，也实在无法找到一处可资攻讦的实际弊端。至少，新官制以及其后颁行的任官诏书中，多少皇皇大位，却没有一个皇族子弟！仅此一点，庶民们已经对老世族的任何攻讦都足以嗤之以鼻了。

列位看官且品味一番帝国这一绝世创制的全貌。

帝国新官制的总体风貌，完全体现了李斯对始皇帝阐述的总纲：以郡县一治为根基，以集权求治为宗旨，以施政治民为侧重，以治权集于中央为轴心。在此明白无误的总纲之下，帝国新官制从上到下建立了一个完整的施政体系。这一施政体系分为四级系统，层层辖制，从皇帝宫殿直到村畴乡野，一体纳入治道。

其一，中央决策系统：皇帝系统。

在帝国开创的官制中，所谓皇帝最高权力，不是仅仅由皇帝一个人来实施，而是由围绕皇帝建立起来的一个政务系统来完成。帝国新官制中的皇帝系统包括：皇帝本人，郎中令（九卿之一，总领宫殿、谏官、谒者各署，掌一应宫殿并皇帝护卫事，几类后世之元首办公厅），尚书丞（直接为皇帝执掌图书典籍及秘记奏章事，几类后世之秘书处），奉常（九卿之一，总领太庙、太祝、太史、太宰、太卜等署，总掌意识形态事），卫尉（九卿之一，设卫令、公车司马等署，总掌皇城屯兵），太仆（九卿之一，以原中车府令为基础扩大，设两丞，总掌皇室车马交通事），宗正（九卿之一，以原驷车庶长署扩大而设，总掌皇族事务），将作少府（掌皇室工程，设左右前后中五校令，管辖工徒），大内（掌皇室府库并地方朝贡），太子太傅（以原太子傅扩大而设，掌太子并皇族子弟教习）。也就是说，皇帝总领九大机构，行使国家最高决策权力。在这九大机构中，主要的辅助决策机构是郎中令、尚书丞、奉常、宗正、太子太傅五大机构，其余四大机构为皇室事务机构。

《史记·秦始皇本纪》：刚毅戾深，事皆决于法，刻削毋仁恩和义，然后合五德之数。于是急法，久者不赦。侯生、卢生对秦始皇的评价是，"天下之事无小大皆决于上，上至以衡石量书，日夜有呈，不中呈不得休息。贪于权势至如此，未可为求仙药"（《史记·秦始皇本纪》）。无论是大小事决于法还是决于秦始皇，皇权的集中，无可争议。

其二,中央政务系统:以丞相为轴心的三公九卿系统。

三公是:丞相、太尉、御史大夫。三公称谓,来自周室官制,为太师、太傅、太保,为远古官制中地位最为尊崇的三人。春秋战国之世,三公之实不在,三公之说犹存,多为对地位尊崇的权臣的一种敬意说法。帝国官制明确以丞相、太尉、御史大夫为三公,便是确立了这三个机构的政务轴心地位,与周代三公的"协理阴阳"之类的虚事有本质的不同。帝国三公,各为一个系统——

丞相综合系统:开府总领国政,设左右丞相,亦称相国,多有下属事务官署。

太尉兵政系统:开府总领涉军政务,以老秦国尉府扩大而设。

御史大夫监察系统:开府,监察百官并天下郡县,以原御史署及原国正监扩大而设。

三公之下为九卿。九卿者,分别执掌九大领域之施政系统也。之所以将九卿置于三公之下,其实际作用在于明确层级权力:九卿在三公(主要在丞相)领导之下施政,以保不政出多门。九卿之中,五卿隶属皇帝系统,四卿隶属三公系统。三公之四卿为:廷尉(执法机构,设左监、右监、狱正三署,侧重受命于御史大夫府),治粟内史(以原大田令府扩大而设,掌经济民生诸事,隶属丞相系统),典客(以原行人署、属邦署合并扩大,掌邦交并边陲部族事务,隶属丞相府),少府(以原关市、邦司空等署合并扩大而设,掌国家赋税,设六丞,隶属丞相府)。

九卿之外,帝国尚有若干散官机构,或归皇帝系统,或归三公系统。中央主要散官机构是:客卿(才士之虚职,可与闻国事,多为试用,皇帝系统任命,任事归丞相系统),博士学宫(以博士仆射为主官,设博士七十余人,掌典教礼仪博

丞相制的创立,当归功于秦武(烈)王,其在位只三年多,但创立了丞相制。此制对后世影响大。

通古今,备咨询国政,皇帝系统任命,任事亦主要隶属皇帝系统),中尉(掌京师治安,设两丞,辖斥候、司马、千人三署,隶属太尉系统),内史(掌京师政务,列中央官吏,隶属丞相系统)。

所列不全。

其三,郡县施政系统:郡守县令为轴心的地方系统。

郡官主要是:郡守(一郡主官,总掌政事,后世称太守),郡丞(辅助郡守掌事,郡守之副),郡尉(一郡武官,掌守军并治安事),监御史(中央之御史大夫派进各郡的监察郡政之官员,后世改称刺史),郡法官(掌律法典籍并律法答问,备官员民众咨询),郡卒史(掌郡文书事,辖书吏十人),主簿(掌一郡财政赋税,或兼领文书事),断狱都尉(掌一郡司法,受中央廷尉府与郡守双重管辖),牧师令(边疆郡设置,掌畜牧,属吏六人),长史(边疆郡设置,爵同郡丞,掌兵马)。

县官主要是:县令(一县主官,总掌政事)、县丞、县尉、县法官、狱椽等,职司与郡同名官一致。除此之外,县府有若干办事吏:道啬夫(掌官道修筑及维护),仓啬夫(掌禾仓,并按民户收粮),田啬夫(掌督导耕耘),苑啬夫(掌监护山林水面),厩啬夫(掌督导牛马牲畜之繁殖养育)。

其四,乡官系统:最基层的三级民治——乡、亭、里。

这个最基层的治民系统,当从最下说起。据《汉书·百官公卿表》记载,秦时一县,土地大体在方百里上下,人口众多的县地面稍小,人口稀少者则地广。但总体说来,都比后世的县要大得多。为此,县以下分三级治理:

最下施治单元为里,大体相当于后世的村。里设里正一人,统掌行法施政。里正之下,设里宰一人(掌均平分肉),里监门一人(护卫里正),伍老(掌五家行法连坐事,多少以里辖民户数目而定)。

十里为一亭,设亭长一人,统管全亭施政到民;亭有吏员四人:亭父(掌亭所开闭扫除杂务,亦称亭卒),求盗(掌亭内治安,亦为亭卒之一,若后世捕快),田典(掌督察民户耕耘),牛长(掌每年四次督察耕牛,并赛牛赏功事)。不久之后,列位看官将遇到掀起天下大波澜的一个著名亭长——刘邦。

十亭组成一乡。乡官,以三老为最尊。所谓三老,本指上寿(百二十岁)、中寿(百岁)、下寿(八十岁)三种老人。作为帝国施治的乡三老,大体是八十岁上下的三位老人,执掌民风民俗教化,以利法令推行,是以列位乡官之首。乡政的真正施治官吏,是有秩(总掌乡政)、啬夫(掌听讼、赋税)、游徼(掌捕盗)。

注明资料来源,更好。

如上四大系统,非但在战国末世堪称宏大奇迹,即或在今日看去,也渗透着浓郁的系统管理思维。帝国对施政系统的四层级分割——国、郡、县、乡,两千余年后仍被看作国家治理的黄金分割法则,以至在整个人类世界都成为国家治理的通行划分。那时候,已经开始衰落的西方的古希腊还是城邦制,不知大国系统为何物;罗马帝国还在萌发阶段,更不知千里万里的大国为何物;世界其他地区的族群,也没有涌现任何一个具有如此规模的国家,当然更谈不上有宏大的国家治理思维。也就是说,秦帝国在人类历史上第一次开创了宏大的国家行政系统,而且一次到位,具有后人无法触动其根基的科学性。如此宏大的文明视野,如此深远的历史洞察,不能不令人叹为观止。后人尚且如此,已经习惯了施治松散的战国人民,如何不感到惊心动魄的新潮扑面而来?

然则,老百姓更看重效用。在士人世族对新官制的一片惊叹之中,天下黔首却更多地关注着皇帝对新朝官员的发布。毕竟,只有具体的主政官员,对老百姓才有着直接的利害。果然,新官制诏书颁行旬日之后,皇帝的第一道拜官诏书跟着颁行了。皇帝诏书拜定的中央高官是：

三公：左丞相　李斯　　　　右丞相　冯去疾

太　尉　　　　　　王贲

御史大夫　　　　　冯劫

九卿：廷　尉　　　　　　姚贾

治粟内史　　　　　郑国

典　客　　　　　　顿弱

郎中令　　　　　　蒙毅

奉　常　　　　　　胡毋敬

少　府　　　　　　章邯

太　仆　　　　　　马兴

宗　正　　　　　　嬴腾

卫　尉　　　　　　杨端和

武职：大将军　　　　　　王翦

大将军　　　　　　蒙恬

陇西将军　　　　　李信

九原将军　　　　　辛胜

南海将军　　　　　赵佗

闽越将军　　　　　任嚣

少　傅　　　　　　孔鲋（文散官）

博士仆射　　　　　周青臣（文散官）

拜官诏书颁行之日，天下激起了更大的议论风潮。

虽说郡守县令的任职还没有发布，然仅仅是中央国府的重臣，已经使天下臣民瞠目结舌了。议论蜂起，民众最不可思议的竟都是有关皇帝的事。一则，如此多的皇皇要职，竟没有一个皇族子弟，奇也哉！当然，那个宗正嬴腾是不作数的，那是执掌皇族事务框架落实下去，国家的格局基本上确定，后世沿此框架，不断完善，此之谓"二世三世至于万世，传之无穷"（《史记·秦始皇本纪》）。

的官员，自然得是皇族了。二则，皇帝即位大典时没有册封皇后，这次大拜官还没有册封皇后，奇也哉！天子不立后，不明正妻之位，奇也哉！三则，皇帝大典没立太子，这次大拜官也没立太子。分明皇帝有二十余个皇子，不立太子，奇也哉！纷纷称奇之余，有人便盛赞皇帝大公天下，实在是亘古未闻的圣明天子。中有好事者，仿效官府考功之法，将多年来皇帝所做的大事一一按照年月日排列，结果是大为惊愕——皇帝的大事件件相连，闲暇空隙比老百姓还少！于是，市井之徒惊叹："皇帝连放屁的空都没有！"议论流播，边远郡县的民众想起既往官府对秦国秦王的讥讽咒骂，更是感慨万千，说皇帝忙得连自家的事都顾不得想了，这样的皇帝想叫他学学桀纣只怕都难，骂人家未免太刻薄了。

议论激荡之中，咸阳传出了博士淳于越最为响亮的非议之辞："嗟乎！今皇帝有海内，而子弟为匹夫，岂能长治久安哉！"此话传之咸阳，传之天下，六国老世族们无不纷纷称快，一时争相传诵。黔首庶民则相反，轻蔑地不予理睬，反倒是万岁声弥漫了天下城乡。各郡县纷纷上书奏报："民多以为大圣作治，建定法度，显著纲纪，大矣哉！""天下咸伏，男乐其畴，女修其业，事各有序，莫不安所！"

秦始皇并天下、建制之后，当时确有许多赞叹声，不能视而不见。

百余年后，西汉贾谊的《过秦论》坦率地记述了帝国初期的蓬勃局面，其云："秦并海内，兼诸侯，南面称帝，以养四海。天下之士，斐然向风。若是者何也？曰：近古无王者久矣！周室卑微，五霸既没，令不行于天下，是以诸侯力政，兵革不休。今秦南面而王，是上有天子也。既元元之民冀得安其性命，莫不虚心而仰上。"西汉名士严安亦云："元元黎民得免于战国，逢明天子，人人自以为更生。"亘古以来，民众人人自以为重活了一回，这样的盛世能有几次？

官制诏书与拜官诏书颁行后的一个月里，中央最要害的三公九卿共十二官府便全部整合完毕了。各自开府的三公官署最先就绪。丞相府以原王绾的丞相府邸为根基，房屋扩大了许多，吏员增加了将近百人。太尉府以原国尉府为根基，房屋未增一间，只增加了许多熟悉军政的文吏。御史大夫是新创大府，一时没有合适的足供开府的大官邸。王贲飞书与老父亲会商，王翦立即从南海向皇帝上书，自请将原来的上将军府邸划作御史大夫府。嬴政立即允准，并下令郎中令蒙毅为王翦新起一座家居府邸。

与此同时，李斯、冯去疾的丞相府与冯劫的御史大夫府，已经将解决三十六郡郡守与一千余县令的应对方略拟定好了。其时郡县初设，新郡老郡新县老县相交错，官吏更是良莠不齐。除了秦国老郡，新郡多为假郡守（代理），诸多边陲新郡还没有郡守，县令缺额更是达到六成。这些郡县的政事，都由秦军驻守将军兼政署理着，亟待纳入正轨。

左相李斯通盘筹划，拟定了一个"因地任官"的总体方略，分为三种情形分别解决：其一，东南边地五郡之郡守县令，由大将军王翦统筹决之，后报丞相府并皇帝认可；其二，西北边地五郡之郡守县令，由上将军蒙恬并陇西将军李信统筹决之；其三，一统之前由秦王确认的老十郡郡守不变，其辖下所缺县令，由郡守举荐，奏报皇帝确认；其四，其余十六郡之郡守县令，由丞相府拟定人选，奏报皇帝确认。在方略拟定之后，李斯特意亲笔附言："天下初定，官吏珍稀。欲决施政之难，臣敢请两策：一则甄别六国旧吏，择其能事而无大瑕疵者放手用之；二则下诏各郡县招募游学之士，入郡县为吏，后报御史大夫府核定。"

嬴政当即批下："可。"并又增加了一则用人之路，"诸功臣子弟，择其能者，亦可先假郡守县令，待其政绩彰显，朕行拜官。"

皇帝开此一路，李斯却有些为难了。毕竟，郡守县令都是独当一面的治民重臣，依据不得世袭的秦法，功臣子弟若本人没有功绩，则依然布衣之身，是做不得如此显要职官的。如今皇帝特许以"假"职（代理）试用功臣子弟，不失为救急之法。然则，功臣子弟如何遴选，牵涉便太多了。于是，李斯决意听其自然，将皇帝制批立即送达各署，并下令可相互举荐功臣子弟。李斯抱定的主意是：有人举荐便报皇帝，无人举荐便待后再说。不料皇帝制批一颁，咸阳又是议论大起。这次是老秦大臣们万般感慨，如此一条可行之路，竟还是没有皇族子弟，皇帝于心何忍也！如此感喟之下，功臣们竟是无一人举荐相互熟悉的子弟了。

秋风初起之时，中央直选的十六郡守将要赴任了。其中只有一个功臣子弟，这便是李斯的长子李由,职假三川郡守。李由之任,是在缺任一郡而又一时遴选无门的情势下,冯劫全力举荐的,皇帝亲自准许了。这教李斯很感难堪,立即举荐王翦的长孙王离取代。可皇帝征询王贲之意,王贲却坚执说王离才具不堪大任,正要送其入军历练。皇帝最后决断,取了李由,并不许李斯变更。李斯才不再说话了。

临行之日,嬴政亲率三公到十里郊亭,为郡守们举行了饯行大礼。最隆重的仪式是,皇帝特赐了每个郡守一尊尚坊特铸的青铜郡鼎,鼎身镌刻着郡名与首任郡守姓名。当十六名郡守捧起刻有自家姓名的郡鼎时,人人热泪纵横,奋然不能自已,直觉自己的生命血肉已经融进了将要踏上的那一方陌生的土地……

郡守饯行礼归来,皇城东偏殿的灯光又亮到晨曦初上。

始皇帝的目光,又转向了一个极少为人重视的领域。

七　方块字者　华夏文明旗帜也

书同文。亦是千秋万代之大事。

按唐张怀瓘《书断》的说法,程邈是隶书的创制者。程邈善写大篆,但性格刚直,以县之狱吏的卑微身份进言,得罪了始皇帝,结果被关进了云阳狱中。在狱中静思十年,结合大篆、小篆,创出隶书,书三千字。始皇帝看到了,非常高兴,于是把他放出来,用为御史,隶书得以公之于世。

程邈①没有料到,他的出狱比入狱更加的不可思议。

十年前,程邈是下邽县②的县丞。其时,秦国刚刚开始筹划灭韩之战。灭韩没有动用蓝田大营即将练成的主力新军,而以内史郡的几万守军出战,统兵将军是内史郡郡守嬴腾。既为郡守,内史腾自然通晓关中各县治情,于是选定了关中东部官吏最整肃的下邽县,以为后援大营所在地。那时,程邈由县署被派入后援大营,职任粮秣司马,专一执掌

---

① 程邈,字元岑,秦下杜(今陕西西安南)人。秦时文书繁多,小篆书不便,胥吏便使用来自民间的简易书写体。程邈将这种书体加以整理,成为隶书。后世遂有程邈创造隶书的传说。

② 下邽县,战国秦所设,今陕西关中之渭南市地带。

粮草进出。程邈知道，自己之所以被选中入军，除了军政才干尚可，是因了他有一样难得的长处，字认得多写得快，且对各国文字与各种书体都能辨认出来。可刚刚入军一月，程邈便被下狱了。

程邈的罪名，特异得连廷尉府的勘审官也瞪大了老眼——错书地名！

廷尉府勘审官问程邈，错书了何字？程邈一笔一画，公正地写下了两个字：宜阳。勘审官端详片刻皱起了眉头，这有何错？程邈又提起笔，以独特的书体快速地写下了两个字。勘审官大是惊讶，这是甚写法？甚字？程邈说，这是隶书，还是宜阳两字，是在下的公文写法。勘审官似乎明白了，板着脸道，你没写错，可粮秣送错了地方？程邈点头道，正是，粮草送到南阳去了，多走了三百余里路，致宜阳驻军断粮旬日饿毙三人。勘审官在秦法中反复查找，也找不出相关治罪条文。左思右想，勘审官拜谒了专一执掌律法答问的国府法官。领事的法官仆射聚集了全部十名法官，会商半日，最后的答复是：程邈之罪，法无条文，案无先例，得廷尉府酌情处罚。勘审官无奈，只得报给了老廷尉。老廷尉苦思三日，拟出了一则判罚书令：下邽县丞程邈，不当以非官定书体书写公文，以致大军断粮旬日，饿毙士卒三人，处下狱待决。

宣刑之日，程邈不服，当庭质询老廷尉：何谓官定书体？秦国有文字以来，国府几曾明定过书体写法？遍查官署公文，天下八书皆有，何独以在下之隶书定罪？老廷尉素称铁面执法，思忖半日，遂将判罚书中的"非官定书体"磨去，改成了"非公认书体"。程邈还是不服，气昂昂辩称：秦政求实效，有用便得公认，既往隶书皆得官府认同，我书便何以不是公认？老廷尉左右思忖，最后索性直白判定：程邈写字，致人错认，故罪。程邈还是不服，我没写错，是他要认错，我何罪哉！老廷尉拍案道，饿毙士卒由你而起，此乃事实！认错者有罪，写字者岂能无罪？先下狱，老夫后报秦王决断！程邈又气又笑又无可奈何，终于被押进了云阳国狱。临上囚车，程邈还是高喊了一句："书文无法！律条无载！程邈无罪！"

秦法素称缜密，以山东六国的揶揄说法，是凡事皆有法式。可程邈案竟成了无法可依的奇案，一时便在朝野传开了。得此缘由，程邈在云阳国狱备受狱吏关照，破例地可以得到一支大笔一坨大墨，也破例地可以在墙上写字。如此光阴如白驹过隙，待牢房四面石墙写得擦洗了数十百次之后，程邈已经忘记了一切，只知道写字，也只会写字了。

程邈没料到自己竟能出狱，且还是皇帝特诏开释，奉常大人亲车来接。

太史令,也是书法家——
书法家一词,乃后世所称。胡
毋敬后著书立说。

如同云里雾里,当程邈看见满头霜雪的奉常胡毋敬时,
惊讶得连话都说不出来了。一路之上,身居九卿高位的胡毋
敬,对程邈礼敬有加,说皇帝已经知道了他的事,特意下诏开
释的,皇帝说程邈是才具之士,要他为国家做一件大事。程
邈已经无心官权之事了,一路没说一句话,木然如同泥雕。
胡毋敬也不勉强,只兀自说着该说的话。到了咸阳,胡毋敬
将程邈安置在驿馆最好的庭院,又特意叮嘱了驿馆令几句,
这才离开了。程邈甚也没想,只在那从来没有见过的华贵浴
桶里狠狠泡了一个多时辰,便爬上凉爽的竹席榻呼呼大睡
了。

当程邈醒过来的时候,驿馆令正惶恐不安地守在榻前。
驿馆令说,他已经睡了五日五夜没吃没喝没如厕,皇帝都派
出太医来守护了。程邈哈哈大笑,太医?老夫?海外奇谈
也!笑声尚未落点,外厅走进了一位须发雪白的老人,手中
那只精美的医箱显露着久远的磨拭痕迹,任谁也不会否认
他是医者。程邈局促地笑着,接受了老人的诸般检视。老人
说,足下心气沉静,幸无大事,只调养歇息大半年自当恢复。
于是,驿馆令派一精干官仆日夜侍奉,程邈过上了想也不敢
想的大人日子。然则,真正使程邈清醒过来的是,一月之后
的一个黄昏,皇帝的六马高车驶到了驿馆门前。驿馆令疾步
匆匆赶来,进门便高喊了一声,皇帝高车来接大人!那一刻,
程邈终于从震撼中清醒了过来,一句话没说出口,号啕大哭
起来。

程邈知道,自己的那点长处终于要派上大用场了。

这是一次最为特异的小朝会,五人身份差异极大。

嬴政在东偏殿廊下亲自迎接了程邈,亲自将程邈领进
了书房,亲自介绍了先到的三位:丞相李斯,奉常胡毋敬,中
车府令赵高。君臣落座,人各饮了一大碗冰茶,小朝会便告

开始了。皇帝未曾开宗明义，却先离案起身，对着程邈深深一躬道："先生错案，政知之晚矣！敢请先生见谅。"程邈大是惶恐，连忙扑拜在地道："皇帝陛下整饬文字，万世文明之功业也！程邈一介小吏，能为华夏文明效力，诚三生大幸也，何敢以一己错案而有私怨！"皇帝扶起了程邈，转身对旁案录写的尚书高声道："朕之特诏：任程邈为御史之职，专一监察文字改制事，隶属御史大夫府。"程邈一时老泪纵横，拜谢之际已经哽咽不能成声了。

皇帝重新就座，叩着书案开宗明义道："改制文字，书同文，原本丞相首倡。今日小朝，专议此事。唯丞相领国，政事繁剧，文字改制事由丞相总揽决断，以奉常胡毋敬、中车府令赵高、御史程邈三人副之。尤以程邈为专职专事，领文字改制之日常事务。"四人一齐拱手领命之后，皇帝便向李斯一点头，将会商事交给了李斯主持。

"三位都是天下书家，书文异制之害，当有切肤之痛。"

思谋已久的李斯，一开口直奔要害，侃侃而言道："方今天下，华夏文字至少有七种形制，官民写法至少有八种。是谓'言语异声，文字异制，书体异形'。言语异声者，世间最难一致之事也。即或有官定雅言，亦难一统天下万千百种地方言语。故此，言语一统暂不为论。当此之时，文字若再不能一制，则华夏文明将无以融合沟通！文字若同，言语异声便不足以构成根本障碍。毕竟，书文交流有同一法度，华夏文明便有同一血脉交融。唯其如此，文字改制，势在必然！"

"丞相之论大是！"胡毋敬程邈异口同声，赵高红着脸连连点头。

"文字改制，三大轴心。"李斯开始了具体部署，"其一，核定七国文字总量，一一确定每个字是否进入新制文字。此间尺度，需慎重考量。其二，确定一国文字为基准，统一改制其余六国文字。此间尺度，即是否以秦国文字为本，须考量诸多方面。陛下之意，无论以何国文字为准，必得使天下人心服。"

"正是此理。"嬴政道，"秦人蛮夷，文明个样子出来教天下人看！"

一言落点，在座四人都不约而同地笑了。改制文字而不求以秦文字为根本，皇帝的胸襟无疑使这四位大书家感佩不已。说起来，李斯是楚人，程邈是韩人，赵高是赵人，胡毋敬是齐人，没有一个是老秦人。然则，谁也没有对皇帝的说法有丝毫的不认同。根本原因，便是在多少年的风雨中，他们都完完全全地将自己的血肉性命乃至整个家族部族的命运融进了秦国，没有一个人不以为自己是这个质朴硬朗的西部大国的子民。而今

天下一统，皇帝的这句秦人话语倒是分外有亲切感了。

"其三，确定一种清晰无误之书体，使任何字，都能看清间架笔画。"李斯精神分外振作，继续着改制部署，"也就是说，人可以不认识这个字，然一定能看清这个字！程邈当年获罪，正是字有连笔而大形相近，以致被辎重营将军错认宜阳为南阳。此点，虽说于公文尤为重要，然于书文传播、商旅账务、民众生计等，亦同样重要！"

"如此三事，件件至大，须得有个分工领事。"资望最深的胡毋敬说话了。

"我意，三件大事实为两面，前两件一面，后一件一面。"李斯笑道，"奉常胡大人执掌举国文事，可领前两事；太仆赵高、御史程邈可领书同文一事。诸般实施，一体由程邈执掌。凡事不能决者，到丞相府会商方略，而后报陛下定夺。"

"其实，最大书家是丞相！"赵高猛然插了一句，额头渗出了涔涔汗水。

"太仆之书，亦工稳严谨也。"胡毋敬倒是破例赞赏了赵高一句。

"小高子多大才具，得他做完事，由你等说了算。"嬴政突然喊出已经很少出口的对赵高的贱称，又揶揄地看了赵高一眼，似乎刻意在提醒着什么。第一次以朝臣之身在这座自家最熟悉不过的书房参与朝会，赵高亢奋得手心额头不时冒出汗水。可目下皇帝一句贱称竟如一剂神奇之药，赵高心下顿时舒坦，汗水没了，脸也不红了，只盼皇帝再骂自家几句。李斯胡毋敬两人，则不约而同地笑出声来。程邈有些不知所措，也跟着笑了。

小朝会之后，胡毋敬的奉常府立即忙碌了起来。

两件事各有繁难。全面勘定七国文字，相互参补而最后确定华夏总字数，这件事难处在数量大活路细，稍不留神便有脱漏。胡毋敬原是太史令，几乎熟悉所有的才具文吏，当即从下辖各府遴选出一百三十余人，组成了一个堪称庞大的勘字署，开始了夜以继日的劳作。确定文字基准，难处则在于梳理文字历史脉络，参以现行七种文字各自的数量多寡、表意丰薄、形制繁简、书写是否清晰等等方面，最终方能确定。可以说，这件事实际是一次浩繁的文字考据工程，比勘字更见治学功底。反复思忖，胡毋敬从博士宫遴选出了六位儒家博士，自家亲自主持，立了个名目叫文字春秋署，博士们一口声喝彩。毕竟，战国之诸子百家，论治学还得说儒家功力最厚。孔子作过《春秋》，编过《诗经》，给《周易》补写过爻辞，件件都做得缜密仔细无可挑剔，成为天下公认的经典。自孔子之后，儒家治学蔚为风气，及至子思、孟子师徒更是发扬光大。若非儒家始终坚持复辟周道，定然另外一番气象了。

一个月后，六位博士一致认为：华夏文字的正统传承，乃是秦国文字，而不是山东六国文字。胡毋敬大是惊喜，却丝毫未显于形色，反倒是黑着脸道："文字基准要服天下之口，诸位且说其理何在？"这六位博士是李克、伏胜、东园公、绮里季、夏黄公、角里先生，后四人后来成为西汉初的"商山四皓"。六人皆不善言谈论战而学问扎实，在博士中别具一格，治学正当其任。六博士人各阐发论据，整整说了两日。六博士论证被全数整理出来后，胡毋敬参以自家见解，写成了长长一卷《华夏文字流变考》，这才来到丞相府。

李斯浏览一遍，不禁拍案感喟："华夏正字居然在秦，天意也！"

列位看官须知，华夏文字历经数千年，至春秋战国经五百余年多头散发，其流变传承已经鲜为人知了。就其本原说，华夏文字产生的根基有两个：一为象形，一为表意。象形与表意的先后，便是后世之东汉许慎《说文解字·序》所描述的大过程："古者，庖牺氏之王天下也，仰则观象于天，俯则观法于地，视鸟兽之文（纹）与地之宜，近取诸身，远取诸物，于是始作易，八卦以垂宪象。及神农氏结绳为治而统其事，庶业其繁，饰伪萌生。黄帝之史仓颉，见鸟兽蹄迒之迹，知分理之可相别异也，初造书契……仓颉之初作书，盖依类象形，故谓之文。其后形声相益，即谓之字。"清代学者孙星衍，则对这一大过程概括为："仓颉之始作，先有文（象形），而后有字（表意）。"

滤去漫漶神秘的传说色彩，这一历史大过程的真实面目是：

最初，人们基于种种需求，开始有了最简单的直线刻画符号。后来，开始画出某物之形，而使对方能够辨识。这是最初始的象形，实际便是简单图画。远古人们画的物事日渐

找到合法性。

增多,画法便有了一定的约定俗成的规则。随着规则的渐渐普及,对物事的画法也越来越简练,大体具有抽象特质的象形字便出现了,只不过依然带有画的底色。后来,人们在直面交流之外,间接交流的需求日益强烈,许多事情也需要记录下来,于是便有了使象形之画进一步具有表意功能的需求。许慎说这种需求的产生,基于克服"庶业其繁,饰伪萌生"的作假行为,应该也是一种独到评判。于是,到了黄帝时代,象形与表意两种功能都经历了漫长的锤炼,黄帝便下令将这些象形表意之字(画)整理出来,公布出来,以作天下人群写画的共同标准。承担这一使命的,据说是史官仓颉。于是,有了仓颉造字的传说。究其实,没有必要怀疑仓颉造字的历史传说。毕竟,无论文字是如何长期自然形成,每个阶段的质变提升,都必然有统事者的创造劳作。如同目下秦国的文字改制,以及后世任何一次文明改制一样,没有才具出色者的具体劳作,阶段飞升是不可能完成的。

自有了最初的一批文字,华夏文字便以书写刻画材料的不同,而在各个时期呈现出不同的风貌。原因很简单,在不同材料上书写刻画文字,需要不同的工具,书写刻画出来的字形也不尽相同。于是,黄帝之后的文字,有了陶文、甲骨文、金文、史籀文(石鼓文)四大阶段。

陶文者,刻画于陶器上之文字也。这应当是字画成为文字的最早形式。大禹立国,始有夏代,其时的文字大多刻画在陶器上。当然,或可能也在甲骨上镌刻文字,或可能也在青铜器上镌刻文字。因为,有禹铸九鼎而镌刻九州之图并物产贡赋的说法。然则,这两种有可能的书写形式,都不是夏文字的主流形式。是故,夏代文字之真实面目,到战国末世已经无从确指了。

甲骨文,是殷商初中期的文字,因大多刻于龟甲之上,后世称为甲骨文。甲骨文是真正成熟起来的第一个文字系统,其书写方式已经摆脱了画的特质,而具有横平竖直的文字书写特质。然,甲骨文仍有明显的不足。其一,文字量很少,不足以应对后来的天下需求。后人发现的甲骨文,大约有三千多个应用字,能辨识者千余字。即或加上有可能未曾应用的文字,大约总量也不会超过五六千字。其二,书写形式没有统一标准,师徒传承各自不同,很容易造成混淆。其三,因刻画材料的稀缺,刻画技法的专门性,甲骨文主要为王室纪事、占卜之用,很难在普通官署与民众中普及,文字的作用大受限制。

金文,是殷商中后期与周代的文字,因大多刻铸于青铜器之上,世称金文。西周时期,金文已经大大超越了甲骨文,成为基本成熟的文字系统。其一,金文的文字数量已经大大增加,基本可以叙述一件事情的进行过程了。诸多贵族每逢大事,便铸造特定形式的青铜器,将这件大事的来由刻铸在该青铜器之上。后世发现的《毛公鼎》,其文字量长达四百九十七字,足见一斑。其二,因青铜器不易损毁,又是可以人工制造之物,每铸可能多件,文字传播便优于甲骨文许多。其三,书写形式已经相对简单,比形制古奥的甲骨文易于学习,且已经有了初期的书法风格。其四,在金文蓬勃发展的周代,由于文字已经为相对多的人掌握,其余书写材料也大量出现于普通官署以及国人(非奴隶平民)之中。皮张、丝帛、竹片、木板、石板、石块等等,都可能成为刻画文字的物事。只不过王室贵族的官方书写形式的主流一直是青铜器,是故称为金文罢了。

史籀文,大体是西周中后期与东周前期(春秋早期)的文字。周宣王时,叫作籀的太史奉命整理出大约九千字的官方制式文字,是以世称史籀文。史籀文的实际意义在于:这是西周时期规模最大的一次文字整理,在华夏历史上第一次以官方形式公布标准文字。应该说,周室太史令的九千余字便是当时的正统文字。因后世唐代发掘出十个鼓形的石块,每个石鼓上都刻着一首《诗经》风格的四言诗,记述秦国国君的狩猎状况,文字形制便是早已失传的春秋早期的史籀文,故而后世将史籀文也称为石鼓文。

西周末期,秦人救周于镐京之乱,被封为大诸侯国,合法继承了周人故地。久居边陲而半农半牧的秦人,忠实地秉承了周文明的基本框架,文字则原封不动地照搬了史籀文。后世王国维云:"《史籀》一书,殆出宗周文盛之后,春秋战国之间,秦人作之以教学童。……秦人作字书,乃独取其文字,用其体例,是《史籀篇》独行于秦之一证。"①也就是说,春秋时期的秦国,将史籀文奉为标准教材,童稚发蒙学字,学的便是这种华夏正统文字。学童如此,官府公文民间纪事自然也是以史籀文为国家文字。直到战国之世,秦国始终使用的是西周王室整理颁行的史籀文。

然则,自春秋开始,山东诸侯的文字却有了另外一番变化。由于天子威权松弛,由于诸侯自治不断扩大,由于整个天下日渐活跃,由于文字书写材料不断丰富,由于蓬勃的商旅使社会生活日渐丰富,由于战争的日渐增多,由于人们对文字形式的交流需求日益迫切等等等等,原因不一而足。总归是,在中央王室已经无力统筹的情形下,各国的

① 见王国维《观堂集林》卷五《史籀篇疏正序》。

文字都自行其是地发展起来了。发展的基本趋势是两方面：一则各自增加文字量，造出了许多符合实际需求且符合华夏文字特质的新字，使文字表意功能惊人地丰富起来；二则书写形式多样化，书写材料多样化。国与国之间的文字，原本已经有了差异。在不同材料上以不同工具书写不同国家的不同文字，其间生发的种种流变，远远超出了任何一国的控制。春秋早期，各大诸侯国的文字尚大体遵循着周王室颁行的史籀文规则。然经过五百余年的激荡生发，七大战国的文字已经有了很大的差异，以至与"言语异声"一样，"文字异形"也成为一种最为普遍的分治表征。

粗疏介绍文字流变。

基于上述流变，到了始皇帝推行文字改制之时，与秦国奉行的正统文字相比，山东六国文字的最大特异之处在于两处：一是中原文明长期兴盛，名士学人灿若群星，以至文字量之增加程度远远大于秦国文字；二是书写形式大为简约，体现出极大的书法艺术性与族群地域的个性特质，许多字的写法，几乎已经脱离了象形文字的基本形制。就文字表意的丰富性、文字形制的简约优美性而言，秦国的文字显然是凝滞了一些。

"若以秦文字为准，表意缺憾能否弥补？"

嬴政备细看完了《华夏文字流变考》，又听完了胡毋敬与六博士的禀报，第一句话便不遮不掩直奔要害，"若天下士人文不能表意，秦字岂非遗祸天下哉！"

"陛下毋忧，断无此理。"胡毋敬慷慨道，"六国新造文字而秦国文字所无者，勘字署业已一一列出，全部补入秦文字。经勘字署反复计数勘合，七国文字情形是：魏国常用字两千一百余个，总共有字两万六千一百余个；赵国常用字一千三百余个，总共有字两万一千三百余个；韩国常用字两千一百六十余个，总共有字两万三千九百余个；燕国常用字一千八百多个,总共有字一万八千余个;楚国常用字一千九百余个,总共有字两万一千余个;齐国常用字两千一百余个,总共有字两万一千余个。"

"秦国如何?"

"经勘字署详查:自商君变法之后,秦字亦渐渐增多,常用字增至一千三百五十个上下,总共有字一万一千六百六十二个。"

"秦无他有之新字,大体几多?"

"合六国新字,总计一万三千八百六十余个。"

"两方互补,华夏文字总计近三万!"博士夏黄公慨然补充。

"书文表意,足堪天地四海之宏论也!"博士李克也奋然呼应。

"好!以秦补新,而成天下一统文字,不失为既承文明大统,又保文明创新之最佳应对!"皇帝拍案决断,显然很是高兴,"然则,秦字形制繁复,六国文字简约。繁简失衡,必不能流传久远。此间要害,是要创制出一种新书体,不致多生歧义。否则,依然无法通用。"

"陛下明断!"胡毋敬与博士们异口同声。

文字基准一定,程邈顿时吃重了。

所谓文字改制,要害是书同文。何谓书同文?就是要给所有的字一个统一明确的写法,以利辨认。程邈在狱中十年,潜心于写字,消磨之余也从自身坎坷中悟透了其中奥秘。大凡天下文字,难写不打紧,关键是要好认,好认的关键,则是要有统一的公认的写法。只要写法有公认法度,再难认的字,也会有确定不移的所指。届时,除非你不认识那个字,便只有写错的字,而没有认错的字。譬如那个"南阳"与"宜阳",假如有官定写法,何至于将军错认? 自春秋战国以来,天下书写形式各以方便为要,已经生成了八种写法:一曰大篆,这是秦国的史籀文的正统写法;二曰小篆,这是秦国官府在战国时期对史籀文的实用写法,相对简约;三曰刻符,这是刀刻竹简的书法;四曰虫书,也便是鸟书,是诸多好古文士书写传信喜欢用的一种书法,字头多为虫鸟状,是名;五曰摹印,是各国用于官印的一种刻画书法;六曰署书,这是各国官府相对通行的一种公文书法,相对规整,并得配以特殊印记;七曰殳书,殳者,兵器也,殳书便是刻在兵器上的文字书法,笔画相对简约;八曰隶书,是胥吏(官府办理文书之吏员)为书写快捷而创出的一种书法,因有"佐隶(吏)之书"的效用,被天下称为隶书。

反复思谋,程邈确定了一个书同文方略,呈给了李斯。

程邈的方略是:小篆为本,隶书为辅;其余各书,民人自便。程邈对李斯的说明是:"小篆为公文,为书文,为契约文,效用在便于确认。隶书为辅,效用在快捷便事。至于民人士子人各互书,则听任自便。"

列位看官留意,因小篆距离今世已经非常遥远,故云小篆利于确认,寻常人很难理解。列位看官只以后世之文字比照揣摩,便即豁然:以宋体为根基的印刷体书法,写起来很费力,然因其标准规正,读起来却很轻松;若书报皆以自由体手写,无疑大大地不利于阅读。是故,小篆如同后世之印刷体,它以牺牲书法艺术的丰富变化为代价,成就了文明传播的最强大载体。此,秦篆之历史效用也。

"好!老夫认同!"李斯欣然拍案了。

三日之后,程邈的方略呈到了皇帝案头。由于始皇帝对书法不甚了了,李斯亲自带着程邈觐见了皇帝,分别做了一番备细说明。皇帝听得兴致勃勃,问程邈何以实施?程邈禀报说:"小篆乃官制文字,非功力深厚者不能成其章法。臣拟请丞相、奉常、太仆三人大笔,各作一篇颁行天下,以为规范,如同度量衡之法定器量,可否陛下定夺。"始皇帝立即欣然拍案:"好!届时多刻一幅,朕挂在书房好好揣摩,也学他一手书法!"李斯与程邈不禁大笑起来。程邈又禀报说,隶书创制,他要特请一人襄助,敢请陛下允准。始皇帝笑云:"延揽书家本是御史职责所在,要朕说话么?"程邈说:"此人才具赫赫,只秉性乖张,对秦政多有非议,故此先行禀报。"始皇帝一阵大笑:"骂几句秦政有何要紧,只要他愿为天下做事,朕亲自见他听他骂又有何妨!"

书同文字,对文明的贡献非常大。试问六国诸侯王,谁有这般见识?秦灭六国,是天意,亦是人力为之。

　　红日升上了涿鹿山峰峦，王次仲①师徒开始了一如既往的晨书。

　　山崖下，一个壮实的少年一边费力地搅和着石坑里的红色物事，一边高喊着："老师，朱墨好了——"喊声回荡山谷，山崖旁的小道上走来了一个须发雪白的老人，布衣竹杖步履轻健。老人大步走到石坑前，竹杖在大石啪嗒一磕，手中的竹杖陡然一变，杖头鬃毛劲直飘飞，几类长大的马尾散开空中。看了看石坑中亮汪汪的汁液，老人嘉许地一点头："小子有长进，墨色正了。"又抬头看了看颇为光洁的玉白石崖，"小子石工本事尚可，没白费工夫，这石崖打磨得好。"少年高声笑道："老师要奇文留天下，能没有一方好山么！"一边说一边搬来一只陶盆，利落地用大木勺将石坑中的物事舀满了一盆，快步端到了山崖旁边的木架下，又摇晃敲打了一阵丈余高的木架，转身一拱手道："老师，梯架稳当无误！"老人一点头，杖头伸入石坑，那劲直飘飞的一大片散乱鬃毛立即团成了一个油亮鼓荡的红包。趁势一提一甩，石坑中一片涟漪荡开，老人也大步走到了山崖下。少年兴冲冲道："老师，今日写甚？"老人道："小子想学甚？""八分书②！"少年毫不犹豫地回答。老人悠然一笑："也好，今日八分书，留给天下一篇檄文。"

　　少年顶起了陶盆。老人走上了梯架。长大沉重的竹杖大笔伸出，却平稳得没有一丝晃动。老人大笔在玉白石崖上横空一划，一道平直舒展的朱红色立即在石崖展开。崖下少年一声高喊："燕头雉尾！简略径直，八分即止！好！"架上老人也不说话，又奋力划得一笔，长大的竹杖笔头便伸到少年头顶的陶盆中吸墨。老人抬笔，少年便飞步取墨，顶来陶盆在木架下等候。如此大笔纵横间歇，堪堪两个时辰，老人才下了木架。

　　"秦为无道，虎狼残苛，毁弃书道，摧我文明，天道昭彰，安得久长！"少年高声念诵了一遍，跳脚拍掌欢呼起来，"老师万岁！大文万岁——"

　　"万岁？只怕老夫也是第二个程邈。"老人摇头淡淡一笑。

　　"老师！这篇石崖文定会传遍天下，得取个名字也！"少年兀自兴致勃勃。

　　"小子且说，何以能传遍天下？"

　　"字好，八分隶书！文好，言天下之不敢言！"

　　"说得不错，取何名头啊？"

---

　　①　王次仲，秦代书家，上谷（今河北怀来东南）人。
　　②　八分书，即汉隶，与程邈整理的古隶有别。

秦始皇

秦始皇

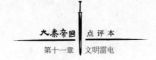

"王次仲讨秦檄!"

"秦何负天下,得次仲檄文讨之也!"突然,一阵大笑在山谷回荡开来。

"你是何人!"少年一个箭步,横身山崖旁边的道口。

"你是……程? 程邈!"老人回身,直愣愣盯着山道上的来人。

"次仲兄! 程邈来也——"

一个老人丢开了竹杖大笔。一个老人丢开了背上包袱。两老人几乎同时惊喜地叫喊着双双扑来,紧紧地抱在了一起……两人顾不得品评石崖书文,也全然忘记了手边笔墨与行头物事,你拉着我我拉着你便抹着老泪兴冲冲去了。及至少年背着包袱抱着大笔赶回到山崖后的林间茅屋,两位老人已经坐在大树下大碗开饮了。这一饮,从正午到暮色,从暮色到月色,从月色到曙色,又从曙色到月色,竟是无休止了。日夜唏嘘感慨,到第三日暮色时分,大树下的两位老人躺倒了,茅屋前的少年也呼呼大睡了……

程邈与王次仲的结识相交,有着常人难以体会的特异坎坷。

王次仲是燕国上谷郡人,祖上曾是燕国王族支脉。燕易王之后,燕国权臣子之当政,逼燕王哙禅让,以致燕国陷入大乱。在那场动乱中,次仲祖上追随了子之一党。后来,燕太子姬平(燕昭王)借助齐国力量平乱,即位后整肃王族,次仲祖上被贬黜为平民,流徙到上谷耕牧自生了。三代之后,次仲一族沦为商旅,全部的王族标记便只有一个自行确定的姓氏了。王次仲生于燕国末世,对燕国没有丝毫的留恋,少年未冠便随着族人的商旅车马进入了中原,在文华笃厚的大梁求学了。修学十年中,次仲为减轻家人之累,常到有熟识吏员的官署帮办文书,以求得到些许衣食资助。次仲天分

王次仲到底是秦的书法家还是东汉的书法家,难考证,据说是楷书(即正书)的创写人。作者把两个人扯在一起,也有道理,二人皆与隶书有点关系。《水经注》《太平广记》《书断》皆称王次仲为秦时隐士。

颇高,文书制作得极其出色,举凡誊刻抄写,都比寻常文吏快捷许多。其时,魏国法度松弛,官署公文不限书体,通行一种快捷的隶书。勤奋聪慧的王次仲,很快便成了大梁颇具名望的少年才具之士。正当此时,次仲父亲积劳辞世,次仲不得不归家执掌商旅车马以谋举家生计。次仲经商的第三年,第一次进入了秦国,结识了程邈。

在秦川东部的下邽县城,六辆满载货物的牛车正要进城,王次仲却被莫名其妙地带进了县署。一个黑脸县丞拍下一方竹板说:"足下这照身帖字迹不法,依秦制不能通行。"王次仲久受山东士风浸染,素来鄙视秦人无文,闻言冷笑道:"秦法有字式,未尝闻也!"黑脸县丞道:"秦法固无字式,然足下照身帖之字秦人不识,岂非白白误事?为足下计,换帖再来。"王次仲道:"只怕是你自家不识罢了,休以官法塞我之口。"黑脸县丞立即变了脸色,便你这般隶书,也敢蔑视于我?当下拉过笔墨皮纸,提笔唰唰写了几行推了过来,冷笑道:"自家看看,本官隶书如何?"王次仲一看之下,当即深深一躬道:"大人隶书卓然一家,在下敢请师从学书。"黑脸县丞揶揄笑道:"山东商旅求秦吏学书,亏足下想得出也。"王次仲再度深深一躬:"在下原本士子,并非商旅,若得大人收为门人,在下愿弃商学书。"黑脸县丞一阵轻蔑大笑:"我秦人不收草包弟子,你若能写得三两个字来,或可再说。"王次仲也不说话,走到公案前,提笔便在县丞写字的皮纸空余处唰唰唰写下了两行隶书。黑脸县丞脸色倏地一变,当即霍然起身深深一躬:"先生书体劲健灵动,简约清晰,在下程邈愿师从先生,弃官学书!"

一时之间,两人不约而同地大笑起来。

"程兄钟子期,次仲俞伯牙也!"

"因书而知音,奇哉快哉!"

一场痛饮之后,两个年轻的书痴结成了意趣相投的挚友。

十年之后,便在两人相约弃官弃商一同游历写遍天下山崖巨石的时候,程邈突然下狱了。得闻凶信,王次仲没有丝毫犹豫便处了全部商旅事务,携带着多年积累的千余金赶到了下邽,要馨尽全部家财营救程邈。然秦国律法之严远过山东,王次仲连番奔波于下邽咸阳,不说营救无门,连与程邈见得一面也未能如愿。最后,王次仲只从一个熟识的下邽县吏手中得到了一方白帛,那是程邈留给他的遗言:世无邈矣,兄自珍重,天下石崖书尽之日,邈在云端也!捧着那方白帛,王次仲痛不欲生,驱车赶赴云阳国狱之外,烧尽了他与程邈多年写下的三车竹帛,将笔砚墨也全部投入了大火,毅然决然地走进了

滔滔渭水……若非忠实的商社老执事死命相救,王次仲早已经葬身渭水了。老执事说,公子纵不为自家性命想,亦当为程邈先生想;先生被暴秦所害,公子安得不为先生张目,而徒然轻生哉!

大病一场,王次仲终究站起来了。老执事死了,家道凋零了。王次仲将老执事的孙子收作了学生,在一个月黑风高的夜晚离开了沉睡的妻子和儿子,从此遁出了尘俗,流进了广袤嵯峨的山川湖海,将对秦国暴政的仇恨写上了万千石崖……

……

"大梦重生,不意程兄竟做了秦国高官,天意何其弄人哉!"

"尘俗之身何足道哉! 不能割舍者,你我心志也!"

"人生已分道,既往心志,过眼烟云耳。"

"兄言差矣! 心志恒在,人生岂能两分?"

一番痛饮畅叙,一番沉沉大睡,醒来之后,两位患难重逢的老人却生分了。程邈真诚地笑着,王次仲却冷冷地板着脸。程邈反复地诉说着自己的下狱不是暴政陷害,而是确实因写字引发出断粮饿死人,毕竟应该有所承担,一命偿一命,况乎饿死三命? 磨叨竟日,王次仲郁闷稍减,长吁一声道:"程兄自家业已不恨秦政,夫复何言哉! 只说,找老夫何事?"程邈惊讶笑道:"次仲明知故问,除了你我未了夙愿,能有何事?"王次仲硬邦邦道:"秦国文字繁杂紊乱,粗野无文,老夫不屑为他耗去白头!"程邈大笑一阵,遂将新朝文字改制的事从头说起,宗旨、方略、文字勘定、书写范式、皇帝与丞相的特殊重视等等,最后直说到始皇帝对王次仲的骂秦说法,末了道:"次仲扪心自问,亘古以来天下可有如此君王? 可有如此宏阔深远之文字改制? 你我生于世间,所求者何,不过以书为命耳! 今有如此良机,你我可成夙愿,可建功业,上可对天,下可对地,何为一己之心病自外于天下文明哉!"

"然则,老夫有个分际?"

"说! 你要如何?"

"只做事,不做官,事罢则去。"

程邈大笑一阵道:"兄弟也,我还没说! 这件事做完,我还想做官么? 跟你一起,重游四海! 你若不放心,我当即辞官,你我一起白身做事!"

"好! 程兄此心,解我千愁也!"王次仲大喜过望,立即高喊徒弟收拾行装,转身又笑

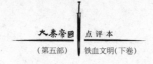

道，"你老兄还是别忙辞官，官身好做事。人求人者，心志而已了。"

心意已决，两人与壮实的少年徒弟背着简单的行囊立即出山。程邈的随从车马一直在山口扎营等候，两人一到立即开拔，连夜向南进发了。王次仲感慨于车马随从雄壮整肃。程邈笑答，这是皇帝特意叮嘱太仆署派的，为的是你，不是我这个御史能有的。王次仲默然了。次日宿营造饭，王次仲立即拉着程邈开始谋划书体新法。王次仲说，隶书八分求的是实效，快捷方便为本，必须有个根基：改大篆小篆的象形结构，以横平竖直的书写笔画为结构；否则，文字还是不脱画形。程邈大为赞同，又提出一条：书体的要害是转折笔，要改大篆小篆的圆转为方折，运笔会加快许多。两人一口声相互赞同，舒畅得大笑了好一阵，依稀又回到了当年互相求师的乐境。

李斯将政事交给了右相冯去疾，一心沉浸在了文字的海洋里。

总司改制运作的程邈奏请皇帝允准，将一应参与文字改制的官吏都搬进了博士学宫。李斯等创制小篆者一座庭院，程邈等隶书创制者一座庭院，勘字署吏员一座庭院，所有的博士都是后盾，可随时参与会商。程邈一摊进展扎实，与王次仲两人一商定方略，主要的事便是日日写字日日议字，可说是日有进展。李斯胡毋敬赵高这一摊，却卡住了十余日没有进境。最要害的难处是三处：

其一，字制之难。战国之世，小篆业已生发为一种流行书体。唯其流行，形制便因国因地因人而异，没有统一形制。要统一形制，必得先定法度，并得先写出若干字样范式。而法度范式之难，如何能没有争议？

其二，字数之难。也就是说，是将勘定的天下三万余文字全部写成小篆，还是只写一部分，抑或只写常用字？全部写，数量太大，延误改制期限。部分写，则存在如何分割，写哪些字？凡此等等，亦有争议。

其三，文体之难。也就是说，写成何等样东西？是一个个单字排着写？还是编成某种文体，既利于识字，又利于知识传播？写单字快捷，却过于简单，对童稚发蒙显得很是枯燥无味。而编订文体，则难免用字重复，起不到增大识字数量的效用。这一难，最费心思。

旬日之间连番会商，又广采博士们种种谋划，李斯胡毋敬赵高三人又反复议论揣摩。最后议决之日，李斯出面，对应上述三难，确定了三条法度。一则，小篆形制，以秦篆（秦国书写的小篆）为本。原因是秦篆形繁，写难识易，不易混淆。为防文字形制过简而不易区别,这次改制须明确数目字写法:凡数目字,文(笔画)单者,取茂密字替代,一二三四五六七八九十,分别写作壹贰叁肆伍陆柒捌玖拾,以利各种书契之明白无误。二则,本次改制,小篆书体只写常用字;其余文字,由勘字署吏员在小篆范式确定之后一一写出;如此既不迟延改制,又使所有文字皆有范式。三则,小篆常用字确定为三千,由李斯、胡毋敬、赵高各写一千字。此千字不能写单字,必须成文,且必须尽量减少重复用字,以利于初学识字之趣味盎然。为最大限度避免重复用字,三人书写范式文字的用字领域给予区分,各有命题:李斯《仓颉篇》、赵高《爱历篇》、胡毋敬《博学篇》。

《汉书·艺文志》有载。

诸事确定,李斯三人各自离群索居,开始了文体构思。

程邈两头照应,给李斯三人每人各配了一名勘字署吏员、一名博士、一名缮写能吏。勘字署吏员专门职司三方通联,以确定用字不相重复;博士专司会商文体,以出风采;缮写能吏专司誊刻抄写副本。

这一夜月明星稀,庭院沉寂。李斯郑重沐浴了一番,整装束发,来到了庭院大池旁设置好的香案之前。李斯拈起香炷深深一躬,拜倒在地,庄重地祷告:"仓颉书圣在上,大秦丞相李斯奉天子之命,一统天下文字。今欲以小篆为天下范书,祈求书圣佑护,赐我神思,赐我才具,佑我千字文华彩成章。倘有正字不周之处,伏唯书圣见谅。"

河汉璀璨的夜空,滚过了一阵隐隐沉雷。李斯祷告完毕,站起身来仰望星空,却没有一丝云迹。李斯心下一热,大袖一甩,毅然走进了书房。李斯在长案前落座,铺展开一方制作精美的羊皮纸,肃然提起了大笔。便在这万籁俱寂之时,李斯原本并无成文的心田突然泛起了滚滚滔滔的波澜,诗情勃发,一个又一个秀丽遒劲的秦篆工稳地从笔端流淌

出来……

仓 颉 篇

仓颉作书　文明始成　甲骨之刻　古奥粗简　史籀大篆　形繁难辨
及秦壹治　新书勘定　皇帝立国　爱育黔首　臣服四海　退迩王土
化被草木　人皆更生　车涂同轨　田畴为亩　度量衡齐　郡县乡亭
华夏九州　兵戈止息　封建不再　万民康宁……

李斯专注地写着，烛泪不断地流着，烛花不断地爆响着。雄鸡一声长鸣，刁斗喤喤打响，李斯才搁下大笔，颓然软倒在地。

霜降时节，文字改制宣告大成了。

庆功大宴上，始皇帝饶有兴致地亲自吟诵了李斯的《仓颉篇》千字文章，大加赞赏。又教赵高胡毋敬分别吟诵了自家写的千字文章。当赵高那奇特的嗓音念诵出"天地日月，周而复始，寒来暑往，乾坤阴阳，春夏秋冬，雨雪风霜，耕耘生计，爰历参商"之时，始皇帝大大地惊叹了，当场下诏将赵高的食邑增加了两百户。

君臣一番酬酢之后，程邈命书吏们抬来了连续九方可折叠的大板，一一靠着大殿石柱展开，每板都是拳头大的隶书新字，整肃排列如森森方阵，煞是壮观。嬴政皇帝亲自走到大板前浏览片刻，高声赞叹道："隶书新体，简约清晰，独具神韵，必将有大用！好！程邈、王次仲二位，为天下文明建一大功也！"程邈尚在担心王次仲执拗褊狭，不想这位老友早已经是老泪纵横泣不成声了。皇帝一声感喟叹息，高声下诏道："自今而后，无论王次仲在朝在野，皆为大秦书监！足迹所至，官民俱奉！"王次仲百感交集，扑拜谢恩之后一句话也说不出来了。皇帝却是饶有兴致，举着酒爵走到了王次仲案前，就教隶书奥妙："敢问先生，朕不明隶书简化之根本何在？尚请明示。"

一涉书法，王次仲大见精神，立即答道："隶书之变，在于将古篆之象形变为笔画。取最简之笔，以直方为形，非但书写快，且易为人识。"

"能否取一字例说之？"

王次仲从旁案拿过一支毛笔一张皮纸，工整地写成了一字："陛下且看，此乃大篆的安字，其形为廊下女子与男子相拥。"待皇帝点头，王次仲又写下一字，比方才显然快了一些,"陛下,此乃丞相三人的小篆,安字,取屋下女子之形。虽简去男子,然意形仍在:屋柱着地,屋内女子长裙拖曳,犹是象形之体。"

"改得好。"皇帝点头,"屋下有女,自安也。"

"陛下请看隶书的安字。"王次仲提起笔来,几乎瞬间写成了一字,"隶书之安,仅取屋顶以为意,女子之形,简为跪坐。这一横,是长案,案下交叉者为双脚。意存而形简,是为隶书也。"

"噫——当真神妙也!"

皇帝确实是惊讶了。对于不善书法的嬴政而言,对文字的要求历来是会写能认便可,从来没有想到过一个字的改形会有如此大的学问。然则,天纵禀赋的嬴政,却有着常人无法望其项背的悟性与洞察力。便在这片刻之间,嬴政蓦然大悟了文字的神奇,悟到了文字对于文明无可估量的深远效用。皇帝大步走到了九张高大的隶书大板前,叩着大板高声道:"方块字者,华夏文明之旗帜也! 但有方块字在,华夏文明恒在!"

"皇帝明察——"

"皇帝万岁——"

"方块字万岁——"

书同文字,贡献巨大。

随着庆功大宴的欢呼声,始皇帝的《书同文诏》颁行天下了。

第十二章　盘整华夏

一　岁末大宴群臣　始皇帝布政震动朝野

大雪飘飞的正月正日,嬴政度过了四十岁生日。

帝国奉十月为正朔。一年开始之月为正,一月开始之日为朔。帝国更新历法之后,十月便是正月,十月初一便是正月正日。嬴政生日的正月正日,却是古老的年节开端,正月初一。自古以来,无论何代何国奉何月为正朔,譬如"夏正以正月,殷正以十二月,周正以十一月"等,其本意并不在否定天地运行十二月之时序,而在彰显国运。这便是司马迁所云的"推本天元,顺承厥意"。也就是说,推出与本朝国运相符的天地元气行运所在,以此月此日为开端以使天意佑护。唯其如此,自然时序的正月正日,可谓永恒于国别正朔之外的天地正朔。于是,以正朔而言,皇帝每年便有了两次寿诞之期。

寿诞贺生,嬴政历来淡漠。一则忙得连轴转,没心思。一则是秦法禁止下对上贺寿,尤其禁止臣民为君王贺寿。自从十三岁即位秦王,对于生日,嬴政的唯一记忆是八岁之前每到正月正日,外公与母亲都会给他一件特异的礼物,那支一直伴随他到加冠之年的上品短剑,便是六岁那年的正月正日外公卓原送给他的生日喜礼。后来回秦,父亲庄襄王早死，母亲赵姬忙于周旋吕不韦与嫪毐情事旋涡，少年嬴政的生日，再也没有任何标志了。嬴政所能记得的，只有赵高在每年岁末的夜半子时首刻，总要准时给他扑地大拜，噙着眼泪低呼一声君上万岁。每逢此时，嬴政都是哈哈大笑，本王生当天地正朔，大年节普天欢庆，强于私寿万倍，哭个鸟来！今岁更忙，年初灭齐之后，一事接一事无一日喘息，及至彤云四起大雪弥天，嬴政方才恍然大悟，冬天到了，一年快完了。

一个大雪飘飞的深夜，李斯冯去疾驱车进了皇城。

外殿值事的蒙毅很是惊讶，连忙禀报了内殿书房正在伏案批阅公文的皇帝。嬴政以为两位丞相必有要务，立即亲自迎了出来。书房叙谈，两位丞相的议题竟只有一个：要给皇帝操持四十岁寿诞庆典。嬴政大感意外，连连摇头摇手道，法度在前，不能不能。冯去疾禀报了一则出人意料的消息：今岁恰逢新朝爱历，改奉正朔；各郡县已有急书询问，言山东臣民多畏秦法严厉，乡三老纷纷询问各县官署，不知可否欢度年节？李斯的见识是：新朝改正朔，易服色，然不能弃天地正朔于不顾。年节风习久远，辄遇正月，天下臣民莫不欢庆，秦若回避年节，伤民过甚。然则，皇帝若颁行明诏，特准黔首欢度年节，反倒弄巧成拙。李斯与冯去疾商定的办法是：皇帝只需事先明诏郡县，当在岁末之夜大宴群臣以示庆贺，即做了天下过年之表率。既不违天地正朔，又使天下民心舒畅，更可一贺陛下四十整寿。

"一举三得！臣等以为当行！"冯去疾快人快语。

"臣民忌惮年节，倒是没有料到也。"

"畏法敬治，此非坏事。"李斯兴致勃勃。

"两丞相是说，默认天地正朔，两正朔并行不悖？"

"陛下明察！"

肯定要碰一鼻子灰。

"也好，岁末大宴群臣。"嬴政拍案，"只是，与寿诞无关。"

岁末之夜，始皇帝在咸阳宫大宴群臣。这是变法之后的秦国第一次年节大宴，显得分外地隆重喜庆。奉常胡毋敬总司礼仪，事先宣于各官署的宗旨是"新朝开元，皇帝即位首岁，始逢天地正朔，是为大宴以贺"，一句也没涉及皇帝寿诞。然则，群臣心照不宣，都知道今夜年节是皇帝四十岁整寿，虽没有一宗贺礼，然开宴之时的万岁声却是连绵不绝分外响亮。胡毋敬原定的大宴程式是：开宴雅乐之后，博士仆射周青臣率七十名博士进献颂辞，褒扬皇帝赫赫功德，而后再由三公九卿及领署大臣各诵贺岁诗章，再后由皇帝颁赐岁赏。事实上，连同李斯在内，所有的大臣都备好了贺岁诗章，且主旨都很明确：以贺岁为名，以颂扬皇帝功业为实，真正给皇帝过一次隆重的寿诞大典。但是，胡毋敬与群臣都没有料到，雅乐之后，胡毋敬正欲高宣颂辞程式，皇帝却断然地摇了摇手。之后，皇帝举着大爵离开了帝座，走下了铺着厚厚红毡的白玉阶，过了丹墀，站到了群臣座席前的中央地段。

"我等君臣，遥贺边陲将士功业壮盛！"

"我等君臣，遥贺郡县值事吏辛劳奉公！"

"我等君臣，遥贺天下黔首生计康宁！"

"我等君臣，共度新朝岁首！"

皇帝高高举起了酒爵，高声宣示着贺词，一贺一饮。四爵酒饮罢，朝臣们已经是心头酸热双眼蒙眬了。不知是谁高喊了一声："我等臣民，恭贺陛下寿过南山——"突然之间，寿过南山的声浪哄哄然淹没了宏大的殿堂，震荡了整个皇城。声浪终于平息，胡毋敬又欲高宣进献颂辞，皇帝却还是摆了摆手，笑吟吟说话了："寿过南山，朕倒是真想！然则，能么？江河不舍昼夜，岁月不留白头，逝者如斯，虽圣贤不能常驻世间！唯其如此，我等君臣要将该做的大事尽速做完，以功业之寿，垂于万世千秋！"

皇帝的激昂话语回荡在耳畔，举殿却静如幽谷。群臣都不说话了，连此等庆典场合最有可能也最为正当的万岁呼应声也没有了。因为，那一刻，在煌煌烛光之下，大臣们看见了皇帝脸庞分明的泪光，看见了四十岁君王两鬓的斑斑白发，看见了素来伟岸的皇帝身躯已经有些肩背佝偻了……

"臣等，敢请陛下部署来年大政。"李斯第一个打破了幽谷之静。

"臣等敢请陛下！"举殿一呼，势如山岳突起。

"好！我等君臣过他一个开事年！"皇帝奋然一句,滔滔如江河直下,"克定六国,一统天下,远非天下至大功业也！若论一统,夏商周三代也是一统,并非我秦独能耳。至大功业何在？在文明立治,在盘整天下,在使我华夏族群再造重生,以焕发勃勃生机！此,秦之特异也。难不难？难！能不能做到？能！为甚来？当年商君变法之时,秦国积贫积弱,几被六国瓜分。然则,先祖孝公与商君同心变法,深彻盘整秦国二十余年,老秦人如同再造,由一个备受欺侮的西部穷弱之邦,一举崛起为虎狼大国！今我秦国,受命于天,一统华夏,便要效法孝公商君,改制华夏文明,盘整华夏河山,如同再造秦国一般再造华夏！人或云,华夏王道数千年,文明昌盛,无须折腾。果真如此么？朕说,非也！有此必要么？朕说,有！今日殿中群臣,汇聚天下之士,老秦人反倒不多,诸位但平心想去:华夏文明数千年,何以泱泱数千万之众,却饱受四夷侵凌,春秋之世几乎悉数沦为左衽①？及至战国,何以匈奴诸胡之患非但不能根除,反倒使其声势日重,压迫秦赵燕边地日日告急？何以闽粤南海诸族,称臣于华夏千余年,又做楚之属国数百年,非但没有融入华夏,反成东夷南夷之患,屡屡侵害楚齐蹂躏中原？是秦赵燕三国无力么？是魏韩楚齐四国无力么？非也！根由何在？在内争！在分治！在不能凝聚华夏之力而消弭外患！人云华夏王道,垂拱而抚万邦,滑稽笑谈哉！朕今日要说:华夏积弊久矣！诸侯耽于陈腐王道,流于一隅自安,全无天下承担,全无华夏之念！中国大地畛域阻隔,关卡林立,道各设限,币各为制,河渠川防以邻为壑,辄于外患竞相移祸⋯⋯凡此等等,天下何堪？长

作者换了一种方式夸秦始皇。秦的成就被夸大,先秦的成就就会被弱化。唯有期待更多的考古成就,为后人揭开历史之谜。

---

① 衽,衣襟。古代匈奴人的服装,前襟向左掩,异于中原人的右衽,当时中原人便以"左衽"为受异族统治的代称。《论语·宪问》:"子曰:'微管仲吾其被(披)发左衽矣。'"

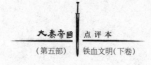
此以往，华夏安在！唯其如此，我等君臣须得明白：华夏之积弊，非深彻盘整无以重生！如何深彻盘整？文明再造也，河山重整也，天下太平也！"

那一夜，帝国群臣再次长长地陷入了幽谷般的寂静。

大臣们人人噙着泪光，深深沉浸在被震撼之后的感动之中。李斯红了脸，第一个将贺寿诗章揉成了一团，丢进了燎炉。素来饱学多识议论纵横的博士们也脸红了，纷纷将揉成一团的颂辞诗章丢进了燎炉。一时之间，大殿廊柱下的二十余座燎炉红光四起火焰飞动，依旧是没有一个人说话。大臣们羞愧者，并非那些颂辞诗章为皇帝贺寿，而是那些颂辞诗章所赞颂者，无一不将"四海一统"作为至高无上的功业，而皇帝却以为至大功业并非一统，而在深彻盘整华夏，在文明再造，在河山重整，在天下太平。此等超迈古今的目光，此等博弈历史的襟怀，使大臣们心悦诚服又汗颜不止……

都城的年节社火仍在狂放地闹腾，帝国的所有官署却已经开始悄悄地运转了。

弥天大雪没能阻止三公府的快马轺车。旬日之内，李斯王贲冯劫便如流星般掠过了所有的军政官署，部署督导来年大事。三公如此，原本已纷纷放弃沐浴省亲的吏员们更见奋发，大咸阳的所有官署都昼夜进出着匆匆车马，公文书令随着漫天大雪源源不断地流向各郡各县，庞大的帝国机器以前所未有的效能启动了。

二　决通川防　疏浚漕渠　天下男女乐其畴矣

一班将军出身的大臣也忙得连轴转了。

皇帝年节大宴之后，从咸阳荡开的盘整华夏的长策伟略潮水般席卷了新帝国的广袤领土，南北东西无不激荡弥漫着亢奋新奇的改制之风。皇帝又召三公小朝会，议决将盘整华夏的诸般改制与工程，分作六大项，并同时确认了领事大臣与臂膀人选；左丞相李斯总揽全局，郎中令蒙毅总揽后援各方，总归是力求效用卓著。

散朝之后，王贲特意邀了马兴一起来到治粟内史府。

王贲与马兴所领事项都与郑国相关，一个总领道路整合，一个总领沟洫整合。皇帝给两人派定的臂膀大臣，却都是郑国。皇帝的说法是："老令既是水家大师，也是工程大师，治水开路都是军师。"王贲当场慨然申明："老令是孙膑，王贲马兴是田忌！"路上将此以前是七国各自为政,修渠也是修得七零八散。又要保其天险之功能,又要利农事,实在是很难修。并天下之后,对水利就当有一个统一的布局。

话一说,马兴连连拍掌,大赞王贲应对得当,王贲很是得意了一阵。就实说,两位侯爵大将都没如何看重此等疏渠筑路事,都以为率领几万大军与几十万民力开道通水还不是戏耍一般。郑国闭着眼睛都能说清天下河渠,几条大路更不在话下,只要在地图上一圈,哪到哪,两人便可以风风火火动手了。

可到治粟内史府一说,郑国却良久默然。王贲大急道:"你老令倒是说话也,你指哪我打哪,何难之有哉!"郑国摇头笑道:"老夫何疑两将军也,老夫所虑者,此事至大,两将军,甚或皇帝陛下,却是太过操切了。"马兴大惑不解:"不就疏浚河渠开通道路么,究竟何难?"郑国道:"稳妥做去不难,太过操切便难。"王贲依旧云山雾罩,索性道:"老令便说,此事该当如何着手?"郑国摇头笑道:"此事你说我说,都无用,得向皇帝陛下说。"王贲道:"这有何难,我等即刻去皇城,老令些许准备便是。"

听王贲马兴一说,嬴政立即召见了郑国。

尽管他也与王贲马兴一样,不知道郑国所说之难究竟在何处,也不明自己如何操切了,但嬴政相信,只要郑国这样的工程大师有异议,那就一定得听他说。嬴政吩咐蒙毅,在书房立起了一张特意标明河渠与道路的《天下郡县渠路图》,一则便利郑国说明,二则也向这位执拗的老令暗示他并非操切,对天下河渠道路还是有所揣摩的。这便是嬴政,对臣下之言既要听,也不想无选择地囫囵吞之。

"人言河渠难。殊不知,开路更难。"郑国这第一句话,便教嬴政惊讶。毕生治水的郑国,竟推崇分明简单得多的开路工程,实在不可思议。郑国却全没在意皇帝与王贲马兴的惊讶,只顾侃侃地说着,"路为何物? 民生之气口也,邦国之

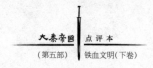
血脉也。山川阻隔穷乡僻壤，得一路而有生计。是故，自来有愚公移山而求一路之说。天下百业，城邑乡野，得道路联结而通连周流。是故，自来有借道通商借道灭国之事。今秦一天下，河渠道路自该整治，此陛下之明也。然则，老臣敢问陛下之志：天下渠路，欲一体谋划乎？欲零打碎敲乎？"

"何谓一体谋划？何谓零打碎敲？"嬴政有些不悦。

"一体谋划者，以天下道路河渠结网通连为宗旨，缜密勘查，先统出图样，而后再行施工也。零打碎敲者，目下之法也：陛下派两员大将，老臣指划一番，通连几条旧道，疏通几条旧渠而已。"

"老令明察！"嬴政立即醒悟到其中差别，对郑国非议自己全不在意，"政不明者，如何方能渠路一体谋划？敢请老令拆解。"

"河渠道路之关联，自三代以来，经两大转折。"郑国的探水铁尺指上了地图，"三代井田制之时，渠路合一，路随渠走，这便是阡陌之制。春秋中期之前，天下只有先镐京、后洛阳，京畿一条王道不涉河渠而直通河外。谚云周道如矢，此之谓也。而其余道路，皆与田畴沟洫同一，只在封闭的田畴内相通，而不通外界。既占耕田，又不实用。商君变法所以要开阡陌，便是要破除渠路合一之封闭，为民众生计另开新路。自此以后，也因商旅大起战事多发，专门道路之需求日渐迫切，天下道路方才脱开河渠，真正成为以通行车马人众为宗旨之路。各国皆脱开原有河渠，纷纷修筑大道。就施工而言，道路修筑与河渠水事也分成了两家：道路属邦司空管辖，河渠属大田令管辖。施工两分，治业之术也自成两家。由此，渠路真正两分了。然则，由于列国分治所限，战国道路河渠虽已多开，却有很大缺陷。"

"缺陷何在？"嬴政有些急。

"一则渠路冲突甚多，二则各自断裂。总归是，不成通连之网。"

"老令是说，要支干搭配，渠路互通，使天下渠路结成四通八达之网？"

"陛下天赋洞察，老臣感佩！"

"好！正要如此大成互通！"

"然则，如此互通成网，至少须得十年之期。"

"十年？"嬴政一皱眉立即转而笑道，"长了些，可也没办法。"

王贲突然插话道："老令勘查成图，大约得几许时日？"

"若说勘察地理,老夫可说成算在胸,唯须查勘几处难点而已。"郑国思忖着不慌不忙道,"成图之难,在于互通成网之总构想。老夫愚钝,快,也得一年之期。"

"成图之后,快慢是否在施工?"王贲顾不得郑国的揶揄,直戳戳一问。

"是。然也得依着筑路开渠之法,不能修成废路废渠。"

"自当如此。"王贲一笑,转身一拱手高声道,"臣启陛下,老令图样但成,臣必全力以赴,不使耽搁!"

"臣亦如此!"马兴立即跟上了自己的老主将。

"莫急莫急,当心吃老令骂。"皇帝摇手制止了两位急吼吼的大将。

"陛下之意,老臣倒是迂腐了?"郑国呵呵笑了,"该快者也得快,老臣也不会总给千里马勒缰。一年之内,两位尽有一件大事可做。"

"愿闻将令!"王贲马兴赳赳齐声。

郑国不禁大笑起来:"好!老夫也发令一回:决通川防,疏通淤塞漕渠,此两事无涉通连,大可先期开工也。"

君臣四人一阵大笑平息,皇帝道:"老令勘察之事,王贲选出一千精锐骑士护卫,朕再配一辆驷马快车、两名太医,务使勘察顺畅。"

"是!臣再派出将军王陵,统领行军护卫事!"王贲极是利落。

"陛下,工程勘察而已,铺排太大了……"

"老令差矣!"皇帝摇了摇手,"天下初定,六国老世族已经有蠢动迹象。顿弱报说,六国都城各有抗拒迁徙之预谋,一些老世族已经图谋远遁。当此之时,若有人欲图坏我大事,安知不会对老令心怀叵测?如此处置非有意铺排,不得已也。"

"如此,老臣……"郑国想说,可终于没有开口。

三日之后,郑国带着三十名工师,乘着皇帝特赐的四马青铜车,在王陵所率一千精锐飞骑护卫下隆隆东去了。王贲与马兴立即齐头并进:王贲领决通川防,马兴领旧漕渠疏浚。由于两事均不涉水路勘察等新渠路开通,故两人商议后以战事筹划,采取了统筹之法:以郡县为本,凡受益之郡县,以郡丞亲率民力施工;王贲马兴各向每郡派出两名水工,各率一千军士,督导查验两方工程,均以一年为限,务须完工。水事涉及民生,各郡县不敢也不想怠慢,民众则更是无不踊跃赴工。短短两个月内,南北江河之间的原野上便哄哄然开始了川防河渠大工程。

先说王贲的决通川防。

川防者,江河之堤防也。自古江河天成,本无人工堤防。夏商周三代,但有治水都是疏通入流入海,也无筑堤拦水之事。自春秋开始,因王权衰落诸侯分治,便逐渐兴起了在各自境内的江河修筑堤防。这种堤防在当时主要起两种作用:对于可灌农田之水流,是上游筑堤拦截以断下游他国用水,如"东周欲种稻,西周不放水"的两周争斗;在水量丰沛的大河大江,则是筑堤拦水以逼向他国为害,或淹没他国农田,或吞噬他国民居。两种川防之中,尤以后者为甚,尤以大河流域为最甚。

由于秦国关中水系相对自成一体,又几乎独据渭水全程,故无川防战之事。然自函谷关外开始,与大河相关的周、韩、魏、赵、燕、齐,都曾经壅防百川,各以自利,同时为害他国。后世《汉书·沟洫志》曾描述了赵魏齐三国的一段大河堤防战。大河东岸,赵魏两国地势高,齐国地势低下。为防赵魏两国河段的洪水淹没本国农田,齐国在距离河岸二十五里处修筑了一道大堤,从此只要河水大涨,东溢遇到齐国大堤,便西卷回来,反而淹没了地势高的赵魏农田。赵魏两国不满为甚,会商共同筑起了一道大堤,也是筑在距离河岸二十五里处,只不过方位不是正对面罢了。如此,河水但涨,便在两边堤防间游荡,汛期一过,便积起了厚厚的淤泥,渐渐隆起成为美田。三国民众纷纷进入堤防耕田,无洪水之时除了争夺耕田,倒也平安无害。民众为了牢固占据耕田,便盖起了房子,聚成了村落。忽然遇到大洪水时,则冲毁堤防一齐淹没,死人无算。于是,三国便在原堤防处后退,再度建起更高的堤防以自救,以致堤防渐渐逼近了城郭,一旦堤防再度被冲毁,大水冲进城里,民众便只能住在水中排水自救了,淹死者不计其数。也就是说,处下者不愿让地给洪水以出路,

秦始皇三十二年,刻谒石门,曰:"堕坏城郭,决通川防,夷去险阻"(《史记·秦始皇本纪》)。

处高者不愿下游筑堤而洪水倒卷，各以堤防为战，致百姓长期遭殃。

战国另一堵截洪水的恶例，是魏国丞相白圭。白圭乃战国初期名相，然由于商旅出身，大约利害之心甚重，于是在大河修筑了堤防，将洪水逼向了他国。孟子曾当面指斥了白圭的做法，义正词严云："子过矣！禹之治水，水之道也，以四海为壑。今子以邻国为壑，水逆行，谓之洚水。洚水者，洪水也！"

凡此等等不合理川防之害，郑国已经于王贲大军开掘鸿沟以灭魏国时，提出了长远的应对方略，其上书痛切云："秦一天下之势已成，其时务必戒绝以水为战之法。战国各以川防阻隔水道，水利皆无，水害百生，有违天道，莫此为甚！洪水不能分之，河溢不能泄之，尽堵尽截，天下万民终将为鱼鳖哉！"当时，秦王嬴政慨然拍案决断："秦国但一天下，定然决通战国川防，使人为水害在我华夏绝迹！"

此等工程大得人心，无论曾经敌对的民众有过多少仇怨，民众群体的宽厚都在此刻淋漓尽致地呈现出来。各郡县民力无不欣然认同官府，哪怕是得堤防暂时益处而尚在耕耘堤防内之淤田民户，也都拭着泪水抛离家园，搬到了新居，拿起了锹耒，开掘那熟悉的堤防了。王贲看得万般感慨，一时对开掘河水淹灌大梁有了一种深深的悔意。

再说马兴的疏浚漕渠。

自春秋之世治水始兴，人工开凿之水道有两种，一曰漕，二曰渠。漕者，可以行舟之水道也。当时主要用作输送粮秣，即后世所谓的运河。渠者，行水之沟也，人工开凿也。战国之世，山东六国修筑的漕渠甚多。除秦国水利工程外，最大者是沟通河、淮两大水的鸿沟。鸿沟是行舟兼行水的最大的战国运河，各有支渠通入宋、陈、蔡、薛、曹等中小诸侯国，

马非百的研究显示，"统一前各国诸侯利用水利危害邻国"，其中，"楚夹塞两川遮取宋田""齐与赵、魏各壅河自利""西周、东周互争水利""白圭以邻为壑"（马非百著《秦始皇帝传》，江苏古籍出版社，1985 年，第 506—507 页）。秦始皇决通川防之后，"地势既定，黎庶无繇，天下咸抚。男乐其畴，女修其业，事各有序"（《史记·秦始皇本纪》）。决通川防，大兴水利，水流皆通，再修驰道等，天子定中原抚四夷的能力就大大加强，诸事理顺后，人民也能安居乐业。

又通过支渠与济水、汝水、泗水三河沟通，故效用很大。然因战乱多发，鸿沟又分属魏、韩、周、楚、陈、宋等大国小国，故很少统一维护疏通，战国末世损毁淤塞更是严重了。王贲军水淹大梁之期，鸿沟曾一度断流，损毁更大。后来，秦军虽修复了鸿沟干渠，然诸多支渠却无法顾及，以致其效用大为降低。

战国之世，另外的漕渠主要有：楚国沟通汉水与云梦泽的漕渠，沟通震泽（太湖）与江水的漕渠，沟通江南五湖间的几条漕渠（史无确指）；齐国有沟通菑水与济水的漕渠；魏国有西门豹治邺时开凿的灌溉邺地的引河十二条水渠，有史起开凿的引漳水入河内之地而大富魏国的漕渠。[①] 民众曾为史起引漳而歌之，云："邺有贤令兮为史公，决漳水兮灌邺旁，终古泻卤兮生稻粱。"当然，秦国的著名渠道更多：李冰渠（都江堰）、郑国渠、兴成渠及灭六国后新开的灵渠等等。战国末世二十余年，六国濒临亡国，完全没有人力财力心力整饬农田水利，凡山东六国之漕渠，其主干水道几乎无一例外地淤塞了损毁了。

马兴的漕渠工地主要集中在两大区域：江淮之间与大河两岸。

江淮之间，是疏通当年楚吴越三国旧漕渠。大河两岸，是疏通当年周、韩、魏、赵、齐五国旧漕渠。而通连这两大区域的，则是引河入淮的鸿沟水道。马兴事先已经将郑国的河渠图揣摩透彻，此番施工，亲自率八千士兵督导二十余万民力再度大力疏浚鸿沟。王贲灭魏后修复鸿沟时，由于楚国尚在，实际上只修通到楚国的陈城地界而已。实际上，鸿沟的最大淤塞恰恰在于进入淮水的楚国南段。马兴这次疏通，非

详情可见《史记·河渠书》。各国皆有修建漕渠。得力于铁器的广泛应用和水利知识的积累，兴修水利之技术，战国期间有明显提高。

----

① 引漳水入邺之渠有三说，一云西门豹，一云史起，一云两人共同（西门豹先而史起后）。此取《吕氏春秋》与《汉书·沟洫志》之同一说。

但清淤加深渠道,而且将原渠道拓宽了三尺余,损毁段则全部加固重修。马兴已经听郑国说过,这鸿沟将是天下唯一的一条大渠大道合为一体的南北干道干渠,正当中国腹心,决使其巍巍然用之千古。其余漕渠,马兴一律交给了各郡县,自己只派水工司马定期查验。如此堪堪将近一年,天下的旧漕渠已经眼看着全部翻新了。

在后来的渠路一体大工程中,马兴还开通了另外几条新漕渠:会稽郡的通陵渠、长沙郡的汨罗渠、陇西郡的秦渠、陈郡的琵琶沟等。四年之后,天下漕渠路工程全部告竣,皇帝东巡到碣石之际,专门刻石铭记了盘整华夏之盛事,其中对水事记曰:"……皇帝奋威,德并诸侯,初一太平。堕坏城郭,决通川防,夷去险阻。地势既定,黎庶无繇,天下咸抚。男乐其畴,女修其业,事各有序。惠被诸产,久并来田,莫不安所。群臣诵烈,请刻此石,垂著仪矩。"

在帝国遗留的所有石刻中,碣石门辞是以记载川防漕渠工程为主的,它所描述的工程实施效果确实是令人欣喜的:川防险阻没有了,漕渠水道疏通了,耕地稳定了,庶民没有增加徭役,天下都很安定;男子喜欢自己耕耘的土地,女子专注自己的家业,各种事情都很有秩序;水利整修惠及各个产业,许多原来因水害而分开的村落族群又合并到一起了,家家户户莫不安居乐业。山东农耕在战国末世已经很是凋敝,应当说,自帝国决通川防疏浚漕渠工程之后,天下农耕之再度兴盛眼见是要来了。始皇帝时期,政绩通报极少后世不实恶风,这种记载评判应该是基本接近事实的。因为,它不是秘密奏章的秘密颂扬,而是通报给上天的,是刻在山石上的,是谁都能看见的。战国雄风尚存,始皇帝君臣实在没有那种刻意粉饰而自招天下唾骂的伪善政风。一个时代的基本风貌,改也难。

兴修水利,利民之举,可以强国,亦可以加强对四夷的统治。

三　堑山堙谷　穷燕极粤
帝国大道震古烁今

兴修水利，再治驰道。

倏忽岁末，又是大雪飘飞了。

这次没有人再思谋贺寿，大臣吏员们的心思，都牢牢黏在与自己相关的那些工程事项的进展上，为纷至沓来的捷报欢呼着，为来年更大的图谋振奋着，总归是所有的官署都将年节沐浴省亲假忘记了，眼看岁末之夜将到，一座座官署依旧是车马进出昼夜不断门庭若市。嬴政皇帝思忖一番，觉得还是该与李斯说说，教各官署放官员们归家省亲。刚吩咐赵高备车，蒙毅却匆匆赶来，禀报说郑国大人呈来紧急奏章，请求最快觐见皇帝。嬴政看了看漫天飞雪一挥手道，知会老令等着，朕与丞相一起去他府上饮酒。话音落点，赵高驾驭的垂帘篷车已经轻快地驶到了廊下，皇帝一步登上篷车辚辚去了。

丞相府前灯火煌煌，车马吏员进出不息，一看便是昼夜忙碌的架势。嬴政吩咐将车马停在旁门稍微僻静处，吩咐随车卫尉进府知会李斯。片刻之后李斯匆匆出门，听皇帝一说事由，立即力主皇帝下车在丞相府召见郑国，说丞相府与郑国的治粟内史还有诸多大事需要会商，也要皇帝定夺。嬴政却笑道，丞相府的事永没尽头，改日再说；老令可是事不要命不开口的人，走，丞相也该与老友会会了。李斯苦笑着摇摇头，只好登上了篷车。车方上道，嬴政正要回头与李斯说话，蓦然却见李斯软软靠着车厢的厚毡扯起了粗重的鼾声。嬴政咽下了口边话语，轻轻一跺脚，篷车立即变成了最平稳的中快速。到得郑国庭院，嬴政正要吩咐赵高将李斯背到卧榻去，不料李斯却在车轮倏忽一停

中突然睁开了眼睛。

"丞相瞌睡如此灵便,羡煞我也!"皇帝一阵哈哈大笑。

"惭愧惭愧。"李斯一边说一边下车来扶皇帝。

"不须不须,我比你精神好。"嬴政一步下车笑道,"丞相铁人,都撑不住了。朕看,还是官署休事好,教臣子们好好歇息半个月,不能硬撑也。"

"臣遵命。"一想到自己方才的酣睡,李斯觉得任何话都不用说了,转身对跟随前来的书吏叮嘱了几句,书吏立即匆匆赶回丞相府了。

郑国迎到廊下,嬴政李斯正迎面踏上石级。君臣三人谈笑风生地进了正厅,围着燎炉饮得一大碗热腾腾黄米酒,不待嬴政询问,郑国一拱手明明白白一句:"陛下,老臣勘察完毕,请开春之后大开道路工程。""好!"嬴政拍案笑道,"老令说能开工,定然是水到渠成也。"郑国道:"盘整华夏,万马奔腾,老臣何能不感奋哉!老臣已经勘定了天下路渠之构架大网,陛下定夺之后,可立即大举筹划。"嬴政道:"朕拉丞相来,料到老令必是这件大事。老令便说,我君臣三人先斟酌一番。"郑国已然有备,一拍掌,三名书吏从大屏后隆隆推出了一幅两丈余高的大板图,往中央一蠹,当真威势赫赫。嬴政李斯大为振奋,不约而同地霍然起身走到了图前。

"《四海大道图》!好名称!"

"啊呀!这番气象可比当年郑国渠大多了也!"

在皇帝与丞相的惊讶赞叹中,郑国走了过来,探水铁尺啪地弹开打上板图道:"陛下、丞相且看,老臣将天下官道盘整,分作四种情形:其一曰郡县官道,其二曰内史郡通外官道,其三曰天下驰道,其四曰天下直道。四种道路之交叉接合,老臣与百余名属下已经反复查勘无误。直道最难,老臣曾特意赶赴九原与蒙恬上将军会商旬日,方才确定。凡此四种情形,容老臣一一申明……"眼见郑国喉管喘声甚重,皇帝一挥手道:"教一工师来说,老令只需补正便了。"郑国素无虚应故事,一转身指定了旁边一个推图进来的中年官员:"这是老臣大弟子,职任府丞,熟悉全程勘察。"中年府丞执一木杆,指点着大图从天下官道说起,整整说了两个时辰。其间,嬴政李斯郑国三人均感站得疲累,于是重新坐回到案前,遥遥看着图板听着解说。郑国时不时补插几句要点,答皇帝丞相几句疑问,及至全部将天下道路解说明白,雄鸡的长鸣已经在茫茫飞雪中回荡了。

郑国勘定的天下大道有四百余条，由低至高，分作四大层级分别整合。

按行政框架来分。

第一大层级：郡县官道三百九十余条。

此时所谓的郡县官道，便是山东六国的既定官道。就实际而言，这些官道大体上尚能通行。然由于道路没有定制，车轨没有定制，六国灭亡前的十余年里，几乎没有一国整修过道路。所以，到秦统一后的头几年内，山东郡县的道路状况已经很是混乱了。若非更大的改制事端一个接着一个，天下早已经怨声载道了。唯其如此，郑国给郡县官道确定的盘整方略是十六个字：路政统合，路通车通，断路连接，车路合一。路政统合，以达路通车通，是以车同轨为轴心，在改车的同时也改路，拆毁种种战时路障，取缔种种战时关卡，务求车行天下而无人为路障。断路连接，是修补各国战时阻敌而毁却的路面。此等情形在战国末世极为严重，诸多道路事实上在战事过后已经成为壕沟壁垒，一路不通者十之八九。

凡此等等改制建制，一律由国府统一督导，由各郡县自行修复疏通，并依法建立路政法度。以如此方略整合之后，郡县官道方能纳入天下大道之网。仅是开始这一大坨，皇帝便听得皱起了眉头："琐细繁难，朕看只有丞相府揽得了这摊子也！""好！臣交冯去疾领事。"李斯欣然领命了。

第二大层级：内史郡通外官道十二条。

所谓内史郡，是老秦国故土的轴心部分，关中为根本。从郡县划分而言，老秦故土从北到南划作了九原郡、上郡、北地郡、陇西郡、内史郡、汉中郡、巴郡、蜀郡，共计八郡。然从道路修筑而言，内史郡因是帝都京畿之所在，所以也是所有大道的出发点与归宿点。是故，内史郡官道是打通关中与老秦本土各郡，也同时兼通天下的主要大道，但不包括驰道、直道两大最高等级，共计十二条：

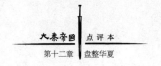

其一,泾水道:以咸阳为起点,北越泾水,经义渠,抵达北地郡全境。

其二,汧水道:以咸阳为起点,西过陈仓,进入陇西郡南部。

其三,渭水道:从咸阳出发,沿渭水峡谷之北岸西进,直抵陇西临洮。

其四,子午道:从咸阳正南入子午谷,沿南山(秦岭)峡谷南进,抵达汉中郡,全程千余里。(后世三国时,蜀国大将魏延主张北出子午谷袭击长安,即此道。)

其五,傥水道:从关中中部的骆峪山口起,沿南山穿行,抵达汉中郡西部的傥水。

其六,褒斜道:从关中西部郿县的斜水河谷口起,南下接续褒水河谷,以河谷故道为根基拓宽,抵达汉中郡治所,全长五百余里。褒斜道为周人开拓的古道,历经秦惠王伐巴蜀拓宽,仍不能适应帝国图治之需求,故再度拓宽,其中一大半由栈道构成。

其七,陈仓道:以关中西部陈仓关为起点,南下大散岭,沿故道水(嘉陵江上游)河谷越南山(秦岭),再入褒水河谷,抵达汉中。陈仓道也是关中通蜀道路的北段,其路途有迂回,稍远,但坡道稍缓,易于车马行走。(二十余年后刘邦"明修栈道,暗度陈仓",即此陈仓道也。)

其八,金牛蜀道:咸阳进入蜀郡之官道。此道北段乃陈仓道、褒斜道,自汉中郡开始入蜀段,称金牛道,其名称源于秦惠王时张仪的金牛赚蜀五丁开路的传说。蜀道也是故道,郑国则一体纳入整合拓宽。

其九,巴山道:关中入巴郡山道。因此道南经大巴山与米仓山,故后世称为米仓道。此道原本已经商旅踩踏成行人山道,此次也要整修为栈路结合的山道。

其十,白水道:陇西入蜀之道。因陇西之牛马兽皮与蜀中之米盐多有交换,商旅之路日见迫切,故郑国勘定此道:从陇西郡上邽(天水)南下,沿白水河谷越南山(秦岭),直入蜀中。

十一,蒲津道:关中北部通往河东地区的大道。以秦国旧都栎阳为起点,经下邽,过洛水,越过少梁山地,再过大河之蒲津桥,抵达河东蒲坂。这是一条战火连绵的古道,是老秦国与老魏国长期拉锯的战场。如今一统,成为除函谷关大道外,关中通向山东的又一条大道。

十二,武关道:关中经武关通向东南的主道。春秋战国时期,武关是秦国的东南门户,是与楚国抗争的要塞。如今一统图治,武关古道的起点是老秦国大军后援根基所在的蓝田塬,经关中任何道路入蓝田塬,大道经蓝田谷,经武关出东南山地,抵达南阳郡与

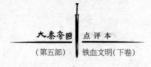
故楚荆襄地区,成为关中通东南的最大出口。

凡此十二条大道,均为关中通联天下的出口大道。就实际说,十二条大道没有一条是新拓道路,而是全部在旧道根基上拓宽加固整修,并建立严格的路政法度。此间拓宽、整修、建制之难,虽较整合山东旧道容易,然就其山川艰险而言,却另有一番艰难。因这十二条大道都在老秦本土之内,嬴政皇帝与李斯丞相没觉得如何吃力。皇帝只问了郑国一句:"十二大道有无改道?"郑国说:"有小改,无大改。"皇帝笃定笑道:"那便不怕,统交李信揽了。"李斯立即赞同道:"陇西侯正欲整合临洮长城,左右一肩挑了,正当其人!"

第三大层级:天下驰道,以四大驰道为交织干线。

驰者,车马疾行也。驰道者,车马疾行之道也。今日话语,驰道是帝国时代的高速公路。这种驰道,经郑国审慎踏勘,只确定了四条干线:第一条,咸阳至函谷关的出关驰道,东西方向;第二条,函谷关连通燕齐(东穷燕齐)之驰道,可称秦燕齐驰道;第三条,函谷关连通吴越(南极吴楚)之驰道,亦称秦吴越驰道。第四条,函谷关连通南海诸郡(南极海粤)之驰道,可称秦楚粤驰道,五岭之南亦称扬粤(越)新道①。

咸阳至函谷关的出关驰道的路径是:沿渭水南岸的故道拓宽东去,经栎阳、下邽,进入桃林高地,过函谷,出函谷关,与关外两驰道分别接口。这是早已形成的关中东出的中枢干道,除却区段修补,基本不存在工程问题,只是要重新统一整合路政。

秦燕齐驰道的具体路径是:连接周、韩、魏三国的河外故道,北出安阳,经邯郸,向北抵达蓟城,由蓟城东南折,进入齐地,直达临淄,最后抵达最东部的濒海要塞即墨。这条驰道,虽多有当年各国的骨干官道做根基,但如今这些官道都如同前述郡县道一样,断断续续千疮百孔,即或个别区段路面尚好,亦不合新驰道之坚固宏阔规制。因此,除了不须重新勘察路线,驰道工程几乎是全部重修。

秦吴越驰道的路径是:北以函谷关驰道为接点,南抵郢寿驰道为转折点,东南经丹徒、吴中,过震泽南岸,进入会稽郡,再南下进入闽越之地。

秦楚粤驰道的路径是:北以函谷关驰道为起点,经洛阳、新郑、安陵南下,经故楚陈城、汝阴,抵达故楚都城郢寿(寿春),再南下穿越衡山郡、长沙郡,翻越五岭抵达南海郡,

---

① 扬粤新道两说法:《史记》《水经注》等云扬越新道,《汉书·西南夷两粤朝鲜传》云扬粤新道,所指路线同一。师古注云:"本扬州之分,故云扬粤。"虑及"扬粤"名称易为今人理解,故从《汉书》用法。

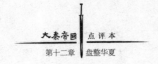

再抵达桂林郡。此道自五岭以南,时人称为扬粤新道。帝国末期中原大乱,南海尉赵佗封闭了扬粤新道,才免使南海三郡在楚汉相争的大动荡中脱离华夏。这是后话。

这条大道的壮观景象,明末诗人邝露有《赤雅》笔记云:"自桂城(桂林)北至全湘七百里,皆长松夹道,秦人置郡时所植。少有摧毁,历代必补益之。龙拏凤跱,四时风云月露,任景任怪。予行十日抵兴安,至今梦魂时时见之!"帝国消逝近两千年后,旅人一过驰道尚魂牵梦萦,足见其壮美绝非虚言也。关山重重兼战乱未及,使扬粤新道得以保留后世,堪称历史奇迹。秦末之项羽集团,是以大焚烧、大劫掠、大坑杀、大破坏著称于中国历史的狂暴邪恶的复辟势力。其铁蹄所及,帝国壮美工程无不化为废墟,其破坏力与匪盗暴行,远远甚于陈胜势力与刘邦势力。更有甚者,项羽集团大开焚毁、掘墓、劫掠等大破坏恶风,成为中国暴乱势力毁灭文明之鼻祖。恶魔之行,莫此为甚! 若非赵佗关闭扬粤新道,项羽势力果真南下,岂有帝国大道之壮美遗存哉!

驰道之壮美,更在其筑路规制与行车路政。

却说后世西汉文帝时,有个儒家名士贾山上书,专门总结秦政得失以供汉文帝借鉴。此人文章虽远不如贾谊《过秦论》那般深远宏阔,却具有另一样长处:纪事翔实,对已经逝去的帝国工程多有具体描述。其中,对帝国驰道的描述是:"(秦)为驰道于天下,东穷燕齐,南极吴楚,江湖之上,濒海之观毕至! 道广五十步,三丈而树,厚筑其外,隐以金锥,树以青松。为驰道之丽至于此,使其后世曾不得邪径而托足焉!"略去贾山的种种基于特定出发点而生出的偏颇评判,帝国驰道的筑路规制大体可见,经后世史家考证,亦为实际情形。

驰道宽五十步:即三百秦尺(六尺为步),合今六十九点三米。

三丈而树:即道路中央三丈为高速中道(驰道),两边栽植青松隔离。

厚筑其外,隐以金锥:路基夯实,上以黄土、砂石、石灰夯筑厚厚路面;路肩培土中隐藏一定密度的铁条(贾山有意称为金锥),效用类似后世之钢筋混凝土,既抬升路面,又兼顾平整便于排水。

整体规制:驰道最外两侧各有一道壕沟,一则排水,二则与田畴隔离。两道壕沟内侧是间距确定的连绵青松,形成驰道两边的林木隔离带。外侧青松与"中道三丈"青松之间,为臣民车马行走。中央三丈,为皇帝车马及紧急国务车马的高速驰道。如此遥观总体形制:四道青松分割成三条大道,中央皇室国务高速道,两侧臣民高速道。如此连绵千里，青松蔽日烟尘不起，翻山越谷直达海天，其壮丽气象实在给人以震撼！若将稍后的西方罗马大道与秦帝国大道相比，其宏阔规模、总体长度、天下通连等所有方面，均远远不能同日而语。前边那位邝露，之所以在近两千年之后过秦驰道残存段落，仍然有"任景任怪"（任你感叹风景，任你怪哉不可思议）之叹，实在也是难免了。

西汉之时，历经楚汉动乱大破坏，帝国驰道之效能完整者，大约只有关中出关驰道了。《三辅黄图》记载，西汉完全承袭了帝国路政："汉令：诸侯有制得行驰道中者，行旁道，无得行中央三丈也。不如令，没入其车马，盖沿秦制。"如此宏大的交通网，更配以如此严密的路政管理法度，秦帝国于两千余年之前能如此文明发达，当真令人不可思议。

第四大层级：关中至九原直道。

在帝国大道中，只有这一条直道是郑国单独列出的。直道者，堑山堙谷而直通目的之大道也。这是一条逢山开路，遇谷填埋，不迂不绕，从关中径直北上九原的一条大道。所以叫作直道，除大道本身径直，尚有着久远的理念根基。秦人秉承周文明，而周人曾经有过一条已经湮灭的直道。《诗·小雅·大东》歌云："周道如砥，其直如矢。"唱的便是这条古老的王道——路面像磨刀石一样光洁，路线像射出去的箭一样笔直，何其令人神往也！而北上直道所要做到的，则是实实在在修一条这般平直的有实际用处的大道。

郑国查勘天下大道，所以北上九原，是受了嬴政皇帝的秘密嘱托。皇帝派给了郑国一辆王车，也带给了郑国一卷密书，书云："北边匈奴，终将为华夏大患也，不能根除，朕寝不安枕矣！根除匈奴之患，根基在诸多后援；后援之难，道路险狭遥远。老令可借踏勘燕赵之际，入九原与蒙恬会商，若能勘定一条最具效用之大道，则反击匈奴事半功倍矣！"郑国会见了蒙恬，两人一致认同皇帝见识。历经月余踏勘会商，终于确定了修建后援大道的两大方略：筑路以秦赵故道为根基，利用有效路段，取直增补拓宽加固；路政由九原大军专一管制，专行粮草辎重车马与大军驰援。

战国时期，关中曾经有一条北去上郡、云中、九原的通道。当年苏秦说燕文侯曾提到这条故道，云："秦之攻燕也，逾云中、九原，过代郡、上谷，弥地数千里。"赵武灵王胡服骑射之后，曾率军经云中、九原南下袭击秦国未遂，走的便是这条故道。就实际情形说，关中至九原边地，不是路不通，而是路难走：一则绕山绕水多迂回，全程数千里太过遥远；二则山道崎岖坎坷，诸多路段甚或时断时续，车马行走很是艰险，无法保障源源不断的粮草辎重输送。既往，九原秦军都是未雨绸缪，事先分段输送，囤积粮草辎重，否则无以应对突然之需。秦灭六国激战十年,蒙恬军始终不能脱身南下,根本原因便在九原形势之险:历年所囤粮草辎重堪堪一场大战,若一战失利,则无以立即再度出击,而只能后退据守。蒙恬大军始终不能放手一战,非无战力也,根本在于无法解决二次反击的后继粮草。若不具有失败之后立即展开第二次反击的能力,则为大局计,秦军宁可与匈奴长期对峙。这便是在战国大动荡中锤炼出来的秦国战略:军力固然壮盛,却依然看重强敌,若无失败之后再度大举反攻的战力与后援,则宁可维持对峙。此等战略,长平大战是也,灭楚大战是也,对匈奴大战仍是也。唯其如此,秦多大战,而大战几无败绩。

"直道全长,千八百里。老臣谋划,三五年后开始施工。"

"何以如此?"皇帝显然有些着急。

"直道工程浩大,非百万民力无以成其事,须通盘筹划。"

"老令所言在理。"李斯赞同道,"届时天下道路盘整完毕,民力可保。"

"好。教胡人再做几年梦。"思忖良久,皇帝终于忍下了一口气。

后来,直道终于轰轰然开工了。然则,终究还是没有全部完成。据当代秦史专家王学理先生之《咸阳帝都记》研究考证:秦直道的起点是林光宫(陕西淳化县北),咸阳至林光宫,则有一条三百里驰道直通。这段驰道之所以不算作直道,一在于路政法度不同,二在于筑路坚固程度不一,三在于管辖体制不同。出林光宫北上,经今日旬邑、黄陵、富县、甘泉、志丹、安塞、靖边、横山、榆林、内蒙之伊金霍洛旗、东胜,最终抵达九原(今包头地带),共计十三个县市,全长一千五百余里。其选线大部沿子午岭主脊东侧、横山西侧,北出秦长城,越鄂尔多斯东部草原而抵达九原。

秦直道之最壮观者,在于途径山地的大道几乎都在山脊行走,史家称为"沿脊线"。其遗址路基的宽度尚在三十至五十五米之间,其弯度半径不少于四十米,足见宏大规制。司马迁曾步行直道,亲自踏勘,在《蒙恬列传》后边留下来的感叹是:"吾适北边,自直道归,行观蒙恬所为。秦筑长城亭障,堑山堙谷,通直道,固轻百姓力矣!"

究其实,这条无与伦比的高速军用大道,在西汉之世才发挥了真正的作用。汉文帝能发八万余骑兵快速抵御匈奴,汉武帝能"勒兵十八万骑,旌旗径千余里,威震匈奴",若无秦直道之力,岂能为哉!太史公不思国家民族受惠,不思反击匈奴的巨大效用,却大而无当地浩叹一声,将直道归罪于蒙恬的"阿意兴功",云山雾罩地迂阔了一回,不足道也。

及至两千年后的明清时期，人们面对如此壮阔的山脊大道遗迹，已经无法想象了。于是，纷纷疑其非人力所为。陕甘地方志多有呼直道遗址为"圣人道""圣人条"者，且自作聪明解说云："圣人道……秦以天子为圣，故名。"[1]令人哭笑不能也。

四　铸销天下兵器　翁仲正当金人之像哉

开春之际，陇西李信突传急报：诸羌联结西匈奴大举复仇！

诸将一闻战报，纷纷丢下工程前来请战，连王贲冯去疾冯劫三位三公重臣都风风火火赶来了。嬴政又气又笑道："回去回去，都回去！李信是依法急报，又没说打不过要增兵，凑个甚热闹？都给朕记住：目下盘整华夏第一！仗有得打，然不是今日。陇西除了李信，还有个大将阮翁仲，不须你等操心！"一番斥责，一班大将们反倒是嘿嘿嘿抓耳挠腮地笑了。也是，李信那小子自灭楚吃了一败，恨不得所有的仗都自己打了，他能说要增兵？然则，这次羌狄加匈奴，可是二十余万人马，李信统共不过八万步骑，就算有翁仲辅助，撑得住么？一番犹疑思忖，有人嚷嚷说打仗不能靠一两个大将，靠的是兵力战法，还是该当增兵。

"朕亲自西巡督战。你等回去，各做各事。"皇帝板着脸又说了一句。

"不能！陛下不能涉险！"所有大将异口同声地喊了起来。

---

① 见《古今图书集成·职方典·庆阳府·古迹考》，转引自马非百资料集《秦始皇帝传》。

主要是修驰道。秦始皇帝二十七年，"治驰道"（《史记·秦始皇本纪》）。裴骃《史记·秦始皇本纪·集解》引应劭曰："驰道，天子道也，道若今之中道然。"水与路，四通八达。秦始皇帝修兴利、治驰道、建桥梁，造车、造船、养马，大大提高了统治国家的能力。关于驰道，汉代贾山的说法较为可靠。西汉孝文帝时，贾山进言，言治乱之道，以秦为鉴，写了一篇《至言》，谏孝文帝，其辞曰：为驰道于天下，东穷燕、齐，南极吴、楚，江湖之上，濒海之观毕至。道广五十步，三丈而树，厚筑其外，隐以金椎，树以青松。为驰道之丽至于此，使其后世曾不得邪径而托足焉。当然，贾山不是为了要赞美秦始皇帝，而是为了说明秦始皇帝的"虎狼之心"（《汉书·贾邹枚路传》）。这一段劝谕之说，给后世留下了珍贵史料，秦之驰道，规模之大，足令后人惊叹，驰道至今尚有遗迹。

驰道交代完毕，再看十二"金人"（铜人）。讲"金人"，又必讲阮翁仲。诸多举措，无一不是在加强中央集权。

北狄反正时不时地南下，小说借此引说阮翁仲。

"鸟个涉险!"皇帝骤然口出粗话。大将们惊愕未定,又是一片哧哧笑声。皇帝却兀自板着脸道,"陇西是老秦老根,匈奴羌胡从此下口,我正求之不得。引它全部压到陇西,我更求之不得。急甚来?谁若想去,只有一条,必得给朕打一次败仗回来!"一席话落点,大将们没有一个人再说话了。皇帝显然是深谋远虑,要以诱兵之计吸引匈奴大举南来,而后在陇西大举歼灭。果真如此,九原大患岂非大大减轻?而诱敌佯败,李信做不来么?看来,这次确实不能争了。一番思忖,大将们呵呵笑着匆匆散了。

旬日之后,皇帝车马隆隆开向了陇西。

这是嬴政第一次以皇帝之身出巡,虽在老秦本土,声势也还是比以往精悍的快车马队大了许多。郎中令蒙毅亲率一万精锐铁骑护卫,太仆赵高亲驾六马王车,皇帝书房的政事官吏大部随行;最大的不同,是行营中第一次有了十名内侍十名侍女。嬴政的本意,此番陇西之战无论如何打法,陇西兵力都稍显单薄,以出巡之名随带一万铁骑,既不使匈奴警觉,又足为陇西军力增补。一接到军报,嬴政蓦然生出一个从来没有过的想法:匈奴既然屡屡想从陇西打开缺口,能否将计就计诱其主力南来,在陇西大举会战灭之?毕竟,在陇西决战匈奴,种种优势大于九原多矣。最根本一点,陇西山川纵横交织,起伏不定的山地环绕着盆地一般的大小草原,实施大军伏击围歼,比广袤的阴山大草原不知有利多少倍。果真要实施这一方略,必将牵涉全局兵力摆布。究竟能否实施,则要视匈奴羌狄之种种实际情形及其可能发生的变化而定,当然,首要之点是要与李信备细会商。一路西来,嬴政的这一谋划越来越清晰了。行至上邽①宿营,嬴政终于

秦始皇帝二十六年,灭齐。"二十七年,始皇巡陇西、北地,出鸡头山,过回中。"(《史记·秦始皇本纪》)小说借此史料,写传说中的阮翁仲,继而写十二铜人。

---

① 上邽,古县名,即今甘肃天水市。

思虑成熟，当夜拟就一卷诏书，要李信不要急于与匈奴开战，陇西之战容一体决之。

不料，诏书正要在清晨发出，临洮①军报飞到了。

李信的军报说：匈奴羌狄大举来犯，在枹罕②河谷草原大肆劫掠，似有长久盘踞枹罕之图谋。他深恐陇西诸部族因此动荡，因此派出三万飞骑诱敌东来，在临洮狄道③峡谷设伏痛击，一战斩敌首五万余，匈奴残部狼狈逃去，羌、狄两大部族业已归降。由于李信正在枹罕草原处置羌狄部归降事务，不能亲迎皇帝，临洮将军阮翁仲正在狄道，业已东来迎接皇帝了。

"罢了罢了。"嬴政摇着军报皱眉苦笑。

"陛下，陇西侯有何不妥么？"蒙毅大是疑惑。

"不说了。打仗都是快手，能说不好么？"嬴政释然笑了。

"陛下，翁仲将军要来迎接，行营是否等候两日？"蒙毅转了话题。

"等甚？又不是不认路。"

车马再度隆隆上路了，沿渭水河谷西进两日之后，抵达秦长城脚下。一看见山脊上的那一道蜿蜒巨龙，嬴政立即下令人马就地驻扎，自己只带着蒙毅与一个百人队徒步登长城去了。这片山地是渭水源头，人呼首阳山。这道长城，是秦惠王时期平定戎狄叛乱后开始修建，秦昭王时期大举增修，从临洮到首阳山绵延数百里，成为防守西匈奴越过狄道峡谷的有力屏障。嬴政徒步登上了垛口，迎着山风遥望起伏无垠的苍翠山峦，遥望沿山脊而去的老秦长城，思绪一时飘得很远很远。蒙恬曾经上书，提出连接北边的秦赵燕三国老长城，以为长期防备匈奴的有效根基。依此方略，扩大连接又将如何？将临洮秦长城推进北上，直至九原秦长城，再连接秦赵燕三国长城，最终直达辽东，又将如何？果真如此，这道长城将绵延万余里，成为亘古未闻的万里要塞！那时，整个华夏将能对流窜如草原烈火的种种边患做到常备不懈，长久为患华夏的匈奴诸胡只能与我互通商旅，而不能任意兴兵，长久以往，华夏匈奴成为和睦邻邦甚或融为一体，亦未可知也！嬴政想得很专注，若是长城大计得以实施，再配以直道后援，它无疑将真正成为根除边患的屏障，效用远远大于年年屯集重兵……

---

① 临洮，古县名，秦置，在今甘肃岷县，以临洮水得名。

② 枹罕，古县名，秦置，在今甘肃临夏东北。

③ 狄道，古县名，秦置，在今甘肃临洮。

"陛下退后——"

赢政从蒙毅的惊恐长呼中蓦然醒悟时,已经不觉走进了长城之外的山岩林木,正站在通往首阳山巅的崎岖小道上。随着蒙毅的惊呼,谷风浩荡的密林巨石中骤然一阵奇特的吼啸,山鸣谷应间沉雷夹着飓风迎面扑来。蒙毅与甲士们尚未聚拢,密林山岩上已扑出两只斑斓猛虎,一声吼啸从正面跃起扑来!赢政一个激灵一身冷汗,一大步绕到一棵大树后拔出了长剑……千钧一发之际,山谷间暴起一声雷吼直与虎啸争鸣,吼声未落,一个巨大的身形掠过甲士,骤然扑在皇帝大树之前。赢政一眼瞄过,此人高约两丈余,黑衣黑甲铜套护腕,颌下硬须如蓬刺四张,当真宛若天神。

"陛下退后!"巨人一声大喝的同时,两只斑斓猛虎从岩石上一齐凌空扑下,长啸中张牙举爪势不可挡。此时蒙毅与众甲士也已经赶到,在赢政身前依山势高低错落排开,一齐挽弓待发。倏忽之间,巨人大吼一声,两臂齐伸如苍鹰展翅,两只巨掌叉开五指如硕大的异形铁钳,同时迎住了两只猛虎的脖颈,骤然之间竟将两只猛虎凌空提起。两只大虎飘飘凌空无可着力,大张的虎口发出一阵怪异的喘啸。巨人两臂齐伸,大喝一声去也,便见两只猛虎像两只断线纸鸢,飞入了深深峡谷之中。

"彩——"满山将士欢声雷动。

"临洮将军阮翁仲,参见陛下!"巨人大步回身,声如洪钟震荡。

"好!果然翁仲将军也!"赢政一阵大笑,"朕闻先祖武王有孟贲乌获,不想我临洮竟有天神壮士,天赐于朕,可喜可贺也!"

"天神壮士!翁仲万岁——"将士们又是一片欢腾。

"翁仲谢过陛下奖掖!"阮翁仲慨然一句,又道,"末将奉

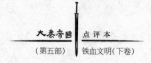

陇西侯将令,恭迎皇帝陛下巡视临洮!"

"好! 今夜与将军痛饮,明日进发临洮。"

当夜,嬴政皇帝在行营大帐设小宴与翁仲聚谈夜饮,只有蒙毅陪同。嬴政兴致勃勃,听这位恍若天神的将军猛士禀报了狄道大捷的经过,又饶有兴致地问起了这位猛士的家世。翁仲不善言辞,红着脸结结巴巴说不利落,可在皇帝的笑语诱导下,竟渐渐地没了局促,口齿也神奇地利落起来,引得皇帝不时舒畅地大笑不止。

一出生,翁仲便是一个不可思议的神异孩童。翁仲还记得父母的说法,自己生下时长不过一尺八九寸,可上秤一称,竟有二十斤之重,如同一块石头! 三天后,翁仲开始疯长,一岁时便长到六尺高,四肢不软,硬朗如常,乡邻无不啧啧称奇。十岁时,翁仲长到了一丈二尺余,心智清明,体魄强健,毫无病态,乡邻们更是惊呼不止了。最奇特的是,翁仲食量惊人,每顿可吞下三十多张大锅盔,二十余斤牛羊肉。翁仲父亲亦农亦牧,农闲时还兼做胡马生意,原本临洮富户,可在翁仲长到十五岁时,硬是教翁仲吃得穷困潦倒了。其时正逢秦军在陇西征发,父亲立即将翁仲送到了县府。那日,黑衣县令惊愕万分地走出公案,仰头打量着矗立在大厅的这个近两丈高的少年巨人。已经是破衣烂衫的父亲,惶恐地站在少年巨人身旁,一个十足的小矮人而已。

"吃得多,不怕。真有力气么?"县令的目光活似在打量一头怪物。

"此子,拉动两头公牛尚可……"

"当官府谎言,大秦有国法!"

"大人,这是实情……"

翁仲憋不住开口了:"老父错也,在下能与三头牛较力。"

县令的嘴巴半天没有合拢,突然大喊:"来人! 三头公牛!"

那一日,县府前的车马场人头攒动呼喊连天。三头公牛被套在一辆押送囚犯的铁笼车辕中,咻咻喘气长角晃动,一看就是草原牛羊群中最为凶猛狠恶的种公牛。少年翁仲赤膊站定,两手挽着连接铁车后尾的粗铁链,脚前六尺处是一道又粗又长的白灰线。这是翁仲自家的方法,他若被三牛拉过六尺白线,愿以谎言服罪。当县令亲自举旗,劈下令旗大喊开始后,驾车的三名士兵站在车上扬鞭狂抽,一面大鼓也骤然擂动了。三头公牛哞哞怒吼连声,发疯般向前猛冲。少年翁仲大吼一声,两手挽定铁链,两臂小山般鼓起,纹丝不动地钉在原地,双脚眼看着陷进地中三尺余深! 人群奋激地狂呼着,三士兵的赶牛鞭都打折了,少年翁仲还是纹丝不动。僵持片刻,少年翁仲雷鸣般大吼一声,铁车猛然连连倒退,几乎将要翻倒。三头公牛长吼一阵,片片白沫大喷而出,山一般颓然倒地,眼瞪腿蹬瘫卧不起了……那一刻,全场人众都没了声音。县令终于清醒过来,立即下令收翁仲做了县卒,职司临洮县捕盗事。翁仲衣食有了着落,却因此没能进入秦军主力。

半年后,在缉拿一起马群失窃案罪犯时,翁仲失手扭断了两盗的腿脚胳膊,两盗不治而死。依据秦法,翁仲被县令判为杖笞六十。行刑之时,翁仲丝毫没有反抗,趴到砖地上自己拉开了衣裤。县卒们打得一头汗水,翁仲却鼾声如雷,在雨点般的大杖下睡着了。县令哈哈大笑,走下公案猛然端了翁仲一脚:"你小子好瞌睡!起来说话,可是伏法?"翁仲爬起来揉着一双铜铃大眼,高声道:"大丈夫报效国家,便要这般挨打么?"县令仿佛没听见,自顾笑道:"好!翁仲尚知守法,本县禀明郡守,擢升县尉!"少年翁仲却满面通红,大声嚷嚷道:"县令大人,难道大丈夫是靠打烂尻门子升官么?就不能正经八百地建功立业么?"在县令与众人的哄堂大笑中,翁仲依旧高声嚷嚷着:"笑甚笑!我翁仲大丈夫也,总有一天要为国立功!"

翁仲二十岁那年,陇西军马因李信灭楚战败而大部东调了。

羌狄眼见有机可乘,遂联结西匈奴,再次大肆劫掠临洮。临洮守大为惊慌,连夜修书飞报咸阳请求援兵。然天还没亮,翁仲便飞步赶到了临洮守幕府,将截回的军报砸到了公案上。临洮守既惊又怒,连呼翁仲通羌叛逆。翁仲却愤愤然吼道:"万余兵马还要援兵,大草包一个!翁仲身为保民县吏,岂能容得!"眼见这黑铁塔矗在案前,还气昂昂以为县吏比临洮守还大几级一般,分明说不清,打又打不过,临洮守又气又笑又哭笑不得道:"好好好,算你保民县吏厉害。你只说,万余兵马如何对付数万羌匈飞骑?否则,莫给老夫添乱!"翁仲高声吼道:"草包让开!翁仲但领三千兵马,决保临洮安然无恙!"临洮守思绪飞转,连忙拍案高声道:"一言为定,老夫便给你三千军马!快去点兵准备,老夫还有急事!"翁仲雷鸣般一阵大笑,捡起临洮守抛来的令箭大步砸出了厅堂。临洮守连忙唤进司马,叮嘱重新飞报咸阳,而后又连忙赶赴军营去应对翁仲了。

一切都在奇特地变化着。二次飞书的司马赶夜路太急,又骤遇雷电暴雨,人马一齐被突如其来的泥石流淹没。临洮守得信之日,羌匈飞骑六万余已经杀入了陇西草原。翁仲二话不说,便率领三千秦军骑士奔向了最西边的枹罕。临洮守万般无奈,只好亲自率领余下的八千余步骑随后赶去策应,只图尽心而已了。不料,翁仲大是奇特,徒步飞驰竟丝毫不输秦军快马。赶到枹罕草原河谷的一道山口之日，正与遍野蜂拥的羌匈飞骑撞个满怀。将士们尚在急促地会商战法，翁仲却是连声大吼："全军矛子！都给我堆起！留下一百人下马，专给我送矛！你等只管捉活人！"

陇西山地草原的秦军，配置与战法与九原大草原不同，最大特异处便是人人兼具骑步两战之长；兵器不同则在于人手一支三丈长矛，但遇山地隘口便下马森森然列阵狙击。如今，骑士们见这位几与三丈长矛等高的壮士声如雷吼，没有片刻犹豫便立即照办。三千支长矛堪堪在山口堆集好之时，羌匈飞骑漫山遍野呼啸压来了。翁仲揽起十几支长矛挟在腋下，大吼一声飞步迎上，一支支长矛尖厉地呼啸着扑向羌匈人马，其劲急声势竟比秦军的强弩大箭还更具威力。瞬息之间，羌匈骑兵纷纷人仰马翻。翁仲一边飞步游走，一边接过流水般送来的长矛，一支支间不容发接连飞出。潮水般的羌匈飞骑如遇铜墙铁壁，骤然倒卷了回去，亦有一群群死命冲来，大吼着要杀死这个怪物。不料，如此一来更得翁仲所愿，两手各握三支长矛，向下连刺带打，战马也好骑士也好，遇之无不纷纷倒地。羌匈飞骑的战刀弓箭偶中翁仲之身，也如水击山岩飞溅而去。激战片时，翁仲杀得性起，雷吼一声劈手撕扯开一匹战马，两手各提半片血肉横飞的马尸排山倒海般打来，恍如一尊血红的天神踏步在一群侏儒之间……羌匈骑士们一时大骇，遥遥望见山岳般的血红巨人，人马一齐瘫软在地，海浪退潮般倒在了草原上，一片天神饶命的呼救声……

那一战后，得陇西秦军将士一致拥戴，临洮守上书咸阳报翁仲奇伟军功，一力举荐翁仲做临洮将军。秦王嬴政那时便知道了翁仲，并不止一次地半信半疑人间竟能有如此奇伟之士，却始终因为牵绊中原灭国大战，而未能宣召这位临洮守护神。

可能真有大力士，史籍大概夸大其词了。故弄玄虚也可能是秦始皇之计策，始皇善采法家及阴阳家之长，苛法刻律，添附神奇之说，能增加威慑力。

……

三日之后，皇帝行营抵达临洮。蒙毅询问翁仲："皇帝行营驻扎临洮城内好，还是城外好？"翁仲慷慨答道："草原之地自来都是城外好，打仗利落，跑起来也快！"蒙毅将翁仲答话禀报皇帝，皇帝一阵大笑，立即下令在临洮城外的洮水河谷扎营了。一轮圆月堪堪挂上湛蓝的夜空，李信马队飞驰归来了。李信禀报给皇帝的喜讯是：西匈奴、西羌与戎狄诸部已经族首共同议决，全部臣服大秦，不复与北匈奴单于联结。李信已经带回了臣服盟约，只要皇帝颁赐几个封号以诏书回复，盟约便告成立，中国西部的胡患便告终结。皇帝很高兴，也很惊讶，西匈奴颇具实力，何以一战便告臣服？李信又禀报一番，皇帝这才明白了其中原委。

六年前，翁仲率三千军马血战草原，使羌匈八万余飞骑不能逾越洮水山口，西匈奴与羌狄各部确实被打怕了。天神翁仲的故事在西部草原传开，西羌戎狄与西匈奴各部一致相约，但有翁仲在，不复再进中原。倏忽几年过去，北匈奴大单于忽然在今年初派秘密特使南来，对西匈奴单于通报了一个秘密消息，说那个凶狠的翁仲已经死于瘟病了，临洮正告空虚。西匈奴单于野心复起，遂再次联结羌狄大举进犯。及至李信设谋，翁仲率军在狄道伏击，匈奴将士见天神般的翁仲复出，立即便大乱溃退了。秦军所以能大举追击数百里，一大半是因为匈奴羌狄大感恐惧之故。

"如此说，你等原本并未准备大打？"皇帝饶有兴致。

"正是。"一脸沟壑纵横的李信已经历练成稳健明锐的大将了，"臣得陛下西巡消息，本意欲等陛下巡视陇西后统筹决之。臣之设想，陛下或欲放缓陇西战事，以吸引匈奴大举压来陇西一战灭之。不意正当此时，羌匈飞骑已到，臣只想以翁仲部稍作狙击。一仗不打，毕竟也是诱敌痕迹太重。臣不曾料到的是，羌匈飞骑畏惧翁仲能到如此程度。臣久历沙场，深知一军胜负不能托于一将之身。不想，臣又迂阔了一回……"

"天意也！将军无须自责了。"皇帝舒畅地大笑起来。

"陇西底定大局，翁仲当居首功！"李信也笑了。

"匈奴见翁仲如见天神，望风而逃，亘古奇闻也！"蒙毅更多的是困惑惊讶。

"说奇不奇。"李信笑道，"胡人多信天神巫术，真以翁仲为天神亦未可知。"

"天赐奇伟之士，我大秦真正长城也！"嬴政皇帝慨然一叹，对蒙毅吩咐道，"飞书咸阳，下诏少府章邯：举凡缴集天下兵器，一律铸为若干金人，具以翁仲将军之像，镌刻翁

仲之名，永镇咸阳！"

"陛下明察！"李信蒙毅异口同声。

陇西会战虽未成局，然西部大局一举安定，毕竟是有秦以来前所未有。嬴政皇帝大为舒畅，大举犒赏了陇西将士，擢升翁仲为食邑六千户的大庶长爵，加李信食邑千户。皇帝征询李信翁仲，是否要将一万铁骑留在陇西。李信翁仲同声谢绝不受，慨然立誓确保西部康宁。皇帝心下大定，旬日之后便返回了咸阳。

少府章邯奉命收缴铸销天下兵器，实在有些棘手。

章邯之难，不在兵器收缴，而在如何铸销？章邯虽不能确知天下兵器几多，却也明白，定然是数以百万计的天大数目。如此巨大数量的铜铁兵器，要熔铸成何等物件，才能全部消受净尽？自半年前受命，章邯与经济官署几经会商，先后酝酿出了三则出路，一次一次均遭否决。第一次谋划的出路是：大量铸造犁铧以助牛耕，部分无偿分发边远郡县乡野，部分用于官市出售。然交丞相府会同九卿议决，诘难立即浮现出来。依据秦法不救灾的传统，无偿分发容易诱发民众惰性，不宜；而官市出售，官府得利，则有违息兵安民大义，也不宜。王贲的太尉府还提出了一个新的疑难：若大量犁铧流入民间，事实上超过了耕田所需，不法世族若再从民众手中收买，进而秘密打造兵器，岂非自种祸根？此议一出，朝议哗然，自然而然地否决了第一种看似最为正当良善的出路。

第二次谋划的出路是：仿铸九鼎，永镇咸阳。一交丞相府会同九卿议决，胡毋敬的奉常府立即大出诘难。吕不韦灭周时，九鼎业已神秘失踪，如此庞然大物能神秘失踪，必是天意无疑，天意使九鼎消遁于人间，今日何能违天而使其重现？更有一条，秦一天下开万世先河，改正朔定国运，一切自成崭新法统。九鼎纵然神圣，终为三代天子权力之信物，大秦皇帝超迈古今，何能仿效三代天子信物而独无创新乎！战国末世，敬天法地顺乎自然的理念依然根基深厚，此论一出，于情于理于传统，皆是趄趄雄辩，连原本无可无不可的皇帝也没了话说。自然而然地，熔铸九鼎也行不通了。

第三次谋划的出路是：铸造六条十余丈长的巨鲸，安置在兰池宫的兰池水景中，与那条石鲸相辉映。这次一交议决，章邯更遭非议。一种非议是：以铜溺水，暴殄天物，荒诞之尤！一种非议是：铜铁入水必锈蚀，与白玉巨鲸完全不能同日而语。于是，这第三种方略还没有呈报到皇帝案头，便被否决了。

在此期间,天下兵器已经越来越多地聚集到咸阳来了。章邯长期执掌秦军大型器械兵,对种种涉及工程的事务很是精到。如今一见各种兵器源源不绝而来,章邯顾不得铸销方略尚无头绪,只有先行处置这如山一般堆积的兵器存放事务了。章邯立即派出少府丞与王贲的太尉府会商,提出以上缴的上好兵器先行置换秦军的旧兵器。然太尉府一经查勘,却发现可置换者数量很小。一则是秦军兵器库接近报废的旧兵器很少,二则是山东六国兵器形制与秦军兵器不合,主要缺陷是部件不能通用,除了一次性使用的刀剑长矛,其余诸如弓箭、弩机、云梯、云车、战车、塞门刀车等攻防器械,基本上无法置换。于是,章邯目下的事务变得简单明白了许多:分类拆卸,分类处置,铜铁熔铸事待后再决。

月余之后,万余名士兵工匠将兵器分类拆卸完毕了。司马报来的数字是:铜料兵器六十六万余件,铁料兵器八十九万余件,铜铁部件一百三十六万余;云梯云车战车弓箭等木料部件,二百三十六万余;马具车辆之皮料部件,一百四十五万余。章邯立即下令:木料皮料,全部运进少府国库;铜铁兵器与部件,一律分类码放,等待熔铸。虽然,铸造何物还没有定论,然章邯也不打算自家再思谋了。章邯拿定主意,一边下令调集中原各郡县冶炼工匠入咸阳,一边上书奏报皇帝决断熔铸器物。一个多月里,工匠纷纷到达咸阳,在渭水南岸扎成了连绵十余里的冶炼大营,冶炼橐籥炉六万余座,若每炉工师仆役统以八人计,则一次聚集工匠民力约五十万,实为亘古未闻之大冶炼也。不料,此时皇帝却出巡陇西了。

"冶炼开炉——"

皇帝诏书飞回咸阳之时,章邯跳起来大吼了一声。

那夜明月高悬,渭水南岸红光弥天,十万余只橐籥炉的冶炼之火映得咸阳城阙一片通红闪烁。橐籥者,鼓风冶炼炉也。一只巨大的鼓风牛皮橐高高矗立,一支粗大的竹管伸进近两丈高的炉膛下,四名赤膊壮汉用力压下牛皮橐上的大板,一股强风鼓进炉膛,烈火熊熊而起,熔炉铁兵部件渐渐化成了铁水,夜空中铁花飞溅分外绚烂壮观。这种鼓风炼铁之法,在春秋战国时期已经大为普及。老子为了说明天地气运之道,找到的最好比喻物便是橐籥,其云:"天地之间,其犹橐籥乎?虚而不屈,动而愈出。"

第二年秋风来临之时,兵器铜铁终于化成了十二尊巨大的金人,分两排矗立在咸阳宫前的广场上。每尊金人高五丈六尺,重三十四万斤,金光灿灿地鸟瞰着车马行人,其赫赫威势远远超过了三代之九鼎。直到西汉之世，这十二尊金人依然威势赫赫地矗立在长乐宫门前，匈奴入长安见之，无不视若天神跪拜。到东汉末年，又一个等同项羽的大破坏者董卓，熔铸了十尊金人铸了小钱。所余两尊，至魏晋南北朝大乱之世，又为苻坚所毁。巍巍帝国金人，终不复见矣！

五　信人奋士　烁烁其华

离开九原大军，离开蒙恬，扶苏很有些不舍。

扶苏没有料到，父皇会以如此形式召他回去。父皇的诏书是颁给蒙恬的，而事情却是关涉扶苏的。父皇诏书说：陇西大定之后，北胡一时收敛，我亦须时日积蓄后援，九原近年当无大战，故此，着扶苏先回咸阳。上将军若有急需，可在大将中遴选一人北上。蒙恬接到诏书，当夜便为扶苏举行了饯行礼。军宴之上，蒙恬多有感慨，举着大爵高声道："自公子入九原，老臣心下负重六年矣！今日还国，冠剑任事，公子正当其所，国家之幸也！"扶苏分明看见了蒙恬眼角的泪光，不禁怦然心动了。六年来，扶苏从一个十六岁少年成长为一个行将加冠的英武青年，其间之种种坎坷历练，除了扶苏自己，只有蒙恬最清楚。对于这位与父皇同年的上将军，扶苏的敬佩是发自内心的。蒙恬的才具胸襟，蒙恬的明锐洞察，蒙恬的睿智诙谐，蒙恬的明朗豪迈，无一不在长长的相处中一丝一缕地镌刻在扶苏身上。在九原住得时日愈久，扶苏便愈发深刻地体会了父皇当年将他交付给蒙恬的苦心。平心而论，在一个少年的成长之期，能以蒙恬这般人物为师，能在雄风浩荡的九原大军中历练，是扶苏的幸运。一朝分别，扶苏确实有些百感交集，说不清其中滋味了。

秦并天下后，"收天下兵，聚之咸阳，销以为钟镰，金人十二，重各千石，置宫廷中"（《史记·秦始皇本纪》）。司马贞《史记·秦始皇本纪·索隐》按："二十六年，有长人见于临洮，故销兵器，铸而象之。谢承《后汉书》'铜人，翁仲，翁仲其名也'。《三辅旧事》'铜人十二，各重三十四万斤。汉代在长乐宫门前'。董卓坏其十为钱，余二犹在。石季龙徙之邺，苻坚又徙入长安而销之。"张守节《史记·秦始皇本纪·正义》："《汉书·五行志》云：'二十六年，有大人长五丈，足履六尺，皆夷狄服，凡十二人，见于临洮，故销兵器，铸而象之。'谢承《后汉书》云：'铜人，翁仲其名也。'《三辅旧事》云：'聚天下兵器，铸铜人十二，各重二十四万斤。汉世在长乐宫门。'《魏志·董卓传》云：'椎破铜人十及钟镰，以铸小钱。'《关中记》云：'董卓坏铜人，余二枚，徙清门里。魏明帝欲将诣洛，载到霸城，重不可致。后石季龙徙之邺，苻坚又徙入长安而销。'《英雄记》云：'昔大人见临洮而铜人铸，至董卓而铜人毁也'。""索隐"及"正义"，可解释其来历，一说为临洮十二长人，一说为依阮翁仲而象，至于下落，董卓毁十铜人铸钱、苻坚毁余二铜人，当属可靠史料。

史籍没有多少扶苏的记载，传说中的扶苏，有贤名。

扶苏的还国感叹,更多的来自父亲。

颁行诏书的特使是蒙毅。扶苏从这位年仅三十出头便已经两鬓斑白的中枢重臣身上,依稀看到了父亲的迅速衰老,更从蒙毅时而流露的感喟中,真切品味到了父亲的巨大辛劳。倏忽几年之间,秦国扩展为整个天下。国家骤然大了,国事骤然多了,父亲从一国秦王也变成了天下共主,变成了皇帝陛下。这种变化的实际内涵,已经远远超出了寻常臣民的视野,留在他们心目中的,只是皇帝无比神圣的权力与光环。只有扶苏清楚地知道,对于父亲这样的君王而言,国家的大扩与权力的猛增,只意味着对父亲生命的更大掠夺,只意味着嬴氏皇族之间更加萧疏。扶苏与父亲相处不多,然以生命血肉的传承凝结,直觉地体察着父亲的灵魂。父亲的心头没有皇族,没有家室,只有国家,只有天下。父亲做秦王,秦王没有王后;父亲做皇帝,皇帝没有皇后。包括扶苏在内,所有的皇子也便只有生母,没有了国母。父亲已经迈过了四十整寿的门槛,可还是没有立太子。嬴氏皇族子弟数千逾万不乏英才,却没有一个人做国家重臣,更没有一个人承袭祖先爵位。也就是说,贵为皇帝的父亲,一不立后,二不立嫡,三不用皇族拱卫,真正地孤家寡人一个。

仅仅从这些最基本之处而言,纵然是力行禅让尊奉德政的三皇五帝,又有哪一个人能够做到?自古至今,只有皇帝父亲做到了,义无反顾且一无彷徨,以至最通晓上古王道的儒家博士们都为皇帝感到恐慌了。那个淳于越曾在博士宫论政中说过几句结实话:"今陛下有海内,而子弟为匹夫。卒有田常六卿之患,国无辅拂,何以相救哉!"尽管此话已经传遍天下,父亲却是不闻不问。扶苏知道,这也是父亲独特的治国方略:无论任何言论,只要不写进奏章不说在庙堂,父亲便永远地没听说过,永远地不据以论事。如此这般的皇帝父亲,大公至明又躬操政事,起居无度又永无歇息,岂能不迅速地衰老?当蒙毅不期然说到父亲身边多了一个东海神医时,扶苏的心猛地一揪——若无疑难大疾,父亲会撇开太医而延揽东海神医?要知道,东海神医,不过齐国方士的另一个名称罢了。自扁鹊入秦后,先祖孝公与商君补正了秦法,严禁方士巫医进入秦国。父亲历来奉商君之法如神圣,若无枯竭之感,如何能如此秘密破法?蒙毅很可能以为扶苏不知东海神医为何物,一时不留意说了。但在扶苏听来却如寒霜破夏,明朗的心骤然缩紧了……

风尘仆仆地赶回咸阳,扶苏立即晋见了父皇。

"好！小子长大成人了！"

嬴政皇帝很是高兴。看着儿子一身边军皮甲胄一领金丝黑斗篷大步走来，英挺雄武稳健端方，嬴政心头骤然一热，这个儿子太像当年的自己了！嬴政皇帝第一次赞赏地拍了拍儿子的双肩，第一次放下了几乎永无休止的案头事务，第一次下令在书房设置了小宴，疲惫松弛地靠着坐榻与儿子攀谈起来。父亲问着，扶苏说着，说了九原大军几年来的种种防范与反击，叙说了自己的军旅历练，叙说了一路南来的种种见闻。皇帝父亲饶有兴致，问儿子以为天下治情如何？扶苏说，父皇的盘整华夏大略业已初见成效，道路畅通，商旅来往大见稠密；川防尽去，大河舟船密集了许多；田渠通畅，农耕田畴大见好转，一路都是生机勃勃。皇帝父亲呵呵笑了，见事贵见缺，说说有甚缺憾？扶苏坦然道："目下治情，儿臣以为两处须得留意。""你且说！"皇帝父亲立即目光炯炯了。扶苏说："一是涉及民生的诸般实事尚有杂乱，如天下钱币改制、民众迁徙互补、人口登录、田税徭役等须得尽快一体盘整。"

"说得好！"皇帝父亲欣然拍案，"这次召你回来，正是民生改制。"

"儿臣领命！"

"好。说第二件。"

"中原百姓多有失田，须及早谋划应对之策。"

"失田？从何说起？"皇帝显然很是惊讶。

"父皇，失田事不违法度，故很少为人瞩目。"扶苏思绪飞动，说得却很是平稳，"自商君变法以来，民田得以自由买卖。依据秦法，买卖田地不违法度。是故，近年来山东世族与富商大贾借饥荒、迁徙、漕渠工程等种种机会，大肆购买黔首耕田。民之田产，遂不断流入权贵富豪。黔首尽失田产之后，则沦为世族佣耕之家，几与当年奴隶[1]无异。就盘整华夏而言，失田之祸在于导致民穷民变，不合大局。然就治国政道而言，买卖田地却合于法度。有此乖谬，民户失田很难处置，却又不能不处置。"

"怪也！"皇帝大皱眉头，"土地买卖百余年，何以从未有人提及如此弊端？"

"父皇明察：战国之世，各国迫于刀兵连绵，多行战时统管；各国世族则拥有治权封地，与自家田产无异，无须强购民田；其余富商大贾，纵能买卖民田，数量毕竟不大，不足

---

① 奴隶一词，战国秦汉语词，语出《后汉书·西羌传》："以爱剑尝为奴隶。"并非当代西方语汇。

以引起震荡。秦国则基于尚农抑商奖励耕战,富商大贾很少,土地买卖更不成其为事端。是以,战国之买卖土地,并未弥漫成各国祸患。如今不同,天下兵戈止息,封地一律废止,郡县世族与富商大贾欲发其家,欲张其财,只有通过土地买卖一途。"

"依你所见,买卖民田已成天下流风了?"

"儿臣经三晋故地,暗访了诸多郡县。至少,中原买卖土地已有蔓延之势。"

"岂有此理!"皇帝一拳砸到铜案上。

那日,皇帝与长子一直叙谈到五更鸡鸣方散。

旬日之后,扶苏在太庙举行了加冠大礼。皇帝亲临太庙,奉常胡毋敬做了皇长子加冠的司礼大臣。姚贾给扶苏戴了布冠(文冠),王贲给扶苏戴了皮冠(武冠),李斯最终给扶苏戴上了玉冠(成人冠)。三冠礼成之后,嬴政皇帝走下帝座,亲自给扶苏佩上了一口尚坊特制的玉具剑;之后,蒙毅宣诵了简单明了的皇帝诏书:"自即日起,皇长子扶苏冠剑与政,会同丞相府行民生改制诸事。"当英挺厚重的扶苏冠剑斗篷步出大殿,站在廊下向与礼大宾们拱手致谢时,整个太庙庭院响彻了万岁欢呼声,青苍苍松林也弥漫出种种不安的议论声。

帝国朝野很少有人见过扶苏,然对这位皇长子却从不陌生。

这种熟悉的感觉,来自不断流传的有关"公子伯秦"的颇具几分神秘的传闻。种种传闻都归结为一个铁定的口碑:伯秦刚毅武勇,信人奋士,必将成为天下栋梁!传闻中的公子伯秦,布衣入军起于卒伍,曾率十骑士乔装商旅,千里深入狼居胥山,一举探清了匈奴单于庭的兵力隐秘。一年之后,伯秦擢升为千夫长,屡次不避艰险,率部护持阴山牧民脱离

秦始皇虽贬扶苏赴边地,但也有磨炼他之意,否则,不会让扶苏跟蒙恬走到一起。秦始皇沙丘病危,首先想到的是扶苏,可见秦始皇在心里非常器重扶苏,只是没想到自己会这么早死。扶苏若为"二世",秦朝命运如何?未知。可惜历史不能假设。

了匈奴飞骑的追杀。人言,伯秦之奇不仅仅在作战勇猛多智,更在结人胆识非凡。伯秦曾多次深入草原与胡人周旋,竟神奇地使匈奴人的十三个才士心甘情愿地归顺了秦军,有的做了幕府司马,有几个还做了九原郡的县令。有人说,伯秦刚毅武勇,折服了匈奴才士。有人说,伯秦酒风豪爽,喝倒了一大片匈奴酒徒,胡人甘愿臣服。更多的说法则是,伯秦风骨高远笃行信义,一诺千金,融化了胡人之心。

有一个故事说:伯秦曾与一胡人部族头领相约,以海盐丝绸交换胡马。约定之期已过三日,胡人依旧未到。部下皆主张返回,伯秦却力主等候,说这个族领不是失约之人。月余之后,伯秦人马与一百辆牛车已经断了粮草,可伯秦还是原地不动。及至胡人头领带着伤痕累累的数百男女赶来,伯秦人马已经奄奄一息了。这个因骤然遭遇内乱兵变而延误约定的胡人族领大为感奋,当即便要率领残余族人跟伯秦南下投奔秦军。伯秦却拒绝了。伯秦对胡人头领说,你族危难未平,你投秦国是为不信;此时秦纳你族,实则乘人之危,是为不义。伯秦不才,愿无偿助你本次财货,并率我部之力助你平叛。三年之后你族康宁兴旺,其时若愿归秦,则伯秦当以大宾之礼迎之,永世以同怀视之! 胡部族人闻言,无不涕泣感动拜谢伯秦。三日休整之后,伯秦率部与胡人部族并肩杀回,一举平定了该部叛乱。头领重新得位之后,伯秦所部却悄然离开了。三年之后,这个头领果然带着举族万余男女并十余万头牛羊马匹,轰隆隆开到了九原,投奔了大秦。

"我归大秦,非畏秦力,实服公子伯秦之信人大义也!"

胡人头领的这句话,使伯秦的公子身份大白于天下。从此,人们破解了一个长期隐藏在心头的秘密:神秘的伯秦故事,说的竟然是皇帝长公子扶苏! 与此同时,胡人头领的这句话,也轰轰然震撼了老秦人长久信奉的一条铁则:胡人豺狼之心,非战无以服之。老秦人从伯秦的故事中,依稀看到了全然不同于强兵尚武的另外一种力量,既新奇又不安。

帝国重臣们对这位扶苏公子也是一样,既熟悉,又陌生,既赞叹不已,又忐忑犹疑。古往今来,储君为国家后继之根本。今日扶苏公子加冠带剑,显然距离正式立为太子只有一步之遥了。如此泱泱华夏,如此英才储君,帝国元老们的欣慰是不言自明的。然则,胡人头领的那句话却也如同符咒一般萦绕在元老重臣们的心头,总是对这位公子有着一种不明不白的隐忧。毕竟,在战国铁血大争百余年之后,强力兴亡已经成为一种深深植根于天下的信念,信义之类的作为与精神,太容易使人等同于迂腐的仁政, 等同于空泛的王道了。当此之时,谁能无条件地断然肯定,扶苏的这种信义之行便没有迂阔的王道根基?而若果然如此,从来都是奉法尚武的帝国治道,岂不便是一场隐隐可见的治国信念纷争?而这一切的一切,都得等这位业已加冠带剑的扶苏公子的施政作为来说明了。

三日之后,扶苏正式拜会了左丞相李斯。

李斯很是看重与扶苏的相处。皇帝派扶苏随蒙恬历练了六年军旅,目下又派定扶苏随他历练国务,应该说,对于重臣元老,这是很难得的殊荣。李斯入秦已经近三十年了,在做丞相之前,李斯始终是奋发精进专于功业,从来没有就朝局人事用过心思。然则,取代王绾做了首相之后,李斯不自觉地生发出些许微妙的心思。但遇大事,李斯都开始自觉不自觉地要从朝局人事想想了。布衣出身的李斯,对自己的人生从来是清醒的。封侯拜相,显然已经是位极人臣了,功业巅峰了。往前走,大体当以如何保全功业,如何保全已经蓬勃繁衍起来的巨大家族为根本了。少年青年的拮据滞涩,使李斯对"厕中鼠"的贫贱屈辱有着极深的烙印。这种烙印,随着境遇的不断攀升,已经化作了潜藏在灵魂深处的一丝隐隐的恐惧,一种永远不愿提及的记忆。未达巅峰之时,奋然攀登的李斯顾不得去想,顾不得回首顾盼,只是无所畏惧地奋争着。一旦达于巅峰,蓦然回首,李斯对远远逝去的往昔突然有了一种恍若隔世之感……此间种种滋味,在更深人静之时,李斯不知已经品咂过多少次了。唯其如此,李斯对扶苏与他的共事生出了一种从来没有过的心思:扶苏眼见将成太子,未来也必是二世皇帝无疑,对扶苏不能纯粹以公事论,而必得以储君论,要尽可能多地体察这位未来的皇帝与始皇帝之间不同的政风,至少,要做到自己在扶苏心中的分量不下于蒙恬。

扶苏自杀后,民间有许多关于他的传说。民间力量,多有以扶苏之名举事。

"长公子冠剑视事，老臣深感欣慰也！"

"扶苏受命师从丞相，历练才具，不敢言视事二字。"

李斯在正厅会见了扶苏，大宾常礼，豁达亲切。扶苏则谦恭厚重又绝不显半分伪善，深深一躬，毫无倨傲浮华之气。两人说开政事，坦率相向，很是相得。李斯一一说了诸般民生改制的原定方略，申明民生改制以币制、田亩、度量衡、户籍登录、赋税徭役五件大事为根本。末了，李斯笑道："老臣之见，民生改制事统交公子总揽，若有疑难，老臣参与斟酌即是。"扶苏一拱手道："总揽民生改制，扶苏力所不能。扶苏所欲者，师从丞相修习国事处置也，丞相幸勿推辞为是。"李斯一摆手道："不然。公子纵然师从老臣，老臣亦当因材施教。公子少学有成，又在边地历练军政多年，见识胆识多有口碑，完全具备领事才具。若公子果真以修习吏员居之，历练进境必缓。老臣之意，公子至少自领两事，重担在肩，修习则事半功倍也。"扶苏一拱手道："丞相如此说，扶苏领命，敢请派事。"李斯殷殷关切道："币制、田亩两事，一涉天下财货，一涉农耕盛衰，于民生最为根本，于改制最为要害。老臣之见，公子领此两事，或可一举把握天下脉搏。公子以为如何？"扶苏欣然道："丞相信得扶苏，扶苏自当全力而为！只是，扶苏初涉民治，敢请丞相派一干员襄助。"李斯爽朗大笑道："公子臂膀，老臣业已物色定也！"说罢啪啪拍掌，大屏后便走出了一个人来。

"御史张苍，见过公子。"

当一个长大肥白衣袂飘飘的人物走到面前时，看惯了黝黑精瘦士兵的扶苏不期然笑了。待来人站在厅中一礼，扶苏点了点头没说话，却皱起眉头看了看李斯。李斯笑道："张

张苍，经历传奇。事秦，亦事汉，官至丞相。

苍者,原本老丞相王绾之干员也,在老相府掌秦国上计①。老丞相去任之时,举荐张苍入了御史大夫府,总监天下上计。若论理财之能,经济之通,只怕天下无出其右耳!"眼见此人肥白如瓠,大白脸膛耀人眼目,全无精悍气象,扶苏心下终有狐疑,遂一拱手不无揶揄地笑道:"先生雍容富态,却不知大腹装满何物耶?"

"在下腹中无他,唯天下账册而已。"

"翻翻账册,天下钱币几何?"

"天下钱币,二十一枚而已。"

"二十一枚? 笑谈!"

"七国钱币各金、铁、布三式,正是二十一枚。"

"好。天下田畴几多?"

"水旱两等,百步一亩。"

"先生急智过人。然,所言终觉大而无当也。"

"公子差矣!"张苍正色道,"今天下初定,民户未录,民田未核,钱币未理,公子所问纵神仙不能作答。公子若果真求才,不当以相貌存疑于人。张苍若任事无能,公子自可以法度贬黜之,何须此等乖谬考校哉!"

"扶苏谨受教也。"扶苏离案起身,深深一躬。

"原是在下愤懑偏颇,不敢当公子如此大礼。"张苍也是深深一躬。

李斯不禁一阵大笑:"张苍啊,你愤懑何来? 老夫举荐你迟了么?"

"不不不。"张苍满脸通红嚷嚷道,"在下生得白,又生得肥。人便说在下肥白如瓠,必是沉沦奢靡之徒! 得此口碑,纵然在下满腹才具也只能做个理财小吏。就这,还怕在下贪渎,又要教在下改做御史! 敢问丞相,在下能不愤懑么!"

"愤懑愤懑! 要我也愤懑!"扶苏高声跟着嚷嚷。

哄然一声,三人一齐大笑起来。

列位看官留意,这个张苍,二十余年后成为西汉首任计相(总司天下财政),辅助萧何领政,堪称中国古代最著名的会计大师。后来,张苍一直做到御史大夫、丞相。张苍对曾经亲为效力的帝国很是敬重,是力主汉承秦制的主要人物之一。甚至连正朔、服色

---

① 上计,先秦及秦时考核官员政绩的制度,多以经济事项为主,兼具后世之审计功能。

等，张苍都主张秉承秦制。这是后话。

却说扶苏领张苍回府，立即关在书房密商起来。先议币制，张苍连说不难，只在确定钱币种类与数量后开工铸造便是，而种类与数量，则丞相府早已大体有数，唯需查勘补正而已。再议田亩改制查勘，张苍却连连摇头，说此事牵涉甚深，不好快捷利落。扶苏问难在何处，牵涉如何之深？张苍说，田亩改制容易，只需确定度量之法，进而一体推行于天下而已。田事之难，难在查核民户田数。

"民田如何难以查清？"扶苏很是惊讶。

"公子不知此间奥秘也。"张苍皱眉道，"天下初定，秦法尚未划一推行，山东郡县之土地买卖已经风行数年了。当此之时，天下民众不知大秦新政将如何推行田法，故失田之民不敢言自家无田，买田富豪则更是隐匿不报。其间因由在于两处：其一，秦法有定：无田之民为无业疲民，将被罚为各种苦役刑徒，是故失田之民不敢报；其二，买田富豪多报田产，则必然增加田赋，是故亦必然隐瞒。有此两因，天下黑幕成矣！"

"先生是说，买卖双方联手，对官维持原状？"扶苏骤然一惊。

"公子！……清楚民田流失？"张苍更见惊讶。

"略知一二。"扶苏肃然拱手，"先生可有良策？"

"难。"

"先生但说，难在何处？"

"难在纵有良策，亦难行之。"

"先生以为，扶苏不堪大事？"

"非也。"张苍思忖着字斟句酌道，"目下，山东民人业已生出了一个新词，名曰兼并。何谓兼并？富豪大族吞噬民田，如同春秋战国之大国吞并小国也。由此可见，土地兼并

商鞅变法，废井田，开阡陌，土地不再是公有，可以自由买卖。《汉书·食货志》称："及秦孝公用商君，坏井田，开仟伯，急耕战之赏，虽非古道，犹以务本之故，倾邻国而雄诸侯。然王制遂灭，僭差亡度。庶人之富者累巨万，而贫者食糟糠；有国强者兼州域，而弱者丧社稷。至于始皇，遂并天下，内兴功作，外攘夷狄，收泰半之赋，发闾左之戍。男子力耕不足粮饟，女子纺绩不足衣服。竭天下之资财以奉其政，犹未足以澹其欲也。海内愁怨，遂用溃畔。"秦始皇如何疲民，先撇开不谈。秦实行郡县制，不封土，但允许土地自由买卖。土地自由买卖之后，地主虽很难强大如原来的诸侯，但也有可能富可敌国。富可敌国者，仍然对中央集权有威胁。在土地问题上，公权与私权的关系一直没有办法处理好，有此症结，贫富悬殊时有，中央集权屡受挑战。

若放任自流,必将成为天下最大祸端。然则,若欲深彻根除兼并,目下又确实不是时机。"

"何以见得?"

"公子明察:若欲根除兼并,必得全力推行新田法,确保民户耕田不使流失。果真如此,又于'民得买卖'之秦法相违。既要民得买卖,又要不使失田,此间如何衡平,需要时日揣摩探索,不能仓促如打仗。事有行法之难,此其一也。其二,天下初定,创制大事接踵而来,内忧外患俱待处置,当此之时,大动田产干戈,只怕各方都难以认同……"

扶苏默然了。张苍显然比他更清楚土地兼并之实情,否则不会如此忧心忡忡。张苍所说的两大难处,也确实切中要害。根除兼并之患,实在是一件需要从根本处着手的根本大事。不说别的,仅仅"民得买卖"这一条秦法,你便不能逾越。且不说它是商君之法,帝国君臣谁能许你轻易废除;更根本者,是交换市易已经成为民生经济之铁则,若取缔土地买卖,岂非又回到了夏商周三代的王土井田制去了?仅是这根除兼并本身之难,已经在当下很难有所作为了;更不说内忧外患诸般大事,父皇与元老重臣们始终瞪大眼睛盯着六国复辟,盯着匈奴外患,能许你大肆折腾一件并不如何急迫的事端?然则,这件事若搁置不提,扶苏也是无论如何不能容忍的。大祸已经显出端倪,不觉察则已,既已觉察,如何能无声无息?听任民田流失,分明便是听任农人变为奴隶,流失的又岂止是民众耕田,流失的分明是民心根基,是帝国河山!如此大事,身为皇长子的自己能畏难不言么?不,那不是扶苏!

"先生所言,皆在道理。然则,还是要有所为。"扶苏终于说话了。

"公子但有决断,张苍万死不辞!"

裴骃《史记·秦始皇本纪·集解》引徐广曰,"使黔首自实田也",时间为秦始皇三十一年。让拥有土地的人自报实田,权威盛时,可施行,权威不再时,肯定隐匿,非长久之策。秦始皇统治时期,仍依商君变法宗旨,实行重农政策,依《吕氏春秋》所设农时,使民以时,农牧渔皆扶持。

"第一步，先令天下黔首自实田。可否？"

"好方略！"张苍惊喜拍掌道，"试探虚实深浅，定然举朝赞同！"

"第二步，深入郡县暗查，清楚兼并真相。"

"这一步也可行！"

"第三步，会同廷尉府密商根除兼并之新田法，相机推行。"

"只要不牵动大局，暗中绸缪，在下以为皆可！"

"好！"扶苏拍案，"说做便做，先拟黔首自实田奏章。"

暮色降临之时，奏章已经拟好了。匆匆用罢晚汤，扶苏驱车先去了丞相府。李斯一听要民户自报田产，一时大觉新奇，未尝多想便是一番赞叹，说扶苏可以立即上奏皇帝实施。扶苏对丞相深表谢意，说这是丞相举荐张苍的功效，扶苏纳言而已。片时说完，扶苏立即告辞丞相府，驱车又进了皇城。嬴政皇帝第一次听儿子禀报政事处置，又饶有兴致地看了奏章，对扶苏的主张很表赞赏。嬴政皇帝说，令天下黔首自报田亩，也算是前所未有的创举，理政能出新，便是兴盛气象，好！明日颁行这道诏书。

扶苏也没有再就查田事做更多陈述，转而就钱币改制申明了方略：币分两等，以金币为上币，以"溢"为名；钱奉秦半两为国钱，形制不变。嬴政皇帝看了看扶苏特意写在竹简上的"溢"字，笑问："何以不用金之镒，却要用这个水之溢？"扶苏答道："币制之议，丞相原本已有预定方略，用的便是这个水之溢。"扶苏提起案头大笔，又写下了一个"镒"字说，"据儿臣副手张苍所说，这个水之溢是奉常胡毋敬特意进言丞相定名的，弃金改水，意在合秦之水德国运①。"嬴政皇帝大笑道："啊呀呀，竟然有此一端，我却忘了。"扶苏笑道："战国金币重量，多从周室，一斤黄金为一金；秦之金币，重量略微加大，一溢二十两。"嬴政皇帝笑道："好好好，你尽可放手做事，只多多与丞相会商便了。"

扶苏回到府邸，已经是三更时分了。

张苍还等候在书房。扶苏说了拜会丞相与晋见父皇的情由，张苍很是高兴了一阵。张苍说："只要各郡县数字一上来，水深水浅便告清楚，其时相机行事不难。"扶苏却坐在

---

① 秦之金币名称有两说，《战国策》云"镒"，《汉书·食货志》云"溢"。历史地分析，两者皆对：战国之秦尚未确认（不是没有）国运水德，完全可能继承周室名称，并与山东六国同一，用"镒"为金币名称；而统一帝国之秦，国运定为水德，改"溢"为金币名称，事亦正常。汉承秦制，直到西汉初期，刘邦赐张良之金百溢，用的仍是"溢"字，可见其实。

案前良久默然，突兀叹息一声道："父皇体魄更见艰难矣！"一句话教张苍瞠目结舌，大觉莫测深浅，只有大瞪眼看着扶苏不说话。然张苍毕竟明锐过人，思忖片刻小心翼翼道："公子是说，此事，不宜迟延？"扶苏长吁了一声，缓慢沉重地道："此事之大，非父皇威权，不足以掀开黑幕。"张苍老老实实一句道："公子所言，臣以为是。"扶苏奋然拍案道："大政创制，各方都在轰轰然前推，可谁都没看到这口隐藏在茅草中的陷阱！你我分明看到了，却连大喊一声都不能，人何以堪！"张苍霍然起身，一拱手道："公子有此心志，张苍一策可谋。"扶苏急迫道："先生但说！"张苍道："此事若得根本解决，正道是御史大夫府、治粟内史府、廷尉府联手。这三家，一府职司纠察百官，一府职司天下农耕，一府职司行法弊案。公子目下所为，改制之非常情形也，预谋可也，不宜久行。臣愿先期与三府通联，为公子大举伸张疏通行道。只要三府联手，查勘确实，此事有望成功！"

"若得如此，先生不世之功也！"扶苏对张苍深深一躬。

"赳赳老秦，共赴国难！"张苍慨然一句老秦誓言。

一月之后，治粟内史府的密室举行了一次秘密会商。

当张苍以田亩改制为名义，将种种兼并迹象透露给三位重臣的时候，张苍没有料到，兼并民田之弊端并没有令三位重臣如何惊讶。几经周旋，张苍更清楚了这是人人都知道而人人又都不愿在此时揭开的一个公开的秘密。其间原因只有一个：六国初平，天下板荡未息，世族复辟暗潮汹涌，此时触及田产兼并牵涉面太大。说到底，是投鼠忌器。虽则如此，三位重臣得知公子扶苏殷殷之心，还是慨然表示了赞同先期查勘。在廷尉姚贾的动议下，这次会商放了治粟内史府，理由只有一个：治粟内史府执掌耕田，最为名正言顺。

虽是初次会商，且多少带有未奉皇命的秘密意味，然三位重臣却都是坦率直言的。大将出身的冯劫最是粗豪，大手一挥昂昂高声道："鸟个合法！吃人不吐骨头！老夫只一句话，查出哪个狗官私吞民田，皇帝陛下不拿他，老夫也活剥了他！查！怕甚来！牵涉愈广，祸患愈大，没准那些复辟老世族，就是凭吞并民田撑持着！"姚贾面无喜怒，话却是忧心忡忡："近年来，田产弊案日见增多，诸多冤狱皆牵涉土地买卖，甚或有公然夺田之事。然则，此等弊案一经报官，立即变得若明若暗迷离不测。若无坚韧心志，要揭开这道黑幕，难矣哉！"郑国一直不说话，直到扶苏目光炯炯地盯住他殷殷期待，才叹息了一声开口道："田产之事，自古第一难题也！三代不许易田，民则如死水。战国变法开买卖土地之先河，随即风靡天下，自此民有活力也。然则，既有买卖之法，兼并之祸便在所难免。根除兼并，为渊驱鱼也，岂不难哉！老夫执掌天下田土，安能不知兼并为害之烈？所以不言者，非其时也。"

"所谓兼并，巧取豪夺者多，公平买卖者少。"姚贾插了一句。

"郑老哥哥，你只说兼并最厉害是哪里？"冯劫急了。

"颍川郡、泗水郡、陈郡。天下兼并，莫此为甚。"

"都是老楚国之地？狗日的！"冯劫狠狠骂了一句。

"敢问老令，如何查勘最为有效？"扶苏恭敬地对郑国拱手一礼。

"欲得真相，唯有暗查。"郑国雪白的眉毛猛然耸动了。

"暗查有证据之难。"姚贾板着黑脸。

"敢问廷尉，何等证据最有力？"扶苏思忖着。

"买卖田产之书契。"姚贾毫不犹豫。

"白说！谁会把书契交给你！"冯劫愤愤然。

"三位大人，切莫为难。"扶苏淡淡一笑，"今日会商，原非要立马解决此等大事，知会绸缪而已。目下大事多多，确实不宜大举彻查兼并事。扶苏之见，三位大人各安其事，只给我一个南下名头即可。"

"如何如何，公子要自家暗查？险！不行！"冯劫拍案高声。

"确实不宜。"姚贾郑国异口同声。

"三位大人，"扶苏起身肃然道，"国有隐忧，舍我其谁？千里胡人之地，扶苏尚来去自如，中国纵有险难，扶苏何惧之有哉！扶苏所需者，南下之名也，敢请三位大人设法。"说罢，扶苏对三位重臣逐次深深一躬。

三位老臣默然了，泪光萦绕在每个人的眼眶。国有如此储君，大臣夫复何言？冯劫立马拍案，说他可奏明皇帝，请公子南下考功郡县。姚贾立即摇头，说不行不行，此事名头太

扶苏有担当，可惜心太实。

大,又与公子目下所领政事无关,刺眼刺耳。冯劫急道:"你廷尉府有更好名头? 说便是了。"姚贾思忖摇头道:"老夫那里更不行,与公子目下情形八竿子打不着,只怕还得老令这里着手,最是相关。"郑国思忖片刻道:"也好,此事便落在老夫身上。"冯劫急道:"老哥哥有甚办法,说说看!"郑国摇着雪白的头颅道:"办法还得想想,一下不好说。"冯劫顿时怏怏不乐,引得几个人都笑了。

三日之后,郑国进了皇城,向皇帝禀报说:公子扶苏所提之令天下黔首自实田,是古往今来从来没有过的料田新法,老臣欲观其效,想到三晋北楚几个郡县就近转转看看,敢请陛下允准。嬴政皇帝一则感喟老臣谋国精诚,二则为这位老臣的奔波劳累担心,一时沉吟着决断不下。郑国颤巍巍一拱手道:"农耕为国家根本,长公子领事整田,陛下大明也。然则,长公子从未涉足田事,老臣委实放心不下。"嬴政皇帝恍然笑道:"对也! 如何将这茬忘了? 教扶苏跟老令一起去,也好教他长长见识,对也对也,该教他看看郡县民情了。"郑国踌躇不敢领命,只说长公子从边地回来不久,未免太过辛劳。嬴政皇帝大笑一阵道:"老令白发如雪,尚且奔波国事,他一个后生说甚辛劳? 去! 老令要出事,朕拿他是问。"

土地是大事,秦王交由扶苏去办,可见秦始皇对扶苏器重。改编合理。

六 韩楚故地的惊人秘密

五月初,无垠麦田绿黄变幻,随风起伏波浪翻涌。

这是颍川郡西北部的肥美平原。颍川郡有山有水,汝水、颍水、洧水三条大水由西北向东南横贯全郡,颍水居中且水量最大。故此,帝国创立郡县制时,以颍水定名这片肥美的平原为颍川郡。西北的太室山,西南的鲁阳山,在颍川郡原野上如遥遥相望的一对兄弟长久地矗立着。十多年前，这里是韩国的故土，其肥美丰饶足与东北面的魏国大梁平原不相上下。川防决通漕渠整修之后，颍川农耕大见起色，今岁麦田长势显然较往年旺实了许多。麦田一见黄，农夫们便撒满了田畴，黄一片收一片，开始了现黄现割。

时当正午，艳阳高照。道边田间的农夫们，正在收割一片熟透了的麦田。一个年轻的后生却是奇异，裸着黝黑的脊梁任凭大汗淋漓，只望着远处青苍苍的太室山咬牙发怔。旁边田垄一个奋力劳作的老人偶尔直起了腰身，看见后生愣怔不动，压低声道："陈胜！掌工家老刚走，你小子便立木，小心受罚！"后生没有回头，恨声恨气砸过来几句话："佣耕还卖命！又不是自家田畴，劳也白劳！"老人低声呵斥一句："你小子闭嘴！不要命了！"说罢向四面遥遥打量一番，见田道无人，方喘着粗气高声道，"天正热，掌工家老不会来，我等树下歇歇了！"老人话未落点，麦浪中立起了一片草笠一片黝黑的脊梁，纷纷捞起挂在腰带上的白布用力抹着汗水，高声嚷嚷着渴死了，疲惫地奔向了田间大树下的井台。

"狗日的！若是自家田亩，今年一准好日子！"

"自家田亩？只怕下辈子也是做梦！"

"对对对，说也白说。"汨汨饮水的年轻农夫们纷纷点头。

"后生们，少说两句不成么？"老人捧着水瓢低声呵斥。

"日后我富贵了，一定不忘你等！"那个叫作陈胜的后生突然喊了一句。

一片哄然笑声中，老人苦笑摇头："做人佣耕，何富贵也？"

"你个小子要富了，我变狗！"有人高喊一声。

井台下又一阵哄笑嚷嚷："中！你小子赶紧富贵，做我爹！"

老人没有笑，叹着气摇摇头："陈胜这后生，疯了，疯了。"

"一群乌鹊，如何能知鸿鹄高飞之志哉！"那个陈胜冷冰

燕雀安知鸿鹄之志。

冰一句。

农人们惊愕了,哭笑不得地纷纷摇头,认定这个口出狂言的后生当真疯了。

老人淡淡道:"都喝饱了,后晌还要赶活。那小子,教他自家做梦去。"

农人们苦笑着,有人提起喝空的大木桶开始摇动辘轳绞水,有人端起方才没顾得喝的大陶碗汩汩大饮,又从旁边竹筐里捞出一张面饼大啃。那个备受嘲笑的后生陈胜,则独自坐于一旁,谁也不睬,兀自出神。

正当此时,炎炎阳光下的田道上,走来了两个年轻的黄衫人:一个又高又黑又瘦,一个又矮又白又胖,一个带剑,一个带伞,很难看出操业身份。井台下的农夫们一阵骚动,显然怕是雇主的掌工家老。老人却摇摇手道:"没事。不是掌工家老,是两个游学士子。"说话间两个黄衫人已经来到树下,白胖者向农人们一拱手笑道:"诸位父老,劳苦了。"神态谦恭又笑容满面。农人们纷纷拱手回应:"不劳不劳!先生劳苦哩!"老人起身一拱手道:"两位先生若不嫌农夫愚鲁,敢请歇息片刻。"黑瘦高挑者笑道:"农耕乃国家之本,何敢嫌弃农人父老。我等乃农家士子,正欲求教农事哩。"说罢两人在井台石板上坐了下来,连石板的尘土也没有去掸,显然不是精细讲究的文人士子。农夫们顿时没了拘谨,各就各位又自顾吃喝起来。老人一招手,一个后生两手端来两个大陶碗:"这是新井水,先生中不中?"两人一笑,立即一拱手接过了大陶碗,同声笑答:"新井水正好,清凉解渴。"说罢各自端起大碗一饮而尽。饮罢井水,黑瘦者打开随身皮囊,拿出一个草包打开笑道:"这是新郑酱肉,清晨买的,没馊。"旁边白胖者目光一扫人群便笑了:"差强一人一块。来,三老做里宰①,分给兄弟们。"说罢捧起黑瘦者面前的草包,恭敬地交到了老人手中。老人宽厚歉意地笑了笑,一句话没说接下了。老人说声分肉,后生们便一个个从老人面前走过,人各一块,立即开始了大口撕啃。只有那个孤僻独坐的陈胜没有来领肉,目光依旧愣怔地遥望着远山。

"陈胜,肉!"有后生大喊了一声。

"多谢,不饿。"陈胜冷冰冰一句,没有回头。

"后生苦哩!先生莫怨他不知礼数。"老人歉意地笑了。

黑瘦者一拱手道:"这位兄弟有何苦情,老伯能否见告?"

---

① 里宰,秦时乡吏,掌分肉。《史记·陈丞相世家》载,陈平曾为里宰,分肉食甚均。

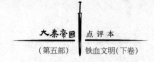
"他呀,想房,想地,想富贵哩!"一人高声应答,众人哄笑。

"胡说!"老人呵斥一声,后生们悄悄地没了声息。老人转身一拱手道,"先生见笑了,方才陈胜两句狂话,后生们笑闹于他,非当真也。就实说,陈胜后生可怜也!耕田没了,庄院没了,父母没了,十五岁便做了孤苦佣耕,八年过去,而今连妻也还没娶哩!"

"如何?他没房子没地?"白胖黄衫者惊讶了。

"他没有谁又有了?我等都一样,能娶妻者没几个!"一个后生高声嚷嚷。

"大秦律法,每丁百亩耕田。如何能没了?"黑瘦黄衫者大皱眉头。

"一言难尽也!"老人长叹一声,"先生还是莫问的好,说不清。"

"老伯啊,"白胖黄衫者恭敬道,"我等农家士子,揣摩推究的正是农事,相烦说与我等。即或涉及官府,我等士子也当为民请命,上书郡守决之。"

"一言难尽也!"老人还是一声长叹,"说起来,法是好法,官是好官,皇帝也是好皇帝。可法也好,官也好,皇帝也好,管得了白昼,管不了黑夜啊。律法明令,每丁百亩耕田不假,但都叫人撬走了。没地了,只有给地主做佣耕,挣几个血汗钱过日子。就说陈胜后生,原先家道多好,自父母兄妹暴死,好端端二百亩肥田硬是被撬走了……命也!奈何?"

"老伯,何谓撬走?"黑瘦黄衫者目光炯炯。

"不说了不说了。"老人站起身大喊一声干活,径自走进麦田去了。

"不能说!"一个后生低声一句,也匆匆走了。

眼见农人们纷纷走进了麦田,黑白黄衫者沮丧地对望一眼,也站起身来,踽踽离开了井台。将近地头,突闻身旁麦田低声一句:"先生跟我来!"两人回头,只见一个身影正俯身田垄麦浪间快步而去。黑瘦者一点头,两人立即俯身飞步赶去。片刻之间,前行身影停在了一道废弃的干涸沟渠中,两人也跟着跳了下去。

"足下便是那个陈胜兄弟?"黑瘦者一拱手。

黝黑的光膀子后生一点头,低声急促道:"先生果能上书郡守?"

"能!"黑瘦黄衫者肃然点头。

"好!我说,我不怕!"陈胜胸脯急促地起伏着,"撬走民田的,不是官府,不是商贾,是韩国老世族!颍川郡有三个县,都曾经是老韩国丞相张氏的封地。韩国没了,张氏变成了大商,经年在老封地寻机买田,颍川郡一大半土地都成了张氏暗田!农人住的房子种的地,明是自家的,其实都是张氏的!"

陈胜无畏无惧,有反抗精神。

"张氏后裔何人?"

"都说是公子张良,长得像妇人,心肠如蛇蝎!"

"为何不敢说?"

"谁敢泄约,有刺客来,迟早没命!"

"买地价公平么?"

"公平个鸟!他说原本便是封地,给你几个钱已经便宜你了!"

"如此买卖,老百姓也信?"

"他们说,秦人江山长不了。流言纷纷,老百姓知道啥,能不信么!"

"买卖耕田可有书契?"

"有!是密契。"

"何等样式?"

陈胜二话不说,转身几大步走到一片荆棘丛生的沟岸前,打量片刻俯身便刨,手臂顿时划出一片血珠。

黑瘦黄衫者哗啷抽出短剑道:"兄弟不能带血太多,你指点便可,我来。"

陈胜直起腰大手一圈:"挖开这一坨草木,撬开一方石板。"

黑瘦者立即挥起短剑,三两下贴地扫断了一大片荆棘草木,而后俯身挖土,动作利落至极。不消片刻,石板显出。白胖黄衫者立即跃上沟岸望风,说声周遭没人。黑瘦者立即将短剑插进石板缝隙,用力一撬,石板翻开,赫然显出了一只锈蚀斑斑的铜匣。

陈胜俯身捧起铜匣,突然便放声痛哭:"爷娘魂灵在天!儿子再也不要忍了!"黑瘦黄衫者泪光莹然,紧紧地咬着牙关不说话。

"这是我门唯一存物。"陈胜抬头,双手捧着铜匣交到了

黑瘦者手中道，"除了先祖灵牌，便是二百亩肥田六次买卖的密契。陈胜徒然一身，无以供奉先祖，只好出此下策秘密埋藏。先生可将密契带走。先祖灵牌，敢请先生指定一个稳妥之地，陈胜但有活泛之时，自会相机取回！"

"兄弟赤心，在下先行谢过。"黑瘦者肃然正色道，"兄弟先祖灵牌，我以密封铜匣存放颍川郡郡守处。我交兄弟一件信物，任时皆可取出。"说罢，黑瘦者从腰间皮袋掏出一方小小的圆形黑玉牌道，"兄弟谨记，此玉牌不得示人，只能交于颍川郡守。"

"陈胜明白！"

片刻之间，三人两道各自消失在茫茫麦浪之中了。

旬日之后，一只快船从泗水南下，船头正站着两位游学黄衫人。

从薛郡的泗水登舟南下，比驰道飞马慢了许多，却也从容了许多。但遇两岸农人耕耘整田，快船靠上岸边，两士子便与农人们攀谈起来。如此走走停停，五七日才出了薛郡进了泗水郡地界。这泗水郡乃鱼米之乡，其时之富饶远超江南岭南与吴越，原是楚国最为丰饶的淮北腹地。泗水郡北接巨野泽，南近淮水南岸的楚国故都郢寿，中有彭城、沛县、蕲县、城父等等富庶城池，堪称楚地第一郡。这一日快船过了胡陵渡口行得片时，遥遥一座大城在望。船头两黄衫人对望一笑，吩咐船工在前方渡口停靠。

不消顿饭时光，快船靠上了一片浓荫下的岸边渡口。黑瘦黄衫人对老船工低声吩咐几句，便与白胖黄衫人一起举步登岸，径直走向距渡口不远的一座大石亭后的亭署。这是秦时的亭治所在，也就是乡以下管辖里（村）的基层治所。秦国郡县制对乡、亭两级基层治所都赋予了另一重使命：同时兼作接待往来公事吏员的驿站，并担负传邮公文职事。唯其如此，帝国郡县的乡亭治所大都设在水陆方便的渡口道口。两黄衫人堪堪走近大庭院前的车马场，便有一个持戈老亭卒迎了过来。

"这是泗水亭。两位先生可是公务？"

"我等乃颍川郡吏，路过贵亭，欲会亭长。"白胖黄衫人笑容可掬。

"大人稍待。亭长，有官宾！"

"听见了，来也！"大亭院中遥遥一声，声音洪亮浑厚。

随着话音，大门中走出一人，身材适中面目开朗，头上一顶矮矮的绿中见黄的竹皮冠颇见新奇，颏下一副短须，使轻松的脸膛显得成熟而多智，其步态语调却给人一种类刘邦,略有流氓气。

似痞气的练达。他脸上挂着自然的微笑,几乎是一出两扇大石门就遥遥拱手作礼而来,走到两人面前三尺处躬身笑道:"大人远道而来,多有劳苦,小吏有礼。"

两黄衫人一拱手算作回敬。白胖者笑问:"敢问亭长高姓大名?"

"有劳大人动问。小吏姓刘名邦,字季。叫刘邦、刘季都一样。"

"刘亭长,我等欲在贵亭歇息两日,或有公务相托……"

"好说!不歇息没公务,要我这亭治何干?刘邦绝不误事。"

两黄衫人颇为高兴。这个亭长没有寻常小吏那种猥琐卑俗唯唯诺诺,既似官风又似侠道的干练,使人觉得如同面对一个老友一般。两黄衫人对望一眼,同时点了点头,说了声好。刘邦侧身相让,一拱手说声大人请,便陪着两黄衫人走进了亭院。

这是秦时通行的标准亭院:六开间,三进深,左右两分。第一进右三间,住六名传邮骑卒,左三间住一名管邮件的小吏。第二进,右三间是亭长室,左三间便是接待过路官吏的宾客室。第三进是后院,庖厨、库房、马厩与几名亭卒等均在后院。一进亭长室,两黄衫人刚刚坐定,刘邦高喊一声:"给大人上茶——"话音落点,一名年轻小吏便捧着大盘进来摆上了陶壶陶碗,熟练地斟好了凉茶。黑瘦黄衫者默默饮茶,似乎不善言谈的模样。白胖黄衫者却与亭长颇为相得。

"亭长这官儿做得颇有气象也!"白胖黄衫人颇有赞赏。

"惭愧惭愧!小亭长既管官道传邮,又管十里之民,事不大头绪繁。不提着神气摆布,还真是乱麻一团哩!"刘邦天生地自来熟,话语叮当一连串。

"亭长何时退出军旅?"

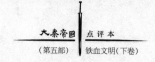
"惭愧！在下没赶上为国效力，想吃军粮没混上。"

"噢？亭长大都是退役百夫长做的也。"

"回大人，"刘邦一拱手道，"简言之，一个老友举荐我做了县府外吏，跑腿办些小差。县令见在下尚还使得，适逢泗水亭长三年前病故，就叫在下补了缺。"

"好！"白胖黄衫人一笑，"比老兵亭长做得好。"

"大人夸奖，在下自当铭记！"

"说说正事了。"

"好！公务何事？要否本亭效力？"

"先说小事。我有一宗邮件，要尽快传往咸阳。"

"多大物件？公文还是器物？"

"一只铜匣。不大。"白胖黄衫人比画着，却没有回答是否公文。

"大人放心！我泗水亭传邮从未出过差错，除非写错了地名人名。"

"好！亭长是个干才。"

"只是大人需登录姓名、官职、传邮何物。成例，大人不必介意。"

"那是自然。我乃少府尚书，姓张名苍，传邮册件一函。"

"老二！记：少府尚书，张苍，册件一函——"

呼喊落点，庭院立即传来高声应答，显然是一边复述一边写。

"老二，是何官职？"白胖黄衫人有些惊讶。

刘邦一阵大笑："我的大人也！我亭长老大，传邮吏次之，岂不老二嘛！"

白胖黄衫人扑哧一笑："奇也！老二？还有老三么？"

"有！一直到老十二。"刘邦呵呵笑着，"亭员十二，分为前老六，后老六。前老六是正吏，后老六是亭卒。邮卒、庖厨、马夫都算，统共老十二。"

"亭长之治不像官署，倒像是江海风尘之门派了。"

"大人有所不知。"刘邦几分诡秘又几分嬉戏地眨着亮闪闪的细长眼睛笑道，"杀猪杀尻子，各有杀法。乡野吏员仆役都是粗人，老二老三一吼叫，又豁亮又明白。我若腆着肚子板着脸，官腔叫传邮吏，叫庖厨，叫马啬夫，不说我烦，粗人听着也不给劲！有的你叫几声他还木着，不知道是叫他。所以呀，索性老大老二老三。嗨！粗是粗，管用！大人可去打听，俺刘邦做亭长几年，没出过一件差错。"

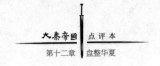

"好好好,管用便好!"白胖黄衫人也爽朗地笑了。

"亭长倒是个人物也。"黑瘦黄衫人罕见地说了一句。

叙说得片时,亭长刘邦将两位官宾安置到了最靠近后院的两间大房子,说这里又凉快又幽静,是亭院最好的住处。白胖黄衫人打趣笑道:"你说最好便最好? 安知你不会留着最好的房子给大官住?"刘邦哈哈大笑道:"大人啊,留好房子等大官,那是蠢货! 刘邦要那样,还不叫唾沫星子给淹死了? 我这泗水亭,统共十三间宾客房,谁来了都尽最好的安顿,不独对大人。说白了,谁来得早谁住得好。要是只剩最后一间,宾客不满意,我便给他加派个亭卒侍奉,宾客还是高兴。所以呀,人都说,刘邦安房间,人人都喜欢! 大人你说,目下天气大热,一个宾客没有,我能将最好的凉快房间空着么?"白胖黄衫人听得饶有兴致,对黑瘦黄衫人笑道:"这刘亭长是个好商人也! 卖货不惜售,拣好的出手,剩一个不好的,还给你额外好处。有道理有道理,理财经事之道也!"黑瘦黄衫人淡淡一笑道:"夜来小酌一番,亭长意下如何?"刘邦立即爽朗地一拱手:"在下高攀! 两位大人只管歇息,一切有我。"

暮色时分,河畔亭院清风习习。

刘邦将酒案设在了庭院正中。两位黄衫人一进庭院,不约而同地说了声好。院中大青砖地面已早早用清水浇泼过几次,三方芦席三张木案,整齐洁净又空阔通风,耳听流水蛙鸣,目望朗星明月,实在是难得的天成村野意趣。案上酒食,却是久负盛名的泗水青鱼、粳米饭团、兰陵老酒。两位宾客一来,刘邦就一拱手笑道:"这鱼是我下水捞的,米是自家人送的,酒是我买的,全与官钱无涉。两位大人放心吃喝,秦政奉公守法,在下还是明白的。"白胖黄衫人笑道:"吏员住驿站,自家补钱便可请客。说好的我等补钱,如何便要你自家劳作了?"刘邦呵呵笑道:"常在水边走,谨防打湿鞋。亭吏亭卒十几个,我得自家干净才是嘛。"黑瘦黄衫人不禁拍案赞叹道:"好! 奉公守法,亭长有大明!"

说话间三人边饮酒边说话,漫无边际说开去了。两位黄衫人问民生,问风习,连养鱼之法也问了。刘邦事无不答,答无不清,独特的痞气语言又多见谐趣,院中阵阵笑声不断。只说到养鱼事,言语利落的刘邦显得吭哧起来,红着脸说叨不清,末了索性爽快道:"不瞒两位大人,刘邦农作不精,老父不待见,老骂我痞子一个。我能出来混事,就是吃了农作不精的亏。惭愧惭愧!"黄衫人不禁揶揄道:"如此说来,刘太公倒是慧眼识人了?"黑瘦黄衫人却摇手笑道:"无妨无妨。人各有长,足下做亭长,当得一个能才!"刘邦大笑道："大人见识,显是比我那老子强多也!"话未落点,三人一阵大笑。

片时之后,两位黄衫人不期然说到了民田土地,一口声称赞泗水郡物产丰饶鱼米之乡,说若能在此建造一座数万亩桑园,定然于国家大利。刘邦一听,脸上便有了阴影,连忙问两位大人是否为此而来。白胖黄衫人沉吟道："亭长脾性可人。我等也不相瞒:我等乃少府吏员,特为查勘皇室桑园而来。""噢? 大人不是颍川郡吏?"刘邦的目光骤然闪烁起来。"这是少府令牌。"白胖黄衫人拿出了一面手掌大的铜牌一亮,月光下少府令三字赫然在目。见刘邦连连点头,白胖者收起令牌道,"我等前来查勘泗水郡山川田土,欲在此地遴选数万亩田园,为皇室建造一处桑麻苑囿,以供尚坊制作丝绸。亭长若能襄助,也算一功了。"

"敢问两位大人,皇室何以要在泗水郡占地?"

"人言泗水郡荒田多多,无人耕耘……"

"哪个鸟人胡说!"刘邦猛然一拍大腿,脸色显然阴沉了。

"亭长是说,泗水郡没有荒田?"

"岂止没有荒田……咳! 不说也罢,谁占不都一样?"

"公事官话,亭长何须顾忌?"

"这天下事也是奇了!"刘邦愤愤然道,"分明是民田流失,可上有一层流水,谁也看不见那条地河! 分明是耕田照常,可人却说土地多有荒芜! 分明是民失田产,沦为佣耕与贩夫走卒,可人却说泗水丰饶民众富足! 鸟! 谁说得清?"

"所谓地河,敢问其详。"

"不能说也!"刘邦摇头,"再说,我说了你信么?"

"唯见真相,如何不信?"

"你便信了,又有何用? 那是通海地河,你能填平了?"

"精卫尚能填海,况乎国家?"黑瘦黄衫人目光骤然大亮。

"除非,两位大人有通天之路。否则,只怕刘邦白搭进去了。"

"亭长请看,此乃何物?"黑瘦黄衫人从腰间抽出了一方物事,直抵刘邦案前。刘邦定睛端详,顿时倒吸了一口凉气:幽幽月光之下,一方黄金镶黑玉的令牌烁烁生光,中央黑玉上"帝命"两个白字赫然入目! 刘邦死死盯着令牌一动不动,额头汗水骤然涔涔流下。片刻之间,刘邦霍然起身一挥手:"走! 我带两大人去见一个人,保你清楚!"白胖黄衫人犹疑笑道："夜半三更,方便么?"刘邦道："不远。白日还不定能见到人。走。"黑瘦黄衫人一拱手道："亭长豪杰之士也! 我等信了,走!"刘邦领着两位黄衫人大步出门,一边高声道："老二! 招呼着,有人找我,就说到县府公事去了。"传邮吏大步匆匆过来道："明白! 大哥只管去,一切有我!"

星月幽幽,一只小船悄无声息地顺水漂向了沛县城。

小小船舱中,白胖黄衫人低声道："亭长,是到民户查访么?"坐在舱板上的刘邦颇神秘地嘿嘿一笑："民户查访须一个一个问,累你流几鼻子泪还费时耗日。我带两位大人去一个地方见一个人,一次查清。"白胖黄衫人一笑："一次查清? 刘亭长未免大言过甚了,既是地河,官府也没此等账册。"刘邦一笑："世间之大,无奇不有。有人敢做,就有人知道。既有地河,就有神工。两大人但放宽心,保你一个铁证如山。"

船到沛县西门。刘邦吩咐水手靠在岸边,自己一步跨上岸去了。片刻刘邦回来,便见城门下水栅已经悄悄打开,小船从水门轻盈地划了进去。进城泊好船只,三人弃舟登岸,曲曲折折便向一条小巷走来。在一座低矮坚固的石门前,刘邦举手叩门三响,而后便耐心地等候着。片刻间大门轻轻地吱呀一声,一个女人开门惊讶道："呀! 果真刘大哥! 快进来。"刘邦却侧身一拱手："两位大人请。"两黄衫人道一声多谢,举步跨进了门槛。

女人关门后快步趋前,一边向亮灯的正屋喊道："刘大哥来了!"随着女人话音,屋内有男子高声答应,随即一个中等身量的微胖身影快步出门笑道："刘大哥鼻子好长也,如何便闻到我刚弄到的老酒了? 啊,两位是?"刘邦一拱手笑道："老二,这是少府两位尚书大人,言语投机,高朋新友!"白胖黄衫人忍住笑一拱手道："张苍。夜来叨扰,敢请见谅。"微胖主人谦和地拱手笑道："沛县功曹萧何,见过两位大人。"

"走! 家里坐,老二有好酒好茶!"

刘邦仿佛是在自己家中一般,热情豪爽地礼让着客人。进入正屋,主人萧何礼让客人坐定,方才开门的女人已经捧着大盘斟来了凉茶。萧何笑道："此乃震泽春茶煮的,清凉败火,多饮无妨。"女人是一个温润贤淑的少妇,娴雅有度地斟好茶便退了出去。

"两大人先饮茶,我与老二在后屋说几句话。"

刘邦向两位客人一拱手,然后拉着萧何便去了后屋。两黄衫人打量着这间小厅,同

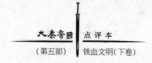
时微微点头赞许。厅中除了三方几案，便是四个特大的竹制书架，竟然码满了简册。显然，这个丰厚慈和的县吏，定然是个颇有学问的能吏。便在这片刻之间，刘邦萧何从后屋走了出来，萧何手中还捧着一个不算小的铁箱。萧何将铁箱放到黄衫人案前，微微一笑道："尚书大人，这是泗水郡民田暗中买卖之大要，虽算不得明细，却也有八成凭证了。"

"八成凭证？"白胖黄衫人显然是发自内心的惊讶了。

"此等买卖，已经遍及楚地了。"萧何淡淡缓缓的语调中显然蕴藏着一种幽深的郁闷，打开铁箱，拿出了厚厚一大本黑乎乎的劣质羊皮纸大书，从那新旧不一的书脊缝制针线上可以看出，这本大书是反复拆装的。萧何又捧起铁箱反转一扣，一大堆宽大的竹简哗啦倾倒在案上。萧何指点道："两大人且看，这本账册是田产交易目次，这堆宽简是少许密契。整个泗水郡，民田流失总数大体在百万亩上下，占全部民田的七至八成！"两黄衫人一时惊愕，打量着一大堆闻所未闻的物事默然了。黑瘦黄衫人拿起了一支宽大竹简，面色沉郁地端详着。竹简只有两行字，比寻常买卖田产的书契简约了许多。

　　民周勃卖田百六十亩于项氏　　勃户以田主之名为佣耕
　　不告官　不悔约　若有事端杀身灭族

年轻的黑瘦黄衫人紧紧握着竹板的大手微微颤抖着，喉头咝咝喘息着："这位周勃，两位熟识？"刘邦愤愤道："岂止熟识？不是萧何兄弟，周勃早饿死街头了！耕田全被强买光也，了无生计，只好给人做丧葬吹鼓手！"说着拿起了一支竹板，"看！还有这个樊哙，地卖光了没法活，只好屠狗卖肉，整日混个肚儿圆都难！一家老小更是半饥半饱！不说了不说了，黑杀人！"

"冒昧一问，足下一介小小县吏，何以能搜罗到如此多密事？"

见白胖黄衫人似有疑虑，那个沉静的萧何冷冷一笑，眼中突然闪射出奇特的光芒道："密事？对你等庙堂大员而言，是密事。对村夫，对县吏，则是大太阳下人人看得雪亮的明事！萧何不过有心，记下了听到见到的每一笔账而已。你若还想细究，萧何可以给你讲几千几百个血泪故事。"

黑瘦黄衫人离座起身，深深一躬道："功曹真天下良吏也，后必有报。"

萧何连忙也是一躬:"在下在民知民而已,岂有非分之想哉!"

刘邦一捋短须笑道:"大人,你说皇帝能堵住这道地河么?"

"亭长慎言。"白胖黄衫者脸色顿时一沉。

"大人且莫多心。"萧何道,"我等决不会对他人言及的。便是今日之事,若非刘亭长亲来,萧何绝不会和盘托出。大人,对刘亭长,对在下,这都是杀身之祸也。我等一念,无非盼天下太平,使耕者有其田,民得以温饱也!……刘亭长,也是被夺地之家……"

"如何如何,亭长家的地也夺?"白胖黄衫人又是一惊。

"亭长?嘿嘿,在项氏眼中连条狗都不如!"刘邦愤然拍案了。

"刘亭长也是有苦难言也!"萧何一叹,"刘家原有两百余亩好田。亭长父亲刘太公,是十里八乡间闻名的忠厚长者。因了这泗水郡的彭城六县原本是项氏封地,那项燕虽则战死了,可两个公子项梁、项伯都在,数千族人尚在,财力根基尚在。项氏家老带着一班当年的私兵,乔装成商旅专一在旧封地购置田产。谁若不从抑或报官,利剑便在身后。几年前,项氏商旅逼着亭长老父刘太公卖田,用二十个旧楚金币,强买去了刘家二百余亩好田……那时候,亭长还是个浪荡子。家道中落,他才不得不出来谋个小吏做了。否则,饭也没处吃了。"

"我要是皇帝,非灭了项氏!"刘邦面色铁青一拳砸案。

黑瘦黄衫人慨然一叹:"害民老世族者,长久不得也!"

刘邦道:"两位大人,入秋时节,我要领泗水郡几百人去咸阳服徭役。若还须得找我,就到民夫营。要证据,刘邦萧何包了!"

白胖黄衫人一拱手道:"记住了!两位善自珍重,莫被人黑了。"

刘邦哈哈大笑:"黑我?我不黑他算他运气也!"

黑瘦黄衫人一拱手正色道:"亭长,我本欲亲带这等凭证上路,又恐保管不便。我意,公事路径更稳妥。我将这个铁箱用官印封定,敢请亭长派传邮快马专送咸阳廷尉府如何?"

刘邦离座慨然一拍胸脯:"绝保无事!出了事我刘邦第一个被黑!"

萧何笑道:"刘季善结交,有一好友名夏侯婴,是我县车马吏,最是与刘季相爱①。若

---

① 相爱,为《史记·夏侯婴列传》之原用语。古人言相爱,谓情谊笃厚,男女皆可用。

派此人充亭卒飞马,最是可靠。"刘邦大笑道:"都叫你兜底
了,借人跑公事,我想落个能事吏都不行了!"四人一阵笑
声,黑瘦黄衫人朗声道:"亭长得人,自能成事。好,此事交
给你了!"

白胖黄衫人立即动手归置大书竹简。萧何又拿来几块
旧布将铁箱内四面塞紧,铁箱合上猛力一摇,一丝声息皆无。
白胖黄衫人从随身皮袋中取出一条柔韧的宽带皮条,将铁箱
浑然裹定;又拿出一个小皮盒,挖出一大块封泥将箱锁封成
一个略显凸起的浑圆。黑瘦黄衫者掀开腰间皮盒,取出一方
小铜印,不轻不重地摁在了锁头封泥上。萧何一瞥,目光大
亮,在刘邦耳边轻声说了一句。刘邦却是只盯着封泥目光发
直。黑瘦黄衫者浑然不觉,解下短剑一摁剑格,剑身骤然弹
出,剑根处竟镶有一只长条玉印! 黑瘦黄衫人一振剑身,玉
印正在掌心之中,向印上一哈热气,便向箱盖宽皮带压下。
待玉印抬起,赫然一排红字扑入眼帘——天字密事失者灭
族!

"嘿!"刘邦一拳砸在了手心。

五更鸡鸣,天色最黑的时分,小船悄无声息地漂出了沛
县水门。

实写考察民田,暗写各大
人物齐聚一堂,陈胜、刘邦、张
苍、萧何、张良等,或为亡秦
者,或为先事秦后事汉者。秦
虽并天下,但暗涌不断。

七 国殇悲风
嬴政皇帝为南海军定下秘密方略

扶苏张苍一到函谷关前,便被扑面而来的悲怆骤然淹没
了。

函谷大道两边,摆放着无边无际的祭品香案,飘动着瑟
瑟相连的白布长幡。关前垂着一幅与关山等高的挽诗,战车
大小的黑字两三里外便触目惊心,上云"国维摧折",下云

连失两员大将。

"长城安在"。扶苏大惊,立即飞马函谷关将军幕府。将军说,旬日前南海郡飞来快报,武成侯王翦、淮南侯蒙武病逝岭南,灵车将从扬粤新道北上,从函谷关进入老秦。消息传开,秦中军民大为伤恸,三五日间纷纷聚来关前路祭……扶苏尚未听完,两腿一软两眼一黑便跌倒案前。片时醒来,见张苍泪流满面地抱着自己,扶苏霍然站起一拱手道:"敢请先生先回咸阳禀明父皇:扶苏前往扬粤新道,护送武成侯灵车回秦!"张苍稍一犹豫,对旁边的函谷关将军说了声敢请将军护卫长公子,便匆匆上马西去了。扶苏与函谷关将军会商片刻,两人立即分头行事。函谷关将军点兵的时刻,扶苏在幕府换了应有装束,又草草用了些许饭食,率领着五千整肃的甲士隆隆南下了。

两日兼程,扶苏军马抵达衡山郡的云梦泽北岸。等候两日,终于看到了茫茫碧蓝的大泽中白帆白幡交织成白茫茫一片的船队,当"蒹葭苍苍"的悲怆秦风从船队飘来的时候,扶苏与所有的将士都痛哭失声了。灵枢登岸时,船队将士与岸上将士哭成了一片。不期天公伤恸,滂沱大雨山水昏黑,将士们的泪水歌声与大雨惊雷融合成了惊天动地的挽歌。护送灵枢北上的桂林将军赵佗与扶苏素未谋面,两人相见,却在大雨中抱头痛哭了。

当晚会商北上,扶苏说南海将士缺乏,劝赵佗率军返回。赵佗却说,南海将军任嚣受武成侯临终嘱托,将各方大事均已安置妥当,交给他三千将士,教他一定要护送两老将军灵枢安然抵达咸阳,自己不能回去。扶苏不再勉强,便问起了护灵诸般事宜。赵佗说,武成侯遗言,蒹葭苍苍之秦风,几已弥漫成南海将士的军歌,他若北上回秦,必以这支秦风相伴,使他魂灵仍在南海将士之间。赵佗说得泣不成声,扶苏听得泪如雨下,一切都在无言的伤痛中确定了。

次日清晨，扶苏与赵佗率领着的八千甲士护灵上路了。

当先一辆三丈余高的云车，云车垂下一副挽诗，高悬一面秦军大纛；挽诗右云"南海长城，楚粤柱石"，左云"六军司命，华夏栋梁"；那面迎风猎猎的黑色大纛旗上，上一行白色大字"武成侯王翦、淮南侯蒙武"，中央四个斗大的白字"魂归故土"；云车之后，赵佗率三千南海步军开路，人手一支两丈余长矛，每支长矛上都挑着一幅细长的白幡，白茫茫如大雪飘飞；南海步军之后，是两辆各以六马驾拉的巨大灵车；灵车之后，是扶苏率领的五千护灵骑士，人各麻衣长剑挺立，黑森森如松林无垠。灵车辚辚行进在宽阔的林荫驰道，蒹葭苍苍的秦风歌声悠长连绵地回荡着。一路北上，道中商旅停车驻马，四野民众闻声而来，肃穆哀伤遍及南国。

灵车一入函谷大道，顿时陷入了无边无际的汪洋路祭。几乎整个关中东部的老秦人都拥出了函谷关，白幡遮掩了苍苍山林，哭声淹没了隆隆车马。王翦蒙武的名字，老秦人是太熟悉了。举凡老秦人，莫不以为王氏蒙氏乃大秦河山的两大柱石，王翦、王贲、蒙武、蒙恬，这父子四人几乎便是老秦人心目中永远伫立的巍巍铜像，忽然之间，如何便能没了？秦人自古尚贤敬功，即或有了孝公商鞅变法，老秦人还是常常念叨起良相百里奚，还是常常唱起那首悼亡的《黄鸟》，时不时想起被穆公殉葬的子车氏三贤。而今，两座大山一齐崩塌，老秦人如何不痛彻心脾。老人孩童男人女人农夫商贾巫师名士，能走路的都来了。人们都要在大秦第一功臣的灵柩回归故土的第一时刻，用热辣辣的情怀拥抱老秦人的英雄烈士。泪眼相望的关中父老们，争相传颂着武成侯与南海秦军的秦风故事。多有子弟进入南海军旅的家族，更是举族扶老携幼而来，一路吟唱着那首思乡情歌，几乎是情不自禁地捶胸顿足了。当灵车军阵缓缓进入函谷关城的那一刻，伫立在关城女墙的三万余秦军将士齐声唱起了秦风，漫山遍野万众呼应，唱到"所谓伊人，在水一方，溯洄从之，道阻且长"时，悲声大起，关山呜咽，所有的老秦人都哭了……

悲伤的扶苏，更多地担心着父亲。

扶苏知道，父皇最是敬重爱惜功臣。举凡能才，父皇无不与之迅速结成笃厚的情谊，且从来不去计较那些常人难以容忍而名士又常常难免的瑕疵与狂傲。山东老世族攻讦父皇，说秦王用人时卑躬屈膝，不用人则残忍如虎狼，这便是当年尉缭子说出的那句话"少恩而虎狼心，居约易出人下，得志亦轻食人"。然则，李斯也好，尉缭子也好，顿弱也好，郑国也好，姚贾也好，王次仲也好，茅焦也好，淳于越、叔孙通、周青臣一般博士也好,无论哪个山东名士,只要亲见了父皇且与父皇相处几日,则无一不对父皇感佩有加,甘为大秦忠诚效力,数十年无一例外。人固可一时一事伪善之,然则数十年面对接踵而来的英雄名士,始终如一地敬重结交,伪善为之,岂非痴人说梦!所以如此,在于父皇从不猜忌用事之能臣,从来没有过某功臣功高震主之狐疑。文臣如王绾李斯,武臣如王翦蒙恬,此四人堪称帝国四柱,然父皇却无一不与之情同挚友。即或有政见分歧,只要不涉及根本性长策大略,父皇从来都是豁达处置,谁对听谁,决不以王权强扭政事。唯其如此,父皇亲政二十余年,秦国仅仅犯过一次大错,那便是逐客令事件。然则即或是逐客令,父皇几乎也是闪电般收住了脚步,立即召回了李斯,并从此以李斯为用事重臣。而自灭六国大战开始以来,父皇在雷电风云变幻莫测的天下大决中,堪称没有一次根本性失误。所以能如此惊人地明断决策,其根本之点,便是父皇敬重能才信任功臣,真正地做到了群策群力。此间的灭楚之战牵涉出的人事格局,堪称典型。灭魏之后,因王贲崛起,父亲生出了大用年轻将领之心,是以赞赏李信的勃勃雄心与二十万伐楚的方略,而搁置了王翦的六十万方略。及至李信兵败,父亲立即大彻大悟,非但全力起用王翦,将举国大军交于王翦,且彻底排除了军功衡平的想法,灭国大战再未交于任何未曾统领过大军的年轻将领。从此而有王翦灭楚,王贲斩除燕赵根基并最后灭齐,而有王翦灭三国,王贲灭两国的王氏巨大军功。耐人寻味者,纵然是父亲少年挚友的蒙恬上将军,也没有灭国之战,而始终扛着风云难测的九原边患。凡此等等,皆在一个根本理念,便是父皇处置根本大事上力求以最可靠统帅决战国家命运,而不以国家命运轻易弄险,辄有挫折,则立即悔悟。这一切,事后看来似乎是那么简单,然身处其中,却绝非易事。便是被诸多

秦始皇确实称得上善待功臣,连赵高犯了大罪都能放过,秦始皇内心,有其仁慈的一面。太后赵姬铸下大错,秦始皇后来也听茅焦之谏,原谅了太后,迎其回咸阳。论其私德,秦始皇没有多少过失。这一段评价,中规中矩。

名士们尊崇的夏商周三代圣王，其对能才功臣之杀戮也是屡见不鲜；春秋战国之世，各国杀戮功臣遗弃能才，更是连篇累牍地发生着。即便是父皇之前的秦国，也有过车裂商君、弃用张仪范雎、逼杀白起的耻辱事件。独有父皇亲政之后的秦国，除政见根本两端的吕不韦被父皇逼杀（赐死），此后没有一个功臣出事；纵然是父皇称帝，连借机贬黜功臣的事端也没有发生一件。可以说，始皇帝之秦帝国，其人才之雄厚之稳定，足以傲视千古！

忽然之间，栋梁摧折，父皇挺得住么？

灵车在关中整整走了三日三夜，进入咸阳，反倒平静了。白茫茫的挽幛长幡淹没了宽阔的正阳大道，数不清的香案祭品堆满了每家门前。举凡青壮都赶到了十里郊亭，城门内外与大街小巷则聚满了默默饮泣的老人妇孺。扶苏护持着灵车进入太庙外松林时，远远便看见了郎中令蒙毅率领的皇室仪仗，看见了巍巍石坊前颤巍巍走来的父亲。那一刻，扶苏心头猛然一阵绞痛，眼前一黑便从马上栽倒下来。直到夜来苏醒，扶苏眼前仍然死死地定着那个惊心动魄的瞬间——四十岁出头的父亲，竟然在一夜之间变成了两鬓如霜须发灰白的老人！

"长公子，两老将军的灵柩无差，已经进了太庙冰室。"

扶苏是在张苍的温声细语中清醒过来的，第一句话便问："目下何时？"张苍说："堪堪二更。"扶苏霍然坐起，叫一声备车，便要进皇城探视父亲。张苍连忙拦住，说皇帝有口诏：扶苏自请护灵，殊为可嘉，养息复原后再议国事。正在此时，赵高来了，说皇帝陛下问长公子有无大碍？见赵高双眼红肿，扶苏忙问："父皇目下如何？"赵高吭哧着说："陛下刚刚从太庙冰室回来，又进了书房，连晚汤都没进，没人敢劝。"扶苏问："蒙毅也不劝阻？"赵高说："陛下已经叫郎中令守灵了，说在王贲蒙恬赶回之前，蒙毅专一守护灵柩。"扶苏一听，当即在张苍耳边低语了几句，转身对赵高一挥手道："走，我进皇城。"赵高吭哧着不知如何应答，扶苏已经大步出厅登车去了。赵高恍然大悟，二话不说连忙赶了出去。

东偏殿密室，嬴政皇帝正在召见将军赵佗。

赵佗禀报说：两位老将军，病逝得都很意外。蒙武老将军是在巡视闽越的回程中，一夜长卧不起，卯时过后军司马进帐探视，老将军已经没有了气息。武成侯王翦，则更是出人意料。四月末的那日，暮色降临时，河谷军营又响起了思乡的秦风。赵佗额外补充了几句,说自从五十万成军人口下岭南,尤其是有了那数万女子南下,将士们大多都有了妻室家园,许多将士还与南海人成婚,军营是大大地稳定了。然每逢早晚,将士们还是遥望北方,一起唱那首思乡情歌,虽没有了原先那般激越凄苦,却也是遥望北方思念悠悠。赵佗听中军司马说,就在那晚,河谷歌声方起,武成侯便默默流泪了。武成侯走出了幕府,中军司马连忙带着几名护卫军士跟去。武成侯却罕见地大发雷霆,谁也不许跟随。一个多时辰后,中军司马放心不下,还是带着几名护卫去了河谷。月光下搜寻了许久,卫士们才在一片山坡椰林的茅亭下,发现了已经没了气息的武成侯。赵佗说,那片椰林,那座茅亭,正是当年陛下与武成侯最后会谈的所在。后来,随军的老太医说,自从皇帝那年北归,老将军的怪鱼残毒便时时发作,老太医多次要直接禀报皇帝,都被老将军事先发觉截下了。此后,老将军严令幕府将士吏员,敢有私议或泄露他病况者立斩无赦……

"陛下,这是武成侯除日常起居之外的全部遗物。"

看着案头一方铜匣,嬴政皇帝眼帘一垂,大滴泪水啪嗒打上了衣襟。默然片刻,嬴政皇帝终于开口了,平静中带有几分肃杀:"赵佗,朕问你几事,须得如实作答,不得有丝毫虚假。即或善意,也不得虚言。你可明白?"

"末将明白!绝无虚言!"

"第一宗,任嚣将军体魄如何?有无隐疾?"

"禀报陛下:任嚣将军体魄大不如前,随军太医说是水土不服所致。"

"有无就地治愈可能?"

"有。然得静养,不能操劳。两老将军一去,任将军已经瘦成人干了……"

"第二宗,军中大将,体魄病弱者有几个?"

"除却任嚣将军,皆是年轻将尉,没听说谁有病。随军老太医最明白!"

"第三宗,士卒军兵死伤如何,可曾有过瘟病流行?"

"禀报陛下:我军从淮南一路南下,抵达南海、桂林、象郡,历时半年余;开始水土不服者尚多,拉肚子成风。过五岭之后,便日见好转。抵达南海三郡,大多将士水土不服早没了,吃甚都没事! 陛下那年去时,也曾亲眼看见,除了黝黑精瘦,加想家,其余没有异常! 毕竟,南海三郡也是山美水美吃喝美!"

"好。第四宗,你自觉体魄如何,有无隐疾?"

"禀报陛下:末将愿受太医署勘验!"

"朕要你自家说,自家身子自家最明白。"

"是! 末将坚如磐石,从无任何隐疾! 随军太医说,末将不知药味!"

"好。第五宗,南海大军,军心稳定否?"

"陛下……这,这是……"

"照实说。"

"陛下!"赵佗一声哽咽扑拜在地,"南海秦军老秦人,何变之有啊!"

"将军请起。"嬴政皇帝颇见艰难地扶起了赵佗,又靠上了坐榻,看着哽咽拭泪的赵佗良久无言。终于,嬴政皇帝轻轻叹息了一声,坐正身子肃然道,"将军心下责朕多疑,朕无须计较也。朕今日要说的是,天下大局尚未安宁,山东之复辟暗流依然汹涌。当此之时,数十万老秦军民长驻南海三郡,实则是老秦人去做南海人也! 也是说,老秦人为华夏,挑起了融合南海这副重担。若有变故,朕心何安? 非朕不信父老兄弟也,时势使然也。将军本秦人,然多在军旅,未必清楚关中人口大局。朕今实言相告:今日关中,老秦人已经不足三成了。但有风云动荡,岂非大险哉! ……"

"啊——"骤然之间,赵佗倒吸了一口凉气。

"为治天下,未雨绸缪。"嬴政皇帝倏忽淡淡地一笑,又复归肃然,"唯其南海偏远,若有危局,朕无法亲临决断。为国家计,为华夏计,朕今授你危局之方略:中原但有不测风云,南海军切勿北上靖乱,当断然封闭扬粤新道,不使中原乱局波及南天。"

"陛下! 南海军乃老秦人根基所在,何以不能北上靖乱?"

"将军谨记:老秦人北上,则华夏从此无南海矣!"嬴政皇帝拍了拍王翦的遗物铜匣,眼中骤然一层泪光,"老将军遗书未开,朕也知道,老将军说的必是此事。"

"陛下！……"

"赵佗啊，是老秦人都该知道，"嬴政皇帝淡淡地笑了，"殷商之后，若非老秦部族数百年困守陇西，华夏岂有西土哉！唯老秦部族与西部戎狄血火周旋数百年，才能在立国之后逐一统合戎狄。老秦人为华夏留住了广袤的西土，也要为华夏留住广袤的南海。朕要你不北上中原靖乱，苦心在此也……"话未说完，皇帝猛然一咳，一坨暗血喷溅胸前，身子一软倒在了坐榻上。

"陛下——"赵佗嘶声大吼，扑到榻前泪水泉涌……

扶苏赵高匆匆走进皇城东偏殿的密室时，嬴政皇帝刚刚从昏迷中醒来。

扶苏第一次见到了那个神秘的方士，一个矍铄健旺却又沉静安详的老人，宽袍大袖，散发竹冠，散淡闲适，举止从容，确实叫人想起传闻中的世外高人气象。密室厅堂没有一个太医，父皇显然是刚刚在这个方士的救治下清醒过来。虽然还没换去那领胸前溅血的丝袍，人却是大见精神，脸膛有了血色，目光也明亮了许多，若非嘴角那丝疲惫的笑意，大体已经与寻常时日的父皇相差无几了。刹那之间，扶苏对自己从来没见过却又从来深为厌恶的方士生出了一丝好感，第一次向方士一拱手示谢。老方士淡淡一笑淡淡一点头，一句话也没说径自去了。扶苏知道父皇素来刚严奋烈，最是腻味皇子们的眼泪哭声，一直强忍着泪水紧咬着牙关，侍立在榻侧默然凝视着父皇胸前的血迹，生怕一开口失声痛哭。

嬴政身体日差。小说不愿写其暴亡。

"扶苏，黑了，瘦了。"嬴政皇帝打量着英挺的儿子，从未有过如此温和。

"父皇！"扶苏哽咽一声，情不自禁扑拜在地，还是大放悲声了。

"哭甚？起来。"嬴政皇帝微微皱眉，语调却依然罕见地

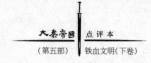
温和。

扶苏站起来时，赵高已经领着一名侍女捧来了两只大铜盘。赵高盘中是一领轻软的干净丝袍，侍女盘中是一罐热气蒸腾香气诱人的羊骨汤。赵高两人未到榻前，嬴政皇帝便已经起身下榻了。扶苏连忙过去扶持，却被父亲断然地推开了。换过丝袍，喝罢了一罐羊骨汤，嬴政皇帝的额头渗出了一片涔涔汗珠，顿时大见精神。

"扶苏，你来拟诏。"嬴政皇帝轻轻吩咐了一句。

第一次为父皇草拟诏书，又是在如此特异的时刻，扶苏心头一热，当即肃然在书案前就座，提起了一管粗大的蒙恬笔。嬴政皇帝看了一眼双眼通红肿胀的赵佗，清晰缓慢地口述起来："秦始皇帝特诏：王翦、蒙武辞世之后，南海三郡俱以驻军统领军政，郡守官署得受大军节制。今命：将军任嚣为南海尉，将军赵佗副之，统领三郡大军并三郡政事；任嚣体魄若有不支，将军赵佗得立即擢升南海尉。山川阻隔，朕特许南海尉对军政大事相机处置，后报咸阳。"

"录定。"笔走龙蛇，扶苏以隶书之法最快地完整记录下了诏书。

"付赵佗密诏。"密室大厅寂然无声，嬴政皇帝又开始了低沉清晰的口述："朕已对将军赵佗立定南海应变密策，若逢非常之期，特许赵佗向将士出示此诏，以朕之密策行事。凡我老秦子弟，一律不得抗命。"

扶苏的额头渗出了涔涔汗水，心头一时怦怦大跳。直到此时，他才明白了父亲那骤然变白的须发中蕴藏着何等的煎熬。虽然，扶苏不知道父亲部署给赵佗的秘密方略究是何策，然扶苏却确切地明白，那一定不是目下之策，一定不是常态之策，一定是非常时期的非常之策！也就是说，父亲已经在筹划未来，已经在预防可能的不测风云。当大臣国人都被巨大的伤恸淹没时，父亲的目光却超越了茫茫山川的阻隔，超越了岁月风云的变迁，对遥远的南天边陲设定了机密长策。倏忽之间，扶苏再一次地感受了父皇的博大深远，对父皇的崇敬感佩更是无与伦比地深厚了。

"扶苏，你去制诏用印。"

当偌大密室只剩下嬴政皇帝与将军赵佗两人时，赵佗一抹流淌满脸的汗水泪水，猛然长跪在地，挺身拱手慷慨嘶声："陛下！赵佗若负华夏，纵身死万箭，魂灵亦不得入老秦故土！"嬴政皇帝扶起了赵佗，又拿过一方汗巾递给了赵佗，意味深长地叹息了一声："将军誓言，朕将铭刻在心也！赳赳老秦，共赴国难。朕信你，也信五十余万老秦儿女。"

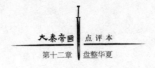

"陛下！南海将士愿陛下康宁长寿……"

"赵佗，"嬴政皇帝骤然正色，"这正是朕要对你叮嘱的最后一件事：朕之病况，你之所见，必得是永远的秘密。明白么?"

"赵佗明白!"

扶苏捧来了一只大盘，盘中摊开着两张用过皇帝之玺的精美羊皮纸，旁边是两支尚坊特制的诏书铜管，一粗一细，形制显然不一。嬴政皇帝就着大盘看了一遍，点了点头。扶苏将铜盘放置案头，先将那道写满一纸的明诏卷成细筒，塞进那只较粗的铜管，再摁下外锁，涂好封泥，再用好封泥小印，一道诏书便告完成。那道密诏不同处在于，铜管较细较长，且带有内锁，啪嗒摁下管盖，永远休想打开。这是密诏特管，只能一次性切割开启；之所以管身较长，是供切割尾部不伤及诏书。

一时两诏书就绪，一名老尚书轻步走进，将两只铜管装入一只扁平的精美铜匣，又以封泥封印封就了外锁，遂问："陛下，可是将军自带诏书?"见皇帝点头，尚书捧过一册厚厚的羊皮纸本，一拱手道："敢请将军在此用印具名。"赵佗大步走到尚书案前，拿出了自己的将军印，在翻开的册页上的两行大字后分别用印，又分别写下了赵佗两字，亲自奉诏带诏便告完结。

"将军欲何日启程?"

"禀报陛下：赵佗明日立即南下!"

"也好。大丧之期，朕不能为将军饯行了。"

"陛下珍重!"赵佗肃然拜倒，额头重重触地，连续六叩涕泣不能成声，额头渗出了血迹。任扶苏如何流泪相扶，赵佗都没有起身。六叩罢了，赵佗霍然站起抱着铜匣风一般的冲出了密室。风声之中，隐隐传来渐渐远去的哭声……嬴政皇帝凝望着窗外漆黑的夜空，心头猛然一揪，一个踉跄几乎跌倒。

与其说嬴政心怀大一统，倒不如说作者心怀大一统。嬴政正盛年，如果对后事早有安排、早有预料，不至于临死前匆匆制诏，使赵高有机可乘。

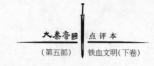
也许是君臣皆有某种预感，也许是举国弥漫的大丧悲怆，这次的咸阳之别，谁也没有既往的出征豪情，心头俱各压着一方沉甸甸无法撼动的巨石。赵佗没有料到的是，自此一别咸阳，再也没有回到故土。十数年后，中原复辟势力大暴乱，赵佗忠实奉行始皇帝预谋方略，紧急关闭扬粤新道，率数十万老秦军民固守南海三郡，非但使南海三郡得以避免一场历史浩劫，且使南海三郡在中原大动荡时期有了井然有序的长足发展，民众风习大大趋于文明。

《汉书·高帝纪》记载："粤人之俗，好相攻击。前时秦徙中县（中原）之民南方三郡，使与百粤杂处。会天下诛秦，南海尉（赵）佗居南方，长治之，甚有文理。中县人以故不耗减，粤人相攻击之俗益止，俱赖其力。"也就是说，赵佗秦军封闭扬粤新道而固守岭南期间，名义称王自立，实则忠实奉行始皇帝既定密策，非但没有借机脱离华夏文明，而且在与粤人部族杂居中，坚持以商君秦法消弭老秦人私斗恶习为楷模，使南海三郡文明之风大兴。其结果是，固守岭南的中原人口一直没有减少，而能始终维持着强大的镇抚力量，岭南部族的恶斗之风也因此而消弭。

数十年后，西汉天下大定，赵佗部秦军没有继续保持名义上的称王自立，而是真诚地接受了西汉中央政权的辖制。从此，西汉王朝鞭长莫及的南海三郡，自觉地融入了华夏文明的主流。《汉书·西南夷两粤朝鲜传》记载了汉文帝给赵佗的诏书，也记载了赵佗通过特使陆贾呈给汉文帝的上书，两书对比，襟怀立见。

汉文帝的诏书有三层意思：其一，简述了高皇帝刘邦以后的权力更迭，申明了自己即位的种种原因；其二，通报了对挑起汉粤争端的长沙将军的罢黜，通报了对赵佗故乡祖陵的修治；其三，表示了恢复汉粤关系，并两家罢兵的真诚意愿，以"吏曰"（有人提出）的口吻，试探性提出"服岭以南（长沙以南），王自治之"，也就是说，愿意与南粤赵佗结成松散的诸侯自治关系，实际便是恢复到战国时代楚国对岭南的自治状态。汉文帝诏书可以看出一个明显的基本点：不敢指望南海三郡回归华夏主流文明。原因当然也很清楚，其时西汉国力尚在元气衰弱的恢复时期。

而赵佗之回书，却是另外一番况味：其一，陈述了汉粤冲突的原因，申明是长沙王作祟，高皇后偏听所致；其二，申明在闽粤南粤多有小部族称王的情形下，自己称王是"聊以自娱"，并非真正地图谋割地自立。最后，赵佗将其自觉回归华夏文明的心曲坦诚地说了出来：

一气呵成，交代南越历史。赵佗保百越，使其不受盗扰。任嚣临死前，命赵佗绝新道自备，并示意赵佗，非常时期，可以立国。任嚣死后，"佗即移檄告横浦、阳山、湟谿关曰：'盗兵且至，急绝道聚兵自守！'因稍以法诛秦所置长吏，以其党为假守。秦已破灭，佗即击并桂林、象郡，自立为南越武王"（《史记·南越列传》），南越得有短暂偏安。

"……老夫身定百邑之地，东西南北数千万里，带甲百万有余，然北面而臣事汉，何也？不敢背先人之故。老夫处粤四十九年，于今抱孙焉！然夙兴夜寐，寝不安席，食不甘味，目不视靡曼之色，耳不听钟鼓之音者，以不得事汉也！……老夫死骨不腐，改号不敢为帝矣！"

一句"不敢背先人之故"，隐藏了多少历史的风云奥秘！

长处岭南四十九年，抱孙之期尚寝食不安，而原因竟是"不得事汉"，其间隐藏了何等深厚的大精神！

第十三章　铁血板荡

一　阴山草原的黑色风暴

父亲的丧礼尚未完毕,蒙恬马队便风驰电掣北上了。

九原将军的秘密特急军报飞抵皇帝案头的同时,正在与二弟蒙毅商议父亲丧葬的蒙恬,也接到了同样内容的秘密特急军报。没有片刻停留,蒙恬立即驱车进了皇城。蒙恬踏上东偏殿石级时,正在廊下等候的嬴政皇帝老远便笑了:"我说不须特召,如何,人来也!"蒙恬尚未除服,一身麻衣匆匆拱手道:"敢请陛下准臣除服,立即北上九原!"嬴政皇帝拉住了蒙恬的手笑道:"知道知道。莫急莫急。憋了多少年的火气,好容易得个出口,谁能忍得了? 走走走,进去说话。"这便是嬴政皇帝,辄遇突发挑战,立即意气风发。蒙恬深知这位少年至交的秉性,不觉笑道:"这次一定要教胡人知道,秦川牛角是硬的!"嬴政皇帝不禁大笑道:"好! 也教他知道,钉子是铁打的!"

一路笑声中,君臣两人走进了皇帝书房的密室,立即在早已张挂好的北边大地图前指点起来。嬴政皇帝道:"这个头曼单于胆子大,竟敢以倾巢之兵南下。我正求之不得,一定实做了他!"蒙恬道:"这次军报,是臣多年前安进匈奴单于庭的秘密间人发出的。

确定无疑。匈奴人必以为秦国没了王翦大将军,南方军力吃紧,中原又有老世族动荡,是故要发狠咬我一口!看来,这头匈奴野狼当真是等不及了。"嬴政皇帝大笑道:"他才是野狼嘛,我老秦人名号是甚?是虎狼!咥它连骨头渣也不留!"蒙恬指点地图道:"臣之谋划是:这次大战一举越过河南地,占据北河,占据阴山草原!而后稍作整休,立即第二次大追歼!拿下狼居胥山①,进占北海②,则华夏北边大安也!"嬴政皇帝笑道:"你筹划多年,定然胸有成算,该咋打咋打,我是不管。我只给你粮草管够,教将士们结结实实打狠仗!"蒙恬问:"陛下欲以何人总司后援?"嬴政皇帝思忖道:"九原直道尚未完工,道路险阻并未根本改观。我意,还是马兴老到可靠,你以为如何?"蒙恬立即点头:"陛下明断,臣亦此意。"嬴政皇帝道:"你可兼程北上,我送走两老将军之后,也北上九原。北边其余事宜,届时一体决之。"

在嬴政皇帝送蒙恬出宫时,恰与匆匆进宫的蒙毅撞个正着。见蒙毅已经是一身官服,嬴政皇帝惊讶道:"正在老将军丧葬之期,你何能擅自除服?"蒙毅慨然拱手道:"国难大于私孝,外患在即国务紧急。臣职司中枢,若不能助陛下处置政事,岂非愚孝!先父地下有知,亦当责我不忠于国家也!"蒙恬在旁含泪笑道:"陛下,二弟已经除服了,不说了……"嬴政皇帝眼中骤然泛起了一层泪光,对着蒙氏兄弟深深一躬道:"两位放心,老将军安葬,嬴政亲为护灵执绋!"

回到府邸,蒙恬略事收拾,立即率五百马队出了咸阳。

蒙恬马队没有直接北上,而是特意绕道频阳美原山庄,前来拜会了通武侯王贲。这是皇帝的秘密叮嘱,也是蒙恬的内心期盼。一身麻衣重孝的王贲,正在日夜忙碌地操持着父亲的陵墓修治,倏忽间须发灰白骨瘦如柴,蒙恬几乎不敢认了。蒙恬深知王翦王贲父子的特异关系:形似相拗,实则父子情谊至深。王翦终生眷恋故土,暮年之期也始终念念不忘散淡的田园日月,然在秦军战败的艰难时刻临危受命,一头霜雪而南下万里,直至身死异乡。王贲少年从军,对父亲从来没有过寻常人子的侍奉之情,在军事上也多与父亲背道而驰,然在内心,王贲对父亲却是极为依恋的。蒙恬清楚地记得,当他从九原兼程赶回咸阳奔丧时,听到的第一个消息便是:王贲赶赴函谷关外拜迎灵柩,哭

---

① 狼居胥山,古山名,即今蒙古人民共和国境内肯特山。

② 北海,即今俄罗斯境内贝加尔湖。

昏了不知几多次，以至皇帝不得不下令将王翦灵柩也与蒙武灵柩一并移送太庙冰室保护，以等待葬礼，而将王贲送回频阳，以修治陵墓为名义使其养息。而皇帝原本排定的葬前丧礼，则虑及王翦深恋故土，派扶苏直接护送其灵柩回归频阳，并代皇帝专一守灵，直到皇帝亲自主持安葬。今日一见，蒙恬方知王贲根本没有一刻养息，一直在无尽的自责与哀痛中奔波操劳，任谁也不能劝阻。

蒙恬与王氏一门，有着特殊的关联与特殊的情谊。

论国政，蒙恬与王翦同为秦王嬴政的早期骨干，又共同受命整训新军。蒙恬对王翦视若长兄。论军中资历，蒙恬高王贲一辈。然王贲军旅天赋极高，战功显赫，爵位军功皆在蒙恬之上，事实上与蒙恬又是年齿相仿的同辈。举凡军国大政，蒙恬与王贲倒是更为合拍。更为重要的是，王氏蒙氏同为将门，同为秦军砥柱，又同遭父丧；而蒙恬一旦北上九原，显然便无法与会王翦葬礼了，若不能在行前一见王贲，蒙恬永远不会安宁。

与此同时，蒙恬还潜藏着另一个心思。这番心思，也正是嬴政皇帝的忧虑。嬴政皇帝要蒙恬试探，看看能不能借大举反击匈奴之战，将王贲从无尽的哀思中拖将出来。嬴政皇帝忧心的是，以王贲的执拗专一，若沉溺哀思不能自拔，很可能会从此郁郁而终。果真因此而失一天赋大将，皇帝是不敢想象的。为使蒙恬心无顾忌，嬴政皇帝特意叮嘱：若王贲果有君之达观，能够北上，阴山之战仍以君为统帅，王贲为副帅，不夺君多年谋划之功。蒙恬很为皇帝这番叮嘱有些不悦，坦诚地说："陛下少年得臣，至今几三十余年矣！安能如此料臣？蒙恬若争军功，岂能放弃灭齐一战？只要陛下为国家计，为臣下计，蒙恬夫复何言！"生平第一次，嬴政皇帝被人说得脸红了，大笑一阵道："好好好，蒙恬兄如此胸襟，我心安矣！"

蒙氏与王氏，是秦始皇最为倚重的文武大臣。

匈奴一直为中国心腹大患。蒙恬北击匈奴，使匈奴十多年不敢南面而望，丰功伟绩传于世。汉高祖在白登山陷匈奴之围，七天不得突围，后用陈平之计才脱身，可见匈奴凶猛。

没有料到的是,蒙恬在灵棚祭奠之后与王贲会谈,王贲已经麻木得无法对话了。蒙恬无论说甚,王贲都只默默点头,喉头哽咽着语不成声。蒙恬无奈,最后高声几句道:"王贲兄,胡人三十余万大举南下!你最善铁骑奔袭之战,又熟悉北边地理,打它一仗如何!"王贲目光骤然一闪,喉头却又猛然一哽,白头瑟瑟地摇着,终于嘶哑着声音艰难地说话了:"打仗……不,仗打不完。老父最后一程,我,我得亲送他上路……"一句话未了,王贲便倒在了灵前,再也不能说话了。

王贲重情,蒙恬更理智。

不到两个时辰,马队卷出了频阳县境。

踽踽离开美原山庄的蒙恬,心下感慨万端。王贲没有错,不能在这位天赋大将最为痛心的时刻苛责于他。毕竟,王贲最后的昏厥,一定是在渴望战场与为父做最后送行的剧烈冲突中心神崩溃了。早知如此,何如不说?然则,也不能责备皇帝。在嬴政皇帝看来,蒙氏兄弟能如此达观,天赋战场奇才的王贲何以不能?而将一个酷好兵家的大将引出哀思的泥沼,还能有比大战场更具吸引力的事么?以蒙恬对王贲的熟悉,这位有小白起名号的将军,最大的特质便是冷静过人。唯其如此,王贲心境似乎又不能纯粹归结为被悲伤淹没。谁又能说,王贲不是因深信蒙恬能大胜匈奴,而宁愿自甘回避?否则,王贲能听任匈奴大举南下,而不怕终生秉持大义的老父亲魂灵的呵斥?一切的一切,蒙恬都无法说得清楚了。因为,任何一个发端点都充满了合理的可能性。蒙恬只确切地知道一件事:大举击退匈奴的重任,责无旁贷地压在了他的肩上,无人可以替代了。于是,蒙恬再不做他想,兼程飞驰中思绪一齐凝聚到了大河战场。一日一夜,蒙恬马队便从关中飞越上郡,进入了九原。

欲明此战,得先明此时的秦胡大势。

战国之世,秦、赵、燕三国在主力集中于华夏大争的同时，俱与北方胡族长期抗衡着。一百六七十年间，总体情势有进有退。若以对胡作战论，燕国大将秦开平定东胡相对彻底，连续几次大战，一举使东胡部族退却千余里，其势力一直延伸到今日朝鲜，而有了燕国的乐浪郡。东胡至此溃散，融入了匈奴族群。北部对胡作战的主力，则是赵国。赵武灵王胡服骑射之后，对北胡几次大反击，大破长期盘踞河套以南的林胡、楼烦，修筑长城并设置了云中、雁门、代郡三郡。此后，北方诸胡势力大衰，几乎全部融入了匈奴。至此，北患主流变成了匈奴。所谓胡患，则成了一种泛称。及至战国中期，赵国主力集中对抗秦国，北方对胡之战一直处于守势，除李牧军反击匈奴大胜之外，没有过大战反击。西部对胡作战主力，自然是秦国。秦的西部对胡作战，侧重点先在西部的对夷狄之战，中、后期则越来越偏于防御北方的匈奴。九原驻军的稳定化，是秦对匈奴作战的长期化标志。但是，直到秦统一中国，秦对北方匈奴之战主要是奉行防御战略，没有过大战反击。

战国后期，匈奴势力已经大涨，远远超过了战国前、中期的诸胡势力。

其时，匈奴军力已经全部夺取了早先被赵国控制的阴山草原，其机动掠夺能力，则已经延伸到了大河以南。也就是说，今日山西陕西的北部，事实上已经变成了与匈奴拉锯争夺的地带。大河从九原郡西部分流，向北分流绕行数百里，又复归主流。这条分流，时人称为北河。大河主流南岸的大片土地，也就是九原郡南部，时人则称为河南地。此时的匈奴军力，已经越过了北河，大掠夺的范围事实上覆盖了整个河南地与东部的云中郡、雁门郡、代郡、上谷郡，甚或包括了更东边的渔阳郡。秦一统华夏之后，上述诸郡虽有郡县官府设置，但始终处于一种战时拉锯状态，并不能实现全境有效

战国后期，各国忙于混战，无暇顾及匈奴，匈奴坐大。

的实际控制。灭国大战如火如荼之际,嬴政皇帝始终不动北方的蒙恬大军,其根本之点,正在于以上郡(大体今日陕北地)北地郡(大体今日宁夏)为依托,坚守最后的防线。

所谓九原大军,实际上一直驻扎在九原郡最南部,也就是河南地的南边缘。

秦军处于守势,以逸待劳。

虽则如此,秦帝国一统华夏之后,嬴政皇帝与蒙恬反复会商,还是没有急于对匈奴大反击。其战略出发点,是对匈奴作战的特殊性。盖匈奴飞骑流动,势若草原之云,若不能一举聚歼其主力大军,则收效甚微;零打碎敲,抑或击溃战,结果只能是长期拉锯;若主动出击,则很难捕捉其主力。唯其如此,要经大战聚歼其生力军,则必须等待匈奴集中兵力大举南下的最佳战机。久经锤炼的秦国军事传统,给了嬴政皇帝及其大将们超凡的毅力与耐心。嬴政皇帝与北方统帅蒙恬,以及所有的秦军大将都确信:匈奴迅速膨胀,一定会对华夏之地发起大举进攻,只在或迟或早而已。西部对匈奴夷狄之战的大胜,事实上也是等待战机的结果。而嬴政皇帝原本之所以准备不打,也是怕北匈奴主力警觉。然则,后来的事实迅速证明,骄狂的匈奴完全没有在意西部数万人的败仗。在当时的头曼单于看来,数万人的试探之战败于一统强秦,再正常不过了,要一举夺取华夏北方,只有主力大军大举南下!

数百年来,胡人也好,匈奴也好,与华夏族群的种种联结一直没有断绝过。远自春秋时期的攻入中原自建一国,直到后来的相互迁徙,民众通婚,商旅往来,华夏族群与北胡族群从来没有陌生过。其间的基本点是:华夏族群从来没有过吞噬北胡族群的意愿,始终相对自觉地秉持着和平往来的法则;而胡人族群则始终图谋稳定地占据华夏北部的农耕富庶之地,占据不成,则反复掠夺,从未满足于商旅往来或民众

融洽相处。如此长期往来,胡人匈奴对华夏大势从不陌生,
华夏族群对匈奴大势也照样不陌生。头曼单于与他的部族
首领将军大臣们很清楚:秦统一中国之后,山东六国的复辟
动荡很难立即根除;秦国主力大军两分边陲,王翦大军远在
南海,蒙恬大军则远在九原,两支大军相距遥遥万里,几乎没
有互相呼应的可能;只要一方军情有变,大秦天下便会显露
出巨大的纰漏与软肋。头曼单于与部族首领们坚信,上天一
定会赐给他们这个时机。

　　"王氏蒙氏一齐倒,上天之意啊!"头曼单于几乎是跳起
来吼喝了一句。

匈奴按捺不住,好战。

　　"蒙恬军三十万,一群肥羊啊!"将军们也狂乱地呼喊
着。

　　间人秘密传回的匈奴单于庭大宴上的骄狂呼喊,时时刻
刻都激怒着蒙恬。在头曼单于们看来,而今王翦死了,蒙武
死了,连带伤及的必然是王贲与蒙恬,如此四位赫赫大将一
齐轰然崩塌,无疑是上天之意了。至于李信的几万陇西军,
拥有近五十万兵力的匈奴单于能放在眼里么? 在头曼单于
们看来,李信以二十万精兵大败于奄奄一息的楚国,此人定
然不足道也;至于那个翁仲,一个勇士而已,匈奴人个个都是
勇士,一个大个子勇士怕他鸟来!

　　蒙恬尚未抵达,九原大军的幕府已经紧张有序地运转起
来了。

　　九原秦军对匈奴作战历经长期谋划,诸方准备很是充
分。更有一点,基于战时情势多变,嬴政皇帝与蒙恬早已对
九原边军立下规制:无论主将是否在幕府,但有军情,立即由
副将以既定方略实施作战。此时的九原将军,是曾经做过灭
燕之战副将的辛胜。一统帝国之后,秦军大将除冯劫、冯去
疾、章邯三人入朝从政外(王贲的太尉仍然视同军职),其余

大将皆以其不同禀赋两分在南北大军。辛胜秉性沉稳,长于军务料理,又通晓北边地理,故被嬴政皇帝任为九原将军,为蒙恬的副帅。一得秘密急报,辛胜立即展开了种种战前实务:知会各郡县官署,使老幼人口疏散;派出数十名飞骑斥候,出北河做远端探察;整修大型军械,检视壕沟鹿寨与预先谋划好的伏击战场等。蒙恬归来,立即毫无停顿地融进了这架已经高速运转起来的军事机器之中。

两日之后,一个意外的惊喜使蒙恬精神陡增。

那日暮色中,一支马队飞到,不期却是长公子扶苏与少府章邯。扶苏说,是他在得知九原军报后向父皇请战,父皇二话没说便允准了;章邯则是父皇亲自点将,派来辅助上将军。蒙恬心下高兴,连说好好好,正当其所! 在当晚的洗尘军宴上,蒙恬立即对两人明确了职事:扶苏为飞骑将军,统率五万最精锐骑士为反击前锋军,届时专一大举追击匈奴;章邯仍统掌全军大型器械,务期摧毁匈奴骑兵的第一波大冲击。扶苏曾在九原大军多年,既熟悉军情,又熟悉地理,用不着细加叮嘱。章邯稍有不同,长期为秦军大型器械将军,通于制作又精于战阵,正是九原大军最为急需的一个要紧人物。然则,章邯却因为做了几年少府,对九原大军的大型器械的特异性相对生疏。为此,蒙恬备细做了一番交代。

多年以来,蒙恬非但精细地揣摩了当年李牧战胜匈奴的战法,而且精细地揣摩了白起王翦王贲的种种成功战法,同时结合秦军优势,谋划出了对匈奴作战的基本方略:首战以重制轻,反击以快制快。两个基本点中,首战乃大举歼敌之要害环节,是故最为重要。所谓以重制轻,其实际所指,是以秦军器械精良之优势,在最初的防御战中最大限度地杀伤匈奴军主力。因为,只有在此时,匈奴骑兵的冲杀是最为无所顾忌的;一旦进入追击战,则敌军全力逃亡,聚歼杀伤则

来得正是时候。

会大为减少。秦军防御战的轴心，是五万余架大型机发连弩，外加抛石机、猛火油、滚木礌石、塞门刀车等等配备。为最为充分地利用这些匈奴人无法制造的大型兵器，蒙恬早早勘选了几处特定地点，在这些地点秘密开掘了巨大的山洞与隐蔽极好的壕沟鹿寨，隐藏了数量不等的大型连弩。所谓特定地点，便是匈奴骑兵无论是进还是出，都必须经过的几个山口。所有这些山洞壕沟鹿寨，都是在匈奴部族每年深秋撤离草原后从容发掘的，又经多年反复修葺改进，其坚固隐蔽已经大大超出了当年李牧的藏军谷与藏军洞。蒙恬交给章邯的使命，是立即熟悉所有的大型器械分布点，将其调配到最具杀伤功效的配合境地。

"上将军毋忧！章邯久未战阵，早憋闷死了！"

"扶苏亦同！决教匈奴单于知道，秦军飞骑比他更快！"

两员生力大将龙虎轩昂，蒙恬辛胜不禁舒心地大笑起来。

秋风初起的时节，匈奴人大举南下了。

头曼单于雄心勃勃。这次南下，不是每年必有的寻常大掠，不是抢得些许牛羊人口财货后便回到狼居胥山大草原。这次是攻占，是要一举越过阴山，越过北河，稳定占据河南地，如同当年的中山国一样，在华夏北边立国称王，再图进军中国腹心。唯其如此，匈奴诸部举族出动，人马牛羊汪洋如海，在广袤的蓝天下无边无际地涌动着。因举族举国出动，匈奴人马分作了三大部：第一波是前锋骑兵，由全部五十余万精壮男子构成，各部族首领亲自任本族大将，全部前军则由两位单于庭大将军统率；第二波，是头曼单于庭及其亲自统率的单于部族，有单独的两万飞骑护卫，其余是数十万单于族男女人口并庞大的财货牛马车队；第三波是其余各部族人口与牛羊马群，由各部族不能参战的族领统率，相互照应

论谋略，匈奴确实不及中原各族。蒙恬打仗，讲究狠、稳、准，不逞一时之勇。

行进。

这次进军,实际是匈奴大举南迁。因其不仅仅是骑士,头曼单于定下了严厉的进军令:进入阴山之前从容行进,日行六十里一宿;抵达阴山之后,单于庭部族并第三波非战人口,全部在阴山北麓结营驻扎;前军主力歇息三日,全力飞越阴山南麓大草原进逼北河;主力大军抵达北河之日,头曼单于亲率两万护卫飞骑后续进发,一举进占河南地;战胜秦军并单于庭立定之后,全部人口进入阴山南麓草原与北河、河南地,重新划分放牧领地。

如此历经月余,匈奴诸部终于抵达阴山北麓。

当晚,头曼单于在草原月光下大行聚酒,预先庆贺战胜之功。篝火营帐连绵天际,直与天边星月融成了一片。歌声吼声牛羊马嘶声,激荡弥漫了碧蓝穹庐下的青青草原。数十万匈奴骑士们,快乐的匈奴男女们,尽情地疯狂地痛饮着马奶子酒,撕扯着血珠飞溅的半生烤羊,呐喊着歌舞着直到月明星稀。夜半狂欢最高潮时分,头曼单于登上了一辆高高的马车徐徐驰过一片片营地,不断地反复地高喊着一句吉祥的战胜颂词:"阴山河南地,尽是我草原——"随着单于马车飞过,"阴山河南地,尽是我草原"的吼声淹没了广袤的阴山,弥漫了辽阔的草原。

三日之后,匈奴主战骑兵分三路南下了。

匈奴三路是:西路军十万,从北河西段南下,侧击秦军左翼;中路军三十万,从正面进逼九原军幕府所在地之主力秦军;东路军十万,则对云中郡发动大掠,以补充后续人口之粮草给养。因匈奴骑士随身携带马奶子干肉,故喜好长驱直入直接作战,而不习惯大军从容进至战地,扎营整修后再战。是故,这日残月尚在中天,匈奴飞骑便飓风般卷过阴山南麓,从无比开阔的阴山草原压向了大河地带。匈奴飞骑抵达河南地秦军营垒之前时,堪堪正是午后斜阳时分。

此时的秦军防线,北距大河尚有三百余里,正在河南地的最南端。蒙恬之所以长期在此驻军,而没有趁匈奴每年北撤之时占据整个河南地,本意正在于给匈奴以秦军无力夺取河南地之假象,实则以河南地的连绵山地作为纵深诱敌聚歼的战场。此地正当要害,正好卡住了匈奴人继续南下的一大片山地的三道山口。要南下,非过此山不能;要拔除秦军,也非此山无以作战。匈奴人多年屡屡深入劫掠,对秦军营地也颇为熟悉。往年不来寻战秦军主力,在于匈奴人并未立定占据河南地之心,大掠一番即行回撤。而秦军则是固守营地，全然一副只要彼不过我防区我便不理之态势。故此，两军从未在河南地的秦军主力所在地发生过大战。今日不同，匈奴军决意占据河南地以经营根本，是故西中两路四十万大军心无旁骛，一过大河便茫茫洪水般压向秦军左翼与正面山地。

崇信搏杀而不大讲究战法的匈奴人很是直接，中路进逼的三十万大军分作三股，每路十万各攻一道山口。随着震天动地的喊杀声，这片东西绵延数十里的山地顿时鼎沸了。蒙恬亲自镇守的中央山口最为宽阔，可以并行十多辆马车，其地势也相对平缓，外表看去并不如何易守难攻。更为奇异的是，山前开阔处并无据险防守最为必要的壕沟鹿寨，骑兵飞马完全可直接抵达山口。当匈奴飞骑漫山遍野展开压来的时候，秦军山地除了猎猎整肃的一片片旗帜长矛与诸多远处无法辨认的器物，整个山地都静悄悄一无声息。便在匈奴骑兵洪水般卷到山前五六百步①的时候，秦军山地骤然战鼓雷鸣山崩地裂……

匈奴兵凶猛，但不讲章法，直来直去。

一场亘古未见的酷烈大战骤然爆发了。

秦军旗帜骤然撤去，山口两边各自三层成梯次排列的大型连发弩机万箭齐射，一齐向山口前的中央地带倾泻。连弩两边则是无尽的飞石雨与滚木礌石猛火油箭，呼啸着连天砸向山口两边的飞骑。秦军的弩机连发大箭举世罕有其匹，射远达八百步之外，每支长箭粗如儿臂长约丈余，箭头几若长矛，便是寻常城门也经不得片刻齐射。此时弩机大箭狂飞呼啸，每箭几乎都能洞穿或打倒几名匈奴骑士。更兼两边步军以单兵弩机射出的万千火箭，带着呼啸飞舞的猛火油烈焰飞

---

①　秦六尺为步，秦尺大约今日八寸余，五六百步大体折合今八百余米到一千余米。

入匈奴骑兵群,遍地秋草烈火大起,匈奴骑士的皮衣皮甲立即成为最好的助燃之物,一时烈火腾腾鲜血飞溅人仰马翻,整个山地草原顿时陷入了一片火海……

匈奴人大为愤怒,呼啸连天轮番冲杀,没有丝毫的畏惧退缩。然则秦军更是久经储备,大军并未杀出,只长大箭镞与种种飞石如连天暴雨倾泻着,似乎无穷无尽决无休止。纵然连番冲杀山呼海啸,匈奴骑兵群始终不能越过山地前数百步的射杀地带。堪堪一个多时辰过去,秦军山地岿然不动,匈奴骑兵群眼前却已经是战马骑士尸骨层叠,倒是大见障碍,要想再次大举冲杀都很难了。眼见硕大的太阳已经枕上了山尖,两名单于庭大将止住了嗷嗷吼叫的各部族头领,下令立即回撤阴山。

匈奴兵以肉身受强弩巨石,越怒败得越惨。

夜半时分,恨声连天的匈奴主力回撤到阴山中部草原,恰与南来的头曼单于会合。未过片时,其余两路也相继撤回。头曼单于立即聚来大将汇集军情,才知三路人马无一例外地铩羽而回,其遭遇也一模一样,都是被秦军的箭雨风暴狙击在了山口要道,死伤惨重。各部大体禀报归总,战死骑士竟在八万之多,轻伤重伤难以计数。也就是说,五十万大军在第一日便有一半人马丧失了战力,而秦军却连营地都没有出来。

"气杀老夫也!"头曼单于捶胸顿足,一时没有了主意。

大将们纷纷请战,主张明日改变战法,飞骑迂回奔袭秦军后路。单于庭的统兵大将立即反对道:"我五十万人马连秦军一个山口也没能撕开,连云中郡大掠都被挡在了山外,秦军显然有备,此战不能再打!"纷纭争论嚷嚷不休,进退两难的头曼单于终于决断:撤回阴山北麓整修旬日,探清秦军情势后再战。正在此时,游骑斥候紧急飞报:秦军骑兵大举反击,正从北河大举向北杀来! 头曼单于怒火中烧,大吼下

令："蒙恬秦军竟敢与老夫飞骑搏杀，好！正中我下怀！能战者全体上马，老夫两万精锐飞骑前锋冲杀，杀光秦军——"

喝令之间，头曼单于飞身上马，亲率北撤大军飓风般向南杀来。

却说统帅蒙恬的连环部署。九原秦军的强弩防御步军，总数不到十万。匈奴骑兵群一退却，强弩步军立即换乘快马，从事先勘定的秘密路径分头进入阴山地带的预设壁垒。与此同时，二十万埋伏在北河草原山峦河谷的飞骑，分作左中右三路，同时迂回包抄匈奴骑兵的阴山集结地。左（西）路，是从北河出发的扶苏部五万飞骑；中（南）路，是从幕府营地出发的蒙恬部十万主力，右（东）路是从云中郡出发的辛胜部五万飞骑。蒙恬预定的战法是：河南地首战之后匈奴若退，则秦军飞骑立即出动，一鼓作气追杀，不使匈奴主力大军脱身；辛胜军与蒙恬的主力军合击追杀匈奴主力大军，扶苏军则以追杀头曼单于的单于庭精锐飞骑为使命，可临机决断战法。首战防御，一切皆如所料，全军立即依照预定部署奋然北进。匈奴斥候游骑发现的秦军，正是大举越过河南地向阴山草原正面进逼的蒙恬主力。

向南杀来的匈奴大军与向北杀来的帝国大军，骤然碰撞在阴山南部草原。蓝天明月之下，数十万飞骑如无边海浪弥漫草原，呼啸着展开了真正的轻骑搏杀。蒙恬对秦军将士的预先军令，竟然是嬴政皇帝与他的两句话："老秦人是马背部族，飞骑鼻祖！一定要杀出威风，教匈奴人知道钉子是铁打的！"此令粗豪简洁响亮上口，一经传下立即成为秦军飞骑的战地军誓，遍地吼得嗷嗷叫。秦军骑士一路北上，这道军令被无尽的怒吼迅速简化为三句话："马背部族！飞骑鼻祖！钉子是铁打的！"每次吼一句，轮番吼来，声震草原，大见威风。

两军无边展开，一边是翻毛羊皮白茫茫，一边是深色皮甲黑蒙蒙，毫不费力辨认得清清楚楚，大对夜战路子，更对两边骑士的简洁秉性。秦军骑士多为灭国大战之主力，久经锤炼，对酷烈搏杀如家常便饭，更兼一班老秦将士闻战则喜的老传统，飞扬呼喝全无生死畏惧，立即以万人将军为大区，分作十数个巨大的战团各自搜入了白色海洋。秦军此时的兵力是堪堪十万，而匈奴骑兵群是三十余万，分区搜入包围分割，正是蒙恬预定的战法：敌军多于我军时，以搜入之法实施斩首战！斩首记功乃是秦军老传统，然自灭国大战开始，秦军威势日盛，敌军动辄一击即溃，真正的搏杀斩首大战已经很少了。今日对手尽是骄狂不可一世的飞骑，原本便骄傲无比的秦军，被那马背部族飞骑鼻祖的

誓言激发得更是热血沸腾杀气贯顶,分明数量少,却更为勇猛,排山倒海一无惧色地分作条条巨龙,将白茫茫海洋搅成了无数个巨大的漩涡。

秦军骑兵的基本阵形,仍是白起开创的三骑阵。一个百夫长率三十三个三骑锥,便是一个威力巨大的独立搏杀群。而匈奴骑兵则仍然是千百年几乎不变的原始野战之法:部族军为最大群落,之外基本便是各自搏杀,百人长千夫长乃至万军大将,一旦陷入混战,立即无法控制全军。因此,饶是匈奴骑兵众多,还是被秦军一块块撕裂,一块块吞噬。更有一点,匈奴骑兵白日尚未真正搏杀便遭重创,南来大军人与马十之六七都有轻伤,不是胳膊腿伤痛无力,便是某处疼痛难忍;虽说奋然搏杀中忘乎所以,吃力处毕竟依然吃力,往往不是战刀砍杀滞涩,便是战马转动不灵,与未经搏杀的帝国生力军相比,几个回合便立见下风。

秦军更有一长,这便是兵器。匈奴是胡人弯刀,秦军是阔身长剑,形制各有所长。秦军兵器优势在材质优良,在制造精细。其时,中原冶炼技术比匈奴高出许多,秦军铁剑俱以掺有各种合金成分的精铁锻铸,其硬度弹性均大于胡人弯刀。战场千军万马大搏杀,刀剑互砍远远多于真正杀人的一击。而一旦互砍,比拼的首先是兵器的硬度与弹性,硬度不够容易缺口甚或被砍断,弹性不够则容易折断。秦军兵器制作之精严,堪称天下无双,一口长剑至少可保一战不毁。而且,秦军骑士还以军法规定,每人一长一短两口剑、一张弓,以防万一兵器有失。而匈奴毕竟铁料铜料相对稀缺,战刀大多是人手一口,但有闪失便无可替换。凡此等等对比之下,不到一个时辰,匈奴骑兵群便渐渐显出了劣势,而天色也已经渐渐显出了晨曦……正在此时,西北方向杀声大起,一股黑色洪流如怒潮破岸,汹涌直逼匈奴骑兵群中央的头曼单于大旗。匈奴大军立见混乱,一片呼喝声大起,纷纷大叫单于退兵。

这支生力军,正是扶苏的五万精锐飞骑。

白日大战之际,扶苏所部隐藏在北河北岸的河谷地带。一得匈奴人回撤消息,扶苏立即率部在夜色中从西北大迁回向东北疾进。扶苏很熟悉阴山大草原地理,本意是要在中途截杀正在南进的头曼单于。不料赶赴阴山中部草原之时,头曼单于已经与北撤主力会合。扶苏部便隐藏在了一片山地之后,欲待匈奴人分部北归时专一咬定头曼单于。堪堪等得小半个时辰,却闻杀声大起,匈奴军全部返身杀回了南部草原。扶苏深知秦军战力正在最旺盛时期,必能顶住匈奴冲杀,不必急于从后追杀,故有意后于匈奴军大半个时辰,方才南进。所以如此,在于扶苏要留下堵截追杀头曼单于的必要距离。对于飞云流动的大规模骑兵群,贴得太紧往往容易使其在混乱中脱身。然则,扶苏又不能使头曼单于真正成为匈奴骑兵群的轴心,必须在要害时刻搅乱匈奴人的轴心。及至尾追到南部草原战场,晨曦中眼见匈奴军显出了混乱,扶苏立即决意趁势一击,迫使匈奴人真正溃退。是故一发动冲杀,扶苏部便全力冲向已经能清楚看见大旗的头曼单于的护卫飞骑。

头曼单于正在混战搏杀中思谋是否退兵,突见一支生力军从侧后大举杀来,又见自家人马乱纷纷吼叫已经生出畏惧之心,立即喝令退兵。大草原之上面临同样飞骑的敌手,一旦退兵便得放马飞驰,否则会被敌军紧紧咬住追杀,有可能全军覆灭。而一旦放马逃命,则必然漫山遍野阵形大乱,根本不能整体呼应。此时的匈奴人,正好遭遇了这种骑兵作战最为狼狈的境况,兵败如山倒,遍野大逃亡。秦军飞骑则根本不需要主将军令,立即聚成了一股股黑色洪流,遥遥从两翼展开包抄追杀。扶苏的五万飞骑冲杀在最前端,分成五股大肆展开:左右两翼各一万,圈定单于部不使其遍野流散;中央两路则如巨大的铁钳张开,死死咬定那支大旗马队追杀不放;另有一万骑士,则左右前后策应,随时驰援各方。

此时正逢秋阳升起,漫天朝霞之下,草原苍苍人马茫茫,黑色秦军如风暴席卷阴山,白色匈奴则如被撕碎的云团漫天飘飞身不由己。如此数十万骑兵群的大规模追杀,在整个草原战史上都是空前绝后的。

列位看官可以听听历史的声音——

《史记·蒙恬列传》云:“是时,蒙恬威震匈奴。”《盐铁论·伐功》云:“蒙公为秦击走匈奴,若鸷鸟之追群雀。匈奴势慑,不敢南面而望十余年。”《汉书·匈奴传》云:“……头

秦兵勇猛不输于匈奴兵,武器装备胜一筹,谋略摆阵远胜匈奴兵。

打得如此痛快，史上罕见。关于蒙恬北击匈奴、修筑长城，史书多赞其功，鲜谈其弊。蒙恬北击匈奴、北防匈奴，耗去大量的人力、物力、财力，于秦的长治久安虽有利，但在短时间内却让秦黔首困苦。北击匈奴，秦朝没有其他选择，并非秦始皇好大喜功所致。秦始皇如果再长寿一点，接班人理想一点，可能有机会缓解天下初定时的困顿。

曼不胜秦，北徙十有余年。"《汉书·韩安国传》云："蒙恬为秦侵胡，辟数千里……匈奴不敢饮马于河，置烽燧，然后敢牧马。"

这是公元前215年初秋的故事。

深秋时节，嬴政皇帝在遍野欢呼中抵达阴山草原。

此时，三十万秦军已经全部越过了河南地，在北河之外的连绵山地筑成了新的基地大营。一个多月的大追杀，匈奴诸部族残余已经逃得无影无踪了。自北海（今贝加尔湖）以南，数千里没有了胡马踪迹。狼居胥山（今乌兰巴托地带）的匈奴单于庭，也只有仓促逃走所留下的一道道越冬火墙的废墟了。九原云中雁门代郡的牧民们欢天喜地地大举北上，全然不顾深秋衰草，一反时令地在阴山南北处处扎下帐篷，燃起了昼夜不息的篝火，歌舞赛马摔跤等等庆贺狂欢连篇累牍不一而足。农人商旅也欣欣然北上，漫游在传说中的阴山大草原之上，品味一番"天似穹庐，笼罩四野"的神韵，徜徉在牧人狂欢的海洋里。那一日，闻得皇帝陛下要亲临阴山，整个大草原骤然欢腾了起来，万岁呼喊声闻于天，所有商旅马队的酒都卖得一干二净了。

秦军营地更是前所未有的振奋欢腾。

嬴政皇帝带来了百余车御酒，举行了盛大的犒军典礼。史无前例的，每个百人队赏赐了三坛御酒。在历来大军犒赏中，王酒之于士兵大多都是象征性的，能千人队得一坛王酒和水而饮，已经是难能可贵了。即或当年灭赵那样的庆贺，也同样是千人一坛王酒。今日皇帝千里北上，竟能使百人而得三坛御酒，其赏赐规格显然大大高于灭国大战，将士们的惊喜情不自禁地爆发了。入夜犒军大典，三十万将士人手一支火把，在大草原连绵排开，直如漫天星辰。云车上的蒙恬高呼一声分酒，片刻之间，每人面前的大陶碗里居然都有了八九成满的一碗真正的御酒。对于士兵们来说，这是不可想象的巨大荣耀。猎猎火把之下，所有的将士都举着陶碗泪水盈眶了。随着蒙恬的又一声高呼，将士们全体举碗痛饮，而后骤然爆发了一声震荡整个阴山草原的皇帝万岁的呐喊，四野民众随之齐声呐喊，皇帝万岁的声浪铺天盖地地弥漫了整个大草原。

声浪渐渐平息之后，嬴政皇帝的声音在高高云车上回荡起来："将士们，臣民们，朕今犒军，赏格高于灭国大战！因由何在？只在一处：剪灭六国者，平定华夏内争也！驱除匈奴者，平定华夏外患也！生存危亡，外患之危大于内争之危！华夏文明要万世千秋，便得深彻根除外患！否则，华夏族群██████████████████████████████████████非但要驱除匈奴于千里之外，还要修一道长城，将外患永远地隔离华夏文明之外！"

"修长城——"整个阴山草原都在震荡。

"皇帝万岁！长城万岁——！"万千军民都在呐喊。

那一夜的景象，长久地烙印在了边地民众的记忆里。多年以后，西汉初立而匈奴再度南下，纷纷南逃的阴山牧民们每每想起秦时的辉煌与荣耀，无一人不是万般感慨："还是人家老秦厉害！杀匈奴如猛虎驱羊，就连犒军酒也是三十万人一声吼！始皇帝一说修长城，啧啧啧！是军是民都嗷嗷叫，老秦了得也！"

次日，嬴政皇帝在幕府备细听取了蒙恬扶苏辛胜章邯四人的军情禀报。扶苏很为没有捕获头曼单于而愧悔，向皇帝自请处罚。嬴政皇帝看了看急于为扶苏辩解的蒙恬三人，破例地摆摆手呵呵笑道："算了算了，功过相抵。真要处罚，只怕我要费牛劲也。"蒙恬三人不禁一齐笑了起来。归总军情之后，君臣议定了五件大事：第一件，明年再次追杀匈奴，彻

秦始皇犒劳三军。秦人依法行事，赏罚分明。秦人立法之功绩，不能一概抹杀。

底平定阴山以北；第二件，立即筹划修建长城，以为永久屏障；第三件，实设边地郡县，将北河与阴山边地统一设县管辖（后实际设二十四县）；第四件，向北河迁徙数十万戍军人口，一则修长城，二则仿效南海郡秦军长久定居戍边。后来，迁徙北河的数十万戍军人口定居北边，镇抚千里，称为"新秦"之地；第五件，加紧修筑九原直道，以保障粮秣输送。

诸事议定，嬴政皇帝在当夜与蒙恬密谈了许久。

嬴政皇帝先告知蒙恬，两位老将军的葬礼都以国丧大礼举行了，王翦葬于美原山庄，蒙武葬于北阪山塬，都是他亲自护灵下葬的，蒙毅也日夜跟随着忙碌。蒙恬眼含泪光，默默地对皇帝深深一躬，便不再就父亲丧事说一句话了。蒙恬清楚地知道，皇帝必然有更为要紧的大事要说。默然一阵，嬴政皇帝对蒙恬说起了一件异事。在蒙恬北上之后，他想看看大丧之际的咸阳民情，一日晚上带着四名卫士出了皇城，走进了咸阳街市，后来又出了咸阳东门，漫步到了兰池宫外。便在宫外那段林荫大道的阴影中，突然蹿出了两名剑术极高的刺客。那夜他没有带剑，若非一步滑倒跌入树后，那飞来两剑定然刺中要害了。四名卫士飞步赶来，那两名刺客却死战不退，若非用了弓箭，四名卫士未必杀得了两名刺客。当夜，咸阳令立即在关中大肆搜捕捉拿刺客余党，分明是疑犯多多，一连大索二十日，却一个也没有捕获。

"有此等事？"蒙恬大是惊愕。

"此次之险，过于荆轲行刺……荆轲一支匕首，此次两口长剑。"

"剑锋淬毒？"

"正是。"

"兰池宫靠近尚商坊，必是山东六国老世族所为！"

"大体不差。"嬴政皇帝点头道，"教人疑虑者是，当年荆轲行刺，秘密预谋何其久也！如何山东老世族业已失国，竟能在短短时日内，筹划得如此缜密之行刺？"

"更有要害处！"蒙恬见事极快，"刺客何以能如此准确地得知陛下行踪？"

嬴政皇帝默然了。望着幕府外隐隐游动的甲士，望着甲士身后蓝幽幽的夜空，嬴政皇帝很长时间没有说话。蒙恬正欲开口，皇帝却摆了摆手低声道："还有一件更大的黑幕。"蒙恬蓦然一惊，顿时打住了冲到口边的话语。嬴政皇帝说："扶苏与张苍的南下密查，揭开了一道教人惊心动魄的黑幕。扶苏虽然没来得及禀报便北上了，但郑国与张苍深觉此事重大，还是在兰池刺客事件之后全盘秘密奏报了。"皇帝缓缓地说着，脸色从未有过的阴沉可怕。及至说完，素来镇静从容的蒙恬连手心也出汗了。

"此乃国本之危，陛下可有对策？"

"你且先说，何以应对？"

"老世族害国害民，必得放开手脚大力整肃！"

"是也，是也。"嬴政皇帝缓缓点头，缓缓说着，"显而易见，我等君臣，既往还是将山东六国老世族小觑了。朕没有料到，六国老世族能有如此险恶之密谋，能有如此举事之实力。百足之虫，死而不僵啊！更有甚者，朕没有料到，老世族竟能搜刮自家老封地民众之田产。其狠其黑，莫此为甚！'富者田连阡陌，贫者无立锥之地'，朕一想起张苍的这句话，每每都是心惊肉跳。蒙恬兄，复辟势力向老秦人宣战了……"

世族不安，秦朝难安。秦王曾多次遇到刺杀事件，荆轲、高渐离、张良刺秦，始皇帝私巡，遇盗刺，刺客之力，不容小视。

"陛下！再打他一场定国之战！舍此无他途。"

"说得好！立国之后，再打他一场定国之战！"

君臣两人的笑声回荡在穹庐般的幕府，回荡在大草原金色的黎明。

二 惊蛰大朝 嬴政皇帝向复辟暗潮宣战

这一节写得尤其好，故事及见识皆佳。充分想象了焚书的政治大环境。秦初并天下，天下草木皆兵，秦始皇反应过激，其实可以理解。

多雪的冬天，大咸阳分外地寒冷。

宏大的帝国都城，始终笼罩着一层肃杀的宁静。没有任何政令诏书颁发，没有任何礼仪庆典举行，甚或连"立冬之日，天子亲率三公九卿大夫，以迎冬于北郊"的迎冬大礼都没有了，隆冬时节躲避疾疫的闭户省妇令①也没有官府宣

---

① 《吕氏春秋·仲冬纪》云："仲冬之月……土事无作，无发盖藏，无起大众，以固而闭……命之曰畅月。是月也，省妇事，毋得淫，虽有贵戚近习，无有不禁。"

示了。总归是,举凡都城国人最为熟悉,甚至已经化成了程式习俗一部分的一切寻常动静都没有了,似乎整个皇城整个官府都告消失,帝国回到了远古之世一般。然则,越是静谧越是无事,国人便越是不安:秦政勤奋多事,果然如此沉寂,岂非大大地不合常理? 人皆同心,疑虑也就如纷纷然雪花一般,在市井巷闾间、在酒肆商铺间、在学馆士吏间飘散开来,反复往来,渐渐地也就聚成了几种议论主流。

一种最惊心动魄的说法是:今岁冬月,彗星出于西方,主来年大凶! 另一种说法则颇见欣欣然:燕人方士卢生入海为皇帝寻求仙药,今岁归来,献给皇帝的却是一方刻着远古文字的怪石,经高人辨认,远古文字竟是一句不可思议的预言:"亡秦者胡也。"高人破解,言胡为匈奴,皇帝正是为此北上,命蒙恬北击匈奴大胜,这个咒已经破了! 还有一种说法则大是忧心忡忡:始皇帝那年在阳武博浪沙遇大铁锥刺杀①,今岁又在兰池遭逢刺客,分明是山东六国老世族作祟;两次却都没有拿获刺客,当此之时,不定又要来一次逐客令,将山东人氏赶出关中哩! 山东商旅聚居的尚商坊,却流传着另外一种更具眉目的说法:入冬以来,皇帝已经秘密举行了三次重臣小朝会,李斯的丞相府更是彻夜灯火,连博士学宫都在日夜忙碌,长公子扶苏也已经从北河赶回了咸阳,凡此等等迹象,来年必有大事无疑! 种种消息议论纷纭流播,大咸阳的沉寂中雪藏着一种难言的骚动,惶惶不安的期待充塞在每个人的心头。

六国旧族心难安。

终于,冬尽之时一道诏书传遍了朝野:开春惊蛰之日,皇帝将行大朝会。

---

① 阳武博浪沙,阳武为秦县名,大体在今开封西北;博浪沙为其时驰道路段名,大体在今开封与郑州之间,在今河南原阳县。博浪沙事件发生在始皇帝二十九年(公元前218年),由韩国旧贵族张良主谋。

大咸阳虽则松了一口气，然终是其心惴惴，原因便在这春季大朝会的日子。开春朝会固然寻常，每年必有的铺排一年国事的程式而已，然诏书明定为惊蛰之日，便有些暗含的意味了。是时，《吕氏春秋》已经在天下广为传播，人们对月令时令与国事大政的种种神秘关联已经大体清楚。而在《吕氏春秋》问世之前，基于天人感应的国事运行程式，还是一种深藏于天子王城与上层官府的颇为神秘的治道学问，寻常庶民是不明所以的。《吕氏春秋》以月令时令论国事，向天下昭示了自古秘而不宣的天人治道之秘籍，使天子诸侯的基本国事动作成为大白于天下的可以预知的程式，诚一大进步也。尽管世事沧桑治道变迁，然其根基传统毕竟是不会轻易改变的。依据《吕氏春秋》以及种种在民间积淀日久的天人学问，人们很清楚惊蛰之日的特异含义。

蛰者，冬眠之百虫也。惊蛰者，雷声惊醒冬眠百虫也。自立春开始，惊蛰是第三个节气，大体在每年二月初的三两日，后世民谚云："二月二，龙抬头。"说的便是惊蛰节气。《吕氏春秋·仲春纪》云："仲春之月（二月），日夜分，雷乃发声，始电。蛰虫咸动，开户始出……无作大事，以妨农功。"也就是说，自古以来，二月之内除了传统认定的"安萌芽，养幼少，存诸孤，省囹圄，止狱讼"等等安民政令之外，是忌讳"做大事"的。就其时盛行的天人感应学说而言，若政令违背时令，则有大害："仲春（二月）行秋令，则其国大水，寒气总至，寇戎来征；仲春行冬令，则阳气不胜，麦乃不熟，民多相掠；仲春行夏令，则国乃大旱，暖气早来，虫螟为害。"也正是因了这种种已知的禁忌与程式，人们虽则不安，却还是认定：惊蛰大朝不会有国政大举，更不会有大凶之政。

然则，惊蛰之日当真炸响了一声撼动天地的惊雷，天下

民间大事，还是依《吕氏春秋》而行。

项燕

失色了。

因是大朝，各官署都在先一日接到郎中令蒙毅书文知会：午时开朝，皇帝将大宴群臣，应朝官吏俱在皇城用膳。这也是秦政俭朴的老传统，但有涉及百人以上的大朝会，事先一律将衣食安置明告，以免种种重叠浪费。官员们一得书文便知行止，纷纷在午时之前不用午膳便驱车进了皇城。各官署接到的预定程式是：大宴之后行朝会，丞相李斯禀报政事，各官署禀报疑难待决之事，皇帝训政。因了没有任何例外，与朝官员们在市井议论中被浸泡得阴影重重的一颗心终于明朗了起来。

谁也没有料到，惊蛰雷声因博士仆射周青臣的一番颂辞而爆发。

举凡大朝，博士学宫七十二博士无分爵位高低，从来都是全数参加。在老秦国臣子眼中，这是秦国自来的敬贤传统，名士不论爵，该当。无论博士们说了多少在帝国老臣们看来大而无当的空话，举朝对博士与闻朝会都一无异议。而博士们则更以为理所当然，博士掌通古今，岂有大政不经博士与闻论辩之理？是故，博士们每次都是气宇轩昂，想说甚说甚，从无任何顾忌。今日大宴一开始，博士们惊讶地发现，皇帝骤然衰老了，须发灰白而面色沉郁，一时便相互顾盼议论纷纷。

博士仆射周青臣执掌博士宫事务，与皇城及各官署来往最多，也是博士中最为深切了解秦政及帝国君臣辛劳的一个，今日眼见皇帝如此憔悴衰老，心下大是不忍，几次目光示意博士区首座的文通君孔鲋，很是指望这个不久前被皇帝特意请入咸阳统掌天下文学之事的孔子后裔与儒家首领，能够代博士们说得一席话，对皇帝有些许抚慰。可孔鲋却是目不斜视正襟危坐，似乎根本没有看见任何人，也没有听见任何议论。周青臣有些难堪，也有些愤然。他虽是杂家之士，也素来敬重儒家，却始终不明白以人伦之学为根本的儒家名士，为何在一些处人关节点上如此冷漠？譬如这个孔鲋，自进入博士宫掌事，从来对其余诸子门派视若不见，终日只与一群儒家博士议政论学，还当真有些视天下如同无物的没来由的孤傲。周青臣很清楚一班非儒家博士早有议论，都说儒家若当真统率天下文学，诸子百家定然休矣！虽则如此，周青臣却从来没有卷进非儒议论之中，更没有与孔鲋儒家群有意疏远，当然更不会以自己的学宫权力刁难儒家。全部根基只在一点：周青臣明白，秦政有法度，对私斗内耗更是深恶痛绝且制裁严厉，自乱法度只会自家身败名裂。然则，今日周青臣却不能忍受这位文通君的冷漠了。周青臣径自站了起来，一拱手高声道："陛下，臣有话说。"

"好。说。"嬴政皇帝淡淡地笑了。

"启奏陛下，"周青臣声音清朗，大殿中每个人都抬起了头，"臣闻冬来朝野多有议论，言秦政之种种弊端，以星象预言秦政之艰危。臣以为，此皆大谬之言也！往昔之时，秦地不过千里，赖陛下明圣，平定海内，驱除匈奴蛮夷，日月所照，莫不宾服；以诸侯为郡县，人人自安乐，无战争之患，传之万世。自上古以来，不及陛下威德也！陛下当有定心，无须为些许纷扰而累及其身也！"

"淡淡地笑了"，秦始皇虽赖儒生刻石颂德，但内心并没有把博士摆到多高的地位。

"好！为仆射之言，朕痛饮一爵！"嬴政皇帝大笑起来。

大臣们为周青臣坦诚所动，举殿欢呼了一声："博士仆射万岁！"

周青臣善迎合秦始皇心思。

"周青臣公然面谀，何其大谬也！"一声指斥，举殿愕然了。博士淳于越霍然离座，直指周青臣道，"青臣以今非古，不敬王道，面谀皇帝，蛊惑天下，此大谬之论也！"淳于越昂昂然指斥之后，又立即转身对皇帝御座遥遥一拱手，"臣闻：殷周之王千余岁，封子弟功臣，自为枝辅。今陛下有海内，而子弟为匹夫。卒有田常、六卿之臣①，无辅拂，何以相救哉！事不师古而能长久者，非所闻也！今青臣非但不思助秦政回归王道，却面谀陛下，以重陛下之过，非忠臣也！"

淳于越以古非今，秦始皇最为反感。秦始皇自认为三皇五帝皆不及他，泰皇之号虽最贵，亦不足以表其功。李斯在旁边煽风点火，事情就变严重了。

一言落点，举殿哗然。淳于越仅仅指斥周青臣还则罢了，毕竟，博士们的相互攻讦也是帝国君臣所熟悉的景象之一了。然则，此时距郡县制推行已有八年，淳于越却因指斥周青臣而重新牵扯出郡县制与诸侯制之争，且又将自己在博士宫说过不知多少次的"陛下有海内，而子弟为匹夫"再次

---

　①　田常、六卿之臣，指逆臣。田常，即田成子，春秋时齐国大臣。齐简公四年（公元前 481 年）杀死简公，奠定了田氏代齐的基础。六卿之臣，即春秋后期晋国的范氏、中行氏、知氏、韩氏、赵氏、魏氏六家为卿，六家互相并吞，最终由韩、赵、魏三家瓜分了晋国。

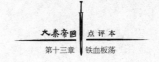

在大朝会喊将出来，若非偶然，则必有深意，这个儒家博士究竟意欲何为？一时间议论纷纷，大殿中充满了骚动不安。

"少安毋躁。"嬴政皇帝叩了叩大案，偌大正殿立即肃静了下来。

"既有争端，适逢朝会，议之可也。"

嬴政皇帝话音落点，大殿中立即哄嗡起来。身为大臣谁都清楚，皇帝的议之可也，可不是教臣子们如市井议论一般说说了事，而是依法度"下群臣议之"。也就是说，可以再次论争郡县制是否当行。这不是分明在说，郡县制也可能再度改变么？如此重大之迹象，谁能不心惊肉跳？整个大殿立即三五聚头纷纷顾盼议论起来，相互探询究竟该如何说法。

"陛下，周青臣之言面谀过甚，臣等以为当治不忠之罪！"

一群博士首先发难，锋芒直指周青臣。廷尉姚贾挺身而出高声道："陛下既下群臣议之，则周青臣所言，自当以一端政见待之，何以论罪哉！再说，秦法论行不论心，例无忠臣之功，焉有不忠之罪也！尔等不知法为何物，如何便能虚妄罗织罪名！"一番话义正词严慷慨激昂，熟悉秦法的大臣们无不纷纷点头，博士们顿时没了声息。

淳于越大是难堪，"非忠臣"之说原是自家喊出，却被素来开口在后的这个执法大臣批驳得体无完肤，顿时气咻咻难耐。看看文通君孔鲋还是正襟危坐无动于衷，淳于越一拱手高声道："臣与二十三博士具名上书，再请终止郡县制，效法夏商周三代，推恩封地以建诸侯。事不师古而能长久者，未尝闻也！"

"臣等附议！事不师古而能长久者，未尝闻也！"

二十余名博士齐声高呼，其势汹汹然，大殿骤然震惊而沉寂了。帝国官员们的最大困惑是，这群博士在八年之后兀自咬定郡县制不放，背后究有何等势力？否则，纵然名士为官，焉能如此目无法度，敢于以如此强横之辞攻讦既定国政？

"淳于越之言，食古不化也！"老顿弱颤巍巍站了起来，苍老的声音依然透着名家名士的犀利气势，"就今日之论，淳于越明是为皇帝叫屈，实则为诸侯制张目！大秦郡县制业已推行八年，华夏一治，民不二法，天下黔首无不康宁。尔等突兀攻讦，究竟意欲何为？山东老世族汹汹复辟，尔等则汹汹主张诸侯制，岂非沆瀣一气哉？"

"此言过甚！"淳于越面色通红，愤然高声道，"山东六国老世族，大多已经迁入咸阳，沦为寻常民户，如何复辟耶？大人诛心之论，大为不当！"

"诛心之论！大为不当！"博士群齐声一喝。

"世族复辟，谁云诛心？"一个冰冷明朗的声音突然插入。

大臣们又是一惊，历来不问政的长公子扶苏站起来了。几乎同时，甬道走来了肥白如瓠的张苍，抱着一只大铜箱放到扶苏案前，昂然肃立着不说话。扶苏拍了拍铜箱高声道："老世族要复辟，此乃铁证也！列位该当知道，近年土地兼并之风日见其烈。故楚之泗水郡，已有民谚云：富者田连阡陌，贫者无立锥之地。殊为痛心！去岁，曾有十余博士上奏皇帝，请彻查大臣与郡县官吏侵占田产事，以解民倒悬。其间，适逢扶苏受命职司田亩改制，遂会同御史大夫府并治粟内史府秘密查勘。月余之期，扶苏与御史张苍秘密查勘了陈郡泗水郡。这只大箱，便装着两郡田产兼并之黑幕！张苍，打开铜箱，给大人们说说吞田凭据。"

"是。"张苍一点头掀开了箱盖，两手掬出一捧宽大的竹简高声道，"此箱竹简，已然经过御史大夫府与廷尉府合署勘验，登录在案。今日为陈情于朝会，如数借出。此箱竹简非竹简，全数是田产密契！合计买卖六十九宗，全部是低价吞并良田。买主全然一家，彭城项氏。卖田者，全数是当年项氏封地之民户。"张苍哗啦放下一捧竹简，又拿起一支道，"密契极其简约，两行字：'民某某，自卖田产若干亩于项氏，某某以佣耕之身为名义田主，不告官，不悔约，若有事端，杀身灭族。'据查，项氏后裔以如此密契在泗水郡吞并田产，业已达四十万亩之多。"

"泗水郡是楚国项氏，陈郡是韩国张氏。"扶苏高声接道，"陈郡阳城，有民户陈胜者，遭张氏公子张良刺客威逼，卖尽全数田产二百余亩，父母家人不堪贫困而死，陈胜则为人佣耕而无力成婚立家，实同鳏夫，辄生为盗之心！"扶苏从张苍手中接过一只黑乎乎的皮袋打开,抽出了一支宽大的竹板,"诸位大人请看:这是陈胜卖田密契,末端一幅血画! 画的甚? 一剑刺一冠! 冠为何物? 便是官,便是官府。在陈胜等民户看来,官府不能整肃黑幕,便当杀之! 而经我等秘密查勘,至少在陈郡泗水郡,没有一个国府官吏私吞民田。私吞民田者何许人也? 六国老世族也! 老世族纵然失国,依旧衣食无忧田产丰饶,为何以如此恶黑手段贪得无厌地搜刮民户? 真相只有一个:积聚实力,图谋复辟! 否则,大秦律法不禁田产买卖,何以却要买了田产,却仍使佣耕户顶着田产主人之名,自家却藏在后面。与此同时,却在天下大肆鼓噪,说大秦官吏吞并民人田产。世间黑恶,莫此为甚! 诸位博士既曾请查兼并,果真对山东故地如此黑幕一无所知乎!"

扶苏戛然而止,整个大殿静得如深山峡谷。

且不说博士们如芒刺在背,面色阴郁无言以对,不知情的帝国老臣们也额头涔涔冒汗,心头突突乱跳。事实上,土地兼并之风谁都不同程度地知道些许,然大多数官员都认定必然是国府贪官所为,不定身边哪位重臣便是元凶。唯其如此,大多官员对土地兼并讳莫如深,与其说是不知情,毋宁说是投鼠忌器。毕竟帝国新立,内忧外患如山重叠,大事又接踵而来,国府君臣忙得日夜连轴转,死咬住一件尚不明了的事大做文章,也确实有失大局。然今日经扶苏一说,帝国老臣们恍然之余,又不禁心惊肉跳了。果真兼并之后有如此黑幕,岂非这六国贵族要从水底动手将帝国拖下水淹死不成! 而一个不争的事实是,对于六国贵族复辟,大多数大臣并没有看得如何严重,而以今日情形看,却是大大地懵懂了。

"老臣补正事实。"右丞相冯去疾打破了举殿沉寂,高声道,"老臣职司天下户籍,对六国贵族清楚得很! 淳于越说老世族大部迁入咸阳,大谬也! 事实如何? 自皇帝陛下迁六

国贵族诏书颁发，至今业已八年，迁了几多？只有一千余户！六国大贵族哪里去了？跑了！楚国项氏景氏昭氏屈氏、韩国张氏、齐国田氏、魏国魏氏张氏陈氏、赵国赵氏武氏、燕国姬氏李氏，等等，举凡六国大贵族，都逃跑了，藏匿了！狗日的！老夫要早知道这些鸟族黑恶害民图谋复辟，当初该一个不留！狗日的！"粗豪的冯去疾竟在朝会上破口大骂起来。

"陛下，臣有一议。"文通君孔鲋终于开口了。

"说。"嬴政皇帝淡淡一个字。

"臣以为：一则，朝会当归正道。公子扶苏所言，既有铁证，着廷尉府依法勘审便是，无须反复纠缠；二则，纵然实情，不能因此而疑忌遵奉诸侯制之儒家博士。儒家博士固然主张诸侯制，然与六国贵族复辟毕竟有别。臣等奉行诸侯制，主张以陛下子弟为诸侯。六国贵族复辟，则图谋恢复自家社稷。此间异同，不言自明。敢请陛下明察。"

"言之有理。"嬴政皇帝拍案高声道，"无分大臣博士，只要在朝会说话，俱皆论政，无涉其心。文通君若有正题，尽说无妨。"

"如此，臣昧死一请。"

"说。"

"去冬臣曾上书，请编《王道大政典》，敢请陛下允准。"

"也好。"嬴政皇帝淡淡一笑，"找文通君奏章出来。"

蒙毅做了郎中令，却依旧兼领着皇帝书房长史，每临大朝必在帝座侧后侍立，一则督导两名尚书记录，一则随时预备皇帝诸般政事所需。见皇帝吩咐，蒙毅立即快步走向帝座大屏之后，片刻捧出了一卷竹简。

"文通君奏请编书。诸位听听，一并议之可也。"

蒙毅展开竹简，站在帝座侧前高声念诵起来："臣，文通君孔鲋启奏陛下：今大秦一治天下，诚夏商周三代王道复出也。三代天子一治，于今皇帝一治；人主不同，治道同也。故此，臣拟与儒家博士协力编修夏商周三代以来之《王道大政典》，以为大秦治国鉴戒。典籍修成，臣当与儒家博士以典为教，弘扬王道大政于天下，以成皇帝陛下文明宏愿。臣心耿耿，臣心昭昭，陛下明察。"

随着蒙毅的声音回荡，大臣们的心头又一次突突乱跳起来。这个文通君硬是要将三代天子的"一治"与大秦皇帝的"一治"扯成一样，分明荒谬得可笑，却又一副神圣肃穆之相,他与那班儒家博士究竟想做甚? 自《吕氏春秋》事件后,秦国朝野对编书的背后蕴含已经大大地敏感起来,几乎是一听说编书便大皱眉头,谁都要本能地先问一句,真是编书么? 究竟想做甚? 这文通君口气甚大,举殿大臣一时竟没人说话了。

"诸位大臣,"嬴政皇帝平静地开口了,"为修明文治,朕特召孔子九代孙孔鲋入朝,封爵文通君,官拜少傅,领天下文学重任。文通君与诸博士联具上书,请编王道经典。此为天下大事,诸卿但抒己见。"

博士座席区一则振奋,一则惶惑。振奋者,如此大事终上朝会也。惶惑者,皇帝一番话不痛不痒,竟揣摩不出可否之意,若乱纷纷议来,这些不知编修经典为何物的粗豪大臣动辄便骂人,能有个主见么?

"老臣敢问,"奉常兼领太史令的胡毋敬率先开口,"文通君编修《王道大政典》,于大秦新政有何裨益?"

孔鲋一拱手答道:"我等上书业已言明:三代一治,秦亦一治;皆为一治,自当引为鉴戒。秦政若能以三代王道一治天下,岂非巍巍乎大哉!"

"此言大而无当。"扶苏高声道,"三代王道乃沉沦治道,百余年无人问津也。大秦新政与三代王道南辕北辙,如何竟能以王道之学做大秦治国鉴戒? 子矛子盾,尚请自圆。"

"长公子差矣!"博士淳于越昂昂然道,"治国之道,原非一辙,相互参校,可见真章。以三代王政参于大秦,有何不可? 今公子见疑,莫非大秦不行王道于天下,而欲专行苛政于天下乎! 不敢使天下流播王道之学,岂非掩耳盗铃哉!"一席话尖刻流利,帝国大臣们都不禁皱起了眉头。

"淳于越之言,陈词滥调也!"廷尉姚贾奋然高声,"一言以蔽之,三代王道乃复古怀旧之道。自春秋以至战国,以至大秦,数百年惶惶若丧家之犬,天下谁人不知? 若想用王道两字将三代诸侯制说成万世不移,用苛政两个字迫使大秦改弦更张,痴人说梦也! 以实论之,掩耳盗铃者只恐不是别人,而是儒家博士!"

"廷尉之言,何其凶悍也!"博士鲍白令之冷冷笑道,"若不尊圣王,不修大道,不言三代,不涉经典,天下文明何在也! 文学良知何存焉! 若编修一书而能使天下大乱,我等文学之士岂非神圣哉! 大秦新政岂非不堪一击哉!"

"屁话!"御史大夫冯劫终于忍不住了,霍然起身愤愤然骂道,"编一鸟书,是不能使天下大乱!老秦人见的书多了,《商君书》你等博士编得来么?《韩非子》你等编得来么?

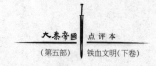
《尉缭子》你等编得来么？就是《吕氏春秋》，你等编得来么？大秦不怕编书，要看编甚书！编出一部烂书，分明便是在大锅里扔一粒老鼠屎！那个韩非子咋说来？对了，侠以武犯禁，儒以文乱法，儒家是五种毒虫之一！要说不堪一击，那是臭烘烘的烂书！"

"大人位居三公，诚有辱斯文也。"博士群中站起了叔孙通，揶揄一句粗豪的冯劫，转而侃侃道，"三代经典，我华夏文明精华，治国大道渊源也。今若以冯劫大人之言，蔑视典籍，摒弃王道，只恐百年之后国人皆愚不可及，天下皆一片蛮荒也！"

"此言大谬也！"蒙毅大踏步走下帝座，站到自己座席前高声道，"摒弃三代王道，绝非摒弃文明。天下文明，大成于春秋战国五百余年，与三代王道何涉也！不习三代，也绝非使天下蛮荒。孔子有言：'民可使由之，不可使知之。'真正欲使天下蛮荒者，不是别人，正是孔子！正是儒家！儒家欲攻讦新政，便打出王道大旗，以替民众呼吁文明自居。而一旦为政，就诛杀论敌，唯我独尊！蒙毅敢问诸位：孔夫子当年为政鲁国，能允许少正卯如此在庙堂放肆么？今日，儒家博士们却以文明面目教训我等，何其可笑也！"

殿中骤然沉寂，隐隐弥漫出一片肃杀之气。

"陛下，老臣有奏对。"东区首座的李斯站起了。

"丞相尽说。"嬴政皇帝依旧淡淡一笑。

殿中回荡着李斯庄重清晰的声音："今日大朝，原本铺排国政，不意竟因博士仆射周青臣首肯秦政，引出博士淳于越非议郡县制，并再请奉行诸侯制。大政稳定八年，而能突兀出此惊人之论，李斯以为，事非寻常也。诗云：风雨如晦，鸡鸣不已。六国贵族黑恶兼并欲图复辟，朝野议论蜂起欲行王道，更兼星象流言、亡秦刻石、刺客迭出、贵族逃匿，凡此

罢得痛快。儒家虽于汉武帝之后日益强势，但并不代表儒家本身一点问题都没有。小说常设论争大会、朝会，虽嫌啰唆，但也抓住了派别之间的根本分歧。

蒙毅少谈政事，每谈必中要害。

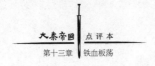

等等,足证复辟旧制之暗潮汹汹不息。当朝论政,固不为罪,然定制八年而能汹汹再请,亦必有风雨如晦之大暗潮催动也。所谓飓风起于青萍之末①,此等汹汹之势,不能使其蔓延成灾。"

博士们的额头不禁渗出了涔涔汗水。

首相李斯的语势并不如何强烈,然其整体剖析所具有的深彻却骤然直击每个人的魂灵。谁能说自己没有受到汹汹复辟暗潮的鼓舞?谁能说自己没有异常灵敏的贵族消息通道?谁又能说,力主诸侯制与编修那部王道大典,不是在种种令人躁动不安的消息激发下催生的?甚或,谁又能说自己在听到皇帝两次遇刺后不是暗中多饮了几爵?谁又能说自己不是将韩国张良的博浪沙行刺视为英雄壮举?凡此等等,可谓人心莫测,谁又能知道了?偏偏这李斯似乎神目如电,寥寥数语便将大局说了个底朝天,博士们一时一身冷汗,似乎第一次明白了重臣巨匠的分量,人人都从心头冒出了一丝不祥的预感。

"以今日之议,淳于越之言实属刻舟求剑也。"李斯的声音重新响起,"老臣愿在今日大朝会再度重申:五帝不相复,三代不相袭,各有治道也。非其着意相反,时势异也。今日,秦创大业,立制于千秋万世,非儒家博士所能知也。流水已逝,行舟非地也。淳于越言三代诸侯制,文通君请编三代王道大典,尽皆楚商之刻舟求剑,不足效法也。是故,废郡县制、行诸侯制之议当作罢,不复再议也。"

博士们没有人出声,大臣们却频频点头。虽然嬴政皇帝没有说话,但谁都清楚地感觉到一种强烈的气息:这一页就此翻过,废除郡县制之议将永远地沉入海底。

---

① 见宋玉《风赋》。

"古谚云:庙堂如丝,其出如纶。"

李斯的声音再次冷冰冰钻进博士们的耳膜,"今日御前大朝会议政,尚且如此纷纭混乱,传之天下可想而知。凡此等等根源,皆在妄议国政之风。今天下已定,法令出一,民当效力农工商旅,士当学习法令辟禁。亦即是说,士子该明白自己当行之事,避开自己不当行之事,做奉公守法国人。然则,今日诸生不师今而学古,以非议当世为能事,以惑乱民众为才具。此皆不知国家法度也。古时天下散乱,无法一治天下,方有诸侯林立,议论之人皆崇古害今,大张虚言以乱事实;士子修学皆从私门,国家之学不能立足。今我大秦,业已别黑白而定一尊,然私学之士依然传授非法之学。但有官府政令颁行,则人各以其学非议。入则心非,出则巷议,宣扬自家学派以博取名声,秉持异端之说为特立独行,鼓噪群下,张扬诽谤。此等恶风不禁,则国家威权弥散于上,私人朋党聚结于下。六国贵族于失国之后依然能兴风作浪,赖此流风也。是故,老臣奏请陛下:禁民人私相议政,去庙堂下议之制,使国家事权一统。"

"彩!"帝国老臣们异口同声一喝。

博士们却死死沉寂着,没有一个人再试图说话。

"有鉴于此,老臣请力行焚书法令。"

如同一声惊雷,博士们唰地站了起来,惊愕万分地盯着这位枯瘦冷峻的首相。

"好古非今者,尽以史书为据。"李斯对博士们森森然的目光浑然无觉,"为此,老臣奏请:举凡史书,非秦记者皆烧之;除博士官国家藏书之外,其余任何人私藏诗、书及百家论政典籍者,悉交郡县官署一体烧之。敢有以诗、书攻讦新政者,斩首弃市;敢有以古非今者,灭族;官吏见而不举,连坐同罪;令下三十日内有藏书不交者,黥刑苦役。凡书只要不涉

难怪李斯会成为丞相。李斯的每一次出手,都有利于集权统治。周青臣阿谀,淳于越讥讽之,李斯怒斥其议,"五帝不相复,三代不相袭,各以治,非其相反,时变异也。今陛下创大业,建万世之功,固非愚儒所知。且越言乃三代之事,何足法也?异时诸侯并争,厚招游学。今天下已定,法令出一,百姓当家则力农工,士则学习法令辟禁。今诸生不师今而学古,以非当世,惑乱黔首。丞相李斯昧死言:古者天下散乱,莫之能一,是以诸侯并作,语皆道古以害今,饰虚言以乱实,人善其所私学,以非上之所建立。今皇帝并有天下,别黑白而定一尊。私学而相与非法教,人闻令下,则各以其学议之,入则心非,出则巷议,夸主以为名,异取以为高,率群下以造谤。如此弗禁,则主势降乎上,党与成乎下。禁之便。臣请史官非秦记皆烧之。非博士官所职,天下敢有藏《诗》、《书》、百家语者,悉诣守、尉杂烧之。有敢偶语《诗》、《书》者弃市。以古非今者族。吏见知不举者与同罪。令下三十日不烧,黥为城旦。所不去者,医药卜筮种树之书。若欲有学法令,以吏为师。"(《史记·秦始皇本纪》)焚书非始自李斯,当始自商鞅。儒生口舌生祸,秦始皇封禅,遇上大风雨,儒生们也要嘲笑一番(《史记·封禅书》),完全没有一点"政治觉悟",最终惹祸上身。

政事,皆可保留。民人欲学法令,以吏为师,以法为教!"

这番话如秋风过林,举殿大见肃杀,连帝国老臣们也惊愕得张大了嘴巴却没有声音。如果说去除议事制度与禁绝民人议政,老臣们还衷心赞同的话,那么焚书之举则多少使帝国老臣们觉得过火了。谁都知道,自商君秦法便有焚烧诗书令,然商君之世及其之后,秦国事实上并没有延续这一法令。也就是说,始皇帝之前五代秦王,只有过那一次焚书令,而且远远没有今日李斯所请的这般铺天盖地。毕竟,秦国以敬贤敬士而崛起,老秦人对书,对读书士子,还是从心底里敬重的。

"可有异议?"嬴政皇帝的问话仿佛从天外飘来。

"灭绝文明,灭绝天理,不可啊……"孔鲋绝望地嘶喊了一声。

突然,嬴政皇帝大笑着站了起来。大臣们这才惊讶地发现,皇帝今日是带剑临朝的。嬴政皇帝扶剑走出了帝座,居高临下大笑道:"好个文明也!好个天理也!此话该教那些兼并民田的六国贵族们说说,也该教那些流着血汗为人佣耕的农人们说说!好词都是儒家博士的?儒家便是文明?儒家便是天理?儒家经典便是文明?王道仁政便是天理?好大的口气!好大的身份!何等文明?何等天理?复辟的文明!乱政的天理!朕今日就是要杀杀这复辟文明的威风,灭灭这王道天理的志气!朕就不信,没有这般文胆,没有这般天理,天会塌下来,地会陷下去!大秦郡县制就会被取代!六国贵族也好,这家那家也好,谁想复辟,尽可与大秦较量!朕今特诏:丞相李斯所奏,照准实施。这,是朕对复辟者的一道战书!"

一番嬉笑怒骂,挟雷霆万钧之势震慑人心,博士座席区一片沉寂,大臣们却骤然爆发出一阵哄然呐喊:"皇帝万

岁——大秦万岁——"

三日之后，嬴政皇帝的诏书附着帝国丞相府令颁行天下了。

嬴政皇帝的诏书只有两句话："大朝所议，制曰：可。准以丞相府令颁行郡县。"随附的丞相府令名为《文治整肃令》，全部将李斯的朝会奏对化作了实际政令，其包括方面是：

其一，废除议事制度。所谓禁议论，这是最实际的一条。要申明的是，被禁止的议事不是正常的朝会议事，而是由皇帝"下群臣议事"的有关特定重大事件的商讨决策制度。就其实际而言，这种议事与其说是一种明确的决策程序，毋宁说是战国论政风习所形成的一种传统。但无论如何，这是一种通行的事实，而且为朝野所认可。所以，若不明令禁止，则有可能在大事不交群臣议决时反而遭受非议。是故，李斯主张禁议论，首先便是废止了最具有传统根基的"下群臣议事"的习惯程式。这便是李斯所说的"禁之便"（禁了有好处）的实际所指。中央国府取消议事传统程式，流播民间的种种议论便没有了强大的传递渠道，帝国决策便很容易保持一致。从当时的情形看，禁议事不能说没有合理性。

其二，禁止民人私议政事，尤其严厉禁止"以古非今"，明定"以古非今者，（灭）族！"这个民，是朝臣之外的所有民众，其本意目标当然首指士人阶层。就事实而言，这是中国历史上第一次以强权镇压民众言论的重大事件，其负面影响极为深远。然则，值得注意的是，这一禁令明确指定了非议秦政的具体所指：以古非今。从尊崇革新维护革新的意义上说，它充满了不惜以强大权力维护新政成果的坚定性，最大限度地张扬了战国时代"法后王"的变革精神。但是，禁止议论政治本身，却也开启了思想专制的先河。从史料角度说，尚未发现帝国时期真正因"以古非今"言论而被灭族的记载。这一事实间接地证明：这一法令的威慑意义大于实际执行的强度。

其三，焚烧史书及民间所藏诗、书，期限为三十天。这一政令的当时含义很清楚：根除攻讦秦政的根基依据。李斯的庙堂对策及其政令，也都同时明确了豁免方面：医药卜筮种树之书不在此列，官府藏书不在此列，法令典籍不在此列，秦国史书不在此列，各种政令典籍与理财资料（图书计籍）等不在此列。后来的史料证实，这道政令在实施中远远没有政令本身那般彻底。真正的天下典籍，除了藏于洛阳周室的先秦史书损毁最大，可说是基本不存外，其余百家典籍并未损毁多少。主要原因在两处：一则是官府收藏的诸子百家典籍仍在，二则是散布天下的民间藏书不可能被全部收缴。东汉王充的《论衡・书解篇》云："秦虽无道,不燔诸子,诸子尺书文篇,具在可观。"《通志・卷七十一》云："(先秦典籍之丧失)非秦人亡之也,学者自亡之耳!"刘大魁之《海峰文钞・焚书辨》云："六经之亡,非秦亡也。(秦防儒者)道古非今,于是禁天下私藏诗书百家语,博士之所藏俱在,未尝烧也。"李斯奏对中分明说民间百家语在焚烧之列,何有王充等"不燔诸子"之说?只能说明,这道政令在实际执行中是有着很大的弹性的。毕竟,这道政令的本质目标是与复辟暗潮相呼应的"道古非今"的政治思潮,而不是藏书本身。

其四,禁私学。春秋战国学术繁荣以至鼎盛,私学之兴起居功至伟。帝国政令禁止私学,对中国文明的杀伤力远远大于"焚书"与"禁议事"两项。因为,这是从根本上遏制了文明源头的多样性与丰富性。私学被禁,名士大家的私学弟子若不散去,便得秘密藏匿于深山大泽,或得改换名目以继续传授学问。后世史家发掘这一方面的史料极少,只有一条记载,这便是《汉书・楚元王传》的记载:"楚元王交,字游……好书,多才艺。少时尝与鲁人穆生、白生、申公俱受《诗》于浮丘伯。伯者,荀子门人也。及秦焚书,各别去。"

其五,立官学。所谓"以吏为师,以法为教",根基在确立官学。立官学,是禁私学的必然补充。但从实际情形看,秦帝国之初正当战国私学传统极其强大之时,官学在事实上也只能是国家设立的博士学宫而已,各郡县尚没有兴办官学之记载。帝国政令的目标很清楚,就是要通过官学来保持国家政令的统一,来凝聚种种社会思潮。值得注意的是,同时期的西方罗马帝国也是以法令为教,以律师为传授教习。两大尚未相通的文明体系,在同一时期采取了本质同一的治理方式,蕴含着何等必须探究的东西,实在值得深思。

制造顺民、铲除异己思想的重要办法。

列位看官留意,公元前213年春,始皇帝嬴政禁止并焚烧民间私藏政治典籍，是中国历史上影响极其深远的"焚书"事件。与其后的"坑儒"事件一起，嬴政皇帝乃至整个秦帝国，因此而被钉在了历史的耻辱柱上。两千余载厚诬之下，已经无以使后人认知全貌了。人们因此而将嬴政皇帝看作暴君，而将秦帝国视作暴秦，甚或不屑于做任何历史真相的追究了。作为一起有着深刻历史背景，且发自必然的政治事件，"焚书"事件在政治上的积极意义，已经被后世儒家夹杂着仇恨心理的单向价值评判所淹没了。这种居于统治地位的单向评判，大大掩盖了"焚书"事件的反复辟的政治本质。在岁月流逝的长河中，一场反倒退反复辟的政治战役，被褊狭地演绎成了一场恶意毁灭文化的暴行。这种评判，折射着我们民族时常痉挛性发作的对重大历史事件的刻意失察，折射着我们常常因这种刻意失察而导致的种种悲剧。至少，人们已经忘记了，"焚书"事件是帝国新政面对强大的复辟势力被迫做出的反击，是新文明为彻底摆脱旧时代而付出的必然代价。

三　光怪陆离的铁血儒案

　　博士学宫激起了巨大的波澜。

　　惊蛰朝会的次日夜里，统领学宫的文通君孔鲋逃亡了。博士仆射周青臣连夜禀报了奉常胡毋敬，两人一起赍夜晋见皇帝。嬴政皇帝却是淡淡一笑："走了也好，只要儒家不生事，去留自便。"胡毋敬周青臣一时大为惶惑，秦政历来法行如山，高悬廷尉府正堂的便是商君名言："有功于前，不为损刑。有善于前，不为亏法。"皇帝更是从未宽恕过一个罪犯。如何有封君爵位的大臣逃亡了，皇帝竟能淡然处之？嬴政皇

　　小说将焚书与复辟之事写在一起，不能说完全没有道理。往深层看，这是法家与异己思想之间的激烈冲突，法家采取暴力的手段铲除异己思想，符合法家的统治思维。但恰恰是暴力事件，反映出法家自身的根本缺陷，它想不出更合适的办法来解决思想冲突，中国古典意义上的法家，本质上是粗暴的、强制的、自上而下的，没有西式的所谓的协议精神。它不是一个协议的结果，而是一个强制的结果。焚书当然有罪，焚一本书与焚一百本书，焚私书而不焚官书，没有区别，焚书就是罪，无须为之辩护。以法家立世的秦朝之速亡，从暴力层面看，是亡于六国旧族，但从思想层面来讲，就是亡于法家的根本缺陷，暴力解决了一个冲突，会引发更多的冲突，单纯倚重法家（特指商鞅及韩非子等法家），但法家缺乏协调世事的能力，一旦暴力失控，国势将一发不可收拾。是以，秦始皇一崩，天下则大乱，强权失势也！

　　可见读圣贤书的，也不是都傻。孔鲋聪明，心知走为上计。更醒目的是，孙鲋把《论语》《尚书》《孝经》藏在墙壁里，为后世留下了珍贵的典籍。孔鲋后隐居嵩阳，授徒安身。

帝见两人愣怔，又是淡淡一笑道："孔鲋并无实际职掌，其心又不在国政，走便走了。焚书也好，禁议也好，本意都在威慑而已，还能真杀这些文士了？"两人这才长长地出了一口气，出得皇城便呵呵笑了。奉常胡毋敬总领文事，便叮嘱周青臣：不闻不问，听之任之。于是，周青臣回到博士学官也便没了任何动静，只与几个志在治学的博士埋头整理经典。

周青臣没有料到，孔鲋逃亡之后的三日里，博士连续逃亡四十余名，几乎清一色的儒家博士，七十二博士只剩下了二十余名博士。周青臣大为惊慌，立即再次禀报胡毋敬，两人又再次进了皇城。皇帝这次显然认真了一些，召来丞相李斯共同议决。李斯见嬴政皇帝并无追回逃亡博士之意，思忖片刻，提出了一个方略：在焚书令之后，立即颁行一道广召天下文学之士的诏书，一则可向天下彰显秦政弘扬文明之宗旨，二则可使天下学人聚集国府昌盛官学，三则可消解博士逃亡之种种非议。胡周两人立即赞同，周青臣还特意补充道："广召文学之士，又不究博士擅自逃亡罪行，儒家有可能生出的流言，便会不攻自破！"嬴政皇帝笑道："既云广召，索性也将方士术士一并延揽，免得此等人在民间滋事。"显然，皇帝对方士术士并无反感，却也带有几分戏谑。胡周两人是立即赞同了。李斯却有些犹豫，迟疑着没有说话。嬴政皇帝笑道："方士术士未必没有管用者，然大多荒诞无疑。教他等在民间行骗，不若将他们召进学官，看看他们究竟有多大神通。若是术不应验，我大秦律法岂是白设？"李斯恍然大悟，立即连连点头。

李斯把问题上升到阴谋的层面，傻子也知道问题严重了。

秦政高效，次日立即颁行了《广召天下文学方术士诏》。

说也奇了，虽然以焚书为轴心的整肃文治令颁行之后，天下士人大为震动，各郡县也不时传出藏书世族纷纷逃匿的消息；然召士诏书一颁行，还是立即大见效应，半年之内士子们络绎不绝地奔赴咸阳,秋风萧瑟的时节,博士宫已经聚集了千余名各色士子。一时之间,咸阳博士宫生机勃勃,帝国文风大盛,似乎已经完全掩盖了因焚书禁议而引起的朝野震荡。但博士仆射周青臣却很清楚,此番招纳士子,博士宫来者不拒一无遴选,是故鱼龙混杂,没有一个举足轻重的名士大家,根本不可能担负兴盛文明之重责;唯一的效用,无非是消解复辟暗潮与儒家名士对帝国新政的攻讦罢了。

然在对士子们一一登录清楚之后,周青臣又一次惊讶了——千余名士子中,竟有六百余名儒家士子,二百余名方士术士,三百余名占候、占气、占星与堪舆之士!其余农家、水家、工家、医家等实用学派却只有数十人,兵家法家道家墨家等,则更是寥寥无几。周青臣大觉蹊跷,反复勘验,仍然如此。至少,数量最大的士子们都自称是儒家弟子,所习经典也大体都是诗、书六艺,师从传承也都路径清楚,你能说他不是儒家士子?而方士术士则更是怪异,都透着几分神秘,人人宣称自家有特异之能,一见周青臣便纷纷自请为皇帝祛除暗疾,为帝国祈福禳灾。占候占气占星堪舆之士,则人人都说天机不可预泄,再问便是望天不语。周青臣大觉不是路数,当即禀报奉常并上书皇帝,详细禀报了种种情形,末了忧心忡忡道:“博士学宫原本文明之地,近日却已是怪力乱神充斥也!臣请为博士学宫建立选士法度,不能见人便纳。”

未过三日,胡毋敬带来了一个显赫的校士大臣,博士学宫顿时大乱了。

这位校士大臣,是御史大夫府的御史丞,也就是冯劫的副手。御史大夫位列三公,总司帝国百官查核考校,职责重大权力显赫。然大秦政风清廉唯法是从,是故这御史大夫府对帝国群臣而言,却也并无威势赫赫之感。然一入鱼龙混杂的博士宫,御史丞之纠察威力立即大显功效,旬日之内立杀方士术士三十余人,博士宫顿时人人惊骇了。

那日,周青臣奉命召集全部官士聚在了学宫中央的露天论学台前。

这御史丞也是奇特,满头灰白须发,古铜色脸庞始终荡漾着一丝似笑非笑的纹路,教人莫测深浅。那日摆好了法案,十名执法重剑甲士两侧一站,御史丞便宣读了勘验士子的御史大夫令。令云:“诸生奉诏为官士,当考校才具,量才录用,虚妄不实者依法处置之。”而后御史丞淡淡宣布,先行勘验方士术士之才具。战国之世谁都清楚,秦法“不兼方”。也就是说,不容纳方士术士,禁止方士术士。然皇帝诏书大召方士术士,分明便是法令改了,方士术士们也才敢纷纷冒将出来。今日一闻勘验之说,

方士术士们尽管心下忐忑,也还是惊喜万分地接受了。谁能说,这不是皇帝在选传说中的求仙圣使?

"方士许胜。"御史丞看着简册念了一个名字。

"方外之人许胜,参见大人。"一个老方士神闲气定地离座站起。

"先生何能?"

"老夫遍识天下百草药石,一应暗疾,不问可知。"

"好。先生请看,此乃何物?"御史丞从案旁竹筐中拔出了一丛绿草黄花。

老方士接过这丛花草反复端详,已经是满头汗水无以张口,突然愤愤道:"此草腥臊恶臭,绝非入药之物。"

"座中可有农家之士?"御史丞高声发问。

"在下便是。"一个端正的布衣后生站了出来。

"敢问足下,此草何物?"

农家布衣之士尚在五步之外,一拱手便答:"回大人,此乃野苦菜,生于麦田杂草之中。大人刚刚从青泥拔出,故有泥腥之臭。"一言落点,座席中一片哄笑。

"敢问先生,此物可在百草之中?"

"大人戏谑过甚也!"老方士满脸涨红。

"再问先生,老夫有何暗疾?"御史丞浑然不计老方士情急羞恼。

"大人……大体,阳事不举……"老方士艰难地吭哧着。

"阳事不举?好眼力。多久了?"

"大,大体三五年。"

"啊,人言方士专一看阳事,果然不差。"御史丞揶揄一句,突然回头问,"你等且说,老夫幼子多大?"

"刚过满月之喜!"重剑甲士们异口同声。

"就是说,十一个月之前,老夫还举得?"

"大,大人……戏谑过甚……"

"方术不验,才具虚妄。斩,立决。"御史丞那丝似笑非笑的纹路倏地没了。

"大大大大人,这这这……"

老方士上牙打着下牙一句话没说得囫囵,便被两名黑铁塔般的重剑甲士轰然架起拖了出去。片刻之间，场外一声惨嚎。方士术士们人人变色。如此这般的勘验方术士之法，便是后来被博士们大肆攻讦，并被司马迁写入《史记》的一桩所谓暴行："秦法：不得兼方。不验，辄死。"如此旬日之后，方士术士们再无一人敢说自己如何神乎其神了，人人都是一句话："在下无能，不敢期冀录用，乞放在下回归山野。"再考校占星、占气、占候、堪舆等阴阳家诸流派士子，也都无一人敢说自家通晓天机了。御史丞见此等寻常神气活现，动辄以仙人或上天代言人自居的术士们大见畏缩，连囫囵话也说不来了，只知诺诺连声，不胜其烦，遂下令道："法家墨家兵家农家医家等非儒家之士，不须考校，等候任职便是。儒家之士太多，旬日之后，老夫与奉常大人请得几位学问之士再来查验。"说罢便告散场了。整个博士学宫如逢大赦，顿时瘫倒了一大片。

在博士官士们惶惶不可终日的时候，有两个人物开始了秘密谋划。

这两个人物不大，效用却非同小可。他们直接引发了一场千古铁血大案，堪称飓风起于青萍之末。故此，对这两个人物得从头说起。这两人都是博士，一名卢生，一名侯生。侯生是故韩国人，是博士学宫的儒学博士；卢生是齐国人，也是博士学宫的儒学博士。只是卢生的名头大一些，当年是被皇帝近臣赵高领进博士学宫的，挂着儒家博士名头，终日却神秘地忙碌着谁也不清楚的事情。卢生任博士大约半年之后，侯生奉博士仆射周青臣之命，做了卢生的辅学（副手）。侯生问："卢生治何学问，如何需要辅学？"周青臣皱着眉头说："莫问莫问，上命差遣。"直到三年前，卢生知会侯生，说要在天下查勘民情风习，以对皇帝提出对策。侯生以为必是安邦秘密使命，大为奋然，欣欣然追随而去。也就是在那次历时年余的名山大川游历中，侯生知道了卢生的真实身份与

写得形象。坑儒之事，实由方士引起。所谓"坑儒"，实为坑博士、坑方士，儒家很好地利用了这一事件，将自己打造成受难者形象。于是，秦始皇蒙遭冤名，而儒家则因祸得名。

二人点燃导火线，还能得以全身而退。

真实使命，惊愕得好长时日回不过神来。

那是在游历到故齐国的之罘岛时，侯生实在不堪这种无所事事的闲逛，愤愤然要回咸阳，卢生才对他说出秘密的。卢生说，他是齐国方士，是与另一个老方士徐福一起被秘密召入皇城的长生特使，使命是两项：一则护持皇帝体魄健旺，二则为皇帝求取长生仙药。徐福留在皇城守护皇帝，而他之所以进了博士宫，是要物色求仙人才。侯生毕竟有些正道治学根基，更兼笃信儒家不涉怪力乱神之信条，遂大大地不以为然，指斥卢生是盗名欺世，给儒家头上栽赃。卢生却不慌不忙悠悠一笑，大说了一番秘密使命的好处，末了道，只要足下忠实追随老夫做事，至少三两年后，老夫举荐足下做个太史令不是难事。侯生心头怦然大动，顿时红着脸不说话了。毕竟，学而优则仕，是每一个儒家士子的梦想，侯生如何拒绝得了一个赫赫太史令的诱惑。卢生见侯生入辙，破例讲述了他的两则惊人之举。一则，朝野秘密流传的那句"亡秦者胡也"的预言刻石，是他的手笔。侯生大为惊讶，连问了一串，何处见到石刻的？如何能证实是上古遗物？为何说是足下的手笔？凡此等等，卢生一律都是笑而不答，只一句话了事，你只知道可也，无须多问。第二则，是他对皇帝讲述了"真人密居密行而长生不死"之道，皇帝才修筑了复道、甬道，将所有的宫室车道都遮绝连接起来了。

"子云方士虚妄，足下自忖可能如此改变皇帝？"卢生悠然一笑。

"人臣……不能……"终究，侯生还是没话可说。

卢生又说了一件事。一日，他随皇帝从高高复道前往梁山宫，在山腰看见了山下大道上的丞相仪仗车马气势威赫。皇帝皱着眉头说了句："丞相骑从如此之盛，暴殄天物也！"没过多久，不料皇帝又见丞相车骑，却少了许多。皇帝大怒，说

其实秦始皇待卢生、侯生甚厚。二人所许诺的寻神药，是不可能完成的任务，天下哪有成仙之药？哪有长生不老之药？寻不回来，迟早死在秦始皇手上。侯生、卢生称秦始皇"天性刚戾自用""贪于权势"（《史记·秦始皇本纪》），从另一个角度看，侯生、卢生也是为自己逃亡找借口。找仙药，原本就是欺上瞒下之举，但侯生、卢生一指责，罪过就完全栽到秦始皇身上了。

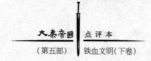
这分明是身边人泄露了朕话，下令一一拷问那日侍从。最终无人承认，于是皇帝便将那日身旁的人都杀了。卢生说，幸亏那日他不在皇帝身边，而是先期到了梁山去为皇帝配药，否则岂能有得今日？

"子云效力皇帝，足下不觉胆寒么？"

"寒……"侯生记得，自己当时确实打了个冷战。

当游历到会稽郡时，卢生吩咐侯生在震泽（今太湖）东岸的一座山庄等候，他自己要去做一件私事。卢生一去月余，回来后风尘仆仆疲惫至极，倒头大睡了好几日才缓过神来。究竟何事？卢生虽始终没有吐露一个字，然其举止神色却呈现出一种难以按捺的兴奋，以至侯生疑虑了许多时日。后来，回程路过侯生故里，卢生颇为神秘地一次给了侯生百金，说是此次完成使命的皇帝赏赐，教侯生好生安置家人。侯生原本寻常人家，得此重金大为惊喜，对卢生的种种疑虑立即烟消云散，觉得这个神秘兮兮的方士一定是个通天人物，否则，何以能如此不动声色地举手便有百金之赏？也就是从携带重金荣归故里的那一次开始，侯生成了卢生的莫逆至交。

御史丞的勘验杀人事件，在博士宫引起了极大恐慌。六百余新进儒生，更是弥漫着惊恐不安，纷纷流传着国府独独刁难儒家的秘密流言，日夜都在三五成群地议论如何在勘验儒生博士之前逃生。在第三日的深夜子时，卢生轻步走进了侯生的四进庭院，径入寝室将沉睡的侯生拉了起来。侯生万分惊讶地看着这个突兀站在榻前的熟悉身影，无论如何不明白卢生从来没有来过这里，如何能不惊动一个仆人而如此准确地摸到自己榻前？然一切都来不及细问，侯生便跟着卢生走了。垂帘辎车一阵曲曲折折，来到了一座极其隐秘的庄院。卢生只淡淡说了一句，此乃老夫密居，神仙也找不到。在一座四面石壁的地下密室里，侯生看到了种种生平未见的稀奇古怪的物事。烛光之下，种种石工刀具、各种颜色的怪石、各种颜色的草药、各种式样的鼎炉、叫不上名字的种种丹砂粉末等等等等如山堆积，侯生又一次惊讶得语不成声了。

"今日正事，足下切勿分神。"卢生正色一句，拿来了两罐凉茶。

两人在一张坐案前对面坐定，卢生却良久没有说话。侯生不明就里，对此等神秘所在又大觉不适，焦急地催促卢生快说。卢生长吁一声，突兀开口道："足下身为儒家博士，宁不为儒家存亡忧心乎！"侯生惊讶道："儒家有存亡危机？兄台何须危言耸听也！"卢生轻轻冷笑一声道："方士术士尚且惨遭横祸，儒家岂能没有更大灾劫？"侯生道："儒

家毕竟正经学派,有教化之能。"卢生冷冷道:"正经学派?足下何其童稚也!老夫最清楚,在皇帝眼里,方士尚且有用,儒家则连狗屎都不如!看看你等儒家博士之局促,看看老夫之舒泰,你便说,皇帝看重哪家?"侯生道:"既然如此,这,这次皇帝为何也杀方士术士?"卢生道:"这便是大险所在。皇帝为了根除六国老世族复辟,要先根除种种呼应。这是打国事仗,叫作剪除羽翼,孤其轴心!先拿这群方士开刀,一石二鸟:既向天下表白自家不信虚妄,又教天下明白,复辟贵族与方士术士一般,都是妖邪虚妄之士!方士之后,便是儒家!足下不信么?"侯生惶惑道:"兄台如此明白,何不事先警示同门?兄台既非儒家,何以如此关照儒家?"

"老夫不是真方士,方士不是老夫同门。"

"啊!那那那,兄台何许人也!……"

"好。老夫今日便显了真身。"

"真身?"侯生心头猛然一个激灵,如遇妖邪一般。

"老夫,本名鲁定文,鲁国宫室后裔……"

"啊!周,周,周公之后?"侯生又一次瞠目结舌了。

卢生长长地舒了一口气,又汩汩大饮了一阵凉茶,这才沉重缓慢地说起了自己的家世。卢生说,自己是鲁公嫡传子孙,自鲁顷公二十四年之后①,鲁室公族悉数败落流散。自己的父亲不堪屈辱,不到三十岁便死了,临死时给儿子取了个名字,叫作定文。鲁定文是被母亲在艰难中教养成人的。还在童稚时期,母亲便亲自教定文读《鲁颂》。每日鸡鸣时分,鲁定文便要捧着竹简在小小庭院里高声念诵:"大哉周公,允文允武。诸侯于鲁,大启尔宇。敬明其德,敬慎威仪。济济多士,克广德心。保彼东方,鲁邦是常。复周公之宇,万民是若!"

鲁定文十六岁那年,母亲大病了一场,痊愈后一双眼睛莫名其妙地失明了。一天,母亲将儿子唤进了狭小庭院最后一进的家庙,教儿子跪在了列祖列宗的木雕像前。白发苍苍身着赭红补丁衣裙的母亲,靠着红漆剥落的大柱,庄重地开口了:"定文,你本何姓?""定文本姓姬,乃周公后裔。"鲁定文没有丝毫犹豫。"而今姓甚?""定文而今姓鲁,明鲁国不灭之志!"鲁定文同样没有丝毫犹豫。母亲又问:"鲁定文志向何在?"鲁定文高

---

① 鲁国灭亡于鲁顷公二十四年,公元前256年,时秦昭王五十一年。楚国灭鲁。

声回答:"光复鲁国社稷,传播周公礼制!"母亲又问:"鲁定文,母亲今日为你铭刻终身之誓,你可愿意?"鲁定文昂昂回答:"定文谨受母教!"

那天,白发母亲用大朱砂笔在鲁定文的背上盲写了四个大字——复鲁社稷。清晰的感觉告诉鲁定文,失明的母亲绝没有将笔画重叠在一起。而后,母亲颤巍巍地摸索着用缝衣针一下一下地刺扎着红字……少年鲁定文脊背鲜血横流,却没有一声哭喊,因为母亲的泪水已经打在了他的背上……刺完字的第三日深夜,母亲无声无息地死了。鲁定文在母亲的手边发现了一方白绢上的六个血字:"儿求学,莫守丧。"料理完母亲丧事,鲁定文背起了母亲早已预备好的青布包袱,走出了破败的庭院。

末了,卢生平静地说:"我孤身求学,历尽艰辛,终于入了儒家,做了孟子首徒万章大师的弟子。然则,我心中的誓愿一刻都没有泯灭。于是,多年之后,我又孤身远游,在齐国海边遇到了一位老方士。我看到了踏进各国君主最机密处的路径,于是我修习了方士之学,且学得很是精通……"

"兄台何以走到了皇帝身边?"侯生急不可耐。

"老夫很早便开始揣摩秦王,直到他灭了六国。老夫的评判是:如此一个终日忙碌的急功君王,其体魄必定有种种隐疾。于是,老夫游历到了咸阳,以喜好车马结识了精通车马的赵高。切记,赵高是唯一能对皇帝言及隐疾的人物,别看他是个宦者。老夫有意无意地在赵高面前多次为盛年劳碌者医治隐疾,大有成效。一日夜里,赵高终于来找老夫了,要请老夫秘密住进皇城,以防不时之需。老夫深知秦王虎狼秉性,审慎从事,先举荐了最具大名的方士徐福。后来,徐福与皇帝言及为皇帝预谋长生之道,这才将老夫正式引荐到了皇帝面前。"

"兄台如此苦心,与恢复社稷何干?"

"足下以为,老夫指望皇帝恢复鲁国?"卢生冷冷一笑,"大事谋大道。恢复鲁国唯有一法:恢复诸侯制。然则,皇帝却是诸侯制死敌。于是,也只有一条路可走:先灭秦,再使天下重回春秋战国!其时,纵然鲁国不能恢复,为天下除却这一毁灭周礼王道的文明桀纣,亦是大功一件也!"

"灭秦……"侯生倒吸了一口凉气。

"我不灭秦,秦必灭我。任谁不能置身事外。"

"兄台关照儒生,是要这等人灭秦?"

"欲灭秦者,大有人在。"卢生冷漠而明彻,"儒生确实不能灭秦,然能为灭秦张目,能以史笔讨伐暴秦,能教天下人知道秦国是暴虐桀纣!关照此等人,便是为天下反秦聚集力量。明白么?"

"啊,明白也!"侯生恍然大悟了。

"大险在即,要当即给儒生们说得明白,教他们尽快逃离咸阳!"

"那,我等走不走?"

"走。后天夜三更,老夫在南门外郊亭等候足下,一起远走!"

"可……这……"侯生脸红了。

"尽管跟老夫走。财货金钱足够足下挥金如土。"

"好!谨遵兄台之命!"侯生顿时兴奋起来。

一切尽如谋划。两日之内,侯生以老博士资望秘密接触了各个儒生群的轴心人物,将种种险情做了最严重的描述,鼓动儒生们立即逃亡。侯生没有完全遵照卢生叮嘱行事,不但密会了儒生,也密会了方士术士与其余各家士子的要害人物。在侯生看来,单单儒生逃亡太过引人注目,万一有事则大祸全在儒家,而学宫一起逃亡,非但声势更大,且容易使官府难以追查真相。列位看官留意,战国私学昌盛,即或同一学派,师生传承也大多以区域集结为主,同是儒生,便有了齐儒鲁儒宋儒楚儒等等名目。寻常而言,一方之儒生都会有一个颇具资望的会学执事者,以发动各种学术活动。儒家如此,其余各家也大体相同。天下一统之后,各方士子汇聚咸阳,这种地域之别非但没有消失,反而是更为明显了。其间原因,在于天下方离诸侯纷争之世而初归大海,各方士子们骤然汇入汪洋,不自觉地有着几分畏惧防范之心。

侯生只要找到了这些会学执事者,一切消息都会迅速地不胫而走。侯生忙碌两日之后,眼见博士学宫已经骚动了起来,心下大觉满意,当夜便登上一辆垂帘辎车出城了。之后,卢生侯生便从博士学宫销声匿迹了。两日后,待博士仆射周青臣觉察出学宫一片混乱,士子们纷纷收拾行装逃亡时,御史大夫冯劫已经带着一千甲士开进来了。

发现卢生侯生失踪,并立即禀报皇城者,是另一个神秘人物——方士徐福。

那一夜,当徐福第一次未奉召唤而请见皇帝时,赵高大大皱起了眉头,硬是不敢去禀报皇帝。赵高很清楚皇帝对方士的根本想法:有用则用,绝不涉及治病之外的任何事。见赵高板着脸不说话,素来气度娴静的徐福正色道:"今日之事,关涉秦政成败。大

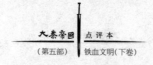
人若不禀报，宁不计梁山之祸乎！"赵高悚然一惊，二话没说走进了皇帝书房。

"方士与卢生同门，何其无情耶？"嬴政皇帝揶揄地笑了。

"启奏陛下：卢生非方士也，其本名鲁定文，实乃鲁国公室之后裔。"

"如何？"嬴政皇帝惊愕了，脸色顿时肃杀。

徐福详细诉说了卢生的真实身份与诸般经历，自然也包括了那令人闻之惊心的刺字情节。嬴政皇帝问徐福如何知晓？徐福遂说出了一个更为惊人的秘密：卢生当年投奔的老方士，正是徐福的老师。其时，徐福正在之罘岛采药，两年后归来方知有了如此一位同门师弟。老师秘密叮嘱徐福说，这个卢生无祥和之气，似有仇恨在身，教徐福暗中访查其底细并留心其行止。徐福秉性宽和，却并未上心。直到三年前徐福接到了老师一宗密件，这才大为惊慌。老师说，三名弟子赴东海仙山采药，发现了之罘岛的一片隐秘山谷里建造了一座颇具气象的宫室，石坊刻着"鲁宫"两个大字，宫中时常有人出没。弟子们于夜间进入探察，竟不意发现了一场百余人的聚会。主持聚会的正是卢生，听到看到的与会人物都是赫赫大名：楚国项梁、韩国张良、魏国张耳陈余、齐国田儋田荣田横、赵国臧涂、燕国李左车等等。这些人商讨的大事，是要在齐国沿海建造一个秘密聚拢六国老世族的营地，伺机拿下老齐国的即墨，以为各国老世族复辟根基。大惊之下，徐福给皇帝留下了一书，说要紧急采撷几味奇药，便离开咸阳去秘密查访卢生底细了。在故鲁之地大半年，许福终于探清了卢生的全部根基，立即赶赴故齐海滨禀报了老师。老师大为恼怒，深感卢生以方士之名行复辟之实，既是对方士的极大辱没，也将给方士带来毁灭性灾难。老师给徐福的叮嘱是，伺机将真相揭示给皇帝，不能使方士绑在儒家的战车上毁灭……

"何以等到今日禀报？"嬴政皇帝毫无喜怒之色。

"陛下信用卢生甚过于在下，若卢生不逃，福恐皇帝难以置信。"

"那次你一去日久，便是此事？"

"正是。此乃物证。"

许福打开了捧来的大木匣，一一拿出了诸多凭据：老师当年收纳卢生的门生登录册籍、老师给他的密件、同门方士在之罘岛画下的羊皮鲁宫图，等等。最要紧的凭据，是一卷羊皮绳穿编的《鲁国公族籍》，最末几支竹简赫然有字："顷公之玄孙，定文，游历天下不知所终，人云更名卢生。"徐福说，这是他在鲁国下邑一家败落世家的老人手中重金买来的,老人祖上原本是鲁国史官,老人秉承祖先遗愿,四海查询鲁国公族后裔,一有消息便记载下来。遇他时,老人将死,他才以安葬重金换取了这卷册籍……

"狗彘不食!"嬴政皇帝突然拍案喝骂了一声,被一种受骗受辱之感深深激怒了,"卢生丧尽天良也! 朕用他聚召文学方术之士,原本要大兴太平之风! 他要炼求奇药,朕便给他钱! 耗费几多,却一无所获! 朕何其厚待,他却竟然如此一个复辟狂徒! 诽谤秦政,妖言惑众,与六国老世族沆瀣一气! ……来人! 宣冯劫!"

对冯劫的命令,皇帝是咬牙切齿迸发出来的:"儒家之士愚顽无良,一体拿下勘问! 彻查博士与卢生侯生之关联,不得放走一人!"待冯劫大踏步出殿时,嬴政皇帝转身对一直伫立的徐福道:"先生举发卢生,大功一件。自今日起,卢生所有职事皆由先生执掌。先生若有所请,拟好上书报来。"徐福深深一躬道:"陛下为方术之士根除异类,免除灾劫,老夫铭感不尽也!"说罢便告辞去了。

"先生留步。"皇帝的目光冰冷,"先生不以为,大索之罘岛是根本么?"

"禀报陛下。"徐福依旧平静如常,"大索之罘岛确是根本,老朽亦愿带路。然则,目下正当大潮之期,海浪猛恶难当,船队无法越海,是故老朽未曾提及。若陛下以为可,老朽纵然身陷鱼腹,也当带路前往。"

"登临之罘岛,每年何时最佳?"

"冬夏两季,潮水平缓之期。"

"好。先生严守机密了。"皇帝一点头,徐福终于走出了书房。

冯劫风风火火进入博士学宫,非但全部堵截了尚未逃走的儒生方术士,而且快马追回了百余名已经逃出咸阳的士子。冯劫与御史丞并几名老御史，立即分作了几班，对所有博士学宫的官士逐一勘审。徒有虚名的方士术士们早已领教了御史大夫府的厉害，纷纷说是儒生们鼓噪逃亡，不干自己事。儒生们更是惊恐万分，纷纷说出了自家如何得知逃亡说辞等等诸般情节，没有一个人奉行儒家对待举发的"为大人隐，为亲友隐"的诸般教诲，竞相攀扯举发，一时人人无一事外。

　　月余之间，事件经过脉络全部查清。冯劫聚集全体学宫人士，黑着脸宣布了涉案人犯的三条大罪：其一，不思守法，自甘妖言蛊惑；其二，诽谤秦政，通连呼应复辟；其三，官身逃亡，亵渎官士公职，恶意鼓噪动荡，危及大秦新政之根本。涉案人犯四百六十七人，全数下狱待决①。宣布一罢，儒生们昏厥了一大片，哭喊连天捶胸顿足，纷纷大叫冤屈。冯劫冷笑一声，对甲士方阵大手一挥便径自走了。

　　暮色时分，博士学宫空荡荡一片。周青臣望着血红的残阳，踩着飘零的落叶，踽踽徘徊在空如幽谷的论学堂湖畔，一时悲从中来，不禁放声大哭⋯⋯

四百六十余人，当无错。

四　孔门儒家第一次卷入了复辟暗潮

　　咸阳大起波澜，孔子故里也陷入了前所未有的紧张之中。

　　自孔子离世，儒家的政治主张一直未能得以伸展。孟子之后，这个学派似乎已经筋疲力尽，奔走仕途矢志复辟

---

①　儒案人数四说：《史记·秦始皇本纪》云四百六十余人，《文选·西征赋·注》云四百六十四人，王充《论衡》云四百六十七人，卫宏《尚书序》云七百人。从王充说。

的精神大大衰减,渐渐地专务于治学授徒了。不期然,这种无奈的收敛,却使儒家意外地发展为天下最为蓬勃的学派,各郡皆有儒家名士之私学,堪称弟子遍布天下。与此同时,孔氏一门稳定传承繁衍颇盛,至秦一天下,孔门已经传到了第九代。这一传承的嫡系脉络是:孔子、孔鲤(伯鱼)、孔伋(子思)、孔白(子上)、孔求(子家)、孔箕(子京)、孔穿(子高)、子慎、孔鲋。九代之中,除第八代子慎做过几年末期魏国的丞相,其余尽皆治学。

秦一天下之后,帝国一力推行新政创制,大肆搜求各方人才。举凡六国旧官吏之清廉能事者,尽皆留用;举凡天下学派名士,各郡县官署都奉命着力搜求,而后直接送入咸阳博士学宫。在此大势之下,嬴政皇帝与帝国重臣们在开始时期的见识是一致的:四海归一,当以兴盛太平文明为主旨,尽可能少地以政见取人。也就是说,搜求人才不再如同战国大争之世那般以治国理念为最重要标准,允许将不同治国理念的学派一起纳入帝国海洋。当然,这里有一个不言自明的标尺:必须拥戴帝国新政。基于此等转变,嬴政皇帝与李斯等一班重臣会商,决意以对待儒家为楷模,向天下彰显帝国新政的纳才之道。

举凡天下皆知,秦儒疏离,秦儒相轻,其来有自也。孔子西行不入秦,后来的儒家名士也极少入秦,即或是游历列国,儒家之士也极少涉足秦国。其间根源虽然很难归结为单一原因,然儒家蔑视秦人秦风,认秦为愚昧夷狄则是不争的事实。应该说,在秦孝公之前,秦人对儒家的这种蔑视是无奈的。而自孝公商鞅变法崛起,秦国自觉地搜求经世人才,对主张复辟与仁政的儒家,是打心眼里蔑视的。战国百余年,山东士子大量流入秦国,儒家之士依然寥寥无几。不能不说,这种其来有自的相互蔑视起了很大的阻碍作用。而秦帝国一旦能敬儒而用,则无疑是海纳百川的最好证明。嬴政皇帝曾经笑叹云:"朕愿为燕昭王筑黄金台,但愿儒家亦有郭隗之明睿也!"如此这般,这个近百年几为天下遗忘的曾经的显学流派,被嬴政皇帝的诏书隆重而显赫地推上了帝国政坛:孔鲋被皇帝任命为几比旧时诸侯的高爵——文通君,官拜少傅,统领天下文学之士。秦及其之后的两汉,所谓文学之士,是诸般治学流派的泛称;统领文学之士,便是事实上的天下学派领袖。

后来的事实表明,这是极具讽刺意义的一幕。秦帝国在历史上第一个将备受冷落的儒家学派推上了学派领袖的位置,这个学派却并没有投桃报李,而是旧病复发一意孤

行，获罪致伤之后更是矢志复仇，以至于千秋万代地对秦政鞭尸叱骂，绝无一丝中庸之心。

却说这个孔鲋，那日匆匆逃出咸阳，急慌慌回到了故里，立即召来胞弟子襄紧急会商。孔鲋将大朝欲将焚书的事情一说，精明干练的子襄立即有了对策——藏书为上。孔鲋秉承了儒家的书生传统，四体不勤五谷不分，对实际事务最是懵懂，但遇实事操持，都是这位精明能事不大读书的弟弟做主。是故，子襄一应，孔鲋立即瘫在了榻上放心了。后来，孔鲋投靠了陈胜反秦军，莫名其妙死于陈下之地；其时正是这子襄继承了孔门嫡系，延续了孔门血脉，后来先做了西汉的博士，又做了长沙太守。

子襄吩咐一个女仆照应兄长，立即出来撞响了茅亭钟室里的大铜钟。钟声急促荡开，庄院外读书的弟子们纷纷从松柏林中走出，匆匆奔庄院而来。未几，百余名弟子聚齐到大庭院中。子襄站在正厅前的石级上神色激昂地高声道："诸位弟子们，秦皇帝要焚尽天下典籍，儒家灾劫即将来临！我等要将全数典籍藏匿起来，书房只摆医农卜筮之书。若孔门儒家有灭族之祸，任何人不得泄露藏书之地！无论谁活下来，都要暗中守护藏书，直到圣王出世征求。若有胆怯背叛儒家者，任何时日，儒家子弟均可鸣鼓而攻之！明白么？"

"明白！"弟子们虽然惊愕万分，还是激昂地呼喊了一声。

"好！分成两班，一班整理书籍，一班做石条夹壁墙。立即动手！"

弟子们口中答应着，事实上却慌乱一团。盖儒家崇尚"文质彬彬，然后君子"，绝不像墨家那般以自立生存为艺业根本。除了赶车，儒家士子对农耕工匠商旅诸般生计事十有八九不通，比孔子时期的立身教习尚且差了一截。今日骤逢

儒家对秦恨之入骨，想尽办法毁其名，这倒是真的。

五谷不分,四体不勤! 忙乱时也不忘调侃一下儒家子弟。

实际操持,顿时乱了阵脚,既不知夹壁墙该如何修法,更不知石条该到何处倒腾。不甚读书的子襄这才恍然大悟,骤然明白了哥哥的这班弟子的致命病症。于是子襄二话不说,立即走下石级开始铺排:一边先点出了二十名弟子去整理简册,一边教弟子们一一自报自家是力气大还是心思巧。片刻报完,子襄便高声喝令,力气大的站左,心思巧的站右;而后子襄召来六名府中工匠,两名石工领着力气大的一队弟子去寻觅石条,四名营造工领着一队心思巧的弟子筹划夹壁墙。匆匆铺排完毕,子襄便亲自各处督导,开始了万般忙乱的秘密藏书。

忙碌月余,好容易将典籍藏完,焚书的事却似乎没有了动静。非但没有郡县吏上门搜书,连这个赫赫文通君逃亡的事也没人来问。子襄心下大是疑惑,以秦政迅捷功效,竟能有月余时间藏书,原本便不可思议;更兼兄长拜爵文通君,几与那些功臣列侯等同,这个虎狼皇帝能丢在脑后不闻不问?问及兄长,孔鲋却是无论如何说不出个清楚道理。精明的子襄一时倒没了主张,不知道究竟是逃走好,还是守护在故里好。如此万般疑惑万般紧张,不时有各郡县传来缴书焚书消息,偏偏孔府却是一无动静。煎熬之间,眼看北风大起冬雪飘飞河水解冻惊蛰再临,还是没有人理睬这方儒家鼻祖之地。一时间,孔鲋反倒有些落寞失悔起来,早知皇帝没有将儒家放在心上,何须跟着那班勾通六国贵族的儒家博士起哄?自先祖孔子以来,孔门九代,哪一代拜过君爵?居君侯之高爵宁不珍惜,以致又陷冷落萧疏之境地,报应矣!

然在孔鲋长吁短叹之时,子襄却蓦然警觉起来,对这位文通君大哥道:"为弟反复思忖,此事绝不会无疾而终。以嬴政之虎狼机心,安知不是以孔门儒家为饵,欲钓大鱼?"

"大鱼?甚是大鱼?"孔鲋很有些迷惘。

"大哥可曾与六国世族来往?"

"识得几人,无甚来往。"

"这便好。但愿真正无事也。"

便在这忧心忡忡惶惶不安之时,孔府来了两位神秘人物。

当子襄从庄外将这两个人物领进已经没有书的书房时,孔鲋惊愕得嘴都合不拢了。手忙脚乱地揉了几次眼睛,才一拱手勉力笑道:"两位远来,敢请入座。"两人却也奇怪,只淡淡地笑看着孔鲋,良久却一句话不说。孔鲋见子襄直直地伫立着不走,这才恍然道:"老夫惭愧,忙乱无智了。这是舍弟子襄。子襄,这位是魏公子陈余,这位是儒门博士卢生……"子襄当即一拱手道:"公子、先生见谅,时势非常,我兄多有迂阔,在下不得不与闻三位会晤。"年轻的陈余朗声笑道:"久闻孔门仲公子才具过人,果名不虚传也!我等与仲公子岂有背人之密,敢请仲公子入座。"如此一说,子襄倒有些失悔言辞激烈,立即一脸笑意地吩咐上酒为两位大宾洗尘。片刻酒食周到,小宴密谈便随着觥筹交错流转开来。

卢生先行叙说了孔鲋离开咸阳后的种种事端,说到自己谋划未果而终致四百余儒生下狱,一时涕泪唏嘘。孔鲋听得心惊肉跳,第一个闪念便是如此相互攀扯,大祸会否降临到孔门? 子襄机警,当即问道:"先生既与侯生共谋,又一起逃秦,如何那位先生不曾同行?"卢生愤愤然道:"虎狼无道也! 我等逃出函谷关,堪堪进入逢泽,却被三川郡尉捕卒①死盯上也! 情急之下,老夫只有与侯生分道逃亡。侯生奔了楚地项氏,老夫奔了魏国公子。"子襄又道:"先生既被缉拿,何敢踏入孔府是非之地?"卢生冷冷一笑道:"谁云孔府乃是非之地? 天下焚书正烈,咸阳儒案正深,孔府却静谧如同仙境,岂非皇帝对文通君青眼有加耶?"子襄淡淡道:"先生无须讥讽也。飓风将至,草木无声。安知如此静谧不是大祸临头之兆耶?"一直没说话的陈余摇摇手道:"先生与仲公子毋得误会。时势剧变,当须同心也! 我等今来,其实正是卢兄动议。卢兄护儒之心,上天可鉴!"于是,陈余当即将卢生身世真相与其后演变叙说了一番,孔氏兄弟竟听得良久回不过神来。

"卢兄原来真儒也! 老夫失察,尚请见谅。"孔鲋深深一躬。

"先生有勾践复国之志,佩服!"子襄也豪爽拱手,衷心认同了这位老儒。

---

①　郡尉,秦郡武官,掌"典兵禁,捕盗贼";捕卒为捕盗军吏,几如后世捕快。

"儒家大难将至,圣人传承务须延续。"卢生分外地肃穆。

"先生之论,孔门真有大难将至?"孔鲋为卢生的神色震惊了。

陈余道:"秦灭先王典籍,而孔府为典籍之主,岂能不危矣!"

"先王之典,我已藏之。老夫等他来搜,搜不出,还能有患么?"

"文通君何其迂阔也!孔府无书,自成反证。君竟不觉,诚可笑也!"

"大哥,公子言之有理。孔门得预备脱身。"子襄立即警觉起来。

"走……"孔鲋本无主见,事急则更见迟疑。

"那,弟子们无书可读,教他们各自回家罢了!"孔鲋长叹一声。

卢生连连摇手:"差矣!差矣!儒家之贵,正在儒生也!"

"百人无事可做,徒然招惹风声,老夫何安也!"

"文通君短视也!"卢生连连叩案,"而今天下典籍几被烧尽,大多儒生又遭下狱。天下学派凋零,唯余儒家孔门主干尚在,若干儒家博士尚在,此情此景,岂非上天之意哉!设想天下一旦有变,圣王复出,必兴文明。其时,儒家之士与孔门所藏之典籍,岂非凤毛麟角哉!……其时也,儒家弟子数百,人人满腹诗书,将是一支何等可观之文明力量也!"

"先生言之有理!"子襄奋然道,"那时,儒家将是真正的天下显学!"

"可,逃往何处也……"孔鲋又皱起了眉头。

"文通君毋忧,此事有我与卢兄一力承当!"陈余慷慨拍案。

终于,孔鲋拿定了主意,吩咐子襄立即着手筹划。四人的约定是:三日准备,第三日夜离开孔府,向中原的嵩阳河谷迁徙。卢生说,嵩阳是公子陈余祖上的封地,他多年前在嵩阳大山建造了一处秘密洞窟,两百余人衣食起居不是难事。子襄原本有谋划好的逃亡去向,今日一闻陈余卢生所说,立即明白了六国老世族秘密力量的强大,二话没说便答应了。

当夜,子襄正在忙碌派遣各方事务,孔鲋却又忧心忡忡地来了。孔鲋对子襄说:"这个陈余小视不得,与另一个贵族公子张耳是刎颈之交,听说与韩国公子张良及楚国公子项梁等都是死命效力复辟的人物,孔门与他等绑在一起,究竟是吉还是凶?他能想到逃出咸阳,也是这陈余潜入咸阳秘密说动的。这班人能事归能事,可扛得住虎狼秦政么?"子襄正在风风火火忙碌,闻言哭笑不得道:"大哥且先歇息,忙完事我立即来会商。"

四更时分,子襄走进了孔鲋寝室。孔鲋在黑暗中立即翻身离榻,将子襄拉进了一间密不透风的石屋，也不点蜡烛，便黑对黑地喁喁而语了。子襄说："目下时势使然，不得不借助六国老世族，虽则冒险，却也值得赌博一次。"孔鲋连连摇头说："大政不是博戏，岂能如此轻率？"子襄却说："得看大势的另一面，秦政如此激切，生变的可能性极大。且秦政轻儒，业已开始整治儒家，孔门追随秦政至多落得个不死，而融进六国复辟势力，则伸展极大。"

"六国贵族要成事，最终离不开儒家名士！"子襄一句评判，接着又道，"大哥且想：六国贵族要复辟，必以恢复诸侯旧制王道仁政为主张！否则，便没有号召天下之大旗。而在复辟、复礼、复古、仁政诸方面，天下何家能有儒家之深彻？六国贵族相助儒家，原本便是看准了这一根本！是故，他等要复辟，必以儒家，必以孔门为同道之盟！孔门有百余名儒生，何愁六国贵族不敬我用我？"

"孔门九代以治学为业，堕入复辟泥潭……"

"大哥差矣！"子襄慷慨打断，"九代治学，孔门甘心么？自先祖孔子以来，孔门儒家哪一代不是为求做官而孜孜不倦？学而优则仕，先祖大训也。祖述尧舜，宪章文武，先祖大志也。复辟先王旧制，原是儒家本心，何言自堕泥潭哉！儒家本是为政之学，离开大政，儒家没有生命！秦皇帝摒弃儒家，不等于天道摒弃儒家。与六国贵族联手，正是儒家反对霸道而自立于天下的基石！"

"子襄，你想得如此明白？"孔鲋盯着弟弟惊讶了。

"大哥不要犹疑了。"

"兄弟不知，我是越来越觉得儒家无用了……"

"大哥何出此言也！"子襄笑道，"便以目下论，儒家也比六国老世族有大用。他等被四海追捕，朝夕不保，只能秘密活动于暗处。我儒家则是天下正大学派，公然自立于天下，连皇帝也拜我儒家统掌天下文学。儒家敢做敢说者，正是他等想做想说者。他等不助儒家，何以为自家复辟大业正名！大哥说，儒家无用么？"

"有道理也！"孔鲋点头赞叹，"无怪老父亲说襄弟有王佐之才也！"

一番密谈，儒家鼻祖的孔门终于做出了最后的决断：脱离秦政，逃往嵩阳隐居，与六国老世族复辟势力结盟，等待天下生变。孔鲋心意一决，情绪立即见好。子襄忙于部署逃亡，孔鲋便与陈余卢生不断地饮酒密谈。临走前的深夜密谈中，卢生陈余向这位大秦文通君说出了又一个惊人的秘密：在"亡秦者胡也"之后，他们将谋划一次更为震惊天下的刻石预言！孔鲋忙问究竟，卢生压低声音道："文通君且想，始皇帝若死，天下如何？"

把关于秦始皇的种种传闻串起来，反正这些传言也说不清道不明，倒不如一锅炖了。

孔鲋思忖片刻道："诸侯制复之？"陈余笑道："太白太白，那不是预言。预言之妙，在似懂非懂之间也。"孔鲋恍然，闷头思忖良久，突然拍案道："地分！始皇帝死而地分！"

"文通君终开窍也！"陈余卢生同声大笑。

"如此预言常出，也是一策。"孔鲋为自己从未有过的洞察高兴起来。

"说得好！"卢生笑道，"年年出预言，搅得虎狼皇帝心神不安！"

"此兵家乱心之术也！"陈余拍案。

"甚好甚好。"孔鲋第一次矜持了。

"再来一则。"子襄一步进门神秘地笑道，"今年祖龙死。"

"妙！彩！"举座大笑喝彩。

不料，第三日夜里诸事齐备，孔门儒生正在家庙最后拜别先祖时，充作斥候的两名儒生跌跌撞撞跑来禀报说，有大队骑士正朝孔府开来，因由不明。孔府人众顿时恐慌起来。

却说自焚书令颁行之后，薛郡郡守连番向总掌文事的奉常府上书，禀报本郡孔里的种种异动迹象，请命定夺处置之法。老奉常胡毋敬历来谨慎敬事，每次得报都立即呈报皇城，并于次日卯时进皇城书房领取皇帝批示。对于文通君孔鲋已经逃回故里，然未见举族再逃迹象的消息，嬴政皇帝非但没有震怒，似乎还颇感欣慰地对胡毋敬道："孔鲋以高爵之臣不告私逃，依法，本该缉拿问罪。念儒家数代专心治学，更不知法治为何物，只要孔鲋逃国不逃乡，终归是大秦臣民，任他去了。"对于孔府修筑石夹壁墙藏书，而未向郡县官署上缴任何典籍的消息，嬴政皇帝也淡淡笑道："还是那句话，只要孔鲋仍在故里，任他去了。"胡毋敬大觉疑惑，思忖良久，终归恍然，一拱手道："自此之后，焚书令与孔里之事，老臣不再奏闻陛下，尽知如何处置了。"嬴政皇帝破例一笑，没有说话。

　　胡毋敬明白者何？盖当初李斯将惊蛰大朝之议，以奏章形式正式呈报后，嬴政皇帝的朱批是："制曰：可。"当初，帝国群臣正在愤激之时，谁也没有仔细体察其中况味。胡毋敬则总觉焚书令雷声大雨点小，心下多有疑惑然也未曾深思，今日皇帝对孔府藏书如此淡漠，实则默认了孔府藏书之事实，胡毋敬认真追思，方才恍然明白：皇帝一开始便对焚书采取了松弛势态，"制曰"的批示形式，已经蕴含了这种有可能的缓和。

　　帝国创制时，典章明白规定：命为"制"，令为"诏"。命的本意，是诸侯会盟约定的条文或说辞；令的本意，则是必须执行的法令。由此出发，"制"与"诏"作为皇帝批文的两种形式，其间也有区别：制，相对缓和而有弹性，其实质含义是"可以这样做"；诏，则是明确清楚的命令，其实质含义是"必须这样做"。到嬴政皇帝时期，秦政已经非常成熟，在百余年中所锤炼出的极其丰厚的大政底蕴，对繁剧国事的处置之法，已经达到了炉火纯青之境。天下大事如此之多，君王未必总是以命令方式行事，其间必然有许许多多需要谨慎把握的程度区别。所谓"王言如丝，其出如纶"——君王言论如丝般细小，传之天下则会剧烈扩大——说的便是君王政令的谨慎性。唯其如此，帝国创制之时，特意将皇帝的批示形式分作了两种："制"为松缓性批示，实施官员有酌情办理之弹性；"诏"为强制性批示，实施官员必须照办。事实上，这是中国古代最高文告形式的独特创新。《史记·秦始皇本纪·正义》云："制、诏三代无文，秦始有之。"说的正是这种君王文告的创制。嬴政皇帝对李斯的焚书奏章以"制曰"批示——可以这样做，而不是以"诏曰"批示——必须这样做。其间分野，自有一番苦心。

　　然则，卢生侯生逃亡，进而儒案爆发，嬴政皇帝变了。

　　卢生、侯生之逃，让秦始皇大怒，怒之余，恐怕也有伤心处。始皇闻亡，乃大怒曰："吾前收天下书不中用者尽去之。悉召文学方术士甚众，欲以兴太平，方士欲练以求奇药。今闻韩众去不报，徐市等费以巨万计，终不得药，徒奸利相告日闻。卢生等吾尊赐之甚厚，今乃诽谤我，以重吾不德也。诸生在咸阳者，吾使人廉问，或为妖言以乱黔首。"（《史记·秦始皇本纪》）秦始皇厚遇之，却反遭诽谤，当然暴跳如雷。

变之根由,在于由此而引发的两件事:一则,涉案儒生多有举发,言文通君孔鲋主事学宫期间,与六国老世族多有勾连,多次参与六国世族公子宴会论学,曾邀诸多儒生与宴,席间每每大谈诸侯制;二则,薛郡急报,孔府故里多日异常,似有举族逃乡之象。对于儒生举发,嬴政皇帝虽则不悦,却也没有如何看重,只淡淡一句道:"其时尚未有惊蛰大朝,此等书生议论,说便说了。"然自薛郡急报之后,嬴政皇帝却显然有些愤怒了——这孔鲋还能当真没有了法度?擅自逃国,对朕一句话没有!如今又要擅自逃乡,不做大秦臣民了?纵然如此,嬴政皇帝也还是没有大动干戈,只吩咐御史大夫冯劫派出干员到薛郡督导查勘,并未生出缉拿孔鲋之意。然则未过多日,冯劫派出的御史丞发来快马密报:两名乔装成商旅的人物进入了孔府,其中一人是逃亡的卢生。

"目无法度,莫此为甚!"

嬴政皇帝顿时大怒,手中的铜管大笔砸得铜案当当响,立即下令冯劫率两千马队赶赴薛郡围定孔里,不使孔门一人走脱!冯劫走后,嬴政皇帝兀自愤怒不已,连连大骂:"孔儒无法!无道!无义!勾连复辟,大伪君子!枉为天下显学!"吓得远远侍立的赵高大气也不敢出。骂得一阵,嬴政皇帝大喝一声:"小高子!去孔里!"赵高风一般卷出。片刻之后,嬴政皇帝登上了赵高亲自驾驭的六马高车,在一支三百人马队护卫下风驰电掣飞出了咸阳。

次日暮色,皇帝车马抵达薛郡时,孔里已经空荡荡了无人迹了。

冯劫禀报了经过:他的马队是午后时分赶到的,其时孔里一片仓促离去的狼藉,但已经没有了一个人影。经搜索查证,孔族千余人分多路全数逃亡,去向一时不明,孔府未见可疑之物。嬴政皇帝望着眼前空荡荡的庄院,冷冷笑道:"好个孔府儒家,终究与我大秦新政为敌也!彼不仁,朕何义?先开孔府石墙!"

片刻之间火把大起,一千甲士在薛郡营造工师指点下,开始发掘孔府内所有的新墙。不到两个时辰,十几道新墙全部推倒,却只有数百卷农工医药种树之书,未见一卷诗书典籍。所有的人都大感意外,一时没了声息。嬴政皇帝端详一阵,突然一阵大笑道:"好!儒家也学会了疑兵欺诈,足证其护典之说大伪欺世也!"转身下令道,"在孔里扎下行营。朕偏要看个究竟,这个孔鲋还有何等行骗小伎!"

行营堪堪扎定,李斯姚贾胡毋敬三位大臣也风尘仆仆赶到了。

嬴政皇帝当即在孔府正厅小宴,一则为三位大臣洗尘,一则会商如何处置孔儒事件。薛郡郡守与冯劫先后禀报了种种情形,之后,胡毋敬向姚贾一拱手道:"敢问廷尉,孔儒之触

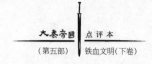

法该当几桩罪行?"姚贾道:"依据秦法,孔儒触法之深前所未见。其一,孔鲋身居高爵,不辞官而擅自逃国,死罪也;其二,抗法而拒缴诗书,死罪也;其三,以古非今,鼓噪复辟,妄议大政,灭族之罪也;其四,裹挟举族离乡逃匿,既荒废耕田,又实同民变,灭族罪也;其五,藏匿重犯卢生,不举发报官,连坐其罪,同死罪也。至少,如此五大罪行不可饶恕。"

"老臣敢请陛下三思。"胡毋敬长吁一声道,"自焚书令颁行以来,陛下苦心老臣尽知也! 然连番事态迭起,若依旧如前,半松半紧,只恐臣等与郡县官署无所措手足矣!"

"老臣附议奉常之说。"李斯当即接道,"陛下为谨慎计,以'制曰'颁行焚书令,老臣当时未尝异议也。然,树欲静而风不止。我退一步,则复辟暗潮必进百步矣! 老臣之见,孔儒事既不能轻,亦不能缓,当立即依法处置。何也? 孔儒乃儒家大旗,其与六国复辟世族沆瀣一气,亦必成复辟势力之道义大旗……"

"灭军以斩旗为先!"大将出身的冯劫立即响亮地插了一句。

"臣亦愿陛下三思。"薛郡郡守也说话了。

"看来,朕是错了!"嬴政皇帝万般感慨地长叹了一声,"朕原本只说,儒家毕竟治学流派而已,只要大秦诚心容纳,儒家必能改弦更张。毕竟,儒家也非全然没有政见。朕之不可思议者,何以这儒家硬是看不到秦政好处? 看不到民众安居乐业? 当年,孔夫子不是也曾对齐桓公驱逐四夷大加赞叹么? 大秦一举击退匈奴,平定南粤,华夏四境大安,儒家能眼睁睁看不见么? 朕想给儒家留一片宽阔的回旋之地,给了他文通君高爵,给了他统领天下文治的百家统领地位,想教儒家兴教兴文,汇聚百家而成就我华夏文明之盛大气象……不可思议也! 不可思议也! 如何这儒家能死死抱住千年之前的井田制、诸侯制不愿撒手? 果真复辟,有何好处? 疯痴若此,亘古未闻也!"

举座一时寂然。帝国大臣们从来没有见过皇帝如此感慨。

"儒家恶癖,恋尸狂而已! 陛下想他做甚!"冯劫高声一句。

"老臣之见,"李斯一拱手道,"儒家所以如此疯痴,根本只在两处。一则,儒家政道从来不以人民处境为根基,'民可使由之,不可使知之''刑不上大夫,礼不下庶人',此之谓也。井田制也好,诸侯制也好,仁政也好,都是对世袭贵族大有好处。秦政使黔首人皆有田,使奴隶脱籍而成平民;而贵族,则永远地失去了法外特权,永远地失去了世袭封地。秦行新政,而贵族无所得,儒家必然视秦政为恶政也! 二则,儒家褊狭迂腐,恩怨之心极重,历来记仇,睚眦必报。儒家以仕途为生命之根,秦政却素来轻儒,百余年从来

没有用过一个大儒。孔门第八代子慎,在魏国行将灭亡而政道最黑之时,却做了魏国丞相。可见,儒家做官,从来不以该国政道是否合乎民心潮流而抉择,而只以能否给他带来特权而选择。陛下虽用儒家,却没有赋予儒家任何法外特权。故儒家之心,终与秦政疏离。亦即是说,儒家从来没有将秦政看作自家追思的政道,儒家,只牢牢记得秦政轻儒的仇恨!"

"丞相之说,老臣以为切中要害。"胡毋敬由衷地附议了。

"好!"嬴政皇帝断然拍案,"姚贾说话,此事如何处置?"

"依法论罪,目下之要是搜出孔府藏书,使证据俱在。"

"白说!"冯劫大皱眉头,"墙都推倒了,还能何处去查?"

"也是。然,这千万卷简册,他能都背走了?"胡毋敬大感疑惑。

"陛下,列位大人。"薛郡郡守一拱手道,"臣有一想,孔子陵墓占地百余亩,正在孔子旧居之下,其地上地下均有石室,素不引人注意……"①

"郡守是说,书藏在墓里!"冯劫大是兴奋。

姚贾点头道:"孔府房屋不多,确实很难藏书。"

"孔子冢如小山,倒真是出人意料之所。"李斯也有些心动了。

"那还说甚?老夫明日开墓!"冯劫高声大气。

"然则,掘孔子墓妥当么?"胡毋敬颇见犹豫。

"有何不当!以老夫子墓藏书便当么?"冯劫脸色顿时阴沉。

"战国以来,业已有人呼孔子为学圣了。尤其齐鲁之士,更是尊孔……"

盛怒之下,要骚扰孔子墓。结果得一预言。

① 《史记·孔子世家》云:"孔子冢大一顷。故所居堂、弟子内,后世因庙,藏孔子衣冠琴车书。"《索隐》云:"孔子所居之堂,其弟子之中,孔子没后,后代因庙,藏夫子平生衣冠琴书于寿堂中。"

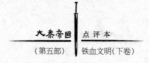
姚贾正色道："国事以法为重,老奉常无须多虑也。"

"朕意,明日先开孔子故居之墙,再开墓。"嬴政皇帝终于拍案了。

孔里之北泗水滔滔东去,河滨坐落着孔子墓地。

孔子死后渐渐获得了诸多敬意,但直至战国末世,仍然只是一个因复辟理念而几为天下主流遗忘的正常的大学者,并无任何神圣光环。就实而论,孔子墓地得以保留并得到良好维护,并非后世儒家所宣称的诸般天命神圣所致。其真实根源,在于儒家以人伦为本主张礼治,所有的礼仪中又最为看重葬礼,不惜耗时耗财耗人生命以完成葬礼。《史记·孔子世家》记载:"孔子葬鲁城北泗上,弟子皆服三年。三年心丧毕,相诀而去,则哭,各复尽哀,或复留。唯子赣庐于冢上,凡六年,然后去。"毋庸置疑,这是非常动人的。一个学派的人士自愿地耗时耗财耗命,全然可视作一种自由信念,与他人无涉。然则,若从当时实际想去,这种葬礼与大争之世其余学派珍惜时光生命以奋发效力于社会相比,距离很远很远。若孔子达观如庄子,节葬如墨子,看重生命功效如法家兵家与其余诸多实用学派,孔子的墓地完全可能如同许许多多的诸子大师那样无可寻觅了。

这座孔子墓地最显赫的标志,是一片各色树木汇聚的独特小树林。据说,这片树林是孔子死后各国的儒家弟子各持其国之树木前来栽种的,是故树色驳杂。林间一条大道直通墓地,道口两侧是两座古朴的石阙。因了这两座石阙,时人亦称孔墓为阙里。《史记·集解》之《皇览》对孔墓的描述是:"孔子冢去城一里。冢茔百亩,冢南北广十步,东西十三步,高一丈二尺。冢前以瓴甓(砖瓦)为祠坛,方六尺,与地平。本无祠堂。冢茔中树以百数,皆异种,鲁人世世无能名其树者。"墓茔旁边,是孔子当年的旧居。按时人说法,叫作孔宅旧垣。种种情形可见,孔子的墓地是简朴而清幽的。至于占地百亩,在地广人稀的时代是一件很平常的事情。

清晨,大队肩扛铁耒的士兵在冯劫指令下开始了墓地开掘①。

与此同时,另一大队士兵在姚贾胡毋敬指令下开始拆孔子旧垣的石壁墙。大约一个多时辰后,几道拆毁的石墙中发现了百余卷典籍。姚贾胡毋敬大体清点后,立即飞报

---

① 秦始皇掘孔子墓,历史学家马非百先生之资料集《秦始皇帝传》辑录了诸多文献记载:《论衡·实知篇》,《太平御览》八六、六九引《异苑》《春秋演孔图》《古今图书集成·职方典·兖州府·纪事一》等。

了皇帝行营。嬴政皇帝立即驱车到了旧垣，亲自察看了起出来的藏书，思忖片刻下令道："廷尉可会同御史将藏书登录，以为凭据。之后将石墙依旧砌起，书卷照旧藏入。"胡毋敬大是不解。嬴政皇帝却转身对薛郡郡守下令道："自今日之后，派干员秘密守住孔里，但有可疑人等前来起书，立即缉拿。"郡守领命。胡毋敬这才恍然了。

午后时分，墓口开出了一条宽阔的坡道，士兵们已经在坡道两侧举起了火把。嬴政皇帝大步来到墓口，却被冯劫拦住了："陛下请带剑进墓！"嬴政皇帝一阵大笑："朕乃活天子，见一死圣人，用得着带剑么？进！"冯劫说声老臣先行，从兵士手中接过一支火把，第一个大踏步进了墓道。嬴政与李斯姚贾胡毋敬等也随后走下了坡道。

墓道尽头是一方宽敞的黄土大厅。郡守与几名将军各持一支火把，大厅一览无余。只见中央一方棺椁平卧于三尺石台之上，棺椁之前是一尊孔子坐案观书的泥俑，泥俑左后侧是一张长大的木榻，榻上有粗布帷帐，帐中有棉被草席；泥俑右后侧是一方长案，案上一鼎一爵，案侧一只原色木酒桶；泥俑正前方是一辆辌车，车盖高五七尺，车后一座弓箭架，弓与箭俱全；土厅右角是一张琴台，靠土墙处有一竹制大书架码满了简册，各有写字的白布条贴于简册之上。

"陛下，这方土厅没有藏书之地。"冯劫显然很是失望。

姚贾走到书架前道："《周易》《诗》《春秋》《尚书》，至少这里有四部书。"

"墓室六艺俱全。陛下，地下孔夫子依然故我。"李斯打量着四周。

"如此土墓室，不像有藏书。"胡毋敬有些困惑。

"要否启开棺椁查看？"冯劫不死心。

嬴政皇帝没有理睬冯劫，也一直没有说话，只在火把下巡视着大厅，神色颇见肃穆。走到书架前，嬴政皇帝指点着那些书卷道："孔夫子增补《周易》韦编三绝，编修《春秋》耗尽心神，集采民诗多少劳碌，夫子该当拥有如此几部典籍。留给他了。"走到食案前，嬴政皇帝颇觉好奇，打开了木酒桶凑上闻闻笑道："好香！果然数百年兰陵美酒也！"说罢，用食案上的细长酒勺舀出一勺一饮而尽，品咂着笑道："真好酒也！来！每人一勺，其余仍留给夫子。"皇帝如此，大臣们顿见轻松，君臣笑声中李斯等大臣每人一饮，纷纷赞叹不绝。

嬴政皇帝继续转悠着。走到榻前，嬴政皇帝撩帐坐于榻上，感慨叹道："夫子节俭，果然不虚也！"走到南墙下，嬴政皇帝取下弓一拉竟大为惊奇："孔夫子能开得如此硬弓？"说罢，嬴政皇帝欣然取下一支箭搭于弓弦，拉满弓一射，一支羽箭嗖地没入了东墙黄土中。大臣

将军们一片喝彩赞叹。嬴政皇帝笑道："看来，夫子还真有些
许功夫。若去从军，定是大将之才。"走到泥俑前，嬴政皇帝对
着泥俑深深一躬道："夫子，嬴政总算见到你老人家了。非嬴
政着意扰你清梦也，实是夫子后裔迫我太过也。嬴政今日一
别，复你陵墓如昨。夫子啊，嬴政告辞了……"

"陛下快来看也！"冯劫突然吼叫了一声。

嬴政皇帝蓦然回身，见冯劫举着火把连指东墙，于是大
步来到了墙下。端详之下，只见黄土墙上依稀几排暗红色的
大字——秦始皇，何强梁，开吾户，据吾床，张吾弓，射东墙，
唾吾浆，以为粮，前至沙丘当灭亡！

土厅的大臣将军们一时惊愕了，默然了，目光一齐聚到
了皇帝脸上。嬴政皇帝未见如何震怒，却是一脸惊讶道：
"怪矣哉！子不语怪力乱神，莫非夫子也作伪？世间果真有
如此神异之事，能生知后世数百年？"

"岂有此理！夫子一派胡言！"胡毋敬愤愤然。

"直娘贼！老杀才死了还要咒人！鸟个大师！"冯劫连
连大骂。

姚贾却是一直若有所思地打量着墙上字迹，此时上前用
手轻摸土墙，又用指甲轻轻抠划字迹，不禁一声惊呼："陛下，
有鬼！"众人一时大惊，纷纷拔剑在手护住了皇帝。嬴政皇帝
大笑道："散开散开！朕便看看夫子如何装神弄鬼！"姚贾却连
连摇手高声道："不是那鬼！是这字迹有鬼！干红字下是新朱
砂，上边暗红色做假！上边干黑，下边鲜红！"众人又是一惊，
围上前一看，果然——暗红色表皮下显出了一片鲜红！

"土墓有暗道，孔府搞鬼！孔鲋孔襄！"冯劫大吼。

"儒家欺秦太甚也！"骤然之间，嬴政皇帝面若冰霜。

列位看官留意，孔墓留字是诸多史料留下来的一则谶
言，具体文句各典记载不一，唯有最后一句各典相同，都是

"秦始皇，何强梁，开吾墓，
踞我床，饮吾浆，睡吾堂，前至
沙丘当灭亡。"此语流传甚广，
多见于汉代纬书，真假莫辨。

"前至沙丘当灭亡"。孔子素来厌恶怪力乱神,果能有此谶言,岂非徐福卢生等欺世术士之流? 是故,这则谶言的最后一句,是最明显不过的后世儒家作伪。各典对嬴政皇帝的入墓作为说法不一,独对最后一句的"沙丘灭亡"四字却惊人地统一,岂不发人深思?

五　长公子扶苏与皇帝父亲的政道裂痕

宽阔明亮的皇帝书房里,正在举行一场事关重大的小朝会。

嬴政皇帝回到咸阳的第三日,一俟善后的冯劫胡毋敬归来,便立即召集了这次重臣小朝会。李斯、冯去疾、冯劫、蒙毅、姚贾、胡毋敬六人肃然在座。嬴政皇帝常服散发坐于御案之后,虽须发灰白大见瘦削,人却是精神奕奕,毫无疲惫之相。

"种种事端接踵而来,得拿出一则总体对策。"

大臣们连日思谋之下,嬴政皇帝话音一落点,便争相说了起来。冯劫率先开口,愤激之言掷地有声:"老臣身为御史大夫,监察天下不法! 以为对六国贵族复辟,对勾连复辟的儒家,当一并强硬对之。杀! 不大杀复辟人犯,天下难安!"

"御史大夫之言深合秦法。"姚贾接道,"儒家愚顽无行,屡抗新政法令,种种劣迹朝野皆知。若是其他臣民,任谁也罪责难逃! 大秦法不二出,天下例无法外之人。而儒家不思陛下善待之恩,竟能沦为复辟鹰犬而自甘,足证其无可救药也! 若不依法处置,大秦法统何在!"

"老臣赞同!"素来寡言的右丞相冯去疾也是愤愤难忍,"六国贵族复辟,利害根基所在也,谁都想得明白。可这儒家卷入复辟不可自拔,老臣百思不得其解! 自古至今,几曾有过如此丧尽天良的学派? 嘴上天天说民心即天心,可他想过人民生计么! 教他当官兴盛文明,他却不做,偏偏地要跟着六国贵族复辟,这还是治学之人么,全然一只读书虎狼!"

"不不不。虎狼是我老秦人,莫高抬了儒家。"嬴政皇帝揶揄一句,举座不禁大笑起来。

"以法而论,儒家确该处置,臣无异议!"蒙毅很硬朗地一句了结。

"老奉常以为如何?"嬴政皇帝看了看一脸忧思的胡毋敬。

"陛下,老臣斗胆了。"胡毋敬发如霜雪的头颅微微颤抖着,"老臣主张处置儒家,然不敢赞同大杀儒家。自古以来,书生意气不应时。此等人看似口如利剑悬河滔滔,然则,却极少真有担待。以老臣揣摩,儒家纵然追随六国贵族,也不过在六国贵族扶持下隐匿不出而已。充其量,做做文事谋划,断无举事作乱之胆魄。恕老臣直言:华夏三千年以来,革命者、叛逆者、暴乱者、弑君者,几乎没有过一个治学书生。此等人,不理睬也罢。战国游士遍天下,说辞泛九州,又将哪一国骂倒了? 留下他们,正可彰我大秦兼容海量,老臣以为上策也!"随着胡毋敬话音,举座一时惊愕了。显然,在孔府事件后这个总领文治的老臣仍如此建言,使大臣们大出意料。

对士的批判。

嬴政皇帝也面无表情地沉默着。

"老奉常差矣!"李斯慨然开口,打破了沉默,"天下大事固不成于书生,却发于书生壮于书生。若无书生,叛逆也好,革命也好,十有十败! 书生乱国,其为害之烈不在操刀主事,而在鼓噪生事,在滋事发事! 长堤之一蚁,大厦之一虫,书生之乱言也。书生若怀乱政之心,必为反叛所用。其鼓噪之力,谋划之能,安可小视哉! 老奉常治史一生,不见孔子杀少正卯乎! 孔子这个书生如何? 很清楚言可生乱,乱可灭国! 我等治国大臣,岂能以小仁而乱大政乎!"

"丞相如此责难,老夫夫复何言?"胡毋敬叹息一声不说话了。

殿中又是一阵颇见难堪的沉默。

"这事得一次说清,不能再拖!"冯劫显然很生气。

"说甚? 一个字,杀!"冯去疾脸色铁青。

"不是一个字,是四个字:依法刑处。"姚贾冷冷一句。

"嘿嘿,一样。"冯劫笑了。

"此事乃大,朕得多说两句。"

嬴政皇帝在李斯说话时已离开座案,在空阔处转悠着沉思着,此时回身平静地道:"老奉常与丞相之言,与诸位之异,道出了一个大题目:治国为政,仁与不仁,容与不容,界限究竟何在?"嬴政皇帝似乎是边想边说,虽不甚流畅却极富力度,"先说仁与不仁。何为仁政? 孔夫子一生讲仁,儒家几百年讲仁,却从未给'仁'一个实实在在的根基。作为国家大政,对民众仁是仁,抑或对贵族仁是仁? 天下郡县一治民众安居乐业是仁,抑或诸侯裂土刀兵连绵是仁? 儒家从来不说。大约也不愿意说。说清楚了,也就没那个'仁'了。法家何以反对儒家之仁? 从根本上说,正是反对此等大而无当又宽泛无边的滥仁! 春秋战国五百余年,真正确立仁政界标者,不是儒家,而是法家。是商君,是韩子。不是孔子,不是孟子。商君有言,法以爱民,大仁不仁。韩子有言,严家无败虏,而慈母有败子。秦法不行救济,不赦罪犯,看似不仁,却能激发民众奋发,遏制罪行膨胀,一举而达大治,又是大仁! 为政之仁,正在此等天下大仁,而不在小仁。何为大仁? 说到底,四海安定,天下太平,民众富庶,国家强盛,就是大仁。欲达大仁之境,就要摒弃儒家之滥仁。就要荡涤污秽,清灭蠹虫,除掉害群之马!"

宽阔敞亮的书房静如幽谷,嬴政皇帝的声音持续地回荡着。

"再说容与不容。容者,兼存也,共处也。然则,天下有善恶正邪,人众有利害纠葛,政道有变法复辟,学派有法先王法后王。此等纷纭纠葛之下,任是国家,任是学派,果能一切皆容乎? 不能也。孔子讲中庸,何以不容少正卯? 墨子讲兼爱,何以不容暴君暴政? 法家讲爱民,何以不容疲民游侠儒生? 凡此等等,根源皆在一处:大道同则容,大道不同则不容。兼容一切,无异于污泥浊水,无异于毁灭文明。今我大秦开三千年之新政,破三千年之旧制,而这棵大树的根基,却只能扎在脚下这方老土之中。当此之时,这棵大树要壮盛生长,便容不得虫蚁蛇鼠败叶残枝。否则,大秦的根基便会腐烂,大树便会轰然折断。其时也,六国贵族之复辟势力,容得大秦新政么? 不会。决然不会! 若我等君臣为彰显兼容之量,而听任复辟言行泛滥,误国也,误民也,误华夏文明也。战国之世血流成海,泪洒成河,尸骨成山,不都是在告诫我等:复辟裂土乃千古罪人么? 儒家以治史为癖好。嬴政宁肯被儒家在史书上将嬴政写成暴君,写成虎狼,也绝不会用国家安危去换一个仁政虚名,绝不会用文明存亡去换一个兼容,换一个海纳!"

大臣们都静静地听着,忘记了任何呼应。嬴政皇帝罕见地说如此长话,却始终没有

暴躁的怒气，始终都是平静而有力。在静如幽谷的大书房，
嬴政皇帝转入了最后的决断申明："至于如何处置儒家罪
行，朕意已决：依法论罪，一人不容。何以如此？一则，大秦
法行在先，触法理当惩治。二则，儒家既不愿做兴盛文明之
大旗，便教他做鼓噪复辟之大旗。朕要严惩儒家以告诫天
下：任谁要复辟，先得踏过大秦法治这一关。"

"陛下明断！"六大臣奋然一声。

老奉常胡毋敬起身深深一躬："陛下一席话，老臣谨受
教也！"

"老奉常与朕同心，国家大幸也！"嬴政皇帝笑了。

冯劫高声道："陛下，要震慑复辟，儒生不能用常刑！"

"噢？当用何刑？"

"坑杀！"

"为何？"

姚贾接道："坑杀为战场之刑，大秦反复辟也是战场！"

"说得好。"嬴政皇帝淡淡一笑，"再打一场反复辟之
战。"

月亮在浮云中优哉游哉地飘荡着，扶苏却是心急如焚。

几日前，九原幕府接到了皇帝书房发出的国事快报，第
一则便是孔府儒案处置事：经朝会议决，对涉案儒生四百余
人将行坑杀！当时，扶苏正在阴山军营筹划第二次反击匈奴
之战，一接到蒙恬消息立即飞马赶回了九原幕府。扶苏一看
快报大感惊愕，一时愣怔着没了话说。蒙恬也是第一次对皇
帝政令没有了即时可否，皱着眉头叩着书案良久沉吟。

如此默然了大约顿饭时刻，扶苏才回过神来断然道：
"不行。我得回咸阳！"蒙恬道："公子回去说甚？"扶苏道：
"不能杀儒生，更不能坑杀！"蒙恬道："不好。"扶苏道：

仍然是治国理念的冲突，
法与仁究竟能否并行？

秦之速亡，确实可以看成
是复辟的结果。

"如何不好?"蒙恬道:"陛下不是轻断之人,一旦决断,只怕是泰山难移也。"扶苏道:"纵然如此也得一争,父皇终归是明白人。"蒙恬道:"公子果然要去,得听老臣一法。"扶苏道:"大将军但说。"蒙恬道:"老臣对皇帝上书,谏阻坑儒。公子只以探视父皇为由回咸阳,呈递老臣上书,而后相机进言。如此,或可有效。即或无效,亦可保公子无事。"扶苏惊讶道:"保我无事? 国政进言,我能有甚事?"蒙恬轻轻叹息了一声道:"老臣所谓无事者,公子资望也! 公子几为储君,朝野瞩目,若与皇帝陛下正面歧见,有损公子根基。老臣出面,则无所顾忌。"扶苏肃然凝思片刻,对蒙恬深深一躬:"大将军照应之策,扶苏铭感在心。然则,扶苏不敢纳将军此策。"蒙恬惊讶道:"公子此话何意?"扶苏道:"此事我只一身承担,不能搅进大将军。将军但想,王翦老将军、蒙武老将军业已辞世,太尉王贲又重病在身,统率举国大军之重任压在了大将军一人之肩! 唯大将军一言举足轻重,更不可与父皇公然歧见。扶苏身为父皇生子,父皇纵然不纳我言痛责于我,又有何妨? 至于资望,至于根基,我大秦君臣素以公心事国,焉能因一时一事之歧见而有他!"扶苏说得慷慨激昂。蒙恬沉默了。临行之时,蒙恬亲为扶苏饯行,几次欲言又止,最后只叮嘱了一句话:"公子莫太意气用事,慎之慎之。"

扶苏没有料到,风风火火赶回咸阳,却未能立即见到父皇。

昨日请见,赵高说父皇一夜未眠,方才刚刚入睡,要否唤醒皇帝,公子定夺。扶苏深知父皇终日劳累,歇息极少,入睡又极是艰难,二话没说便走了。昨夜扶苏再次请见,赵高却颇见神秘地低声说皇帝堪堪服罢仙药,正在养真人之气,实在不宜扰之。扶苏有些沮丧有些疑惑又有些痛心,却还是忍着一句话没说,站在殿外长廊足足等了两个时辰。将近四更

扶苏擅自离边,已是一罪。

时分，正好遇见值事完毕匆匆出来的蒙毅。惊喜的扶苏正要开口询问，蒙毅却连连摇手拉着他便走。到了车马场，蒙毅才低声急迫道："陛下为儒案心头滴血！谁敢提说公子回来？听臣一言，作速回九原！"话音落点，不待扶苏说话，蒙毅径自登车去了。一时之间，扶苏大觉事态复杂，额头汗水涔涔而下。

扶苏没有出宫，一直在皇城林间池畔转悠着，力图想得明白一些。显然，两次未见父皇，是赵高不敢禀报父皇所致了。这赵高功劳虽大，也是追随父皇数十年的忠臣死士，然如此煞有介事地哄弄他这个几为储君的皇长子，未免也太过分了。蒙毅匆匆一言，扶苏便断定是赵高畏惧父皇发怒而没有禀报，父皇并不知道他回来请见。如此一想，扶苏既为赵高之事有些不快，又为父皇并非有意不见自己颇感欣慰。再想蒙毅所说因儒案事父皇心头滴血，扶苏心头大是酸热，几乎是一闪念便要放弃自己的谏阻进言。然转悠一阵，扶苏终是平静了下来。想自己无事，自然是依着蒙毅之说立回九原。然则，扶苏身为父皇的长子，分明对国家大政有主见却知难而退，老秦人之风骨何在？公心事国之忠诚何在？虽说目下的自己既没有被正式立为太子，也没有正式的职爵，依法度而言还是白身一个。然从事实说话，父皇对自己的器重赏识是大臣们有目共睹的。九原带兵杀敌，与闻幕府军事，主持田亩改制，查勘兼并黑幕，凡此等等大事密事，哪一宗不是照着秦国王室锤炼储君的做法来的？唯其如此，扶苏何能自己见外于国家，见外于父皇，心有主见而隐忍不发？

月亮没了，星星没了，太阳出山了，扶苏还直挺挺地站在殿廊。

匆匆赶来的蒙毅惊讶了，默然盯着扶苏看了片刻，一句话没说大步进殿了。未过片时，赵高匆匆出来高声一宣："陛

扶苏勇于直谏。

下宣公子扶苏晋见——"扶苏心头一热，顾不得揣摩计较这种郑重其事的礼仪法度究竟意味着何等结局，便大踏步走进了东偏殿。

"儿臣扶苏，见过父皇！"

嬴政皇帝显然是彻夜伏案还未上榻，正在清晨最为疲惫的时刻，须发花白腰身佝偻，眼角还积着隐隐可见的两坨眼屎。看见扶苏进来，嬴政皇帝沟壑纵横的瘦削脸膛没有任何喜怒，甚或连一个点头的示意也没有，却转身接了侍女铜盘中的白布热汗巾，分外认真地擦拭着揉搓着脸膛，一颗白头没入了一片蒸腾而起的热气之中。刹那之间，扶苏泪如泉涌，猛然转过身去死死压住了自己的哭声。嬴政皇帝依旧用热汗巾捂着脸膛，里外三进的宽阔书房良久寂然。窗外柳林的鸟鸣隐隐传来，沉沉书房静得山谷一般。

"说。甚事？"嬴政皇帝终于转过身来，通红的两眼盯着英挺的儿子。

"父皇不能如此操劳……"

"放屁！"嬴政皇帝骤然怒喝一声，胸脯急促地喘息着，猛烈地咳嗽起来。

"父皇——"扶苏大骇，一步扑过来抱住了父亲。

啪的一声，嬴政皇帝狠狠捆了儿子一掌，一口鲜血猛然喷溅而出。扶苏一脸血泪，嘶喊一声来人，奋然抱起父亲疾步走到了榻前，将父亲小心翼翼地平放在榻上。闻声赶来的蒙毅赵高大是失色，赵高看得一眼转身飞步出去了。尚在扶苏蒙毅手足无措之间，赵高带着老方士徐福来了。老方士淡淡地挥挥手叫两人站开，仔细看了看面容苍白失血哑哑喘息不能成声的皇帝，从容地从竹箱拿出了一粒丹药在药鼎压碎，调和成不够常人一大口的药汁，盛在一只赵高捧来的特制的细薄竹勺中。老方士走到榻前伸出一手，大袖拂过皇

秦始皇勤政，每日必批百二十斤卷。后人只见其暴，鲜见其勤，甚至连勤也成罪过。《汉书·刑法志》曰："至于秦始皇，兼吞战国，遂毁先王之法，灭礼谊之官，专任刑罚，躬操文墨，昼断狱，夜理书，自程决事，日县石之一。"这个石，大约是百二十斤。这样大的工作量，铁人也会累坏。

帝面庞，皇帝立即张开了紧闭的大口。几乎同时，赵高手中的竹勺已经准确轻柔地伸到了皇帝口边，吱的一声，药汁便被皇帝吸了进去……莫名其妙地，扶苏猛然一个激灵，脊梁骨一片凉气。

大约顿饭时辰，嬴政皇帝脸上有了血色眼中有了光彩。老方士一句话不说，径自飘然去了。嬴政皇帝长吁一声，不要任何人扶持便利落地坐了起来，与方才简直是判若两人。皇帝站起来的第一句话是对赵高说的："先生何时出海？"赵高道："所需少男少女业已集够，先生说立冬潮平出海。""替换之人何时进宫？"皇帝又问了一句。赵高道："先生说下月即到，先生说这位老方士是真正的神术，侍奉陛下比他更为妥当。"嬴政皇帝长吁一声，看了看蒙毅，突然高声道："孔夫子不语怪力乱神，朕却得靠这般方术之士活着，不亦悲哉！"蓦然长叹之中，泪水盈满了眼眶。

见素来强毅无匹的皇帝如此伤感，蒙毅扶苏赵高三人一时都哭了。蒙毅含泪哽咽道："陛下莫得自责过甚。无论方士，抑或太医，能治病都算得医家了。秦法禁方士，该改一改了。果有仙药出世，也算人间一幸事了。说到底，大秦不能没有陛下啊！"嬴政皇帝突然一阵大笑，连连摇手道："不说了不说了，人旦有病，其心也哀。朕，终归尘俗之人也！"

"父皇！儿臣愿为父皇寻觅真正的神医……"

"住口！"嬴政皇帝突兀发作，又是一声怒喝。

蒙毅连连眼神示意。扶苏紧紧咬住牙关不说话了。

"你等去了。朕听听这小子有甚说。"

"父皇！儿臣没甚事，就是回来探视父皇……"

"好了。没人了。说。对，还是先去换了衣裳，我等你。"

见父亲平静下来，却又对自己说没事的话置若罔闻，扶

其实秦始皇讨厌说死。

苏便知今日非得说话不可了。父皇对人对事明察秋毫,真正地难眩以伪。父亲对自己莫名地恼怒,竟前所未有地打了自己一个耳光,显然,父亲一定清楚地知道自己要说何事,也一定是对自己的主张分外震怒,甚或,父亲的伤感也是因自己而起的。要教自己在父亲如此疲惫憔悴的病体下,再去说出完全可能再度激怒父亲的歧见,扶苏实在没有这个勇气了。父亲今日突如其来的吐血昏厥,给扶苏的震撼是从来没有过的。第一次,扶苏真切地感到了父亲随时可能倒下的危机,慌乱的心一直都在瑟瑟发抖……然则,这是父皇的命令。扶苏从小便清楚地明白一点,父皇的命令是不能违拗的,况且,父皇是那样令扶苏敬畏的父亲。

当扶苏换了文士服装,又擦拭去脸膛血迹走进书房时,肿胀的脸上的掌印却分外地清晰了。尽管扶苏竭力低着头,还是觉察到父亲的目光久久停留在自己的脸上。扶苏没有说话,打定主意只要父亲不逼他他便不说话。父亲若要再打,扶苏宁愿父亲打自己消气,心下反倒会舒坦许多。然则,父亲已经复归了平静,复归平静的父亲的威严是无可抗拒的。

"扶苏,说话。"

"父皇,儿臣没有事了……"

"扶苏,国事不是儿戏。你,记恨父亲了?"

"父皇——"突然,扶苏扑拜在地痛哭失声了。

嬴政皇帝良久无言,一丝泪水悄悄地涌出了眼角,却又迅速地消失在纵横的沟壑之中。嬴政皇帝肃然端坐,听任扶苏悲怆的哭声回荡在沉沉大厅。直到扶苏渐渐止住了哭声,嬴政皇帝才淡淡开口:"扶苏,你我既为父子,又为君臣,国事为重。"

"儿臣遵命……"扶苏终于站了起来,艰难地说着,渐渐地平静下来,"父皇,儿臣星夜赶回,是为儒生一案,直陈儿臣之心曲……父皇听,也可,不听,也可,只不要动怒……父皇明察:方今天下初定,首要大计在安定人心。人心安,天下定。儒家士子,一群文人而已,即或对大秦新政有所指责,无碍大局。大秦新政破天荒,天下心悦诚服,需要时日。只要儒生没有复辟之行,儿臣以为,可不处死罪。当年,周武王灭商之后,伯夷、叔齐宁为孤忠之臣不食周粟,武王不杀不问,正在于几个迂腐之士不足以动摇天下。若杀了伯夷、叔齐,反倒给了殷商贵族以煽惑人心之口实……当今儒生之言行,儿臣以为,大多出于其学派怀旧复古之惰性,意在标榜儒家独步天下之气节而已。此等迂腐学子,认真与其计较,处死数百人,只会使六国贵族更有搅乱人心之口实,亦使民众惶惶不安。

此中利害,尚望父皇三思……即或决意治罪儒生,儿臣以为,莫若让这些四体不勤五谷不分的书生去修长城……坑杀之刑,儿臣以为太过了。"

"蒙恬可有说法?"嬴政皇帝冷冷一句。

"大将军不赞同我回咸阳。"扶苏这次答得很利落。

"我是问,蒙恬对儒案有何说法。"

"儿臣匆忙,未曾征询大将军之见。"

"果真如此?"

"父皇……"

"你连此等小事都理会不清,日后还能做大事?"

"敢请父皇教诲。"

"我懒得说!"嬴政皇帝突然拍案怒喝了一声,见扶苏吓得脸色苍白长跪在地显然担心自己动怒伤身,心下一热,粗重地喘息一声又渐渐平息下来,"你连从政①权谋都不明白,连最简单的君臣之道都弄不清,一颗仁善之心有何用? 国家大政,件件事关生死存亡,岂是一个善字一个仁字所能了结? 便说目下此事。我下令将儒案以国事急报之法知会在外大臣,其意何在? 自然是要大臣们上书,表明自家的见识。蒙恬何其明锐,安能不知此意? 你既还国,蒙恬能不对你说自家想法? 蒙恬既无上书,又无说法,岂不明明白白便是反对? 方才你那般说法,更是真相立见:你护着蒙恬,蒙恬护着你;以蒙恬之谋略,定然会要你携带他的上书来咸阳,不让你出面异议;以你的秉性,则定然是不要蒙恬出面,深恐蒙恬与我生出君臣嫌隙。你说,可是如此?"

"父皇明察……"

秦始皇一生经历无数凶险场面,战争、遇刺,处处惊心,他取法舍仁,再合理不过。

---

① 从政,秦汉词汇。语出《史记·孔子世家》:"诸侯卿相至,常先谒然后从政。"

"明察个屁!"嬴政皇帝又暴喝了一声,又渐渐平静下来,靠着坐榻大靠枕缓缓道,"父皇不是说,你与蒙恬合弄权谋。若有此心,父皇何能早早将你送到九原大军? 当然,父皇也不怕任何人弄权谋,谁想靠权谋在大秦立足,教他来试试。父皇是说,你身为皇长子,该当补上这一课,懂得一些谋略之道。权谋权谋,当权者谋略也。政道者何物? 大道为本,权谋为用。无大道不立,无权谋不成。明君正臣可以不弄阴谋,然不能不通权谋。《韩非子》为何有专论权谋的八奸七反,他是权谋之人么? 他是给法家之士锻铸利器! 自古至今,多少明君良臣名士英雄,皆因不通权谋而中道夭折;多少法家大师,也因不通权谋或不屑权谋,最终身首异处。韩子痛感于此,才将法家之道归结为三大部分:法、术、势,并穷尽毕生洞察之力,将权谋之奥秘尽数揭开。"

"父皇,儿臣确实不喜欢权谋……"

嬴政皇帝脸倏地一沉,却还是再度平静了下来,以从来没有过的耐心平静缓慢地说了起来:"你给我记住:权谋不全是阴谋。从秉性喜好说,父皇也厌恶权谋。然从根本说,那只是厌恶阴谋。父皇更推崇商君。因为,《商君书》是大道当先,以法治大权谋治世,从来不弄阴谋。然则,只有商君那般天赋异禀的大家,才能将法治大权谋驾驭到炉火纯青境地。任何阴谋,都不能在商君面前得逞,除非他自甘受戮。然对于天赋寻常者而言,还是须得借助大家之学,锤炼洞察之力。《韩非子》何用? 锤炼洞察之力第一学问也。父皇自忖,不及商君多矣! 父皇尚且从来没有轻视过韩子,遑论你个后生也。一部《韩非子》父皇虽不能倒背如流,也读得透熟透熟了。须知,君道艺业不以个人好恶为抉择。田单反间燕国,燕昭王独能洞察而对乐毅坚信不疑。燕昭王死后,田单再度施展反间术,燕惠王却立即落入圈套,罢黜了乐毅,以致燕国从此大衰。因由何在? 在燕惠王毫无大局洞察之能! 先祖孝公在外患内忧相迫之时腾挪有余,使商君能全力变法。因由何在? 在事事洞察大局,事事防患于未然! 一个君王,一个领袖,若无洞察大势之明,若无审时度势之能,仅凭仁善,只能丧权失国。燕王哙不明天下之大势,不识燕国之大局,一味地迂腐仁善,学尧舜禹禅让王位于子之。其结局如何? 燕国动荡不休,几于灭亡! 目下一样,天下大势如何,秦政大局如何,都得审时度势………"

"父皇,儿臣愿读韩子之书。"扶苏见父皇大汗淋漓,连忙插言。

"好。不说了。"嬴政皇帝颓然闭上了眼睛。

扶苏转身轻步走到外间,对守候在门厅的赵高一招手,赵高立即带着两名侍女飞步

进来。眼见父亲已经扯起了粗重的鼾声，口水也从微微张开的口中很是不雅地流到了脖颈，扶苏不禁泪如泉涌，不由分说扒开了手足无措的侍女，抱起父皇大步走向了寝室。赵高大是惶急，又不能阻拦，连忙碎步小跑着前边领路，时而瞻前时而顾后一头汗水也顾不得去擦了。

当扶苏来到丞相府时，李斯等正在最忙碌的时刻。

扶苏已经痛苦得有些麻木了。父皇对他第一次说了那么多话，却几乎没有涉及坑杀儒生的事。以父皇那日的境况，扶苏是宁可自己死了也不愿再与父皇纠缠下去。可事后一想，又觉此事还是不能就此罢了。扶苏也明白，此事显然是不能再对父皇说了。可扶苏还是想再与丞相李斯说说，毕竟，李斯是在大政方略上最能与父皇说话的重臣。想到父皇说自己没有洞察之能，没有权谋意识，连最简单的君臣之道也弄不清，扶苏决意不明说此事，只说自己受蒙恬之托来探视老丞相。然则一走进丞相府政事堂，扶苏却有些惊讶了——冯去疾、冯劫、姚贾、蒙毅、胡毋敬五人都在，人人案上一堆公文，直是一个仅仅只差父皇的重臣小朝会。刹那之间，扶苏有了新的想法。

"臣等见过长公子！"李斯六人一齐站了起来。

"诸位大人请坐！"扶苏连忙一拱手，"我从九原归来匆忙，受大将军之托前来探视丞相，不想却有扰政事，列位大人见谅。"

"不扰不扰，长公子拿自家当外人了。"豪爽的冯劫第一个笑了。

"也是。长公子与闻，正好免得再劳神通报大将军了。"冯去疾也笑了。

"长公子请入座。"李斯慈和地笑着，转身高声吩咐上凉茶。及至侍女将冰镇凉茶捧来，扶苏又汩汩饮了，李斯这才笑道，"老夫之见，廷尉将儒案情形禀报长公子听听，再说。"几人纷纷点头。姚贾拍了拍案上一束竹简，一拱手道："老臣禀报长公子：儒案人犯已经全部理清，涉案儒生共计四百六十七人，方士术士一百零一人，其余士子一百三十二人，共计七百人。处刑之法：四百六十七名儒生，一体坑杀；其余涉案人等，及涉案儒生之家人族人，俱发北河修筑长城。"说罢，双手捧起案上那卷竹简递了过来。

"不须不须，听听便了。"扶苏笑着推过了竹简。

"长公子，这次可是大煞复辟势力之威风了！"冯去疾兴奋拍案。

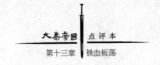

"不来劲！以老夫之想，七百人全坑！"冯劫愤愤然。

"非如此，不足以反击复辟。"姚贾补了一句。

蒙毅始终没说话。李斯只看着扶苏，也没有说话。

"敢问长公子作如何评判？"一头霜雪的胡毋敬不合时宜地开口了。

假若没有胡毋敬这一问，扶苏也许就不说后来引起父皇震怒的这番话了。然胡毋敬一问，扶苏已经想好的种种谋略片刻之间便烟消云散了。扶苏只有一个念头：此时不说，便没机会说了。扶苏一拱手道："我多在军中，国事不明，尚请丞相与列位大人解惑。"李斯笑道："长公子何惑，老夫等也能解得么？"年轻的长公子正色道："扶苏之惑，何以处置儒生要以战场之法？坑杀儒生，何以能安天下？斩决儒生，抑或罚做苦役，何以便不行？"激昂庄重又颇具几分愤然，几位大臣一时大为惊愕。这便是"信人奋士"的扶苏，永远地热血沸腾，永远地正面说话，永远地不知委婉斡旋为何物，一旦开口，便是肃杀凛然。

"长公子此问，老夫不好一口作答。"见豪爽的二冯尚且愣怔，李斯委婉地开口了，脸上挂着几分苦笑，"儒案之纠葛，在于其背后的六国贵族，在于复辟势力。坑杀儒生而赦免其余，亦在震慑其背后之复辟势力。归总说，不能就儒案说儒案，不能就坑杀说坑杀。若老夫问长公子一句，儒生复辟皆不可杀，则大秦新政何以自安？公子将作何回答？"

"丞相乃法家名士。"扶苏似感方才太过激烈，恳切道，"丞相与列位大人该当知道，儒家之藏书议政，以至于与六国贵族来往，大半出于迂腐之秉性。可以惩罚，可以教他们修长城，甚或可以教他们从军，何须定要夺其性命，且还定要坑杀而罢休？如此做法，丞相，列位大人，不以为小题大做么？"说着说着，扶苏又是一脸愤然。

李斯叹息一声，目光扫过了几位大臣，眼神分明有某种不悦。

"长公子此言，似有不当。"姚贾淡漠平静地开口了，"人言儒家迂腐，老臣不以为然。儒家迂腐，在于吃饭、睡觉、待客、交友等诸端小事也。就政道大事说，儒家从来没有迂腐过。孔夫子杀少正卯，迂腐么？孟夫子毒骂墨子纵横家，迂腐么？孔鲋主张诸侯制，迂腐么？孔门与张耳、陈余、张良等贵族公子勾连复辟，迂腐么？儒家复辟，人多以为是六国贵族鹰犬。老夫却以为，儒家本来就是复辟学派，是想教天下回到夏商周三代去。毋宁说，六国贵族是儒家鹰犬。要说迂腐，只怕是我等了。"

"廷尉大人未免危言耸听也！"扶苏显然对姚贾暗指自己迂腐有些不悦，冷冷笑道，"数百年来，儒家势力越来越小。时至今日，连个学派大家都没有，何能呼风唤雨搅乱天下？廷尉莫非囿于门派之见，欲灭儒家而后快乎！"

"长公子这等说法，好没道理。"冯去疾不高兴了。

"简直胡说！"冯劫脸黑得难看极了。

"言重了言重了，何能如此说话？"李斯瞪了二冯一眼。

扶苏却浑然不觉，正色道："列位大人莫非惧皇帝之威，不敢直陈？"

"公子此言差矣！"李斯笑容收敛，一拱手道，"皇帝陛下之威，在于洞察之明，决断之准，而不在凶暴。三十余年，皇帝没有错杀过一人，没有错断过大事。唯其如此，皇帝的威严使天下战栗。皇帝从不宽恕一个违法之人。此乃皇帝之秉性，亦是法治之当为。今儒生复辟反秦，我等若直陈赦之，皇帝不会答应，法度亦不允许。与其说老夫等畏惧皇帝，毋宁说老夫等与皇帝同心，一样忠于法治。坏法之事，老夫等岂能为哉！"

"如此说来，坑杀儒生无可变更了？"

"正是。"

"列位大人，扶苏告辞。"

"长公子且慢。"李斯诚恳地一拱手道，"长公子乃国家栋梁，实为储君。老夫一言相劝，公子明察：大秦以法治立国，公子却以善言乱法，此远离大秦新政之道也。老臣劝公子精研商韩，铸造铁一般之灵魂……"

扶苏没有说话，大袖一拂径自去了。

李斯望着扶苏背影，沉重地叹息一声。几位大臣也人人默然，一种不安的气氛笼罩了原本一片蓬勃生气的政事堂。扶苏毕竟是实际上的储君，持如此歧见，其影响岂止仅仅在一时一事？李斯在一片默然中转悠了好大一阵，最终断然道："老夫以为，此事非同小可，我等当立即奏明皇帝。"厅中没有一个人说话，却人人都点头了。

四更时分，扶苏突然接到了一道紧急诏书。

来下诏的是上卿郎中令蒙毅。皇帝的诏书只有寥寥数语："扶苏不明大势，不察大局，固执一己之见而搅扰国政，殊为迂阔！今授扶苏九原监军之职，当即离国就任，不奉

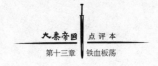

诏不得还国！始皇帝三十五年夏。"

夜不能寐而一直在后园转悠的扶苏，是在庭院堂前遇到蒙毅的，一时大觉突兀又似在意料之中，接过诏书只低声问了一句："敢问上卿，父皇发病没有？"蒙毅一拱手道："敢请长公子厅堂说话。"扶苏见蒙毅没有立即要走之意，木然一拱手，将蒙毅礼让进了刚刚重新点燃灯火的正厅。扶苏懵懂入座。蒙毅却吩咐所有仆人侍女都退出大厅，又命自己的卫士守在廊下不许任何人靠近，这才坐到了扶苏对面大案前。

"长公子，陛下很是震怒。"蒙毅只说了一句，轻轻地打住了。扶苏依旧木然着，没有泪水，没有叹息，直如一尊木雕。蒙毅默然片刻，一拱手低声道，"长公子，听臣一句话：尽速回九原，不能固执了。"

扶苏艰难地撑着座案站了起来，长叹一声，转身便走。蒙毅一步跨前拦住道："长公子莫急，听臣将话说完不迟。皇帝并未限定今夜，明日之内北上无事。"扶苏还是没有说话，只木然地伫立着。

"长公子，臣实言相告。"蒙毅从来没有过的沉郁，泪水溢满了眼眶，"此次长公子擅自还国，谏阻坑儒，实在一大憾事也。此前，陛下已命我暗中筹划册立太子大典了。不合长公子不耐一事，擅自还国。还国罢了，不合长公子又一错再错。初次，两度得赵高委婉推托，便当见机离去。然公子却因我一言，将赵高推托误作皇帝不知，坚执请见。见则见了，陛下虽则震怒而骤然发病，毕竟还是前所未有地对公子说了那么长的话。那时公子若走了，或只在府中读书，或只在皇城侍奉陪伴陛下，也没事了。不合公子依旧不忍，又找去丞相府论说。说则说了，又那般激烈。如此折腾者再三，以致，陛下不得不出此一策……"

"上卿明言，扶苏政见错在何处？"

"长公子之错，可说不在政见本身，不在是否反对坑儒。"蒙毅激切而坦诚，"恕臣直言，公子之错，在于决策已定之后搅扰国政。我知道，公子也一定知道，我兄蒙恬也未必赞同坑儒，因他至今没有上书陛下。再实言相告，蒙毅也以为此事值得商榷。还有，老奉常胡毋敬也曾在小朝会反对。然则，我等没有说出来。胡毋敬说了，也是适可而止。因何如此？时也，势也。此时此势，不是迫于朝议，更不是迫于皇帝陛下之威严压力。此时此势，乃天下之大势也，乃新政之大局也！今日儒案，事实上已经不仅仅是行法宽严的事了。复辟反复辟，国家生死存亡之大争也。谁能说，皇帝陛下之决断，就一定是错了？蒙毅与家兄不言，胡毋敬言则适可，根源都出一辙：既拿不准自家是否一定对，也无法判定皇帝陛下一定不对。论天赋，论才具，论坚毅，论洞察，论决断，皇帝陛下皆超迈古今，我等何由执意疑虑？更何况，皇帝陛下确实对儒家做到了仁至义尽。是儒家有负秦政，不是秦政有负儒家。即或你我反对坑儒，你能说儒家没有违法么？不能！当此之时如同战场：军令一旦决断，便得三军用命，不许异议再出。公子试想，今日陛下若是你自己，朝臣反复议决后仍有一个人要再三再四地固执己见，且此人不是寻常大臣，而是万众瞩目的国家储君，你将如何处置？那日，皇帝曾对公子反复讲说洞察大局的谋略之道，用心良苦也，公子何以不察若此哉！"素来寡言的蒙毅，突然打住了。

良久无言，扶苏对蒙毅深深一躬，转身大步走了。

"长公子……"

扶苏没有回头，伟岸的背影在大厅的灯火深处摇曳着渐渐消失了。

蒙毅伫立良久，出门去了。回到皇城，狼藉一片的书房里没有了皇帝。几个侍女正在惶恐万状地归置着诸般物事。一个侍女说，皇帝陛下挥剑打碎了三只玉鼎，中车府令抱住了皇帝的腿，也被皇帝打得流血了。后来，皇帝一个人怒气冲冲出去了，中车府令瘸着腿赶去了。蒙毅一听，二话没说便带着几名尚书向池畔树林寻觅而来。终于，在朦胧清幽的太庙松林前，蒙毅看见了踽踽独行的熟悉身影。骤然之间，蒙毅泪如泉涌，匆匆大步走了过去，却不知从何说起，只默默地跟着皇帝漫无边际地游走着。

"说话。"嬴政皇帝终于开口了。

"禀报陛下：长公子知错悔悟，清晨便要北去了……"

"那头犟驴，能听你说？"皇帝的声音滞涩萧瑟。

"陛下，长公子遇事有主见，未尝不是好事。"

"秦筝弄单弦，好个屁！"

蒙毅偷偷笑了。皇帝骂出口来，无疑便是对儿子不再计较了。大约只有蒙毅赵高几个人知道，皇帝极少粗口，只有对自己的长子扶苏恨铁不成钢时狠狠骂几声，骂完了便没事了。正在此时，蓦然传来皇城谯楼上柔和浑厚的钟声。蒙毅轻声道："陛下，晨钟，该歇息了。"嬴政皇帝却突然转过身来："蒙毅，跟我去北阪。"蒙毅方一愣怔又突然明

赢政还是对扶苏寄予厚
望。

白过来,立即答应一声,快步前去备车了。

　　清晨的北阪,无边无际的六国宫殿在茫茫松林的淡淡
薄雾中飘荡着。

　　此时,咸阳至九原的直道已经将要修成。出咸阳北门直
上北阪,掠过六国宫殿区抵达甘泉宫,便进入了直道的起点。
咸阳至甘泉宫路段,是内史郡干道之一,宽阔平整林木参天,
气象规制皆同关外大道。当扶苏匹马出城一气飞上北阪时,
正是这片被划作皇城禁苑的山塬最为清静无人的时刻。扶
苏驻马回眸,良久凝望着塬下沉沉皇城,一时悲从中来,情不
自禁地失声痛哭了。父皇这次的震怒是前所未有的,断然一
道诏书将他赶走,连见他一面也没有心思了。扶苏不惧父皇
的任何惩罚,打他骂他,甚或教他去死,扶苏都不会有任何不
堪之感。扶苏不能忍受的,是他给父亲带来的震怒伤痛,是
他再次激发了父亲的吐血痼疾。

　　身为长子,扶苏深知父亲秉性。

　　父亲的灵魂中有一座火山,一旦爆发便是可怕的灾难。
扶苏听各种各样的人说起过父亲,随着年岁的增长,扶苏也
不断地咀嚼着父亲,渐渐地有了清澈的印迹。在扶苏的记忆
中,父亲的几次爆发都曾经几乎毁灭了一切,连同父亲自己
的生命。跟随老祖母太后的老侍女说过,父亲少年时期因不
能驯服一匹烈马摔得吐血,后来又在立太子的较武中用短
剑刺伤过自己的左腿。扶苏从老侍女的口气中听出了究竟,
其实完全可以不那样做。但最令扶苏惊悚的,还是父亲做秦
王的两次爆发。第一次是痛恨老祖母有失国体,杀死了老祖
母与嫪毒的两个私生子,还杀死了据传是七十余为老祖母
说话的人士!老祖母晚年自甘接受形同囚居的寂寞,其实正
是恐惧父亲的爆发。第二次,是那天下皆知的逐客令。事后

想来,逐客令显然是一则极其荒唐而不可思议的决策,但盛怒之下的父亲,不由分说便做了。听蒙恬说过,那次父亲也吐血了。这便是父亲的爆发,摧残自己,也毁灭大政。后来的父亲,再没有了这般不计后果的爆发,但不能说父亲没有了真正的暴怒。唯一的不同是,锤炼到炉火纯青的父亲,怒火爆发时不再轻断大政,而只有摧残自家了。扶苏不止一次地听人说过,年轻时父亲的体魄原本是极其强健的,直到平定六国,父亲始终都是一团熊熊燃烧的烈火。可就在将近十年之间,父亲骤然衰老了。自从听到方士住进皇城的秘密传闻,扶苏便有了一种不祥的预感。及至这次还国,眼见了父亲因自己而突然喷血昏厥,眼见了老方士施救,眼见了无比强悍的父亲在那种时刻听人摆布而无能为力,扶苏的内心震撼是无以言说的。蒙毅说得对,自己不该在如此时刻如此固执于一宗儒生案;自己若果能如父亲所教,能有些许谋略思虑,事情岂能如今日这般? 做不做太子,扶苏还当真没放在心上。扶苏失悔痛心者,迅速衰老的父亲是在最为忧心的时刻被自己这个长子激发得痼疾重发的。长子者何? 家族部族之第一梁柱也。而自己,非但没有为父亲分忧解愁,反倒使父亲雪上加霜,如此长子,人何以堪!

　　"父皇,儿臣去了……"

　　扶苏面南伫立,对着皇城的书房殿脊肃然长跪,六次重重扑拜叩头,额头已经渗出了斑斑血迹。清晨的霞光中,扶苏终于站了起来,一拱手高声道:"扶苏不孝,妄谈仁善。自今日始,父皇教扶苏死,扶苏亦无怨无悔!"

　　扶苏艰难地爬上了马背。那匹罕见的阴山胡马萧萧嘶鸣着,四蹄踌躇地打着圈子不肯前行。一时之间,扶苏泪如雨下,抚着战马的长鬃哽咽了,老兄弟,走吧,咸阳不属于扶苏。突然之间,阴山胡马昂首长长地嘶鸣一声,风驰电掣般

　　赢王越年长,越容易发怒,越容易生疑,既同其权势日增有关,也与其背负过重有关。秦始皇所负之重,有几人能解?

《史记·秦始皇本纪》所载,更合逻辑,"始皇长子扶苏谏曰:'天下初定,远方黔首未集,诸生皆诵法孔子,今上皆重法绳之,臣恐天下不安。唯上察之。'始皇怒,使扶苏监蒙恬于上郡"。

飞进了漫天霞光之中。

这一去,扶苏再也没有回到大咸阳。

六　铁血坑杀震慑复辟　两则预言惊动朝野

立秋时节,骊山谷前所未有地被选作刑场,人海汪洋不息。

秋月刑杀,这是华夏最古老的传统之一。《吕氏春秋》云:"孟秋之月,以立秋……是月也,修法制,决狱讼,戮有罪,严断刑,天地始肃,不可以盈。"这般天人交相应的政事规矩,在那时几乎是人人皆知的常识,谁也不会惊讶。关中人众所以惊讶骚动而络绎赶来者,对将骊山选作刑场之不可思议也。一统之前,秦国刑场例在咸阳渭水草滩,从来没有过第二个大刑场。这次大刑却定在距咸阳将近百里的骊山,大大地出乎所有人意料了。盖骊山者,关中吉祥之地也。骊者,纯黑也,与秦之尚黑暗合,大得秦国朝野喜好。骊山之名两说:一云其山纯青(黑)色,又形似骊马而名;一云春秋早期之古骊戎部族曾居此地,出过一个大大有名的美女骊姬,因而得名。然则,骊山之被天下视为神异之地,更重要的原因却是:骊山是始皇帝的预选陵寝之地。自嬴政做秦王开始,秦国的三太——太庙、太史、太卜便依例开始了为秦王选定陵墓的筹划,虽因种种急政而断断续续,终究是一直在进行着。大约十多年前,骊山方圆二三十里之地才正式被划作禁苑之地,工匠开始了进入。目下,这皇帝陵园虽远未成型,然其大体的格局气象还是已经具备了。当此之时,要在皇帝陵园区内做刑场,这岂不荒诞么? 然种种消息议论之中,也有一种清醒的说法:将大刑场定在骊山,是皇帝陛下亲自决

断的，这里是迁入关中的六国贵族聚居之地，皇帝就是要这
些贵族看刑场！

消息传开，关中秦人恍然大悟了。

怪不得郡县官府连日飞马下令各乡、亭、里，凡新入山东
人士务必在立秋之日赶赴骊山谷观刑，违者依法严惩不贷。
而对已经大为减少的老秦民户，官府却只一句话，想去便去，
由你。议论风传，老秦人反倒大大生出了好奇新鲜之感，许
多人要看官刑，也有许多人要看看从来没有见过的帝王陵园
究竟甚样。于是，立秋日一大清早，四乡民众便络绎不绝地
奔向了骊山谷，与口音各异的六国贵族们交汇成了驳杂不息
的人流，种种议论飞扬不亦乐乎。列位看官留意，秦政禁议
论很是明确：禁止以古非今的攻讦言论，而不是禁止一切人
议论一切国事。以始皇帝君臣之为政锤炼，决然不至于愚蠢
到不许民众开口说话的地步。为此，此等场合的消息流布议
论生发，依然是前所未有的。

刑场设在一片平坦的谷地，观刑人众从两面山坡一直铺
满到谷地四周，却静悄悄地再没了声息。人们发现，今日这
个刑场大是怪异，没有刑架木桩，没有赤膊红衣的行刑手。
大片马队圈定的谷地内，却有数以千计的士兵在掘坑，一排
排土坑相连，湿乎乎的新土散发出清新的泥土气息，看得人
心头怦怦大跳。老秦民户们悄悄相顾，悄悄地说着：皇帝好
心，要在杀了这些人犯后就地埋葬哩，一人一座墓还陪葬在
皇帝身边，皇帝也胆子正，不害怕哩。但说着说着就不说了。
因为，谁都觉察出了一种异样的气息在弥漫——六国贵族们
都脸色苍白，紧咬着牙关不说话，有人还是穿着粗麻布衣来
的，一脸哀伤绝望，看得老秦人心酸。

午时终于到了，一大片衣衫不整形容枯槁的儒生被押进
了山谷。

坑杀于咸阳，示众。

刑场中央的土台上，两排号角齐鸣。台角的司刑大将长喊一声："主刑大臣到——"御史大夫冯劫、廷尉姚贾便走到了台前。姚贾念诵了一篇决刑书，如同铁硬的石工锤叮叮当当砸在青色的山石上："大秦皇帝诏：查孔门儒生四百六十七名，无视大秦新政之利，不思国家善待之恩，以古非今，攻讦新政，散布妖言，诽谤皇帝，勾连六国旧贵族，图谋复辟三代旧制。屡犯法令，罪不容诛！为禁以文乱法之恶风，为禁复辟阴谋之得逞，将所有触犯法律之儒犯处坑杀之刑！大秦始皇帝三十五年秋。"之后，冯劫便是一声高喝。

多少年之后，皇帝的陵墓上已经是草木森森了，关中民人还能记得那清晰的一幕：儒生们被推下了深深的土坑，泥土开始飞扬起来，先是种种撕裂人心的惨叫，渐渐便是一声声沉闷的低嚎，渐渐地便没有了声息……一个老秦农人说，那日他梦游一般出山，在山脚听见了一个白发老人与一个年轻人梦境般的对答，起了一身鸡皮疙瘩，顿时瘫在地上了。

"亚父，儒生们再也不能说话了么？"

"儒生们是不能说话了。然，有人替他们说话。"

"亚父，你害怕么？"

"亚父怕不怕都不打紧了。你个后生怕不怕？"

"项羽不怕！"

"为何？"

"项羽不读书，不说话，只杀光秦人，烧尽咸阳！"

"不书不语唯杀人，天意何其神妙哉！"

列位看官留意，公元前 212 年秋，四百六十七名儒生被坑杀，这是整个人类文明史上最大的惨案之一。尽管它在当时有着最充分的政治上的合理性，然经过漫漫岁月的种种堆积之后，这一惨案却仅仅以摧残文明的野蛮面目，久远地留在了中国人的记忆之中。嬴政皇帝的历史铜像在焚书的烟雾与坑儒的黄土中，变得光怪陆离恍若恶魔了。

却说坑儒之后，皇帝的一道诏书立即明颁天下郡县，张挂于所有的城池四门。假若说，坑儒消息传开之初，天下大为惶惶不安，更多的是恐惧弥漫；及至皇帝诏书颁行，且明白晓谕其中道理，天下则真正地被震撼了。这道皇帝诏书是：

大秦始皇帝坑儒诏

秦始皇帝特诏：朕定六国，一天下，不封建诸侯而力行郡县制，非为皇族一己之私，实为华夏一体昌盛大出于天下也！封建诸侯，固利朕之私利，朕安能不知哉！然则，华夏裂土分治，天下大战不休，我民尸骨成山，朕安能弃天下大利而唯顾皇族一己之利耶？今有儒生者，朕曾封其首学孔鲋为文通君，使其居天下百家之首，厚望其兴盛新政文明；诸多儒生，亦成大秦博士，厚望其资政治道而共谋华夏强盛。朕何负儒家？秦何负儒家？孰料儒家"祖述尧舜，宪章文武"之禀性难移，不思时势之变，不思人民之安居乐业，唯念复古复辟之旧说，在朝鼓噪诸侯制，在野勾连六国贵族，既不奉公，更不守法。孔鲋擅离职守而逃国，裹挟举族而逃乡，君臣人伦之道尽皆沦丧，有何面目立于天地间也！在朝儒生亦不思悔过，党附真儒生假方士之卢生，聚相以古非今攻讦国政，最终竟欲一体逃国。如此儒家，无法，无天，无君，无国，唯奉一家私念为至高，谈何礼义廉耻哉！唯其如此，朕决意不以常刑处置儒犯，对触法儒犯四百六十七人一并坑杀，其族人家人俱发北河以筑长城，并四海缉拿要犯孔鲋与六国复辟贵族。所以如此，在于儒家与六国贵族沆瀣一气大行复辟，实平定六国大战之延续也。故此，朕不以寻常罪犯待儒家，而以战场之敌对儒家，以明新政，以正国法，以镇复辟。朕并正告天下欲图复辟者：朕不私天下，亦不容任何人行私天下之封建诸侯制；尔等若欲复辟，尽可鼓噪骚动，朕必以万钧雷霆扫灭丑类，使尔等身名俱裂。谓予不信，尔等拭目以待！大秦始皇帝三十五年秋。

> 秦始皇视之为一场战争，故用战场刑法——坑杀。

> 秦始皇坑儒并非绝儒，马非百持此说。事实上，陆贾、郦食其、叔孙通皆受秦朝重用。而且所坑的，并非尽儒，方士亦有之。

这道诏书如同一声惊雷，在天下轰隆隆震荡着。

人们从来没有听过一位帝王如此说话，更从来没有见过一位帝王如此公然地宣示坑杀之正当合理。可是,平心而论,皇帝说得不对么?儒家做得好么?一个被皇帝如此器重的学派,不好好为国家效力,却做出了那么多乌七八糟的事情,也确实不是个好东西!说来也是,这儒家在士人阶层颇有治学声望,却在寻常民众中最是没有人望。不说别的,就凭四体不勤五谷不分不爱劳动这一则,便被民众多视为痞子懒汉。再加上那些"刑不上大夫,礼不下庶人""民可使由之,不可使知之"之类的话语,谁听谁厌烦。而目下儒家所鼓噪的,又恰恰是民众最苦不堪言的分封制,老百姓谁个能说儒家好?一听皇帝诏书,十有八九都喊杀得好,儒家该杀。人家皇帝都不要自家子孙做诸侯,你个儒家屙屎鸟动弹鼓甚闲劲?还不是想自家弄一块封地滋润滋润?着,碰上了一个铁腕皇帝,封地没捞上还将自家赔给了土地,自作孽,不可活,活该他倒霉!如此言论形形色色不一而足,渐渐弥漫天下,实实在在给儒家与六国贵族以前所未有的巨大震慑。

一时之间,甚嚣尘上的六国贵族大为惊慌了。

在各郡县的严厉追查下,六国大贵族的后裔们暗中兼并旧时封地的黑幕活动几乎是齐刷刷没了踪迹。当大将杨端和率五千飞骑赶赴旧齐国缉拿藏匿的复辟者时,隐身于滨海小岛的一批六国公子们早作鸟兽散了。杨端和在之罘岛卢生建造的洞窟宫殿里,搜索到了种种物证带回。御史大夫冯劫与廷尉姚贾立即联具发出了缉拿令,开列的名录是:旧楚公子项梁项伯兄弟并项氏族人、旧韩公子张良、旧魏公子张耳陈余、旧齐公子田儋田横等两百余人。

此时,天象出现了一次异常——荧惑守心!

荧惑者,火星也,因其运行复杂多变而常使人迷惑,故名。守,星驻某宿二十日以上叫作守。心,二十八宿中的心宿,属东方七宿。荧惑守心,是说荧惑星进入了二十八宿之一的心宿,停在那里久久不动了。这荧惑星是天象五大星之一:太白(金星)、岁星(木星)、辰星(水星)、荧惑(火星)、填星(土星)。五星与三垣二十八宿一起,构成了远古占星术的星象基本框架。三垣是紫微垣、太微垣、天市垣,也就是三大星区。二十八宿是天空中相对静止的二十八个星区,因其余诸星常以不同路径进入这些星区,或住或走如旅途歇脚,故称宿,也称舍;这些星区分为东南西北四个属区,古人以其意象属性分别呼东方青龙,西方白虎,南方朱雀,北方玄武。

在五星之中,荧惑是一颗执法之星,是一颗灾难之星,天下悖乱伤残贼害疾疠死丧饥馑兵灾等等天谴之罚，尽在荧惑意涵之中。从总体上说，荧惑不断在天际运行，出现在何方，便代表上天对其下分野实施惩戒，其星象分野所对应的地区便将出现灾难。当然，灾难的程度，要依据荧惑的种种状态来确定。今次荧惑守心，若按远古九州之星象，心宿之分野对应当为豫州；若按战国星象分野，心宿对应该当是韩魏北楚诸国；若按秦一天下之郡县制分野，则当为三川郡、颍川郡、南阳郡、陈郡、河东郡等中原地区。荧惑停留在心宿中不走，心宿分野之地当然不是好事。然则，战国秦汉之星象学又有一说：心宿既是天上的"明堂"，又是荧惑的庙。明堂，是天子宣明政教的殿堂；庙，则是心神之居所，通常为祭祀供奉某个特定对象的场所。也许两者职能矛盾，魏晋之后的星象家，则以房四星为天上明堂，专以心宿为荧惑之庙，不再重叠。心宿既是荧惑之庙，荧惑回归心宿便又可看作复归本位，几类后世所谓的神灵在本庙显身。

如此，荧惑守心这一异常星象，便有了两种可能的解释：其一，以荧惑之执法使命与灾难意涵，天下腹心必有动荡劫难；其二，以荧惑复归本庙而显像，则并非立刻降临灾难，而是对天下发出的另一种更为深刻的警讯。战国秦汉之世，天人交相应的理念很是普及，民众对星象之敏感，对国事之关注，远远超过后世民众在儒家教化下的无知与麻木不仁。所以，此星象一出，星象家的种种拆解便不胫而走，加之各方附会，便有了种种弥漫天下的流言。有人说，中原地区将有大灾大劫了。有人说，这是上天执法星对皇帝坑杀儒生的警示，预示着将有灾难降临大秦。也有人反驳说，恰恰相反，这是上天执法星对皇帝坑儒的认可！否则，荧惑如何不在西方七宿出现而独独在中原心宿出现？就是中原儒生最多，中原复辟者最多！更有人忧心忡忡，说坑儒也好复辟也好都是小

天有异象，各种传言便满天飞。人为之，天意也，孰能分辨？

事,只怕天下将有更大的事端了。

种种议论弥漫山东之时,骤然爆出了两则更为惊人的预言。

第一宗,陨石预言。深秋之时,中原东郡(旧卫国与魏国部分地区)在大白天突然降落了一颗流星,抵达地面时化作了一块形状奇异的巨石。陨石至地,在战国已经不足为奇,人们不会因陨石降落而视为神异。神异处在于,陨石降落之时还干干净净没有一个字,过了一夜,陨石上竟赫然刻出了七个大字——始皇帝死而地分! 发现者大惊,立即禀报乡里,层层飞报咸阳。嬴政皇帝得报,心知又是六国贵族阴谋,立即派出冯劫率一班御史赶赴东郡查勘。可查勘讯问多日,周围所居民户竟全都说一无所见,刻字之人竟丝毫没了线索可查。冯劫大怒,依据秦法不举发罪犯则连坐同罪之条,当即将陨石周围的民户成人全数斩首。之后,冯劫又调来大批熔铁工匠,将刻字陨石硬生生炼成了铁水。

嬴政皇帝听冯劫禀报了事体经过,很为六国贵族这等鼠窃狗偷之伎俩厌烦。思忖几日,嬴政皇帝思谋出一则对策:下令博士学宫秘密编一首破解此等伎俩的诗谣,教乐人广泛传唱,与此等卑劣刻石针锋相对。未过旬日,便有一首歌谣在天下流传开来:"荧惑守心,法星显身。幽幽晦暝,火以济阴。郡县天道,地何以分? 唯灾唯劫,尽在世荫。"

消息传开,歌谣传开,山东之地又一次震恐了,惶惑了。

民众普遍的断言是:皇帝这是真的与六国贵族较上劲了,谁不举发六国贵族便杀谁,秦之连坐法来了! 及至歌谣传开,便纷纷有高人拆解,说这歌谣是真正的天机,你看,火以济阴,秦为水德阴平,荧惑属火,不是水火相济么? 水火相济,不是气势更盛么? 最后一句更是,灾劫不是老百姓的,全是世袭世荫贵族的! 一时间,民众纷纷咒骂六国贵族害民,各郡县纷纷举发贵族逃匿者的线索,天下风声更紧了。从此以后,再也没有了公然留字的人为预言。然则未过多时,却又生出了一则更为神异的神灵预言。

第二宗,江神预言。也是深秋之时,陈郡郡丞赶赴咸阳禀报政事,进入函谷关已经入夜。郡丞事急,未在函谷关歇息便连夜赶路。夜过关中华阴县境内的平舒道驿站外,突兀遇见一个黑斗篷黑面纱者拦在空旷的道中。郡丞愕然勒马,黑衣人双手递过来一件物事,只压低着声音说了一句话:"为我遗滈池君。"郡丞愣怔着接过物事,黑衣人又突兀阴沉而清晰地说了一句:"今年祖龙死。"郡丞不解其意,下马问究是何意。正当此时,黑衣人却倏忽消失得无影无踪。郡丞大为疑惑,飞马赶到咸阳,立即先到了奉常府求见胡毋敬拆解。胡毋敬原本太史令出身，对诸般神秘阴阳之学甚是熟悉，听郡丞说罢，一言不发便领着郡丞进了皇城晋见皇帝。

及至郡丞出示了黑衣人所奉之物，嬴政皇帝不禁惊讶了——这是一块再熟悉不过的玉璧，八年前巡视楚地不小心滑落到了江水中的那块玉璧！胡毋敬说，此事大见神秘，作祟者很下了一番苦功，件件宗宗都符合阴阳五行之说。滈池君是关中水神，秦为水德，水神便是陛下；江神也是水神，以五行国运，也是秦之水德的保护神，自家的神。江神告关中水神以谶言，是保护神对所护国运的垂青照应。祖龙，龙之始也，龙，人君之象也，陛下为始皇帝，宁非祖龙乎？送璧人一身黑衣又倏忽不见，显然是楚地民众传闻中的山鬼之形。这件神异之事的通篇意涵是，江神委托山鬼，以始皇帝沉入江水的玉璧为物证，以水神护佑之情，预告奉行水德之皇帝：今年你要死了！

听完胡毋敬一番解说，嬴政皇帝默然了一阵，突然揶揄冷笑道："山鬼还知道一岁之事？如此说今年将完，朕活不过几个月么？"胡毋敬忧心忡忡道："老臣以为，真假姑且不论，这件事涉及陛下，先当严守机密。"嬴政皇帝一阵大笑道："老奉常好迂阔也！人家说朕要死，要的便是天下人人皆知。你不说，人家不说么？严守机密，掩耳盗铃乎！"胡毋敬依旧有些惶惑："陛下，这神鬼之事，有时也不好说。"嬴政皇帝一挥手笑道："装神弄鬼有甚不好说？这件事一看就明白。老奉常不信，朕便给你一个预言：不出旬日，今年祖龙死这句话便会传遍天下。不定，几个月后又会变成明年祖龙死。此等鼠辈伎俩，也在朕面前摆弄，六国贵族技穷也！"

胡毋敬大觉奇怪的是，这件事还真教皇帝说准了。他下令严加保密，甚或将那个陈郡郡丞留在咸阳三个月不许返

> 两则预言，"始皇帝死而地分""明年祖龙死"，大家都宁信其有。

回。然则未过一月,山东各郡县便纷纷报来,说民间有流言多发,有说祖龙今年死,有说祖龙明年死,有说山鬼预言者,有说水神预言者,形形色色不一而足。胡毋敬大为愤怒了。在他这个笃信天道星象的半个阴阳家心目里,星象神鬼等等诸事原本是一种庄重的事,你可以不信,但你不能断然地说它是子虚乌有;见诸政事,种种谶言更须用心揣摩,体察其中奥秘。可如今这六国贵族硬是变得廉耻全无,一而再再而三地用阴阳神秘之学装神弄鬼煽惑民心,当真是罪不可恕也! 陨石刻字太过粗鄙,胡毋敬倒是没有相信。然这次江神谶言,胡毋敬却是认真了。至少,那块沉璧复出,你便无法说它是装神弄鬼。可皇帝一眼便看穿了其中龌龊,且后来迅速应验。这令胡毋敬很是沮丧,又很是愤然,感慨之余严厉下令:今后凡有此等流言,传播者一律发北河苦役!

愤怒而沮丧的胡毋敬再次晋见皇帝,请皇帝下诏博士学宫再编歌谣破解祖龙死流言。嬴政皇帝又是一阵大笑:"老奉常啊,算了算了。你笃信阴阳五行之学,制定典章时给朕弄了那么多名堂,国运啊国色啊白帝啊青帝啊,结局如何? 反教这些无耻之徒给利用了。你愤然,你生气,朕解得也。可再用这等下流手法去应对,大秦新政不也沦为下三烂了?"说着,皇帝倏地变了脸色道,"不理睬他们! 国有国法,政有正道。他敢复辟作乱,朕便敢杀他个干净! 朕偏不信邪! 嬴政便是死了,也要睁大眼睛看着,谁能将朕的郡县制翻了天去!"

胡毋敬是真正地服了,真正地明白了甚叫正道大道,甚叫不言怪力乱神。

但接踵而来的一件事,却又叫这个老奉常迷惑了——皇帝竟没杀侯生!

那日陈郡急报:在陈郡阳城县山谷缉拿到逃匿的侯生。胡毋敬大是惊喜,立即下令将侯生妥善押解来咸阳。胡毋敬同时禀报了御史大夫冯劫与廷尉姚贾,请两府准备处刑。然则,侯生被押解到咸阳时,胡毋敬却接到蒙毅送达的皇帝诏令:将侯生解到鸿台,皇帝将亲自勘审侯生。

那一日,鸿台上除了皇帝,只有胡毋敬与蒙毅赵高三人。鸿台是灭楚前后建成的,正在南山北麓的半山腰,台高四十丈巍巍插天,上有一座供皇帝起居的观宇亭。人立台上,仰望阵阵飞鸿过天,鸟瞰关中山水茫茫,实在壮观得难以描摹。忙碌的皇帝每遇不堪疲累之时,便登临鸿台试射飞鸿。飞鸿没射得几只,每次却都是心神畅快地离开鸿台。

当侯生被一只巨大的升降木柜送上鸿台时,胡毋敬几乎不敢相信自己的眼睛了。昔日意气飞扬的侯生,已经变成了一个黝黑干瘦蓬头垢面形容枯槁的人干了。最重要

的是，侯生双眼半瞎了，直挺挺戳在那里形同木雕。嬴政皇帝端详片刻，走到了侯生面前淡淡道："侯生，还能认出我是谁么？"侯生冷冷道："忘不了。皇帝陛下。"嬴政皇帝一挥手，赵高将侯生扶到了一张大案前坐定，又捧来了一陶壶凉茶。侯生一句话不说，抓起陶壶汩汩饮尽了整整一大壶凉茶。嬴政皇帝问："饿么？"侯生道："当然饿了。"嬴政皇帝一挥手，赵高又捧来了一只大盘。嬴政皇帝道："这里不是皇城，只有干肉米酒，先压压饥再说。"侯生也是一句话不说，一双黑手抓起大块酱牛肉便啃，足足三斤重的两块牛肉片刻间没了踪影，一皮囊米酒也汩汩而下，末了意犹未尽地抹抹嘴："好！老夫死亦心甘也！"嬴政皇帝平静道："侯生，既知当死，朕问你几句话，你若愿实言则说，不愿实言也尽可不说，如何？"侯生慨然一拱手道："人皆有心。今得陛下一茶一食，老夫愿实话实说。"

"卢生何在？"嬴政皇帝开始了问话。

"卢生老贼诳我分道，丢下老夫走了。人云他跳海毙命，未知真假。"

"你何以要进阳城山谷？不怕缉拿？"

"老夫欲寻卢生。老夫疑他未死。老夫要扒下老贼人皮。"

"你目何以受伤？是否全然失明？"

"山野逃亡，安能无伤？老夫不说也罢。"

"大秦新政究有何失，引你等如此作为？"嬴政皇帝转了话题。

"皇帝陛下要老夫诽谤秦政？"

"庭前议政，例无诽谤之罪。先生有话但说。"

"好！皇帝有气度。"侯生霍然起身厉喝一声，"嬴政！大秦必亡！"

押送将军勃然变色，锵然抽出了长剑。嬴政皇帝摆了摆手，面对侯生深深一躬道："先生果能匡正国策，愿闻教诲。"侯生木然地望着苍苍南山，冰冷而缓慢地说着："秦政之亡，在嬴政无视天道也。其一，嬴政身为皇帝，暴殄天物，浪费民力，滥造宫室。老夫虽然目盲，然也看得见这秦中八百里，楼台殿阁连天而去。嬴政扪心自问：如此豪阔何朝有之？何代有之？若将它们变成布帛菽粟，当有千万庶民得以温饱。嬴政与圣王之德何堪相比也！"

"其二如何？"

"其二，六国宫女集于一身，丽靡烂漫，骄奢淫逸，钟鼓之乐，流漫无穷。民有鳏夫旷

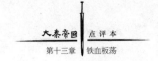

男,宫有怨女悲魂。此等违背天理人伦之事,历代圣王所不齿。嬴政为之,何以不亡?"

"愿闻其三。"

"杀人无算,白骨如山,暴政苛刑,赭衣塞路!塞天下之口,绝文学之路,烧三代典籍,掘先哲之墓!修长城绝我华夏龙脉,筑驰道毁我民居良田。此等无道之国,无道之君,虽十亡,不足以平天下之怨。秦皇不亡,岂有天理也!"侯生突然打住了。

"先生,朕听着,请说。"嬴政皇帝静如一池秋水。

"不够么?没有了!"侯生气咻咻喊了一句。

"嬴政愿闻大政之失,譬如郡县制究有何错?复辟旧制究有何好?"

"人德尚且不立,谈何大政。"

"可否说,先生挑不出秦之大政弊端?"

"老夫不屑言败德之政。"

"啊,明白也。"嬴政皇帝微微一笑,继而突然仰天大笑一阵,转身看着侯生笑道,"先生这班儒生,当真不可思议也!评判一个国家,一个君王,不看大政得失,专攻一己私德,这叫甚眼光?分明如村妇之舌,如市井之议,却偏偏地装扮成圣人之道,诚可笑也!你等儒家,何以不见大秦一统天下,结束数百年战乱,而使天下兵戈止息?何以不见大秦扫灭边患,使华夏族类得以长存?何以不见郡县制替代诸侯制,使华夏族群裂土不再,内争大战从此止息?何以不见天下奴隶得以实田,万民安居乐业?修驰道、掘川防、拓疆域、一文字、一度量衡、私田得以买卖、工商得以昌盛,如此等等,何以不见?……是也,嬴政是拆迁了六国宫殿,是集中了六国宫女。然则,连绵宫殿嬴政住得几何?万千宫女嬴政消受得几个?至于为何要拆迁六国宫殿,六国宫女派甚用场,朕不想说!何以如此,只怕你等迂腐儒家永远不能明白。朕只说一句:此乃防范复辟之须,此乃安定边陲之须,而绝非嬴政卧榻之须!纵然过了些许,何伤于秦之大政大道,何伤于大秦文明功业?方才先生所言,嬴政可以改弦更张,可以反躬自省。然,绝不表明六国贵族与尔等儒家之梦想能够成真。朕可直言相告,就像先生对我一般,只要人民拥护大秦新政,大秦就永远不会灭亡!几百儒生,几个博士,几万贵族,就想颠覆大秦,就想复辟旧制,先生不觉是螳臂当车么?朕还要告诉你,你这个博士,你等那个儒家,其实并没有真实学问。自孔孟以后,儒家关起门自吹自擂,不走天下,不读百家,狭隘又迂腐,论国论政全无半点雄风,朕为之寒心,天下嗤之以鼻,儒家若不再生,必将自取灭亡也!"一席嬉笑

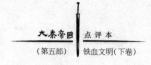
怒骂的雄辩戛然而止了。

侯生木然沉默着，终于没有说一句话。

胡毋敬惊讶的是，当押送将军要押走侯生时，已经平静的皇帝却开口了："下诏冯劫，有直谏之功，开释侯生，许其自由。"那一刻，所有人都愣怔了，侯生也愣怔了。良久默然，侯生对着皇帝深深一躬，须发丛生的脸膛滚下了两行泪水。

皇帝淡淡地道："先生去也，好自为之。"

正当此时，一阵奇特的尖厉呼哨破空而起，迅急地在山谷中飞升逼近。正在赵高疾步走向观宇亭时，嘭的一声大响，一支响箭倒钉在了显然是专设的一方悬空伸出的巨大木板上。赵高拿起亭下一只铁钳，快步上前钳下长箭边走边拆，走到皇帝面前已经捧起了一个竹管。蒙毅接过竹管利落打开，抽出一方卷筒羊皮纸展开一瞄，立即快步走到皇帝面前低语了一句。嬴政皇帝脸色倏地一变，立即下令："快！下山！"

苍茫暮色之中，巨大的吊柜轰隆隆沉下了山谷。

侯生得全身而退。详见《说苑·反质篇》。侯生一事，非常耐人寻味，秦始皇内心，可揣摩之处甚多。焚书坑儒之事，告一段落。孙皓晖对此重大历史事件的叙写，有辩驳史实之胆识，可供深思之处甚多，也算一说。

第十四章　大帝流火

一　茫茫大雪里嬴政皇帝踽踽独行

接到通武侯王贲垂危的急报,皇帝车马兼程赶到了频阳。

王翦病逝岭南之后,王贲一直深深陷在父丧悲怆中不能自拔。嬴政皇帝很是忧虑,诸多铺排欲使王贲振作,却依然没有些许功效。从王翦的丧事开始,嬴政皇帝破例做了诸多刻意安排:亲自执绋送葬,亲自过问陵园修造,亲自召见频阳县令安置对王氏一族的永久性照拂;又破例许王贲离职服丧,破例给频阳美原派进了两名太医,破例下令掌管皇室园林府库的少府章邯全数支付了美原的丧葬用度。种种之外,更有两处最大的破例:其一,开秦法之禁,特许王贲之子王离承袭了大父王翦的武成侯爵位,如此一门三侯,一时震动天下;其二,嬴政皇帝与蒙恬秘密会商,以邀战匈奴之策激发王贲。然种种措施之下,王贲还是没能恢复心神。王贲守丧三年之后,嬴政皇帝换了一种方式:不再刻意照拂,只是随时关注着美原的种种消息,满心期望王贲能够从淡淡的田园守丧中自己摆脱出来。然则,频阳县令与专派太医的每旬一报,却丝毫没教人舒心。每报都是如出一辙:通武侯郁郁寡欢,少食寡言,日每除了去陵园祭拜,回府就是昏昏大睡。无奈之下，嬴政皇帝一次专门召来老方士徐福，问其能否使王贲心疾复原。徐福没有丝毫犹豫，便摇头了。嬴政皇帝不解，问其何故。徐福答曰："我道有箴言：方家不入军。盖方士之术，根基在术者受者之心志交相感应也。若通武侯者，毕生铁血战场，心志顽如铁石，心关坚如长城。方士之术，焉能入其心魄哉！"嬴政颇为不悦，皱着眉头道："先生是说，通武侯心死了？"老徐福良久默然，叹息了一声："陛下如此说，夫复何言也！"自此以后，嬴政皇帝当真是没辙了，只有打算抽暇常去美原走走，亲自与王贲说说话，再看究竟能否有救？可一次尚未成行，王贲便告垂危了。

一进频阳县境，县令与一班吏员正在界亭外肃然守候。皇帝车马没有丝毫停留，风驰电掣般掠过了界亭，烟尘中只传来马队将军的遥遥呼喊："频阳县令自入美原！"午后时分，皇帝车马下了频阳大道，匆匆转上了美原乡道。不甚宽阔的乡道两侧，肃然伫立的人群与萧疏的杨柳树林融成了茫茫一片。嬴政皇帝立即下令车后马队缓行，自己的那辆驷马青铜车却丝毫没有减速，风一般掠向了遥遥可见的庄园。

"王贲等我——"

驷马高车在巍巍石坊前尚未停稳，嬴政皇帝一纵身下车，一声嘶哑悲怆的呼喊便在山庄激荡开来。骤然之间，守候在石坊的人众一齐放声大哭了。及至赵高飞步赶来，皇帝已经大步匆匆穿过哀哀人群径自进庄了。庄前石桥旁，一群老人簇拥着一个年轻公子肃然长跪在地。公子高声禀报："王离恭迎陛下！家父弥留……正在庄前茅亭迎候陛下……"嬴政皇帝急迫道："秋风正凉，病人能在外边么，你等当真糊涂！"王离哽咽道："家父执拗，定要出户迎候陛下。家父说，陛下今日一定来……"尚未说完，嬴政皇帝已经大步过桥了。

掠过庄门前那片已经在秋风中萧疏的杨柳林，大步走进林中那座古朴的茅亭，嬴政皇帝惊愕止步了——亭下石案上一张军榻，榻上一方厚厚的白布大被覆盖着骨瘦如柴须发如雪的王贲。这位昔年猛将微微闭着双目，一脸木然弥留之相，瘦骨峻嶒的两腮抽搐着，显是紧紧咬着牙关挺着难以言说的巨大病痛。若非当时当事，任谁也认不出这是叱咤风云的秦军统帅之一的王贲。惊愕端详之下，嬴政皇帝心头大是酸热，一时老泪纵横哽咽不能成声了。

"陛下……"王贲骤然睁开了双目。

"王贲……"嬴政皇帝拉起王贲双手，泉涌泪水打在了白色军榻上。

"陛下,老臣不死,是,有几句话说……"

"王贲,你说,我听……"

王贲目光艰难地找到了榻边的王离,示意儿子扶起自己坐正,又示意儿子离开茅亭。王离哽咽着走到亭廊下挥挥手,守候在茅亭的王氏家人都出来远远站着了。王贲的目光骤然明亮,殷殷地看着嬴政皇帝缓慢清晰地开口了:"陛下,老臣所说,四件事。一则,若有战事,陛下毋以王离为将。昔年,家父有言:此子心志无根,率军必败。陛下幸勿以老臣父子为念,错用此子误国误军。"嬴政皇帝垂泪道:"我知道。只教他入军多多历练。"王贲喘息几声,又道:"二则,太尉之职,李信可任。坚毅勇烈,陇西侯河山社稷之才也。"嬴政皇帝点头道:"好。我记住了。"

王贲艰难地叹息了一声,一丝泪水爬出了眼眶:"最后两事。一则,陛下劳碌太过,该早立储君了。长公子纵然有错,其心志胆识,仍当得大秦不二储君。老臣以为,陛下该当对九原大军有所部署了。蒙恬、李信,当为储君两大臂膀……"嬴政皇帝连连点头,哽咽垂泪道:"知道。本来,要等你一起北上九原的……"王贲嘶声喘息着,努力地聚集着最后的力量:"最后一则,老臣斗胆直言了:老臣多年体察,丞相李斯,斡旋之心太重,一己之心太过……陛下体魄堪忧,该当妥善处置朝局了……君王暮政,内忧大于外患……老臣之见,二冯一蒙主内政,蒙恬李信主大军,可助长公子稳定朝局,廓清天下……"一语未了,王贲颓然倒在了靠枕上。

嬴政皇帝生平第一次听到一个重臣对李斯如此评判,还没从惊讶中回过神来;王贲又蓦然开眼,惨淡地笑了:"陛下……老臣痴顽,不能自救,愧对大秦,愧对陛下……老臣去了……"一个去字未了,王贲没了声息,一脸沧桑倏忽舒展开来。

小说在李信身上所花笔墨甚多,李信率二十万大军攻荆,败。秦王政不弃,给李信将功赎罪的机会,后封其为陇西侯。此事说明秦始皇并非心胸狭隘之人。李斯的为人,秦始皇看了一辈子都没看明白。王贲的临终提示,乃巧写故事之法,于事无补。

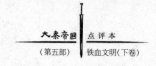
"王贲等我——！"一声呼喊，嬴政皇帝扑在军榻大放悲声了。

……

因了皇帝执意亲自操持葬礼，王贲的丧事大大地缩短了。

第一场冬雪降临时，帝国一代名将在盛大的皇家葬礼仪仗护持下，在万千人众的隆重送别中，长眠在了美原墓地，永远地陪伴在了父亲王翦的身旁。嬴政皇帝亲为陵园石坊题写了铭辞——两世名将，一天栋梁。李斯奋然自请书写皇帝铭辞，以为勒石。嬴政皇帝思忖了一阵淡淡道："还是朕亲自写了。朕负王氏多矣。"陵园勒石完毕，嬴政皇帝下了一道诏书，正式宣布了公子王离承袭武成侯爵位，开春之后赴九原大军就裨将之职。诏书颁发的当夜，皇帝在美原行营召见了王离。在皇帝多方询问之下，尚在丧服的年轻王离依然透出一股勃勃之气，件件俱有过人见识。嬴政皇帝大觉欣慰，殷殷叮嘱一番，第一次显出了罕见的笑容。

次日清晨，雪花纷纷扬扬。车驾临行之际，嬴政皇帝走进了王氏陵园。

皇帝将护卫甲士与赵高一班人统统留在了石坊口，只挂着一支王离送进手中的河西义仆杖一个人进了陵园。这"河西义仆"是一种河西稀有木材制作的手杖，坚刚如铁又轻重粗细适度，握在手中极是利落趁手。王离说，这是父亲亲手水磨的一支义仆杖，父亲后来一直没有离开过它。王离还说，苏秦当年失意咸阳跋涉河西，便是得力于河西老猎户所送的一支义仆杖。嬴政皇帝对苏秦倒并不如何熟悉，只一听说这是王贲亲手磨制之物，一句话没说便接手了。

雪花如柳絮般飘洒着，三百余亩的陵园朦胧一片。嬴政皇帝走得很慢，思绪与雪花一起漫天飞扬着。王翦王贲父子

王翦、王贲先后离世。

虽被神化，但毕竟是人，免不了生老病死。

的相继离去，使嬴政皇帝第一次有了一种泰山巍然却无所依凭的孤独与落寞，甚或，心底隐隐有了一丝忧虑与恐慌。对嬴政皇帝而言，这般隐忧是绝无仅有的。毕竟，王翦王贲父子是太过特异的两代名将，在帝国兴起的整个过程中绝无他人能够取代。然则，最根本处还在于，王翦王贲父子的特异禀赋——坚毅笃实，不为任何人所撼动的那种超乎寻常的定力。如果说，王翦的坚毅笃实尚具有一种智慧的周旋色彩，王贲的坚毅笃实则是赤裸裸无所掩盖的。王翦的资望功勋，以及与嬴政皇帝早年结盟于艰难时世的经历，决定了王翦以含蓄迂回坚持自己主张的特异方式；虽然同样是无可撼动，王翦的方式相对容易为人所接受。无论对君，无论对臣，甚或对部将，王翦几乎没有与任何人发生过直接的摩擦。可令人不可思议者，正是如此一个王翦，却也没有一次放弃过自己的主张，且一直坚持到最终的结局证明自己是对的。灭赵坚持缓战，灭燕坚持强战，灭楚坚持重兵大战，平定南海坚持军民一体长期融合等等，莫不如此。事实证明：凡此重大关节，王翦都坚持申述自己的主见，虽然绝无激烈方式，却也从来不会放弃；而只要帝国君臣最终赞同了王翦的方略，王翦都毫无怨言地义无反顾地全力实施，直至获得最圆满成功。王贲则不同。在帝国重臣中，王贲是最为不事周旋的一个，与任何人都没有私交私谊，与任何人都是公事公办。凡有大略会商，王贲只有两种方式：要么不说，要么固执坚持，绝不与任何人通融，包括不与皇帝通融；而一旦进入方略实施，王贲的才具便会迸发出惊人的光彩，屡屡创出令人瞠目结舌的奇迹。五万军马水战灭魏，不可思议一也；两万飞骑旬日连下楚国十城，不可思议二也；五万飞骑数千里奔袭，最终灭燕灭代，不可思议三也；二十万大军胁迫齐国不战而降，不可思议四也；十万军十万民，三年大开天下驰道，不可思议五也。凡此等等，王贲都有一个最显著特质：只要主事，拒绝一切乱命，决然是将在外君命有所不受。而每次只要任命王贲，王贲都会有一句话：若不成事，愿担全责。也就是说，王贲从来不寻求中和之道，能做则做，不能做则罢，绝不会依照他人意志敷衍了事。

雪越来越大了，天地陷入了一片混沌。

嬴政皇帝的思绪却更远了。是的，在满朝大臣中，他更喜欢王贲，与王贲更对脾性。只有王贲，给他这个皇帝以最真实的感觉。在王贲面前，他没有掩饰过自己的喜怒哀乐。王贲在他面前，也从来没有斡旋性的话语，不赞成便说不赞成，赞成便是由衷的赞成。一种奇妙的感觉是，嬴政很为王贲对他这个皇帝的真正赏识而欣慰。嬴政很清楚，自古多少君王得臣下之力，非是臣下真正佩服君王的领事决断才具，而是基于无法改变的君臣权力构架。一个君王能够真正使臣下敬服自己，并且是真实地敬服，而没有丝毫的阿谀成分，是非常非常难得的。在嬴政皇帝的记忆里，王贲主事他最省力。王贲一旦主事，请命书文最少，回咸阳最少，一有公文十有八九是捷报或善后总报。每一件事，王贲都做得经得起任何查勘。大秦御史们不是吃素的，曾在王翦、李斯、蒙恬、李信、蒙武、冯劫等等重臣名将主持的大事中都查出过诸多大小缺失，唯独对王贲，御史们从来没有过一个字。论君臣交谊，嬴政与王翦李斯蒙恬王绾四人最深最久。然则，还是有许多话，嬴政皇帝无法与这四人提起。王贲寡言木讷，不善报事，在重臣之中与嬴政皇帝相处会商也最少。可嬴政皇帝只要一见王贲便大觉亲切，问东问西，总归是能想起的无一不问。王贲也是一样，只要一见皇帝，问甚说甚，话语流畅，几乎是全然另外一个人，连与父亲王翦的争执也从来不隐瞒。唯其如此，王贲能在最后时刻坦然说出任何臣子都不会说的话，嬴政皇帝非但没有丝毫的忤逆之感，反倒是痛彻心脾了。

诚然，若不是嬴政皇帝自己也有某种生命将尽的隐隐预感，也许不会对王翦王贲父子的相继离去如此痛心。然则，嬴政皇帝的种种思绪也是由来已久的积压，没有丝毫的作伪。嬴政皇帝尤其痛心的是，在帝国新政最需要王翦王贲这般特异名将的时刻，在皇室朝局最需要这般名将的时刻，在他这个皇帝最需要这般能够扭转乾坤的肃杀名将的时刻，王氏父子却撒手去了。嬴政皇帝很清楚，只要王氏父子任何一个人健在于自己身后，大秦皇帝的善后都不须如此焦虑。与王翦王贲的泰山石敢当秉性相比，目下重臣之中，确实没有一个人可及。蒙恬才具不消说得，却总是带有隐隐的文士温润一面。在赢政皇帝的记忆里,蒙恬从来没有强固地坚持过一件事。在他当年一时昏乱发作的逐客令事件中,蒙恬分明极不赞成,却只带回了李斯的《谏逐客书》,并没有对他当面坚持陈说厉害,一直等到他有所悔悟,蒙恬才真实吐露了心曲。反倒是行事比较谨慎的王翦,那次根本不请命,说服蒙恬便派军拦下了离开秦国的山东士子。赢政皇帝从来没有因此而责难过蒙恬,毕竟,蒙氏一门的特质不在强固,而在柔韧。人无完人,何能苛责臣下人人皆如圣贤哉!蒙氏一门中,唯蒙毅尚具强毅坚刚这一秉性特质。灭赵之后,蒙毅敢依法惩治跟随皇帝数十年的赵高,且始终对赵高冷面不齿。仅此一点,赢政皇帝便对蒙毅有足够的器重了。

大雪纷纷扬扬之中,赢政皇帝恍如梦境般看见了未来的一幕——

不知何时,自己落得齐桓公姜小白那般下场,临死之前令不出宫,身后生发了巨大的动荡。此时,王氏父子相继出场:王翦依据皇帝明白时的既定方略力挺危局,一力周旋而不与任何人妥协,甚至不惜兵戎相见,终于艰难妥善地稳定了大局;王贲不然,果决地亲自率兵镇抚咸阳,拒绝一切不合皇帝既定方略的乱命,迅速缉拿了欲图火中取栗之人,一举拥戴扶苏登上了帝位,其坚刚利落,几与皇帝当年果决平定嫪毐叛乱如出一辙……

赢政皇帝怦然心动了,心头酸热了,老泪纵横了。他毫不怀疑,以王贲的杀伐果敢,决然能做到提兵平乱而无所畏惧。蒙恬如何?以赢政皇帝清醒的评判,蒙恬会坚持,会抗命,但绝不会无所畏惧地举兵镇国。李信之刚烈或可如此,然李信之军中人望及其拥有的兵力,若不得蒙恬坚挺,显然不足以一柱撑天。自古以来,国之良将,安危所凭也。而危难非常之时刻,大将不能依凭兵符的时刻,既往的资历威望,

蒙恬长年远在边关,对朝廷之事鞭长莫及。王翦父子离世,确实是秦始皇的重大损失。

大将的胆识才具便会起到决定的作用。如此之大将，舍王贲其谁也！若得王贲在世，嬴政何愁身后之事哉！

蓦然，嬴政皇帝想起了李斯，想起了王贲那则令他至今心悸的遗言。

即秦王之位，嬴政便结识了李斯。亲政之后，李斯一卷《谏逐客书》立下了定国之功，秦王嬴政立即重用了李斯。从那以后，近三十年如一日，嬴政对李斯的信任从未有过丝毫衰减。李斯的几个儿子，娶的都是皇室公主。皇帝的几个皇子，娶的正妻都是李斯的女儿。包括嬴政皇帝最钟爱的幼子胡亥，定亲也定的是李斯的幼女。自古以来，君王与丞相的关系亲密到如此程度，只怕也是绝无仅有了。嬴政敬佩李斯的为政大器局大才具，深深地知道，没有如此一个统摄政局的大家，一统天下并构建华夏文明只能是一句空话。灭六国时，李斯用事中枢，日理万机井然有序，纵横邦交多有奇谋，举荐尉缭姚贾慧眼独具，协同王翦蒙恬王绾一班重臣自如有加，堪称大手笔大气象。一统天下之后，李斯更是殚精竭虑，一体筹划出华夏新文明框架，行郡县，布官吏，推新政，去旧法，无一件不做得行云流水。复辟暗潮涌起，李斯又是最清醒也是最坚定的反复辟首相。更重要的是，李斯不是盲目反复辟，而是拿出了一整套剔除复辟根基的大方略，如焚书，如禁议，如以法为教以吏为师，凡此等等，俱皆对复辟暗潮雷霆一击而天下肃然……数十年之中，李斯没有过任何一次官职爵位之议之请。李斯的步步升迁，全然因自家才具功勋而来……王贲究竟有何依据，说李斯斡旋之心太重，一己之心太过，并对李斯生出了如此深不可测的疑虑？莫非，王贲对李斯有私怨？不！王贲绝非此等人也！嬴政皇帝立即否定了自己的一闪念。

论秉性，嬴政皇帝当然也知道李斯有瑕疵，不如王贲冯

若秦始皇真有此担忧，就不会发生赵高矫诏之事了。

说秦始皇生性多疑，这一判断，未必准确。李斯位极人臣，秦始皇不信之，哪来荣华富贵？李信铸下大错，秦始皇不信之，怎能将功赎罪？太后跟嫪毐连生两子之后，秦王才出手，若生性多疑，恐怕事情瞒不了这么久。秦始皇变得多疑，恐怕跟荆轲刺秦有莫大关系。《史记·李斯列传》载，"斯长男由为三川守，诸男皆尚秦公主，女悉嫁秦诸公子。三川守李由告归咸阳，李斯置酒于家，百官长皆前为寿，门廷车骑以千数"。李斯喟然而叹曰："嗟乎！吾闻之荀卿曰'物禁大盛'。夫斯乃上蔡布衣，闾巷之黔首，上不知其驽下，遂擢至此。当今人臣之位无居臣上者，可谓富贵极矣。物极则衰，吾未知所税驾也！"位极人臣，不知国家社稷之重，李斯罪无可怨。

劫等一班大将那般笃实直言，隐隐约约地有些依时依势而决断自家主张的意味。当年小舟就教李斯，李斯便含蓄对之，先问秦王之志，而后点出《吕氏春秋》与商君之法的选择根基所在。灭六国，定天下，建文明，反复辟，李斯始终与他这个皇帝保持着最及时的沟通。他但有明确的取舍抉择，李斯便能立即谋划出最为出色的实施方略；或者，即或他这个皇帝还没有来得及朝会议决，而李斯只要明确地知道意向，也会从最为有力的方向给他以最坚实的支持，郡县制便是最明显的例证……纵然如此，又能证明何等斡旋之心与一己之心呢？臣下与一个英明的皇帝同步，这也算得瑕疵么？王贲啊王贲，你这个家伙实在是多疑了。且慢骂这个老兄弟，再想想。

嬴政皇帝记得，他对李斯的所谓不满，也只有那次在梁山宫半山腰看见了李斯盛大的仪仗车骑，冷冷说了句用得着如此么。结果，话传了出去，李斯立即收敛了仪仗车骑。嬴政皇帝并没有责难李斯，而是对左右随侍的这种口舌之风深为厌恶，查勘不出，便杀了那日在场的所有十几名内侍侍女。嬴政至少清楚一点，看人看大节，纵然自己这个皇帝对臣下有某种小事的不悦，也绝不会波及大事；而左右随侍这种口舌恶风一旦流播开来，则无疑会使君臣朝局陷入无休止的权术猜忌之中，不给以最严厉的制裁行么？当年齐威王连续烹杀十余名口舌内侍，一举震慑了齐国的侦测上意之风，齐威王愿意那么做么？时势所迫也。

而李斯如何？那次之后再也没有了盛大的车骑仪仗，却也从来没有在嬴政皇帝前说及过此事。本来，嬴政皇帝自家还想与丞相说说，可每次见李斯一副浑然无觉的神色，也便没有了说的心思。若说不悦，这也算得一次。然则，这又如何？以嬴政之明，能因如此一件说都没心思说的小事对一个帝国首相生出疑忌之心？以李斯之才，能因此而对他这个皇帝生出嫌隙？笑谈也笑谈也。李斯不说，安知不是不屑于说哉！王贲老兄弟也，我觉你还是心思过甚了一些。你说谁都没错，可说李斯的这两句话，实在有些过了；然则，我还是要记在心里，再想想，再看看，毕竟，你老兄弟也不是乱说话的人。李斯要给你写铭辞，我挡了，免得你老兄弟瞪着两眼不舒坦，我的字不如李斯好，老兄弟只当个念想便是了。

大雪漫天飞舞着，脚下也起了嚓嚓之声……

王贲丧事期间，发生了两起意外事件。嬴政皇帝虽然不悦，却也没有如何放在心上，没有立即赶回咸阳处置。而今仔细想来，这两件事竟是有些不同寻常了。第一件事,泗水郡在两月之前逃亡了三百余服徭役者。郡报说,沛县徭役民力三百余人,由泗水亭长刘邦带领民力赶赴骊山。西行到丰县一片大水旁,逃亡了数十人。亭长刘邦非但没有报官,反倒擅自放走了想逃跑的其余民力,自己与十余个追随者也逃入芒砀山去了。目下,泗水郡正在追捕之中。嬴政皇帝曾听扶苏说起过这个泗水亭长是个能吏,当时曾心下一动,下次巡狩到泗水郡见见这个小吏,果是能才用之何妨?不想他竟无视法度纵容逃亡,看来也不过痞子甘做流民而已。第二件事,骊山刑徒黥布秘密鼓噪数百人起事,杀死了数十名看守士兵,大约两三百人逃亡到汉水大山里去了。冯劫率军赶赴骊山,已经将没有逃走的而与起事者有牵连的两百余人全部斩决。冯劫已经查明,这个黥布原本姓英,乃古诸侯英国后裔;因有相士说此人若受黥刑便当称王,英布自家改姓为黥,以求镇之,其实本人并未受过黥刑。

> 黥布,曾受秦黥刑,先归楚,后归汉,似乎一生都在跑来跑去。

目下想来,这两件事都不是小事。帝国新政历来都是体恤民众疾苦的,无论是种种工程,还是镇压六国贵族复辟,抑或严厉惩处黑恶兼并,哪一件不是于民有利? 然则,如今竟有民众逃亡起事了,你这个皇帝该当做何解释? 从天下大势说,若仅仅是六国贵族复辟,仅仅是儒家乱法,嬴政皇帝有十足的信心扭转乾坤,因为他坚信天下民众不会乱,坚信民众会追随秦政。若民众乱了,事情就大了,六国贵族与举事民众融合,你纵然有大军镇抚,也难保天下不会大乱。当然,民众逃亡刑徒起事的背后,一定有六国贵族的密谋煽惑甚或秘密操持,毕竟,六国贵族的诸多后裔本身也在刑徒之列,他们安能无动于衷? 然则,民众能逃亡,刑徒能起事,帝国新政便没有错失?你这个皇帝便没有错失? 看来,得认真查查,看各种工程能否不征发远道民力,骊山陵只叫关中老秦人修算了;长城也一样,就近征发,莫再千里迢迢地征发楚地民众了……

> 小说对秦朝各种役使轻描淡写,兴趣多在故事,而不在探讨秦速亡的原因。

"君王暮政，内忧大于外患。"王贲的话蓦然回荡在耳边。

"王贲啊，你老兄弟没说错，嬴政记下了。"

大雪无声地飘舞着，嬴政皇帝踽踽地走着。不期然，嬴政皇帝走到了王贲墓前。王贲啊，对你说一声，我要回咸阳去了，不能天天来陪你说话了。你说的事，我都记住了。开春之后，我便北上九原，我会留心的，会不着痕迹的。临死之时，你老兄弟还硬挺着等我这个老哥哥，还当我是知己，话说得如此开诚布公，政何能忘记也……王贲，你老兄弟若是心宽得些许，活下来，活在嬴政身后，该有多好啊……王贲，你，你，你老兄弟已经去了，已经悔了愧了，嬴政也就不叨叨你了……你好生安息，我从九原回来，还会来看你的……

茫茫飞雪弥漫苍穹，嬴政皇帝的潸然泪水喃喃话语，都被一天飞絮淹没了。

这一节，巡狩、刻石诸事皆取自史籍。重点在作者对秦始皇巡狩的评价与分析。

二 不畏生死艰途的亘古大巡狩

隆冬之时，嬴政皇帝开始了最后一次大巡狩的秘密谋划。

对于嬴政皇帝的巡狩，天下已经很熟悉了。平定天下之后的短短十年里，皇帝已经四次巡狩天下了。若从秦王时期的出行算起，则自秦王十三年开始，嬴政的出行与巡狩总共八次，一统之前的秦王出行视政三次，一统之后的皇帝巡狩五次。大要排列如下：

秦王十三年（公元前234年），时年嬴政二十六岁，第一次东出视政到河外三川郡。其时，桓齮大胜赵军于河东郡，歼赵军十万，杀赵将扈辄。嬴政赶赴大河之南，主要是会商部署对三晋进一步施压。就秦之战略而言，秦王这次出行，实际是灭六国大战的前奏。

秦王十九年（公元前228年），时年嬴政三十二岁。其时，王翦大军灭赵。嬴政第二次东出赶赴邯郸，后从太原、上郡归秦。这次出行两件大事：一则处置灭赵善后事宜并重游童年故地，二则会商灭燕大计。

秦王二十三年（公元前224年），时年嬴政三十六岁。其时，王翦大军灭楚。嬴政第三次东出，经过陈城，赶赴郢都，并巡视江南楚地，会商议决进军闽越岭南大事。

依照传统与帝国典章，嬴政即皇帝位后的出行称之为巡狩。

巡狩者何？《孟子·梁惠王下》云："天子适诸侯曰巡狩。巡狩者，巡所守也。"也就是说，就形式而言，巡狩并非秦典章首创，而是自古就有的天子大政，夏商周三代尤成定制。《尚书·尧典》《史记·五帝本纪》《礼记·王制》《国语·鲁语》等文献，都不同程度地记载了这种巡狩政治的具体方面。大要言之，在以征伐、祭祀为根本大政的古代，巡狩的本意是天子率领护卫大军在疆域内视察防务、会盟诸侯、督导政事、祭祀神明。然从实际方面看，春秋之前的天子巡狩，其实际内容主要在三个方面：一则祭祀天地名山大川，二则会盟诸侯以接受贡献，三则游历形胜之地。就其行止特征而言，一则以舒适平稳，一则以路途短时间短，一则以轻松游览。真正地跋涉艰险，将巡狩当作实际政事而认真处置，且连续长时间长距离地大巡狩，唯嬴政皇帝一人做到了。

第一次大巡狩是灭六国的次年，始皇帝二十七年（公元前220年），时年嬴政四十岁。这次是出巡陇西、北地两郡，一则巡视西部对匈奴战事，二则北部蒙恬军大举反击匈奴事。这次出巡的路线是：咸阳——陈仓——上邽——临洮——北地——返经鸡头山——经回中宫入咸阳。这次路程不长，然全部在山地草原边陲行进，且多有匈奴袭击的可能性危险，其艰难险阻自不待言。

第二次大巡狩，在始皇帝二十八年（公元前219年），时年嬴政四十一岁。

这次大巡狩的路线是：咸阳——河外——峄山——泰山——琅邪——彭城——湘山——衡山——长江——安陆——南郡——入武关归秦。从路程之遥与沿途举措之多看，大体是初春出初冬归，堪堪一年。这次大巡狩的主要使命，是宣示大秦新政之成效，确立帝国威权之天道根基。是故，其最主要举措是四则：其一，峄山刻石以宣教新政文明；其二，泰山祭天封禅，梁父刻石，以当时最为神圣的大典，确立帝国新政的天道根基；其三，登之罘山，刻石宣教以威慑逃亡遁海之复辟者；其四，作琅邪台并刻石，系统全面地宣教新政文明。

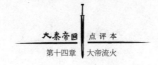

列位看官留意,这个伟大帝国的直接史料在后来的战乱中消失几尽,帝国华夏大地所留下的实际遗迹便成为弥足珍贵的直接史料。譬如峄山刻石文、之罘山第一次刻石文皆未见于《史记》,对于非常注重言论记载的太史公而言,绝不会有意疏漏,完全可能是司马迁时已经湮灭,或被掩盖隐藏,而后世重新得以发现。唯其弥足珍贵,不妨录下三篇刻石文辞①,以窥帝国风貌——

峄山刻石文

皇帝立国,维初在昔,嗣世称王。讨伐乱逆,威动四极,武义直方。

戎臣奉诏,经时不久,灭六暴强。廿有六年,上荐高号,孝道显明。

既献泰成,乃降专惠,亲巡远方。登于峄山,群臣从者,咸思悠长。

追念乱世,分土建邦,以开争理。攻战日作,流血于野,自泰古始。

世无万数,陀及五帝,莫能禁止。乃今皇帝,一家天下,兵不复起。

灾害灭除,黔首康定,利泽长久。群臣诵略,刻此乐石,以著经纪。

梁父刻石文

皇帝临位,作制明法,臣下修饬。廿有六年,初并天下,罔不宾服。亲巡远方黎民,登兹泰山,周览东极。从臣思迹,本原事业,祗诵功德。治道运行,诸产得宜,皆有法式。大义休明,垂于后世,顺承勿革。皇帝躬圣,既平天下,不懈于治。夙兴夜寐,建设长利,专隆教诲。训经宣达,远近毕理,咸承圣志。贵贱分明,男女礼顺,慎遵职事。昭隔内外,靡不清静,施于后嗣。化及无穷,遵奉遗诏,永承重戒。

琅邪台刻石文

维八年,皇帝作始。 端平法度,万物之纪。以明人事,合同父子。

圣智仁义,显白道理。东抚东土,以省卒事。事已大毕,乃临于海。

皇帝之功,勤劳本事。上农除末,黔首是富。普天之下,专心揖志。

---

① 此三篇刻石,皆以韵断意。《史记·秦始皇本纪·索隐》云,前两篇为三句一韵,琅邪台文为两句一韵。

器械一量，同书文字。日月所照，舟舆所载。皆终
其命，莫不得意。

应时动事，是维皇帝。匡饬异俗，陵水经地。优恤
黔首，朝夕不懈。

除疑定法，咸知所辟。方伯分职，诸治经易。举错
必当，莫不如画。

皇帝之明，临察四方。尊卑贵贱，不逾次行。奸邪
不容，皆务贞良。

细大尽力，莫敢怠荒。远迩辟隐，专务肃庄。端直
敦忠，事业有常。

皇帝之德，存定四极。诛乱除害，兴利致富。节事
以时，诸产繁殖。

黔首安宁，不用兵戈。六亲相保，终无贼寇。欢欣
奉教，尽知法式。

六合之内，皇帝之土。西涉流沙，南尽北户。东有
东海，北过大夏。

人迹所至，无不臣者。功盖五帝，泽及牛马。莫不
受德，各安其宇。

琅邪台刻石文之后，附记了这篇最长刻石文产生的经
过：李斯王贲等十一位随皇帝出巡的大臣在"海上"会商，一
致认为古之帝王地狭民少动荡不休，尚能刻石为纪，今皇帝
并一海内天下和平，天下相与传颂皇帝功德，更该刻于金石
以为表经。于是，产生了这篇专一地全面地叙述灭六国之后
帝国新政举措的文辞。

列位看官留意，这三篇刻石文极易被看作歌功颂德之
辞，而忽视了它对历史真相真实记载的史料价值。就后世史
家对秦史的研究而言，至少忽视了琅邪台刻石文中的两处事

*虽有颂德之辞，但更重要
的是，内有珍贵史料，不容忽
视。*

实:其一是"器械一量"一句。所谓器械,衣甲兵器也;所谓一量,统一规定形制尺寸重量也。这一事实是说,秦在统一文字、统一度量衡等等之外,还有一个统一,这就是统一大军装备的形制尺度与重量。在诸多史家(包括军事史、兵器史等专史)与文化人的知识认定里,都以为兵器衣甲装备的标准化是从宋代开始的,因为,历代兵书中,只有宋代编定的《武经总要》规定了各种兵器的尺寸重量。对秦帝国的兵器装备标准化,既往的通常说法是史料无载,一直到当代考古学者在秦兵马俑中发现了大量尺寸、重量、形制同一的箭镞,方才提出了这一理念。事实上,琅邪台刻石文中的"器械一量"便是确实无误的史料。而且,刻文中将"器械一量"与"同书文字"并列,可见其重要。《史记·秦始皇本纪·正义》对此条的解释是:"内成曰器,甲胄兜鍪之属。外成曰械,戈矛弓戟之属。一量者,同度量也。"所指意涵非常明确。只不过因为种种原因,被人忽视而没有作为公认史料提出罢了。其二是"六亲相保,终无贼寇。"当代人大多激烈抨击秦政中的连坐制,几乎没有哪个史家或学人提出连坐制在当时的实际意义。这一条给我们展示了秦帝国自家的实际解释:连坐制的实际意义在于"六亲相保",其实际效果则是"终无贼寇"。也就是说,起于战时管制的秦法连坐制,通过相互举发犯罪,而达到共同防止犯罪,进而族人亲人互相保护的目标。对于社会总体效果而言,没有人犯罪了,自然也就没有贼寇这种罪犯了。因为这一实际效果,秦统一中国之后,连坐制非但没有废除,反而是推向了整个华夏。自秦之后,后世断续沿用连坐制而始终不能彻底丢弃,应该说,这种实际效果起了决定性作用,尤其在战时社会。

就是在这次大巡狩滨海之行的后期,卢生徐福等几个方士第一次上书皇帝,万分肃穆地说海中有三座神山:蓬

这一点非常重要。作者有眼力。

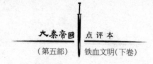
莱、方丈、瀛洲，上有仙人居之，请求携带童男童女出海求仙。从一个方面说，始皇帝亲临大海，眼见其壮阔辽远，对流传久远的海中有仙之传闻不可能完全拒绝相信，更兼其时嬴政皇帝的暗疾已时常发作，遂允准了卢生徐福之请，准许其筹划出海求仙。从另一方面说，其时六国贵族多有逃亡，许多贵族后裔都逃遁到海岛藏匿；嬴政皇帝完全可能以方士求仙为名目，派出精干斥候于护卫求仙的军士之中，以求查勘贵族藏匿之真实情形。

第三次大巡狩，在始皇帝二十九年（公元前218年），时年嬴政四十二岁。

这次大巡狩的路线是：咸阳——三川郡（在阳武博浪沙遇刺）——胶东郡——之罘山——琅邪台——返经恒山——经上党——西渡河入秦。从时间看，是仲春（二月）出发，大约在立冬前后归秦，也是堪堪一年。这次大巡狩与上次紧紧相连，其使命大体也与上次大体相同。始皇帝第二次抵达海滨，登临之罘山，留下了两篇刻石文字，其内容与峄山石刻大同小异。这次大巡狩中发生的最大一件事，是三川郡阳武县博浪沙路段的刺杀皇帝事件。这一事件的真相后来见诸史册：旧韩公子张良携力士埋伏道侧壕沟，以一百二十斤大铁锥猛掷嬴政皇帝座车，结果误中副车，刺杀未遂。但在当时，罪犯逃匿了，真相一直不明。嬴政皇帝下令在四周大搜查了十日，也没有缉拿到罪犯。

也就是说，这件震惊天下的大谋杀，案件当时并未告破。

为此，这次大谋杀给帝国君臣敲响了复辟势力已告猖獗的警钟，将帝国君臣从"天下和平""靡不清静"的时势评估中解脱了出来。时隔年余，嬴政皇帝微服出行关中，夜行兰池宫外，又遭数名刺客突袭。若非随行四武士力战击杀刺客，嬴政皇帝也许那一次就真的被复辟势力吞没了。博浪沙大谋杀事件，兰池宫逢盗遇刺事件，是帝国新政的一个重大转折点。此后，嬴政皇帝与帝国权力的注意力，发生了一个极为重要的转折性变化——从全力关注构建文明盘整天下，转为关注对复辟暗潮的查勘，终于导致了三年之后（始皇帝三十四年）对复辟势力的公开宣战。从大巡狩而言，博浪沙大谋杀事件，也导致了嬴政皇帝出巡使命的重大改变——从相对简单的新政宣教，转变为巡边、震慑复辟与督导实际政务三方面。这一转变，从马上就要到来的又一次大巡狩中，可以清楚地看出轨迹。

第四次大巡狩，在始皇帝三十二年（公元前215年），时年嬴政四十五岁。

这次大巡狩的路线是：咸阳——经旧赵之地——入旧燕之地——辽西郡——碣石——返回再经燕赵旧地——经上郡进入边地——巡视北边——南下归秦。这次大巡狩在史料中记载得最为简单，然实际意涵却最为丰富，主要大事是：碣石宣教新政，督导迟滞工程（坏城郭，决川防），部署求仙事，巡视九原并部署反击匈奴战事。若将史料残留的"点"联结起来，这次大巡狩的实际作为，则立即清楚地表现出内在的轨迹——这次大巡狩，无疑是嬴政皇帝即将实施的内外战略的预备举措。这个内外战略是：对外大举反击匈奴，对内大举镇压复辟。这两个大战略，是紧密相连的一个整体：镇压复辟必须以肃清长期边患为保证，巩固边地又必须以整肃内政为根基。

尽管史料对嬴政皇帝的北巡只有最简单的九个字："始皇巡北边，从上郡入。"然只要将前后事件通联，这九个字的分量便大大的不同了。就事实说，匈奴长期为患北边，此时的秦军已经退守到九原黄河以南的北地郡与上郡驻扎，连紧靠大河的"河南地"也成了匈奴的不固定领地。要一举占据河南地，并扫灭阴山草原的匈奴主力，将匈奴部族驱赶得远离华夏，便要大举歼灭匈奴的有生主力骑兵；而要真正做到一举大胜，没有通盘的战略筹划是不可能的。此时的九原直道尚未修成，粮秣兵器仍得通过上郡输送，诸方协同尤其要紧。事实上，正是在这次北巡之中，嬴政皇帝与蒙恬、扶苏等协同各方会商部署，最终议决：来年大举反击匈奴，战胜之后立即开始修筑长城。第二年的事实进展，几乎是完全地依照嬴政皇帝的战略筹划完成了。

唯其了解这一轴心目标，立即便可明白：所谓东游碣石，所谓部署求仙，全然是政道示形之法。用今日语言说，是造势以惑人。惑谁？自然是惑匈奴，惑一切有可能窥见其真实战略意图的内外敌对势力。唯其惑人，嬴政皇帝在这次大巡狩的东部之行中，将求仙之事铺排得很大，而且大举铺排了两次：第一次，公然地隆重地派遣卢生出海，访求两位传说中的古仙——羡门古仙、高誓古仙；第二次，嬴政皇帝即将离开东部之前，又大张旗鼓地派遣韩终、侯公、石生三人率船队出海，求仙人不死之药。

之后，嬴政皇帝的车骑仪仗销声匿迹了。

百年之后的司马迁，尚且只能留下九个字。此足以说明，直到后来的西汉时期，人们仅仅知道嬴政皇帝那次去了北地巡边，至于究竟在巡边中做了些什么，却一无所知。不是司马迁不想记述，而是因为没有依据，使其成为一个永远湮没了的秘密。

一件值得注意的事情是：在嬴政皇帝离开东部之前，此前被派出求仙的卢生入海

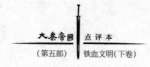

归来了。卢生求仙无着，却带回了那则载于史册的"亡秦者胡也"的著名谶言。这则谶言的形式载体很是不清楚，只说是"图书"。若依据传统分析，这则预言当是图谶形式，也就是某种皮张上画有一幅意象模糊的图画，旁边一句字迹古奥而含意似明不明的一句谶言。这幅画究为何物，已不得而知了。然这句谶言，却是明白无误地被记载了下来。

这件事至少说明：其一，嬴政皇帝在东部碣石逗留的时间不会很短，估计至少两个月上下，否则以古代船只之航速卢生不可能完成往返。最大的可能是，嬴政皇帝在有意等候。之所以如此，完全是要教天下认定：皇帝东游只是要求仙，别无他事。其二，天下复辟势力也关注着边患，企图借匈奴之力火中取栗，有意制造了这则谶言，借以扰乱嬴政皇帝心神，并激发秦军早日与匈奴大战。因为，在六国贵族看来，匈奴正在强大之时，而秦军正在多年大战后的疲弱之期。与强大的匈奴开战，时日越早，对秦军越是不利。若秦军主力一旦战败，则复辟势力自可趁机大举起事。

以帝国第一代君臣之雄才大略，不可能看不透如此浅薄的伎俩，更不可能如《史记·集解》中东汉经学家郑玄所解释的那般荒唐："胡，胡亥，秦二世名也。秦见图书，不知此为人名，反备北胡。"距始皇帝仅百年之遥的司马迁，自然清楚这则谶言之实际所指，更不可能不知道秦二世之名，却相对暧昧了许多，只录谶言，而不直说因果关系，只在记载谶言之后说了事实："始皇乃使蒙恬发兵……"虽然，司马迁的指向显然也与郑玄相同，然却硬是不明说。这里显然有两个原因：一则是司马迁"信则存信，疑则存疑"的相对严肃的治史态度，自知此等说法荒诞不经，遂不予置评；二则是司马迁基于西汉时期之大势，对秦帝国的历史只能是表面相对公正，而实则腹诽。此等堆积烟云的录史笔法，笃信怪力乱神的解说手法，是后世史家与注释家解读秦帝国历史的两大基本弊端。唯其如此弊端丛生，遂使秦帝国的种种历史真相的澄清变得分外艰难。这是后话。

依据常理解析，嬴政皇帝与随行重臣成算在胸，根本不会为谶言所动。然在表面上，帝国君臣却向外界释放了这则谶言，嬴政皇帝也正好以此谶言为由头北上巡边。这当如何解释？若果然如郑玄所言，看作帝国君臣愚昧不识天机，诚可笑也。显然，这是帝国君臣的将计就计——你要出谶言么，我便正好借此反击胡人，做好这件最该做的大事。

当然,嬴政皇帝在东部的时日,也非全然耗费在求仙事上。毕竟,天下皆知嬴政皇帝勤政,若示形太过,则未免太假,总得有些许政事作为。于是,有了嬴政皇帝对燕齐旧地的迟滞工程的有力督促。这便是坏城郭、决川防。碣石之地,正当旧燕赵齐三国拉锯地带,要塞林立,川防累累,相互攻防,相互淹决,堪称天下川防为害最烈之地。尽管此时中原川防已经顺利疏通,然此地却是迟滞了许多。嬴政皇帝就此彻底解决,正好一举两得。诸般工程雷厉风行地开始之后,随行群臣会商,又在巨大的碣石门上刻下了一篇千古文字,说的主要是帝国新政中的民生工程,刻石文如下:

嬴政勤政,天下皆知。虽求仙药,但绝对不会因此误政事。

上述分析,颇有见识。

碣石门刻文

遂兴师旅,诛戮无道,为逆灭息。武殄暴逆,文复无罪,庶心咸服。

惠论功劳,赏及牛马,恩肥土域。皇帝奋威,德并诸侯,初一泰平。

堕坏城郭,决通川防,夷去险阻。地势既定,黎庶无繇,天下咸抚。

男乐其畴,女修其业,事各有序。惠被诸产,久并来田,莫不安所。

群臣诵烈,请刻此石,垂著仪矩。

列位看官留意,这篇碣石门刻文中值得注意的新提法是"德并诸侯"。与此相联,从上次大巡狩的之罘刻石文、东观刻石文开始,帝国宣教中开始强调秦政的德行。而在第一次大巡狩的刻石文中,功业叙述与新政内容叙述为主,正面强调皇帝之德者很是浅淡,琅邪刻石文仅云:"皇帝之德,存定四极。"显然,并没有将皇帝之德扩展到一统之前。这次不同,将平定六国第一次提为"德并诸侯"。这是一个很大的变化。当然,此前的之罘山刻石文已经开始向彰显皇帝之德靠近,但尚不鲜明,其文辞为"奋扬武德",东观文辞则为"皇帝明德"。然则,都没有从总体上将统一天下、开创文明的大功业归结为"德"的力量。这次的"德并诸侯"四个字,显然是大大地彰显了德功德政。马上将要看到的第五次,也就是最后一次大巡狩的会稽山刻石文,对"德"也同样做了鲜明强调,文辞为:"皇帝休烈,平一宇内,德惠修长……圣德广密,六合之中,被泽无疆。"

这一宣教转折,是帝国君臣在反复辟中的策略转变。

秦奉法治,更兼为政求实,对王道德政历来嗤之以鼻。虽然,秦政理念认为法治才是真正的德政爱民;但是,由于王道德政已经成为先秦治国理论的一大流派,且其主旨与法家格格不入,故而秦政从来不屑提起德功德政,更不言德治。此时为何有此一变? 根基在时势之变也。秦一天下之后,六国贵族与儒家门派对秦政的攻讦有一轴心言论,便是"暴政失德"。这一攻讦性评判,既因秦政文告从来不屑言及德政而使民众有所惶惑,又因复辟势力的日渐活跃而大有加剧之势;尤其是焚书坑儒之后,秦不言德,似乎已经成了秦政本身无德的一个表征。对此,政治嗅觉极为敏锐的帝国第一代君臣不可能没有觉察。当此之时,正面涉及秦之德政,自然成为一种时势所必须的策略,一种反击复辟的宣教方略,而非秦政真正与迂腐的王道德政同流合污。

纵观嬴政皇帝的历次大巡狩,其艰难险阻每每令人惊叹不已。

嬴政皇帝之大巡狩,跋山涉水屡抵边陲,却从来没有涉足过富庶繁盛之地。每次出巡,中原的洛阳大梁新郑的风华地带都是必经之路,却没有一条史料记载过嬴政皇帝在此间

这个观察很有意思。对秦始皇的评价,一定要考察其巡狩的意义,其巡狩,实有向天下示威示强之意,并非为游山玩水。但若因为巡狩之途艰难而赞秦始皇俭朴,又是大谬,君不见其建宫修陵之奢华,耗多少人力、物力、财力! 岂能视而不见。

的逗留。旧齐之临淄,更是天下赫赫大都。嬴政皇帝两赴旧齐滨海,却都没有进入临淄。东临碣石,濒临燕国,嬴政皇帝也没有去燕都蓟城徜徉一番。五次大巡狩,第一次赴陇西北地与上郡,三地俱为蛮荒边陲,俱为连绵大山,路况最差,气候最恶,又有匈奴游骑袭击之风险,安有舒适可言哉!第二次大巡狩,几乎整整一年皇帝都在外颠簸。登泰山封禅,而骤逢"风雨暴至",以至只有在五棵大树下避雨。当代人皆知,雷电风雨之中在大树下避雨是极为危险的,而其时之嬴政皇帝不知此等科学道理,幸未被雷电击中,何其大险也!后过江水,则"逢大风,几不得渡",连随身玉璧也颠簸沉入江水。再从湘水登衡山,"遇风浪,几败溺",也就是说,险遭沉船而淹死。因有此等大险,所以这次大巡狩"至此山而免",才踏上了归程。

如此奔波一年,刚刚过了冬天,嬴政皇帝又立即再度出巡。这第三次大巡狩更险,方出函谷关,便在三川郡博浪沙路段突遭大谋杀——旧韩世族公子张良带其结交的力士,以一百二十斤大铁锥猛击行刺!若非误中副车,嬴政皇帝很可能就此归天了。归来途中,嬴政皇帝为一睹当年长平大战之胜迹,硬是舍弃了相对舒适平坦的河内大道,而穿越了崇山峻岭的上党山地,其崎岖艰难无须描述。年余之后,嬴政皇帝微服出巡关中,夜行兰池宫外,又突遭数名刺客截杀。《史记·秦始皇本纪》对遇刺险境只有淡淡两字:"……见窘。"就实而论,随行有四名高手武士力战护卫,尚且陷入窘迫之境,可见其性命之险!

第四次长距离大巡狩,又是直接抵达滨海之碣石门。那时的滨海地带,是人迹罕至的荒莽边陲,与今日之沿海万不能同日而语,其艰难险阻多矣!碣石门事完,嬴政皇帝又奔西北而去,进入匈奴流窜的北边之地巡视,部署完军政大略后,又从河西高原的荒莽上郡返回咸阳。

后世皆知,秦帝国之驰道、直道、郡县官道相交错,交通网络已经是前所未有的便捷。若嬴政皇帝的大巡狩只走大道,应该是极为快捷且相对舒适的。然实际情形却恰恰相反,嬴政皇帝足迹所过,十有八九都是没有大道的险山恶水,其迂回绕远自不待言,其艰险难行更是亘古未见。姑且以大数计之,平均每次大巡狩以万里上下计,则五次大巡狩便是五万里上下。若再加上秦王时期的三次出行,七八万里之数当不为夸大也。在以畜力车马为交通工具的时代,在华夏山川之绝大部分尚未开发的时代,要走完七八万里山水险地谈何容易。

嬴政皇帝五十岁劳碌力竭,岂非古今君王之绝无仅有哉!

三　隆冬时节的嬴政皇帝与李斯丞相

从频阳归来,嬴政皇帝第一个召见了丞相李斯。

皇帝直截了当地对李斯提出了一个主张:停止骊山陵与长城两大工程的远途徭役征发,骊山陵教内史郡老秦人修建,长城各段由附近郡县征发修建,中原与旧楚地不再征发徭役。末了,嬴政皇帝问了一句:“丞相思之,是否可行?”李斯默然思忖良久,终于一拱手道:“陛下,此策虽好,有利于安定民心,却难以实施。”嬴政皇帝很是惊讶:“为何难以实施? 有人阻挠?”“大秦律法严明,安得有人阻挠哉!”李斯摇头叹息了一声,又道,“陛下多年执掌大政,可能忽视了关中人口的变化。据老臣所知民户数,目下之关中人口总共五百万上下;其中,老秦人只占两成左右,堪堪百万人而已,且大多为老弱妇幼;其余七八成多,都是近十年迁入的山东人口,计四百万余。若以关中民力修建骊山陵,老秦人实则无可征发。所能征发者,依然是迁入关中的山东六国贵族与平民人口。然则如此一来,骊山陵工地则有可能成为骚乱动荡之根源。”嬴政皇帝惊讶道:“何以有此一说?”李斯道:“灭六国之后,骊山陵开始大修,集中了十万余六国罪犯,人云刑徒十万也。若再将迁入关中的六国贵族青壮征发于骊山,则骊山将聚集数十万山东精壮人口。若六国贵族趁机生乱,便是肘腋之患。此前,已经有黥布作乱,陛下安得不思乎!”嬴政皇帝默然了,良久,大是困惑地问了一句:“怪矣哉! 关中老秦人如何快没有了?”

秦始皇之死,亦是一谜。坊间愿意把秦始皇之死,想象成阴谋。但若不是遇害而死,称其累死,不为过。天下大小事决于己,每天至少翻百二十斤竹简奏章,不累死才怪。秦始皇初即位,便“穿治郦山,及并天下,天下徒送诣七十馀万人,穿三泉,下铜而致椁,宫观百官奇器珍怪徒藏满之”(《史记·秦始皇本纪》),可见秦始皇对死事非常敏感,早有恐惧,又自视过高,觅仙药,弃朕称真人,也来自这种焦虑与狂妄。(注:点评处“郦山”同正文“骊山”。所据版本不同,下文不再一一标出。)

《史记》所载,秦始皇死后,秦二世役使加倍。“七十余万人”这个数据,即使今天看来,也是个非常可怕的数字。役使之重,民生之苦,今人真难以想象。

"陛下龙行虎步,无暇顾及细节矣!"李斯怅然一叹,提起案头大笔在备用的羊皮纸上边写边道,"陛下想想:以秦昭王后期领土计算,老秦人总共千万上下;其中陇西、河西、巴蜀、关外几郡人口,大约占秦人六成,有五百万上下;关中腹地人口,大约占秦人四成,有三百万余。关中腹地这一半人口,加上整个陇西数十万人口,是真正的嬴秦部族,也就是老秦人了。自灭六国大战开始,秦国主力大军连同咸阳及各要塞守军,再加皇室与各种官署护卫军士等,总数是将近百万。这一百万之中,真正的老秦人至少占去七成上下。如此,以全部秦人总数计,大体是十人一兵;而若以秦国成军人口基数计①,则已经是两男一兵了,到顶了。平定六国大战中,秦军将士战死三十余万,后续征发又如数补入,这就是一百三十余万了。平定六国之后,又征发三十余万民力进入南海,其中八成是秦人男女;再加几次征发老秦人赴北河守边,又有几次与山东人口互换迁徙。总体说,关中迁出的老秦人计一百余万,入军带前后伤亡八十余万,总计两百余万……目下之关中老秦人,除了在军男子,八成都散布到边陲去了……"

嬴政皇帝第一次长长地沉默了,脸色阴沉得可怕。

也是第一次,嬴政皇帝没有理睬李斯,一个人径自转悠出去了。及至外厅值事的蒙毅察觉有异而匆匆进入书房,李斯还一个人木然坐着不知所以。蒙毅低声道:"丞相连日劳碌,回去歇息也。陛下若有事,我及时知会便了。"李斯长叹一声道:"蒙毅啊,大秦新政该有所盘整了。皇帝忧心,老夫也是寝食难安也!"蒙毅一时无对,李斯也就一拱手踽踽去了。

兵家大忌。天下若起事,咸阳一举可得。

越到晚年,群臣越不知秦始皇行踪。议事皆至咸阳宫,群臣畏惧,不敢以实具报,秦始皇不知下情,也是有可能的。

① 成军人口不是军队数量,而是男子中的适龄男子总数。以传统征发规律,成军人口的三分之一可征为兵员,三分之二当承担国民生计,征发成军人口之一半的时候极少。

寒风料峭,嬴政在那片皇城仅有的胡杨林中转悠着,第一次觉得有一丝凉意爬上了脊梁,渗入了心脾。秦人从马背部族鏖战到诸侯,再鏖战到战国,再鏖战到天下共主,靠的是甚? 靠的是打不垮的以嬴秦部族为轴心的老秦人! 数百年来,无论如何艰危局面,秦国都能坚挺过来,全部的根基都在于精诚凝聚万众一心的老秦人,在于无可撼动的嬴秦轴心。而今,嬴秦部族一朝消散了? 老秦人一朝消散了? 竟只有关中腹地的百万老弱妇幼了? 果真如此,天下一旦有事,关中一旦有变,秦政之底气何在? 嬴政啊嬴政,若非李斯近日算账,你还是懵懂不知所以也。多少年来,你忙于运筹大战场,忙于运筹创制文明,尽情地挥洒着老秦人,老秦人被征发成军,老秦人被派往南海,被派往北河,被派往淮北淮南,被派往辽东,被派往一切应该镇抚的地方……老秦人无怨无悔,总是高呼着那句“赳赳老秦,共赴国难”的老誓言,义无反顾地走出函谷关,义无反顾地踏上陌生的土地,将自己丰腴富庶的故乡留给了昔日的敌人……若是天下安宁秦政无事,骄傲宽厚的老秦人或可在青史留下巍巍然一笔。然则,如今是复辟暗潮汹涌猖獗,种种迹象都预示着六国贵族在密谋举事,要恢复他们失去的山河社稷! 若果真面临与复辟势力的生死决战,嬴政啊嬴政,你手中的力量何在? 若有三百万老秦人在关中,嬴政何惧天下复辟骚乱? 今日如何,你这个皇帝在关中连十万兵力也拉不出来了,何其大险也! 以战国强力大争之惯性,六国贵族的复辟大潮必然再次到来,没有再次决战的胜利,大秦新政便不能真正地巩固。今日看来,这已经是大势所趋之必然了。然则,果真决战之日来临,大秦何以安天下?

仔细想来,嬴政深深地懊悔了。悔之者何? 大大低估了复辟势力的顽韧抵抗也。身为总领天下的皇帝,你嬴政全部用尽了后备力量,消散了秦政的轴心力量,而只全力以赴地创制文明盘整华夏抵御外患,竟没能给镇压复辟留下最为可靠的一支生力军,如此短视之嬴政,何堪领袖天下哉! 若是战场,你便是只看到了当下战胜,而没有看到即将到来的再次决战。你也看了上党的长平大战遗迹,可你做到了武安君白起那般深谋远虑么? 没有! 你嬴政多么像那个颇有几分迂阔的乐毅,一心只想以“化齐”结束灭国之战,结果如何? 非但没有化得了齐国,反倒是六年不下一座孤城,最终导致了齐国的死灰复燃。

战场便是战场,打仗便是打仗。打仗要流血,要死人,要歼灭敌方;而不会是不流血地感化对方。身在战场却心在感化,何其迂腐哉! 政治战也一样,你嬴政灭人之国,夺人之地,毁人之社稷,还打算教他们真正地服从你的新政,做你的驯服臣民,当真岂有此理哉！若是秦国被灭,你嬴政能甘心臣服于人？当初若看透此点,看透复辟势力之顽韧,自当留下老秦人根基力量。若当真有三百万老秦人在,只怕六国贵族也未必敢如此猖獗。你嬴政今日才清醒的事,六国贵族只怕早早已看到了。否则,那么多接踵而来的谶言流言刻字,纷纷说秦政必亡嬴政当死,其根基何在？由此看去,若果真有一日复辟势力大举起事,安知不是自己的方略缺失所诱发？嬴政一生历经大风大浪,何惧决战,然则,对此等因自己犯错而诱发的决战,嬴政却感到钻心地痛楚……

诸多流言,难保秦始皇没有锥心之痛。

思绪潮涌,嬴政皇帝很有些埋怨李斯了。

皇帝想不通一件事:如此重大的隐患,李斯又如此清楚地了解,为何不早日说出来？是他这个皇帝不容人言？清醒地说,自己这个皇帝对言路尚算是广泛接纳的,至少,不足以使李斯这样的首席大臣缄口不言。是李斯没有看到这一隐患的巨大风险？以李斯的敏锐透彻,以及今日说及这一隐患时的忧虑与对老秦人口散布的熟悉,不能说李斯没有想到。是李斯在选择进言的最好时机？不会也。果然在选择时机,岂不是说李斯连防患未然未雨绸缪这样的谋划意识都没有了？那,究竟是何等原因使李斯一直没有提出这个如此重大的失误？嬴政皇帝一时想不明白了。自李斯用事以来,二十余年中李斯始终与自己保持着惊人的一致。即或是反复回想,嬴政皇帝仍然想不出李斯与自己曾经有过何等重大歧见。当然,《谏逐客书》那次不算,那时李斯还没有进入中枢。嬴政皇帝曾经为此深以为欣慰,几乎时常有一种先祖孝公与商君的君臣知己的感喟。若非如此,皇室如何能与李斯家族结成互婚互嫁的多重联姻关系？嬴政皇帝自来秉性刚烈明澈,若非深感投合,绝不会基于巩固权力而去结婚姻之盟。在嬴政皇帝内心，也从来没有将这种君臣私议带入国政。也就是说，从来没有因为姻亲关系而不加辨识地认可过李斯。之所以每次大事都能契合，实在是李斯与自己太一致了，一致得如同一个人。在整个帝国群臣中，只有李斯做到了这一点，其他任何人都不可能。从当年老臣一个个数来，王绾、王翦、蒙恬、尉缭、顿弱、郑国、姚贾、蒙武、王贲、蒙毅、冯去疾、冯劫、李信等等等等，谁没有与自己这个皇帝有过政见争执？确实，独独李斯没有过……且慢，这，正常么？心头一闪念，嬴政皇帝竟然吓了一跳，耳畔蓦然响起了王贲的临终遗言："丞相李斯，斡旋之心太重，一己之心太过……"莫非，李斯二十余年与自己这个君王的惊人一致是刻意的，是时时事事处处留心的结果？笑谈笑谈，不能如此想！果真如此，权力机谋之神秘岂非不可思议了！且慢，换个角度想想。李斯会不会不是机谋，而仅仅是畏惧自己这个君王变幻莫测而谨慎从事？毕竟，李斯并没有附和过自己的明显错失，也没有附和过某些特定事件。譬如，用李信为大将灭楚是一次明显错失，李斯便没有附和，当然，也没有反对；当年软禁太后，灭赵之后默许赵高杀戮太后家族昔年在邯郸的所有仇怨之家，这两件事李斯都没有附和。李斯与自己一致的，都是被事实证明了的正当决断。既然如此，夫复何言？一时之间，嬴政皇帝又想不明白了……

三日之后，皇帝再次召见了李斯。

窗外大雪纷飞，君臣两人围着木炭火通红的大燎炉对坐着，一边啜着热腾腾的黄米酒，一边低声地说着。嬴政皇帝没有提说上次会谈的一个字，只坦诚地对李斯说了来春准备出巡的谋划，要李斯预为谋划。李斯既随和又谨慎，沉吟片刻方道："老臣本心，陛下体魄大不如前，不宜远道跋涉。陛下威望超迈古今，居大都而号令天下，无不可为也。陛下劳碌过甚，国之大不幸也……"见皇帝默然不语，李斯又道，"当然，若陛下意决，老臣自当尽心谋划，务使平安妥善。"嬴政皇帝道："来春出巡，定然是最后一次了。这次回来，哪也不去了，只怕也去不了了。这次，我想看看东南动静，挖挖那班煽风点火的复辟渣滓。还想看看，能否将散布的老秦人归拢归拢。若有可能，还想看看万里长城，那么长、那么大的一道城垣，自古谁见过也，一起，去看看。"嬴政皇帝断断续续地说着，却没有一个字触及李斯前边的劝谏之辞。李斯遂一拱手道："出巡路径不难排定。须陛下预先定夺者，留守咸阳与随同出巡之大臣也。其余诸事，无须陛下操心。"

"冯去疾、冯劫留守。丞相与蒙毅，随朕一起。"

"陛下，要否知会长公子南来，开春随行？"

"扶苏？不要了。那小子迂腐，不提他。"

嬴政皇帝不明白自己如何一出口便拒绝了李斯，且将自己的真实谋划深深地隐藏了起来，竟不期然承袭了赶走扶苏时的愤懑口吻。其实，嬴政皇帝一瞬间的念头是：不能教扶苏再回咸阳陷入纷争了，必须亲自为扶苏蒙恬廓清一切隐藏的危机，全面谋划一套应变方略，而后再决断行止。这一想法，嬴政皇帝不想说。虽然，嬴政皇帝又说了许多出巡事宜，可自己也不明白，为何再也没有将这一最深图谋知会李斯的欲望了。

暮色时分，李斯走出了皇城，消失在纷纷扬扬的大雪中。

李斯的心绪沉重而飘忽，如同那沉甸甸又飘飘然的漫天大雪。秋冬以来，皇帝的言行似乎发生了某种不可捉摸的变化，有了某种难以言说的心事。何种变化？何种心事？李斯似乎隐隐约约地捕捉到了某种影子，可又无法确证任何一件事情。以嬴政皇帝的刚毅明朗，不当有如此久久沉郁的心绪。然则，这又能说明何事？皇帝盛年操劳，屡发暗疾，体魄病痛自然波及心绪，不也寻常么？皇帝主持完王贲葬礼归来，第一件事便想减轻天下徭役，究竟动了何等心思，仅仅是听到了刘邦结伙逃亡与黥布聚众作乱么？果真如此，倒也无可担心。然则，皇帝的沉郁，皇帝那日听到关中老秦人流散情形后的肃杀默然，似乎都蕴藏着某种更深的意味。况且，历来敬重大臣的皇帝，那日径自将他一个人丢在书房走了，这也实在是绝无仅有的事了。然无论皇帝如何扑朔迷离，至少，有一点似乎是明白无误的：皇帝开始思索新政得失了，开始想不着痕迹地改正一些容易激起民众骚动的法令了，提出改变徭役令便是显然的例证。那么，为何有如此动议？是皇帝对整个大秦新政的基本点有所松动，还是具体地就事

君臣彼此开始有保留。圣意难测。小说写这些，无非是为了充实秦始皇的最后岁月，解释李斯后来的所作所为。其实秦始皇临死已指明立扶苏，作者现在写君臣互相有所保留，实属多余，逻辑上讲不通。

论事？若是后者，无须担心，李斯也会尽力辅佐皇帝补正缺失。然则若是前者，事情就有了另外的意味了。举朝皆知，对大秦新政从总体上提出纠偏的，只有长公子扶苏一个人，扶苏的主张是稍宽稍缓，尤其反对坑杀儒生。若基于认可这种总体评判而生发出补正之议，将改变徭役征发当作入手处，则李斯便需要认真思谋对策了。原因很清楚，李斯既是大秦新政的总体制定者之一，又是总揽实施的实际推行者；帝国君臣与天下臣民对大秦新政的任何总体性评判，最重要的涉及者，第一是皇帝，第二便是首相李斯。而自古以来的鉴戒是，天子是从来不会实际承担缺失责任的，担责者只能是丞相；没有哪个臣子会公然指斥皇帝，更不会追究皇帝的罪责，但言政道缺失，第一个被指责的必然是丞相；丞相固然为群臣之首，但也是臣子，并不具有先天赋有的不被追究的君权神授的神圣光环。也就是说，假若皇帝真正地在某种程度上认可了扶苏的主张，他这个首相便须得立即在总体实施上有所变更，向宽缓方面有所靠拢；否则，秦政"严苛"之名，便注定地要他李斯来承担了。可是，皇帝是这样么？他有意提到扶苏，皇帝如何还是一副厌恶的口吻……

"禀报丞相，回到府邸了。"

辒车停住了。李斯静了静神，掀帘跨出了车厢。

冰冷的雪花打在脸上，李斯蓦然觉察到自己的脸颊又红又烫，心头似乎还在突突乱跳，不禁自嘲地笑了。李斯啊李斯，你这是如何了，害怕了么？不。你从来都是无所畏惧的，从来都是信心十足的，从来都是义无反顾的，你怕何来？论出身，你不过是一个上蔡小吏，一个自嘲为曾经周旋于茅厕的厕中鼠而已。是命运，是才具，是意志，将你推上了帝国首相的权力高位而臻于人臣极致。李斯没有辜负这一高位，李斯不是尸位素餐者，李斯尽职了，李斯尽心了，李斯的功勋有口皆碑，皇帝对李斯的倚重有目共睹；自古至今，几曾有过大臣的子女与皇帝的子女交错婚嫁？只有李斯家族做到了……那么，你究竟心跳何来？害怕何来？对了，你似乎觉察到了皇帝意图补正新政的气息，你觉察到了有可能的朝局变化。对了，你李斯怕皇帝补正治道，你这个丞相便要做牺牲，上祭台。是也是也，假若当初你不那么果决地反对扶苏，而只是教冯劫姚贾他们去与扶苏辩驳，今日不是便有很大的回旋余地么？可你，立即向皇帝禀报了扶苏的不当言行，使皇帝大为震怒并将扶苏赶去了九原监军，如此一来，扶苏岂不成了你李斯的政敌？扶苏是谁，是最有可能的储君。与储君相左，你李斯明智么？如今，皇帝有可能与储君合拍了，你若再与皇帝政见疏离，与储君政见相左，你这个丞相还能做下去么？而一旦被罢黜查究，安知对秦政不满者不会对你鸣鼓而攻之？其时，所有的功业都抵挡不住那潮水般的汹汹攻讦。商君功高如泰山，尚且因君主易人而遭车裂，你李斯的威望权力功业能大得过商君？若将"苛政"之罪加于李斯之身，又岂是灭族所能了结？李斯啊李斯，谨慎小心也，一步踏错，千古功罪啊……

踩着寸许新雪，走进火红的胡杨林，嬴政皇帝觉得这个早晨分外清爽。

"父皇！"一个清亮的声音从红叶中飘来，流露出浓郁的惊喜。随着喊声，一个少年手持短剑飞跑而来，扑到了嬴政皇帝怀中。"啊，长不大的胡亥也！"嬴政皇帝慈爱地拍打着少年汗水淋漓的额头，抚摸着少年一头乌黑厚实的长发，"大雪天，起这么早做甚？"少子胡亥抬头赳赳高声道："雪天练剑！胡亥要杀匈奴！"嬴政皇帝不禁一阵大笑："你小子能杀匈奴？来，砍这根树桩看看你力道。"胡亥脆生生说声好，退后两步站定，嗨的一声吼喝，双手举剑猛力剁向面前一棵两三尺高的枯树桩。只听嘭的一声闷响，短剑卡在了新雪掩盖下的交错枝杈中。胡亥满脸通红，使足全力猛然拔剑，剑未拔出，双手却滑出了雪水打湿的剑格，噗地向后跌倒，人便滚进了雪窝之中。嬴政皇帝乐得仰天大笑，拉起了一身黑白混杂的小儿子，右手轻松地拔出了短剑笑道："父皇少时也用过这般短剑，看父皇还会用不会，教你小子看看。"说罢马步站定，沉心屏气，单手缓缓举剑将及头顶，陡然一喝斜劈而下，只听咔嚓一声大响，树桩的三分之一便飞进了雪地。与此同时，嬴政皇帝也瘫坐在了雪地上呼呼大喘，一时脸色苍白。

这些铺设，只能解释李斯与扶苏有嫌隙。说来说去，还是李斯贪于权势，以一己之心，处家国大事。

"父皇万岁——"胡亥兴奋地高喊着。

"万岁你个头！"嬴政皇帝喘息着笑骂了一句。

"父皇起来起来。"胡亥跑过来扶起了父亲，比自己劈开了树桩还高兴。

"你小子说说，方才看出窍道没？"

"父皇大人，力气大……"

"蠢！"嬴政皇帝又笑骂一句，"那是力气大小的事么？"

"父皇明示！"胡亥一脸少不更事的憨笑。

"记得了。短剑开物，忌直下，斜劈，寸劲爆发，明白？"

"明白！"胡亥起起高声，两眼却分明一团混沌。

"你小子也！看着灵气，实则猪头！比你扶苏大哥差几截子！"

嬴政皇帝很是生气，骂出来却禁不住一脸笑意。不知为何，嬴政皇帝看见这个小儿子便觉得可乐，从来生不出在长子扶苏面前的那般威严肃杀。这个胡亥也是特异，十五六岁的大少年了，永远地一副童稚模样，脆生生的声音，憨乎乎的笑容，白白净净的圆面庞，恍然一个俊俏书生一般。不管父皇如何训斥，这小胡亥永远都是脆生生地答话混蒙蒙的眼神憨乎乎的笑脸，教嬴政皇帝又气又乐。后来，皇帝也就索性只乐不气了。此刻，胡亥便脆生生道："不！胡亥的法令修习第一！扶苏大哥比不过！"

"噢？那你小子说，以古非今，密谋反秦，该当何罪？"

"儒家谋逆，一律坑杀！"

"问你儒家了么？"

"禀报父皇！这是老师教的！"

"老师？啊，赵高教的好学生也！"嬴政皇帝大笑起来。

"父皇！儿臣一请！"

"噢？你小子还有一请？说。"

胡亥即位时二十一岁，出巡时至少也是二十岁了吧！

"儿臣要跟父皇游山玩水！不不不！巡视天下，增长见识！"

"啊呀呀，你小子狗改不了吃屎，还装正经也！"

嬴政皇帝乐不可支，笑得眼泪都出来了，一时自觉胸中郁闷消散了许多。小胡亥红着脸不知所措。嬴政皇帝抚摸着胡亥厚实乌黑的长发笑道："小子别噘嘴了，开春之后，父皇带你去游山玩水，啊。"胡亥哭丧着脸道："父皇，儿臣没记好，没说好，你不要学了嘛。"嬴政皇帝又是一阵大乐，笑道："你小子也！赵高教你两句话都记不住，自家说本心话也便罢了，还卖了人家老师。"胡亥赳赳高声道："胡亥没卖老师！老师好心，教胡亥教父皇高兴，说这是头等大事！""好好好，头等大事。"嬴政皇帝连连点头，"左右教你小子跟着游山玩水便是了。父皇也多笑笑了。"

少年胡亥高兴地走了，说是该到学馆晨课了。

嬴政皇帝兀自嘿嘿笑着，骂了句你个蠢小子读书有甚用，径自徜徉到白雪红叶交相掩映的胡杨林中去了。对于自己的二十多个儿子，十多个女儿，嬴政皇帝亲自教诲的时日极少，可说是大多数没见过几面。可以确知的是，嬴政皇帝叫不全儿女们的名字，记不全儿女们的相貌，更不清楚大多数儿女的学业才具。依据嬴氏王族的法度：由驷车庶长（帝国时期为宗正）在每季的末月，对皇子公主的诸般情形向君主归总禀报。在秦王嬴政之前，这一法度的具体实施的通常形式是，君主亲自听取禀报，而后再亲临考校，对王子公主一一督导，每年至少四次。

自从嬴政亲政，皇族法度发生了一次巨大的变化——废除了皇后制，实际上也自然地废除了嫡庶制。这一变化也必然带来了后宫秩序的变化：最是人际繁杂交错的后宫没有了主事的国母，即或是爵位最高的妻子，也无法具有王后

秦始皇宠爱胡亥。

孩子之事，不大上心。

皇后那样的权威。于是,历来自成体系的皇室后宫不再成为最特异的封闭式天地,而一并纳入了皇城辖制体系——事务人事俸禄等以皇城体系各自归署辖制,皇帝的一大群妻子与一大群儿女,则由太子傅官署与宗正府会同管辖(除了皇子公主的学业归太子傅官署,其余有关血统认证爵位确定等一概由宗正府管辖)。

从实际效果说,这一变革完全打破了此前数千年稳定的君王后宫传统,带来了诸多无所适从的混乱,也带来了诸多未曾预料到的开放与方便。最大的混乱是,包括皇帝一大群妻子在内的后宫的所有女子,其言行功过没有了细腻有度的考察,过错也很难做到及时制裁。因为,对皇帝的妻子们与各等级的女官宫女们,由内侍官署的太监们履行督导是很难的,而由分别隶属于郎中令与宗正府的皇城机构与皇族机构的朝官们履行督导,更是不可能的。于是,皇帝的妻子们尽管爵位高低不同,但因为其荣辱不再与所生子女的嫡庶地位相连,而在实际上没有了差别。这种嫡庶之别,是宗法制根基之一,在古代的地位差别几乎是本质性的。由于没有了这一最为重要的差别,其导致的实际后果便是:所有的后宫女子都可以做皇帝的妻子,不同仅仅在于爵位高低;而只要能为皇帝生下一个子女,则立即便是实际上的妻子。于是,女子们的诸般矛盾自然多了起来,谁能与极少见到的皇帝尽可能多地同榻共枕,便成了最为实际的争夺内容。

与这种表面混乱相连,最大的好处是后宫女子相对开放了,活动方便了。后宫管理的官署化,使女子们和皇子公主们接触朝官的机会大大增多,与外界交往的机会自然也大大增多了。自然而然地,后宫不再是全封闭状态了。当然,这里有一个大根源,这便是战国的奔放风习依旧在焉。战国之世,各国风习都很奔放自由。起自马背部族的秦人赵人,更是远远没有后来的拘谨。秦昭王的母亲宣太后,能对着外国使节公然谈论丈夫与自己的性交方式;嬴政的母亲赵姬能与外臣公然私通,且与后来的嫪毐生下了两个儿子。凡此等等,皆从一个侧面证实了那时的大自由风习。

然则,嬴政皇帝并没有因为这种奔放与自由,而成为糜烂的君王。事实恰恰相反,全副心思都在国家政务的嬴政,除了外出巡政,只要在咸阳,几乎总是不分昼夜地在书房忙碌。用当时老百姓的话说,皇帝忙,忙得连放屁的空儿都没有!如此一个皇帝,根本不可能如后世皇帝那般,将每晚需要同榻的女子事先选定,而后再由太监侍寝,站在榻旁记录交配的时刻,以确保子女血统无误。嬴政皇帝天赋异禀,体魄壮伟精力超人,却对男女性事既缺乏浓烈的兴趣,也缺乏或细腻或狂热的各种癖好——譬如后世诸多皇帝都具有的那种色痴色癖——为此，实在没有刻意将某某女子铭刻在心的要死要活的心情。嬴政皇帝的时间被政务排得满满，性事很匆忙，也很简单；往往是走进后宫便要发泄，要找女人，没有任何特定目标，见谁是谁，完事即刻走人；过去了也就过去了，连交合女子的相貌都记不得了。往往是宗正府报来一个新皇子新公主出生，并同时报来母亲的名字，嬴政皇帝才依稀想起连连发问，啊，是否那个女子？细细的，软软的，眼窝大大的？嬴政皇帝记得，自己在生下第十八个儿子胡亥之后，体魄莫名其妙地大见衰竭，对男女性事没有了任何念想。后来，嬴政皇帝才从一个交合女子的口中得知，后宫人群之所以将胡亥称为少子——最小的儿子，原因便在女子们彼此心照不宣，皇帝不行了。可后宫女子们未曾预料到的是，自老方士徐福医护皇帝后，情形又发生了很大的变化，皇帝又骤然雄风大长了。有时，嬴政皇帝还得接连与两三个女子交合方能了事。所以，胡亥的少子名号还在头上，妻子们却又为嬴政皇帝接连生了几个儿子几个女儿……

从古至今，嬴政皇帝在女子事上是最为不可思议的一个，说浑然无觉亦不为过。帝国后宫女子众多，因为没有了皇后制与嫡庶制，所以整个后宫女子都泛化为皇帝的妻子群。如此一来，似乎嬴政皇帝拥有成千上万的女子。六国贵族与后世史家更是加油添醋，将六国宫女也连同六国宫殿一起算给了嬴政皇帝，说秦宫女子之多，连渭水也被染成了胭脂河。尽管如此，嬴政皇帝却没有给后世留下任何一则宫廷秽闻，大概是因为嬴政皇帝的性方式不可思议的简单化也。而这种宫廷秽闻，后世任何一个时期的皇宫都是大批量的。

嬴政皇帝只熟悉两个儿子，长子扶苏，排行第十八的少子胡亥。

秦始皇帝后宫之事，十分神秘，后人只能全凭想象。

他还依稀地记得，为自己生下第一个儿子的，是一个齐国商贾的女儿。那是母后赵姬在最后几年操心自己老是不大婚，委托那个茅焦为自己物色的一个女子。因为是第一个，嬴政皇帝还记得那个女子的名姓，齐姬。也因为是第一个，嬴政皇帝也还记得齐姬的美丽聪慧与明朗柔美。齐姬虽是齐国女子，却一直跟随着商旅家族在吴地姑胥山（姑苏山古名）长大，一口吴越软语经常教嬴政大笑不止。不幸的是，齐姬生下第一个儿子后没有几年，便因随他进南山章台宫而受了风寒，一病去了。那时候，第一个儿子还很小，有一日在池畔咿呀念《诗》，被嬴政听见了两句："山有扶苏，隰有荷华。"嬴政感慨中来，便给这个长子取名为扶苏。扶苏者，小树也。山上生满小树，洼地长满荷花。这是《诗·郑风》中的一首歌。儿子慢慢地如同小树般长大了，伟岸的身架，明朗的秉性，极高的天赋，像极了父亲，嬴政很是为此欣慰。嬴政皇帝对扶苏的唯一缺憾，是很早察觉出扶苏秉性中宽厚善良的一面。自然，对于寻常臣民子弟而言，宽厚善良绝非缺憾，然对于有可能成为一个君王的少年，明显的宽厚则多少有些教人不踏实。然无论如何，扶苏无疑是二十多个皇子中最具大器局的一个，也是众皇子中唯一拥有朝野声望的一个。总体说，嬴政皇帝还是满意的。

最熟悉的另一个，胡亥，则大为不同。胡亥的生母是不是胡女，嬴政皇帝已经记不得了。胡亥因何得名，嬴政皇帝也记不得了。嬴政皇帝记得的，是这个儿子从小便有一个令人忍俊不能的毛病——外精明而内混沌，经常昂昂然说几句像模像样的话，两只大眼却是一片迷蒙混沌；读书不知其意，练武不明其道，言不应心却又大言侃侃，总教人觉得他哪根心脉搭错了茬。用老秦人的话说，一个活宝。嬴政每每被这个小儿子逗得大笑一通之后，心头便闪烁出一个念头：我嬴

这段描述非常好，接近人们想象中的胡亥。

政如何生得出如此一个儿子？我的心脉也搭错了？有一次，嬴政心头终于闪现出一幕：一个明眸皓齿的灵慧女子正在他身下连连喘息，他不知何来兴致，气喘吁吁地问女子姓名与生身故里。女子突然开口，话语却粗俗得惊人："你噜噜只管弄哩，说啥哩先！"嬴政当时禁不住一阵哈哈大笑，倒很是大动了一阵……后来的很长时间里，嬴政皇帝只要一想起那个女子的惊人美丽与惊人粗俗，都不禁会突然地大笑一阵。那个当时只顾享乐而没有告诉他姓名的女子，便是胡亥的生母，一个至今也不知道姓名的可人儿，她那迷蒙的目光与胡亥何其相似乃尔……

"出巡带上这小子，也是一乐也！"

嬴政皇帝兀自喃喃一乐，大踏步回书房去了。一个早晨的雪地徜徉，又不期遇上胡亥这个活宝儿子大乐了一番，嬴政的沉郁心绪舒缓了许多。来春要大巡狩，要做的事还很多很多。毕竟，这次巡狩不比往常，一定要从容不迫地赶赴九原幕府，不能急匆匆引发天下恐慌，要压压复辟气焰，要见到扶苏蒙恬，要做好长远部署。这步大棋，不能再耽搁了。从九原归来，这盘新政大棋便大体没有后顾之忧了，自己便可以歇歇了。不然，真得劳死了。那时候，若徐福他们能真求回仙药，自己这个皇帝就得变个活法了。

四　大巡狩第一屯　嬴政皇帝召见郑国密谈

"三十七年十月癸丑，始皇出游。左丞相斯从，右丞相去疾守。少子胡亥爱慕请从，上许之。"（《史记·秦始皇本纪》）

一个冬天，大巡狩的诸般事务谋划就绪了。

随皇帝出巡的大臣是：丞相李斯、郎中令蒙毅、廷尉姚贾、典客顿弱、治粟内史郑国、奉常胡毋敬等；总领五千铁骑的护卫大将，是卫尉杨端和；总司皇帝车马者，是中车府令赵高;随行皇子一个,是少子胡亥。留守咸阳总司政事者,是右丞相冯去疾、御史大夫冯劫;镇守函谷关并兼领骊山陵刑徒者,是少府章邯。

　　二月初二,宏大的车骑仪仗隆隆开出了咸阳①。老秦人谚云:"二月二,龙抬头。"此日最是大阳吉兆,又逢皇帝大巡狩出行,便有万千关中百姓守候在城外道边,要一睹这难得的盛事。太阳即将升起的时分,整个大咸阳沐浴在了漫天霞光之中。最雄伟的正阳门箭楼上,三十六支长号整齐扬起,悠扬沉雄的号声回荡了渭水南北。洞开的城门中,隆隆开出了整肃森严的皇家仪仗。首先是一个千骑方阵,一面将旗之后,骑士全部黑甲阔剑,没有一支长兵器,显然是一支真正的作战之旅,而不是虚设排场的青铜斧钺之类的礼仪排场。千骑方阵之后,是三十六面大书"秦"字的五色旌旗方阵,旗手全部是马上骑士。旌旗方阵后,是一个一百辆战车的方阵,每辆战车肃立着十名重甲步卒,人人背负一架臂张连弩手中一支两丈长矛,若走下战车摆开,便是一个无坚不摧的连弩大阵。战车方阵之后,是双车并驶的二十辆特制的大型座车,内中全数是官仆宫女内侍等一应无法骑乘奔驰的人。大型座车后,是连续九个百人骑士队护卫的九辆皇帝御车。每个百人骑队前一辆青铜御车,每辆御车都是驷马架拉,九车一式,没有任何差别,其中一辆必是嬴政皇帝的正车无疑。九队九车之后,是一辆宽大精美的两马青铜辒车,八尺车盖

而且是纯色驷马。

---

　　① 始皇帝最后一次大巡狩出发日期,《史记·秦始皇本纪》为三十七年十月出,本年七月丙寅病死沙丘。显然,"十月"为误字或误记。张分田先生之《秦始皇传》(人民出版社2003年版)纠错,推定为上年(三十六年)十月,亦不合出行惯例。我以沈起炜先生之《中国历史大事年表》(上海辞书出版社1983年版)为本,又参照始皇帝此前"仲春"出巡之例,确定为三十七年二月出巡。

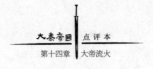

下肃然端坐着丞相李斯。丞相轺车之后，是两车并行的大臣座车及十余名大臣。大臣座车方队之后，又是一个三十六骑的旌旗方阵，旌旗方阵之后，是殿后的一个千骑方阵。卫尉杨端和身着黑色斗篷，怀抱令箭，从容策马行进在骑阵的最前方。也就是说，嬴政皇帝的这支巡狩车骑没有一个人步行，是一支真正能够快速启动的皇家巡狩之旅。

仪仗车骑开出了正阳门，相继在宽阔的大道上展开。关中民众与那些在大咸阳外服徭役的成千上万民众夹道而立，争相观赏这生平难逢的盛大场面，万岁之声此起彼伏声震原野。熟知皇帝大巡狩的老人们说，这还不是皇帝巡狩之旅的全部人马，还另有一支铁骑护送着一百架大型连弩与其余器械早早便先走了，要到人烟稀少之处才与大队会合哩。

皇帝车骑东出函谷关，经河外之地一路南来，一如既往地没有在富庶风华的三川郡逗留，而是按预定路径下陈郡、渡淮水，直抵云梦泽。也就是说，云梦泽是嬴政皇帝大巡狩的第一个最大目标地。然则，一出函谷关嬴政皇帝便觉得有些异常——开春之际正是启耕之时，关中田野尚是一片繁忙，如何这中原之地的田野上竟是人丁寥寥？进入陈郡更甚，非但人少，更令嬴政皇帝百思不得其解的是田野中极少看见精壮男子，除了白发老人与总角孩童，其余几乎全是女子。终于，嬴政皇帝下令扎营，陈郡做第一屯行营。

李斯说，这里是陈郡阳夏县地面，立即下令宣阳夏县令来见。

嬴政皇帝阻止了，说既然不是预定屯卫行营地，自家看看最好。

时当正午，身为总司大巡狩事务的李斯，立即忙着与杨端和等将军大臣查勘临时营地去了。嬴政皇帝在车中换了

大张旗鼓，实有向天下示强之意。

一身便装,带着同样便装的郑国与胡毋敬两位老臣走进了田野。蒙毅立即换了便装,带了几个原先已是便装的武士远远跟了上去。阳春二月的田野,因空旷寂寥而显得分外清冷,阳光下的春风也夹带着几分料峭寒意。广阔的田畴中耕者寥寥,且大多是女人与儿童。没有耕牛,没有丁壮,春耕时分的喧闹热烈一丝一毫也感觉不到。嬴政皇帝打量一阵,皱着眉头向一片地头的两个人影走了过去。

"敢问大姐,这片地是你家的么?"

正用铁耒松土翻地的女人停下了手中活路,抬头拭汗的同时瞥了来人一眼,黄瘦的脸膛弥漫着一种木然。女人淡淡道:"想买地? 给你了。反正没人种。"

"大姐,我等不买地。我等商旅只想问问农事。大姐是佣耕户么?"

"不是。"女人拄着铁耒喘息着,"地真是我家的。皇帝下那么大狠劲,杀了那么多人,老封主跑得连影子都没了,谁还敢黑买黑卖? 而今,你想卖地都没人要了。"

"为何啊? 没有钱人了。"嬴政向女人递过去一个水袋。

"多谢老伯。"女人接过了水袋,向脚边两只陶碗倒满了,将水袋双手捧给嬴政,又转身对不远处的少年喊了一句什么。少年丢下铁耒飞步跑来,端起陶碗汩地一口,立即惊喜地叫了起来:"娘! 黄米酒!"

"老伯好心人哩……"女人疲惫地笑了。

"大姐,我等出门带得多,这个给你留下了。"嬴政将皮袋递给了少年。

"老伯……"女人眼角泛出了泪光。

"大姐,你家男人不在? 如何不做牛耕?"

"你这老伯,像从天上刚掉下来。"女人淡淡笑了,显然也想趁机歇息一下,噗嗒一声坐在田埂上,粗黑的手不断拭着额头汗珠,"老伯啊,这几年谁家有男人? 男人金贵哩。你咋连这都不知道? 说牛耕,牛早卖了,给男人上路用了……"

"男人,服徭役去了?"

"不是皇帝徭役,哪个男人敢春耕不下田? 修长城,远哩。"

"娘,莫伤心,还有我……"少年低声一句。

"你? 你是没长大,长大了还不是修长城!"女人突然气恨恨黑了脸。

嬴政颇见难堪,一时默然了。

"后生,你父亲高姓大名啊?"胡毋敬慈和地看着少年。

讲到吴广,作者处处布阵。

郑国虽生卒年不详,但这也活得太久了吧。

"我父亲,吴广,走三年了。"

"后生,你父亲会回来的,不用很长时日。"

嬴政认真地对少年说了一句,又对女人深深一躬,一转身大步走了。便装胡毋敬与郑国也是对女人深深一躬,匆匆跟随去了。一路上,君臣谁都没有说话。

入夜初更时分,蒙毅到了郑国帐篷,说皇帝召见议事。

阳夏行营扎在距鸿沟不远的一道河谷,晚炊的熊熊篝火还没有熄灭,一大片火光映照得河谷隐隐亮白,连天上的星星都看得不清楚了。郑国随着蒙毅走到了行营大帐前,看见篝火旁的土丘上站着一个熟悉的身影仰望着星空,知道那定然是皇帝无疑了。蒙毅没有说话,将郑国领进大帐便出来。未过片刻,皇帝进来了。郑国正要施礼参见,却被皇帝制止了。皇帝的心绪显然不好,坐在大案前良久没有说话。帐中灯火闪烁着两颗白头,帐外篝火呼呼声清晰可闻。郑国也沉默着,等待皇帝开口。

"今日所见所闻,老令作何想法?"终于,皇帝说话了。

"陛下,臣无精当见解,不敢妄言。"

"老令啊,你怕嬴政听不得逆耳之言了,可是?"嬴政皇帝淡淡地笑了,"我知道,老令素有主见,却深藏不露。那年,你分明察知黑恶兼并,却不明白上书,而只暗中辅助扶苏成事;你赞同扶苏作为,却又从不公然申明。你对新政国事有自家见识,却从不与任何大臣谈及,甚或,连你最为交好的李斯,你也缄口不言。凡此等等,嬴政心下都清楚。老令心头始终有一片阴影,韩国疲秦的那片阴影,隐隐总以外臣自居,甘于自保,避身事外。然则,老令的公正秉性,又迫使老令不得安宁,不得不有所伸张……老令啊,这,究竟为了何

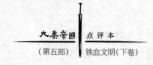

来？实话实说,嬴政实在难以解得也!"嬴政皇帝以罕见的平和坦诚,对这位一贯对大政保持沉默的大臣说出了自己的困惑。

"陛下……"

郑国动容了,被皇帝的宽容与真诚感动了。但是,老郑国依旧不失谨慎,恭敬地一拱手作礼道:"老臣以韩国间人之身入秦,终生抱愧也! 多年来,老臣只涉水事农事,只涉工程筹划,对大政不置一喙。所以如此,一则是老臣不通政道,二则是老臣不善周旋……丞相李斯与老臣交好。然,丞相总揽大局,言必大事。老臣则流于琐碎实务,又不善沟通,不善斟酌,话语太过直白,故自甘闭门,非丞相故也……陛下洞察至明,老臣深为铭感。"

"战国论政之风,老令宁非过来人哉!"嬴政皇帝慨然一叹,"明说,朕素来不喜四平八稳洁身自保之人。对老令,唯一之例外也。唯其如此,朕亦望老令以诚相见,明告于我:大秦新政,还有根基么?"

"陛下如此待老臣,老臣斗胆明说了。"

"说!"

"老臣对大秦新政,有十六个字,陛下明察。"

"朕盼老令真言。"

"创新有余,守常不足,大政有成,民生无本。"郑国一字一顿地说。

"老令可否拆解说之?"

"陛下,老臣今日绝不藏话。"郑国心意清明,侃侃而谈,"老臣以为,大秦政道以创新为本,开千古万世之辉煌,此即创新有余也,大政有成也。所谓有余者,陛下之心力全副专精于文明创新,而忽视了最为通常的民众生计。所忽视者,乃守常不足也。以国家大政说,便是缺少守常安定之策。何为守常之策? 说到底,就是轻徭薄赋之政。唯其平常,以陛下之雄略,反被忽视了。常则平,安则定,饱则安,暖则稳。此,固本之国策也。一味创新而不思固本,则易为动荡也。大秦新政烈烈轰轰,雷霆万钧。所缺少者,阳春之和风细雨也。秦法之周严,史无前例。秦吏之公廉,史无前例。皇帝之雄明,史无前例。然则,如此雄主新政之下,却终是天下汹汹难安,民众辄有怨声,根由何在? 究其根本,求治太急,事功太过也。若能稍宽稍缓,轻徭薄赋,则大秦新政将光焰万丈,万古不磨也!"郑国苍老的嗓音中流露出一种无可名状的遗憾,"老臣补天急功近利,好大喜功,天下劳苦。

之心,陛下明察……"

"老令以为,朕当如何补正?"嬴政皇帝默然良久,突兀一问。

"陛下若能以长公子扶苏为政,则天下可安。"

"朕不能自己补过?"

"陛下雄略充盈,不堪守常实务,交后人去做更佳。"

"老令啊,两年前你要说出这番话,该多好。"

"两年前说,陛下,或者会杀了老臣……"

"难说。"嬴政皇帝淡淡一笑,"老令今日说得好,朕有数了。"

次日清晨,皇帝在行营大帐举行了御前小朝会,随行六大臣全数与会。皇帝说了昨日田间所见,征询丞相李斯政见。李斯明白表示:可以开始谋划轻徭薄赋之法,然实施不宜太过操切,须一步步松动,以免六国贵族趁机滋事。其余大臣皆表赞同。嬴政皇帝欣然褒扬了李斯的洞察与稳健,当场议决了着手实施之法:以李斯总掌减轻徭役赋税之谋划事,于巡狩途中与咸阳二冯通联会商,于巡狩结束之时确立法度,皇帝行营回到咸阳后立即颁行天下渐次实施。皇帝既没有涉及昨夜与郑国的密谈,也没有涉及与宽政紧密相连的扶苏,一切都是以朝会议决的法度决断的。大臣们一时轻松了许多,皇帝的心绪也明显地好转了。

一日一夜歇息整顿,大巡狩的车骑又在次日清晨南下了。

秦始皇大规模巡狩,时刻不忘颂秦德。可惜这用心良苦的自颂之举,毁于坑儒。刻石之事,主要也还是儒生张罗,但德变成罪,却因坑儒之贻害。

五 祭舜又祭禹 帝国新政的大道宣示

二月末,大巡狩行营渡过淮水,抵达云梦泽北岸。

云梦泽，是本次大巡狩预定方略的第一个大目标。嬴政皇帝与李斯等几位重臣都很清楚，东南云梦大泽与吴越齐滨海地带，是六国贵族逃亡的两大根基之地。嬴政皇帝此次大巡狩，除了深藏内心的北上目标之外，最实际的目标便是震慑逃亡啸聚的复辟势力。这是首发东南的最根本所在。为了掩盖这一实际图谋，能够对逃亡贵族藏匿之地收奇袭之效，嬴政皇帝决意对外示形，君臣遂密商出了一个对策。于是，去冬咸阳市井街巷便弥散出一则传闻：阴阳占候家说东南有天子气，皇帝很是忧心，决意巡狩东南破其地脉。

这一点，抓准了。

战国之世有一个奇特现象：求实之风最烈，阴阳学说最盛，两相矛盾而并行不悖，实在为后世所无。其时，整个阴阳学说流派甚多，其主流形式至少有阴阳五行、天文历法推演、星相（占云、占气、占候为其支脉）、占卜（龟筮、蓍草筮、钱筮为其形式支脉）、堪舆、相人六大流派。所有的阴阳家流派，在战国之世都发展到了理论与实践同样丰富的成熟时期。无论是官府还是民众，无不以阴阳家诸流派提出的种种预兆，以为国事家事的重要参证，一有预言便立即流传开来。然则，参证归参证，却又不尽然全信。于是，便有了求实之风为本而又不排斥神秘启示的战国风貌。秦帝国公然以典章形式宣示水德国运，焚书不焚卜筮之书，而将卜筮之书看作与医药种树等同等的实用知识，便是最典型例证。因了如此，六国贵族与方士儒生们制造出诸如"亡秦者胡也""明年祖龙死""始皇帝死而地分""楚虽三户，亡秦必楚"等种种预言，以此等神秘启示式的预言而扰乱天下，也就不足为奇了。也因了如此，东南有天子气的预言也便引不起多大动静，传了说了，谁也未必当真。同样，嬴政皇帝相信东南有天子气，且执意要去坏其地脉，也没有人认真计较该不该对不对，只当作知道皇帝去东南的理由了而已。

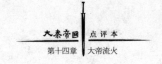
传闻弥散了一个冬天，天下也就大体尽人皆知了。

巡狩君臣的实际分派是：嬴政皇帝与李斯胡毋敬郑国三大臣，做足种种宣教礼行；典客顿弱与卫尉杨端和，则率一千便装斥候秘密查勘贵族逃亡啸聚的藏身之地；郎中令蒙毅两相通联策应，行营护卫的实际执掌也统交蒙毅兼领，以使杨端和全力于查勘突袭。为此，一过淮水，杨端和与顿弱人马全部撒向了云梦泽周边草木连天的岛屿与山谷；而巡狩行营则大张旗鼓地进入了云梦泽北岸，在衡山郡治所邾①城的西面五十里处扎下了大营。

嬴政皇帝在这里要做一件大事正事——祭祀舜帝。

嬴政皇帝何以要祭祀舜帝？既要祭祀舜帝，又何以不去舜帝陵墓所在的九疑山，而要在云梦泽望祀？欲知此间之奥秘，得先清楚舜帝其人其政。在五帝之中，最后两位的舜和禹，是两个最具特点而又政风迥然不同的圣君。舜，原本是后世所加的谥号，《史记·五帝本纪》引《谥法》云："仁圣盛明曰舜。"据说舜帝本姓姚，名重华。后世因舜帝生于虞地，故又称虞舜。尽管后世史书也对舜帝造出了诸多逆行，言其囚禁尧帝而自立，又隔绝尧帝儿子丹朱，使尧帝父子不能相见，方得强力自立为帝。然则，在主流正史与天下人心中，舜帝的人品功德堪称五帝之最。其一，舜帝最孝慈，顺适屡屡虐待自己的父母兄弟而不反抗，最终感化了父母兄弟；其二，舜帝爱民，法度平和公正，其事迹多多；其三，舜帝敦厚仁德，堪称王道典范，其事迹多多；其四，舜帝高寿，六十一岁代尧为天下共主，在位三十九年，整整一百岁而逝于苍梧之野。从先秦时期的主流评价说，舜帝是以德孝王道之政名垂后世的，是一个宽和有度的远古圣王。

苍梧之野者，生满了青色梧桐树的山野也。远古之时，地理无名者多矣，苍梧之野泛指湘水南部的五岭地带。舜帝在南巡途中病逝在这方梧桐山野，葬于一片九水回环的山地。因这九条山溪地势水流风貌极其相似，很难分辨，故被称为九疑山。《水经注》记载云："苍梧之野，峰秀数郡之间。罗岩九举，各导一溪，岫壑负阻，异岭同势，游者疑焉，故曰九疑山。"九疑山西北，是秦帝国开凿的灵渠，两地相距仅二百里上下。然九疑山距嬴政皇帝目下所在的云梦泽东北岸，相距却在数千里之遥，更有浩渺云梦泽阻隔，想要万人上下的巡狩行营直抵苍梧之野，不是不可能，而是耗时太久且无实际意义。毕

---

① 邾，秦县，为衡山郡治所，大体在今湖北黄冈之西北地带。

竟，云梦祭舜帝，还有着更为实际的政事目标。

唯其如此，李斯谋划的大典方式是"望祀"。望者，祭祀山川之特定礼仪也。其本意是说，要祭祀名山大川，得遥遥相对而祭拜。是故，望，成为祭祀山川的特定语汇。而祭祀圣王先贤之陵墓，则一般直称为祭祀，很少用这个望字。李斯将"望"与"祀"合成为一个仪典，既含遥祭山川之意，又含祭祀圣王之意，其确指显然是遥祭舜帝。

望祀礼是宏大隆重的。衡山郡守事前接到诏书：郡县官吏可全数参与，准许附近民众往观。郡守将诏书发到各县乡，官民无不欣然欢呼，那日非但官吏无一人缺席，便是狩猎捕鱼之民户也停了生计纷纷赶来。所谓山高皇帝远，在这山水连天的大泽之地，无论是官是民，要见到皇帝都太难太难了，要见到皇帝亲临隆重典礼，更是做梦也不敢想的。尤其令官员民众感奋者，是皇帝要祭祀舜帝的消息。舜帝是甚？是王道，是宽政，是爱民，是法度公正！大秦皇帝如此隆重地祭祀舜帝，其意蕴何在不清楚么？

在肃穆的望祀祭坛上，嬴政皇帝面对南天，宣读了奉常胡毋敬精心撰写的祭文。祭文颂扬了舜帝的孝慈，颂扬了舜帝的爱民德政，颂扬了由尧帝奠定而被舜帝弘扬光大的王道大政，颂扬了舜帝任用皋陶执法的中正平和。祭文末了，嬴政皇帝奋然念诵出一段令万众动容的宣示："大秦新政，上承天道，下顺民心。力行郡县，天下一法，和安敦勉。自今于后，师法舜帝，常治无极——"皇帝的声音还在山谷回荡，万岁声便淹没了群山大泽。

当夜，嬴政皇帝的行营大帐里灯火通明，小朝会深夜方散。

紧急赶回的顿弱禀报说：经秘密仔细查勘，荆楚及云梦泽周边地带虽有六国贵族藏匿，但多为旁系支脉的老弱妇

据《史记·秦始皇本纪》，秦始皇"行至云梦，望祀虞舜于九疑山。浮江下，观籍柯，渡海渚。过丹阳，至钱唐。临浙江，水波恶，乃西百二十里从狭中渡。上会稽，祭大禹，望于南海，而立石刻颂秦德"。秦始皇祭虞舜大禹，是否意味着他晚年略带悔意？议帝号时，李斯等认为秦始皇之功，"五帝所不及"，秦始皇取皇帝二字，亦有功盖三皇五帝之意，后来秦始皇南登琅邪时，刻石曰："功盖五帝，泽及牛马。"又，至湘山祠的时候，"逢大风，几不得渡"，后得知是舜之女时，大怒，"使刑徒三千人皆伐湘山树，赭其山"。此前，其实是大不敬，时至今日，祭虞舜大禹，是否有悔意，值得寻味。若无悔意，至少秦始皇明白，要颂秦德，就必须把秦德纳入圣人的行列。

幼;六国贵族的嫡系精壮,大多啸聚吴越山川。顿弱的主张是:莫在云梦泽耽延过多时日,当立即浮江东下,将吴越两地作为搜剿重地。李斯等都表赞同,皇帝也认可了。小朝会议决:李斯蒙毅总司船队筹划,顿弱杨端和部先期赶赴吴越查勘;旬日后,巡狩行营浮江东下。小朝会完毕之后,嬴政皇帝特意留下了顿弱。

"顿弱,朕有大事相询,你要据实回答。"皇帝面色肃杀。

"陛下,老臣素未有虚。"

"重新启动黑冰台,全力搜捕复辟贵族,可行否?"

"陛下……"顿弱惊讶又迟疑,思忖片刻明朗道,"老臣以为,黑冰台胜任搜捕无疑。然则,老臣以为不可行。大秦以法治天下,不宜以此非常手段介入罪案缉拿。毕竟,黑冰台精于暗杀行刺,若介入搜捕,必多有杀戮。天下已入常治之时,此法祸福难料。"

"朕之本心,当然不想坏法。"嬴政皇帝叩着书案皱着眉头,"朕是不想再多杀人了……濮阳陨石刻字一案,杀了周围十里之民。可说到底,正犯只有一个而已。若郡县能将这个正犯捕拿到案,十里之民何须杀也! 不想杀人,却必须多杀,此间煎熬,朕何以堪? 若黑冰台重新启动,纵然多杀几个人,然相比较于罪案不能破而牵连广泛,孰轻孰重乎! 复辟者啸聚于滨海山川,言行尽皆秘密作为。此等暗流,纵有数十万大军,徒叹奈何? 廷尉府与郡县官署,仅日常民治已是人手紧张了,哪里有多余人力做此等须得花大力气的事? 朕之巡狩,其所以借机搜剿啸聚贵族,也是下策之下策。屠龙之术,却来杀鸡,朕便好受么? 朕想重启黑冰台,实属无奈也……老卿且说,除却此等复辟罪案,朕过问过执法决刑么?"嬴政皇帝说得真诚,甚至有些伤感了。

"陛下,还是依法查究最为稳妥……"

"顿弱,朕要的是限期将元凶正法之威慑! 否则,朕宁可错杀多杀!"嬴政皇帝脸色铁青,语势凌厉至极,"复辟势力挑战大秦,朕决不让步!"

"陛下,可否容老臣一言。"默然良久,顿弱开口了。

"朕何时不教谁说话了? 岂有此理!"皇帝有些烦躁了。

"陛下,老臣执掌大秦邦交多年,黑冰台所部亦是老臣长期亲领。若为权力计,陛下欲重启黑冰台,老臣求之不得。然则,老臣尝读《商君书》,对商君治国之真髓稍有领悟。老臣以为,当此之时,还是效法商君更为稳妥,更合法治精要。"

"老卿读过《商君书》?"嬴政皇帝惊讶了。

"虽无陛下精熟字句，却也窥其神韵。"顿弱突然现出久违了的名士风貌。

"你且说，如何效法商君？"

"陛下，商君行法，以后发制人为根基。无罪言罪行，一律不予理睬；有罪言罪行，一个不予宽恕。甘龙、公子虔等，商君明知其反对变法，然在其没有罪行发作之时，始终没有触动秦国老世族。孝公逝去而世族复辟，车裂商君，然得秦惠王彻底依法铲除。试想，若商君之世依仗威权，诛杀了老世族；杀固可杀，然则老秦人服气么？秦国能安定么？此间，有一处发人深思：终商君之世，老世族固然暗流强大，却终不敢公然复辟。此间奥秘，陛下可曾想过？"

"老卿但说。"

"商君行法，以行政为最大根基。商君行政，虑在事先，有错失便改，是先发制人。为此，商君之大政深得民心。大政得人，则民心安。民心安，则世族复辟失却附庸，终将渐渐枯萎。若大政缺失不修，则世族复辟有鼓呼之力，民众亦有追随徒众。当此之时，仅仅依靠强力杀人，扬汤止沸也。而明修大政，釜底抽薪也。而若罪案告破不及时，再以黑冰台之非常手段介入，则更如饮鸩止渴也……"

"顿弱！"嬴政皇帝勃然大怒，突然拍案。

"老臣言尽，甘愿献出白头。"顿弱颤巍巍站了起来。

"顿弱……你，说得对……"皇帝粗重地喘息着。

"陛下……"顿弱惊愕不知所措了。

"人云忠言逆耳，今日方知其意也。"嬴政皇帝离案起身，肃然向顿弱深深一躬，"先生之言，嬴政谨受教。"

"陛下！……"顿弱一声哽咽，连忙扶住了皇帝。

"明修大政，釜底抽薪。强力杀人，扬汤止沸。非常暗杀，饮鸩止渴。"嬴政皇帝喃喃念诵着，不禁感喟万端，"先生

以法家治国，杀伐气太重。

之言,何其精当也!人云嬴政精熟商君法治之道,今闻先生之言,终生抱愧也!"

"陛下……老臣在吴越之地,务必缉拿复辟逃犯。"

"好。宽以大政,严以行法,大秦可安也!"

三月中,一支大型船队浮江东下了。

列位看官留意,战国之华夏精神,有着很强的海洋水域意识,远非后世那般唯以内陆为能事而在大多数时期封闭海疆。仅就船队远航之能力而言,除了华夏大陆之大江大河大泽畅通无阻,其方士求仙船队只能载数千人远渡日本列岛、澶洲(琉球)、夷洲(台湾)。帝国灭亡后,少数皇族后裔也远渡日本。更为根本的是,战国与帝国时代有浓厚的大海崇拜风习,认为大海是神秘未知的仙境所在,探险精神尤是浓烈。更兼秦帝国的以水德为国运所确立的水崇拜理念,对整个华夏不以内陆族群自居封闭而勇敢地迈进内外水域,起了极大的推动作用。此次皇帝巡狩行营东下大江,百余只巨舟帆影蔽天,与两岸巡行护卫的铁骑号角遥相呼应,当真是声势浩大史无前例。

东下的第一屯驻地是庐江郡的彭蠡泽西岸。嬴政皇帝在这里登临了庐山。

彭蠡泽者,远古得名之大湖也。《书·禹贡》载:"(扬州)彭蠡既潴。"潴者,水流停聚之地也。就是说,这里在很古老的时候便是大湖了。后世因东晋设彭泽县,陶渊明做过彭泽县令,遂改称彭蠡泽为彭泽;更有人误以为彭蠡泽便是后来的鄱阳湖。历史的演化是,直到秦汉两世,彭蠡泽与西边的洞庭泽,都是浩渺的云梦大泽的相连水域,都是浩浩长江在远古之时泛滥囤聚的辽阔水仓。正是有了辽阔浩渺的云梦大泽作为吞吐之地,浩浩江水才不至于如同黄河那样,屡屡发生根本性的大洪水泛滥。这片辽阔水域在漫长的岁月里一直持续着渐渐收敛的状态,在战国时期已经是断断续续地分为几个中心水域了。于是,有了形似独立的洞庭泽,又有了形似独立的彭蠡泽。再到后世,云梦泽最大的中心水域也渐渐消失了,只留下了洞庭湖与彭蠡泽收缩后的鄱阳湖。这是后话。

却说这彭蠡泽西岸有一座名山,叫作庐山。庐山旁有大水,名庐江。据《水经注·庐江水》云:庐山之名有民间说与文献说。民间说法是,周武王时期有才士匡俗,屡次逃避征发而隐居此山草庐。后来匡俗成仙,空庐犹存,弟子哭之旦暮,世人感念,遂呼匡俗为庐君,隐居之山亦呼为庐山。郦道元自己坚持的是文献说法,其云:"按《山海经》创之大禹,记录远矣!其《海内东经》曰:庐江出三天子都(庐山),入江彭泽西,是曰庐江之名。山水相依,互举殊称,明不因匡俗始。正是好事君子,强引此类,用成章句耳。"究其实,庐江出庐山,究竟何名为先,只怕很难考证清楚了。

这庐山虽非五岳,却也大大有名。此山古名三天子都,见于《山海经》之记载。然则,三天子都究为何意,已经不可考了。后世学者对其实指又多有争议,对其原本字意更无明确说法,姑且存疑了。对于庐山之壮美,《水经注》云:"虽非五岳之数,穹隆嵯峨,实峻极之名山也!"在中国古人眼里,山水是否尊崇,根本原因在于山水所具有的神性及其累积的文明历史足迹,而不在其真实高度,五岳之尊崇正在于此。而此时的庐山,尚无昭昭神性与赫赫登临,故此只有自然山水之壮美。

嬴政皇帝登临庐山,是庐山迎来的第一次伟人登临。

那日清晨,帝国君臣在五百名精锐步卒护卫下,由十多名山民向导登山。对于这次登临,庐山留下了两处遗迹,《水经注》均有记载。郦道元先生文字峻峭瑰丽,描述山水形势无出其右,且看看先生的两则纪实性描述:其一,"庐山上有三石梁,长数十丈,广不盈尺,杳然无底……其山川明净,风泽清旷,气爽节和,土沃民逸。嘉遁之士,继响窟岩。龙潜风采之贤,往者忘归矣! 秦始皇、汉武帝及太史公司马迁,咸登其岩,望九江而眺钟、彭焉!"其二,"庐山之南有上霄石,高壁缅然,与霄汉连接。秦始皇三十六年①,叹斯岳远,遂记为上霄焉。上霄之南,大禹刻石志其丈尺里数,今犹得刻石之号焉……者旧云:昔禹治洪水至此,刻石记功,或言秦始皇所勒。然岁月已久,莫能合辨之也。"后来又有《太平御览》引《浔阳记》云:"上霄峰在庐山东南。秦皇登之,与霄汉相接,因名之。高处有刻名之字,大如掌背隐起焉,仅百余言。"

这是嬴政皇帝第一次登临不具宣教意义的大山。他登上了上霄峰,刻石颂扬大禹治水之功。他登上了三石梁,遥望东南钟山之地,对那方虎踞龙盘之地生出了深深的隐忧。应该说,此时的嬴政皇帝,心头已经很清楚自己的下一步了。

庐山停留旬日,皇帝船队直下丹阳②了。

丹阳,是江水出庐江郡进入会稽郡的第一座大城邑。丹阳与沿江的金陵邑③、朱

---

① 此处当为始皇帝三十七年,《水经注》误记。
② 古丹阳有三,此处之丹阳,秦时为县,大约在今安徽当涂的小丹阳镇地带。
③ 金陵邑,古邑名,在今江苏南京市清凉山。

方邑①、云阳邑②等，一起构成了旧吴之地的腹心地带，时人呼之为江东是也。嬴政皇帝将江东之地作为东下第一立足点，意图很清楚，要在这里全力查抄六国贵族的秘密啸聚之地。行营一扎定，嬴政皇帝便与李斯顿弱蒙毅会商，部署了查抄方略：行营只留一千精锐骑士护卫，其余四千人马，全数交顿弱杨端和在江东地带突袭缉拿罪犯；皇帝行营于旬日之后缓慢东下，沿途大张旗鼓以震慑复辟势力；一月之后，皇帝船队与顿弱人马在会稽郡会聚；李斯总掌皇帝行营船队；正在盛年而精力最为旺盛的蒙毅，则专门率一支轻舟船队近岸游弋，两相通联策应。如此谋划妥当，各方立即以部署行事。

一场震慑复辟犯罪的风暴在江东之地骤然发起了。

嬴政皇帝尚未离开丹阳，便有顿弱的秘密急报传来：在江左之乌江水域的芦荡连天地带，有三处楚国贵族的啸聚港汊，水军突袭之下，一举包围缉拿得一千三百余名楚国老世族后裔；初审得知，楚国在江东最有实力的是项氏部族，其嫡系后裔项梁等已经逃出丹阳，逃往金陵邑等地。嬴政皇帝立即下令：全力查抄金陵、朱方、云阳三邑，务必缉拿项氏嫡系。此后，嬴政皇帝的船队缓缓东下。在巨舟望楼之上，嬴政皇帝连连接到密报，也连连颁下了一道道诏令。

金陵邑连续密报的事实是：金陵邑城郊多有秘密洞窟，非但藏匿了楚国贵族后裔，且啸聚了诸多中原贵族后裔，若得彻底查抄，便得凿山断垅。嬴政皇帝立即与李斯会商，一边下令蒙毅派出便装吏员大肆散布皇帝要破"东南天子气"的传闻，一边下令顿弱杨端和立即凿山断垅，捣毁复辟根基之地。未过旬日，江东哗然传开了消息：皇帝开出了万余刑徒，凿开了金陵北山，掘断了山脊长垅，金陵邑地脉已绝，虎踞龙盘气象不复在矣！嬴政皇帝得报，又与原本楚人的李斯会商。李斯云，楚人民风好巫术鬼神，当改地名以示天道昭彰，使民心不再为神秘流言所纷扰。嬴政皇帝当即拍案，下诏改金陵邑为秣陵。秣者，牛马牲畜之饲料也。秣陵者，牲畜之地也。以其时实际情形，嬴政君臣改如此之意带辱没名称，显然是愤怒于藏匿之复辟贵族。虽则如此，消息传开，民众却是愤愤然了。江东之复辟势力虽表面销声匿迹，实则却更为隐秘，

---

① 朱方邑，不详。
② 云阳邑，不详。

且更能蛊惑民众了。项氏部族一直在江东地带秘密经营至天下大乱，没有民众根基是不可想象的。后来，秣陵改为建业。晋灭吴，为示对吴轻蔑，又改回秣陵。隋之后，秣陵之名终告消失。

朱方邑也是大同小异。三千刑徒凿断了城外一座小山。嬴政皇帝下诏，将地名改为丹徒。丹徒者，身着赭色囚服之囚犯也。尽管其本意是指此地窝藏罪犯，然以丹徒为地名，显然使人产生此地是刑徒之乡的联想。此一地名在近代曾改为镇江，后来又改回丹徒了。在云阳邑，开出刑徒凿断了北岗，将平直的官道挖成了曲曲折折的小道，地名改作了曲阿。这个地名的命运与秣陵相似，三国时吴改为云阳，晋改回曲阿，唐改为丹阳。此为今江苏丹阳，不是嬴政皇帝驻屯的丹阳。

江东缓行月余，缉拿六国逃匿贵族两千余人，很是震慑了当时甚嚣尘上的复辟暗流。自此之后，种种流言预言销声匿迹，逃亡贵族的复辟密谋更为隐秘。若非后来大局突变，很可能天下复辟活动就此渐渐萎缩。也就是在这次江东之行中，项梁与少年项羽第一次看见了威势赫赫的皇帝，留下了项羽那句见诸史册的名言。

那是在皇帝船队停泊云阳邑登岸，改做车骑南下震泽（今太湖），开往会稽郡的那一路驰道上。

时当初夏，浩渺的震泽碧波连天白帆点点。大泽东岸的驰道上，皇帝的巡狩车马隆隆南进，两侧哨骑飞驰，车声辚辚旌旗蔽日，在青山绿水间分外壮阔。吴越民众拥挤在道边的每座小山包上，观看着终生难逢的皇帝仪仗。在一座林木遮掩的山包上，有老少两布衣隐身树侧遥望道中。老人须发灰白，精瘦结实。少年则粗壮异常，虎虎生气充盈于外。

"嬴政灭楚，项氏血流成河也。"老人低声切齿。

"彼可取而代之！"少年一拳砸向树身，大树簌簌落叶。

老人大惊，一掌捂住少年大嘴："灭族！不许疯言！"

少年扒开老人，低声狠气道："项羽不报血海深仇，誓不为人！"

"报仇？如何报仇？"

"杀光秦人！烧光咸阳！"

"还是先练好剑术再说。"老人冷冷一笑。

"不！项羽要练万人敌！剑，一人敌罢了。"

项羽杀气腾腾,虽少年,但已见心性。

"好,有志气!"老人奋然低声,"叔父教你兵书战策,长枪大戟!"

四月初,皇帝行营抵达会稽山。

在当时的南方山脉中,会稽山是最具神圣性的名山。这会稽山古名防山,又名茅山、栋山。栋者,镇也。意此山乃扬州之镇也。其山形四方,上多金玉,下多玦石。据《越绝书》云,黄帝曾在这座山中留下了金简玉字的谶书,究竟预言了什么,却没有人知道。但是,与会稽山关联最紧密的神性,还是大禹的种种遗迹。首先,会稽山之名便是因禹帝在治水成功之后大会诸侯于此山,计功封国(会计),由此更名为会稽山;会稽者,会计也。其次,大禹在即位的第十年东巡,崩逝于会稽山,也葬在了会稽山。后世《水经注》记载了大禹陵的神秘:"山上有禹冢……有鸟来为之耘,春拔草根,秋啄其秽,是以县官禁民不得妄害此鸟,犯则刑无赦。山东有湮井,去庙七里,深不见底,谓之禹井。"后来,夏帝少康封少子杼到会稽山,专一守护祖先大禹之陵庙;杼的后裔繁衍至东周,便成了当时的越人越国。著名的越王勾践部族,便是大禹之夏部族的后裔。

嬴政皇帝登临会稽山,是要隆重地祭祀大禹。

在五帝之中,禹是最具事功精神的一个。五帝之中,后人唯冠禹帝以"大"字,绝非虚妄之颂,实因其功业超迈前代,奠定华夏文明之根基也。治水以救民,划九州而立制,设井田以安农耕,封国建制以明国家,设天子百官并常备军队以统诸侯……凡此等等,一言以蔽之,华夏族群迈入国家时代,自大禹始也。可以说,在嬴政大帝之前,大禹所开创的诸侯封建制之中国,一直延续了近三千年。唯其如此,嬴政皇帝对禹帝的尊奉是发自内心的,登临会稽山祭祀大禹,也绝

非望祀舜帝那般更多地具有宣教意味。

祭祀大禹之后，嬴政皇帝执意登上了会稽城外最高的一座山峰，在这里眺望南海，伫立竟日不去。这座山峰被后人称为秦望山，《水经注》云："秦望山，在州城之南，为众峰之杰……自平地以取山顶七里，悬瞪孤危，径路险绝。扳萝扪葛，然后能升。山上无甚高木，当由地迥多风所致。"如此高逾七里且路径险绝之高山，此时业已嬴弱的嬴政皇帝要执意攀登，全在于心头积压的对南海诸郡的忧虑。

放眼华夏，北方已经安定，长城已经即将竣工，大体可安也。唯独这与闽越相连的南海三郡地处偏远，王翦蒙武又不期而逝，任嚣赵佗等一班大将能否镇抚得力，实在堪忧。更有一虑者，天下贵族欲图复辟，纷纷逃亡荒僻山川，江东闽越已成复辟势力啸聚之地，安知他们不会逃向南海三郡？果然如此，南海大局还会安定么？遥望南海，嬴政皇帝耳畔蓦然响起了熟悉的秦风，那暮色之中从椰林河谷飘出的秦风，曾经深深地震撼了嬴政；若非如此，他能否慨然派出包括了几万女子在内的三十万民众下南海，当真是亦未可知也。遥遥凝望，嬴政皇帝不禁低声哼唱起那首"蒹葭苍苍，白露为霜，所谓伊人，在水一方"的秦风，一首歌没有哼完，嬴政皇帝已经是老泪纵横了……那一日暮色，嬴政皇帝是被护卫士兵们轮流抬下山的。

夜里，嬴政皇帝在灯下再度仔细读了李斯写的宣教文，下了刻石诏令。

这篇祭文被后人称为《会稽刻石》，其文辞曰：

会稽山刻石文

皇帝休烈，平一宇内，德惠修长。三十有七年，亲巡天下，周览远方。

遂登会稽，宣省习俗，黔首斋庄。群臣诵功，本原事迹，追首高明。

秦圣临国，始定刑名，显陈旧彰。初平法式，审别职任，以立恒长。

六王专倍，贪戾慠猛，率众自强。暴虐恣行，负力而骄，数动甲兵。

阴通间使，以事合从，行为辟方。内饰诈谋，外来侵边，遂起祸殃。

义威诛之，殄熄暴悖，乱贼灭亡。圣德广密，六合之中，被泽无疆。

皇帝并宇，兼听万事，远近毕清。运理群物，考验事实，各载其名。

贵贱并通，善否陈前，靡有隐情。饰省宣义，有子而嫁，倍死不贞。

防隔内外，禁止淫佚，男女絜诚。夫为寄豭，杀之无罪，男秉义程。

妻为逃嫁,子不得母,咸化廉清。大治濯俗,天下承
凤,蒙被休经。

皆遵度轨,和安敦勉,莫不顺令。黔首修挈,人乐同
则,嘉保太平。

后敬奉法,常治无极,舆舟不倾。从臣诵烈,请刻此
石,光垂休铭。

这篇文、字皆出李斯之手的刻石文,实则是与嬴政皇帝
祭祀大禹的意涵相连。也就是说,皇帝祭祀大禹,祭文自然
要陈述大禹的超迈古今的功业;而面对大禹这样一个华夏
文明的奠基者,秦政及秦始皇帝的大功业自然也要向大禹
提及。实际上,会稽山刻石文是伟大的嬴政皇帝与伟大的禹
帝之间的一场政治对话;同时,也是帝国君臣向天下民众再
次正面地宣示新政宗旨。

这篇刻石文最值得注意者,是第一次全面回顾了六国
的失政暴虐:"六王专倍,贪戾慠猛,率众自强。暴虐恣行,
负力而骄,数动甲兵。阴通间使,以事合从,行为辟方。"第
一次正面提出了秦灭六国的起因与宗旨:"内饰诈谋,外来
侵边,遂起祸殃。义威诛之,殄熄暴悖,乱贼灭亡。"这既是

明言六国之失。

对山东民众的昭示,也是对复辟势力的警告——六国乃自
取灭亡,非秦无道也! 紧接着,相对全面地回顾陈述了秦政
的德风化俗一面,列举了天下太平大治的种种善绩。应该
说,这篇刻石文与云梦泽望祀舜帝的宣教主旨,与祭祀大禹
的主旨,都是相呼应的,其总体意向既是明确的,又隐含着某
种微妙的意蕴。明确的一面是:大秦新政的功绩是天下有目
共睹的事实,不容抹杀,也不容曲解;微妙的一面是:大秦开

巡狩之用意,耐人寻味。

始遵奉王道圣君了,开始提出德政了,只要天下安定,秦政是
会有所补正的。

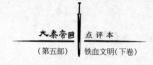
六　长风鼓沧海　连弩射巨鱼

五月初，皇帝行营返回江东海滨，从大江口入海北上琅邪了。

整个大巡狩行营分作两支人马进发：两千铁骑由顿弱杨端和率领，除护送行营部分辎重与工匠外，由沿海陆路一路查勘逃匿贵族北上琅邪；行营主体人马，则全部乘船从海路北上。这支船队大小船只二百余艘，有大型楼船十余艘，有各式战船百余艘，大型商旅货船近百艘。其时的大型楼船，除水手之外可乘坐近百人，并可同载三个月口粮器物；战船则有艨艟、大翼、小翼、桥船等等各式名目。商旅货船在战国秦时更是颇见规模，先有乐毅破齐时楚国以大型商船秘密从海路援助即墨田单军，后有王翦军南下后帝国组织了一次可运送五十万石粮秣的大型船队，足见其造船术已臻成熟。此次两百余艘大小船只，在大海中以水战行船之法编队排开，樯桅林立，白帆如云，旌旗号角遥相呼应，实在是前所未见的航海奇观。

嬴政皇帝的心绪大见好转，虽是第一次乘船入海，对海浪颠簸与连天海风有些不适，但还是兴致勃勃地登上了楼船最高的望楼。专司舟船护卫的太医本为滨海楚人，登船后眼见风浪不息，心下有些不安，找来工匠将望楼来风两面用厚木板封死，不来风的两面，则用当时极为珍贵的琉璃片（古玻璃）①镶嵌成了透明不透风的大窗，内铺红毡并置座榻卧榻书案笔具等，好教皇帝可以在歇息状态下观赏大海。不料，嬴政皇帝走进望楼一打量，便皱起了眉头，嫌那些一格一格的琉璃片不通透，吩咐全拆了。

"浩浩长风，好过贼风多也！"

嬴政皇帝一句笑语，舟船太医才轻松下来。一时拆去了望楼四面的全部补充遮挡，

---

①　据当代史家与科学技术史家研究考证，玻璃在中国周代已经出现，古称琉璃或流离。更重要的是，中国上古时代的玻璃与西方的古玻璃完全不同成分：中国是铅钡玻璃，西方是钠钙玻璃。此历史事实在 20 世纪 30 年代已经为西方科学家对考古实物的化验分析所证实，然证实这一历史成果的科学家，却坚持宣布玻璃为西方起源，中国上古玻璃是仿制西方。其荒诞若此，夫复何言！目下，这一荒诞宣布已经没有科学史家相信了，但许多迷信西方的中国民众却还是相信着，传播着。相关信息可登录中国玻璃网等查询。

恢复到原本的通透敞亮,嬴政皇帝这才重新踏进了望楼。皇帝兴致勃勃地吩咐赵高在望楼摆下了小宴,要与李斯几位大臣聚饮以观沧海。赵高也是初入大海,虽稍见晕乎却依旧是亢奋无比,一听皇帝发令,立即便去铺排。片刻之间,望楼上列开了几张酒案,兰陵酒炖海鱼的香味便飘了开来。

"陛下,大海可真大也!"李斯举爵,一声由衷地感喟。

嬴政皇帝与几位大臣都不约而同地大笑起来,几乎是一口声地高声笑语:"丞相明察,大海真大也!"李斯也破例地大笑起来,高声吟诵起来:"东方之日兮,出于浩洋。纳我百川兮,大海荡荡。大秦新政兮,绵绵无疆——"李斯本楚人,楚之诗风语尾多带感叹,一个"兮"字堪为表征。此刻李斯临海而激越感喟,竟是大有风采。一言落点,嬴政与几位大臣同时拊掌大笑高声喝彩。

"今日入海,我等直如河伯之遇海神也!"

"陛下明察!"几位大臣异口同声地拱手笑语。

此时,赵高轻步走到皇帝身边低语了一句。嬴政皇帝笑道:"说海便是海,教他进来。"一转身道,"徐福派来弟子信使,说有出海事禀报,诸位都听听。这件事,朕总觉得还没用够。"说话间,赵高已经将一个中年方士领上了望楼。嬴政皇帝一摆手道:"徐福大师有何难事? 足下但说便是。"

"我奉师命,禀报陛下。"来人一领红衣一脸海风吹灼的黧黑之色,一拱手高声道,"我等奉师命为皇帝陛下入海求取仙药,至今数年无得,心下抱愧也。自我师亲领船队出海,大有所获,已觅得瀛洲仙山之仙药所在,亦觅得真人踪迹;本欲今夏再度出海,一鼓求取仙药,然则,海魔害我船队甚巨,不得不请命皇帝陛下定夺。"

"海魔? 世间真有海妖?"

"非也。"方士认真地摇了摇头,"方士所云海魔者,出没于大海之大鲛鱼①也。此鱼长大若战船,獠牙如刀锯,可掀翻巨舟,可吞人如草虾;更有一种白色大鲛鱼,威势如雪山鼓浪,一鱼可翻一片船队,吞人而食如长鲸饮川⋯⋯"

"且慢。这大鲛鱼比兰池宫的石鲸还大么?"皇帝很有些惊讶。

"大! 非但大于巨鲸,其为害猛烈更过巨鲸!"方士显然是惊恐犹在。

---

① 鲛鱼,即鲨鱼。

"那是说，徐福大师不能出海了？"

"非也。为陛下求取仙药乃神圣功业，我等师徒决不中止！"

"那，朕能如何定夺？"

"禀报陛下：我师已得神仙谶书，业已拆解明白。神仙云：欲除海魔之害，必得大型战船，载以大型连弩神器，入海射杀之！否则，无以除魔，无以求仙。"

《史记》所载，巡狩途中，有很多传说故事，神乎其神。

一时，皇帝默然了，李斯蒙毅郑国胡毋敬四位大臣也默然了。大型连弩威力固猛，然载于战船入海再来射杀大鱼，可是前所未有的奇想，可行么？大将杨端和不在场，唯蒙毅对军事尚算通达，皇帝便看了看蒙毅道："连弩上战船，既往有过么？"蒙毅一拱手道："武安君当年攻楚之时，战船从巴蜀直下夷陵，有三艘艨艟大战船装载过大型连弩。后来，似再无此例。"李斯道："少府章邯曾久掌秦军连弩大营，此事可能得他说话。"嬴政皇帝道："既然如此，先行知会杨端和赶赴琅邪预为筹划；再飞书咸阳，急调章邯赶赴琅邪。"胡毋敬皱眉道："方士所报尚未核实，老臣以为如此折腾耗费太大。"嬴政皇帝没有理会胡毋敬，转身对中年方士道："你且赶回琅邪，知会徐福大师：待朕亲临，送他再次出海。"方士慨然道："我师久在大海诸岛寻觅仙踪，接到陛下之命，我师必然赶回琅邪晋见陛下！"说罢告辞去了。

"老奉常，你急甚来？"嬴政皇帝这才转头笑道，"我方才说甚来？这方士求仙船队，朕总觉得没用够。能教他光在海上漂么？诸位说，派他个甚正经用场？如何派法？"

"用场很清楚，搜索诸海岛，缉拿旧齐田氏。"李斯没有丝毫犹豫。

"正是！旧齐田氏等多隐匿海岛不出，要斩断这几条黑根！"蒙毅立即附和。

"要做这正事好说。"郑国道,"以老臣工程阅历,连弩上战船没有根本障碍。索性将计就计,以徐福所请为名义,派几艘战船为其护航,一则可查勘海岛逃犯。"

"如何不说了,二则如何?"胡毋敬有些着急。

"老夫口误,没有二了。"郑国淡淡一笑。

"老令所说之二,是防范方士不轨。"嬴政皇帝道,"毕竟,此前还有个卢生,也是方士之名。安知徐福全然无虚?徐福护朕病体多年,老令不好直说罢了。"

"陛下明察。"郑国淡淡一笑。

"老臣倒是赞同老令此说。"胡毋敬道,"老臣掌天下文事,近年来总觉这儒家与方士不对劲。儒家不像学人,方士不像医家,都透着几分神秘诡异,防备着好。"

"老奉常过矣!"嬴政皇帝笑道,"儒家是儒家,方士是方士,毕竟有别。儒家怪异,是心存复辟之念,不走治学正道。方士们所图何来?不做官,不图财,就是个想出海求仙而已。这神仙之事,谁都说不准有没有,教他找找也无伤大雅,却有何怪异了?"

"陛下如此说,老臣无话。"胡毋敬道,"老臣只是想说,这班方士以诡异之术医人,以缥缈之说诱人。正道医家素来鄙视方士,其间道理,老臣不甚明白。"

"也好,这次求仙若还没有结果,遣散这班方士。"皇帝拍案了。

"陛下明断!"李斯顿时欣然拱手。

一时议定,君臣尽皆欣然,这场望楼临海的小宴直到暮色方散。

巡狩船队鼓帆北上,五七日后抵达琅邪台。

连日热风吹拂海浪激荡舟船颠簸,嬴政皇帝很有些眩晕疲惫,登岸触地脚步虚浮几乎跌到。赵高连忙过来扶住,与卫士们一起将皇帝用军榻抬进了行营。这一夜,嬴政皇帝第一次没有批阅公文,没有召见大臣议事,昏昏沉沉直睡到次日午后方睁开了眼睛。一直守候在旁的老太医长吁一声,立即吩咐自己的医助给皇帝捧来了煎好的汤药。被赵高扶着坐起来的嬴政皇帝看了看大半碗黑乎乎的汤药,皱着眉头道:"闻着都苦,不用了,等徐福大师来再说。"老太医一拱手正色道:"陛下此病干系不大,皆因舟车劳累风浪颠簸所致,若能静心调息几日自会好转。方士之术,颇见蹊跷,老朽以为陛下当慎用为好。"嬴政皇帝揶揄笑道:"老太医固是医家大道,只不见成效。方士再蹊跷,数年护朕却有实效。事实在前,朕没长眼么?"老太医道:"陛下,方士之术,在医家谓之偏方,治标不治本,陛下之疾,当固本为上……"嬴政皇帝不悦道:"标也好,本也好,左右得人精神不

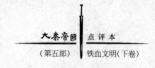
是？老太医且回去歇息，过几日随少府章邯回咸阳去了。朕，目下有方士足矣！"说罢，不待老太医说话便大步走进沐浴房去了。

"陛下！发热之际不宜沐浴……"

"赵高，教他走。"沐浴房传来皇帝冰冷的声音。

赵高很生气这个不省事又聒噪的老太医，立即将两人请出了御帐。

片刻之后，嬴政皇帝在两名侍浴侍女扶持下走出了沐浴房，精神气色比昨日好转了许多。皇帝坐到了书案前，奋然一拍青铜大案笑道："嘿！老兄弟，我又回来了。"仿佛与久别老友重逢一般亲昵。目光巡睃，不意看到了旁案没有撤走的那碗汤药，向赵高一招手指点道："拿过来。"赵高困惑惶恐地捧过汤药，嬴政皇帝接过来汨汨两口便喝了下去。见赵高茫然惊愕的神色，皇帝冷冷道："看甚？你以为朕当真不信医家？去给蒙毅说一声，老太医不能走。"赵高哎哎点头，一溜碎步跑出去了。

次夜三更时分，方士徐福被赵高悄无声息地领进来了。

几年不见，富态白皙的老徐福变成了一个黝黑干瘦的老徐福。嬴政皇帝颇感意外。徐福却依旧是安详从容，先给皇帝做了半个时辰的"真人之气"的施治，又给皇帝服下了小半粒红色丹药。施气之时，嬴政皇帝朦胧如升九天云空，直觉自己飘飞到了无垠的大海之上，与一个半人半鱼的狰狞巨物大战不休，皇帝问巨物何方魔怪，那个狰狞巨物竟说它是海神……倏忽醒来一身冷汗，及至服下丹药，皇帝自觉精神大振，这才向徐福说了方才梦境。徐福悠然轻声道："陛下为水运天子。水神乃大秦本神。海神，乃水神之大也。本神不见本主，此神仙之道也。故，见陛下并与陛下战者，非海神也，大鱼蛟龙之水魔也。水魔显于陛下梦境，诚非吉兆也。老夫可为陛下入海祈祷海神，使海神护佑陛下，护佑大秦，除此恶神。"

"先生数年求仙，遇到大鲛鱼为害了？"嬴政皇帝问了回来。

"正是。"徐福又将自己学生报给皇帝的大鲛鱼情形说了一遍，末了道，"陛下尊奉神仙真人的数百童男童女，已经在瀛洲诸岛觅得了三处仙踪，也在之罘岛觅到了仙药；若非大鲛鱼为害，之罘岛仙药已经请得了。"

"好！朕决意求取仙药。"嬴政皇帝断然拍案，"朕给先生派出三艘大战船，装载连弩射杀大鲛鱼，护卫先生尽登滨海三百里内所有海岛。朕已下令水战将军，若先生出事，灭族之罪。先生尽可一力求仙。"

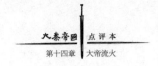

"陛下明断。老夫自当为陛下蹚开仙道。"徐福一如既往地从容。

"好。三日之后,朕亲送先生出海。"

徐福走了。嬴政皇帝又开始了公案劳作,直到红日跃上了茫茫大海。

那一日,嬴政皇帝率领群臣在琅邪台前送徐福船队出海了。

这一次,除了没有第一次的童男童女,海边依旧是白帆层叠樯桅如林,每只大船上都堆满了粮食车辆丝绸等贡神物品;方士与货船之外,五艘大船最为特异,两艘专门乘坐百余名各式工匠的大船,三艘装载大型连弩的战船。出海仪式是隆重肃穆的。沐浴斋戒三日的嬴政皇帝祭祀了海神,宣读的祷文是:"大哉海神,伏唯告之:大秦立国,水德为运,海神乃本,我为臣民。秦帝嬴政,遣使来拜。海神佑秦,赐我仙药,使嬴政得以长生哉!若得如此,秦帝将常祭海神,常纳贡礼。大秦皇帝三十七年夏日祭告。"祷文宣诵完毕,司礼大臣胡毋敬向大海拱手高宣一声向海神奉送祭品,两排少年方士便将三头活生生的牛羊猪抛向了万顷碧海之中。徐福也宣诵了祭告海神书,念诵的是:"大哉海神,散人徐福受皇帝之托,再次入海为皇帝求仙。祈望海神:于约定仙岛会我秦使,赐长生于皇帝,赐国运于大秦,使徐福不负使命。大秦皇帝三十七年夏日祭告。"

在即将登上船桥之时,徐福突然回身对嬴政皇帝低声道:"陛下逢海魔入梦,体魄有不吉之兆。恳望陛下派一亲信大臣返回秦地,以祈祷大秦山川之神达意海神,护佑陛下……恳望陛下,莫以老夫此见虚妄而不为。鬼神之事,原本在心也……"万分真诚的徐福殷殷地看着皇帝,第一次显出了一种近于人之本色的踌躇与留恋。嬴政皇帝心头不禁一动,笑道:"先生护朕多年,朕岂有不信之理。派蒙毅还祷山川,如何?"

在绵绵悠长的雅乐中,徐福向皇帝深深一躬,登上了船桥。

嬴政皇帝向船队遥遥招手,直到一片白帆消逝在无垠的碧海。嬴政皇帝不知道的是,从此,这支以求仙为使命的特混船队再也没有回来。后来的事实是:徐福们在茫茫大海中并没有找见海神与仙药,却开拓生存,创造了华夏文明圈的第一个海上生长点;他们与后来出逃海外的嬴秦后裔相会合,使中国文明在海外以顽强的生命力重新再现了。在秦帝国的历史上,这支矢志求仙的方士队伍的出现,始终是一个历史的黑洞,给后人留下了太多的想象空间,以及无法确定答案的众多历史奥秘。没有人确切地知道,这些方士的动机究竟是什么?这些方士的目的又是什么?他们果真是一支献身于神的神职队伍么?他们与当时的复辟暗潮有无千丝万缕的联系?抑或,他们究竟是不是六国贵族复辟的一支特异的秘密力量？以秦政之求实，以秦风之贬斥虚妄，以嬴政皇帝之明锐洞察，以帝国第一代大臣之英才济济，何以始终对这些方士保持着一种难以揣摩的姿态？如同后世的郑和下西洋一样，其间隐藏的政治秘密究竟是什么？抑或根本就没有什么政治秘密？一切的一切，都在太多的矛盾中变幻着无法确定的答案。若就最终的归宿所蕴含的漂泊海外奋发求生并顽强地生发传播华夏文明而言，我们不能轻易地以"邪恶"两字概括这支神秘队伍；若以虚妄之说耗费帝国人力财力并贻害嬴政皇帝本人而言，我们又不能轻易地肯定这支队伍。

　　一切，仍然隐藏在尚待开掘的历史真相之中。

关涉秦始皇之死，千古疑案。寻仙药之事，读者想必耳熟能详，无须赘述。

　　三两日间，嬴政皇帝的热病似乎未见消退，反而有加重之势了。

　　这一夜，嬴政皇帝又不得已停止了案头劳作，被赵高扶上了卧榻。眩晕朦胧的皇帝吩咐赵高去找徐福举荐的那个看护方士。未及片刻，赵高急惶惶飞步赶回，说不见了那个方士，问护卫军士，军士却说方士一直在帐中没有出来……赵高还没有说完，嬴政皇帝已经霍然坐起道："搜查大帐没有？"赵高吭哧道："方士居处向为机密之地，我，我没敢……"嬴政皇帝冷冷道："鸟个机密，立即搜查，掘地三尺！"赵高飞步去了。嬴政皇帝略一思忖，拉过一件丝绵袍裹住发冷的身子跳下了卧榻，下令一个侍女立即去请老太医。

　　老太医匆匆赶来时，嬴政皇帝正对着面前铜鼎中几颗透着怪异的非紫非红又非黑、似紫似红又似黑的药丸发愣。见老太医进帐，皇帝敲敲铜鼎冷冷道："此为何物？敢请老太医辨认一番。"老太医走近案前，打开医箱，用拣药的精致竹夹夹起了一粒药丸，凑近鼻子嗅了嗅，脸色一变道："陛下，老朽得剖开这药丸。"见皇帝点头，老太医从医箱拿出一把三寸医刀，从中一刀剖开了药丸，又拿起半粒凑到鼻头一嗅，面色顿时大变："老朽敢问，陛下可曾服过此药？"嬴政皇帝淡淡道："老太医先说，此药有何不对？"老太医急迫道："此药为大阳大猛之物也！以狮虎熊豹与海狗之肾之鞭，辅以淫羊肾，再辅以若干补阴草药而成。此药入腹，强聚体内元气，每每使人孤注一掷凝聚精神，对元气损耗最烈！医家之道，非垂死之人而有大事未了，决然忌用此药！"

"陛下！方士跑了！帐中有暗道！"赵高一头汗水冲了进来。

"老太医，世上有神仙仙药么？"皇帝对赵高的话浑然未觉。

"陛下，老朽从医五十年，仙药之说未尝闻也。"

"老太医，以朕之象，还撑持得几多时日？"皇帝冷峻得石雕一般。

"陛下节劳静养，正道医治，或可复原。"老太医额头渗出了涔涔汗水。

"知道了，老太医去了。"

"陛下高热不退，老朽立即侍药。"

"先生且先下去，药煎好拿来便是了。"皇帝平静异常。

老太医拱手一作礼，立即轻步匆匆去了。

"赵高，密宣蒙毅……"嬴政皇帝面色苍白，颓然瘫倒在案前。

赵高大惊，连忙过来扶持皇帝。嬴政皇帝骤然睁开眼睛，一掌掴到赵高脸上却没了力气。赵高惊恐不已，连忙对两名侍女挥挥手起身飞步出帐了。皇帝被两名侍女扶起，艰难地挪到了卧榻前便一头倒下了。两名侍女连忙放好了皇帝身子，又加了厚厚两副丝绵大被，惶恐得不知所措了……

秦始皇之死，疑团较多，"仙药"亦是一疑。小说写得含混，有意强化疑案。

临危之际，秦始皇觉得最可靠的还是蒙氏与王氏。

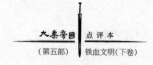
未过顿饭时光,蒙毅大步匆匆进帐。皇帝还是没有醒来,大被下的身躯显然在瑟瑟发抖。正在此时,老太医汤药送到,那名医助熟练地为皇帝喂下了整整一大碗冒着热气的汤药,皇帝的抖动才渐渐轻了。未过片刻,皇帝额头渗出了一层细亮的汗珠,皇帝才蓦然睁开了眼睛。

"都下去……只留蒙毅……赵高,朕不见任何人。"

侍女出去了。太医出去了。赵高也出去了。宏阔的御帐静得如同幽谷。

"蒙毅,我,行将到头了。"皇帝很平静,殷殷目光中饱含着泪水。

"陛下……"蒙毅扑地拜倒,死死忍住了哭声。

"起来……听,听我说。"

"陛下但说,蒙毅死不旋踵!"

"莫胡说。"嬴政皇帝完全清醒了,声音虽低,却异常清晰,"蒙毅,立即返回咸阳。名义,还祷山川,为皇帝祈福。真正要做的事:会同二冯,镇抚咸阳;调回李信十万大军,镇抚内史郡。关中,已经没有老秦人了。一旦有变,李信大军便是支柱。若有可能,教李信从上邽将陇西老嬴秦数千户,全数迁回关中……我得立即北上,见蒙恬,见扶苏,安定北边,部署身后大事……不,不能再耽搁了……"

"蒙毅之见:陛下当立即回咸阳镇国! 我赴九原,召回长公子并家兄!"

"不。"皇帝清醒地摇头,"半道折返,动静太大,朝野不安。以目下情形,我再撑半年当非大事……我回咸阳,大事便得多方会商。反不如你回咸阳,奉诏直接行事,更方便。"

"蒙毅明白!"

"不要急。明日知会丞相,交接完毕再走,不能显出形迹。"

"陛下,不告知丞相么?"

"丞相……我相机告之不迟。记住,你是密使。"

"陛下,皇营事务交于何人? 胡毋敬如何?"

"老奉常迟暮……还是交给赵高了。"

"陛下,赵高素无法度之念,不妥……"

"一个老内侍而已,他能如何? 再说,对朕忠心,莫过赵高了……"

"陛下……"蒙毅欲言又止。

"蒙毅,大事托付你了,这里没事,要紧处在咸阳……"

"陛下……"蒙毅一声哽咽,泪如泉涌。

"蒙毅啊,我与汝兄少年相知,情如兄弟。你一样,也是我的好兄弟……"

"陛下!蒙毅何忍弃陛下而去……"

"蒙毅,好兄弟,天下要紧,大秦要紧……安秦者,终须蒙氏也……"

蒙毅泪流满面语不成声,扑在榻前深深三叩,才依依不舍地走了。次日清晨,赵高捧着一道诏书到了蒙毅大帐,宣示了"着郎中令蒙毅为朕之特使,代朕还祷山川,为朕祈上天护佑"的诏书。蒙毅奉诏,立即与丞相李斯会商交接了诸般事务,又将皇帝行营大帐的事务交接给了赵高,于午后时分带着一支百人马队上路了。

嬴政皇帝没有料到的是:遣回蒙毅,成为他一生最关键时刻最关键的错失。蒙毅身为执掌中枢的郎中令,堪称最危急时刻最关键的中枢大臣。赵高后来要做的第一个要职,便是郎中令。更为重要的是,蒙毅秉性公直刚毅而缜密,几乎是历来宫廷内侍的天敌,自然也是赵高的天敌。若蒙毅不去,嬴政皇帝在最后时刻,至少可以确保自己的各种遗诏得以忠实宣达各方,断不致足不出户而天地翻覆。若蒙毅不去,赵高纵然有野心,丞相李斯也万万不会呼应,不敢呼应。当后人清楚后来的事实,再看蒙毅的离去,便会明白看出:这是嬴政皇帝至为关键的一个败笔。当然,这也表明了一个毋庸置疑的事实:嬴政皇帝至死也没有怀疑过身边任何一个近侍,也永远不会想到人会发生如此激烈的大扭曲。从这一基本事实说,嬴政皇帝是一个没有防人机心的君王,六国贵族以及后世儒家攻讦嬴政皇帝奸诈暴虐等等,实在不堪事实验证。在中国历史上,防止身边乱象最成功者,大约莫过难眩以伪的曹操了。嬴政

只要是人,就总有愚蠢的时候。

皇帝若有曹操之三分权谋机诈，大约历史便得重写了。蒙毅离去，令人常有扼腕之叹——始皇帝一念之差，诚天意哉！

三日后，大巡狩行营西进了。

这次，皇帝行营从陆路进发，沿琅邪台海疆一路北上，绕过荣成山（成山角）向西抵达之罘岛。这次行进的不同处是：每日路程不多，却不做一日停留。丞相李斯对这一变更所做的宣示是：皇帝体恤胡毋敬、郑国两位老臣不耐酷暑，决意减少沿途驻扎时日，徐徐常速返国。几日行进下来，皇帝的热病时轻时重，总之是比在琅邪好了许多。至少，皇帝的身影重新出现在海风徐徐的明净时日，不时还从帝车中下来闲走几步。之罘岛遥遥在望时，杨端和报来了一个令人惊喜的消息——海上连日发现大白鲛鱼，准备以大型连弩射杀之，请皇帝陛下登高观赏！嬴政皇帝很是高兴，立即下令在之罘岛停顿一日，观赏连弩射杀大鲛。

原来，徐福船队出海后两日，便与皇帝行营失却了通联。嬴政君臣在方士出逃之后，业已清楚了徐福一干方士必是有意逃遁。杨端和主张追杀，嬴政皇帝却淡淡一笑说，算了，茫茫大海，他筹划了多少年，你能追杀得了？若天意不使他脱逃，还有三艘战船跟着，必能拿它回来。不料，行营抵达荣成山时，三艘战船却漂了回来，率军大将禀报说：出海第六日夜里，船队停泊在一座无名小岛前，全体人马登岛起炊；将士们都饮了方士们的劝酒，方士们说，不饮酒要得寒腿病；可天亮醒来，方士与货船便无影无踪了，他们在海上寻觅了三日三夜也没看见一只船，最后只好漂了回来。大臣将军们愤愤然，有主张追杀方士的，有主张处罚水军的。皇帝却破例地挥了挥手道："此事错在朕，不在将士。先放这班方士一马，朕不信日后找不回来。"于是，装载了大型连弩的三艘大战船重归船队，一路驶向了之罘岛，不意竟在航程中发现了大白鲛鱼。

那日清晨，皇帝与大臣们登上之罘山最高峰时，一天明净如洗，霞光万道碧波无垠，海天之间壮丽得无以描述。大约卯时，岛前深海处白帆点点，遥遥有战鼓号角之声隐隐传来。未过片时，碧蓝的大海中不断跃起一道道雪岭般的白墙，鼓着浪头隐隐起伏，不断向之罘岛逼近。俄而便见远处白帆快速聚拢，从三面向翻飞的雪岭无声地靠近。正在碧浪中再度蠢起一道雪岭时，战船鼓声号角大作，三艘大战船的大型连弩一齐发射，长矛般的大箭呼啸着飞向了那道雪白的山岭。嬴政皇帝真切地看见了雪白的山脊冒起

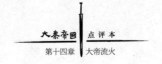

了几道血柱,渐渐地,翻飞的白色闪电变成了缓慢漂动的雪白山脊……

"万岁——！大鲛鱼中箭了——！"

整个海面都响彻了秦军将士的欢呼声。

骤然之间,泪水涌满了嬴政皇帝的眼眶。

海天之间这壮阔的一幕,永远地镌刻在了嬴政皇帝的心头。

尽显秦始皇神威。

七　北上九原：突兀改变的大巡狩路线

从之罘岛再度西进前,嬴政皇帝在行营举行了一次大臣会商。

依大巡狩的惯例,离开琅邪台北上便是踏上了归途。一则是旧齐滨海地带是皇帝两次巡狩都来过的,不会再有大型宣教典礼；二则是皇帝大臣皆有不适之感,天气又越来越热,一进三伏酷暑,白日几乎难以行军了。所以,一离开之罘岛李斯便做出了回程部署,将少府章邯做了夏日行军的前导,下令章邯率一千铁骑先两日上路了。因为,若从之罘岛地带归返咸阳,则路径很直接：之罘——即墨或临淄——巨野泽——大梁——洛阳——函谷关——咸阳。这是齐国通向中原的传统官道,此时已经是帝国驰道之一,路况好速度快,又不过黄河,故此需要先行人马预为安置护卫、救治并驻屯地等事项；而章邯军政两通,担此重任再合适不过。就当时的事实说,嬴政皇帝在琅邪、荣城业已两次发病,所有的大臣将军都认为皇帝该踏上归程了；若此时果然能按照预定的大巡狩路线行事,从之罘岛南下回咸阳,自当安然无事。

大臣们没有料到的是,皇帝竟然要北上巡边！

固执如此。这明明是要找死。

皇帝的理由很简单，又很充分。昨日午后九原传来捷报，蒙恬军第二次反击匈奴获得了很大的胜利，长驱直入匈奴单于庭，头曼单于仅率数万残部远遁而去；如此皇皇胜仗，皇帝须得再度北上巡边犒赏将士，并督导东部长城早日竣工。昨日捷报人人皆知，行营还很是狂欢了一阵。皇帝如此决断，似乎也无可非议。然则，皇帝大巡狩的行程历来都是事先筹划好的，如此大的巡边举动，事先从未宣示而由皇帝临机动议，本身就透着几分神秘。再说，即或是临机改变，至少皇帝也当与总司巡狩事务的丞相事先会商而后再议决部署，然看今日情形，丞相李斯似乎也是事先一无所知。如此情形之下，大臣们一时忐忑起来了。表面不动声色内心却错愕不已的李斯，久久愣怔着没有说话。郑国胡毋敬顿弱杨端和几位大臣也大觉意外，都是相互观望，一时默然了。

"诸位毋得疑惑。"嬴政皇帝笑道，"自来大战无定期。朕也想不到，九原军能在如此大热天有如此大胜仗。昨日，朕本当与丞相会商，却又埋在公文山里没有拔得出来，在书房里困得睡了过去。一觉醒来，已是四更。于是，今日索性一起说了。否则，又得耽搁一日。"

"老臣以为，陛下决断得当。"李斯立即支持了皇帝。

"老臣以为不然。"素来寡言的郑国说话了，"皇帝陛下在琅邪已经发热，一路未见痊愈迹象。目下正逢酷暑，又将入伏，再度跋山涉水北上巡边，只怕不利于陛下病体。二次大胜匈奴固然可喜可贺，然不能冒此风险……"

"老令啊，朕好多了。昨日观射大鱼，朕不是自家登山的么？"

"陛下，老臣附议郑国之意。陛下不宜北上。"胡毋敬忧心忡忡。

"顿弱亦赞同老令之意。"

几个大臣，只有卫尉杨端和没有说话了。谁都知道，杨端和最是稳健，是秦军大将中最唯军令君命是从的一个，与王贲李信大有不同。所以，杨端和军旅资望很深，却历来都是副将。目下杨端和虽身为卫尉位居九卿，也是正职，却直接听命于皇帝，还是不用他独当一面。是故，谁也没指望他会说话。

"陛下，末将也以为，北上不妥。"谁都没有料到，杨端和也说话了。

"卫尉得说个道理出来。"顿弱之激发神色，显然要寡言的杨端和多说话。

"没甚道理。末将只觉得心下不踏实。"杨端和平平淡淡。

"有甚不踏实？诸般大事都很顺。"顿弱又追了一句。

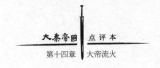

"末将唯陛下之命是从。"杨端和不理会顿弱,一句见底了。

"诸位,此事不须再议。"嬴政皇帝语气淡淡,可谁都听得蕴藏着一种不容商量的果决,"出行日久,谁没个发热发冷?两位老令不是也疲累不堪,略有不适么?朕也一样,过几日自然会好。还有太医在身边,误不了大事。再说,诸位果真不想看看万里长城?顿弱,长城东段全在旧燕之地啊!"

"万里长城谁不想看?老臣多少年故里心愿也!"

"敢问陛下,对行营人事可有部署?"李斯谨慎地插断了顿弱。

"行营事务,依旧是丞相总掌。唯朕之行辕有一变:蒙毅还祷山川,朕书房事务交赵高暂掌。"皇帝很清醒,话语很慢,"为处置政事快捷,再给赵高一个职事:兼领印玺。余皆不变,依照丞相部署行事。"见大臣们俱各默然,嬴政皇帝特意补了一句,"赵高是临时署理,蒙毅还是郎中令。"

"陛下明断。"大臣们终于表示了赞同,虽然不那么热切踊跃。

行营会商结束了,郁闷的李斯大大地忙碌起来了。

皇帝决意北上,意味着大巡狩路线发生了巨大的变化:从平坦快捷的驰道之行骤然变成了险阻重重的跋涉之旅。从之罘岛地带抵达九原边地,大的方向是向西渡过四道大河(济水黄河洹水漳水),再穿越旧赵国,经雁门郡北部向西抵达九原;当然,也可以在渡过黄河穿越旧赵后,从太原再次西渡大河,从老秦国的上郡北上九原。无论选择哪条路线,都是确定不移地比立即返回咸阳艰险许多。李斯深恐有思虑不周处,与杨端和确定北上路线时,破例地请来了通晓天下山川险阻的老郑国。在郑国的多方参酌下,三人最后确定了西进再北上的具体路径:之罘岛——临淄——西渡济水——从平原津西渡大河——西渡洹水——西渡漳水——经巨鹿郡——经恒山郡——经代郡——抵达九原。路径议决,郑国看着吏员画出的地图,皱着眉头道:"夏月正在涨水之季,连续横渡四道大水,绝非易事也!斯兄,好自为之了。"郑国一句话,说得李斯心头竟有些酸热了。李斯万般感慨地长叹了一声,拿起地图便去皇帝大帐了。李斯没有想到,皇帝只瞄了一眼地图便点头认可了,似乎不想涉及李斯很想特意申明的途中艰险。见皇帝丝毫没有改变的迹象,李斯也没做申明便告辞了。

次日四更时分,大巡狩行营第一次按照盛夏出行的传统上路了。

盖盛夏酷热,商旅军旅上路,都是赶早行路,正午之前驻屯歇息,避过人马难耐的最酷热的午后时光。皇帝行营纵然人马强壮,若要长途跋涉,也得循着这历经千百年考验的有效传统行事。否则,人纵可忍,牛马却得纷纷倒下了。这也是李斯事先禀报了嬴政皇帝,并得允准后部署的。自巡狩路径发生突然变化后,李斯心绪更多了一份不安。仔细想想,自去冬筹划大巡狩以来,诸多事对他都是扑朔迷离的。这种扑朔迷离,与其说是他对某件事知道的迟与早,毋宁说是他在决事过程中与闻得的前与后。曾经的岁月里,李斯也曾不知道过许多许多事情,可一次也没有如此不安。为何? 自李斯用事中枢,几乎任何大政决策都是皇帝与他事先商定的,纵然最终的决策与他的谋划有所差别,他也是充实的奋发的;他所不知道的,几乎全部是知道不知道都无关紧要的非大政决断。可这次大巡狩却不一样,几件事都是皇帝决断后他才知道的。这里的关键是,比其余大臣早知道几个时辰抑或早知道几日都不重要,重要的是,皇帝为何不与他会商决断了? 不是说皇帝决断得不对,也不是说皇帝必须与他会商方能决断,而是说,皇帝为何改变了多少年与他磨合达成的"共谋"默契?

这次大巡狩,皇帝在去冬的动议很是突兀,他当时也明确表示了不赞同。因为,以皇帝目下的体魄,实在不宜艰苦备尝地长途跋涉。以李斯谋划的大略:皇帝在此身心艰难之期,最大的要务便是守定咸阳而节制天下,不能轻易地冒险大巡狩,不能轻易地离开中枢之地。然则,这一大略他能说么? 不能。敏锐的心告诉李斯:皇帝显然是谋划已定,以"征询会商"名义教他知道而已,绝非真正地会商共谋。皇帝在隐疾频发日见衰老的时刻,突兀动议大巡狩,一定是有某种自感紧迫的大事,要借着大巡狩作掩护来做成。这件事指向何方? 李斯原本并不清楚。然则,在他会同大臣拟就了大巡狩行程方略并得皇帝认可之后,机警的李斯已大体明白了症结所在。

在李斯看来,本次大巡狩的两大使命——缉拿复辟罪犯与宣教大秦新政,没有一件是必须皇帝亲临施为的。李斯与大臣们想不出,还有哪件大事须得威权民望如此隆盛的皇帝拼着性命去做? 以李斯认定的公事程式,由他领衔具名的巡狩方略一旦呈上,皇帝必然会在巡狩方略上增添些地点。毕竟,皇帝可以不说大巡狩究竟要做甚,可是,总不能不说到何处去。只要有了所在地,事情便会清楚了。然则,大出李斯预料的是,皇帝偏偏没加任何新地点,三个字:"制曰:可。"全数照准了李斯的大巡狩方略。

惊讶之下,李斯通盘斟酌,蓦然明白了皇帝的心思只可能有一个指向——确定储君!因为,就目下大秦而言,只有这件最要紧的大事始终没有明确,只有这件不能事先确定的大事值得皇帝作为秘密对待。李斯的揣摩预测是：皇帝可能会在巡狩途中的某地——最大的可能是旧齐滨海某地——将长公子扶苏秘密召来，立即颁行诏书确立太子，并携扶苏一起返回咸阳。果真如此，李斯丝毫不觉意外，而且认为该当如此。李斯所困惑者，如此正当大事，为何对他这个丞相秘而不宣？果真皇帝大巡狩的目的在于秘密立储，而他这个丞相却不能与闻，那便只有一个可能——皇帝对他这个丞相有了深刻的疑虑！否则，古往今来，几曾有过君王善后而能离开丞相的先例？而丞相一旦不再与闻"顾命"大事，则其结局只能是废黜杀身！因为，任何一个君王，都不会将一个雄才大略而又被认定可疑的权臣留做后患。心念及此，李斯一身冷汗。然则，李斯终究不能明白确定。面对如此一个既强势又阳谋的皇帝，任何不能确定的事情，都必须有待清楚后再说，先自蠢动只能自找苦果。李斯要等待一个事实及其可能的变化出现，而后再决定自己如何应对。李斯要等待的这个事实是：皇帝在琅邪，或在荣城，或在之罘，必要召见扶苏；届时，若皇帝仍将自己视作顾命大臣，则自己当然要一如既往地效忠。毕竟，扶苏与皇帝曾经有过巨大的政见裂痕，皇帝事先不欲李斯知晓，未必没有扶苏尚待最后查勘之意；若扶苏被立为太子而自己未能与闻顾命，则李斯一定要谋划自家出路了，否则，便是坐待大祸来临。最好的出路在何处？不消说，是早早辞官归去。扶苏毕竟是个信人奋士的宽厚君子，不会对他这个老功臣如何的。

又不能言死，又不能称病，秦始皇忌讳，李斯只好从其意。

然则，这个事实却始终没有出现，李斯再度陷入了迷惘之中。

在李斯明白部署归程之后，皇帝却召集大臣会商行程，突然动议北上九原。至此，症结终于豁然明朗。显然，皇帝有重大事宜要与扶苏蒙恬密商，而下令两人南下，则很难避

开他这个丞相；若到九原，则他这个丞相必然要会同百官巡视督导长城工地，皇帝的回旋余地便会很大很大。由此推及蒙毅使命，其返回咸阳也必是秘密处置某种大事去了，祈祷山川之神护佑皇帝，分明一个示形朝野的名义而已。如此格局，李斯已经可以明白地预测：皇帝将帝国善后的大任，已经决意交给蒙氏兄弟了；扶苏为君，蒙氏兄弟领政，他这个丞相是注定地要黯淡下去了。

使李斯大感郁闷者，还有两件事。一则，皇子胡亥随行皇帝巡狩，他却毫不知情。这个皇少子胡亥，与李斯的小女儿已经许婚定亲，只待胡亥加冠之后便可成婚。事实上，李斯并不喜欢这个胡亥。许婚胡亥，不过是嬴氏李氏多重联姻之后的一个延续而已，李斯已经不能认真计较皇子资质如何了。对于如此一个几乎可以用上"不肖"两字的未来女婿，李斯素来没有兴味与闻其事。即或在巡狩途中，李斯也竭力回避着这个每每令他不快的皇子。李斯所计较者，是皇帝。既然皇帝喜欢这个皇子胡亥，许其随同巡狩增长见识自是无可厚非，然则，自己恰恰是这个皇子的未来岳丈，皇帝如何便不能与自己知会一声？皇帝不说，分明是皇帝与他这个丞相已经陌生了。二则，皇帝使赵高参政，李斯大惑不解。从目下大局说，李斯认为自己亲自兼领皇帝书房事务最为稳妥。关键之时，皇帝任用赵高参政，这分明是一个显然的失策。赵高是一个去了阳势的宦者，纵有功劳，纵有才具，李斯也本能地蔑视此等人物。既往，皇帝将赵高仅仅用作车马总管，用当其所，李斯自然不会生出腻烦。可如今，竟教这个宦者做了事实上的皇帝书房长史，并兼掌了皇帝印玺！李斯实在想不通，皇帝为何如此倚重一个"大阴人"？李斯曾长期做秦王长史，对书房政务再精通不过；而大巡狩日常事务，对他这个精于理事而又精力健旺的大臣而言，事实上举手之劳而已，根本不至于忙乱无序，兼领皇帝书房绰绰有余。以皇帝之明，想不到这一点么？不会。皇帝不以他兼领书房，只能说明，皇帝对他真正地有了不可化解的疑虑……

黎明的星光下，李斯半睡半醒地摇晃着，任沉重的车轮碾压着无尽的思绪。

次日正午，皇帝行营抵达临淄地界。

李斯很清楚，皇帝对大都会历来没甚兴趣，除了灭国时期因犒军善后进入过邯郸与郢都，再没专程进入过任何国都，连几次路过的洛阳新郑大梁都没有兴致进去。旧齐国的临淄固然是赫赫大都，皇帝照样没兴致。当然，更重要的是，此时的皇帝正在发病尚未痊愈的特殊时期，更不能贸然入城了。于是，李斯下令在城南郊野的密林中扎下了营

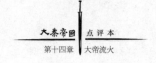

地。

赵高匆匆来了,恭敬地请李斯去皇帝大帐。

皇帝脸色很不好,倚在榻上捂着一副丝绵大被似乎还瑟瑟发抖。李斯心头一阵酸热,几乎要冲口而出劝皇帝立即改返咸阳。可是,思绪电闪间,李斯还是死死忍住了。见李斯进来,皇帝吩咐赵高守在帐口,不许任何人进来打扰。皇帝又屏退了大帐中的几个内侍与侍女,招手教李斯坐在了卧榻之侧的凉爽陶墩上,殷殷地看着李斯,良久没有说话。李斯拱手一声陛下,顿时哽咽不能成声了。嬴政皇帝拉住了李斯的手,叹息一声道:"丞相,几何有过,我等君臣竟能相对无言矣!"李斯哽咽道:"陛下,老臣已不知从何说起了……"嬴政皇帝淡淡笑道:"丞相啊,你的心思,朕知道。这件事,对你说得迟了,嬴政思虑有差。"李斯一时惶恐道:"陛下何出此言?老臣未知何事不曾与闻?"嬴政皇帝似乎浑然无觉,只径直缓慢地说着:"去冬,王贲临走之时,说到扶苏宽政主张,说他也赞同。加之,又有黥布刘邦徒众逃亡两件事,朕便想先减轻工程徭役。然则,一闻丞相说关中老秦人已空,我心下急了。如此大局漏洞,朕却一直未能察觉,我不能不急也。要大巡狩,是要看看天下大势,看看复辟暗流究竟有多深的根基,看看是否必得再次回迁老秦人……朕之本意,未必一定要北上九原。然则,自琅邪染病,方士逃走,嬴政骤生末路之感,当此之时,朕当何以善后哉!"

"陛下万勿此言!陛下正在盛年啊!"李斯泪如泉涌了。

"不。不行了。"嬴政皇帝平静淡漠地摇摇头,"嬴政不畏死。然,嬴政知道自己。嬴政任用方士,无异于自戕。若没有方士数年在侧,我固病体,元气尚在……大父秦昭王,不是病恹恹撑持了十余年么?奈何嬴政不知天高地厚,不知死生有数,在最要谨慎的时刻,竟然开了秦法之禁,秘密任用了方士。想补正,嬴政都来不及了。"

"陛下!来得及!有太医……"

"上天无私,不会将机会总给一个人。嬴政,焉能例外矣。"

"陛下……"

"丞相,毋伤悲。朕,要说正事。"

"老臣,但凭陛下之命。"李斯顿时平静了下来。

"第一事,若我病体能过得平原津,能渡过大河,便北上九原。"

"老臣理会:若陛下在平原津发病,立即返回咸阳。"

"正是。"

"老臣遵命！"

"第二事，最后的巡狩路程，丞相有何谋划？"

"陛下已然谋定，老臣……"

"丞相啊，你当学学王贲，该坚持者则坚持。歧见不怕，要说在明处。"

"陛下，"第一次，李斯有些脸红了，一拱手明朗道，"最后这段路，老臣以为必得稳妥缜密。老臣三策：其一，飞诏宣扶苏蒙恬回咸阳，陛下则最好不渡大河，不过平原津，直接由此返回咸阳；其二，飞诏李信率十万大军回镇关中，并急迁上邽十万老秦人回居关中，蒙毅可在咸阳着手此事；其三，老臣自请，兼领陛下书房政事，守定印玺！"

"丞相怀疑赵高么？"嬴政皇帝的目光骤然一个闪烁。

"老臣不讳言：赵高领印玺不宜。"

"丞相，可否说说依据？"

"老臣无凭据，只是心感不宁。"

"丞相啊，"嬴政皇帝默然片刻，淡淡一笑道，"赵高追随朕三十余年，不知几多次换回朕的性命。不说功劳才具了，仅这三十余年未尝一事负朕，赵高何罪之有也？疑虑赵高最深者，不是丞相，是蒙毅。朕尝对蒙毅言，若以隐宫出身而长疑赵高，我等君臣，胸襟何在焉！我等是人，内侍也是人，何苛求一人至此矣……嬴政一生，无愧于天下，无愧于群臣，所愧者，唯两事耳：其一，愧对嬴秦族人。奋争天下，老秦人流血最多，受苦最多。百余年来，哪里最险，哪里最苦，哪里便是老秦人所在。嬴政不用皇族为大臣，不封老秦人以富庶繁华之地还则罢了，最后，竟使他们离开了本该属于他们的关中之地。自丞相那日警醒于我，每念及此，嬴政都是心头滴血。赳赳老秦，共赴国难……可如今，他们都在哪里啊……"

"陛下，此，老臣之过也！"李斯第一次感到了揪心的苦痛。

"丞相主张回迁老秦人，朕赞同。"

"陛下，还要过大河？"李斯惊讶了。

"丞相，我自觉还能撑持，做完这件事了。"

"那……"李斯欲言又止了，突然觉得不须再问了。

"若赵高出事，那便是上天瞎眼了，嬴政夫复何言哉！"

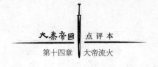

李斯踽踽离开了行营大帐，一种难言的况味弥漫在心头。

隐隐约约地，李斯有了一种感觉，他失去了最后一次与皇帝两心交融的机会。他提出了三则对策，那是他多日反复锤炼的结果，等的便是今日这般氛围这般机会。可是，皇帝只赞同了其中一个分支。是的，对国家大政而言，这个分支是一个根基点，不能说皇帝有错。然则，对李斯而言，则意味着皇帝基本上没有采纳他今日最为重要的筹划。皇帝坚持要渡河北上九原，那便是说，皇帝仍然觉得扶苏蒙恬回咸阳或来行营，都有某种不便；这种不便，岂不还是李斯？更令李斯心头发凉的是，皇帝对赵高的信任无以复加，竟然还有着深深的愧意。皇帝最后的那句话，使李斯大为震撼，使李斯第一次骤然看准了皇帝的弱点——雄峻傲岸的帝王秉性之后隐藏着一颗太过仁善的平凡的人心！

李斯始终以为，嬴政皇帝是最具帝王天赋的一个君主。所谓帝王天赋，根基所在便是有别于常人之心的天下之心。你可以说这种天下之心是冷酷，是权欲，是视平民如草芥的食人品性；但你仍然必须承认，领袖天下的帝王之心真的是不能有常人之仁；或者说，帝王仁善不能以常人之仁善表现出来。毕竟，帝王必须兼具天下利害，不能有常人的恩怨之心。若如常人仁善，那确定无疑的是，他连一个将军都不能做好，遑论帝王哉！唯其如此，在李斯看来，赵高在皇帝心目里便该是一只猎犬而已，便该是一只效力于主人的牲畜而已；主人固可念猎犬牲畜之劳苦，然如何能以猎犬牲畜与闻主人之决策意志？于今皇帝，竟对一个老奴仆有如此抱愧之心，岂非咄咄怪事哉！第一次，李斯对这个巍巍泰山般的皇帝，生出了一丝不那么敬佩的失望。"上天瞎眼，嬴政夫复何言哉！"这，这像是一个以天下为己任的伟大皇帝说的话么？

李斯第一次迷路了，莫名其妙地在树林中转悠了整整一个晚上。

三日之后，大巡狩行营渡过了济水，抵达平原津。

这平原津，是旧赵国平原县的一处古老渡口。平原县者，于赵国平原君而相互得名也。平原县濒临大河，与齐国相邻，是大河下游最重要的临水要塞。战国末世秦赵相争最烈，帝国君臣将士对赵国最是熟悉，对这处兵家要地更是人人皆知。一临大河，秦军将士们便纷纷指点着河东河西说将起来，惊叹夹杂着笑语，人人不亦乐乎。谁也没有料到的是，正在杨端和率领将士们忙碌预备渡河诸事时，李斯却传下了丞相令——扎营起炊，渡河事待皇帝定夺！时当午后，热气渐渐下降，正是一鼓渡河的时机。突然中止，杨端和大感不解，立即飞步赶到丞相大营询问。

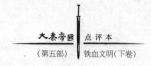

"此乃赵高所传诏令，老夫不知所以。"李斯也皱着眉头。

"皇帝发病了？"

"赵高没说。"

"如此大事，丞相如何老是赵高赵高？得面见皇帝说话！"

见素来沉稳的杨端和责难自己，李斯非但没有不悦，反倒亲切笑道："卫尉说得好，老夫原本也是如此想，奈何已有诏令，便先停了渡河。你既不解，不妨随老夫一起面见陛下定夺。陛下若是发病，自然是直返咸阳最好。"李斯将每一个关节都不经意地说到了。李斯希望杨端和据理力争，改变皇帝甘冒酷暑的北上跋涉之旅。

两人匆匆来到一片最阴凉的树林下。行辕大帐还正在搭建，一辆辒凉车停在大树下垂着车帘，两百余名带剑武士在车后远远站成了一个扇形，只有赵高与两名侍女站在车前。虽有树荫，林中也是热烘烘一片，无休止的蝉鸣震得人耳膜发麻，谁都是一身大汗，谁都是眉头深锁，整个树林陷入了一片奇特的聒噪幽静麻木烦躁的氛围之中。

"陛下消乏么？"李斯低声问赵高。

赵高急促地一个眼神，手势不大但很是明确地向返回咸阳的方向一指，惶急之势最明显不过地说：必须马上回咸阳！突然之间，李斯心头一热，正要大步趋前说话，赵高已经对着辒凉车长呼了一声："禀报陛下，丞相与卫尉到——"一时间，李斯杨端和一齐止步，在辒凉车前几步处站住了。

"丞相，行营立即渡河。朕没事，小睡片刻而已。"

阵阵蝉鸣滚滚热风中，辒凉车中传来夹杂着咳嗽的皇帝声音。赵高的脸色顿时变得难看起来，哭丧着脸对李斯连连摇头，背过身去不说话了。杨端和却浑然不觉，一闻皇帝话语奋然振作，一拱手道："丞相，皇帝已经决断渡河，我去了。"转身出林间，杨端和便是一路喝令，"停止扎搭！各营立即预备渡河——"

李斯木然一阵，终于转身走出了树林。赵高的暗示与皇帝从辒凉车中发出的渡河决断，已经使李斯清楚了一切。皇帝发病了，而且还病得不轻，否则，赵高不可能那么强烈地暗示他必须回咸阳。皇帝派赵高传令歇息扎营，是皇帝一时忘记了对他的许诺。他与杨端和一起前来，使皇帝想起了对他曾经的许诺：过不得大河便返回咸阳。皇帝又必然料到，杨端和若知皇帝发病，也必然力主回咸阳。无奈之下，皇帝一个简短的诏令出来了，否则，又会是一场君臣争执。可见，皇帝心意没有改变，依然坚执地要渡河北上,而且不惜冒着病中渡河的危险。如此情形之下,李斯能再度坚持么?若坚持返回咸阳,安知皇帝不会怀疑他另有居心?病中之人,多疑敏感倍于常人甚矣,李斯能冒如此大险么?

"卫尉,不能教陛下颠簸,风浪最小时陛下渡河!"

"丞相,杨端和明白!"

李斯对杨端和下了最后一道明确的命令,便回到了自家队前等待渡河了。他知道,已经没有大事需要他亲自奔波了。夕阳暮色,大河滔滔金红,李斯凝望着连天而去的大河,心头一阵酸热,老泪泉涌而出……他终身期许的一代雄君,如何在最后几步硬是与自己走开了岔路?李斯啊李斯,究竟是你错了,还是皇帝错了?抑或谁都没有错,只是冥冥天意?抑或谁都有错,而又谁都必须坚持自己?李斯想不明白了。第一次,李斯的双手揪光了面前的绿草,手指抠进了泥土,放任着自己的饮泣,将无尽的泪水洒进了谁也不会看见的泥坑……若是皇帝与自己同心,李斯自信完全可以撑起皇帝身后的任何危局,纵然没有扶苏这般明君英主,李斯也不会听任自己一手谋划实施的帝国新政走向毁灭!皇帝陛下啊,你为何突然变了心性,从一个大气磅礴的帝王变得如此的褊狭固执而不可理喻?上天啊上天,你是要秦政一代而亡么?果真如此,何须天降英才济济一堂创出了皇皇伟业,却又要教它突然熄灭?上天啊上天,你也不可理喻么……

从平原津渡过大河,皇帝行营缓慢地推进着。

那时候,水势浩大的大河下游不可能有如此长度的大桥,要渡大河便得舟船之力。若是体魄健旺,渡河之劳自然算不得大事。然嬴政皇帝恰恰正在病势发作之期,又正逢夏日洪峰之时,渡河的诸般艰难可想而知。一过大河,嬴政皇帝的病势便无可阻止地沉重了。七月十三这一日,原本预定

《史记》载秦始皇至平原津才生病的。小说宁选秦始皇累亡,也不愿意写秦始皇暴亡。

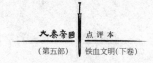

要渡过洹水。可是,赵高对李斯传下了皇帝的诏令:歇息旬日,相机北上。从赵高愁苦的脸色中,李斯觉察出了皇帝有可能的松动。陡然振作之下,李斯与杨端和亲自带着一支马队,越过洹水漳水,踏勘了周遭百里地面,最后选定在漳水东岸的沙丘宫扎营驻屯,以使皇帝养息治病。李斯的同时部署是:立即飞马咸阳,接太医令带所有名医赶赴沙丘;并同时派出百名精干吏员,分赴各郡县秘密搜求隐居高人名医,接来救治皇帝。李斯还有一个谋划,只要皇帝稍见好转,他便自请回咸阳处置积压政事,以使皇帝能宣扶苏南来奉诏。

然则,李斯没有料到,情形又一次发生了变化。当李斯与杨端和飞马回到行营时,赵高正在丞相大帐前焦急地转悠着。一见李斯下马,赵高过来一拱手,拉着李斯便走。李斯惊问皇帝如何了? 赵高哭兮兮急迫道:"说不清说不清,丞相快走!"李斯心下一沉,一身汗水一身泥土大步匆匆地赶到了皇帝辒凉车前。一片大树下,辒凉车的车帘打开着,皇帝躺在车中榻上,一片蝉鸣将闷热寂静的树林衬托得有几分令人不安。

"陛下,老臣李斯参见!"

"丞相,"皇帝在两层丝绵大被下艰难地喘息着,"立即,回咸阳……"

"陛下! 陛下说甚?"李斯一时焦急,不敢相信自己耳朵。

"立即,回咸阳。朕,错了……"

"陛下! 不可啊!"李斯骤然哽咽,扑到车前凑到了皇帝头前低声急促道,"陛下病势正在发作之时,若再经颠簸,大险矣! 陛下纵然杀了李斯,李斯也不会奉命! 陛下,老臣业已选定沙丘宫为驻屯之地,也已经派出快马特使回咸阳急召太医令,还派人向附近郡县搜求名医! 只要陛下不动,天意佑秦,会有转机!"也是第一次,情急的李斯显出了决不动摇的非常意志。

"好……但依丞相……"皇帝的嘴角绽开了一丝艰难的笑意。

"陛下,认可老臣之策了?"一身冷汗的李斯又不敢相信自己了。

"丞相,坦荡,好,好……"

"陛下! 老臣明白了,陛下只管歇息!"

李斯没有丝毫犹豫,一转身连续高声下令:"杨端和,立即率一千人马涉过洹水,开赴沙丘宫清理营地,安置陛下行宫! 胡毋敬与赵高,率内侍侍女督导护送陛下车马渡河! 顿弱与郑国老令,立即督导行营人马有序渡河! 老夫亲率一千铁骑善后。各部立

即启动!"

秦军将士最是危难见真章,各部将军一声令下,立即齐刷刷行动起来。几乎是片刻之间,庞大的行营便开出了树林,向西边遥遥可见的滔滔洹水开进。堪堪太阳落山,大行营全部人马便渡过了不甚宽阔的洹水,向沙丘宫隆隆开进了。及至月上中天,大队人马已经开进了沙丘宫。月光之下,李斯下令胡毋敬与赵高等安置皇帝立即进入行宫歇息救治,自己便与杨端和查勘部署四面护卫去了。直忙到曙色初上,李斯才来到皇帝行宫。然则,皇帝已经在服下汤药之后昏睡了过去。李斯守候一个时辰,太阳已经热辣辣升起了,皇帝还未见清醒。胡毋敬与赵高一齐劝李斯去歇息,饥肠辘辘的李斯这才疲惫万端地走了。

李斯疲累至极,刚刚吞下一盅自己创制的鱼羊双炖,便软倒在案边鼾声大起了。一觉醒来,已经是中夜月色了。李斯突然一个激灵,翻身下榻便大步匆匆地出了大帐。一番急匆匆巡视,各方都没有异象,李斯才长吁一声,漫无目的地转悠了起来。月亮很亮。天气很热。李斯走得很慢,梦魇夜游一般恍惚。

李斯终于明白了皇帝疑虑自己的原因,是自己的不担事,是自己的一心与皇帝同步而显现出来的永远的顺应,是自己从来没有坚持过自己而显现出来的那种缺乏担待。否则,自己今日一时情急说出的那种连自己也后怕的话,皇帝何以反而表现出前所未有的欣慰?是的,皇帝的赞赏是显然的。李斯确信,这位帝王绝不会虚伪地去逢迎任何一个人,即或皇帝真的已经面临生命垂危,皇帝依旧是本色荡荡的。是也是也,任何一个君王在善后大事上,大约都会选那种敢作敢当者承当大任,而像他李斯这种雄才大略而又锋芒内敛的重臣,大约谁都会有几分疑虑之心。可是,李斯果真是缺乏担待么?不是!李斯缺乏的是皇帝的信任,是不败的根基。只要皇帝信任自己,委自己以重任,李斯几曾不是雷厉风行任劳任怨?在帝国老臣中,李斯自认为除了王翦王贲父子的那种强韧自己不能比,其余人等的风骨便一定比自己硬么?实在未必。蒙恬如何?蒙恬不也是在逐客令事件中惶惶不可终日么?那时候谁有担待?不是李斯上的《谏逐客书》么?真到危境绝境,李斯何尝不敢强硬一争?说到底,还是皇帝对自己所知不深,倚重不力也……

在李斯惶惑不知所以的时候,皇帝一连三日都昏迷不醒。

这天是七月二十日。李斯真正地不安了。

第一次，李斯不奉诏命，以丞相名义召集了大臣会商。

李斯提出的议决事项，最要紧的只有一件：该不该派大臣作为特使赶赴九原，召长公子扶苏与蒙恬南来晋见皇帝？大臣们忧心忡忡地议论了一个时辰，还是莫衷一是。典客顿弱认为该当，而且应当尽快。顿弱说得很直接："皇帝要北上，目下却无法北上。宣召长公子与蒙恬南下，有甚可议？办就是！"可胡毋敬与郑国两位老臣却是老大沉吟，理由一样：若是需要，皇帝纵然病中，这几句话还是说得的；皇帝没说话，轻召皇长子与屯边大将军毕竟不妥。杨端和则只有一句话，听丞相决断。最后，三位老臣也是一口声道，我等各有己见，唯听丞相决断。在李斯几乎要拍板之时，赵高匆匆来了。因为赵高已经临时接掌了蒙毅权力，所以李斯也知会了赵高与闻会商，此时匆匆而来，显然是皇帝处难以脱身而迟到了。待李斯将会商情形大略说了一遍，赵高哭丧着脸提醒了一句："皇帝陛下时昏时醒，不是全然昏迷，还是问问皇帝的好。"赵高这一句话，李斯当即打消了原本念头，断然道："大事不争一两日。自明日起，老夫守在皇帝寝室之外，等待皇帝清醒时禀报，由皇帝定夺。"掠过李斯心头的一闪念是：扶苏南来可以不经皇帝认可，然自己要离开行营回咸阳，不经皇帝认可行么？

李斯决断无可反驳，大臣们都点头了，赵高也点头了。

一万年太久，只争朝夕。当此时，"一两日"也是事关重大。

八 七月流火 大帝陨落

七月二十一日夜里，嬴政皇帝终于完全清醒了。

虽然浑身疲软，皇帝的高热却莫名其妙地消散了。在皇帝挣扎着被两名侍女扶下卧榻，倚在了书案前的大靠枕上时,李斯进来了。李斯禀报了大臣们的会商。皇帝淡淡地笑道:"不用了。朕的热寒已经告退了,只要明日不再发作,后日,南下回咸阳……不折腾了。朕不信邪,朕会挺过这一关。病好了,朕再巡边。"皇帝说得如此明确,李斯也就不再提说自己先回咸阳的事了。毕竟,皇帝正在病中,若无非常之需,他当然不该离皇帝而去。如此坐得片刻,看着皇帝服下了一盅汤药,李斯才稍见轻松地告辞了。

"月亮,好亮也!"嬴政皇帝凝望着碧蓝的夜空,轻轻惊叹了一声。

"陛下,这几日天天好月亮。"赵高小心翼翼地注视着皇帝。

"这里,是赵武灵王的沙丘宫?"

"正是。陛下,沙丘宫是避暑养息之地。"

"几曾想到,嬴政步着赵武灵王的后尘来也!"皇帝长叹了一声。

好邪!

"陛下是中途歇息,与赵武灵王不相干!"

"你急甚?朕不信邪。"嬴政皇帝笑了。

赵高也连忙笑了,一只手在背后摇了摇。立即,一个脆亮的哭音飘了进来:"父皇,你好了么?"随着声音,少年胡亥飞一般冲了进来扑倒在皇帝脚下。嬴政皇帝抚摸着胡亥的一头乌黑长发笑了:"你小子倒好,照样白胖光鲜。"胡亥的一双大眼睛转动着,惊愕迷茫与泪水一齐弥漫开来:"父皇,你手好烫也!"嬴政皇帝淡淡道:"胡亥,不许哭。眼泪,是弱者的。""哎,不哭。"胡亥噗地笑了,"父皇多吃药,快快好,那大河多好看也!"嬴政皇帝也笑了:"大河,当然好了。她,是华夏文明的母亲。胡亥啊,长城更好,那是大秦新政的万代雄风。父皇好了,带你去看万里长城。""好好好!看万里长城!"胡亥脸上荡漾着灿烂的笑容。嬴政皇帝笑道:"到了长

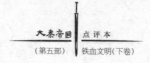
城，你就该知道甚叫金戈铁马，甚叫英雄志士了。你，会见到你的大哥扶苏。胡亥啊，长大了要像扶苏大哥一样，父皇就放心了……"胡亥面色涨红高声道："父皇！胡亥一定像大哥！"嬴政皇帝高兴了："好！胡亥有志气，父皇喜欢有志气的后生。"胡亥正要兴冲冲说话，却听赵高轻轻咳嗽了一声，便站起来深深一躬道："父皇劳累，早早歇息，胡亥明日再来守候父皇。"说罢不待嬴政皇帝说话，胡亥便转身噔噔噔去了。

"赵高，胡亥如此听你？"皇帝目光骤然一闪。

"禀报陛下！"赵高大骇，扑倒在地哽咽道，"陛下昏睡之时，少皇子天天哭着守候在门外。小高子为其大孝之心所感，遂答应他陛下见好时知会他进见。可小高子生怕皇子少不更事，便与他约定，由小高子决断时辰长短……陛下，小高子何敢教皇子听命啊！"

"起来。没事便没事，哭个鸟！"皇帝笑骂了一句。

"陛下，小高子都快吓死了。"赵高哭丧着脸爬了起来。

显然是赵高的自我贱称勾起了皇帝往昔的追忆，嬴政皇帝郁闷的心绪似乎好转了许多，叫着已经多年不叫的赵高的贱称，长吁一声道："小高子啊，我今日轻松了许多，来，扶我到月亮下走走。"

"哎。"赵高小心翼翼地答应着。

"去找一支竹杖来。你跟着便是。"扶着赵高站起来的皇帝艰难地笑了。

片刻之间，赵高找来了一支竹杖。嬴政皇帝觉得很趁手，高兴得嘿嘿笑了，扶着竹杖一步一步挪出廊下，微风徐徐拂面，精神顿时一振，没用赵高搭手便自己走向了庭院，走向了月下的湖畔。虽是酷暑七月，下半夜却也是清凉宜人。夜空碧蓝，残月高悬，被沙丘宫包进一大片的古老的大陆泽闪烁着粼粼波光，湖畔的胡杨林沙沙摇曳，日间令人烦躁不堪的连绵蝉鸣也停止了，天地间幽静得令人心醉。嬴政皇帝多日热寒昏睡，对清醒之后的夏夜倍感亲切而新鲜，长长地缓慢地做了几个吐纳，一时间觉得自己几乎没有病了。

竹杖笃笃地点着湖畔的砂石，嬴政皇帝的思绪汇入了无垠的夜空。

一场大病醒来，一切竟是恍若隔世了。嬴政不明白，自己为何要在不断发病之时坚持北上，先回咸阳，病好了北上不行么？抑或，回咸阳后再宣扶苏蒙恬南下奉诏不行么？目下咸阳朝局，果真有何力量能阻挡他这个皇帝立储善么？没有。全然是自己疑神疑鬼的虚妄幻象。然则，自己为何在那时就一定认为非北上九原不可呢？分明是偏执

得可笑,却一定要如此坚持,嬴政当真不明白自己了。目下仔细想来,只能是两个缘由:
一则是自己屡次发病,神志已经没有了寻常时日的清醒权衡;一则便是自己一朝看到了
多年未立储君的可能的巨大危害,精神重压之下心思过重,一切评判都失常了。除此而
外,还能如何解释自己? 若非多日昏迷若死,清醒之后真正体察到了生命的短促而珍
贵,很可能自己还是深陷于偏执不能自拔。嬴政啊嬴政,你雄极一世,几曾有过如此昏
乱褊狭? 是的,上天给了你近三十年的机会,你都没有立定储君。一朝有了垂危之象,
你才警觉到帝国最高权力传承的空白是多大的危局,你才慌了,你才乱了。想起来,你
嬴政如同一个可笑的农夫,从地头走到地尾,总想寻觅一棵最茁壮最完美的麦穗;错过
了丰茂的中段庄稼,总是将希望寄托在前方;一直快走到尽头了,才发现还是曾经的那
株最是茁壮;回身再去,又怕那株茁壮的庄稼已经出事了。于是,你慌不择路了。说到
底,你嬴政心太高,心太大,太求完美无缺了。帝国创制,你求新求变求完美。盘整华
夏,你求新求变求完美。后宫立制,你求新求变求完美。立储善后,你还是求新求变求
完美。自来立储,都是立嫡立长。你却因为这不是储君的真实尺度,不愿接受这一老传
统,要创出一条锤炼储君的新法度来。扶苏已经是最具人望的储君人选了,你还嫌不
足,还要多方锤炼。扶苏与你这个皇帝在坑儒事件上有了歧见,你便更加觉得扶苏还要
锤炼了。你自认评判洞察过人,何以便不能认定这是扶苏有主见的可贵秉性,而偏偏认
作不谙帝国法治精髓? 假如早十年立储,甚或早三年立储,会有后来这般狼狈么? 上天
给了你近三十年的机会,你嬴政都一年又一年地在无休止的锤炼中蹉跎过去了,上天还
能给你机会么? 若上天将机会无穷无尽地只向你抛洒,天地间还有世事变换么?

　　上天啊,嬴政的路走到头了么……

　　突然,一种莫名其妙的心境油然生出,嬴政本能地预感到,自己的生命将要完结了;此
刻的清醒,或许是上天对他最后的一丝眷顾,教他妥善安排身后了……凝望着天边残月,一
丝清冷的泪水爬上了面颊,嬴政的心猛烈地悸动了。想想,见到扶苏是不可能了。然则,一
定得给他留下一道诏书。可是,这道诏书该如何写,一定要谨慎再谨慎。咸阳朝局纵然稳
定,可没有了自己这个皇帝龙头,很难说便没有突兀事变。任何一个举措,都得防备其中的
万一之变。若是公然颁行立扶苏为太子的立储诏书,最大的万一是甚? 显然,是诏书不能
抵达九原。心念一闪,嬴政皇帝眼前骤然出现了赵高,又突然出现了李斯,这两个人,谁会
成为那个万一? 最大的可能,还是丞相李斯。因为,在他身后只有李斯有如此巨大的权力。

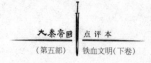
赵高，一个宦者之身的中车府令而已，他能如何？相反，在防备这个万一的诸般因素中，赵高反倒是一个可以制约这个万一的因素。对，将诏书交赵高发出，而后再知会李斯，既不违法度，又可防患于未然。虽然如此，诏书还是不宜明写立储。毕竟，扶苏的宽政主张与大臣们的分歧仍在，若未经皇帝大朝议决而独断立储，将给扶苏日后造成诸多不便。嬴政确信，以扶苏的人望以及自己平素的期许，扶苏若回咸阳主持大丧，朝臣一定会拥立扶苏为国君。那么，这道诏书只要使扶苏能够奉诏回到咸阳即可。想想，对了，这般写法！几行大字电光般闪烁在嬴政心头——以兵属蒙恬，与丧会咸阳而葬，会同大臣元老议立二世皇帝！

如此诏书，展开的过程便是：兵权交付大将军蒙恬，扶苏回咸阳主持皇帝国葬，而后再由扶苏主持会同大臣并（皇族）元老议决拥立皇帝！这一切，完全符合秦国历来的立储立君传统，也完全符合秦法以才具品性为立储立君之根本的行法事实。从预后而言，也最大限度地消除了皇帝垂危而独断传承的不利后果。列位看官留意，皇帝独断传承，对于后世皇帝而言再自然不过，没有谁会非议；然在紧接战国之后的秦帝国时期，秦法之奉行蔚然成风，遵奉法治的嬴政皇帝选择最符合法治传统的方法，则是最为合理有效的选择。否则，历史不会留下那道如此不明确且只有一句话的善后半道诏书。

月亮已经没有了，皇帝在晨风中打了一个寒战。

皇帝没有说话，艰难地点着竹杖转身了："赵高……回去……冷。"

"是有些冷。"一脸细汗的赵高小心翼翼地扶持着皇帝。

终于，嬴政皇帝艰难地回到了寝宫。皇帝没有去寝室，沉重缓慢的步子不容置疑地迈向了书房。两名太医匆匆过来，皇帝却挥了挥手。赵高一个眼神示意，两名老太医便站在了书房门口守候了。走进书房，嬴政皇帝颓然坐在书案前，闭目片刻，睁开眼睛道："还有人么？都教走了。"

"陛下，没人了。只陛下与小高子两人。"赵高恭敬地回答。

"赵高，你是大秦之忠臣么？"皇帝的声音带着显然的肃杀。

"陛下！小高子随侍陛下三十六年，犹猎犬一般为陛下所用，焉能不忠！大秦新政，小高子也有些许血汗，焉能不忠！小高子若有二心，天诛地灭！"赵高脸色苍白大汗淋漓，话语却是异常利落。

"好。朕要书写遗诏。"皇帝喘息着，艰难地说着，"诏成之后，你封存于符玺密室。朕一旦去了，即刻飞送九原扶苏……明白么？"

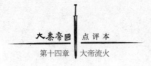
"小高子明白!"

"赵高若得欺天,九族俱灭。"

"陛下! ……"

"好……笔,朱砂,白绢……"

赵高利落奔走,片刻间一切就绪。嬴政皇帝肃然正容,勉力端坐案前,心头只闪烁着一个念头:嬴政,一定要挺住,要写完遗诏,不能半途而废。终于。嬴政皇帝颤巍巍提起了大笔,向白绢上艰难地写了下去——

兵属蒙恬,与丧会咸阳而葬……

突然,嬴政皇帝大笔一抖,哇的一声吐出了一口鲜血,颓然伏案。

嬴政皇帝用尽最后一丝气力支撑坐起,又一次颓然倒下。

猛然一哽,嬴政皇帝手中的大笔啪地落到脚边,圆睁着双眼一动不动了。

这一刻,是公元前210年七月丙寅日(二十二日)①黎明时分。

嬴政大帝溘然长逝,给广袤的帝国留下了一个巨大的权力真空。

[第五部终]

《史记·秦始皇本纪》:"至平原津而病。始皇恶言死,群臣莫敢言死事。上病益甚,乃为玺书赐公子扶苏曰:'与丧会咸阳而葬。'书已封,在中车府令赵高行符玺事所,未授使者。七月丙寅,始皇崩于沙丘平台。"始皇帝自己也想不到会死得这么狼狈,后事更狼狈。强权帝国,昙花一现。秦始皇驾崩,天下大乱。关于其功过是非,永远不会有定论了。

① 嬴政皇帝病逝时日,另有后世《开元占经》引《洪范五行传》一说,云为六月乙丑,即六月二十日。此从《史记》七月丙寅日之说。